新潮日本古典集成

枕 草 子

上

萩谷 朴 校注

新潮社版

目次

枕草子上 細目

凡　例

〔はじめに〕

本書は、三巻本本文による『枕草子』の忠実な解釈を、流布本(るふぼん)による恣意(しい)的改訂を極力避けて試みるとともに、三巻本にのみ見出だされる原作者清少納言の文章心理、すなわち連想の糸筋を探って、この作品の鑑賞理解を、より完全なものに近づけようとしたものである。

〔本　文〕

一、底本には、三巻本第一類の中の最善本である陽明文庫本（旧二冊本）を用い、首部（第一段から第七十四段まで）の欠けたところは、第二類の尊経閣文庫本を以って補った。

二、底本の誤りは、本文解釈と本文批判との合致する結果に従い、やむを得ないものに限って、底本以外の第一類本・第二類本・絵詞(えことば)・能因本・前田本の順に、異文を引いて校訂し、なおかつ適正な本文を見出だし得ない場合は、本文解釈の結果に基づく改訂を敢えて加えたところも四十一個所に及んだ。校訂ないし改訂に従った本文個所は、下巻末尾の「底本本文訂正一覧」に一括掲示した。

三、三巻本本文の行間及び巻末に記載された勘物(かんもつ)（おそらく藤原定家の所為かと思われる史実考証の注記）は、一切省略した。

四、三巻本の第一類本が保有する「一本」二十七章の本文は採用したが、第二類本が保有する、それ以外の一本本文および、能因本・堺本・前田本等、他系統本の固有本文は、一切除外した。
五、本文の章段の切り方は、三巻本を校訂した従来の諸書を比較検討した結果、昭和四十八年二月『東洋研究』第三十号（大東文化大学東洋研究所）に校注者が発表した「三巻本枕草子章段設定私攷」の所説に従った。
六、本文は、できるだけ読みやすくするために、底本本文の形にかかわらず、漢字・仮名の使用を按配し、漢字は現行の字体に従い、仮名は歴史的仮名づかいに改め、難読の漢字には読み仮名を振り、句読点・濁点・半濁点を付けた他、叙述の転換に従って、できるだけ多く段落を設け、会話文は一行を改め、地の文中の心語にも「　」を施した。殊に、類想的章段においては、連想の継続と転換、前後の対応等の文脈に従って、あたかも散文詩を見るかのような千鳥組みにして、文章の構造を明示した。

〔傍　注〕

一、傍注には、解釈上重要な本文個所の現代語訳を主として記載した。流暢な現代口語訳であると同時に、原文の語数や順序を加減も顚倒もせぬ逐語訳をという理想を実現するためには、スペースが不足なので、省略に従ったところが多い。例えば、会話や心語の次にくる「とて」のごとき、「といって」「というわけで」「と思って」などと区別しなければ、原文のニュアンスを正確に伝えたとはいえないのであるが、殆ど省略せざるを得なかった。
二、原文よりも必然的にいちじるしく長文となる現代語訳は、体裁上、すべて頭注欄に譲った。

三、傍注の現代語訳で、原文にない言葉を補った場合には、〔　〕を附した。

四、会話の主格その他の人名等、読解上必要欠くべからざるものを（　）内に記して、傍注欄で指示することもあった。

五、傍注は、色刷りにした。

六、傍注欄に見る照合数字は、頭注欄の数字と対応するものである。

〔頭　注〕

一、各段該当注に先立って＊印の欄を設け、その段の本文内容を簡潔に要約した小見出しを掲げた。同時に、その段の内容を解説するとともに、隣接章段との連想の脈絡を指摘した。

二、本書の頭注では、通行の古語辞典や有職故実(ゆうそくこじつ)の参考書等によって容易に検索し得るような平凡な語釈はなるべく省略して、物的証拠のみならず状況証拠を重視しての本文解釈のプロセスを説明することと、作品の基盤や作者の背景をなす史実や典拠を考証することに、より多くのスペースを使用した。

三、頭注欄にその説明を収めきれない人物名・地所名・動植物名等は、下巻末の「枕草子現存人名一覧」「枕草子地所名一覧」「枕草子動植物名一覧」に譲り、それぞれ五十音順に配列して解説した。ただし、服飾・調度・官職・儀式・習俗等の有職故実関係のものは、あまりにも膨大となるし、国文学のきわめて近い関連学科目であるから、辞典や参考書の閲覧も比較的容易なので、本書には割愛した。

四、その他、本文解釈上、必要やむを得ない地図や人物配置、また一般の辞典や参考書では検索できない物件等は、下巻末に図録として附載し、頭注欄に、一から二五までの漢数字を記して、参照を願うこととした。

五、しかも、本書における『枕草子』の本文解釈には、従来の諸注と異なる独自の新解釈ないしは諸説の中の少数意見に属する解釈があまりにも多いので、傍注・頭注・年表・附図・各種一覧等を以ってしても、なおかつ説明が十分でないことを恐れて、「三巻本枕草子本文解釈論文一覧」を下巻末に附し、校注者がこれまでに発表した本文解釈の所論と責任とを明らかにした。もちろん、既発表の見解を本書において一層強化し、あるいは修正撤回したところも少なくはない。

六、三巻本による本文解釈に関して参照させて戴いた先学の注釈書は、主として、

『三巻本枕草子評釈』　塩田良平　学生社
『全講枕草子』　池田亀鑑　至文堂
『全解枕草子』　三谷栄一・伴久美　有精堂
『枕草子』　松浦貞俊・石田穣二　角川文庫
『枕冊子』　田中重太郎　旺文社文庫

の五点である。つまり、本文解釈の総決算たる全訳を附したものでなければ、その解釈の当否を最終的に判断することができないからであるが、北村季吟の『枕草子春曙抄（しゅんしょしょう）』、関根正直の『枕草子集註』、金子元臣の『枕草子評釈』等は、能因本系統の流布本本文による注釈であるとはいえ、多大の恩恵をこうむったものである。

七、なお、三巻本第一類本文と系統を同じくする浅野家蔵『枕草子絵巻』の絵詞本文が現存する諸段について、頭注欄に、絵詞本文の現存範囲を注記しておいた。

〔解　説〕

一、『枕草子』には、その成立事情や原本形態等に関して、未解決の問題が多く、研究者の意見も鋭く対立している。故に、諸説を一々挙げてこれを批判することは、本書の目的にそぐわないので、ここでは、この作品と作者とに関して、校注者の現在到達した範囲内で、見解を要約して述べておくにとどめた。

二、したがって、作品と作者との基盤・背景をなす歴史的事実を一々考証する煩雑さを避け、かつ読者の理解を助けるために、下巻末に「枕草子解釈年表」を附した。

〔附　録〕

本書の下巻巻末に附録したものは、左のとおりである。

枕草子解釈年表

(付) 主要人物氏別系譜

主要人物年齢対照表

枕草子現存人名一覧

枕草子地所名一覧

枕草子動植物名一覧

底本本文訂正一覧

三巻本枕草子本文解釈論文一覧

附図一〜二五

なお、これらの附録を利用するに際しての凡例は、それぞれの首部に記載した。

〔おわりに〕

本書をなすに当って、前掲先行の注釈書のみならず、数々の著書論文を通じてご教示を賜った先学同行の諸氏、特に、枕草子伝本研究に大きな足跡を残された恩師池田亀鑑博士及び楠道隆・田中重太郎両博士、清少納言伝記研究の岸上慎二博士に、心から感謝するとともに、校注者に初めて『枕草子』を注釈する機会を与えて下さった野間光辰・市古貞次両博士及び、図版作成に協力を惜しまれなかった中村義雄教授に厚くお礼を申し述べたい。

昭和五十年十一月　　　　校注者識

枕草子　上

第一段

春は、あけぼの。（一 春は夜明け〔に限る〕）
やうやう白くなりゆく（二 しらみつつある）山ぎはは（三 山際の空が）、すこしあかりて（明るくなって）、
紫だちたる（四 紫がかった）雲の、細くたなびきたる（たなびいてるの〔がいい〕）。
夏は、夜。
月のころは（五 満月のころは）、さらなり（いうまでもない）。
闇もなほ（六 これがまた〔いい〕）。
螢のおほく飛びちがひたる（みだれとんでるのや）、
また、ただ（ほんの）一つ二つなど、ほのかにうち光りて行くも、をかし（結構）。
雨など降るも、をかし。（七）
秋は、夕ぐれ。

＊〔第一段〕四季のころおい　一年四時各季の好ましい時分・天象・景物を対比して評論する。

一　主語の「春は」をうける「(あけぼの) いとをかし」とか「(あけぼの) こそよけれ」といった述語を省略した簡勁で印象的な効果に富む表現。以下「夏は夜」「秋は夕ぐれ」「冬はつとめて」と、四つの文節が対をなして、季趣の時間的条件として、四季それぞれに、一日のうちの、好ましい時分をまず指示する。

二　日出前一時間半ばかりから、月のない暗黒の空もわずかに透明さを加えて濃い縹色となり、更に半透明の縹色から浅縹と変って、日出前三、四十分頃から空は一面に白みはじめる(白くなりゆく)とともに、高い雲が西の方からトキ色に染まってくる。そのうちに日出前十分ともなると、東の方から透明な淡青の空色となり(あかりて)、青灰色の低い雲が下半面を朱に染め分け(紫だちたる)、東の空は強烈な赤蘇枋に塗りつぶされたかと思うと、旭日が遠く高い空に光条を放射して、瞬くうちに日出となる。以下、夏の満月・闇・雨、秋の日没の直前直後、冬の雪・霜・寒気と、四季それぞれに鑑賞の環境条件たる天象を指示する。

三　山の稜線と接する天空の下際。天空に接する山の稜線を指す「山のは」と対照語。

四　装飾料紙の「飛雲」という染紙技法に見る、いかにも王朝的な好み。春季においては、春の曙の空という環境条件の中で、この横雲が鑑賞の対象となる。

五　夏の夜の「光」のあり方四通りを鑑賞する環境条

八 夕日のさして（夕日が〔花やかに〕映えて）、山のはいと近うなりたるに（山の端にぐっと近づいたところに）、九 烏の（烏が）、寝どころへ行くとて、三つ四つ、二つ、三つなど、飛びいそぐさへ、あはれなり（印象が深い）。まいて（まして）、雁（かり）などの列（つら）ねたるが、いと小さく見ゆるは、いとをかし。

一〇 日入りはてて、風のおと（〔ふと耳につく〕）、虫の音（ね）など、はたいふべきにあらず（これまたなんともいえない）。

冬は、つとめて（早朝〔に限る〕）。雪の降りたるは（ふりつもってる〔早朝〕は）、いふべきにもあらず（なんともいいようがない）。霜のいと白きも（真っ白におりたのも〔いい〕）。また、さらでも（雪や霜がなくても）一一 いと寒きに（随分寒い早朝に）、火などいそぎおこして、炭もてわたるも（〔あの部屋この部屋へ〕）、いとつきづきし（実に冬の朝らしい）。昼になりて、ぬるくゆるびもていけば（〔寒さが〕だんだん薄らぎ暖かくなってゆくと）、火桶（丸火鉢）の火も、白き灰がちになりて（〔ついほったらかしで〕）、一二 わろし。

件を、満月（望（ぼう））・闇（やみ）（朔（さく））・雨（月の朔・弦・望と無関係）と、三つに分けて指示した。「月のころ」には、光の遍満する状態に、鑑賞の価値を認めている。

六 朔に前後する闇夜も、螢（ほたる）による光の多数点在と少数点在との風情に、鑑賞価値を認める。

七 月も螢もない雨の真暗闇にも鑑賞価値を認める。

八 烏が飛び、雁（かり）が渡る秋の夕暮れの環境条件としての天象を指示する文章であるから、風の音・虫の声の環境条件となる「日入りはてて」た状態と対（つい）をなす構文と見て、西の山の端に近づく「夕日」そのものを主語と解する。「山の端」が「近くなる」のでもなければ、「夕日の山のはさして」の倒置でもない。

九 夕日の赤光（しゃっこう）を背景とした烏の、近接・急激・断続的な動きと、残照の西空に見る雁の、遠隔・緩慢・連続的な動きとが、夕映えの衰えに従って、視点を誘導し、移行させる。きわめて自然な観察の変化である。

一〇 夕日が西山の彼方（かなた）に沈みきってしまうと、おのずと視覚は聴覚に切りかえられ、移動的な風の音から静止的な虫の声へと、感覚は求心的に収束してくる。

一一 感覚の収束のはてに、冬の早朝の寒気に対する皮膚感覚が作用しはじめ、春・夏・秋と、鑑賞の対象を戸外自然の景物に求めていた態度が、冬の屋内人事の景物へと転換する。回帰求心の叙法である。

一二 本段全般の「をかし」「あはれ」「つきづきし」という肯定的な批評を、最後には「わろし」という否定的評言で締めくくる。反転屈折の叙法である。

第二段

ころは、正月・三月、四月・五月、
七・八・九月、
十一・二月。
すべて、をりにつけつつ、一年ながらをかし。
（その時期その時期につけて）（一年中結構）

正月。
一日はまいて。空のけしきもうらうらと、めづらしうかすみこめたるに、世にありとある人はみな、姿かたち心ことにつくろひ、君をもわれをも祝ひなどしたる、さまことにをかし。
（格別〔結構〕）（〔初春らしく〕すばらしく）（世間の人はひとりのこらず）（衣服や化粧を格別入念にして）（聖寿の万歳をもわが身の幸運をも祝福したりしてるのは）（ふだんと違って結構）

七日。雪間の若菜摘み、青やかにて、例はさしもさるもの、目近
（若菜をつんで）（青々したまんま）（いつもはそれほどそんなものを）

＊〔第二段〕月々のころおい　前段の四季に対する一年十二カ月の季趣。前半春と夏とは各月を個別に、後半秋と冬とは対照的に一括して挙げ、春夏冬から二・六・十月を省き、秋は省かぬ起承転結の形をとった類想的序章と、その中、正・三・四各月の特に季趣に富んだ行事についての随想。

一　「ころは」という主題が、「除目のころ」「祭のころ」という各節の導入部に共通している。
二　元日・朝覲・大饗・臨時客・叙位・白馬・七草節供・子日・卯杖・女叙位・県召除目・小豆粥・踏歌・射礼・賭射・内宴等の行事がある。
三　曲水・上巳・石清水臨時祭。
四　灌仏・斎院御禊・賀茂祭・関白賀茂詣。
五　端午・騎射・競馬・最勝講。
六　乞巧奠・盂蘭盆・相撲。
七　釈奠・定考・駒迎・月の宴。
八　重陽・後の名月。
九　五節・新嘗会・豊明節会・賀茂臨時祭。
一〇　御仏名・内侍所御神楽・追儺。
一一　序章に省いた二・六・十の三カ月をも含めて。
一二　「一日はまいてをかし」の省略。副詞「まいて」を「空のけしき」以下にかかるとする通説は誤り。
一三　内裏の朝賀から私宅の年賀に至るまで。祝わるべき君は公としての天子、われは私としての各個人。
一四　正月七日は七草の節供。
一五　ふだんは野菜などを持ちこむことのない対の屋や

からぬところに、持てさわぎたるこそ、をかしけれ。〈見なれない場所で〉

一六 白馬(あをむま)見にとて、一七 里人(さとびと)は、車清げに仕立てて、見に行(ゆ)く。中の御門(みかど)の戸じきみ〈待賢門のしきいを〉、曳(ひ)き過ぐるほど、一八 頭(かしら)一ところにゆるぎあひ〈一緒に鉢合せし〉、刺櫛(さしぐし)も落ち、一九 用意せねば〈うっかりしてたものだから〉、折れなどして〈折れたりして〉笑ふも、またをかし。

二〇 左衛門の陣のもとに、殿上人(てんじやうびと)などあまた立ちて、二一 舎人(とねり)の弓どもも取りて、馬どもおどろかし〈馬なんかを〔つついて〕〉笑ふを……〈二二 笑うんですよ〔随分いたずらね〕〉。二三 はつかに見入れたれば〈やっと〔奥を〕覗きこんだら〉、二四 立蔀(たてじとみ)などの見ゆるに〈見えるところで〉、殿司(とのもりづかさ)・女官(にようくわん)などの、行(ゆ)きちがひたるこそ、をかしけれ。「いかばかりなる人〈どんな星の下に生れた人が〉、九重を馴らすらむ」〈宮中をわがもの顔にふるまうのだろう〉など思ひやらるるに〈思いやられるのだが〉、二五 内裏(うち)にて見るは〈宮中で見るのは〉、いとせばきほどにて〈ごく狭い範囲だものだから〉、二六 舎人の顔のきぬもあらはれ〈生地もむき出しで〉、まことに黒きに、白きもの〈おしろいの〉いきつかぬところは〈ゆきわたってない所は〉、〈〔畑の黒土に〕〉雪のむらむら消え残りたる心ちして、いと見ぐるしく、〈〔眼の前で〕〉馬の騰(あが)りさわぐなども、いとおそろしう見ゆれば、〈〔車の奥へ〕つい〉引き入られて〈身を引いて〉、〈〔内裏の奥が〕〉よくも見えず〈よくも見られない〉。

八日〈〔叙位の翌日〕〉。人のよろこびして〈〔叙位にあずかった〕人がお礼廻りをして〉、走らする車の音、ことにきこえて〈〔晴々と〕きわだって聞えて〉、を

寝殿(しんでん)の母屋(もや)・廂(ひさし)の間(ま)を指す。特に内裏の意ではない。

一六 叙位の儀のあと、紫宸殿(ししいでん)の南庭で行われるお馬渡し、即ち白馬節会(あおうまのせちえ)に出場する馬を見にゆく。

一七 官人の家族。一般市民や地方人ではない。内裏の外廓と内廓との間の通路や宣陽門の前で、お馬渡しを待機している白馬の陣列を拝見することが、官人の家族たちに許されていた。宮仕え以前の、作者少女期の体験。白馬拝見の位置は、附図一参照。

一八 牛車(ぎっしゃ)の中で向い合って坐っている娘たちが。

一九 落した櫛(くし)の上へ手をついて、櫛を折ってしまう。

二〇 内裏外廓東面中央の建春門にある左衛門府詰所。

二一 三個分隊各七頭の馬の轡(くつわ)を把る馬副えの舎人(とねり)は弓矢を帯びない。弓を持つのは白馬の陣の近衛(このえ)舎人で、前陣は左近衛(さこんえ)、後陣は右近衛の各十人である。

二二 諸注は、「を」を格助詞として、「笑ふ」を動詞「見入れ」の客語とするが、狭い牛車の中から広い簾(れん)外(がい)を「見入る」という叙法はない。感動の間投助詞。

二三 牛車の簾(すだれ)のすき間から、更に宣陽門をすかして。

二四 宣陽門の奥には、温明殿(うんめいでん)や賢所(かしこどころ)があるので、目隠しの立蔀(たてじとみ)(衝立(ついたて))が設けてある。附図一参照。

二五 宮中への強い憧憬(しょうけい)にもかかわらず、白馬参観の際に見られる内裏はごく限られた範囲なので、その残念さが逆接の助詞「に」に表明されている。

二六 お馬渡しの出番を待つ緊張と、殿上人の悪戯(いたずら)に対する困惑とで、馬副え舎人は顔に発汗して米粉の安白粉(おしろい)も流れてしまい、日灼(や)けした醜い地肌が出る。

かし。

十五日。節供[一]まゐり据ゑ、粥[二]の木ひき隠して、家の御たち・女房などの、うかがふを、「打たれじ」と用意して、常にうしろを心づかひしたるけしきも、いとをかしきに、いかにしたるにかあらむ、うちあてたるは、いみじう興ありて、うち笑ひたるは、いとはえばえし。「ねたし[三]」とおもひたるも、ことわりなり。

あたらしう通ふ婿の君などの、内裏[四]へ参るほどをも、心もとなう、ところにつけて、「われは」とおもひたる女房の、のぞき、けしきばみ、奥のかたに立たずまふを、前にゐたる人は、心得[五]て笑ふを、

「あなかま[六]」

と、まねき制すれども、女はた、知らず顔[七]にて、おほどかにてゐたまへり。

「ここなるもの取りはべらむ」

など、いひよりて、走り打ちて逃ぐれば、あるかぎり笑ふ。男君も

一 季節の変り目に保健のための栄養食を摂る年中行事を「節供」という。小正月には小豆粥を供する。
二 粥を煮るのに用いた焚き木を削った粥杖で女性の臀を打つと、男児を懐妊するという俗信があった。
三 打たれたそのことよりも恥ずかしさが先に立つ。
四 新婿の参内ともなれば、新妻たる姫君はお見送りに夢中で、背後の警戒は全くお留守。そのすきが絶好の機会というわけである。
五 見送りのため端近に坐っている女房からは、姫君の背後に徘徊する古参女房の動きと企みはまる見え。
六 「あなかまし」「あなかまびすし」などの略。
七 背の君の晴れ姿に見惚れていて気がつかない。
八 新婚の二人に男児誕生を祈ってくれるのだから。
九 その邸の姫君として、誰はばかるものもない身分だから、自分たちの新婚を祝っての正月らしい悪戯を恥ずかしがるわけもないが、また、この姫君には、女性としての羞恥心が幾分欠けているともいえよう。作者が中宮に出仕する以前に、さる大臣家などに仕えていた時の体験から出た随想であるとしたら、清少納言の伝記考証上、重要な問題となろう。
一〇 男を打つ気持が不可解、おめでたい悪戯に泣き腹立つ気持も不可解。上を受け下にかかる一筆双叙。

八 にくからず（まんざらでもなく）うち笑みたるに、〔お姫様は〕九 ことにおどろかず、顔すこし赤みてゐたるこそ、をかしけれ。

また、かたみに打ちて（女同志打ちあった挙句）、男をさへぞ打つめる（打つようだ）。一〇 いかなる心にかあらむ（一体どんなつもりなのかしら）、泣き腹立ちつつ、人をのろひ、まがまがしくいふもあるこそ（縁起の悪いことを口走る人もいるときては）、をかしけれ。

一一 内裏（うち）わたりなどの（宮中あたりなんかの）、やむごとなきも（高貴な場所でも）、今日はみな、乱れてかしこまりなし（無礼講で固いことはいわない）。

一二 除目（ぢもく）のころなど、内裏（うち）わたり、いとをかし。雪ふり、いみじう凍りたるに、一三 中文（まをしぶみ）持てありく四位・五位（〔無官の〕四位や五位の人〔のうち〕）、若やかに心ちよげなるは（若々しくて元気のいい人は）、いとたのもしげなり。一四 老いて頭（かしら）白きなどが、人に案内いひ（取次をたのみ）、女房の局（つぼね）などに（個室なんかに）寄りて、一五 おのが身のかしこき由など（自分自身の長所なんかを）、心一つをやりて（自分なりに得々として）説ききかするを、若き人々は（若い女房たちは）、まねをし（口まねをして）笑へど、いかでか知らむ（〔当人は〕どうして気づこうか）。

「よきに（よしなに）奏したまへ」一六「啓したまへ」などいひても、得たるは（〔望みの官職を〕）いとよし（いいが）、得ずなりぬるこそ（うまくゆかなかったのはねえ）、一七 いとあはれ

一一 この辺から宮仕え以後の経験が加わってくる。

一二 正月には地方官を補任（ぶにん）する県召（あがためし）があった。中下流貴族の受領（ずりょう）階級に属する作者としては、一族郎等あげて最大の関心事であった。正月十一日から三夜にわたって行われるが、必ずしも期日は一定していない。作者の宮仕え中の経験では、正暦五年以後七年の中、五年までが正月下旬に除目があったので、十五日小豆粥のあとに叙述している（熊倉典子説）。

一三 任官申請の文書。「まをす」には元来、願う意がある。後宮の后妃や大臣・納言・参議等の有力者への伝手（つて）を求めて、中文（もうしぶみ）を持ち歩く。

一四 六十七歳の天延二年（九七四）正月に周防守（すおうのかみ）、七十九歳の寛和二年（九八六）正月に肥後守に任じた父元輔（もとすけ）の、実りすくない猟官運動をその眼で見てきた作者には、身につまされる思いがするのであろう。

一五 中文には、自己の才能や功績をあげつらうのが常識であるから、すこしも奇異なことではないが、老人がくどくどと、聴き手の迷惑をもはばからぬ長談義をしているのは、思いやりもない苦労知らずの若い女房たちには、恰好（かっこう）のなぶりものとなる。しかし、清少納言は若い女房たちと一緒になって笑う気には、とてもなれないのである。

一六 天皇には奏上、皇后には啓上を依頼する。下の「啓したまへ」には、「よきに」が省略されている。

一七 第二十二段「すさまじきもの」の章（六六頁九行以下）参照。

なれ。

三月。[1]

三日は、[2]うらうらとのどかに照りたる。[3]（照ってるの「が結構」）

桃の花の、[4]いま咲きはじむる。（つい昨日今日咲き始めた頃「が結構」）

柳など、[5]をかしきこそさらなれ。それも、まだ繭にこもりたるは[6]（柳の花なんかが風情たっぷりな頃ときたら　それだって　繭みたいにまとまってるの）
をかし。ひろごりたるは[7]うたてぞ見ゆる。（はいい　ほおけてるのは憎らしくさえ見える）

おもしろく咲きたる桜を、[8]長く折りて、大きなる瓶に挿したるこそをかしけれ。（美しく）桜の直衣に出だし袿して、[9]客人にもあれ、御兄の君達にても、そこ近くゐて、ものなどうちいひたる、いとをかし。（花瓶のそばに坐って）

四月。

祭のころ、[10]いとをかし。上達部・殿上人も、表の衣の濃き淡きばかりのけぢめにて、[11]白襲どもおなじさまに、涼しげにをかし。（濃い淡いの　違いだけで）

木々の木の葉、まだいと繁うはあらで、わかやかに青みわたりたるに、霞も霧もへだてぬ空のけしきの、なにとなくすずろにをかし（まだそれほど鬱蒼とはしていなくて　一面若々しい青葉に彩られてるところへ　「春の」霞も「秋の」霧も眼をさえぎらない「初夏の」空がただもうわけもなく心楽しい頃に）

一「三月三日」と続けて読んではならぬ。正月の項もそうであったが、まず月の名を挙げ、以下、その中の好ましい「ころほひ」に言及する叙述の展開。

二 三月上巳日、東方の河辺で禊をし、青草を踏んで遊ぶ春の行楽は、健康増進のための古代中国の民俗。これに曲水の宴の要素やわが国の祓除の思想、雛遊びの風習が加わって、重三桃の節供の行事が定着した。

三 第七段「……三月三日は、いとうららかなる」。

四 桃の節供の縁で、桃花開くころおいに話が進む。

五 柳・桜は三月三日とは無縁。故にこの項の命題が「三月三日」ではなく「三月」のころおいであることが確認される。正月の項も「正月一日」に束縛されることなく、話題は七日・八日・十五日に及んでいた。

六「眉」ではなく、柳の「糸」の縁語「繭」である。それも嫩葉ではなく、固い爪に似た冬芽の苞が外れて白金色の柔毛を持つ雄花の穂が現れた頃を指す。『和漢朗詠集』上、暮春に「払ㇾ水柳花千万点」とある。

七 柳の雄花の穂が伸び過ぎてまばらになったさまを醜いと見ている。花の散った後に伸びてくる嫩葉ではない。それはむしろ青柳の糸・柳の眉と美称される。

八 桜に関する随想は第二十段「清涼殿の丑寅の角」に見る具体的な経験から抽象されたものであろう。

九 直衣や袍の下に着こめた袿や衵の裾の褄を出して見せるおしゃれな男性の着付け。

一〇 四月中酉日の賀茂祭の頃。

一一 濃紫と淡紫か。或いは夏の服色としては二藍か。

きに、すこし曇りたる夕つ方・夜など、しのびたる郭公の、とほく「そら音か」とおぼゆばかり、たどたどしきをききつけたらむは、なに心ちかせむ。

祭ちかくなりて、青朽葉・二藍の物どもおし巻きて、紙などに、けしきばかりおしつつみて、いきちがひ持てありくこそ、をかしけれ。末濃・むら濃なども、つねよりはをかしく見ゆ。童女の、頭ばかりを洗ひつくろひて、服装はみな、綻び絶え、乱れかかりたるもあるが、屐子・沓などに、

「緒すげさせ」

「裏おさせ」

など、持てさわぎて、「いつしかその日にならなむ」と、急ぎをしありくも、いとをかしや。あやしう躍りありくものどもの、装束き、仕立てつれば、いみじく「定者」などいふ法師のやうに、練りさまよふ。いかに心もとな

一二 袍または直衣の下に白い下襲を着ること。第三十九段に「淡色に、白がさねの汗衫」(一〇九頁)とあるように、表衣の下に着るものには、下襲・衵・汗衫・半臂などがあるが、ここでは下襲を指すと見ておく。

一三 青みがかった朽葉色。ここでは染め色と見る。

一四 藍と紅と二色で染めた間色。

一五 祭礼の晴着を仕立てるため染物師に出してあった反物を取ってきた使いの者が、気ぜわしく往来する。

一六 早くから洗髪だけはすませたが、晴着は当日にならねば着せてもらえないので、平常着のままでいる。

一七 狩衣とか運動の激しい子供の衣服は、針目の間隔を大きく綻び縫いで仕立てる。その縫い糸も切れて、和布でもひっかけたようにサンバラになっている。

一八 屐子と沓とは別個の履き物。『和名抄』巻十二に屐子を「久都々計乃阿之太」として、屐(阿師太)と区別する。足駄に爪革をつけたものか、浅沓に足駄の歯をつけたのが屐子であろう。附図二参照。

一九 屐子の修繕を親にねだる。「緒すげさせ(給へ)」。

二〇 沓の修理を親にねだる。「裏押させ(給へ)」。「おす」は貼るの意。

二一 「急ぎ」は準備の意の名詞。「を」は格助詞、「しありく」は複合動詞。子供は子供なりに、自分の身支度を早くしてもらおうと、ちょこまかしている。

二二 大規模な法会の行道に際して、火舎を執って衆僧に先行する小僧の役。定者沙弥とか善財童子という。

二三 晴着を汚したり破ったりしはしないかと。

からむ、ほどほどにつけて、母・姨の女・姉などの、供し、つくろひて、率てありくも、をかし。

一蔵人思ひしめたる人の、ふとしもえならぬが、二その日、青色着たるこそ、「やがて脱がせでもあらばや」と、おぼゆれ。三綾ならぬは、わろき。

第三段

四おなじ言なれども、きき耳異なるもの。

法師のことば。

男のことば。

女のことば。

下種のことばには、かならず五文字あまりたり。

一『禁秘抄』中巻に「第一公卿侍臣子是不及左右、第二非蔵人、第三執柄勾当、第四院蔵人并母儀蔵人、第五所雑色、第六成業儒、第七所々蔵人判官代」とある六位蔵人は、作者と同じ中下流貴族の青年にとっての出世コースであった。そのうえ、天皇と同じ麴塵の袍（青色）の着用を許されることが、作者には何よりの魅力であって、第十四・八十三・百七十・百七十七・百八十九・二百二十八・二百七十四・二百九十二の各段に、六位蔵人および青色の袍を、すこぶる好ましいものとして、繰返し叙述している。

二 賀茂祭の斎院御禊や当日の儀の前駆として供奉する蔵人所衆や雑色は、青色の着用を許された。つまりこれらは、かねがね六位蔵人に補せられるのを待ち望んでいた人たちである。

三 服色だけでも待望の六位蔵人と同じ青色を着られたのだが、それが、本式の綾織であることもあれば、略式の平絹であることもあった。そこで作者は、折角この日着用した青色が平絹であった場合の、当人の張り合いのなさに同情している。「をかし」という肯定的な評言で通してきた本段の最後を、「わろし」という否定的評言で締め括ったのも、反転屈折の叙法。

＊〔第三段〕**言語の社会性**　第一、二段の季趣論から一転して言語社会論に移る。

四 言語を、意味と音声との二要素に分析して考えている。同義語でも、職域・階級・年齢・性別・地方等

第四段

思はむ（大切な子を）子を法師になしたらむこそ（坊さんにしたような親御は全く）、心ぐるしけれ（気の毒なことだ）。六ただ、木の端などのやうに（まるで〔坊さんを〕木っぱかなんぞのように）思ひたるこそ、いといとほしけれ。精進（さうじ）もののいとあしきをうち食ひ（肉気なしの実にまずいものをたべて）、睡（い）ぬるをも、七若きはものもゆかしからむ（若い者は何でも好奇心がわくだろう）、女などのあるところ（いるところなんかも）をもなどか忌みたるやうにさしのぞかずもあらむ（どうして毛嫌いしてるみたいにのぞかずにいられようか）、〔世間では〕八それをもやすからずいふ（非難する）。

まいて（まして）、九験者（げんじゃ）などはいとくるしげなめり（随分つらいようだ）。一〇困（こう）じてうち眠（ねぶ）れば、「眠りをのみして（いねむりばかりして）」など、もどかる（悪口をいわれる）。いところせく（窮屈で）、いかにおぼゆらむ（どんな気がするだろう）。

これは（こんなことは）、一一むかしのことなめり。いまは（今日では）、いとやすげなり（ずっと気楽なようだ）。

の差によって、抑揚・強弱または音節数にすら区別のあることを認めている。第百四十六・百四十七・百八十五・二百四十・二百四十四の諸段にも、作者の言語観が示されている。

五 無教養な者は、洗練された言葉で簡潔に意志を伝達することができず、まわりくどい表現をするからであろう。

＊〔第四段〕**木石ならぬ** 第三段の法師言葉の特異性から連想して、法師の特殊な境遇を随想する。

六 わが子を出家させた親の心情への思いやりから、僧侶に対する世間の無理解な批判に抗議する。

七 「若きはものもゆかしからむ」は挿入句で、「睡ぬるをも」が、下文の「それをも」とともに、「やすからずいふ」にかかる。

八 指示代名詞「それ」は、直前の、女のいる場所を覗（のぞ）くことを指す。並列の助詞「も」は、若い法師の居眠りを受けて、女性の居所を覗く「それ」と一括する。

九 密教の行法によって加持（かじ）・祈禱（きとう）を行う修験僧。

一〇 病人に取り憑（つ）いた物怪（もののけ）が頑強で、なかなか霊媒に駆り移すことができずに、体力を消耗して。

一一 昔は厳格であった、今は怠慢だという、物の感じ方は、当時も現代も同じことのようである。

＊〔第五段〕中宮寛仁　第三段の言語論からの連想で、備中方言の抜けない生昌に話題を移す。反中宮の道長方に通謀していた生昌を赦せない清少納言。逆境にあってその生昌にすら寛容であらねばならぬ中宮の心中。長保元年八月九・十日及びその数日後の出来事への、中宮(皇后)崩御後の回想。

一　前中宮大進・但馬守で現在は散位(位があって官職がない)の平生昌。その宅は三条にあった。

二　長保元年八月九日の夕刻、中宮定子は修子内親王と共に職曹司から生昌宅へ行啓された。十一月七日の敦康親王御誕生に備えての移御である。左大臣道長は当日早朝、上達部殿上人を率いて宇治の別荘に向い、行啓に支障を生じるような妨害をした(『小右記』)。

三　中宮の行啓を迎える格式あるお成り門として。

四　通常は、牛車の後の口を、階の間の簀子敷にぴたりと着けて、女房などは出入りするし、簀子敷には屏風などを立てて、人目にふれぬようにするから、髪かたちの乱れた女房も、気を許していた。

五　大型の牛車。女蔵人階級の乗り料という。

六　地面を歩く時に、足や装束の裾を汚さぬように、筵を敷いて通路とするのがきまりであった。

七　身だしなみのないところを見られるので。

八　昇殿を許されていない人。

九　中宮の御所として、陣屋即ち衛士の詰所が設けられる。上文の「陣のゐねば」は、その陣屋に詰める人物を指し、この「陣」は場所を指している。

第五段

大進生昌が家に、宮の出でさせたまふに、東の門は四足になして、それより御輿は入らせたまふ。北の門より、女房の車どもも、「まだ陣のゐねば、入りなむ」と思ひて、頭つきわろき人も、いたうもつくろはず、「寄せて下るべきもの」と、思ひあなづりたるに、檳榔毛の車などは、門ちひさければ、さはりてえ入らねば、例の、筵道敷きて下るるに、いとにくく腹立たしけれども、いかがはせむ。殿上人、地下なるも、陣に立ちそひて見るも、いとねたし。

御前にまゐりて、ありつるやう啓すれば、

「ここにても、人は見るまじうやは。などかは、さしもうちとけつる」

と、笑はせたまふ。

（清少）一〇「されど、それは、目馴れにてはべれば。よく仕立ててはべらむにしもこそ、おどろく人もはべらめ」
（私たちのだらしないのは人目になれたことでございますから　きちんと身づくろいしてでもいましたらそれこそ）

（清少）一一「さても、かばかりの家に、車入らぬ門やはある。見えば嗤はむ」
（中宮様をお迎えするほどの家で車の通れない門なんてあるかしら）

などいふほどにしも、（なんていうおりもおり）

（生昌）「これ、まゐらせたまへ」一二（お召し上がり下さい）

とて、一三御硯などさし入る。一四

（清少）「いで、いとわろくこそおはしけれ。など、その門はた、狭くは造りて住みたまひける」
（まあ　随分まずいところへいらっしゃったものね　どうして　あの門はまた）

といへば、笑ひて、

（生昌）一五「家のほど身のほどにあはせてはべるなり」

といらふ。

（清少）「されど、一六門のかぎりを高う造る人もありけるは」
（門だけを　あったってことですよ）

といへば、

一〇 これは清少納言が中宮に申し上げる言葉。

一一 今度は、清少納言が同僚の女房たちに向っていう言葉として、前文と区別せねばならぬ。敬語を用いていないことと、「生昌が顔出ししたら嗤ってやろう」と同僚を誘っている語気に注意。

一二 生昌は「差し上げて下さい」と間接表現の敬語を用いているが、結局は「お召し上がり下さい」の意。

一三 文房具としての硯ではない。「御硯」とだけで、硯筥の蓋を指す。まず来客をもてなす作法として、当時はお盆の用をなした大形の硯筥の蓋に、菓子を盛って供するならわしがあった。

一四 簾の下から廂の間にいる女房の手もとに差し入れることは、母屋においでの中宮へ取次ぎを頼むこと。

一五『小右記』に「件宅板門屋、人々云、未レ聞三御輿出二入板門屋一云々」とある。板葺屋根の粗末な門が、生昌の身分の低さを示す。清少納言は、正面の東門だけは四足門に改造したと記しているが、『小右記』には記載がなく、かえって同年十月十二日条に、太皇太后の遷御を迎える大江雅致宅について「改二板門屋一、造二四足門一」と特記していることから推すと、生昌宅の門は改造していなかったものと思われる。

一六『漢書』巻七列伝四十一に「始定国父于公、其門閭壊。父老方共治レ之。于公謂曰、少高二大門閭一、令レ容二駟馬高蓋車一。（中略）子孫必有二興者一。至二定国一為二丞相一、永為二御史大夫一、封侯伝レ世云」とある于公の故事を引いて、生昌の器量の狭少さを諷した。

（生昌）「あな（いやあ）、おそろし（恐れ入った）」

とおどろきて、

（生昌）「それは、于定国[一]がことにこそはべるなれ（ございますね）。旧き[二]進士などにはべらずは（ございませんでは）、うけたまはり知るべきにもはべらざりけり（存じておるはずのことでもございませんなあ）。たまたま（〔私は〕）斯[三]の道にまかり入りにければ（進みましたものですから）、からだにわきまへ知られはべる（やっとこれだけはわけがわかるのでございます）」

といふ。

（清少）「その御道[四]も、かしこからざめり（大したことはないのでしょ）。筵道敷きたれど、みな（〔穴ぼこに〕）おちいりさわぎつるは[五]（大騒ぎでしたよ）」

といへば、

（生昌）「雨の降りはべりつれば[六]、さもはべりつらむ（そうでもございましたろう）。よし、よし。また（この上）おほせられかくることもぞはべる（厄介なお話があるかも知れませんなあ）。まかり起ちなむ（退散いたしましょう）」

とて、往ぬ。

（中宮）「なにごとぞ[七]。生昌がいみじう怖ぢつる（ひどくこわがってたのは）」

と、問はせたまふ。

一 生昌は、于公を于定国と混同している。

二 「進士」は文章生の別称。『北山抄』巻一に「以前阿波守雅量為講師。旧進士也」とある。

三 紀伝道（俗に文章道）は、『史記』『漢書』『後漢書』の三史を受講した。于公の逸話は、『蒙求』にも見えるが、生昌はわざと「斯の道」といって、文章道の教科書たる『漢書』の于定国伝を清少納言が暗記しているかと大袈裟に驚いて見せた。そのへつらいが、清少納言の神経にさわって一層の攻撃欲をそそる。

四 「斯の道」即ち紀伝道を生昌宅の北門からの道の悪さと于定国父子の混同とにかけてからかった。

五 「は」は感動の終助詞。現代語「……だわ」と同じ。

六 長保元年八月九日は、西暦九九九年九月二十四日。年中でも降水量の最も多い時期である。

七 係助詞「ぞ」は文末について疑問の意を強める。

八 女蔵人階級の若い女房たち。それと同室する清少納言は、年長で頭株の命婦といったところか。

九 中宮は、寝殿の母屋を御座所とされている。清少納言たちは、それと壺庭を隔てた東の対の、西の廂の間が北面までのびている北第一の間あたりに局住みしていたか。西廂の北のつき当りが北の障子。

一〇 襖障子ではなく板障子（板戸）であろう。

一一 諸注は、女房たちが眠くて堪らないので、板戸に懸け金がなかったことを調べもしなかったと解しているが、それでは「万づのことも知らず」と重複する。むしろ、生昌が、この家の主人であるから、懸け金の

「あらず。車の入りはべらざりつることいひはべりつる」（（清少）いえ別に）

と申して、下りたり（〔自分の個室へ〕さがった）。

おなじ局に住む若き人々八などして（女房たちと一緒に）、万づのことも知らず（何の見さかいもなく）、ねぶたければ、みな寝ぬ。

九東の対の、西の廂、北かけてあるに、北の障子一〇に懸け金もなかりける（なかった）を（のだが）、それもたづね一一ず、家主なれば、案内を知りて（勝手を知っていて）、あけてけり。

一二あやしく（妙に）嗄ればみ（しゃがれて）、さわぎたる声にて（うわずった声で）、

「さぶらはむはいかに。……さぶらはむはいかに」（うかがってもよろしいでしょうか）

と、あまたたびいふ声にぞ（声でね）、おどろきて（目をさまして）見れば、几帳の後に立てた一三る燈台の光はあらはなり。障子を五寸ばかりあけて、いふなりけり（いうのだった）。

いみじうをかし。「一四さらに（全然〔生昌は〕）、かやうのすきずきしきわざ（好色めいたふるまいは）ゆめにせぬ（決してしない男なの）ものを（に）、『わが家におはしましたり』（〔中宮様が〕自分の家にいらっしゃった）とて（と好い気になって）、むげに心にまかするなめり（すっかり大胆にふるまうのだろう）」と思ふも、いとをかし（ほんとに滑稽）。

かたはらなる人（そばで寝ている女房を）をおし起こして（ゆりおこして）、

ないことを心得ていて、懸け金がかかっているか否かを探る手間もなく、いきなり板戸をあけたとして、「案内を知りて」の内容を説明する文章と解する。

一二 清少納言の寝所へ忍びこもうとして、世なれた中年男とはいいながら、不安と興奮とが入りまじって、穏やかな小声を出せないでいるところが巧みに描写されている。口ではとてもかなわない生昌は、鼻っ柱の強い清少納言を、肉体的に制御してしまおうとでも考えたのであろう。抑圧された性格の者にありがちな異常な行動がいかにも生昌らしい。

一三 燈台の光が丸見えだ、ということは、その光に照らされた物体がはっきり見えるということである。その中間の説明を省いた簡潔な文章に、咄嗟の状況判断がよく表現されている。北の板戸に懸け金のないことを清少納言たちは寝る前に知っていたので、誰かが来て板戸を開けても、すぐに自分たちの寝姿が見えないように、隔ての几帳と板戸との間に明るい常夜燈を立てておいて、はいって来る者の姿はよく見えるが、几帳の蔭の自分たちは暗くてよく見えないし、間接照明で安眠もできるようにしておいた。上文の「それもたづねず」が、女房たちの行為でなく、生昌の行為であることも、この用意周到さで立証されるであろう。

一四「　」は作者の心語。『　』は生昌の心理を推測した心語。生昌のように小心な者でも、自分の屋敷内は自分の天下だと思って、まして中宮のご威光をかさにわが物顔に振舞うのだろうと思うと滑稽になるわけ。

（清少）「かれ見たまへ。かかる見えぬ者のあめるは」（あれご覧なさい　あんな見かけない者がいるようよ）

といへば、（若い女房は）頭もたげて見やりて、いみじう笑ふ。

（女房）「一あれは誰（た）ぞ。顕証（けそう）に」（図々しい）

といへば、

（生昌）「あらず。二家の主と、定め申すべきことのはべるなり」（滅相もない　この家の主人として　ご相談申したいことがございますのです）

といへば、

（清少）「門（かど）のことをこそきこえつれ、『障子（さうじ）あけたまへ』と三やはきこえつる」（申し上げはしましたが　なんて申し上げやしませんよ）

といへば、

（生昌）「なほ、そのことも申さむ。そこにさぶらはむはいかに。……そこにさぶらはむはいかに」（いやあ　その件もお話しいたしましょう）

といへば、

（女房）「四いと見ぐるしきこと」（まあ恰好がわるいわ）

（女房）「五さらにえおはせじ」（とてもいらっしゃれるものですか）

一 「あれは誰なの」と空とぼけて嗤（わら）いものにする若い女房の言葉。「ぞ」は疑問の係助詞。「顕証に」は「顕証にもこそあれ」の略。顕証は、露骨・明白の意。ただし、生昌の「あらず」という否定に対応する意味に拡大解釈して「図々しい」と訳した。

二 「家の主（あるじ）」を「局（つぼね）の主」即ち清少納言とする通説は誤り。格助詞「と」は、認定の内容を示す「……として」の意に用いられている。亭主即ち生昌である。

三 係助詞の連語「やは」は反語。上文に「こそきこえつれ」と、逆接の確定条件を強く指示している。

四 自分たちの寝姿を見られては困るという発言。

五 若い女が多勢寝ているところへこられる道理がないというたかをくくった発言。諸注は双方とも一人の発言と見ているが、守勢・攻勢の差によって、複数の発言と見る。

六 上文に、清少納言にゆり起された若い女房たちが声をあげて笑い、「あれは誰ぞ。顕証に」と言った時に、生昌は既に若い女性の存在に気づいていたが、そのままでは恰好（かっこう）がつかないから、いかにも用件があっての訪問のように釈明したうえで、ここで初めて若い女性の存在に気づいて、それでは引き下がるのもやむを得ないという体裁をつくろったのであろう。

七 「　」は清少納言の心語。

八 長保元年（九九九）八月十日の早朝。

とて、〔女房たちが〕笑ふめれば（笑う様子に）、

（生昌）「若き人おはしけり」（六 若いご婦人がおいでだったんですなあ）

とて、〔板戸を〕引きたてて往ぬるのちに、笑ふこといみじう（さんざんの大笑いで）、『あけむ』[七]とならば、ただ入りねかし（いきなりはいればいいのだ）。消息をいはむに（案内を乞うものに）、『よかなり』（いいです）とは、たれかいはむ」（誰がいうものか）と、〔思うと〕げにぞをかしき（全くもって滑稽だ）。

[八]早朝、〔中宮の〕御前にまゐりて〔このことを〕啓すれば（申し上げたら）、

（中宮）「さることもきこえざりつるものを（そんな噂も耳にしてはいなかったのにねえ）。昨夜のことにめでていきたりけるなり（感心していったんでしょう）[九]。あはれ（やれやれ）。〔さぞかし〕かれをはしたなういひけむこそ（あの男を手厳しくやりこめたらしいのがねえ）、いとほしけれ」（ほんに可哀相だこと）

とて、笑はせたまふ。

[一〇]姫宮の御方の童女の装束、つかうまつるべき由（新調申し上げよとの旨を）〔生昌に〕おほせらるるに（お命じになると）、

（生昌）「この衵[一一]のうはおそひ[一二]は、なにの色にかつかうまつらすべき」（いたさせましょうか）

と申すを、〔女房たちが〕また笑ふもことわりなり（もっともだ）。

（生昌）「姫宮の御前[一三]のものは、例の様にては憎げにさぶらはむ（普通の大きさでは憎らしゅうございましょう）。ちうせ[一四]

九「なり」は推量の助動詞。

一〇 女一宮修子内親王。長徳二年十二月十六日の誕生であるから、この時は数え年四歳。満で二歳八カ月。

一一 童女の服装の場合は、汗衫の下に着る。

一二 うわっぱりの意。つまり、衵の上に重ねるのであるから汗衫ということになる。汗衫は、童女の礼装に用いる表衣で、両脇をあけて仕立て、丈は長く、裾を曳くように着装する。生昌は、汗衫という名称を知らないので、「衵のうはおそひ」というような回りくどい表現をしたが、これが第三段の「下種のことばには、かならず文字あまりたり」という洗練されない言葉遣いである。因みに生昌の母は、備中国青河郡司の女（『尊卑分脈』）ということであるが、「うはおそひ」とは、今日でも「うわっぱり」の中国方言である。元来、「襲ふ」には、重ねる・覆うの意があった。

一三 食器やお膳など。

一四「ちうせい」を「ちひさし」の備中方言と見る。中国方言は拗音を多用するし、第三段を受けて、生昌の田舎言葉が連想の糸筋となっていると思われるからである。三条実房自筆の『愚昧記』仁安三年四月十六日条に「内竪」に「チフサワラハ」と仮名がふってあるのは、チヒサワラハが訛って、チウサワラハと発音されていたことを示すが、生昌の方言訛は、そのチウサイをさらにチウセイと拗音化したものと思われる。関根『集註』が漢語の「中勢」をこれに当てるのは、従いがたい。

い折敷(をしき)一に、ちうせい高坏(たかつき)二などこそ、よくはべらめ」

と申すを、

（清少）三「さてこそは、うはおそひ着たらむ童(わらは)も、まゐりよからめ」
（それでこそ）（〔お膳を〕お運びしやすいでしょう）

といふを、

（中宮）四「なほ、例の人のやうに、五これなかくないひ嗤ひそ。いと勤公(きんこう)六なるものを」
（まあまあ　並みの人間のように）（この者をそうはわらいものにしないで）（よくしてくれるのに）

と、いとほしがらせたまふもをかし。
（ご同情なさいますのも）（ご立派だ）

七中間(ちゆうげん)なるをりに、

（女官）八「大進(だいじん)、『まづものきこえむ』とあり」
（ぜひお耳に入れたい　といっております）

といふをきこしめして、

（中宮）九「また、なでふこといひて、嗤はれむとならむ」
（どんなへまなことをいって　わらわれたいというのかしら）

とおほせらるるも、またをかし。

（中宮）「いきてきけ」

とのたまはすれば、わざと出でたれば、
（〔端近に〕わざわざ）

一 食器をのせるお膳。へぎ板を折り回して縁とし、四角なのも角切り(すみ)のも、また脚つきのもある。

二 食物を盛る、脚のついた器。

三 早速生昌の言葉の揚げ足をとり嗤(わら)いものにする。

四 父関白道隆(みちたか)が薨(こう)じ、兄伊周(これちか)・弟隆家(たかいえ)が失脚して以後、世間の人々がおしなべて道長の気息をうかがい中宮に奉仕することをはばかっている現在、たとえ面従腹背の小奸物(かんぶつ)であっても、生昌を頼りにせねばならぬ中宮は、ずけずけと生昌をからかう清少納言の態度を、はらはらしながらたしなめられるのである。

五 「これな嗤ひそ」「かくないひそ」の二語を一つに併せた。

六 忠勤奉公の意。「輸(ユシ)二忠貞ヲ於奉国一、積(ム)二夙(しゅく)夜之勤公ヲ一」「先後之勤公叶(フ)二時議ニ一」（『本朝文粋』巻六）。

七 何の用事もなさそうな時に。これは、八月九日の中宮行啓以後、幾日かたってからのことである。

八 生昌が。これは案内を乞う生昌の言葉を清少納言に取次いだ采女(うねめ)か女孺(にょじゅ)の言葉。

九 また何か起きそうだと、中宮はひやひやなさる。

一〇 先夜即ち八月九日夜、于公(うこう)の故事を引いたこと。

一一 生昌の兄の惟仲(これなか)。時に従三位中納言で五十六歳。この年正月三十日に中宮大夫(だいぶ)を兼ねて定子に仕えたが道長に阿諛(あゆ)して七月八日には辞任した。辞職の理由は「沈痾(ちんあ)不レ能ハレ与二奪スルコト職務ヲ一」（『権記(ごんき)』）としながら二月二十七日には道長夫妻の春日詣(かすがもうで)に扈従(こしょう)し、三月の仁王(にんのう)会(え)と閏(うるう)三月の季御読経(きのみどきょう)にも上卿(しょうけい)として参仕したし（『道長公記』)、八月二十日には東三条女院の慈徳寺行啓に騎馬で供奉し、九月二十七日には実資邸を訪問する(『小右記』)など、宿痾に沈んでいた事実はない。恐らく長保元年二月九日に道長の長女彰子が十二歳で着裳し従三位に叙すると、その入内を見こして中関白家から離れて道長方に接近したのであろう。果せるかな十一月一日彰子入内の行列に参加し、同月七日敦康親王ご誕生をよそに彰子の女御宣下や主上の初渡御に参内慶賀する抜け目なさである(『小右記』)。惟仲の長男道行にも中宮権大進の経歴があったが、生昌一族の裏切りが、本段の文章に筆誅をすら感じさせるほどに、清少納言には赦せなかったのであろう。

一二 西の廂の間に忍んできた八月九日夜のことを。

一三 「さなむ申しはべりつる」の略。

一四 低い身分から努力一つで中納言にまで昇進した兄を生昌は心から尊敬していた。その兄が褒めたのだから清少納言が喜ぶだろうと思っている。惟仲・生昌兄弟の父珍材は、四位の受領渡世に終ったばかりでなくはなはだ風采のあがらぬ小男(『天徳四年内裏歌合』仮名日記(甲))であったことに劣等感があって、備中国青河の郡司の娘を妻とした(『尊卑分脈』)ほどであったから、母方の素姓の低さも、貴族社会における惟仲・生昌兄弟のひけ目であった。生昌の言葉遣いに残る備中訛が嗤いものになったのも、母の影響であろう。しかしそれだけに、親子兄弟の愛情は緊密なものがあったといえよう。

(生昌)一〇「一夜の門のこと、中納言に語りはべりしかば、いみじう感じ申されて(大変感心いたされまして)、『いかで、さるべからむをりに(いつか適当な機会に)、心のどかに対面して(楽な気分でお会いして)、申しうけたまはらむ(お話もし ご意見拝聴もしたい)』となむ申されつる」とて、また異ごともなし(ほかに特別な用事もない)。「一一夜のことやいはむ(いってやろうかと)」と、心ときめきしつれど(〔私は〕胸がわくわくしたが)、

(生昌)「いま、しづかに御局にさぶらはむ(近いうちに ゆっくりお部屋へ伺いましょう)」

とて往ぬれば、帰りまゐりたるに(〔私は中宮の御前へ〕)、

(中宮)「さて、なにごとぞ(ところで どんな用事だったの)」

とのたまはすれば、申しつることを(〔生昌が〕)、「一三さなむ(こうこうです)」と啓すれば、

(女房)「わざと消息し(わざわざ取次がせて)、呼び出づべきことにはあらぬや(ないわね)。おのづから(自然と)、端つ方・局などにゐたらむ時も(端近や自分の部屋などに〔あなたが〕いるような時にでもいえばいいのに)、いへかし」

とて、笑へば、

(中宮)一四「おのが心ちに(自分なりに)『かしこし(大したものだ)』と思ふ人の(〔惟仲〕)褒めたる、『うれしとや思ふ(〔清少納言が〕嬉しいと思うかと考えて)』と、告げきかするならむ」

とのたまはする御けしきも、いとめでたし。

第六段

上にさぶらふ御猫は、かうぶりにて、「命婦おとど」とて、いみじうをかしければ、かしづかせたまふが、端に出でて臥したるに、乳母の馬の命婦、

「あな、まさなや。入りたまへ」

と呼ぶに、日のさし入りたるに眠りてゐたるを、おどすとて、

「翁丸いづら。命婦のおとどくへ」

といふに、「まことか」とて、たれものは走りかかりたれば、おびえまどひて、御簾のうちに入りぬ。

朝餉の御前に、主上おはしますに、御覧じて、いみじうおどろか

一 長徳二年十月、播磨からひそかに入京して小二条第の中宮の御所に潜伏していた兄伊周を、道長方に通報して捕えさせた前歴のある生昌にさえ、当人の身になって理解を示し同情なさった中宮の寛仁なお気持を、崩御の後に、改めて追懐し讃嘆している言葉。

＊〔第六段〕仁慈畜類に及ぶ　長保二年三月四日以後二十七日以前に起った事件。生昌のあとに愚直な犬を思い出すのは皮肉。これまた中宮仁慈の回想であるが、生昌の密告で捕えられた伊周のみじめな身の上をも諷したのであろうか。

二 『小右記』長保元年九月十九日条に「日者、内裏御猫産レ子。女院・左大臣・右大臣有二産養一事。（中略）猫乳母馬命婦。時人咲レ之云々（下略）」とある。

三 猫といえども五位に叙せられねば昇殿は許されない。命婦は五位相当官、「おとど」は女性敬称。

四 一条院内裏の中殿（清涼殿）と中宮の御所北二対との間には東西に廊がある。猫は、その東廊の東簀子に寝ていたので、午前の陽光がさしこんでいたのであろう。一条院内裏の殿舎配置は附図三参照。

五 『外記日記』に「翁丸者近江産也」とある、一条天皇の飼犬。

六 「たれ」は十分に満ち足りた意の「足り」の転。「手足り」が「手足れ」に転じる例がある。翁丸は大きな力の強い犬であったのであろう。諸注は能因本に従って「しれもの（痴れもの）」と改めている。

七 天皇が食膳についていられた所へ東廊から猫がと

せたまふ。猫を御懐に入れさせたまひて、男ども召せば、蔵人忠隆・なりなかまゐりたれば、

（主上）「この翁丸打ち調じて、犬島へつかはせ。ただいま（いますぐ）」

とおほせらるれば、あつまり狩りさわぐ。馬の命婦をもさいなみて（ご譴責なさり）、

（主上）「乳母替へてむ（替えてしまおう）。いとうしろめたし（全く安心ならぬ）」

とおほせらるれば、〔乳母は謹慎して〕御前にも出でず。犬は狩り出でて、滝口などして追ひつかはしつ（追放してしまった）。

（女房）「あはれ（可哀相に）。いみじうゆるぎありきつるものを（あんなに堂々と歩きまわっていたのにね）」

（清少）「三月三日、頭弁の、柳蘰せさせ、桃の花を插頭に刺させ、桜腰に差しなどして、ありかせたまひしをり、〔翁丸も〕『かかる目見む』（こんな目に逢おうとは）とは思はざりけむ」

など、あはれがる。

（清少）「御膳のをりは、かならず向かひさぶらふに（きまってこちらを向いて控えているのに）、寂々しうこそあれ（淋しいことね）」

などいひて、三四日になりぬる昼つ方（などと話してから三四日あとになったお昼ごろ）、犬いみじう啼く声のすれば、

びこんだ。一条院内裏の朝餉の間は中殿北廂東第三・四の間にあって東廂に直面していたのであろう。朝餉は巳の正刻（午前十時）に供する（『侍中群要』）。

八 卑位の男子。六位蔵人・雑色・所衆などを指す。

九 源満政の男。長保二年正月二十七日に六位蔵人に補せられた（『権記』『勘物』）。

一〇 当時及び前後の時期に六位蔵人であった「なりなか」なる人物を見出だせない。能因本には除去する。

一一 打ち懲らすこと。『御産記部類』所載『左経記』寛弘六年十一月二十九日条に「殿上人座有二濫行一。左少将伊成被二打調一」とある。

一二 九条家本『延喜式』紙背に「穢二供御一犬遣レ淀」（寛弘七年十月二十七日）とあり、『如願集』に「犬島や中なる淀の渡守いかなる時に逢瀬ありけむ」とあるのによって、淀の湿地帯にある中洲の島が犬の流刑地として、犬島と通称されていたものかと思われる。

一三 『禁秘抄』下「蔵人承レ仰下二知所衆滝口参一。滝口帯二弓箭一儲二所々一射レ犬。所衆入二縁下一狩出」。

一四 「さいなむ」という動詞に敬語の補助動詞は不要。

一五 蔵人所に属し、滝口の陣に詰める禁衛の武士。

一六 藤原行成。時に従四位上蔵人頭右大弁備後守二十八歳。犬を飾り立てるところが趣味人らしい。

一七 柳の枝で作った髪の輪飾り。

一八 髪飾りに季節の花（造花も）を用いる。

一九 桜の枝を犬の腰帯に插して舞人の姿に見立てた。

二〇 中宮のお食事の時にはおさがりをいただこうと。

（一体）「なぞの犬の、かくひさしう啼くにかあらむ」ときくに、万づの[一]犬、とぶらひ見にいく。御厠人[二]なるもの走り来て、

（御厠人）「あな、いみじ。犬を蔵人二人して打ちたまふ。死ぬべし。犬を流させたまひけるが、『帰りまゐりたる』[三]とて、調じたまふ」

といふ。心憂のことや。翁丸なり。

（御厠人）「忠隆・実房[四]なんど打つ」

といへば、制しにやるほどに、からうじて啼きやみ、

（御厠人）「死にければ、陣の外[五]にひき棄てつ」

といへば、あはれがりなどする夕つ方、いみじげに腫れ、あさましげなる犬の、わびしげなるが、わななきありけば、

（清少）「翁丸か。このごろ、かかる犬やはありく」[六]

といふに、

（女房）「翁丸」

といへど、ききも入れず。「それ」ともいひ、「あえず」[七]とも口々申

一『潜夫論』の「一犬吠レ影、百犬吠レ声。一人伝レ虚、万人伝レ実」にも似た構文。

二 便器の清掃を担当する最も下級の女官。

三 長徳二年（九九六）九月、配所の播磨からひそかに入京して、中宮御所に潜伏していた伊周が、生昌らの密告によって逮捕されて、母の死に目にも会えず大宰府に護送された悲しい思い出が、翁丸の哀れな身の上と重なる（坂田美根子氏説）。

四 摂津守藤原方正（南家真作流）の男。『権記』長保元年九月三日条以下に「蔵人実房」とある。

五 第九段に「今内裏の東をば、北の陣といふ」とある。一条院では、東北門が北の陣（内裏では朔平門）。

六 以下は誰にともなくつぶやく作者の独白。「やは」は反語と見る。

七 三巻本「あへす」。諸注は能因本によって改訂して、「それ」の是に対する非の「あらず」と解している。下文の「あらぬなめり」「あらぬもの」と共通する用語として妥当するようであるが、「ら（良）」→「え（衣）」→「へ（阝）」と、字体相似・音声相通二段階の本文転化を認めねばならない。むしろ「え」→「へ」並びに「え」→「ら」と、各一段階の転化によって、二種の異文が分岐したと考えて、「消えず」の意とする新見を提示する。

八 内裏女房の右近内侍。『小右記』寛仁三年七月二十五日条に、「右近尼」に「陸奥守則光姑」と注し

せば、

(中宮)八「右近ぞ見知りたる。呼べ」(右近ならよく知ってるわ)

とて召せば、〔右近が〕まゐりたり。

(中宮)「これは翁丸か」

と、見せさせたまふ。

(右近)九「似てははべれど、〔翁丸に比べて〕これはゆゆしげにこそはべるめれ(憎ったらしい感じでございますようで)。また『翁丸か』とだに(さえ)いへば、よろこびてまうで来るものを(寄ってまいりますのに)、〔この犬は〕呼べど寄り来ず。あらぬなめり(違う犬でしょう)。それは(翁丸は)、『打ち殺して棄てはべりぬ』とこそ申しつれ。二人して(二人がかりで)打たむには、はべりなむや(生きてはおりますまい)」

など申せば、〔中宮様は〕心憂がらせたまふ。

暗うなりて(暗くなってから)、物(餌を)食はせたれど、食はねば、あらぬものにいひなしてやみぬる(違う犬だと意見は一致してうち切りにした)つとめて(翌朝)、御梳髪(おほむけづりぐし)・御手水(みてうづ)などまゐりて一〇、御鏡(おほむかがみ)を持たせ一一させたまひて、御覧ずれば、げに一二、犬の柱基(はしらもと)一三にゐたる(坐っているの)を見やりて、

(清少)一四「あはれ。昨日(昨日は)翁丸をいみじうも(随分ひどく)打ちしかな。死にけむこそあは

ている。橘(たちばな)行平の妻で、橘則光の妻の母である。

九 このみすぼらしい犬が翁丸か否かを、まず外見が似ているか否かによって判断しようとしている。その点からも、上文を「消(あ)えず」と解することの正当性が立証されよう。

一〇 あそばして。中宮に何々して差し上げることが、同時に、中宮がその行為をなさるという敬語になる。

一一 清少納言に鏡をお持たせになって、朝化粧をなさるのである。おそらく北二対の南廂(ひさし)で、壺庭の方へ南面した中宮の前に鏡台があり、清少納言は中宮の背後にひざまずいて鏡を持っているので、中宮は合せ鏡をして背面の髪かたちをご覧になる。そこで清少納言の視線は中宮の頭越しに壺庭の方を見ることとなる。

一二 紛れもなく。諸注は、能因本によって「さふらふに」と改訂して、「(御鏡を持ちて)候ふに」の意に解しているが、鏡を捧持する清少納言の動作は既に「持たせさせたまひて」の本文で表明されているから、蛇足(だそく)である。三巻本の「けに」が正しい。能因本の本文は「け(介)」から「候」の草体に転化したものであろう。

一三 北二対の南の簀子敷(すのこじき)から檐出(のきだ)しの深い土廂(つちびさし)の柱の礎石のところに翁丸はいたと見る。向う側の中殿(北対)や東西廊の縁下の柱基では遠きに過ぎる。

一四 やれやれ。以下、清少納言の傍白。それとなく柱基にいる犬に聞かせるように言って、その反応を見ようとした。もちろん、中宮に申し上げたのではない。

れなれ。一何(なに)の身にこのたびはなりぬらむ（生れ変ったかしら）。いかにわびしき心ちしけむ（〔打たれている時は〕どんなにつらい気がしたろう）」

とうちいふに、このゐたる犬のふるひわななきて（坐ってる犬がぶるぶる身をふるわせて）、涙をただ落しに落すに（あとからあとから流すので）、いとあさまし（全くおどろいた）。「二さば、翁丸にこそはありけれ（じゃあ〔やっぱり〕翁丸だったんだな）。昨夜(よべ)は隠れ忍びてあるなりけり（いたらしいな）」と、あはれにそへて（〔その心根は〕可哀相なばかりか）、をかしきことかぎりなし（何ともいえずおもしろい）。

三御鏡うち置きて、

「さば、翁丸か」（（清少）じゃあ　翁丸かい）

といふに、四ひれ伏して、いみじう啼(な)く。御前にも（中宮様も）、いみじう五落ち笑はせたまふ（すっかり安心してお笑いになる）。

右近内侍(うこんのないし)召して、「かくなむ」（〔中宮様が〕こうこうなの）とおほせらるれば、笑ひののしる（〔内侍も他の女房も〕大笑いする）を（のを）、主上(うへ)にもきこしめして、渡りおはしましたり（〔中殿から北二対へ〕お越しあそばした）。

「六あさましう（（主上）驚いたね）。犬なども、七かかる心あるものなりけり（そんな分別のあるものだったんだね）」

と、笑はせたまふ。上の（内裏の）女房なども ききて、まゐりあつまりて（〔こちらの御殿へ〕）呼ぶ（声をかけ）

一 輪廻転生(りんねてんしょう)の仏教思想である。

二 「さらば」の約音。強い感動を示す会話語。「さは」と清音で読んで、「それは」などと無感動な指示語と見たり、「さては」からの転化としてはならぬ。

三 中宮の朝化粧がすんだので。

四 飼犬が、飼主に対して、恐悦至極といった感情を示す時の、顋(あご)から胸を地面につけ、前脚をぴったりとつけて、尻だけを持ち上げ、尾をしきりに振って、クンクン、キャンキャン、ワンワンと、控え目な啼(な)き声からだんだん大きな吠(ほ)え方に移ってゆく甘えた状態。

五 三巻本の「おちわらはせ」なる本文が解釈困難なので、古活字本や版本は「うちわらはせ」と改訂している。「う（宇）」と「を（乎）」との字形相似や、「を」「お」の音韻相通による本文転化は普通のことだが、大声で笑うのも唐突である。むしろ、「落ち居る」「落ち着く」などの用語から類推して、「落ち笑ふ」という複合動詞の孤立例と見るべきであろう。安心して自ずと笑いが浮んでくるのである。

六 「あさましうこそあれ」の略で、感動を示す独立句。下の「心ある」にかかる連用修飾語ではない。

七 「心ある」は「有心(うしん)」の意。

八 「かほなとのはれたるもののてをせさせはや」という三巻本の本文を難解として、上下に二分し、「顔などの腫(は)れたる」を連体止めの詠嘆的な文章と解し、以下を「物の手をせさせばや」と読んで「手当てをさせましょうよ」と解したり、「ものてうせさせはや」

と改訂して「食物を作らせましょうよ」と解するなど各種の試みがなされたが、すべて当らない。犬の顔の腫れ上がっているのを見ながら、食物を与えようというのは無意味だし、「物の手」という語も穏当ではない。「はれたる」は連体形で、当然「もの」を修飾しているのだから、現代語の「腫れ物」と同じ。「手」は「手当て」「手遅れ」の「手」で、治療を意味する。上下は一貫して「顔など・の・腫れたる物・の・手・を・せさせばや」という構文と見られる。因（ちな）みに「この」という指示代名詞は「この犬の」の意。

九「これ」は翁丸の正体、「いひあらはす」は、誘導訊問（じんもん）して自白させる意の複合他動詞。「翁丸に対する同情の気持をとうとう口に出してしまったわね」と解釈する通説は、上文に既に、昨日以来の清少納言や中宮を始め、女房たちの翁丸に対する憐愍（れんびん）の情が表明されている事実を無視したことになる。

一〇 一条院の台盤所の位置は附図三参照。

一一 忠隆の言葉は厭味（いやみ）たっぷり。女房たちの感傷を無視して、職務の執行に忠実な役人根性の冷酷さが「さとにや」という三巻本の本文に表明されている。これを能因本によって「まことにや」と改訂してしまっては、全く無味乾燥、お座なりの口上になってしまう。

一二 従って忠隆の言葉を「ゆゆし」と感じるのである。

一三 殿司（とのもづかさ）か何かの女官に伝言させたのである。

一四 忠隆たちには、「犬島へつかはせ」との勅命を遂行すべき義務が残っていたからである。

にも（るのにも）、〔翁丸は〕今ぞ起ち動く。

（清少）「なほ（ともかく）、八この顔などの腫れたるものの（顔なんかのはれ物の）、手をせさせばや（手当てをさせなくちゃ）」

といへば、

（女房）「つひに（とうとう）九これをいひ露（あら）はしつること（犬に正体を吐かせたわね）」

など（なんかと）、笑ふに、忠隆ききて、一〇台盤所（だいばんどころ）の方（かた）より、

（忠隆）「一一さとにやはべらむ（そういうことでございますかね）。かれ見はべらむ（そいつを拝見いたしましょう）」

といひたれば、〔大きな声で〕

（清少）「あな（まあ）、一二ゆゆし（縁起でもない）。さらにさるものなし（全然そんなものはいない）」

と一三いはすれば、

（忠隆）「一四さりとも（お隠しになっても）、見つくるをりもはべらむ。さのみもえ隠させたまはじ（そう隠しきれはなされますまい）」

といふ。

さて（その後）、かしこまりゆるされて（勅勘は解けて）、〔翁丸は〕もとのやうになりにき（もとの身の上に）。なほ（何といっても）、あはれがられて、ふるひ啼き出でたりしこそ（身をふるわせて鳴き声をたてた様子ときたら）、世に知らず（何ともいえず）をかしく、

あはれなりしか。（感動的なことだった）
一人などこそ（人間なんかはねえ）、人にいはれて泣きなどはすれ（人から同情されて泣いたりするものだが）。

第七段

二正月一日・三月三日は、いとうららかなる。

三五月五日は、曇りくらしたる（一日中曇ってるの〔が結構〕）。

四七月七日は、曇りくらして、夕方は晴れたる空に、月いと明く、星の数も見えたる（星がはっきり見えてるの〔が結構〕）。

五九月九日は、暁がたより雨すこし降りて（夜明け前からおしめりが少しあって）、菊の露もこちたく（たっぷりと）、六覆ひたる綿なども（〔花に〕かぶせた綿なんかも）いたく濡れ、移しの香も持てはやされて（〔結構〕）。つとめては（朝早くには）やみにたれど（やんでしまったが）、なほ曇りて、ややもせば（ともすれば）七降りたちぬべく（強く降ってきそうに）見えたるもをかし。

一 人と犬との感情の交流を感動的に回想すると同時に、その犬に対する中宮と作者との愛情の共通を懐かしみ、さらに、この翁丸の非運にも比すべき中関白家と中宮とのいわれなき逆境に秘かに涙しているのが、執筆当時の作者の心中であろう。

＊〔第七段〕重陽の日　第一段の四季と第二段の十二カ月の頃おいを受け節供の日の天候を随想。

二 五節供ならば正月は七日の「人日」を挙ぐべきだが、本段では、一・三・五・七・九の陽の月日の重なった日に統一したので、人日を避けて元日とした。正月一日・三月三日のうららかさは第二段にもふれた。

三 菖蒲の節供。端午は上午日。梅雨時でもあり、菖蒲の香が早く失せてしまわぬためにも曇天がよい。

四 七夕の節供。牽牛（鷲座α星）が天の川を渡って織女（琴座α星）と逢う美しい空の伝説のためにも、日中の曇天に今夜の首尾を心配してはらはらするのが楽しい。魏の武帝の「月明星稀　烏鵲南飛」、同じく文帝の「明月皎々　照二我床一、星漢西流　夜未レ央、牽牛織女遥　相望、爾独何辜　限二河梁一」の詩境。

五 これがいわゆる重陽の節供。菊の節供である。五節供とは元来、農繁期にほぼ等間隔に休日を置いて、農民に休養をとらせた中国古代聖賢の民生保護策か。

六 菊の着せ綿という。菊の花に綿をかぶせ、その露のしめりで身体を拭うと老衰を防ぐという。

七 諸注は能因本によって「ふりおちぬべく」と改訂するが、「夕だち」と同じく、「たつ」という動詞に

第八段

八 慶(よろこ)び奏するこそ、をかしけれ。うしろをまかせて（下襲の裾を長々とひいて）、御前の方に向かひて立てるを（玉座の方に向って立ってる恰好のよさったら）。九 拝し、舞踏し、さわぐよ（敬礼したり袖を翻したり嬉しそうな姿ったら）。

第九段

一〇 新内裏(いまだいり)の東(ひむがし)をば、一一 北の陣といふ。一二 梨(なし)の木のはるかに高き（見上げるほど）を、

（女房）「一三 幾尋(いくひろ)あらむ」

などいふ。一四 権中将(ごんのちゅうじゃう)、

（成信）「もとよりうち切りて（根元から）、一五 定澄僧都(ぢやうちようそうづ)の一六 枝扇(えだあふぎ)にせばや」

は、雨勢の強まりを意味する働きがあると思われる。

＊〔第八段〕奏慶拝舞　第二段の正月八日を受けて奏慶拝舞の作法を随想し、第九段へ導入する。

八 官位昇進の御礼言上を「慶(よろこ)び申し」という。奏するのは天皇に対しての内裏での作法。

九『拾芥抄(しゅうがいしょう)』中巻に「舞踏事。再拝(置レ笏)立、左右左。居、左右左。(取レ笏小拝)。立再拝」とある。優雅華麗な動作である。

＊〔第九段〕成信追憶　第八段の奏慶から定澄僧都の別当補任(ぶにん)を回想し、成信(なりのぶ)の機智を追懐する。

一〇 長保元年六月十六日から同二年十月七日までの内裏は一条院であった。その間、中宮が一条院内裏に入られたのは、長保二年二月十一日から三月二十七日までと、八月八日から二十七日までとの二度である。

一一 第六段にも見えた「陣」即ち一条院の東北門で、中宮御殿の北二対から見通しのきく所であった。

一二 諸注は能因本に従って「ならの木」と改訂しているが、梨も喬木(きょうぼく)となるし、鬼門には梨を植えたらしい。

一三 一尋(ひろ)は両手をひろげた長さ。

一四 源成信。当時は従四位下右近衛権中将兼備中守の二十三歳。第二百五十六段・二百七十四段にも成信追懐の記事がある。

一五 壬生(みぶ)氏。定澄が権少僧都に任じたのは長保二年八月二十九日であるから、「定澄僧都」とは、執筆時点からの追称といえる。この時は権律師(ごんのりっし)で六十六歳。

一六 木の枝を切って葉つきのままを扇とすることか。

とのたまひしを、山階寺の別当になりて、慶び申す日、近衛司にて
この君の出でたまへるに、高き屐子をさへ履きたれば、ゆゆしう高
し。出でぬる後に、

「など、その枝扇をば持たせたまはぬ」

といへば、

「もの忘れせぬ」

と、笑ひたまふ。

「定澄僧都に袿なし。すくせ君に衵なし」

といひけむ人こそ、をかしけれ。

第十段

山は、

一 藤原氏の氏寺たる興福寺。『道長公記』長保二年三月十七日条に「以二律師定澄一任二興福寺別当一。以二行成朝臣一奏聞。宣旨下。申時興福寺僧等慶参」とあり、長保二年三月十七日午後四時以降の史実とわかる。

二 『侍中群要』巻十に「奏二僧慶賀一事。候二朔平門若修明門等外一、令二近衛司奏一」とあるように、北の陣の門外にきて慶賀の意を近衛中将に伝奏してもらう定めであった。この時成信がその役を勤めたのである。

三 『侍中群要』に「奏聞之後令レ持レ禄。出納一々授了。僧敷二草座一、亜将退立。相対仰云聞食。僧跪曰二太貴一」とある賜禄の際に、あの梨の木を枝扇にして祝儀に持たせればよかったのにという冗談。

四 袿は身丈が長く衵は短いが、定澄の身長に合うほど長い袿はないし、すくせ君に合うほど短い衵はないという秀句。「すくせ君」とは誰のことか不明。

五 恐らくこの「人」は成信を指すのであろう。従って長保三年二月三日成信が出家以後の回想的執筆か。

＊〔第一〇段〕山　古歌・民謡・説話を背景とし、山城・大和と畿内に発して奥羽・北陸・筑紫と遠くに及び、再び畿内に回帰する類想型式。

六 山城。『古今集』巻十「小暗山峯立ちならし鳴く鹿のへにけむ秋を知る人ぞなき」。鞍・鹿・綜から鹿背山に移る。

七 山城。『万葉集』巻六「少女らがうみをかくとふ鹿背の山」「鹿背の山木立を繁み」。績糸・桛が前の小暗山を受け、桛・繁みから御笠山に移る。

六 小暗(をぐら)山、

七 鹿背(かせ)山、

八 御笠(みかさ)山。

九 木の暗(こくれ)山、

一〇 入立(いりたち)の山。

一一 忘れずの山、

一二 末の松山、

一三 方去(かたさ)り山こそ、「いかならむ」〔山が身をひくとは〕どういうことだろう と、をかしけれ。

一四 五幡(いつはた)山、

一五 帰(かへる)山、

一六 後瀬(のちせ)の山。

一七 朝倉山、「よそに見る」〔昔の恋人に〕知らん顔をするのがね ぞ、をかしき 面白い。

一八 大比礼(おほひれ)山も、をかし。臨時の祭の舞人などの、思ひ出でらるるなるべし。

八 大和。『万葉集』巻六「平城(なら)の京(みやこ)は陽炎(かぎろひ)の春にしなれば春日山御笠の野辺に桜花木の暗隠(くれがく)り」。笠が前の枠を受け、「木の暗隠り」から木の暗山へ移る。

九 未詳。『万葉集』巻十四「天の原富士の柴山木の暗の時ゆづりなばあはずかもあらむ」。木の暗・柴山から柴垣を連想して入立山に移る。

一〇 未詳。『古事記』下巻「大君の心をゆらみおみのこの八重の柴垣入り立たずあり」。「入り立ちて忘れず」と次へ移る。

一一 陸奥(むつ)。蔵王山(ざおうさん)の古名。『古今六帖』巻二「陸奥(みちのく)の阿武隈(あぶくま)川のあなたにや人忘れずの山はさがしき」。「忘れず末を待つ」と次へ移る。

一二 陸奥。『古今集』東歌(あずまうた)「君をおきてあだし心をわが持たば末の松山浪も越えなむ」。「末を頼めて方去る」と続く。

一三 忘れず・末を頼めて・方去ると三幅対(さんぷくつい)。やはり奥羽の山か。「方去りし人何時(いつ)はた帰る」と次へ移る。

一四 越前。『伊勢集』「忘れなば世にも越路(こしぢ)の帰る山いつはた人に逢はむとすらむ」。「何時はた帰る」と続く。

一五 越前。「帰りてまた後の逢瀬」と次に続く。

一六 越前。『万葉集』巻四「かにかくに人はいふとも若狭路の後瀬の山の後も逢はむ君」。ここで一応落着。

一七 筑前。神楽歌で有名。『夫木抄(ふぼくしょう)』巻二十「昔見し人をぞ我はよそに見し朝倉山の雲居遥かに」。

一八 近江(おうみ)。東歌(あずまうた)「大比礼や小比礼の山は寄りてこそ」。石清水(いわしみず)・賀茂の臨時祭に舞人退出の際に陪従(べいじゅう)が唱う。

三輪の山、をかし。
手向山、待兼山、玉坂山。
耳成山。

第十一段

市は、辰の市。
里の市、
海柘榴市。大和にあまたあるなかに、泊瀬に詣づる人のかならずそこに泊るは、「観音の縁のあるにや」と、心ことなり。
をふさの市。

大和には市が沢山ある中でも
長谷寺に参詣する人が
格別な感じがする

一 大和。『古事記』中巻の三輪山伝説が背景。『古今集』雑下「わが庵は三輪の山本恋しくばとぶらひ来ませ杉立てる門」。以下の山々は説話による連想。
二 大和。『伊勢物語』の妻籠り伝説が背景。『古今集』春上「春日野は今日はな焼きそ若草の妻も籠れり我も籠れり」、同羇旅「このたびは幣もとりあへず手向山紅葉の錦神のまにまに」。
三 采女投身伝説が背景。『古今六帖』巻二「津の国の待兼山の喚子鳥鳴けど今来といふ人もなし」。
四 待兼山の連丘か。『摂津志』に見える。
五 『万葉集』巻一「香具山は畝火を愛しと耳成と相争ひき」。壮大な大和三山伝説で本段を結ぶ。
＊〔第一一段〕市　市の歴史的条件から主にその類想は大和に集中。類想三幅対の繰返し。
六 一定の日に人が集って、物資を交易する古代の流通機構。目印となる木の名や日付で呼び名がきまる。
七 平城左京。「市が立つ」と「賑わう（儲かる）」に因んで辰の日に開催。『拾遺集』巻十二「なき名のみたつの市とは騒げどもいさまだ人を売るよしもなし」。
八 京中の辰の市に対して「里の市では」として、海柘榴市以下、地名による市の名を挙げて辰の市と対比。
九 椿市とも。第二百十一段には清少納言自身が観音参詣の際に宿泊した記事があり、『蜻蛉日記』にも見える。『万葉集』巻十二「紫は灰さすものぞ海石榴市の八十の巷にあへる子や誰」。
一〇 奈良県八木の南、橿原の北に小房の地名がある。

一一 飾磨の市。一二 飛鳥の市。

第十二段

峰は、一三 譲葉の峰、一四 阿弥陀の峰、一五 弥高の峰。

第十三段

一一 歌枕として有名。『藤六集』「播磨なる飾磨の市に染むと聞きしかちよりこそは我は来にしか」。

一二 平城外京。『平中物語』に新元興寺附近の地名として「飛鳥本」が見える。旧元興寺の飛鳥の里ではあるまい。飾磨の市以外はすべて大和の地名。平城左京に始まって平城外京で締め括る連想の回帰。

＊〔第一二段〕峰　神・仏・儒の三縁からする類想三幅対。

一三 摂津。栯李葉岳とも。譲葉の木が多い。『斎宮寮式』に新嘗会の料として「弓弦葉一荷」とある。神下ろしの弓弦の縁で、神事を背景とする。

一四 山城。『公任集』「今よりは阿弥陀の峰の月影を千代の後まで頼むばかりぞ」。仏教を背景とする。

一五 播磨。前田本『元輔集』「さざれ石の巌となれば播磨なる弥高の峰弥高になる」。これは『論語』巻五の「顔淵喟然歎曰、仰レ之弥高、鑽レ之弥堅」を踏まえて、儒学を背景とする。因みに『拾遺集』神楽歌・『兼盛集』には「近江なる弥高山の榊にて君が千代をば祈りかざさむ」とあるが、山と峰との違い、またこの歌によれば神事に偏ることともなるので、近江説は採らぬ。

＊〔第一三段〕原　古歌を背景とする原の三幅対。すべて有名な歌枕で、近くより遠くへ連想を及ぼす。瓶の原以外は第百八段に重出。

原は、瓶の原、朝の原、園原。

第十四段

淵は、賢淵は、「いかなる底の心を見て（どういうたくらみを見ぬいて）、さる名をつけけむ（そんな名をつけたのだろう）」とをかし。

勿入淵、誰に、いかなる人の、教へけむ（どんな人が「入るなと」教えたのかしら）。

青色の淵こそをかしけれ。蔵人などの具にしつべくて（六位の蔵人なんかの装束にできそうだから）。

隠れの淵。

稲淵。

一 山城。『古今六帖』巻三「瓶の原わきて流るる泉川いつ見きとてか恋しかるらむ」。

二 大和。『古今集』秋下「霧立ちて雁ぞ鳴くなる片岡の朝の原は紅葉しぬらむ」。

三 信濃。『古今六帖』巻五・『是則集』「園原や伏屋に生ふる帚木のありとてゆけど逢はぬ君かな」。

＊〔第一四段〕淵　主として名称の持つ言葉の意味の興趣から畿内の五つの淵を連想する。

四 淵に棲む水蜘蛛の糸に引きこまれるのを避けた賢い男の民話を背景とする。「水蜘蛛の術」の類話は、全国至るところに伝承されるが、ここでは摂津あたりを出発点としていよう。ただしその所在は未詳。淵の主の心底を見破ったことからその名がついた。

五 『河内志』に「在二諸福村一。俗呼二内助淵一。有二古詠一」「為尹千首和歌曰、難面者身緒沈女武止加巨豆夜乃曽那多之月与勿入蘇濃淵」とある。危険な水蜘蛛の棲む「賢淵」に「な入りそ」と続く。

六 『和泉志』に「青池」を挙げ、「在二野田ノ朝代邑一。青碧如レ藍。因名」とあるが、断じがたい。「な入りそ」の禁制から禁色の「青色」を連想したか。

七 『古今集』恋三「紅の色には出でじ隠れ沼の下に通ひて恋ひは死ぬとも」によって青色の反対色から連想して、沼を淵に改めたか。「吉隠」「隠国」の縁で、大和の泊瀬あたりが予想される。

八 『大和志』に「稲淵溝」「男淵・女淵」の名が見える。飛鳥川の上流稲淵村の地名。否定の「否」に通じ

第十五段

海は、
水うみ、[九]
與謝の海、[一〇]
川口のうみ。[一一]

第十六段

陵は、
小栗栖の陵、[一二]

る。『狭衣物語』巻三上にも「稲淵の滝」とある。

＊〔**第一五段**〕**海**　海の三幅対。能因本は伊勢の海を加え類纂本は更に加古の海を補うが、第十二・十三・十六・十七段と同じく三の吉数が原形。

九 淡水の海を湖という。近つ淡海は琵琶湖、遠つ淡海は浜名湖と、遠近双方を踏まえるが、京への近さと羽衣伝説（『帝王編年記』巻十所収『近江国風土記』逸文）の背景よりして、琵琶湖に重点がある。

一〇 近江から東海の遠江を思いやって山陰の丹後に反転する。空の羽衣伝説から海の浦島伝説（『釈日本紀』巻十二所収『丹後国風土記』逸文）へ。水海から水江浦島子へと言葉の連関も認められる。

一一 甲斐の川口湖ならば富士山の神仙伝説（『竹取物語』他）、淀川河口の難波の海ならば浄土信仰と、東西双方を踏まえての海の三幅対は、実は琵琶湖を中心に四方十文字に交錯して、すべて伝説を背景とする。

＊〔**第一六段**〕**陵墓**　これまた陵墓三幅対の類想。

一二 三巻本に「うくるす」とあるのは、「を（乎）」→「う（宇）」の字体相似による転化と見て、山城国宇治郡の木幡に、醍醐皇后藤原穏子の宇治陵、村上皇后藤原安子の中宇治陵を始め、冬嗣の赤塚、基経の狐塚、時平の三十番神塚等、藤原氏歴代にゆかりの陵墓が集中しているのを取り上げたと考える。或いは、能因本の「うくひす」に従って、『大和志』にいう鶯山山頂にある仁徳皇后磐之媛命の平城坂上墓を考えるべきか。

一柏木(かしはぎ)の陵、
二雨(あめ)の陵。

第十七段

渡(わたり)は、
三しかすがの渡、
四こりずまの渡、
五水はしの渡。

第十八段

一 奈良市の西南に大字柏木があり、五万分一の地図には標高六〇・四メートルの古墳が印されている。いわゆる「柏木の杜(もり)」である。能因本は「かしは原」と改訂して、諸注は桓武天皇の柏原陵を当てている。

二 小栗栖(おぐるす)の柞原(ははそはら)→佐保山の柞の森→平城左京の柏木の杜→雨の森（漏り）の縁で、雨の陵が引き出されたか。諸注は「天(あめ)の陵」とし天智陵や聖武陵を当てる。

＊〔第一七段〕**渡し場**　名称語義の興味によって列挙された渡し場三幅対(さんぷくつい)の類想。

三 三河。古歌に多い歌枕。「しかすがに」は「さすがに」と同じ組成の副詞。「そうはいうものの」。

四 「須磨」に「懲りず」をかけ合せた戯称。古歌には多く「こりずまの浦」として用いられる。『袖中抄』に「須磨と岩屋は渡りにて」とあるように、淡路への渡船の発着地であったことが知られる。三巻本の「こりすき」という本文は、下野(しもつけ)の「古賀杉(こがすぎ)の渡り」の転化とも考えられるが、それでは言葉の興趣がない。

五 越中。『延喜式』に見える「水橋駅」か。平貞文と伊勢との「見つ」問答（『平中物語』『伊勢集』）を念頭に置いて見れば、「しかすがに」「こりずまに」「見つ」と語義の一貫性を認めることができるが、作者自身にそのような構想があったとも思われない。

＊〔第一八段〕**館(たち)と太刀(たち)**　三巻本のみの独自章段。堺本・前田本は「わたりは」の章段に含めている。

六 第十五段の海が、東西双方をかけていたように、この段の「たち」も、館と太刀と双方を指すか。

[六]たちは、
[七]たまつくり。

第十九段

[八]家は、
[九]九重の御門、
[一〇]二条宮居、
[一一]一条もよし。
[一二]染殿の宮、
[一三]清和院、
[一四]菅原の院。
[一五]冷泉院、

七 館ならば玉楼の意。太刀ならば宝玉をちりばめた飾り太刀の意。『桂川地蔵記』に「太刀者金銀円作」、『大神宮御宝物図』に「玉纏太刀」、『禁中方名目抄』に「飾太刀、玉ヲ以テ飾ル之」などとあり、第八十三段にも「飾り太刀」を「めでたきもの」としている。

＊〔第一九段〕宮第　前段「たち（館）」からの連想で、京中の宮第を、三幅対五組として類想する。

八 家とは、主として上流貴族の大邸宅に限る呼称。

九 『道長公記』『小右記』に「近衛御門」と見える道長室明子の高松殿はここには不当。「こゝのへ」から「このへ」「このゑ」への転化と見て、九重の御門即ち常の内裏即ち皇后定子の御所とする（附図四参照）。

一〇 三巻本の「みかゐ」は「みやゐ」の誤りか。能因本は「みかゐ」を除く。二条宮居とは、皇后定子の御所としての二条北宮であろう。前田本が「二条の院」の下に「かも院北」とするのは、東三条院の東町即ち鴨院の北半が二条北宮であることを注したものか。

一一 一条院は長保元年六月から二年十月までの里内裏で、これも皇后の御所。以上三件一組は、皇居二件に后宮一件を加えて、すべて皇后定子の御所である。

一二 染殿宮の南院か。清和母后明子の御所。

一三 太政大臣良房邸宅、後に清和母后 明子の御所。

一四 贈太政大臣菅原道真邸宅。以上三件一組は、太政大臣邸宅二件に后宮一件を加えている。

一五 嵯峨天皇以来、累代の後院となる。「せいか」「れいせん」共に顚倒して「せかい」「れんせい」と読む。

閑院[一]、
朱雀院[二]。
小野宮[三]、
紅梅[四]、
県の井戸[五]。
竹三条[六]、
小八条[七]、
小一条[八]。

第二十段

清涼殿の丑寅[九]の角の、北のへだてなる（仕切りにしてある）御障子は、荒海の絵。生きたるものどものおそろしげなる、手長[一〇]・足長などをぞ描きた

一 贈太政大臣冬嗣邸宅。歌物語に因縁深い場所。
二 累代の後院。以上三件一組は、累代の後院二件に歌物語に関連のある太政大臣邸宅一件を加えている。
三 惟喬親王の家。親王は悲劇的な歌物語の主人公。
四 道真が大宰府配流に際して「東風吹かば匂ひおこせよ梅の花主なしとて春を忘るな」（『拾遺集』）の一首を詠じた悲劇の場所という。
五 橘公平女「都人来ても折らなむ蛙鳴く県の井戸の山吹の花」（『後撰集』）や同じ女と源信明の恋物語（『大和物語』）が残されている。以上三件一組は、いずれも歌物語（うち二件は悲劇）に因縁の深い場所。
六 これはもと生昌の三条第で、後に修子内親王の御所として献上したところであると角田文衛氏説。敦康・媄子二親王生誕、皇后崩御の悲劇の地。
七 『尊卑分脈』に源昇女に注して「小八条御息所」とある。後に伊周の子道雅の西八条第と角田氏説。
八 高階明順の小二条第の誤りならば、これも皇后定子の御所。本段は邸宅各三件五組それぞれに、共通のもの二件と前後に関連するもの一件を組合せて連鎖的に構成し、皇后の御所に始まって皇后の御所に終る。
＊**〔第二〇段〕君をし見れば**　前段の「九重の御門」「染殿の宮」からの連関で、正暦五年二月下旬常の内裏における教養あふれる中宮のお姿を、新参気分のぬけない当時の印象をそのままに回想。
九 鬼門（東北隅）を伏せるため荒海の障子を立てる。
一〇 中国古代の想像上の異境人。『山海経』に見る長

る。上[一一]の御局の戸をおしあげたれば、つねに目に見ゆるを、憎みなどして、笑ふ。

高欄[一二]のもとに、青き瓶の大きなるを据ゑて、桜のいみじうおもしろき枝の、五尺ばかりなるをいと多く挿したれば、高欄の外まで咲きこぼれたる昼つ方、大納言殿[一三]、桜の直衣のすこしなよらかなるに、濃き紫の固文の指貫、白き御衣[一四]ども、うへには濃き綾のいとあざやかなるを出だしてまゐりたまへるに、主上のこなたにおはしませば、戸口[一五]の前なる細き板敷にゐたまひて、ものなど申したまふ。

御簾[一六]のうちに、女房、桜の唐衣どもくつろかに脱ぎ垂れて、藤[一七]・山吹など、いろいろ好ましうてあまた、小半蔀[一八]の御簾よりもおし出でたるほど、昼[一九]の御座のかたには、御膳[二〇]まゐる足音たかし。警蹕[二一]など「おーしー」といふ声きこゆるも、うらうらとのどかなる日のけしきなど、いみじうをかしきに、はての[二二]御盤とりたる蔵人まゐりて、御膳奏すれば、中[二三]の戸よりわたらせたまふ。御供に、廂より大納言

臂国の手長、長股国の足長。

一一 弘徽殿の上御局。中宮が登花殿から清涼殿に上がられた時のお居間。本段の人物配置は附図五参照。

一二 高欄は簀子敷（縁側）の手すり。この時の印象から第二段三月桜の頃の随想（二四頁）が生れる。

一三 中宮定子の兄伊周。時に正三位権大納言の二十一歳。二月二十日積善寺供養に中宮が行啓された（第二百六十段）ことへの答礼にでも参上したか。

一四 衵の下の単衣。

一五 弘徽殿の上御局には北向きの戸がある。

一六 上御局の北の戸口や東面にかけられた簾。

一七 唐衣の下に着た各人の表着の重ねの色目をいう。

一八 黒戸の御所と通称される北廊の東面には、幅の狭い半蔀が付けられているので、その細殿（北廊）自体を小半蔀と呼ぶ。並列助詞「も」は、上御局の簾中の上臈女房だけでなく、北廊の下臈女房も、御簾の下から色々に出だし衣をしていることを指している。

一九 天皇の常の御座所。清涼殿の母屋にある。

二〇 大床子の御膳。天皇の朝の正餐は午一刻（午前十一時）。『厨事類記』によれば七種の台盤を供する。

二一 先を払う掛声。「凡供二御膳一人皆悉称二警蹕一」（『侍中群要』巻三）。ただし食器のみの第一の台盤には警蹕をしない。

二二 「供訖、取二最後御盤一之人奏二事由一。其詞云おものまいたり。又説云おものまいぬ」第七の御盤は羹盤。

二三 上御局と北廊との間の北廂にある中仕切りの戸。

殿、御送りにまゐりたまひて、ありつる花のもとに帰りゐたまへり。（一〔昼の御座まで〕参上なさったあと　さっきの）

宮の御前の、御几帳おしやりて、長押のもとに出でさせたまへるなど、なにとなくただめでたきを、さぶらふ人も思ふことなき心ちするに、「月も日もかはりゆけどもひさにふる三室の山の」といふ言を、いとゆるらかにうち出だしたまへる、いとをかしうおぼゆるにぞ、げに、千年もあらまほしき御ありさまなるや。（中宮様が　二端近に　理屈ぬきに　素晴らしいので〔私たち〕お仕えする女房も何の憂いもない　三〔悠久な〕月日さえも変ってゆくのにいつまでも変らぬ　〔伊周様が〕実にゆったりとお歌い出しになったのが　このままでありたい〔この場の〕ご様子ですよ）

四陪膳つかうまつる人の、五男どもなど召すほどもなく、わたらせたまひぬ。（召すか召さぬかに〔主上はこちらへ〕）

（中宮）「御硯の墨すれ」

と仰せらるるに、六目は空にて、ただおはしますをのみ見たてまつれば、七ほとど継ぎ目も放ちつべし。八白き色紙おしたたみて、（上の空で〔お二方の〕いらっしゃる方ばかりを　危うく継ぎ目も外してしまいそうだ　きちんと重ねて）

（中宮）「これに、ただ今おぼえむ古き言、一つづつ書け」（思い出せる古歌を）

と仰せらるる。（おいいつけになるの）

外にゐたまへるに、（坐っておいでの方に）

一　天皇と伊周の径路は附図五参照。
二　上御局と北の簀子敷との境の下長押。
三　『万葉集』巻十三『忠岑十体』『新勅撰』賀にある。第五句は「とつ宮どころ」。父道隆は関白、妹は中宮、自分は権大納言。そうした満足感を伊周はこの古歌に託した。
四　給仕役を勤める人。上臈の四位または上臈女房。
五　お食事がすんだので、台盤を下げるように蔵人たちを召す。「著御了、陪膳召レ人（召云男共）、蔵人称レ唯、参二進御障子戸（鬼間戸外）下一窺候。陪膳仰云撤リ。微音称レ唯、退二出於殿上小戸下一三寸許去跪、仰云罷」（『侍中群要』）「昼の御膳罷りを告ぐる手弱女の扇の音もえやは忘るる」（『安斎随筆』所引『古今六帖』歌。ただし現行『古今六帖』にはない）。
六　手もとの硯と墨とから目をそらすこと。この前年の初冬に出仕したばかりの新参の作者が夢中で見つめたのは、主上のお姿だけではなく、主上と中宮とがおそろいの素晴らしさであったろう。
七　短い墨を挿し込んで用いる道具を墨柄・墨継・蜷尾という。持ちやすく手を汚さぬための補助器具。後世の墨挟も用途は同じ。『類聚雑要抄』に「継墨・同柄丸」とあり、『古図類従』当麻寺蔵墨柄なるものを図示する（附図六参照）。手もとが留守になると、力の加わり方がいびつになって、墨と墨柄の継ぎ目が外れることとなる。
八　上等の楮質の素紙に白い胡粉を引き、ふのりなど

（清少）「これは、いかが」[九]

と申せば、

（伊周）「疾う書きて、まゐらせたまへ。男子（をのこ）は、言（こと）加へさぶらふべきにもあらず」（口出しすべきことではございません）

とて、さし入れたまへり。（簾の内へ色紙を）

[一〇]御硯とりおろして、（（中宮様は）お硯をこちらへお下げ渡しになって）

（中宮）「疾く疾く。ただ思ひまはさで、『難波津（なにはづ）』[一一]もなにも、ふとおぼえむ言を」（何もひねくって考えないで、難波津でも何でも、ふっと思いつくような歌を）

と、責めさせたまふに、など、さは臆せしにか。すべて、面（おもて）さへ赤みてぞ、思ひみだるるや。（どうして そんなに気おくれしたのか 全く 顔まで赤くなってね 途方にくれるのですよ）

春の歌・花の心など、さいふいふも、上臈（じやうらふ）[一二]二つ三つばかり書きて、（そうは言いながらも）

（上臈）「これに」（ここへ（お書きなさい））

と、あるに、「年経れば齢（よはひ）は老いぬしかはあれど花をし見ればもの思ひもなし」[一三]といふ言（こと）を、「君をし見れば」[一四]と書きなしたる、御覧（よこされたのに 花をさえ見たら何の憂いもない 書き変えたのを（他の歌と））

でといた雲母末で各種の文様を木版印刷した唐紙（からかみ）であろう。色紙（しきし）といえば、濃（す）き染・漬け染・刷（は）き染・唐紙と各種の染め紙をいうが、ここは白い唐紙と解する。

九　諸注は、伊周に「どうすればいいのでしょう」と相談する意に解するが、一座での最高位の人に敬意を表して「いかがなさいますか」とまず伊周に執筆を求めたものと見る。伊周がそれを簾中に押し返したことによって作者が上御局の簾中にいたことがわかる。

一〇　「墨すれ」との仰せで、簾中では最も身分が低くて下座にいた清少納言は、墨をすり終ると、その硯を下命者の中宮のお手許へ差し上げておいたのである。最も下座であればこそ、簾外の伊周との話も近い。

一一　『古今集』仮名序に「難波津の歌は（中略）手習ふ人のはじめにもしける」とあるように、子供でも知っている「難波津に咲くや木（こ）の花冬ごもり今は春べと咲くやこの花」の一首。

一二　上臈女房。典侍（てんじ）・掌侍（しょうじ）に相当する身分の高い女官。上御局の簾中での上席にいた宰相の君など。

一三　『古今集』巻一に「染殿（そめどの）の后（きさき）の御前（おまへ）に、花瓶（はながめ）に桜の花をささせたまへるを見てよめる　前太政大臣」とある。文徳后明子と父良房、一条后定子と兄伊周、花瓶の桜とすべての条件が一致して、作者はこの歌を利用したが、前段染殿の宮と清和院（せいわいん）との組合せとも連関しているのは、執筆当時の連想作用であろう。

一四　本歌の「花」を「君」と改めたところに工夫がある。「君」は、主上・中宮の双方を指している。

じくらべて（お見くらべになって）、

（中宮）「ただ、この心どものゆかしかりつるぞ」（そなたの忠誠心や即妙の才が知りたかったんだよ）

と仰せらるるついでに、

（中宮）「円融院[一]の御時に、造紙に（料紙に）、『歌一つ書け』と、殿上人に仰せられければ、いみじう書きにくう、すまひ申す人々ありけるに（辞退申し上げる人たちがいたそうですが）、『さらにただ（ともかくも）、手の（筆跡の）悪しさ良さ、歌のをりにあはざらむも知らじ（歌が時宜にかなっていなかろうと問題にはすまい）』と仰せらるれば、わびて（閉口して）、みな書きけるなかに、ただ今の関白殿[二]、[三]三位中将ときこえける時（申し上げました頃で）、『[四]汐の満ついつもの浦のいつもいつも君をば深く思ふはやわが（あなたを深く愛してますよ）』といふ歌の末を（末句を）、『頼むはやわが（ご信頼申し上げていますよと）』と書きたまへりけるをなむ（お書きになったそうなのをね）、いみじうめでさせたまひける（[円融院は]とてもお賞めになったんですって）」

など仰せらるるにも、[五]すずろに汗あゆる心ちぞする（むやみに汗が吹き出るような気がしたことだ）。「齢[六]若からむ人、はた、さもえ書くまじき言のさまにや（とてもそうは書けそうにない言葉の綾というものかしら）」などぞおぼゆる。例い（いつも）とよく（はどく達者に）書く人も、あぢきなうみなつつまれて（あいにくと皆さん気おくれがして）、書きけがしなどしたるあり（書き損じたりなどした人もいる）。

一　一条天皇の父帝。安和二年（九六九）八月十三日受禅、同九月二十三日即位以後、永観二年（九八四）八月二十七日譲位までの御在位中の話。

二　中宮定子の父道隆。正暦四年（九九三）四月二十二日に関白となって現在に至っている。

三　道隆は、天元元年（九七八）十月十七日に右近権中将、永観二年（九八四）正月七日従三位（三十二歳）、それから寛和二年七月五日権中納言となる（三十四歳）までの間が三位中将であって、しかも円融御宇といえば、この話は永観二年正月から八月までのことである。

四『万葉集』巻四（巻十重出）に「川のへのいつ藻の花のいつもいつも来ませわが背子時じけめやも」という類歌がある。厳藻の花とは布袋草の花のようなもので「何時」の枕詞であるが、「出雲の浦」の用例は『承暦元年十一月出雲守経仲名所歌合』以前のものを見出ださない。道隆が引いた出典は未詳だが、恋歌を君を思う忠誠の歌に改めたところが手柄であった。

五　正暦四年冬初出仕してまだ新参者の作者が、身分違いの上臈女房と同席しての初手柄を、関白様の昔話を例に挙げて大袈裟に賞められたのが、嬉しいやら恥ずかしいやらで汗をかく思いがしたのである。

六　内心の得意さを抑えて、三十路に近い齢の功だと反省する。これも新参間もないころの心境であろう。

[七]古今の草子を御前に置かせたまひて、歌どもの本を仰せられて、（古今集のご本を〔中宮様は〕お手もとにお置きになって 上の句を）

（中宮）この下の句は
「これが末、いかに」

と、問はせたまふに、すべて、夜昼心にかかりておぼゆるもあるが、けぎよう申し出でられぬは、いかなるぞ。[八]宰相の君ぞ十ばかり、それも、おぼゆるかは。まいて、五つ六つなどは、ただ、おぼえぬよしをぞ啓すべけれど、（誰でも 暗誦している歌もあるのに すらすらとご返事が出てこないのは どうしたことかしら それも 記憶してるなんてものじゃない 五首か六首しか言えないものは 申し上げればいいのだが）

（女房）
「さやは、気にくく、仰せ言を映えならもてなすべき」（まさか そうは無愛想に つまらなくしてしまえやしない）

と、わび、口惜しがるも、をかし。（しょげたり残念がったりするのも）

「知る」と申す人なきをば、やがてみな読みつづけて、[九]夾算せさせたまふを、（知っているとお答えする人のない歌を続けて終りまで読んでは次々に進んだ挙句 文挾みをしておやめになるので）

（女房）
「これは、知りたる言ぞかし」（知ってる文句だわ）

（女房）
「などから、つたならはあるぞ」（どうしてこう だめなのかしら）

〔口々に〕
と、いひなげく。なかにも、[一〇]古今あまた書き写しなどする人は、みなもおぼえぬべきことぞかし。（全部 だって暗誦できなくてはならぬことですよ）

七 各人の記憶している和歌一首を即座に書かせてご覧になって、清少納言の機才を披露し、続いて『古今集』の和歌の上の句を読んで下の句を答えさせる。中宮の女房たちの和歌や書芸の教養を天皇の座興に供し、そのうえ自ら歌語りをして女房を教訓し、併せて天皇の教養を益す。中宮定子が三歳年少の天皇をもてなされるところ、すこぶる懇切周到なものがあった。

八 富小路右大臣顕忠孫、右馬頭重輔女（第二百六十段）。ただし、父重輔に参議の経歴はなく、その女に宰相君の女房名があることを不審として、天延三年十月十七日薨（六十歳）の参議元輔を父と見る考えもあるが、第二百六十段に「馬副へのほどこそ」とある句が、父重輔説を補強する。あるいは実父元輔の薨後、叔父重輔の養女となったというような事情があったものか。さすれば天禄元年（九七〇）以前の生れで、正暦五年当時は二十五～二十八歳と考えられる。

九 文挾み・栞。長さ三寸、幅五分ほどの竹を薄く削り、およそ三分の二までを割いて、書物の頁を挾んで読みさしの所の目印とする文房具。

一〇 『古今集』を書写することは、当時の女性の和歌と書芸との双方にまたがる大きな課題であった。しかも一度だけでなく、何回も書写したことは、後世の俊成や定家の遺墨を見ても知られるように、読書百遍よりも、写本数回の著しい学習効果を、当時の人は悟っていたわけである。

[一]「村上の御時に、宣耀殿[二]の女御ときこえけるは、小一条[三]の左の大殿の御女におはしけると、誰かは知りたてまつらざらむ。まだ、姫君ときこえける時、父大臣の教へきこえたまひけることは、『一つには、御手をならひたまへ。次には、琴[四]の御ことを、人よりことに弾きまさらむとおぼせ。さては、古今の歌廿巻を、みなうかべさせたまふを、御学問にはせさせたまへ』となむ、きこえたまひけるときこしめしおきて、御物忌[五]なりける日、古今を持てわたらせたまひて、御几帳をひき隔てさせたまひければ、女御、『例ならずあやし』と、おぼしけるに、草子をひろげさせたまひて、『某[六]の月、何のをり、某の人のよみたる歌は、いかに』と、問ひきこえさせたまふを、『かうなりけり』と、心得たまふもをかしきものの、『ひがおぼえをもし、わすれたるところもあらば、いみじかるべきこと』と、わりなうおぼしみだれぬべし。その方[七]におぼめかしからぬ人、二三人ばかり召し出でて、碁石して、算[八]

一 女房たちの失敗を戒めて、中宮の歌語りが始まる。清少納言もその博識には大いに敬意を表している。村上天皇は一条天皇の祖父帝。天慶九年（九四六）四月十三日受禅、同二十八日即位から、康保四年（九六七）五月二十五日崩御（四十二歳）までが、その在位期間。詩歌管絃あらゆる学芸のすぐれた指導者であった。

二 左大臣藤原師尹一女芳子。天徳二年（九五八）十月二十八日女御。康保四年七月二十九日薨（三十歳未満か）。この逸話は『大鏡』にも載せられて有名。

三 小一条太政大臣忠平の男。天暦九年頃芳子入内当時は従三位中納言兼左衛門督の三十六歳、村上崩御の時で正二位右大臣の四十八歳。師尹の芳子に対する教育は、平安朝貴族の女子教育史料として有名。

四 「こと」は、琴・箏・琵琶・和琴その他を含む絃楽器の総称。七絃の琴の演奏が最もむつかしい。

五 外出接客を慎んで籠居し、災厄を避ける陰陽道の習慣。天皇の物忌には「御」をつける。

六 いつ、どんな時に、誰それが詠んだ歌はどうかと訊くのだから、上の句を読んで下の句を答えさせるよりもむつかしい。

七 和歌の道。村上朝の和歌練達の女房としては『天徳四年内裏歌合』出詠の中務・少弐命婦・本院侍従、『応和二年内裏歌合』に出詠した常陸内侍・少弐命婦・右近命婦、女蔵人の木工・兵庫・靫負・兵部・美作・内蔵、『康保三年内裏前栽合』における介命婦、女蔵

置かせたまふとて、強ひきこえさせたまひけむほどなど（無理強いをなさったような時なんかは）、いかにめでたう、をかしかりけむ。御前にさぶらひけむ人さへこそ（〔当時〕おそばに控えて〔拝見して〕いたような人までが）、うらやましけれ。せめて申させたまへば（〔天皇が〕無理に答えさせなさるので）、さかしうやがて末までは（〔女御は〕利口ぶってそのまま下の句までと）あらねども（いうのではないが）、すべて、露たがふことなかりけり（これっぽっちも間違いはなかったんですって）。『いかでなほ（〔村上〕何とかぜひ）、すこしひがごと[九]見つけてをやまむ（すこしは間違いを見つけたうえでやめようわい）』と、ねたきまでに（くやしいくらいに）おぼしめしけるに、十巻にもなりぬ。『さらに不用なりけり（〔村上〕全く無駄骨だったなあ）』とて、御草子に夾算さして、大殿ごもりぬるも（おやすみになったのも）、まためでたしかし。いと久しうありて（大分しばらくたってから）、起きさせたまへるに（お起きになりましたが）、『なほ（〔村上〕）、このこと勝ち負けなくてやませたまはむ（勝負をつけずにおやめになるのは）[一〇]、いとわろし（甚だ面白くないとお考えになって）』とて、下[一一]の十巻を、『明日にならば、異[一二]をぞ見たまひ合はする』とて、『今日、定めてむ（決着をつけてしまおうと）』と、[一三]大殿油まゐりて（おともしになって）、夜ふくるまで読ませたまひけり（お読みになったんですって）。されど、（〔女御は〕）つひに負けきこえさせたまはずなりにけり（お負け申さずじまいでいらっしゃったんですって）。[一四]『かへりわたらせたまひて（〔主上が〕戻っていらっしゃって）、かかること（かくかくの次第）』など、[一五]殿に申したてまつられたりければ（大臣に知らせの手紙をさし上げられたようなので）、いみじうおぼしさわぎて（〔大臣は〕大変心配なさって）、[一六]御誦経などあまたせさせたまひて、[一七]そな

人の少弐・兵衛・大輔・衛門・播磨等多数がある。

八 得点を数える竹の串を算という。

九『古今集』前半十巻の中、時所位を具備して出題に適した歌は約百五十首、一首二分として五時間に及ぶ。後半十巻では約百二十首を数える。

一〇 天皇自身の動作に尊敬の補助動詞をつけたのは、語り手の中宮定子からの対位観念によるもの。

一一「下の十巻を」は「大殿油まゐりて、夜ふくるまで読ませたまひけり」にかかる。「明日にならば……今日、定めてむ」は、天皇の心算を示す挿入文。

一二 女御所持の別の本を見て、巻十一以下の準備をしたのでは面白くないと考えられたのである。

一三 宮中や貴人の家でともす灯油のあかり。

一四 天皇はいったん清涼殿の夜御殿に戻っておやすみになったが、また宣耀殿へお越しになったのである。

一五 事の次第を父大臣に通報したのは女御自身でなくお付きの女房であろうが、いずれにしても女御の立場としてであるから、尊敬の助動詞「らる」を用いた。

一六 方々の神社仏寺に御誦経の使いを遣わして神仏の加護を祈った。使者は布施の料物を持参して誦経の奉納を依頼したのである。真夜中に起された僧侶や神官は願意を聞いて二度びっくりしたことであろう。

一七 小一条第は第十九段にもあったが、近衛南・東洞院西、そこから内裏は真西に当る。阿弥陀浄土をかねて師尹は祈り暮したことであろう。親心とはいいながら、いつの世も変らぬ過保護な風景である。

たに向きてなむ、念じくらしたまひける。すきずきしう、あはれなることなり」
（ちらの方角に向いてね　祈り通していらっしゃったんですって　実に風雅で　感動的な話です）

など、語り出でさせたまふを、主上もきこしめし、めでさせたまふ。（感心なさいます）

（主上）「我は、三巻四巻をだに、一え見はてじ」（読み通せはすまい）

と仰せらる。

（女房）二「昔は、えせ者なども、みなをかしうこそありけれ」（つまらぬ者たちでも　みんな優雅なものだったのね）

（女房）「このごろは、かやうなることはきこゆる」（近ごろは　こんな話は耳にするかしら）

など、御前にさぶらふ人々、上の女房三こなたゆるされたるなどまゐりて、口々いひ出でなどしたるほどは、まことに、四露おもふことなく、めでたくぞおぼゆる。
（〔中宮様の〕　女房たち　何の心配もなく）

第二十一段

一 一条天皇は、村上天皇が『古今集』二十巻、時所位を具備して出題に適した歌約二百七十首の詞書と作者名とを読み通した根気のよさに感心していられる。

二 昔は万事がよかった、今はすべてが劣っているという懐古的な物の見方は、人類の歴史につきまとう宿命的な悲観論であるが、過去は美点のみが記憶伝承され現在は眼前に欠点を直視し得るに過ぎない。

三 主上付きの内裏女房で、中宮の御所に来ることが認められているもの。昇殿を聴すということは、あえて清涼殿のみに限らず、院・宮それぞれに資格が認められて初めて出入りが許されるのである。第六段の右近内侍などがそれであった。

四 華やかなりし過去を回想しての執筆態度。

*〔第二十一段〕**宮仕え論**　第二十段における宮中での感激的な体験から連想して、女性宮仕え必須論の随想に移る。宮仕えには否定的な口ぶりの紫式部と対蹠的。

五 小成に安んずる小市民的幸福観は、男女を問わず清少納言の嫌うところ。男性に関しては第百七十段。

六 諸注は能因本によって「まめやかに」と改訂しているが、形容詞「全し」の語幹「また」に接尾語「やか」の付いた形容動詞と見て、小ぢんまりまとまった意味に解する。

七 摂関清華の上流貴族なら、尚侍・更衣・女御・后宮の望みもあるが、中下流貴族の女性としては、退職直前に典侍となるのが女房生活最高の目標であった。

五生ひ先なく、六まめやかに、えせざいはひなど見てゐたらむ人は、いぶせく、あなづらはしく思ひやられて、「なほ、さりぬべからむ人のむすめなどは、さしまじらはせ、世のありさまも見せならはさまほしう、七典侍（ないしのすけ）などにて、しばしもあらせばや」とこそ、おぼゆれ。

宮仕へする人を、あはあはしう、わるきことに、いひ思ひたる男などこそ、いとにくけれ。八げに、そもまた、さることぞかし。九かけまくもかしこき御前をはじめたてまつりて、上達部（かむだちめ）・殿上人・五位四位は、さらにもいはず、見ぬ人はすくなくこそあらめ。女房の従者（ずさ）、その里より来るもの、長女（をさめ）・御厠人（みかはやうど）の従者（ずさ）、礫（たびし）・瓦（かはら）といふまで、何時かは、それを恥ぢ隠れたりし。殿ばらなどは、いとさしもやあらざらむ。それも、一〇あるかぎりは、しか、さぞあらむ。

上などいひて、かしづき据ゑたらむに、一一心にくからずおぼえむ、ことわりなれど、また、「内裏（うち）の典侍（ないしのすけ）」などいひて、をりをり内裏（うち）

（傍訳）将来性がなく　ちんまりとした　中途半端な幸福なんかに満足しているような女性は　気づまりだし　ばかばかしい気がするものだから　やっぱり　しかるべき身分の　〔宮中に〕出仕させ　世間の様子も見習わせたいし　典侍などになって　しばらくでも経験を積ませたいものだと　思いますよ　女性を　軽薄なもののように言ったり　よくないことのように思ってる男性たち　ときたら　全く　〔私が〕憎らしがるのがまた当然のことなんですよ　申すも畏れ多い上ご一人をはじめといたしまして　いうまでもないこと　顔を合わせぬ人は少ない　一体いつ　顔を合わすのを恥として逃げ隠れしたでしょうか　〔それにひきかえ〕殿方なんかは大して女房程の事はないでしょうね　それでも　殿上勤めの間は　そう　女房勤めと同じでしょう　〔宮仕え経験者を〕北の方などといって大切に迎えたような時　〔うぶな〕奥床しさを感じないのは　もっともだけれど　反面

八 指示代名詞「そ」を、「あはあはしういひ」「わるきことに思ひたる」を指すものとして、「しかし、考えてみると、それもまたもっともなことだ」と解するのが通説であるが、それは、原文に忠実でないし、作者が自己の主張を瞬時に翻すことになるので採らない。やはり、直前の「いとにくけれ」を指して、自己の主張を一層強調し、以下に続けて、その理由を説明しようとする導入の文章と見るべきであろう。

九 上は天皇から、下は瓦礫（がれき）（たびしかはら）にもひとしい賤（いや）しい身分の者まで、臆することなく交渉を持って、幅広い社会体験を積むところに、宮廷女房の利点長所があるのだと、主張している。下文の「さしも」「さぞ」の代名詞「さ」は、このいろいろな階層の人に会う機会を持つ女房勤めの長所を指している。

一〇 一般行政職の男性官人は、所属官庁の狭い職域に限られて、その体験は宮廷女房に劣るが、天皇に日常近侍する蔵人職として殿上の生活圏にある者はその任期中は、宮廷女房と同様だろうと、ここで初めて、男性官人にも女房との共通性を認めて、男子一般に合意を求めている。

一一 男性には、無知無垢（むく）で無条件に夫に随う女性を妻とすることを喜ぶ一般的傾向がある。その意味で職業経験のある女性の場合には、そのような清純な魅力は確かに乏しいと清少納言は認めている。しかし妻というものの真の「心にくさ」は、豊かな体験から得られる尽きせぬ内助の功にあるのだと主張したいのである。

へまゐり、祭[一]の使などに出でたるも、〔夫として〕面立たしからずやはある。晴れがましくないことがあろうか

さて、こもりゐぬるは、まいてめでたし。受領の五節[二]出だすをり そうした経験を積んだうえで家庭に落ち着いたのは一層結構だ

など、いと鄙び、いひ知らぬ言[三]など、人に問ひききなどはせじかし。随分田舎者臭く 言いなれない口上なんかを 他人に尋ねたり訊いたりはしますまいよ

心にくきものなり。〔それが本当の〕奥床しい妻というものだ

第二十二段

すさまじきもの。興ざめなもの

昼吠ゆる犬[四]、

春の網代、

三四月の紅梅の衣。

牛死にたる牛飼[五]、

乳児亡くなりたる産屋、

一 大嘗会の翌年に行われる八十島祭。「以二典侍一人一為レ使(多用二御乳母一)」と『江家次第』にある。『小右記』寛仁元年十二月十五日条に「今夜、八十嶋使典侍入京。(近江守惟憲妻)。迎送者極多々云々。惟憲相迎云々」とあるように、妻が八十島使の典侍に選ばれることは、夫たる受領層の男性にとって、すこぶる名誉なこととされていた。

二 例年の五節には、公卿二人・受領二人が舞姫を出だし立てる定めとなっている。

三 「いひ知る」とは、正しい言い方を知っているという意味。「いひ知らぬ言」とは、五節の舞姫を出だし立てるに当って、その仰せを承ることから始まって、行事の折り目折り目に述べるべき儀礼的な口上であろう。

＊〔第二十二段〕**興ざめ** 興ざめな事がらの類想から随想へ移る。第二段正月除目のころからの連関を認めることもできる。

四 第一群の三種は、時期外れの味気なさ。犬は夜吠え、網代は冬氷魚をとる。紅梅重ねは初春の服色。

五 第二群の三種は、中味のない空しさ。炭櫃は角火鉢、地火炉は土間の囲炉裏。ともに「火おこさぬ」を受ける。

火おこさぬ炭櫃(すびつ)・地火炉(ぢくわろ)。

六うち続き女児(をんなご)生ませたる。

七方違へ(かたたがへ)にいきたるに、あるじせぬ（ご馳走しない家）所。八まいて節分(せちぶん)などは、いとすさまじ。

九ひとの国よりおこせたる文の（地方から送ってきた手紙で）、物なき（土産物の添えてないの）。京のをも（京からの手紙でも）、さこそ思ふらめ（そう思うだろう）。されどそれは、ゆかしき言どもを（知りたい噂話などを）も書き集め、世にある事などを（世間の出来事なんかも）もきけば、いとよし（聞くのだから〔贈り物がなくても〕ずっといい）。

人のもとに、わざと（特別）清げに（きれいに）書きてやりつる文の返り言（返事を）、「いまは持て来ぬらむかし（もう持って来そうなものねえ）。あやしう遅き（ひどくおそいな）」と、待つほどに、ありつる文（さっきの手紙を）、一〇立文(たてぶみ)をも結びたるをも、いときたなげに取りなし（すっかり汚ならしく扱って）、一一ふくだめて、一二上に引きたりつる墨など消えて、

（使者）「おはしまさざりけり（〔先様は〕いらっしゃいませんでした）」

もしは、

（使者）「御物忌とて取り入れず（物忌だとおっしゃって受け取らないのです）」

六 このあたりから随想的傾向を帯びてくる。諸注は能因本によって「博士の」という主語を置いて、条件を限定するが、女子ばかりが生れて、跡目を嗣(つ)ぐ男子がなくて困るのは、敢えて学者の家ばかりではない。職業世襲の公家(くげ)官人は相続男子がなくてはならない。

七 天一神(てんいちじん)や金神(こんじん)・大将軍等の凶神が遊行(ゆぎょう)する方位を避けて、他の方角の家に宿泊して日を過す陰陽道(おんみょうどう)の日忌みの習慣。

八 第二百七十九段に「節分違へ」とあるように、節分の夜は方違えをする習慣があったし、季節の変り目として、当然、節供のご馳走があるはずだから。

九 地方からの手紙に土産が添えてないのはがっかりするが、都からの手紙には、都の情報が盛られているから贈り物がなくても満足すべきだという手前勝手な考え方は、当時の貴族社会における中央集権・地方搾取の生活感覚から出た一般通念であったであろう。

一〇 立文は、縦長に畳んで上下を折返した形の正式の書状。結び文は細長く畳んで結びとめた略式の書状。

一一 ぶくぶくにして。料紙が和紙だから、ぞんざいに扱うと、紙の繊維がけば立ち、折り目も崩れて、ぶくぶくになる。

一二 書状の上包みの封じ目に、〆などと書いた墨の線。

といひて、持(も)て帰りたる、いとわびしく、すさまじ。

また、かならず来(く)べき人のもとに、車をやりて待つに、来る音すれば、（〔迎えの〕牛車を）（〔車が〕）

「さななり」（来たのだろう）

と、人々出でて見るに、車宿(くるまやどり)[一]にさらに[二]曳き入れて、轅(ながえ)[三]「ぽう」[四]とうち下ろすを、（おまけに）

「いかにぞ」（どうだったの）

と問へば、

「『今日は、ほかへおはします』とて、わたりたまはず」（お越しになりません）

など、うちいひて、牛のかぎり曳き出でて往ぬる。（いい捨てて）（〔車庫から〕牛だけを曳き出して行ってしまったの）（〔は興ざめだ〕）

また、家のうちなる男君の、来ずなりぬる、いとすさまじ。さるべき人の、宮仕へするがりやりて、「恥づかし」と思ひゐたるも、いとあいなし。（[五]その家の人となったお婿さんが）（[六]身分も相当な人で）（宮仕えする女性のところへ〔夫を〕とられて）（全くみっともない）

乳児(ちご)の乳母(めのと)の、

一 貴族の邸宅では外門と中門との間に車庫がある。

二 車が邸内にはいってはきたが、車寄せ（階の間(はしま)・玄関口）へ曳(ひ)いてこないばかりか「そのうえに」という気持で、副詞「さらに」を用いたのであろう。

三 牛車の車台に続いて前方に長くつき出ている二本の棒。その間に牛をつなぐ。

四 「ポン」という擬声語。撥音(はつおん)「ン」を「う」と表記する。三巻本は「ほく」とあるが、「ポクッ」とか「ボクッ」という擬声語ではなく、「う」から「く」への転化本文と考えておく。

五 第二段に「あたらしう通ふ壻(むこ)の君」（二二頁七行）とあったのとは違って、既に女の屋敷に住み込んでいる壻。それほど夫婦関係の定着したものが、今更他の女性に見かえられたとあっては、まことに不面目なことである。

六 世間知らずの箱入り娘と、人生経験豊かな宮廷女房との、人間的魅力の差。第二十一段に清少納言が宮仕え論を展開したのも、そこに理由がある。また、道隆(みちたか)の三の君が冷泉(れいぜい)皇子敦道(あつみち)親王を壻どりながら、和泉式部(いずみしきぶ)に奪われたのも、その典型的な実例である。

七 女の家に通っていた男が、いよいよ女を自分の家に迎え入れる段になって、女から拒否されるという場合を考える。殊に、男が国司になって任地から京へ女を迎えによこした時に、女には別の男ができていて、下向を拒絶するというような例は往々にしてあり得たであろう。どこか逢曳(あいび)きの場所へ女を呼び出すといったかりそめの場合ではあるまい。「いかならむ」と思いやるほどの大きな衝撃ではあるまいからである。
八 男が忍んで来るのを待っている女性の場合。
九 まだ正式の婚姻関係ではない、人目を忍ぶ仲のスリリングな感情。
一〇 加持・祈禱の修法に効験のある密教の僧侶。「修験者」の略。
一一 死霊・生霊・悪霊・妖怪・変化のたぐいが、人にとりついて、病気を起し、生命を奪うと考えられていた。「調ず」は、調伏する。祈禱によって仏力の加護を受け、怨敵・悪霊を降伏させること。
一二 密教の修法に用いる仏具の一つ。金剛杵。古代インドの武器を象徴したもので、鋒先が一つのものを独鈷という。
一三 物怪を駆り移す「よりまし」即ち霊媒に独鈷や数珠を持たせて、身の護りとする。
一四 喉をしめつけて蟬のような声を出して経を読む。
一五 諸注は能因本本文の「さりけ」に従って、物怪が「去りそうにもなく」と解釈するが、三巻本によって、決定する意の四段動詞「切る」の連用形に接尾語「け」のついたものと考えてみた。
一六 護法童子さえよりつかないので。護法童子は、験者と仏との間を往復飛行して仏の法力を将来し悪霊を退散させるのに協力する童形の鬼神。
一七 「居念ず」とは、祈念をこらして坐っていること。「ゐねらず」とも発音する。

(乳母)ほんのちょっと〔家へ帰ってきます〕
「ただあからさまに」
出て行った間中〔赤ちゃんを〕なんとかなだめすかして
とて、出でぬるほど、とかくなぐさめて、
「疾く来」
〔乳母の家へ迎えの〕車をやって言わせたところ
と、いひやりたるに、
(乳母)とても参上できますまい
「今夜は、えまゐるまじ」
〔車を〕返してよこしたのは　ほんとに癪にさわるし　困ってしまう
とて、返しおこせたるは、すさまじきのみならず、いとにくく、わりなし。
〔そんな目にあったら〕
七女迎ふる男、まいていかならむ。
八待つ人あるところに、夜すこし更けて、忍びやかに門叩けば、九胸
ちょっと胸がときめいて　召使を門口へやって　〔目当ての男とは〕違う　くだらない男が
すこしつぶれて、人出だして問はするに、あらぬ、由なきものの、
名前を告げて訪ねて来たのも　どう考えても興ざめだ　と言うのがばかくさいくらいだ
名のりして来たるも、「返す返すもすさまじ」といふはおろかなり。
いかにも自信ありげに
一〇験者の、「一一もののけ調ず」とて、いみじうしたり顔に、一二独鈷や数
全然決着がつき
珠など一三持たせ、一四蟬の声しぼり出だして読みゐたれど、いささか一五切り
そうもないし　〔家族は〕　変だ
げもなく、一六護法もつかねば、あつまり一七居念じたるに、男も女も「あ

やし（なあ）」と思ふに、時（一 とき）の替るまで読み困（こう）じて（〔経文を〕読みくたぶれて）、

「さらにつかず（(験者)全然〔護法が〕つかん）。起ちね（たちなさい）」

とて、数珠取り返して（〔霊媒から〕）、

「あな（(験者)あーあ）、いと験なしや（全く効き目がないなあ）」

と、うちいひて（ぶつくさ言って）、額よりかみざまにさぐりあげ（二 おでこから上の方へ頭をかき上げて）、欠伸（三 あくび）、おのれより（自分から先に立っ）うちして（てして）、より臥しぬる（〔何かに〕よりかかって寝てしまったの〔は興ざめだ〕）。

「いみじうねぶたし」と思ふに、いとしもおぼえぬ人の（四 大して好意もいだけない人が）、おし起こして、せめて物いふこそ（無理に話しかけるのはねえ）、いみじうすさまじけれ。

除目（五 ぢもく）に官（つかさ）得ぬ人の家（任官できない人の家）。「今年は、かならず（絶対だ）」とききて、はやうありしものどもの（〔この家に〕以前仕えていた者たちで）、ほかほかなりつる（他家へ行っていた者や）、田舎だちたるところに住むものどもなど（近郷にひっこんでいる者たちが）、みなあつまり来て、出で入る車の轅にひまなく見え（六 出入りする牛車の轅で〔庭前も〕ぎっしりつまり）、物詣で（七 ものまう）する供に（お供に）、「我も我も（八）」とまゐりつかうまつり（随行参詣し）、物くひ酒のみ、ののしりあへるに（わいわい騒いでいたが〔除目の〕）、果つる暁まで（九 終る明け方まで）、門叩（たた）く音もせず。

「あやしう（おかしいな）」

一 晨刻（しんこく）・日中・日没・初夜・中夜・後夜（ごや）の六時に分たれた修法（ずほう）の時刻が、所定の時間の過ぎるまで。

二 閉口した時の自然な動作。剃髪（ていはつ）の僧侶であるから髪をかき上げるわけではない。

三 祈禱の全責任を負っているはずの験者が、誰よりも先にあくびをするとは、依頼者たちにとっては、まことに無責任に見えて頼りない話である。

四 相手が尊敬すべき人であったり、愛情を抱いている男であれば、睡（ねむ）いのも我慢して話相手にはなるが。

五 これも第二段の場合と同じ正月県召（あがためし）の除目。

六 いわゆる受領層の中下流貴族といえども、家の子郎等その従類は数十人に及ぶ大家族的傾向があったから。

七 任官祈願のために神社仏閣に参詣する。

八 その家の主人が任官した場合、取り立ててもらおう魂胆で、いかにも忠義立てしてまめまめしく振舞う。

九 県召除目は、通例正月十一日に始まって十三日に終る。受領の補任（ぶにん）は第三夜に決定するが、任官の決定したものは宮中に召されて、左近衛の陣外で任官の召名（めしな）を承り、拝舞して退出することになっている。したがって、第三夜の明け方まで門を叩く音もないとは、全く音沙汰なしで、官職を得なかったこととなる。

一〇 除目の評定を終って内裏を退出した参議その他の関係者が、次々とその家の前を帰ってゆくのである。

など、耳立ててきけば、前駆(さき)おふ声々などして、上達部(かむだちめ)など、みな（なんて／耳をすまして聞いていると／先払いの声が次々にして／〔内裏から〕）
[一〇]出でたまひぬ。[一一]物ぎきに、夜より寒がりわななきをりける下種男(げすをとこ)、（退出なさった／情報を聞きに　前夜から〔出かけて〕ぶるぶるふるえていた）
いともの憂げにあゆみ来るを、見るものどもは、え問ひにだに問はず。（とても憂鬱そうに／見る〔家内の〕者たちは〔結果を〕尋ねることさえできない）
外(ほか)より来たるものなどぞ、（外から来合せた者なんかがね）

「殿は、何にかならせたまひたる」（ご主人は）

など、問ふに、いらへには、（その答えには）

「[一二]何(なに)の前司にこそは」（どこそこの前の国守になんですよ）

などぞ、かならずいらふる。まことに頼みけるものは、「いと歎(なげ)かし」と思へり。つとめてになりて、ひまなくをりつるものども、[一三]一人、二人、すべり出でて、去ぬ。ふるきものどもの、さもえいき離るまじきは、[一四]来年の国々、手を折りて、うちかぞへなどして、[一五]ゆるぎありきたるも、いとほしう、すさまじげなり。（きまって答える／本心から期待していた者は／早朝に／ぎっしり詰めかけていた／そっとぬけ出して　帰ってゆく／長年恩顧のある者で／そう気軽にも出てゆけはしない者は／指を折って／〔家の中を〕のっそりのっそり歩いてる姿も／気の毒で）

「よろしうよみたる」と思ふ歌を、人のもとにやりたるに、[一六]返しせぬ。[一七]懸想人(けさうびと)は、いかがせむ。それだに、[一八]をりをかしうなどある、（まずまずましな出来だ／〔手紙に書いて〕／送ったのに／どうしようもあるまい／それだって／時と場合にぴったりした歌なんか）

一一 受領任命の情報を早く知ろうと、左衛門の陣（建春門）あたりに下部(しもべ)の男を立たせておいたから。

一二 正直にだめだったとは言えないので、前任地の国名を挙げて、「相変らず、どこそこの前司なんですよ」と、せめてユーモラスな答えをして、気を引き立たせるのが、当時のきまり文句であったらしい。

一三 主人や家族の者の気持を傷つけないように、一方にはまた、何の利益もないところに長居は無用だという現金な気持もあって、気づかれないように、一人二人とぬけ出すのも人情である。

一四 今年中に、現在の国守の任期が満ちて、来年の除目に任官の可能性のある国々の名を。

一五 左、右と一足ずつ、国の名を指折り数えるたびに前へ移して、ゆっくり歩き廻ると、上体は、ゆらりゆらり、左右に傾く。「ゆるぎありく」とは、そのような状態で、第六段の翁丸が、威風堂々のっしのっしと歩いた「ゆるぎありく」とは、大分違う。

一六 和歌は、教養ある貴族の、知情意の尺度となる。したがって、他人から和歌を贈られて返歌をしないのは、よくよくの事情がない限り、礼儀として許されないことであった。だからこそ返歌のないのはすさまじい。

一七 恋人の場合、こちらの片想いであれば、返歌を得られないのもやむを得ない。

一八「をり過ぐさぬ心ばへ」こそは、平安貴族の最高の精神的基準であったから。

返り言せぬは、心劣りす。（返し歌をしないのは／幻滅を感じる）

また、さわがしう、時めきたるところに、うち古めきたる人の、おのがつれづれといとま多かるならひに、昔おぼえて、ことなることなき歌よみておこせたる。（〔人の出入りも〕騒がしい／今を時めく人の家へ／世間から忘れられている老人が／自分が退屈でひまを持て余している日頃のくせで／昔のよしみを思い出して／大して面白くもない／よこしたの〔は興ざめだ〕）

物のをりの扇、「いみじ」と思ひて、「心あり」と知りたる人にとらせたるに、その日になりて、思はずなる絵など描きて、得たる。（晴れの儀式用の扇を／格別なんだから／〔十分〕心得があると〔こちらが〕思ってる人にあずけておいたのに／思惑違いの〔変な〕絵なんか描いて戻ってきたの）

産養・馬のはなむけなどの使ひに、禄取らせぬ。はかなき薬玉・卯槌など持てありくものなどにも、なほ、かならず取らすべし。思ひかけぬことに得たるをば、「いとかひあり」と思ふべし。「これは、かならずさるべき使ひ」と思ひ、心ときめきしていきたるは、ことにすさまじきぞかし。（お祝儀をくれないの／ちょっとした／届けにゆく〔使いの〕者なんかにも／やはり〔お祝儀は〕ぜひ与えるべきだ／ほんとに張り合いがある／きっとお祝儀のいただける使いだ／とりわけがっかりするものですよ）

聟どりして、四五年まで、産屋のさわぎせぬところも、いとすさまじ。（お婿さんを迎えてから／出産準備の取り込みごとのない家も）

おとなる子どもあまた、ようせずば、孫なども這ひありきぬべ（成人した子がたくさんおり／下手をすると／はいはいしていそうな）

一　いくら好意の持てない相手だからといって、そのような秀歌に返しをしないのは、その道の心得がないというわけで、かえって百年の恋も醒める気がする。

二　賀茂祭・五節・行幸といったような、年中行事や物見・祝い事の時に持つ扇。扇は女性の趣味性や教養度を示す最高の装身具であったから。

三　出産後、第三・五・七夜に行う誕生祝。『紫式部日記』その他には、敦成親王（後一条天皇）の御産養が、第九夜まで行われた記録が残されている。

四　旅立ちに際して、道中の安全を祈る祝宴や餞別の贈り物をすること。見送りの人が乗馬の鼻を旅立つ方向にむけたことからこの語が生じた。

五　五月五日端午の節供には、薬や香料を入れた袋を造花で飾り、菖蒲をつけ五色の糸を垂れた造り物を、魔除けや邪気を祓う縁起物として贈った。

六　正月上卯日に、桃の木を削って槌の形にしたものを糸飾りして、年中の邪気を祓う縁起物とした。

七　出産に際しては、特別に分娩室を設ける。そのような取り込み事がないのは、子供が生れないこと。

八　五十知命の年齢にも達したような老夫婦が、自制心のない若夫婦のように、昼間から同衾していることをいう。ただの休養のための昼寝ならば、老人夫婦として、決して変なことではあるまい。

九　大晦日の夜は、明朝元旦の四方拝に備えて、大祓や追儺の行事の後は沐浴して厳しく斎戒を保つべきであった。にもかかわらず男性の欲望に負けて身を汚し

き人（人が）の、親どち昼寝したる。[八]かたはらなる子どもの心ちにも、親（両親が）の昼寝したるほど（昼間から添い寝している時）は、よりどころなく（何ともやりきれなくて）、すさまじうぞあるかし（白けた気持がするものですよ）。

[九]師走の晦の夜、寝起きて浴ぶる湯は、腹立たしうさへぞおぼゆる。

師走の晦の長雨（こういうのを）。「[一〇]一日ばかりの精進、解斎」とやいふらむ（とでもいうのでしょうよ）。

第二十三段

[一一]たゆまるるもの。

[一二]精進の日の[一三]おこなひ。

[一四]遠きいそぎ。

寺にひさしくこもりたる。

た女性は、真夜中に起きて再び沐浴せねばならない。自分自身のこととしても他人のこととしても腹立たしい煩わしさである。通説のようにただ起床直後の沐浴と解しては無意味であるし、下文の「一日ばかりの精進、解斎」とも関連がなくなる。『台記』康治三年正月一日条に「浴後、不三女犯・魚食給一」とある。

一〇「たった一日のお精進が守れないで」という諺。大晦日の夜くらいは禁欲すべきだとの意。「解斎」は斎戒を解くこと。「師走の晦の長雨」は、あまり話が露骨になったので、それを朧化するために引き合いに出したまで。一年三百六十五日、他に日もあろうに、せめてこの一日くらいは降らずもがなといった程度。

＊〔第二三段〕**気の緩み**　前段末尾の「一日ばかりの精進、解斎」から直接連想された類想段。

一一 つい気が緩んで怠りがちになるもの。

一二 陰暦の八・十四・十五・二十三・二十九・三十の日を六斎日として、在家の者も肉食飲酒を慎む。

一三 諸注は、仏事の勤行と解するが、精進の日に限って勤行を怠りがちだとは考えられない。おそらく『土佐日記』に「米・魚など乞へば行ひつ」とある施行のことであろう。六斎日の精進をしているために、仏の教えを十分守っているという安心感と、なまぐさ物を遠ざけているので、乞食への施し物も乏しく、つい施行を怠ってしまうというわけであろう。

一四「いそぎ」は準備・支度の意。期限が遠ければ、つい気を許して忘れがちになるものである。

＊〔第二四段〕軽侮　前段の怠慢を受けて、欠点の多い不備なるものの類想。

一　土塀がこわれたままになった邸は、主人の不用意とか家計の不如意を人目にさらすこととなる。
二　築土の崩れは物、あまり好人物だと知れ渡った人は心。物心両面につけ込まれる隙（すき）の多い不備が共通。

＊〔第二五段〕憎しみの論理　お人好しからの反動的連想によって厚かましさに対する憎しみを類想かつ随想する。

三　相手の都合も考えない尻の長い訪問客は、まことに憎らしい。
四　教養とか人格によって軽んぜられる人というよりは、当時の階級意識よりして身分の低い者を指す。
五　墨を磨る硯の水に毛髪が一筋。どちらも黒いからつい気づかずに磨り始める。きしきしと鈍い音がして、手に伝わるごりごりした感触も不気味。見つけて取り除こうにも、なかなかむつかしくて腹が立つ。
六　墨が粗悪で砂粒がはいっていると、これは背筋に

第二十四段

人にあなづらるるもの。（ばかにされるもの）

築土（ついぢ）の崩れ。[一]

あまり心善（よ）しと、人に知られぬる人。[二]

第二十五段

にくきもの。

急ぐことあるをりに来て、長言（ながごと）[三]する客人（まらうど）。あなづりやすき人（[四]身分の低い者）ならば、「後（のち）に」（あとで）とても（と言ってでも）、やりつべけれど（帰してしまえようが）、さすがに心恥づかしき人（気のおける立派な人は）、

いとにくく、むつかし。（〔そうもならず〕ほんとに憎らしくて困ってしまう）

五硯（すずり）に髪の入りてすられたる。また、墨の中に、六石のきしきしときしみ鳴りたる。

七にはかにわづらふ人のあるに（急な病人がいるので）、八験者もとむるに（験者を呼ぼうとしたところ）、例あるところに（いつもいる所には）はなくて（いないものだから）、ほかに尋ねありくほど（間は）、いと待ち遠に久しきに（随分待ち遠しく長く感じるが）、からうじて待ちつけて（やっとの思いで迎え入れて）、よろこびながら九加持（かぢ）せさするに、このごろ、一〇もののけにあづかりて困（こう）じにけるにや、ゐるままにすなはち（坐ったと思うとたちまち）、一一眠（ねぶ）り声なる、いとにくし。

なでふことなき人の（なんの取り柄もない人間が）、笑（ゑ）がちにて（へらへら笑いながら）、ものいたういひたる（ぺらぺらしゃべってるの）。

一二火桶（ひをけ）の火・炭櫃（すびつ）などに、手の裏うち返しうち返し（〔かざした〕手を裏返し裏返し）おしのべなどして（さすったりなんかして）、あぶりをる者。いつか（いつ一体）、一三若やかなる人など、さはしたりし（そんなことをしたろう）。一四老いばみたるものこそ、火桶のはたに足をさへもたげて、ものいふままに（おしゃべりの調子に合わせて）おしすりなどはすらめ（さすったりなんかするようだ）。さやうの者は、人のもとに来て、ゐむとするところを（坐ろうとする）、一五まづ扇して（扇でもって）、こなたかなた（あっちこっちへ）あふぎ散らして、塵（ちり）掃

も伝わる一層不快な音と感触があって、硯も傷つく。

七 病院の医師が診療を拒絶して、急患をあちこち運ぶうちに手遅れになるという、現代の医療問題にも通じるところがある。

八 第二十二段にも、無責任な験者の生態があった。

九 祈禱（きとう）・修法（ずほう）によって行者が得た仏の法力を患者に加えて、病災を終熄（しゅうそく）させることを加持（かじ）という。その法力は、手に印相を結び、または金剛杵（こんごうしょ）を執り、口に真（しん）言陀羅尼（だらに）を誦し、観想を凝らして三昧（さんまい）に入ることによって、行者と本尊との身（しん）・口（く）・意（い）三密が互いに感応した結果に得られるという。

一〇 物怪（もののけ）の調伏（ちょうぶく）を依頼されているところがあってその修法に疲れてしまっているからか。

一一 仏力加持の際、陀羅尼を誦して観想を凝らすうちに、睡気（ねむけ）におそわれて、半分眠ったような声になる。

一二 火桶は丸火鉢、炭櫃は角火鉢に相当する。

一三 清少納言は、羞恥心（しゅうちしん）の強い若さを尊び、厚顔無恥で無作法な年寄り臭さを嫌った。

一四 老人には、他人に対する見栄外聞を超越した心境から、つい無遠慮不行儀な振舞が多くなるところがある。

一五 現代でも、電車の座席に荷物を置いたり、股を大きく広げて二人分の座席を占領するような、不作法な振舞をよく見かけるが、若者たちにかえってそれが多いのは、泉下の清少納言も遺憾（いかん）とするところであろう。

一 男性の屋内における坐り方には、今日の正坐よりも、足を前に組む胡坐(あぐら)や、組まずに両の蹠(あしのうら)を向い合せる胡坐に近い坐り方が多かった。狩衣の前裾は、座前に伸ばし垂れるのが作法だが、坐っても落ち着かず、話に夢中になって上体をゆすりながら乗り出してくるので、前裾が自然と股(また)ぐらに巻き込まれる。

二 式部丞(しきぶのじょう)で六位蔵人を兼ねていた者が叙爵して殿上を下がった場合にいう。橘則光(たちばなののりみつ)の従兄弟(いとこ)で、長徳四年七月十四日に巡爵に与(あずか)った(『権記(ごんき)』)行資(ゆきすけ)あたりを意識してのことであろうか。ともかく、第百六十七段「大夫は」の条の筆頭に「式部大夫」を挙げるほどであるから、その不作法には幻滅を感じた。

三 「あ」「わ」音韻相通。

四 口のはたの涎(よだれ)をこすり拭(ふ)くこと。

五 呂律(ろれつ)の回らぬ酔払いの言葉は聞き分けがたい。そこで、以下の身ぶり口つきで、他人に酒を強要しているらしいと推量した。「身ぶるひ」「頭ふり」は、相手が辞退することを許さぬ強制的な動作であろう。

六 東大寺別当雅慶の所領神殿庄の庄司の権柄(けんぺい)ずくに抑えられた農民の、口をへの字に曲げた卑屈さをあらわした童唄(わらべうた)をうたうのにも似た表情であろう。

七 宮仕え所の局(つぼね)などに忍んできた恋人を、まだ周囲の人も起きているので、皆が寝しずまるまでと、窮屈な場所へひそませておいたところ、待ちくたびれて寝込んでしまい、鼾(いびき)までかくとは人の気も知らないでと

き捨て、ゐもさだまらずひろめきて、狩衣(かりぎぬ)[一]の前まき入れてもゐるべし。「かかることは、いふかひなきものの際にや」と思へど、すこしよろしきものの、式部[二]の大夫(たいふ)などいひしがせしなり。

また、酒飲みて喚(あめ)き[三]、口[四]をさぐり、鬚(ひげ)あるものは、それを撫(な)で、盃こと人にとらするほどの気色、いみじうにくしと見ゆ。「また飲め」といふ[五]なるべし。身ぶるひをし、頭(かしら)ふり、口わきをさへひき垂れて、童(わらはべ)の、「神殿(こうどの)[六]にまゐりて」など唱(うた)ふやうにする。それはしも、まことによき人のしたまひしを見しかば、「心づきなし」と思ふなり。

もの羨みし、身のうへ歎き、人のうへいひ、露塵(つゆちり)のこともゆかしがり、きかまほしうして、いひ知らせぬをば怨じそしり、また、わづかにきき得たることをば、我(われ)もとより知りたることのやうに、こと人にも語りしらぶるも、いとにくし。

ものきかむと思ふほどに、泣く乳児(ちご)。

坐るよう　前裾を〔股ぐらに〕　坐っても落ち着かずふらついて
すこし　とるにたりない分際の者のすることか　だ　はましな身分で
盃を他人におしつける時の様子は　口までへの字にひん曲げて　身体をゆすり
それがなんと　と思う　いやなことだ　ほんとによい身分の方がなさったのを見たものだから　のです
何でも羨ましがり　不平不満を並べ　他人の噂をし　ほんのちょっとしたこと　とにも興味を持ち　聞きたがって
話してやらない人をば怨んだりそしったり　他の　もともと知っていたかのように　人にも尾ひれをつけてしゃべるのも
人の話を聞こうと思う時に　〔は憎らしい〕

烏のあつまりて飛びちがひ、さめき（があがあ）鳴きたる。

忍びて来る人見知りて（恋人を見つけて）、吠ゆる犬。

七あながちなるところに（無理な場所に）隠し伏せたる人の（かくまっておいた恋人が）、鼾したる。

また、忍び来るところに、八長烏帽子して、さすがに（それでも）「人に見えじ（人に見られまい）」と、まどひ入るほどに（あわてて〔部屋に〕はいる時）、物につきさはりて、「そよろ」といはせたる（ごそごそっと音をたてたの）。九伊予簾などかけたるに、うちかづきて（頭にひっかけて）、「さらさら」と鳴らしたるも、いとにくし。一〇帽額の簾はまして、一一小端のうちおかるる音、いとしるし（ひどく耳につく）。それも、一二やをら（そっと）引き上げて入るは、さらに鳴らず。一三遣り戸をあらく閉て開くるも、いとあやし（随分下品だ）。すこしもたぐる（持ち上げる）やうにして開くるは（開ける時は）、鳴りやはする（鳴るわけがない）。あしう開くれば（乱暴にあけたら）、一四障子なども、ごほめかしうほとめくこそしるけれ（ごとごとがたつくのはひどいものだ）。

「ねぶたし」と思ひて臥したるに、蚊の、細声に（小さな声で）、わびしげに名のりて（情けなさそうに音をたてて）、顔のほどに飛びありく（そばを飛び回る〔のは憎らしい〕）。羽風さへ、その身のほどにあるこそ（身分相応一人前に感じられるのが）、いとにくけれ。

腹が立つ。

八 立烏帽子の長いのは、物につかえやすい。忍び逢いの夜に、そんなものをかぶってくる無神経な男でも「さすがに」というわけ。

九 きわめて細い篠で編むので軽いから揺れやすい。

一〇 細く削った竹で編んだ簾の上端を、錦などの帛で覆い包んで飾りとした公式の簾。

一一『雅亮装束抄』巻一に「母屋も廂も上ぐるには、小端といひて、板を薄く削りて、入れて巻きたるがよきなり」とある、帽額の簾を巻き上げる時の芯とした薄板が、持ち上げてくぐり抜けたあと、鉤が外れて簾が下がり、中から転がり出て大きな音をたてるとも考えられるが、むしろ同書に「母屋際の御簾の鉤の緒通す様こそ変れ、常は上の小端につけて」とあるように、簾の上下両端には、形が崩れぬように縁どりの帛の中に芯として薄板がはいっているので、垂れている簾の下端を持ち上げてくぐり抜けたあと、不用意に手を離したので、下の小端が、下長押に当って、カタリと音をたてたと考える方が妥当であろう。

一二 そっと引き上げるような人なら、必ずそっと下ろすわけである。「ひき開け」と解してはならない。簾の脇を開けて通るのは無理というものである。

一三 引き戸。簀子敷に面した入口の重く頑丈な板戸。

一四 現代の襖にあたる。紙・布・板各種ある。いずれも縁側に面した遣り戸よりは華奢な作りだし、閾の溝も滑りやすいが、乱暴に扱えば、がたぴしする。

きしめく車（ぎいぎいいう牛車に）に乗りてありく者。「耳もきかぬにやあらむ（耳も聞えないのかしら）」と、いとにくし。一わが乗りたる（〔乗せてくれた〕）は、その車の主（ぬし）さへにくし。

また、物語りするに、さし出でして（はたから口出しして）、われ一人（独りよがりに）二さいまくるもの（話の先々をしゃべる者）。

すべて、さし出で（出しゃばりは）では、童（わらは）も大人（おとな）も、いとにくし。

あからさまに来たる（ちょっと遊びに来た）子ども・童（わらはべ）を、見入れらうたがりて（目にかけ可愛がって）、をかしき物とらせなどするに（喜ぶような物をやったりすると）、ならひて（癖になって）、常に来つつ、ゐ入りて（〔部屋に〕坐りこんで）、三調度（道具類）やうち散らしぬる（を）、いとにくし。

家にても（自宅であっても）、宮仕へ所にても（出仕先であっても）、「会はでありなむ（顔を合わせずにいたい）」と思ふ人の来たるに、そら寝をしたるを（眠ったふりをしているのに）、わがもとにある者（身のまわりに召使っている女が）、起こしに寄り来て、四「睡（い）ぎたなし」と思ひ顔に、ひきゆるがしたる、いとにくし。

新参り（いま）の（新参者が）、さし超えて（〔先輩を〕さしおいて）、物知り顔に教へやうなる言いひ（教えがましい口をきき）、五後見（うしろみ）たる、いとにくし。

わが知る人にてある人の（〔現在〕自分の恋人になっている男性が）、はやう見し女（以前関係のあった）のこと、褒めいひ出でなどするも（ついロに出して褒めたりするのも）、ほど経たることなれど（遠い過去のことではあるが）、なほにくし。まして、さしあた（現在関係して）

一 自分の所有している車ではない。借りた車か便乗した車か、ともかく他人の所有する牛車（ぎっしゃ）である。清少納言は、牛車の手入れや牛・牛飼の良し悪（あ）しから、その主人の人柄を批評することが多い（第百八十九・一本二七段）。

二 「さきまくり」のイ音便。『類聚名義抄（るいじゅみょうぎしょう）』に「私行サイマクリ」とあり、経典の訓法に「前」を「サキマクリ」と読む例が多い。先を越し、先取りする意。

三 「調度や」の「や」は並列の助詞。

四 いかにも「寝坊だ」と思っているらしい表情で。

五 世話を焼いているのは。

六 清少納言自身が、現在他に関係のある女性のことを恋人が褒（ほ）めても、大して気にならない時もあるというのではなくて、一般の女性は、そんな時にひどく腹を立てるものだが、そうでもない人がたまにはいるといったのである。自分の恋人が、自分だけでなく、他の多くの女性からも愛されるほど魅力のある男性であることを知って喜ぶといった、特異な性格の女性もあるからである。

七 「鼻嚔（ひ）る」とはくしゃみをすること。『和名抄（わみょうしょう）』巻三に「嚔（丁計反（ていけいのはん）、和名波奈比流（はなひる））」とある。くしゃみをした時のまじないは、『二中歴（にちゅうれき）』第九に「鼻嚔時（はなひるとき）誦二休息万命急々如律令一（そくまんめいきふきふにょりつれいトずくス）」とある。「くさめ」という名詞自体が「休息万命（くそくまんめい）」という呪文（じゅもん）の音約であろう。

りたらむこそ、思ひやらるれ（思いやられることだ）。されど、六なかなかさしもあらぬなど（かえってそんなに憎らしくもないなんて人もいるんですよ）も、ありかし。

七鼻嚔て誦文する。おほかた（大体）、八人の家の男主ならでは、たかく（大きな音で）鼻嚔たる（しゃみするのは）、いとにくし。

蚤も、いとにくし。九衣の下に躍りありきて（跳ねまわって）、もたぐるやうにする（〔着物を〕持ち上げるようにする）。

犬の、一〇諸声に、ながながと啼きあげたる。一一まがまがしくさへにくし。

一二開けて出で入るところ、閉てぬ人、いとにくし。

第二十六段

一三心ときめきするもの。

一四雀の子飼ひ。

くしゃみは風邪の最初の徴候、風邪は万病の因と思われているうえに、第百七十六段にも『いかがは』と啓するに合はせて、台盤所の方に、鼻をいと高う嚔たれば、『あな心憂。虚言をいふなりけり』（下巻七七頁）とあるように、何ごとにも良からぬものと思われていた。

八 大家の男主人でなくては。大きな音をたててくしゃみするのは、無遠慮なふるまいだと考えられていたのであろう。

九 微妙な感覚を的確にとらえて面白い。

一〇 声をそろえて。

一一 不気味であって憎らしい。盗賊などの夜行を想像させるからであろう。

一二 これは、現代の生活でも全く同感である。殊に冬などは、冷たい風がすーすー吹きこんで、腹が立つ。

＊〔**第二六段**〕**胸のときめき** 危なっかしさ、微かな期待、そこはかとなき歓び等々の類想。前段「にくきもの」に対する反作用的連想。

一三 どきどきする、ひやひやする、わくわくする、悲喜何らかの予感をもって、胸のときめくことをいう。

一四 雀を卵からかえして飼う。まだ羽も生えそろわぬ子雀は、すこしでも強く握れば潰れてしまいそうに繊弱なもの。ぐんぐん成長してゆくであろう未来への期待とともに、絶えずひやひやする危なっかしさを感じる。

一 乳児あそばするところの前わたる。（前を通る）

二 よき薫き物焚きて、ひとり臥したる。

三 唐鏡の、すこしくらき見たる。

四 よき男の、車とどめて、案内し、問はせたる。（貴公子が〔門前に〕〔従者に〕来意を告げさせたり　何か尋ねさせてるの）

頭洗ひ、化粧じて、かうばしうしみたる衣など着たる。五 ことに（よく香をたきしめた）（別に）
見る人なきところにても、心のうちは、なほいとをかし。（見てくれる人がいなくても）
待つ人などのある夜、雨の音、風の吹きゆるがすも、ふとおどろかる。（恋人の訪れを待ってるような夜）

第二十七段

過ぎにしかた恋しきもの。（過去のことが懐かしく思い出されるもの）

六 枯れたる葵。

一 赤ちゃんを自由に這い這いして遊ばせている。その前を通る時、うっかり踏みつけはしないかと危なっかしさを感じると共に、未来の成長への期待もある。

二 枕辺に立ちのぼる薫香のかおりが、甘美な夢を誘う。やがて素晴らしい貴公子の訪れを待つ一時でもあるかのような錯覚に陥って、徒らに胸はときめく。

三 舶来の貴重な鏡。これに曇りが出はじめた。やがてひどく錆びてしまうのではないかと、未来は絶望につながって、胸もつぶれる思い。

四 この「よき」には、身分の高さ・若さ・美貌等の条件が含まれている。果して自分を訪ねてきてくれたのかどうか、誰に何の用件があるのだろうと、屋敷内の若い女性は、わくわくする。

五 お化粧をし、着飾った女性が、鏡の前でひとりほほ笑んだり、眉をひそめたり、自分に話しかけたり。夢と期待に満ちたナルシシズムがそこにはある。「誰に見しょとて紅鉄漿つけて」ではない。みんな自分自身のために、女は顔づくりするのである。

＊〔第二七段〕よき思い出　前段の未来に対する期待のときめきから、過去の美しい思い出に移る。

六 四月中酉日の賀茂祭に、葵草を、社頭を始め、牛車・家々の簾・帳台の柱・冠帽・衣服等に結びつける。葵祭の名の由来。その葵の枯れたのを見つけ出したある日、祭の頃を懐かしく思い出すわけ。

七 雛遊びは、近世以降のように三月三日とは限らないが、やはり、三月上巳の節供や、貝合せの遊びなど

七 ひひな遊びの調度。

八 二藍(ふたあゐ)・葡萄染(えびぞめ)などの裂栲(さいで)の、九 おしへされて、草子のなかなどにありける、見つけたる。

一〇 また、をりからあはれなりし人の文、雨など降り、つれづれなる日、捜し出でたる。
（もらった時の印象が深かった手紙を）（所在ない）

一一 去年(こぞ)のかはほり。

第二十八段

心ゆくもの。
（満ち足りた快感を味わうもの）

よく描いたる一二 女絵の、一三 詞(ことば)をかしう附けて、多かる。
（上手にか）（大和絵で）（詞書を巧みにつけたのが沢山あるの）

一四 物見のかへさに、乗りこぼれて、一五 郎等(をのこども)いと多く、牛よくやる者の、車走らせたる。
（帰途に）（〔牛車に〕はみ出るほど乗って）（牛を巧みに扱う牛飼が）（車を走らせているの）

との関連で晩春三月の頃に多かった。『紫式部日記』にも「雛(ひひな)などの家作(や)りに、この春し侍(はべ)りし後、人の文も侍らず」とある。しかしまた、成人して後、雛遊びの道具を見つけて遠い幼時を懐かしむと見てもよい。

八 裁ち落しの端(は)切(ぎ)れの絹地。

九 冊子の間に挟んでおくと、裂(き)れ地(じ)も捺(お)し花のように折り目がぺちゃんこになっている。

一〇 その手紙を受け取った時の、季節・天候・時宜・心情等がぴったりと叶(かな)っていて、きわめて印象の深かった手紙。恋文などは一入(ひとしお)のことであろう。

一一 夏に用いる七本骨または九本骨に、絹や紙を張った扇。秋には忘れられるが、翌年それを見つけた時には去年の夏の数々の思い出がそこから手繰(た)り出される。

＊〔第二八段〕満足感　蝙蝠(かわほり)の扇に描かれた絵、そこから女絵を連想して、種々の満足感を類想随想する。

一二 唐絵(からえ)・男絵に対する大和絵(やまとえ)・女絵。彩色画たると白描画たるを問わず、日本的な題材を日本的な描線または色彩を用いて描いたのが、女絵である。

一三「をかしき詞(ことば)多う附けたる」ではない。上文と一まとめにすれば、「よく描き、詞をかしう附けたる女絵の多き」である。「多かる」は「女絵」を限定する。

一四 行幸・行啓・関白や斎王の行列、社寺の祭礼等。

一五 従者を多勢連れて。物見車には、同乗者が多いのがよいという意見は、第百十六段にも見えている。

白く清げ（美しい）なる陸奥紙（みちのくにがみ）〔一〕に、いといと細う書くべくはあらぬ筆して、〔二〕（ごくごく細字は書けそうもない〔太い目の〕筆を使って）
詩（ふみ）〔三〕書きたる。

うるはしき糸の（〔四〕色鮮やかな糸で）、練りたる（練って艶のあるのを）、合はせ繰りたる（引き合せて繰ったの）。

丁反（ちやうはみ）〔五〕に、丁多くうち出でたる（当りを沢山言いあてたの）。

ものよくいふ陰陽師（おんやうじ）して（弁舌爽やかな占い師を頼んで）、〔賀茂の〕河原に出でて、呪詛（ずそ）〔六〕の祓（はら）へしたる。

夜（よる）、寝起きて（目がさめて）飲む水。

つれづれなるをりに、いとあまりむつまじうもあらぬ（〔七〕それほど大して仲がよくもない）客人（まらうど）の来て、世の中の物語り（世間話を）、このごろあることの（近ごろの出来事で）、をかしきも、にくきも、あやしきも、これかれにかかりて（誰や彼やにかかわりがあり）、公（おほやけ）・私（わたくし）おぼつかなからず（公私の分別もきちんとして）、ききよきほどに（耳障りでない程度に）語りたる、いと心ゆく心ちす。

神・寺などに詣（まう）でて、もの申さするに（祈願をさせるのに）、寺は法師、社（やしろ）は禰宜（ねぎ）などの、くらからず（〔八〕理路整然と）さわやかに、思ふほどにも過ぎて（予期した以上によくできていて）、〔しかも〕とどこほらず（立て板に水の）、ききよう申したる（いい声で読み上げたの）。

一　奥州原産の溜め漉（たず）きの和紙。厚手軟質の素紙で繊維が長く光沢があって最上の紙とされたが、実物は今日では見られない。

二　陸奥紙（みちのくにがみ）は紙面が柔らかく、ふかふかしているので、細字用の筆では、墨が続かず筆線がかすれてしまう。そこでやや太書きの筆に墨をたっぷり含ませて書く。

三　そのような料紙と筆とで、鑑賞に堪える書品を生み出すのは、女手の和歌などより男手の漢詩がよい。ここにも清少納言の唐風趣味があらわれている。

四　「練り繰（ねぐ）り」の糸であって、撚（よ）り糸ではない。生糸（きいと）を練ってアクを去り、染色したままの糸を、薄く糊をきかせて幅広く繰り合せる。関西では布団のしつけ糸などに使う。直線的な美しい光沢に満足感がある。

五　双六（すごろく）の重食（ちょうはみ）ではない。独立した遊戯の名として、蔵鉤（ぞうこう）（丁か反か）の丁反（ちょうはん）が転音したものと考える。漢語のN音をM音に転じるのは、頓（トニ）→頓（トミ）、壬生（ニブ）→壬生（ミブ）の例がある。掌中に鉤を握り蔵して、その有無を言い当てる遊びで、丁は即ち当りである。「丁か反か」と問われて、「丁」と答えて開かせた相手の掌中に鉤を見出だした時の的中感。反では的中感が乏しい。

六　呪（のろ）いを避けるお祓（はら）いをしたの。

七　余り親し過ぎては、話題も差し障りが多くなる。

八　願文（がんもん）の文章が、漢籍仏典を博引しての名文。

＊〔**第二九段**〕**牛車の緩急**　前段の物見車からの連想で、牛車の走らせ方を随想する。

九　第五段にもあったように、檳榔毛（びろうげ）は晴れの車で大

第二十九段

九 檳榔毛は、のどかにやりたる。急ぎたるは、わるく見ゆ。

一〇 網代は、走らせたる。一一 人の門の前などよりわたりたるを、ふと（ひょいと）見やるほどもなく過ぎて（目を向けるひまもなく通り過ぎて）、供の人ばかり走るを、「誰ならむ」と思ふこそ、をかしけれ。（〔網代車が〕）ゆるゆると久しくゆくは（時間をかけてゆくのは）、いとわろし。

第三十段

一二 説経の講師は、顔よき（美貌なのがよい）。講師の顔を一三 つと目守らへたるこそ、その説く言の尊さも、おぼゆれ。一四 ひが目しつれば、ふと忘るるに（よそ見をしてしまうものだからつい忘れるので）、一五 にくげなるは（醜男の坊さんは）、罪や得らむ」

型車。大型車は威風堂々ゆっくり進めるのがよい。

一〇 網代は褻の車で実用本位の中型車。快速がよい。

一一 この「人の」は特定の人を指すのではなく、「人の子」「人の親」と同じく単なる添え言葉のようであるが、しかも、その「人の（家の）門の前」を通過した網代車に「誰ならむ」と興味を抱くのは作者自身であるから、現代語に自分自身を指して「他人の物を勝手に使うな」というような場合の「ひと」と同じか。

＊〔**第三〇段**〕**説経聴聞**　第二十八段の口上巧みな法師から連想して、説経の講師の容貌論、聴衆の態度の批判、更に作者自身の信仰心の変化を随想。

一二 法会に際して、仏典の教義を講説する僧。説経の講師として当時有名な僧侶には、第三十二段に見える興福寺の清範、『紫式部日記』に見える延暦寺の院源、『往生要集』の著者源信などがあった。

一三 じっと見つめるので、精神が講説に集中する。

一四 『新撰字鏡』に「与己目、又比加目」とある。

一五 容貌の醜悪な講師は、聴衆の目をそらしてしまうので、聴衆の精神が講説に集中せず、結果として、聴衆をして、三宝を軽んじさせることとなる。ゆえに、醜貌の僧侶は仏罰をこうむることになるだろうという論法。諸注は、よそ見をする聴衆の方が仏罰を受けると解しているが、それなら下文に、僧侶を誹謗した作者自身の不謹慎な文章を、十重禁戒の中の「謗三宝戒」に当るものとして、「この詞、停むべし」「かやうの罪得がたのこと」と反省する必要はあるまい。

とおぼゆ。

この詞、停むべし。すこし齢などのよろしきほどは、かやうの罪得がたのことは、書き出でけめ。今は、罪いとおそろし。

また、「尊きこと」「道心おほかり」とて、「説経す」といふ所毎に、最初にいきゐるこそ、なほこの罪の心には、「いとさしもあらで」と見ゆれ。

蔵人など、昔は、御前などいふわざもせず、その年ばかりは、内裏わたりなどには、影も見えざりける。今は、さしもあらざめる。「蔵人五位」とて、それをしもぞ、いそがしう使へど、なほ、名残つれづれにて、心一つはいとまある心ちすべかめれば、さやうのところにぞ、一度・二度もききそめつれば、常に詣でまほしうなりて、夏などのいと暑きにも、帷子いとあざやかにて、淡二藍・青鈍の指貫など踏みちらして、ゐためり。烏帽子に物忌つけたるは、「さるべき日なれど、功徳のかたには障らずと見えむ」とにや。その事す

（傍注）いま少し 若いうちなら 罰が 当りそうなことも〔平気で〕書きもしたろう〔あの世が近くなった〕今では 仏罰が本当に怖い とはいえ ありがたいことだとか 信心深いのだとかいって お説経があるという所へはいつも やはり私みたいな罪深い者の心からは そうまでしなくてもと思われることだ 元の蔵人なんか 以前は〔殿上を退いた〕当年に限って それほどでもないらしい といって かえってそのような者を 頻繁に召し使うが それでも〔はためにはともかく〕本人自身は暇な気がするものらしくて 説経のあるような所へね 始終 お詣りしたくなって 随分暑い日にも はき散らして いるようだ〔わざと〕物忌にこもっているべき日だが 善根を積むためには気にしないと人に見られよう魂胆なのか 世話役の

一 お説経の会場へいつも最初にいって、最前列の席をとっているような熱心な人を指す。

二 ここに元蔵人が突然出てくるのは、いかにも異様に感じられるが、誰か清少納言の知人で、元六位蔵人だった人で、お説経ずれのした人があったために、ついこのような特殊な事例についての具体的な叙述が、随想の一般論の中に顔を出すことになったのであろうか。随想と回想との入りまじった筆致である。能因本は「くら人おりたる人」前田本は「くら人なりし人」。

三 御前駆の略。行幸の前駆に元蔵人が召し出される。

四 (叙爵して殿上を退いたことを悲しんで) 姿さえ見せなかったものだそうだ。昔の六位蔵人は、主上の側近に奉仕することを無上の名誉と考えたが、今の蔵人は五位に叙して受領に補せられる近道としか考えていないと、第八十三段（二〇一頁八行以下）に述べている。

五 元蔵人の五位という意味。大夫である。

六 緊張の連続だった殿上勤めの頃を思えば退屈で。

七 一度でも二度でも行って聴聞し始めたとなると。

八 直衣の下に着た帷子を派手にみせびらかし。

九 淡い二藍で、ほぼ淡紫色。

一〇 やや青みがかった鼠色。

一一 屋内では、指貫は、足を中に結び込めるから。

一二 柳の木を薄く削った三寸ばかりの札に「物忌」と書いたのをつけて、物忌であることを示す。

一三 承仕（その事する）の凡僧（聖）であって、講師の阿闍梨ではない。

一四 数珠の玉は、普通は黒柿・無患子・紫檀などを材料とし、菩提子を最上とするが、「よく装束し」とは、水晶・琥珀・瑪瑙などを多く加えたものをいうか。

一五 法華経八巻を八座に講説する法会。

一六 書写した経巻を仏に奉納して供養する法会。

一七 すっかり説経ずれしている五位の蔵人の心中を推測しての心語。

一八 上に述べたすれっからしの聴聞者とはうって変って、清少納言が好もしく思う聴聞者の態度を、以下に述べる。

一九 前駆も多勢ではなく、仰々しくもない。その控え目な態度が先ず第一印象をよくする。

二〇 練らぬ生糸で織った絹布を生絹という。単衣は直衣の下に着ている。蟬の羽よりも軽そうな直衣といい、生絹の単衣といい、夏に涼しい服装。前出の「帷子いとあざやかな」これ見よがしの蔵人の五位と対蹠的。

二一 場所を空け。「くつろぎ」のイ音便。

二二 講師の坐る座。

二三 柱の根っこに坐らせると。柱にもたれることができるのが上席だから。

る聖と物語りし（立ち話をしたり）、車立つることなどをさへぞ見入れ（〔聴聞の人が〕駐車することなんかにまで目を配り）、事についたる（〔すっかり〕場なれした）けしきなる（顔つきだ）。久しうあはざりつる人の詣であひたる（参り合せたのを）、めづらしがりて、近うゐより（そばにくっついて坐り）、ものいひうなづき（話し合いうなずき合い）、をかしき言など語り出でて、扇ひろうひろげて、口にあてて笑ひ、一四よく装束したる数珠かいまさぐり（つまぐったり）、手まさぐりにし（手なぐさみにしたり）、こなたかなたうち見やりなどして（あちらこちらに視線を移したりして）、車の悪し良し褒め毀り、なにがしにて（どこそこで）某の人のせし（誰それが催した）一五八講、一六経供養せしこと、とありし事、かかりし事、いひくらべゐたるほどに（あんなことがあった こんなことがあったと負けず劣らず話し合っているものだから）、この説経の詞ききも入れず（当のお説経の文句は耳にもはいらない）。「一七何かは（平気平気）。常にきくことなれば、耳馴れて、めづらしうもあらぬ」にこそは（というわけなんですよね）。

一八さはあらで、講師ゐて（〔高座に〕講師が坐って）、しばしあるほどに（しばらくたった頃に）、一九前駆すこし逐はする車とどめて、下るる人、蟬の羽よりも軽げなる（軽そうな）直衣・指貫、〔下には〕二〇生絹の単衣など着たるも、狩衣の姿なるも、さやうにて（〔やはり単衣は〕同様で）、若う細やかなる（すらりとした男性）三四人ばかり、侍の者またさばかりして（お供の侍も同じくらいの人数を連れて）、入れば（〔会場に〕）、はじめゐたる人人も（前から坐っている人たちも）、すこしうち身じろぎ（身体を動かして）、二一くつろい、二二高座のもと近き二三柱基に据ゑつれば、[一]かすかに数珠(ずず)おしもみなどして、ききゐたるを、[二]講師(かうじ)も、映え映えしくおぼゆるなるべし。「いかで、語り伝ふばかり」と、[三]説き出でたなり。

[四]聴聞衆(ちやうもんす)など、たふれ騒ぎ、額(ぬか)づくほどにもならで、「よきほどに立ち出づ」とて、[五]車どものかたなど見おこせて、我どちいふ言も、「なにごとならむ」とおぼゆ。見知りたる人は、「をかし」と思ふ。見知らぬは、「誰(たれ)ならむ」「それにや」など、思ひやり、目をつけて見送らるるこそ、をかしけれ。

「そこに説経しつ」

「八講しけり」

など、人のいひつたふるに、

「その人はありつや」

「いかがは」

など、[六]定(さだ)まりていはれたる、あまりなり。

晴れがましく感じるのだろう　後世に評判されるほどにと〔力を入れて〕説き始めるようだ　ぜひとも　適当なところで　引き上げるというわけで　流し目に見やって　仲間同志話し合う言葉も　〔こちらの〕気がもめる　〔さすが〕しゃれてるな　あの方かしら　想像し　つい目をひかれて　見送ってしまうところが　どこそこで説経があった　法華八講があったんだって　人が噂をする時に　あの人は来てましたか　どうして〔来ないことがあるものですか〕　きまって噂されるようなのは　度が過ぎている

一　かすかな音をたてて数珠(じゆず)をすり合せている敬虔(けいけん)な態度。数珠を手慰みにしていた蔵人の五位と対蹠的。

二　貴公子たちのそのような態度に接して、講師は大いに面目(めんぼく)を施すし、説経のしがいがあるというもの。

三「説き出でたるなり」の「る」が撥音(はつおん)となり、表記されなくなった。「なり」は推量の助動詞。

四　聴衆は講師の熱弁に魅せられて、説経が終りに近づくと、感動のあまり五体投地し、名号(みようごう)を唱えて本尊を礼拝する。そのような熱狂にならぬうちにさっと引きあげるのが上品な人たちの優雅な振舞だと作者は見ている。通説は「聴聞す」とサ変動詞に解しているが、「聴聞衆」という名詞とする永井義憲氏説を採る。

五　庭上に駐車した女性聴聞者の方を見やる。

六　この「定(さだ)まりていはれたる」説経の常連は、一般論の形をとってはいるが、どうやら清少納言自身のことであるらしい。「などかは……いみじう聴くめるものを」という弁解が、いかにも真に迫っているから。

七　諸注は能因本によって「はじめつかたは、徒歩(かち)ありきする人はなかりき」と改訂して、「以前は、徒歩で出かける人はなかった」と訳するが、ここは常連の聴聞者（清少納言）を問題としているのであって、徒歩か乗車かが問題となっているのではない。但し、作者自身の問題なので、すこぶる歯切れの悪い省略の多い文章となって、随分補足して考えねば意味は不明。

八　衣をたくし上げて腰を紐で結び、髪をその中にふくだめ、市女笠(いちめがさ)をかぶった外出姿。

などかは、無下にさしのぞかではあらむ。あやしからむ女だに、いみじうきくめるものを。さればとて、七はじめつかたばかり、ありきする人は、なかりき。たまさかには、八壺装束などして、なまめき化粧じてこそは、あめりしか。それに、物詣でなどをぞせし。説経などには、ことに多くきこえざりき。このごろ、そのをりさし出で九けむ人、一〇命ながくて見ましかば、いかばかり譏り、誹謗せまし。

（〔かといって〕どうして　全然顔出ししないでよいものですか　身分の低いような女だって　熱心に聴聞するようですのに　だからといって　〔私が説経に凝った〕初め頃ほど　よく出歩く女性は〔他には〕見なかった　〔他の女性は〕まれに　女らしくおめかししたうえでね　出かけたようでしたよ　それに　お寺詣りなんかをしてたんです　説経なんかに出かける女性はそれほど多くは耳にしなかった　最近〔私が熱心だった〕その頃　口うるさかった人が　長生きして〔近頃の私を〕見たなら〔私の不信心を〕どんなに非難悪口するでしょう）

第三十一段

一一菩提といふ寺に、一二結縁の八講せしに、詣でたるに、人のもとより、「疾く帰りたまはぬ、いと寂々し」といひたれば、一三蓮の葉の裏に、

一四求めてもかかる蓮の露をおきて

（〔私が〕　早くお帰りにならないのが　淋しい）

九「その人はありつや」「いかがは」などと清少納言に関して差し出口をきいていた人たち。

一〇 作者が若くて聴聞に熱中していた頃、一般の若い女性の姿を見ることの少なかった昔、清少納言のことを批判したのは老齢の信心深い女性たちであったろう。だから、最近の清少納言の不信心でめったに聴聞に出かけない状態を見て、以前と反対の蔭口をきくであろうが、そのためには「命ながくて見ましかば」という仮設が必要となる。説経聴聞流行の現在の世相を非難するであろうと解する諸注は全く妥当性がない。

＊〔第三一段〕菩提寺　前段の末章に清少納言自身の信仰態度にふれたのを受け、齢に似合わず信仰に凝っていた若い頃を回想する。次段への導入。

一一『山城名勝志』巻十七に「菩提寺（在宝池院東）」とあるのは醍醐あたり、同巻二十一に「僧覚信於二菩提寺北辺一焼身」と『日本紀略』を引くのは第十二段の阿弥陀峰南麓あたり、『山州名跡志』に「地蔵堂南安井村北」とするのは花園あたり。距離的には東山、右大臣清原夏野の山荘を捨てて寺とした法金剛院が近くにある縁では花園が有利であるが、なお後考を俟つ。

一二 仏縁を結ぶために催す法華八講。天元四・五年夏の経験か。次段への連繫となる。

一三 蓮の生葉に墨書するのは大した書芸技術である。

一四『清少納言集』『千載集』釈教に見える。「濡れかかる」と「斯かる」と掛け詞。「蓮の露」は極楽に住する意で、この八講に参会した仏縁を指す。

憂き世にまたは帰るものかは

と、書きてやりつ。

まことにいと尊く、あはれなれば、やがてとまりぬべくおぼゆる（そのまま残っていたい気がするので）に、「湘中[一]」が家の人のもどかしさも、忘れぬべし。

第三十二段

小白河[二]といふところは、小[三]一条大将殿の御家ぞかし（お邸ですよ）。そこにて、上達部、結縁の八講したまふ。世の中の人、いみじうめでたきことにて、

「遅からむ車など（遅くゆくような車なんか）は、立つべきやうもなし（駐車できそうもない）」

といへば（と評判なので）、[四]露とともに起きて（朝露と共に起きて行ったが）、[五]げにぞひまなかりける（全くすき間もなかったことだ）。轅の上にま[六]たさし重ねて、三つばかりまでは（三列くらいまでは）、すこしものもきこゆべし（すこしは〔講説の〕声もきこえそうだ）。

一 底本「さうちう」。『列仙全伝』巻六に見える、湘中老人が黄老の書を読んで夢中になり、巴陵への家路を忘れたという故事。

＊〔第三二段〕置くを待つ間の　第三十・三十一段からの連想で寛和二年六月に催された右大将済時の小白河法華八講と中納言義懐の出家を回想。為光家出仕直前、作者二十一歳の頃の強い印象。

二 小白河殿。右大将藤原済時の山荘。小白河とは大白河に対する地名で、大白河即ち白河から雲林院へ行く途中に当る（『道長公記』寛仁二年三月二十九日条『小右記』長和二年二月四日条）。結果的には現在の北白河とほぼ同じ地域か。附図七参照。

三 第二十段に見えた小一条左大臣師尹の二男。寛和二年現在で従二位権大納言右大将中宮大夫、四十六歳。

四 露の「置き」に自分の「起き」をかける。「て」は逆接にはたらく。

五 通説に「ひまなかりける」を「轅」にかかる連体修飾語とするのは誤り。「ぞ」の係りを受けた連体形の結びで、盛況を感嘆した言葉。

六 後向きに駐車した前列の牛車の轅の上に、後列の牛車の車体を重ねて、密着するように詰めて立てる。

七 この法華八講は六月十八日に始まった。義懐が『法華経』第一巻の方便品を引いて清少納言をからかう点からしても、これは初日開白の十八日であろう。同月八日大暑、二十四日立秋で、三伏猛暑の気候。

[七]六月十余日にて、暑きこと世に知らぬほどなり。池の蓮を見やるのみぞ、いと涼しき心ちする。

[八]左右の大臣たちをおきたてまつりては（別にいたしますと）、[九]おはせぬ上達部なし（いらっしゃらない公卿はない）。二藍の指貫・直衣、浅葱の帷子どもぞ、すかしたまへる（透き通るように召していらっしゃる）。すこしおとなびたまへるは（少し年配でいらっしゃる方は）、青鈍の指貫・白き袴も、いと涼しげなり。[一〇]佐理の宰相なども、みな若やぎだちて（若々しくふるまって）、すべて（ともかく）、尊きことのかぎりもあらず（ありがたいことはこの上ないし）、をかしき見ものなり（結構な眺めである）。

廂の簾高う上げて、[一一]長押のうへに、上達部は奥に向きて（〔本尊のある〕奥の方を向いて）、ながながとゐたまへり（坐っていらっしゃる）。[一二]その次には、殿上人・若君達、狩装束・直衣などもいとをかしうて（随分しゃれこんで）、え居もさだまらず（じっと坐ってはいられずに）、ここかしこに立ちさまよひたるも、いとをかし。[一三]実方の兵衛佐・[一四]長命侍従など、家の子にて（この邸の子供なので）、今すこし（〔他の人と比べて〕）出で入り馴れたり。[一五]まだ童なる君など、いとをかしくておはす。

すこし日闌くるほどに、[一六]三位中将とは、関白殿をぞきこえし（関白様のことを申し上げたのだが）、[一七]唐

八　左大臣　源雅信、右大臣藤原兼家。

九　『本朝世紀』二十日条に「諸卿不レ参。無レ政。従二去十八日一至二廿一日一限二四箇日一、右近衛大将藤原済時卿於二白河一被レ行二八講一。諸卿毎日被二進向一」とあるように政務も放擲しての盛況であった。

一〇　左少将藤原敦敏の一男。時に従三位参議勘解由長官の四十三歳。能書三蹟の一人として有名。

一一　長押より上の座。南廂の間。

一二　長押より下の座。簀子敷（縁側）であろう。

一三　師尹の一男侍従貞時の一男。父の死後（あるいは出家後）、叔父済時の養子。時に正五位下左近少将兼播磨権介の二十四～六歳。天元元年二月二日から永観二年二月一日までが右兵衛権佐。ここは前官で呼ぶ。

一四　済時の二男相任の幼名。時に従五位下侍従の十六歳。この年、花山天皇退位のあとを逐って出家。実方を前官、相任を幼名で呼んだのは、家の子としての遠慮のない若々しさを印象づけるためであろうか。

一五　相任の異母弟通任か。七月二十二日叙爵。十四歳。

一六　道隆。時に従三位右近衛権中将の三十四歳。七月中に、参議→正三位→権中納言→権大納言→従二位→正二位と昇叙するが、六月現在の官称を用いている。

一七　三巻本・能因本ともに「かうの」とあるが、香色（やや暗色の淡黄茶）とすれば、「二藍」という服色指定と重複するので、前田本によって改める。生地は舶来の羅（綟り織りの薄く透けた絹織物）で、染織の色は二藍であったと見る。

の羅の二藍の御直衣、二藍の織物の指貫、濃蘇枋の下の御袴に、張一りたる白き単衣の、いみじうあざやかなるを着たまひて、歩み入りたまへる、さばかり軽び涼しげなる御なかに、暑かはしげなるべけれど、いと「いみじうめでたし」とぞ見えたまふ。

二朴・塗骨など、骨は変れど、ただ赤き紙を、おしなべてうちつかひ持たまへるは、瞿麦のいみじう咲きたるにぞいとよく似たる。

まだ講師ものぼらぬほど、三懸盤して、何にかあらむ四、ものまゐるなるべし。

五義懐の中納言の御さま、常よりもまさりておはするぞ、かぎりなきや。色あひのはなばなといみじう、匂ひあざやかなるに、いづれともなきなかの帷子を、これは、まことにすべて、ただ六直衣一つを着たるやうにて、常に七車どものかたを見おこせつつ、ものなどいひかけたまふ。八「をかし」と見ぬ人はなかりけむ。

後に来たる車の、ひまもなかりければ、池にひきよせて立ちたる

入っていらっしゃったのは
あれほど軽装で涼しそうな皆さんの中で
暑苦しく感じられそうではあるが
大変ご立派だ
拝見される
違っても
一様に
〔張ったのを〕見渡す限り
〔高座に〕あがらぬうちは
ものを召し上がるらしい。
ご容姿が
たまらないのよ
色どりが華美をきわめて
ぱっと目がさめるようなので〔目移りして〕
優劣つけ難い〔皆さんの〕帷子の中で
この方は
まるでもう
直衣一枚だけ着たような〔すっきりした〕姿で
〔その様子を〕
すばらしいと見ない人はなかっただろう
隙間もなかったので

一 薄地の羅の直衣の下に白絹の単衣を糊で板張りして艶を出したのを着こめて、ぴんとふくらみを出したところは、後の強装束にも似て暑苦しい感じがした。

二 蝙蝠の扇の骨の材質。

三 四足の台に折敷をのせた台付きのお膳。

四 三巻本は、「あらむ」から次頁の九行目「おとな」までの本文を、第三十三段「露もあはれなるにや」(九三頁一一行)の次に竄入している。

五 本段の主人公。一条摂政藤原伊尹の五男。時に従二位権中納言の三十歳。花山天皇の叔父として権力があった。花山天皇の東宮時代には、伊尹は東宮傅、済時と義懐は東宮亮、為光は権亮の閲歴があり、反対派兼家の一男道隆を除いて、この法華八講は、花山天皇を擁する一条家と小一条家の人々が権勢を誇る華やかな社交の場であった。

六 他の人々は直衣の下の帷子をいわゆる出だし衵にして、直衣と衵との重ねの配色に華やかな効果を見せていたが、義懐は衵の裾を指貫の中に着込めて、直衣一枚を着たかのように見せていた。

七 庭に立ててある女車。

八 義懐出家以後、道隆が関白になって以後の遠い回想的叙述が、過去推量の助動詞「けむ」に見られる。

九 実方は亭主済時の養子であるから、賓客の義懐に頼まれて、この家の郎等から、心きいたものを選抜して、連れてきたわけである。

一〇 ご用を承った郎等としては、権勢並びない義懐の

命ではあるし、満座の注目を浴びていることとて、大いに気を張って、優雅にふるまおうとしている。

一一 義懐以下一座の公卿殿上人たちは、義懐の挨拶を受けた女性の反応を期待して自然と微笑がわくだけでなく、気どった使者の姿をも興がるのである。

一二 実方。一座の中では実方が最も和歌にすぐれていたから。

一三 あらわな人即ち屋外の人。屋外庭前に詰めていた一般の聴聞衆を指す。室内にいたのは公卿殿上人。

一四 係助詞「や」を反語として「歌などの文句を言い誤ったことぐらいで、こう呼び返すこともあるまい」と訳する通説は、和歌に生命をかけた王朝人の心情を全く無視した誤解である。能因本はその誤解を予防するために「歌などの文字をいひあやまちてばかりこそ呼び返さめ」と改訂したが、「や」に強意の作用を認めれば、三巻本本文のままで正解が得られる。

一五 「おのづからあるべき言（こと）」を、「自然に然るべくこうときまった文句」「自然に思いついた文句」などと解したのでは、訂正すべきか否かの判断に何のかかわりもない。和歌の用語訂正に限っては呼び返すことも認められるが、それもあまり時間をかけ過ぎたという負い目が加わると、訂正の自由が制限されると清少納言が考えたのは、折過ぐさぬ心映えを重んじる当時の詠歌意識からして当然のことである。ただし、遠くから傍観していた清少納言は、実はこの時、返歌など初めからなかったとは気づかなかったのである。

を見たまひて、実方（さねかた）の君に、

（義懐）「消息（せうそこ）をつきづきしういひつべからむもの一人」（言伝てをうまく言いおおせそうな男を一人〔呼んでおくれ〕）

と、召せば、いかなる人にかあらむ、選（え）り九て率（ゐ）ておはしたり。（どんな人なのかしら〔実方様は〕）

（義懐）「いかがいひやるべき」（どんなことをいってやったらよかろう）

と、近うゐたまふかぎり、のたまひあはせて、やりたまふ言葉はきこえず。（近くに坐っていらっしゃる方は皆一緒にご相談なすって〔私の所までは〕）一〇いみじう用意して、車のもとへ歩みよるを、一一かつ笑ひたまふ。（〔使の男は〕ひどく気どって　それをまた）尻のかたによりていふめる、ひさしう立てれば、（〔車の〕後ろの方に近づいて〔口上を〕いうようだが　ながらく立ったままでいるので）

（義懐）「歌など詠むにやあらむ。一二兵衛佐、返し思ひまうけよ」（返歌を考えておけ）

など、笑ひて、「いつしか返りごときかむ」と、あるかぎり、おとな上達部まで、みなそなたざまに見やりたまへり。（なんて　早く返し歌を聞きたいものだと思って　一座の人々はみな　年配の　そちらの方を）げにぞ、顕証（けしよう）一三の人まで見やりしも、をかしかりし。（全くねえ　面白いことでしたよ）

返りごとききたるにや。すこし歩み来るほどに、扇をさし出でて呼びかへせば、（返し歌を聞いたのだろうか　〔使の者が〕ちょっと戻って来たところで〔女車から〕呼び返すので）〔私は〕一四「歌などの文字、いひあやまりてばかりや、かうは呼びかへさむ。（和歌なんかの言葉遣いを言い損なった時だけはね　このように呼び返しもしよう）ひさしかりつるほど、一五おのづからあるべき言は、直（〔それにしても〕随分手間どったのだから　そのままで恰好のつく文句なら　直）

すべくもあらじものを」とぞおぼえたる。（すまでもないことだろうに／という気がしたことだ）

〔使者が〕近うまゐりつくも心もとなく、（そばまで帰りつくのももどかしく）

「いかに」（どうだった）

「いかに」

と、誰も誰も問ひたまふ。〔使者は〕ふともいはず、（すぐには答えずに）権中納言ぞのたまひつれば、（義懐様がおいいつけになったことだから）そこにまゐり、（そこへ参上して）一気色ばみ申す。（気張って報告する）三位中将、

〔道隆〕「とくいへ。（早く言え）あまり二有心すぎて、しそこなふな」

とのたまふに、

〔使者〕「これも、ただおなじ事になむはべる」（どっちみち大した違いではございませんよ）

といふはきこゆ。三 四藤大納言、人よりけにさしのぞきて、（ぐっと顔をつき出して）

〔為光〕「いかがいひたるぞ」

と、のたまふめれば、（おっしゃるようだから）三位中将、

「五いと直き木をなむおし折りためる」（まっすぐな木をねえ〔無理に曲げようとして〕へし折ったんでしょうよ）

ときこえたまふに、〔為光様が〕うち笑ひたまへば、みな、なにとなく、（皆何のことだか判りもしないのにざわざわ）「さ」

一 随分待たされた挙句、使者は女車の女性から、返歌をもらえずに帰ってきたのであるから、義懐への報告にも窮しているわけである。したがって、この「気色ばみ」は、気取ってとか様子ぶってというよりは、いささか興奮気味の気張った面持ちをいう。傍にいる道隆には、それが勿体ぶってなかなか言い出さないものと映るので、「とくいへ」と催促することになる。

二 「有心」は、思慮深いとか優雅な趣などの意。これも道隆が、使者の興奮した顔色となかなか言い出せないでいる様子とを誤解しての発言である。

三 満座の注目を浴びながら不首尾に終った使者は、全く面目ない気持でぼそぼそと義懐に報告していたのであるから、屋外の清少納言にその声は聞えなかったが、道隆の方へふり向いて言った言葉は、つい声高になったので、清少納言の耳にまで届いたのである。

四 藤原為光。右大臣師輔の九男。時に正二位大納言兼東宮大夫の四十五歳。為光の女は義懐室であった。

五 使者に無愛想な返事をされて、道隆も少々臍を曲げたのであろう。為光への返事が投げやりである。この道隆の譬喩を『春曙抄』は、『後撰集』雑二高津内親王の「直き木に曲れる枝もあるものを毛を吹き疵をいふがわりなさ」を引用したものと見て「すなほにいふべき事を曲節なしたるをあざけり給ふ詞也」と解したが、それは当らない。むしろ『文選』に「見下直木不レ可二以為一輪、曲者不レ可中以為上桷」とあるのが原

と笑ふ声、きこえやすらむ。（〔車の女性にまで〕聞えもするだろう）

中納言、

（義懐）「さて、呼びかへさざりつる前は、いかがいひつる。これや直したる定」（呼び戻さなかった前は）（これが直した結果なのか）

と、問ひたまへば、

（使者）「ひさしう立ちてはべりつれど、ともかくもはべらざりつれば、『さば、帰りまゐりなむ』とて、帰りはべりつるに、呼びて」（〔返事が〕ございませんでしたので）（じゃあ）（帰らせていただきましょう）（帰って参りましたのを呼びとめて〔のことで〕）

などぞ申す。

（義懐）「誰が車ならむ。見知りたまへりや」（ご存じの方はありますか）

など、あやしがりたまひて、

「いざ、歌詠みて、この度はやらむ」

などのたまふほどに、講師のぼりぬれば、みな居しづまりて、そなたをのみ見るほどに、車は、かい消つやうに失せにけり。下簾など、（〔高座に〕）（一同）（講師の方ばかりを見ているうちに）

「ただ今日はじめたり」と見えて、濃き単重に二藍の織物、蘇枋の（初めておろしたばかりと見えて）

典であろうか。これは「猶縁木求魚升山採珠」（『孟子』）とか、「猶立直木而求其影之枉」（『荀子』）等の諺と同じく、無い物ねだりの無理な要求を意味する。道隆は、使者の無能と、女車の女性に返歌を期待した義懐の無理とにかけて、その失敗を皮肉に諷したのであろう。政敵としての両者の関係からもそう考えられる。

六 きまり、決定事項といった意味。定め文。

七 使者は女車の女性に対してよりも義懐に対して敬語を用いた挨拶をしている。

八 席に落ち着いて鎮まり。複合動詞。「居しづまりて」は、うろうろざわざわしていた人たちが自席に着くことによって、場内が鎮静した結果を指す。静かに坐るのではない。

九 牛車の前後の口、または側面の物見の窓などにかけてある簾の内側に垂れた三幅の絹の帷。簾より長く（九尺五寸）仕立ててあるので、車の外に垂れる。

一〇 問題の女性の服装は、出だし衣をしているので観察できた。打衣・唐衣・表着・裳の順に描写している。表べから言えば、唐衣、裳、表着、打衣の順であるが、濃い紅の打衣が一番先に目につき、次いで二藍の唐衣、さらに蘇枋の表着と叙述して、最後に車の後ろの口から、下簾とともに垂れた摺り裳に移る。副詞「やがて」は、下簾と裳とをつなぐはたらきをしている。

羅の表着など、尻にも、摺りたる裳やがてひろげながら、うち下げなどして、「なに人ならむ。なにかはまた、片ほならむ言よりは、『げに』ときこえて、なかなかいとよし」とぞおぼゆる。

朝座の講師清範、高座のうへも光り満ちたる心ちして、いみじうぞあるや。

暑さのわびしきにそへて、しさしたることの、今日過ぐすまじきをうちおきて、「ただすこしききて帰りなむ」としつるに、重き並みにつどひたる車なれば、出づべきかたもなし。「朝講はてなば、なほいかで出でなむ」と、うへなる車どもに消息すれば、近く立たむがうれしさにや、はやばやと曳き出で、あけて出だすを見たまひて、いとかしがましきまで、老上達部さへ笑ひ憎むをもきき入れず、いらへもせで、強ひてせばがり出づれば、権中納言の、

「やや、罷りぬるもよし」

とて、うち笑みたまへるぞ、めでたき。それも耳にもとまらず、暑

一 禁色を許された上臈女房の地摺りの裳ではなく、藍一色の大海の摺り裳などであろうか。

二 和歌を詠まず、当り障りのないようにした控えめな態度をかえってよしと作者は判断したのである。

三 法華八講は、朝夕二度の講座を開く。

四 法相宗興福寺の僧。この時は権律師に任ずる以前の阿闍梨で二十五歳。文殊の化身といわれるほどの説経の名人（『古事談』第三）であったばかりでなく、容貌も美しかったのであろう。第三十段に「説経の講師は顔よき」とあることが思い合せられる。

五 前の車の轅の上に、あとからきた車が車体を重ねて、何列にも並んでいたから簡単には出られない。

六 朝の講座。この日は初日だから、八講の一之座。

七 清少納言の車の轅の上に車体を載せている後列の車。通説は、能因本に従って「まへなる車」と改訂するが、後列の車が自分の車の前の口の方にあるから、後の車であっても前の車といったのであろうとは苦しい解釈。本段の始めに「轅の上にまたさし重ねて」とあったから、後列の車が「うへなる車」である。

八 清少納言の車が抜けると、自分の車を一列前に進めて、説経が聞きやすくなるから。

九 『法華経』方便品に、釈迦が開三顕一の法を説こうとした時、五千人の生意気な連中が席を立って出て行こうとするのを見て、敢えて制止せず「如ㇾ是増上慢人退亦佳矣」と言われたとある。方便品は『法華経』第一巻の中にある。六月十八日八講開白の日の朝

座に講説したばかりの方便品を機敏に引用して、義懐は中座しようとした元輔の生意気な娘をひやかす。その機智が「十余日」を十八日と推定する根拠となる。

一〇 開白は六月十八日、結願は二十一日。

一一 通説は、「ありがたく……いかで知らむ」を作者の心語とし、「問ひたづねたまひける」の補助動詞「たまひ」を省いた能因本を採用しているが、作者自身が中座しており、第三十段にも説経聴聞の常連といわれるのを喜んではいなかったのであるから、補助動詞「たまひ」の存在意義を認めて義懐の言葉とする。

一二 「こそ……しか」の詠嘆に、作者も義懐に反対する為光と同感であったことが表明されている。

一三 寛和二年六月二十三日花山天皇落飾退位。翌日中納言義懐・蔵人惟成出家。政権は兼家父子に移った。

一四 つい数日前、小白河の八講に、一座の中心として得意にふるまい、清少納言にまで気軽に声をかけていたその人が、と人生の無常を痛感している。

一五 「空蟬の世にも似たるか花桜咲くと見しまにかつ散りにけり」(『古今集』春下、よみ人知らず)のように桜は儚いものの代表とされているが。

一六 「白露の置くを待つ間の朝顔は見ずぞなかなかあるべかりける」(『新勅撰集』恋三、源宗于)。槿花一朝の夢は三日見ぬ間の桜よりも儚なく、露が置いている時の朝顔の盛りは露の干たあとの凋落を一層みじめなものとするから、見ずにいた方がよいという歌意。作者はそれほどに義懐の栄落の劇しさを痛嘆している。

きにまどはし出でて、人して、
（頭もこんがらかったようになって外へ出てから人に頼んで）

「五千人のうちには、入らせたまはぬやうあらじ」
（(清少)〔こう暑くてはあなた様も〕五千人の増上慢の中に お入りにならぬはずはありますまい）

ときこえかけて、帰りにき。
（と申し上げておいて）

一〇そのはじめより、やがてはつる日まで、立てたる車のありけるに、
（この八講の開白の日から ずうっと結願の日まで 〔連日〕立てている車があったのだが）

人寄り来とも見えず、すべて、ただあさましう絵などのやうにて過ぐしければ、
（まるで 驚いたことに絵に描いたみたいに動かずに）

(義懐)一一「ありがたく、めでたく、心にくく。いかなる人ならむ。いかで知らむ」
（めったとない 感心な 奥ゆかしい〔ことだ〕 ぜひ知りたい）

と、問ひたづねたまひけるをきたまひて、藤大納言などは、
（〔人に〕問い合せたりなさったそうだと 為光様なんかは）

「なにかめでたからむ。いと憎く、ゆゆしきものにこそあなれ」
（何が感心なものか いやらしい奴にきまってるじゃないか）

とのたまひけるこそ、をかしかりしか。
（一二愉快でしたよ）

さて、その一三廿日あまりに、中納言、法師になりたまひにしこそ、一四あはれなりしか。「桜など散りぬる」も、なほ世の常なりや。「置くを待つ間の」とだに、いふべくもあらぬ御有様にこそ、見えたまひ
（一五桜なんかが散った〔儚なさなんか〕も まだ通り一遍ですよね一六 とさえ 言えそうもない一瞬の〔はなやかな〕ご様子だと 拝見いたしまし）

しか。

第三十三段

七月ばかり、いみじう暑ければ、万づのところ開けながら夜も明かすに、月のころは、寝おどろきて見出だすに、いとをかし。闇もまた、をかし。有明、はたいふもおろかなり。

いと艶やかなる板の端近う、あざやかなる畳一枚うち敷きて、三尺の几帳、奥のかたにおしやりたるぞ、あぢきなき。端にこそ立つべけれ。奥の、うしろめたからむよ。

人は、出でにけるなるべし。淡色の、裏いと濃くて、表はすこしかへりたる、ならずば、濃き綾の、艶やかなるが、いとなえぬを、頭ごめにひき着てぞ、寝たる。香染の単衣、もしは黄生絹の単衣、

＊〔第三三段〕**初秋後朝の情**　前段「置くを待つ間の朝顔」からの連想で、初秋後朝別離の情を随想。

一 陰暦七月の満月は、大体真夜中の零時（子三刻）を前後する頃に南中する。あまりの明るさに昼かと驚かれて、真夜中にも目をさますわけである。「月のころ」を、単に月のある夜とか月の出の時刻と解してはならない。十五夜を前後する満月の頃である。第一段にも、「月のころ」を「闇」と対比して鑑賞している。

二 七月朔か八月朔に近い、月の見られない夜。

三 下弦の月（大体二十三夜ごろ）は、翌朝の日出以後に南中する。以下、初秋の有明の情趣を主題として後朝の別れの男女の生態を描写する。

四 恋人を送り出したあと、涼しい初秋の明け方に朝寝をむさぼっている女性。単衣と単袴だけを身にまとい、頭から引きかぶっているのは淡紫色の打衣とか、濃い紅の綾の打衣などである。

五 単袴の腰紐が、引きかぶった打衣の下から長く出たままの状態で、単衣を着ているのも。この述語「着たる」の客語は「単衣」である。

六 それは、昨夜、恋人と共寝して単袴の下紐が解けたままなのであろうと推測する。纏綿たる情緒がうかがい知られる初秋有明の別れのあとである。

七 諸注は、「おしはかられたるに」と女性の寝姿を描写したあとに、「また、いづこよりにかあらむ、朝ぼらけのいみじう霧立ちたるに」とある能因本の本文

五 紅の単袴の腰のいと長やかに衣の下より引かれ着たるも、まだ六解けながらなめり。〔打衣の〕外のかたに（外にはみ出して）、髪のうちたたなはりてゆるるかなる（髪が折り返しゆるやかに波うっているのをみると）ほど、長さおしはかられたるに、七〔そこへ通りかかった男は〕二藍の指貫に、あるかなきかの色（ごく淡い色の）したる香染の狩衣、八 白き生絹に紅の透すにこそはあらめ、艶やかなる（色っぽく見えるが）、霧にいたうしめりたるを脱ぎ（ひどくしめった狩衣を肩ぬぎして）、〔寝乱れた〕鬢のすこしふくだみたれば（鬢がすこし崩れているので）、烏帽子のおし入れたる気色も（無造作にかぶった烏帽子の様子も）、しどけなく見ゆ（気のおけない恰好だ）。「九朝顔の露落ちぬさきに文書かむ」と、〔帰る〕道のほども心もとなく（道すがらも気はせいて）、

〔男〕「一〇麻生の下草」

など、口ずさみつつ、一一わが方にいくに、〔この女の局の〕格子の上がりたれば（格子が上がっているので）、御簾のそば（端）をいささか引き開けて見るに〔前述の様なので〕、一二置きて往ぬらむ人もをかしう（男にも興味があり）、〔この女にも〕露もあはれなるにや（少しでも気がひかれるのか）、しばし見立てれば（しばらく立ちどまって見ていると）、枕がみのかたに（枕もとの方に）、朴に紫の紙張りたる扇、ひろごりながらあり（ひらいたまんまになっているし）、一三陸奥紙の畳紙の細やかなるが、花か紅かすこし匂ひたるも、几帳のもとに散りぼひたり（散らかっている）。

人気のすれば〔女が〕、一四衣のなかより見るに〔男が〕、うち笑みて、長押におしか（よりかか）

に従って補っているが、初秋の有明の頃、このような朝寝の女性がいる所へ、別の男性が通りかかったことを叙述するのに、改めて、その男性が登場する環境条件として、初秋の朝の情景描写を加えるのは、むしろ蛇足であるし、「たるに」「たるに」と重複する文章も煩雑となるから従いがたい。

八 狩衣の下の白い生絹の袙を透き通して、さらに下に着た紅の単衣の色が見えるのが媚かしい。それに、霧に湿った狩衣を肩ぬぎした姿も砕けた感じだし、それだけに狩衣の下の袙や単衣が見えるわけである。

九 日の高くならぬうちに、後朝の文を書いて送ろうと、この男も、別れて来た女性に対して真心を見せようと思っているのである。

一〇「桜麻のをふの下草露しあらば明かしてゆかむ親は知るとも」（『古今六帖』巻六、原典は『万葉集』巻十一）。

一一 内裏の中とか、貴族の大邸宅などで、女房の局に泊った男が、後朝の別れをしてわが家に帰る途中、上述の別の女房の局、それも自分と同じような恋人を送り出したあと朝寝している女房の局の前を、通りかかったという場面を想定している。

一二「置きて」と「露」とは縁語。「起きて」ではない。

一三 陸奥紙は柔らかい上質の和紙。その懐紙が細く折りたたんであって、しかも縹か紅か、淡く色づいた紙とあっては、すこぶる媚かしい想像を誘う。

一四 頭から引きかぶった打衣の下から。

かりてゐぬ。恥ぢなどすべき人にはあらねど、うち解くべき心ばへにもあらぬに、「一嫉うも見えぬるかな」と思ふ。

（男）「二こよなき名残りの御朝睡かな」

とて、三簾のうちに半ら入りたれば、

（女）「露よりさきなる人のもどかしさに」

といふ。をかしき言、とり立てて書くべき言ならねど、とかくいひかはす気色どもは、四憎からず。枕がみなる扇、わが持たるして、およびてかき寄するが、「あまり近う寄り来るにや」と、心ときめきして、ひきぞくだらるる。取りて見などして、

（男）「うとく思いたること」

など、うちかすめ、うらみなどするに、明かうなりて、人の声々し、日もさし出でぬべし。霧の絶え間見えぬべきほど急ぎつる文も、たゆみぬるこそ、五うしろめたけれ。

出でぬる人も、「いつのほどにか」と見えて、萩の露ながらおし

って坐っていた　顔を合わせるのをはばかるような人ではないが　気軽に応対できそうな気分でもないので　〔女は〕憎らしいことね見られてしまったわ　随分お名残惜しそうな　朝寝坊ですね　露が置くより早く起きて〔私を〕置いてきぼりにした人が憎くってね　しゃれた文句とか　せりふではないが　何のかのとやりとりするそぶりなんかは　満更でもない　〔男が〕枕もとの扇を　自分の持っている扇で　及び腰になってかき寄せるのが　〔女は〕くっついてきすぎるのじゃないかしら　胸がどきどきして　自然と身がひける　〔男は扇を〕　毛嫌い　なさったものですね　気をもたせたり　怨み言をいったりするうちに　霧がそろそろ晴れ始めそうな頃には気にかけていた後朝の文も　忘れてしまっているのがね　〔他人事ながら〕気になることだ　〔この局から〕出て行った男も　いつの間に〔書いたの〕かと思われるが　露に濡れたまま手折った萩

一　寝起きの顔を、殊に男性に見られるのは、このうえない女性の恥であると思われていたから。

二　昨夜の恋人との寝もやらぬ睦言が、今朝の寝不足を招いたのだろうと、男はその局の女性をひやかす。

三　これが弘徽殿や登花殿などの西の廂、いわゆる細殿の局であるならば、簀子敷（縁側）がなくて、直接廂の間の下長押が上がり框ということになるし、簀子敷のある所でも、下長押にもたれかかって、簾ごと上半身を廂の間にのめりこませている姿勢である。

四　作者の立場から、両者の応対を「憎からず」と批評したのではない。男から見て、女の応答ぶりを「憎からず」と感じたのである。男というものは己惚れの強いもので、特に目指す相手でない女性からも、好意を持たれていると思いたいし、ちょっとしたきっかけで、交渉を発展させようとする多情さがある。朝帰りの男と、恋人を帰した女と、行きずりの出会いに、無責任かつスリルに富んだ遊戯的な感情を弄んでいる。

五　通りすがりの局の女房にすっかりかまけて、早く家へ帰って書いて送ろうと思っていた自分の恋人に対する後朝の文を、とんと忘れてしまっている男の無責任さを、傍目にも「うしろめたし」と評した。

六　この局から出て行った男性から命ぜられて、主人の恋人の女房の局へ後朝の文を届けにきた使者も、その女房の局に、他の殿上人が上がりこんでいるのを目撃して、身分柄、口出しもならず、手紙も渡せずに立ち往生している。

折りたるに付けてあれど、え差し出でず。[六]香の紙のいみじう染めたる匂ひ、いとをかし。[七]

あまりはしたなきほどになれば、たち出でて、「わが置きつるところも、かくや」と思ひやらるるも、をかしかりぬべし。[八]

第三十四段

木の花は、

濃きも淡きも紅梅。[九]

桜は、花びら大きに、葉の色濃きが、枝細くて咲きたる。[一〇]

藤の花は、しなひ長く、色濃く咲きたる、いとめでたし。[一一]

四月の晦、五月の朔のころほひ、橘の、葉の濃く青きに、花のいと白う咲きたるが、雨うち降りたる早朝などは、世になう心あるさ[一二]

七 その後朝の文は、香染の紙に、さらに薫香が炷きしめてあって、朝霧の残った湿度の高い初秋の朝の空気の中で、まことに清冽な香気をただよわせる。

八 自分がさきほど別れてきた女の所へも、他の男が自分と同じように上がりこんでやしないかと、ふと想像されて、その鼬ごっこがおかしくなってしまう。男女の交際がきわめて開放的であった当時の貴族社会なればこその余裕。

＊〔第三四段〕**花木**　仲春から初夏にかけて咲く木の花、それもすべて内裏に植栽されているものを類想。第三十七段「花の木ならぬは」第六十四段「草の花は」と相対する。

九 紅梅は平安時代になってシナから新たに輸入されたという。そこで一般にも珍重されたが、「コウバイ」と漢音のままに呼ぶ点が清少納言のシナ趣味にも叶ったのであろう。下文の梨花・桐花もシナ趣味。

一〇 平安朝に入って桜は万葉期の梅（白）に代って多く歌題となった。異国趣味の紅梅と日本情緒の桜と、作者の好尚は平安朝の風潮を代表する。ただし葉色の濃さを花とともに鑑賞するところは、山桜の類いか。

一一 藤は藤原氏の象徴。摂関藤原氏全盛期の好み。

一二 藤原氏の藤に対して橘氏の橘を挙げる。作者のかつての夫は橘氏の氏の長者敏政の一男則光。「橘は実さへ花さへその葉さへ枝に霜降れいや常磐の木」（『古今六帖』巻六、原歌『万葉集』）。花・実・葉をともに鑑賞する。

まに、をかし。花のなかより、黄金の玉かと見えて、いみじうあざやかに見えたるなど、朝露に濡れたる朝ぼらけの桜に劣らず、郭公のよすがとさへ思へばにや、なほさらに、いふべうもあらず。

梨の花。世にすさまじきものにして、近うもてなさず、はかなき文付けなどだにせず。愛敬おくれたる人の顔などを見ては、たとひにいふも、げに、葉の色よりはじめて、あはひなく見ゆるを、唐土には、限りなきものにて、詩にも作る。「なほ、さりとも、様あらむ」と、せめて見れば、花びらのはしに、をかしき匂ひこそ、心もとなうつきためれ。「楊貴妃の、帝の御使にあひて、泣きける顔に似せて、『梨花一枝、春、雨を帯びたり』などいひたるは、おぼろけならじ」と思ふに、「なほ、いみじうめでたきことは、たぐひあらじ」とおぼえたり。

桐の木の花。紫に咲きたるは、なほをかしきに、葉のひろごりざまぞ、うたてこちたけれど、異木どもとひとしういふべきにもあら

一 柑橘類には、翌年初夏に新花が開く時まで黄熟した実をつけたままでいるものが多い。花・実・葉ともに鑑賞する所以。「五月待つ花橘の香をかげば昔の人の袖の香ぞする」(『古今集』夏、『和漢朗詠集』上)も、去年の実と今年の花とにかけた追懐の歌。雨後の橘の実を黄金の玉にたとえるのは「枝繋金鈴春雨後」(具平親王『和漢朗詠集』上)の句と同じ。

二 「朝ぼらけ下行く水は浅けれど深くぞ花の色は見えける」(『後撰集』春下、貫之)、「桜花露にぬれたる顔見れば泣きて別れし人ぞ恋しき」(『拾遺集』別)。

三 「年毎に来つつ声する郭公花橘や妻にはあるらむ」(『古今六帖』巻六、貫之)。郭公は夏の代表的歌題。

四 「玉容寂寞涙闌干、梨花一枝春帯雨」(『白楽天詩集』巻十二「長恨歌」)、「梨花有意緑和葉、一樹江頭悩殺君。最似孀閨少年婦、白粧素袖碧紗裙」(同巻十四、「江岸梨花」)等、一抹の愁を帯びた清閑な美を採るが、その美を絶讃したものはない。わが国でも醜女を梨の花に譬えた故事を見ない。

五 玄宗の使者、臨邛の道士。

六 梨の花自体を「おぼろけならじ」といったのではなく、梨の花を譬えに用いた白楽天の態度を根拠あるものと認めて、なるほど「様あり」と納得した。

七 藤・桐ともに高貴な紫色。内裏梨壺・桐壺を連想。

八 『春曙抄』が引く『格物論』(八島為基、宝暦元年刊)に「鳳瑞応鳥。太平之世則見。其形鶏頭蛇頸燕頷亀背魚尾。五採色高六尺許。非梧桐不栖。非竹実不

ず。唐土に、名つきたる鳥の（立派な名のついた鳥が）、選りてこれにのみゐるらむ（特にこの木にだけとまるらしいのが）、いみじう心ことなり（何ともすばらしく思われる）。まいて、琴につくりて、さまざまなる音の出で来るなどは、「をかし」など、世の常にいふべくやはある（通り一遍に批評せられようか）。いみじうこそめでたけれ。

木のさま憎げなれど、楝の花、いとをかし。枯れ枯れに（枯燥した感じで）、さま異に（風変りに）咲きて、かならず五月五日にあふも（間に合うのも）、をかし。

第三十五段

池は、

勝間田の池。

磐余の池。

贄野の池。泊瀬に詣でしに（長谷寺に参詣した時）、水鳥の、ひまなくゐて、たちさわぎ

食。非醴泉不飲」とあるのは、馬縞の『中華古今注』に、「非也。鳳瑞応之鳥也。其雌曰凰。鶏頭蛇頸燕頷亀背魚尾。五色具采」とあり、『晋書』戴記十四に「非梧桐不止、非練実不食、非醴泉不飲」「以鳳凰非梧桐不栖、非竹実不食」とあるのを取って合成したものか（福田俊昭氏教示）。

九「椅桐梓漆、爰伐琴瑟」（『詩経』鄘風）「陶隠居本草注云、桐有四種。青桐、梧桐、崗桐、椅桐。（中略）椅桐者白桐也。三月花紫亦堪作琴瑟者是也」（『和名抄』巻二十）とあるのによれば、鳳凰のとまる梧桐（『荘子』）と琴を作る椅桐（白桐）とは別種か。

一〇 俗に栴檀（南方産の香木ではない）という。陽暦五月中下旬から六月上旬にかけて咲く暖地の木。開花して暫くは淡紫色の花が美しいが、数日にして色褪せ、旬日にして散り始めるので、「枯れ枯れ」という。

一一 端午の節会の菖蒲の縵に心葉として楝の析枝が用いられることをいったものか（第三十六段参照）。

＊〔第三五段〕池　楝の五月から連想して池の地名類想に移る。和歌・伝説が背景。多くは実見の地。

一二 大和。「年を経てなに頼みけむ勝間田の池に生ふてふつれなしの草」（『古今六帖』巻六）。

一三 大和。「人にのみいはれの池のあやなくばことなし草の宿に誘はむ」（『古今六帖』巻六）。

一四 山城。「贄野の池、泉川などいひつつ、鳥どもゐなどしたるも、心にしみてあはれにをかしうおぼゆ」（『蜻蛉日記』上）。

しが、いとをかしう見えしなり。

一 水無しの池こそ（池ときたら）。「あやしう（変だなあ）。などてつけけるならむ（〔そんな名を〕どうしてつけたんだろう）」とて（と思って）、問ひしかば、

「五月など（（土地の者）五月なんかに）、すべて雨いたう降らむとする年は（ひどく雨が降りそうな年は必ず）、この池に水といふものなむ無くなる。また、いみじう照るべき年は（ひどく日照りになるような年は）、春のはじめに、水なむ多く出づる」

といひしを（といったのに対して）、「むげに無く（全然水がなくて）、乾きてあらばこそ（干上がっているならこそ）、さもいはめ（そうもいえよう）。出づるをりもあるを（あるのに）、一すぢにもつけけるかな（一概に名づけたものだねえ）」と、いはまほしかりしか（言いたかったことですよ）。

二 猿沢の池は、采女の身投げたるを〔帝が〕きこしめして、行幸などありけむこそ、いみじうめでたけれ。「寝くたれ髪を」と、人麿が詠みけむほどなど思ふに、いふもおろかなり（いうだけ野暮である）。

三 御前の池。「また、なにの心にてつけけるならむ（どういう意味で名づけたのだろう）」と、ゆかし（わけが知りたい）。

四 上の池。

一 山城。泊瀬詣の道筋にある。伝説的興味。

二 大和。同じく泊瀬詣の道筋。興福寺の南。池のほとりに采女投身伝説に基づく衣掛けの柳がある。『大和物語』第百五十段によってその概略を述べると、昔、奈良の帝にお仕えする采女が、帝をお慕いして、殿上人などの求愛を退けていたが、帝は一度召しただけで、二度と召されることのなかったのを悲しんで、ある夜ひそかにこの池に身を投げた。帝は後にこのことを聞かれて、あわれに思し召し、池のほとりに行幸して、人々に和歌を詠ませられたが、人麿の歌は「わぎも子が寝くたれ髪を猿沢の池の玉藻と見るぞ悲しき」（『拾遺集』哀傷、人麿）、帝の御製は「猿沢の池もつらしなわぎも子が玉藻かづかば水ぞひなまし」とある。御製の第五句が「水無しの池」と関連する。

三 采女伝説の「帝」から「御前」に移るが、これは摂津。夷宮（西宮神社）の御前の池。附近に御前浜・御前沖などの類似の地名があった。猿楽雑芸に関心の深い関白道隆の存在も、夷かき傀儡まわしの本所、広田社の南宮夷三郎殿（西宮神社）の御前の池を連想させたか。「お前」には猥雑な語義もある。

四 諸注は、能因本・前田本によって「鏡の池」と改めるが、上文の「御前の池」下文の「狭山の池」との連関で、三巻本の「上の池」をよしとする。「かみ」は主上の御前にも通じるし、下に対する上ともなる。摂津に、「上の池」「下の池」がある。

五 河内。狭山大池、狭山下池がある。『古今六帖』

五 狭山の池は、「三稜草」といふ歌のをかしきが、おぼゆるならむ（思い出されるのだろう）。
六 恋ひぬまの池。
七 原の池は、「玉藻な刈りそ」といひたるも、をかしうおぼゆ。

第三十六段

八 節は、五月にしく月はなし（五月にまさる月はない）。菖蒲・蓬などの薫りあひたる（そろって薫ってるのは）、いみじうをかし。九重の御殿の上をはじめて、いひ知らぬ民の（取るに足りない庶民の）住家まで、「いかでわがもとにしげく（是が非でも自分のところにびっしり）葺かむ」と、葺きわたしたる（〔屋根や廂に〕一面に葺き並べたのは）、なほいとめづらし（なんといっても見事なものだ）。いつかは（一体いつ）、ことをりに（他の節供の場合に）、さはしたりし（そんなことはしたろうか）。
空の気色、九 曇りわたりたるに、中宮などには、一〇 縫殿より、「御薬玉」とて、色々の糸を組み下げて、まゐらせたれば、御帳立てたる（御帳台を立ててある）

巻六の「恋すてふ狭山の池のみくりこそ引けば絶えすれ我やねたゆる」を『盤斎抄』が第一句「武蔵なる」として引いたので、諸注は武蔵の狭山を宛てるが、この段の池は畿内に限られたものと見る。
六 「恋の潭」ならば、河内にあって、『伊勢物語』第二十三段に「君来むといひし夜毎に過ぎぬれば頼まぬものの恋ひつつぞふる」とある筒井筒説話に見える高安の里の女が、落胆して投身自殺をしたという口碑伝説の生じた所である（『河内志』）。
七 摂津の原か。作者は「原の池に生ふる玉藻のかりそめに君をわが思ふものならなくに」（『古今六帖』巻三）と「鴛鴦、鷉、鴨さへ来ゐる蕃良の池のや、玉藻はまねな刈りそや、生ひも継ぐがにや」（風俗上野歌）とを混同したものかと思われる。
＊〔第三六段〕五月節供　第三十四段の楝、第三十五段の水無しの池から五月節供の随想に移る。
八 五節供の中でも、宮中の節会の中でも、行幸の中でも、五月を最高と考えていた（第二百五段参照）。
九 「五月五日は、曇りくらしたる」と第七段にある。
一〇 縫殿寮。薬玉は縫殿寮の別所たる糸所から奉る。「糸所供二奉薬玉一如レ常。撤二去年九月茱萸一、以二薬玉一替懸二差御柱一、前例也」（『河海抄』巻十所引『延喜十三年醍醐御記』）。糸所は釆女所の北（『西宮記』『江家次第』）にあって、『延喜式』内蔵寮の条に「造二五月五日菖蒲珮一所（中略）右料物送二糸所一、造備」とある。

母屋の柱に、左・右に付けたり。九月九日の菊を、あやしき生絹の絹につつみて、まゐらせたるを、おなじ柱に結ひつけて月来ある、薬玉に解きかへてぞ、棄つめる。また、薬玉は、菊のをりまであるべきにやあらむ。されど、それは、みな糸を引きとりて、もの結ひなどして、しばしもなし。

御節供まゐり、若き人々、菖蒲の腰插・物忌つけなどして、さまざまの唐衣・汗衫などに、をかしき折り枝ども、長き根に、村濃の組してむすびつけたるなど、めづらしういふべきことならねど、いとをかし。さて、春毎に咲くとて、桜をよろしう思ふ人やはある。地ありく童女などの、ほどほどにつけて、「いみじきわざしたり」と思ひて、常に、袂まぼり、人のにくらべなど、「えもいはず」と思ひたるなどを、そばへたる小舎人童などに、引き張られて泣くも、をかし。

紫の紙に楝の花、青き紙に菖蒲の葉、細く巻きて結ひ、また白き

一 前年九月から今年五月まで柱に結びつけて、厄病よけとしていた茱萸の嚢を、菖蒲の薬玉と交換廃棄する。茱萸は典薬寮から薬司を通して供進したもので、薬玉ほど美しく飾ることはなかった。上文に「九月九日の菊」とあるが、『延喜式』典薬寮条に「九月九日呉茱萸廿把。附薬司供之」とあるように芸香科（ミカン科）の薬用植物。

二 「御節供まゐり」が「いとをかし」にかかる。「まゐり」は節供の御膳を御前にお運びすること。平常の御膳まいりと服装が違うので、結構な見ものとなる。

三 前掲『延喜式』に「菖蒲珮」とあった。菖蒲の蔵人といって、若い女蔵人が腰に菖蒲の薬玉を佩び、頭に菖蒲の蘰をつけた。この菖蒲珮を「腰插」、菖蒲蘰を「物忌」と記したのであるから、「こしさし」を「さしくし」と改めた能因本では、頭飾描写が重複する。

四 成人の女官の礼装たる唐衣に対して、童女の礼装には、衵や打衣の上に汗衫を重ねる。第五段に生昌が「衵のうはおそひ」といったのがそれである。

五 濃淡交互のだんだら染め。

六 殿上から庭に下りて歩き廻る女の童。

七 貴人に仕える召使の少年。

八 菖蒲の根で白い紙を縛ったのでもなければ、白い紙を切って菖蒲根の形を造ったのでもない。包むものは上から一貫して紫・青・白の紙、中身は一貫して楝の花の枝・菖蒲の葉・菖蒲の根と節供の植物。文章の平板になることを避けて、主客を転換したのである。

次に、消息の料紙に菖蒲根を包む例を見ても判ろう。菖蒲の根は延寿の効があるとして長いのを尊んだ。

九「人」は単なる人でなく、人らしい人であるから「人の女」といえば「良家の子女」となる。「月のころ」が満月を指し、「花のころ」が満開を指すに同じ。

*〔第三七段〕**観葉樹**　第三十四段の「木の花」に対して、葉を鑑賞する樹木を類想する。

一〇 桂（雌ガツラ）に対する楓（雄ガツラ）で、紅葉を鑑賞する今日のカエデではない。能因本・堺本・前田本ともに、下文にカエデが出てくるのを重複と誤解し、冒頭の「かへで」を除去した。三巻本を用いた諸注も悉く混同している。『万葉集』巻七に「向岡の若楓の木下枝とり花待つ今に嘆きつるかも」とあり、『爾雅註疏』に「楓樹 似二白楊一、葉円而岐、有レ脂而香、今之楓香是」とあるように、楓（風香樹）は、紅葉を観るカエデとは全く別種の木。因みに白楊とはポプラのこと。『枕草子』の原本には、「をがつら」と訓ませるつもりで「楓」と漢字表記してあったのが、転写伝承の間に「かへて」と転化したものであろうか。

一一『和名抄』巻二十に「和名女加豆良」とある桂が、今日の植物分類でカツラ科に属するカツラ（一名カモカツラ）であるか否かは断定しがたい。ただし作者は、「人もみな桂かざしてちはやふる神のみあれにあふひなりけり」（『古今六帖』巻二、『貫之集』）とある賀茂祭の縁や、古代シナの月中桂樹の伝説によって、雄ガツラを受けてこの桂（雌ガツラ）を挙げたのであろう。

（い紙に菖蒲の根を入れてしっかり結んであるのも結構　菖蒲の根を手紙の中に）
紙を根してひき結ひたるも、をかし。いと長き根を文の中に入れな
（〔私たちの〕気分もうっとりする）
どしたるを見る心ちども、艶なり。
（女房たち）
「返りごと書かむ」
（仲良し同志は〔貰った手紙を〕見せ合ったりするのも）
と、いひあはせ、語らふどちは、見せかはしなどするも、いとをか
（良家の令嬢とか高貴なお姫さま方に　恋文などさし上げなさる殿方も）
し。九人の女・やむごとなき所々に、御文などきこえたまふ人も、今
（特に気を入れてね情緒たっぷりだこと）
日は、心ことにぞなまめかしき。
（一声その存在を示して飛んでゆくのも〔この日は〕すべてが最高）
夕暮のほどに、郭公の名乗りてわたるも、すべていみじき。

第三十七段

（花を鑑賞する木でないのは）
花の木ならぬは、
一〇楓。
一一桂。

五葉。[一]

たそばの木。[二] 品なき心ちすれど（下品な感じはするが）、花の木ども散りはてて、おしなべて（あたり一面）緑になりにたるなかに、時も分かず（季節にかかわりなく）濃き紅葉の、艶めきて（つやつやして）、思ひもかけぬ青葉の中よりさし出でたる、めづらし。

檀。[三] さらにもいはず（いうまでもない）。

そのものとなけれど（特定の木を指すのではないが）、寄生木[四]といふ名、いとあはれなり。

榊。臨時[五]の祭の御神楽のをりなど、いとをかし。世に木どもこそあれ（この世に木の種類は数多いが）、「神の御前のもの」[六]と（として）、生ひはじめけむも（発生したらしいのも）、とり分きてをかし。

楠の木は、木立多かるところにも（植木の多い邸でも）、ことにまじらひ立てらず（めったに他の木と交って立ってはいず）、おどろおどろしき思ひやりなど（密林など〔楠の生えている所を〕想像するのも）、うとましきを（気味が悪いが）、「千枝に分かれて」[七]〔と〕恋する人のためしにいはれたるこそ、「誰かは数を知りていひはじめけむ」と思ふに（と思うにつけても）、をかしけれ。

檜の木。また（これも）気ぢかからぬものなれど（身近にはない木だが）、「三葉四葉の殿づくり」[八]

一 五葉松。『枕草子』より後の、『某年四月庚申西国受領歌合』の歌題に「五葉」があるが、歌語としては、「松」と表現するのみである。

二 「たそば」は「たちそば」の約音。「たちそばのみのなけくを」（『古事記』中、『日本書紀』巻三）。好んで生垣に植えられる赤い嫩葉の美しいカナメモチである。

三 ニシキギ。陸奥紙の材料として、特に関心が深い。

四 ヤドリギ（ホヤ）・ヒノキバヤドリギ・オオバヤドリギ・マツグミ等、二属八種の本邦産寄生木がある。

五 三月中午日の石清水臨時祭、十一月下酉日の賀茂臨時祭に、人長が榊の枝を手にして舞う。

六 「神垣の御室の山の榊葉は神の御前に茂り合ひにけり茂り合ひにけり」（神楽採物歌「榊」の末方）。

七 「和泉なる信太の森の楠の木の千枝に分かれてものをこそ思へ」（『古今六帖』巻二）。

八 「この殿は、むべも、むべも富みけり、三枝の、あはれ、三枝の、はれ、三枝の、三葉四葉の中に、殿造りせりや、殿造りせりや」（催馬楽「この殿」）。

も（といふのも）、をかし。「五月に雨の声をまなぶ」[九]らむも、あはれなり。

鶏冠木（かへでのき）[一〇]のささやかなるに（繊細な感じがするうえに）、萌え出でたる葉末の赤みて、同じ方（かた）にひろごりたる葉のさま、花もいとものはかなげに、虫などの涸（か）れたるに似て（ひからびたのに似ていて）、をかし（面白い）。

あすはひの木[一一]。この世に近くも見えきこえず（この近辺にあるとも見も聞きもしないが）、御嶽（みたけ）[一二]に詣（まう）でて帰りたる人などの、持て来める（持って来るようだ）。枝ざし（枝ぶり）などは、いと手触れにくげに（全く手を出しかねるほどに）、あらくましけれど[一三]（粗剛な感じがするが）、何の心ありて（どういうつもりで）、「あすはひの木」とつけけむ。あぢきなきかね言なりや（あてにならない約束ですね）。「誰に頼めたるにか」（誰と約束したのだろうか）と思ふに（と思うにつけても）、きかまほしく（〔相手の名を〕聞きたいものだと）をかし（興味がわく）。

ねずもちの木[一四]。人なみなみになるべきにもあらねど（一人前の木として扱われるほどでもないが）、葉のいみじうこまかに小さきが、をかしきなり。

棟（あふち）[一五]の木。

山橘（やまたちばな）[一六]。

山梨（やまなし）[一七]の木。

九 金子彦二郎氏の指摘するように、晩唐の詩人方干（ほうかん）の「長潭（ちやうたん）五月含（ム）二冰気（ひようき）ヲ一、孤檜（こくわい）終宵学（ブ）二雨声ヲ一」（『千載佳句』）の句を引く。（『全唐詩』巻六百五十一所収「題（ス）二陶詳校書陽羨隠居（ニ）一」にありと福田俊昭氏教示）。

一〇 これが今日いうところの、紅葉を鑑賞する楓（カエデ）である。冒頭の雄ガツラの楓とは異なる。『和名抄』巻二十にも「楓」は「和名乎加豆良（をがつら）」とし、「鶏冠木」を「賀倍天乃木（かへでのき）」として、両者を区別している。枝ぶり、嫩葉（わかば）の赤らみ、花の乾いた感じなどの描写も正しい。

一一 アスナロ。「明日は檜（ひのき）の木になろう」というところから命名された。

一二 吉野金峰山（きんぷせん）の蔵王権現（ざおうごんげん）。

一三 「あらあらし」と「くまぐまし」との合成語か。

一四 鼠（ねずみ）の名がついていることからも、人並みとはいえぬと見たのであろう。今日のネズミモチ。

一五 第三十四段に、花木としても挙げられていた。

一六 ヤブコウジ。「足ひきの山橘（やまたちばな）の色に出でてわが恋ひなむをやめむ方なし」（『古今六帖』巻六、『万葉集』巻十一には第五句「やめがたくすな」とある）。

一七 『和名抄』（わみようしよう）巻十七「樆子」に「和名夜末奈之（やまなし）」と注している。「世の中を憂（う）しといひてもいづこにか身をば隠さじ山梨の花」（『古今六帖』巻六）。

椎の木。常磐木はいづれもあるを〔どれもそうなのに〕、それしも〔椎の木を特に〕、「葉替へせぬ」ためしにいはれたるも、をかし。

白樫といふものは、まいて〔まして〕深山木のなかにもいと気遠くて〔とり分け縁遠くて〕、三位・二位の袍染むるをりばかりこそ、葉をだに人の見るめれば〔見かけるようだから〕、をかしきこと、めでたきことに、取り出づべくもあらねど〔取り立てていうまでもないが〕、いづくともなく〔あたり一面〕雪の降り置きたるに〔雪が降りつもったかのように〕見紛がへられ、素盞嗚尊出雲の国におはしける御事を思ひて、人麿が詠みたる歌などを思ふに、いみじくあはれなり。

をりにつけても〔そのおりおりにふれて〕、一節あはれともをかしともききおきつるものは〔どこか一点感にうたれたり興味深く耳に残っているものは〕、草・木・鳥・虫も、おろかにこそおぼえね〔おろそかには思えないものだ〕。

ゆづり葉の、いみじう房やかに艶めき〔ずいぶん房々として光沢があり〕、茎はいと赤くきらきらしく見えたるこそ、あやしけれど〔品はさがるが〕、をかし。「なべての月には〔ふだんの月には〕見えぬ〔見かけない〕ものの〔けれど〕、師走のつごもりのみ時めきて〔幅をきかせて〕、亡き人の食ひ物に敷く物にや」と、あはれなるに、また〔一方〕、齢を延ぶる歯固めの具にも持てつか〔使用している〕

一 『拾遺集』雑恋「はし鷹のとがへる山の椎柴の葉がへはすとも君はかへせじ」。

二 葉の裏が白い。

三 『大宝令』の位袍の制によれば、二位・三位は浅紫であったが、平安中期に四位以上は紫、一条天皇以後は黒となった。黒即ち橡色は、櫟の実に五倍子鉄漿を媒染剤に用いて染める紺黒色。白樫と櫟とを混同したのも、染料とする櫟の実の着いた枝によって枯れた白っぽい葉を見る程度のわずかな経験しかなかったからであろう。

四 『万葉集』巻十の「足ひきの山道も知らず白樫の枝もとををに雪のふれれば」(『拾遺集』冬、人麿。第四句「枝にも葉にも」)を、『綺語抄』『和歌童蒙抄』『能因歌枕』などは、素盞嗚尊の作とする。

五 第三十八段の鳥、第四十段の虫、第六十三段の草への架け橋。跋文にも「木・草・鳥・虫」とある。

六 『小右記』長保元年十二月二十九日条に「御魂、今年於染殿奉拝」同寛仁元年十二月三十日条に「入夜解除、奉幣諸神、次拝御魂、皆是例事也」とある。歳末除夜の御魂祭には、酒食を祖先の霊前に供えるのに、ゆずり葉を敷く習わしがあったらしい。

七 御魂祭の不祝儀に対し、一夜明くれば元旦の祝儀の膳にもゆずり葉を用いる点に興味を感じた。

八 歯及び歯齦を強壮にして消化機能を活潑にし、健康増進を祈る食餌儀礼。『西宮記』巻一に「内膳供御歯固。大根・苽・串刺・押鮎・焼鳥等」とある。今日も

ひためるは（ようですよ）。いかなる世にか、「紅葉せむ世や」[九]といひたるも、頼もし。

柏木[一〇]、いとをかし。「葉守りの神のいます」[一一]らむも、かしこし。

兵衛の督・佐・尉[一二]などいふも、をかし。

姿なけれど（恰好はよくないが）、樱櫚[一三]の木、唐めきて、わるき家のものとは見えず（賤しい家の植木とは見えない）。

第三十八段

鳥は、

異どころのものなれど（異国のものではあるが）、鸚鵡[一四]、いとあはれなり。人のいふらむ言をまねぶらむよ。

郭公[一五]。

水鶏。

ゆずり葉を鏡餅の飾りに用いるが、『類聚雑要抄』巻一にも「置二鏡餅上一物、杠葉一枚（下略）」と見える。

九『夫木抄』巻二十二所載、『古今六帖』歌「旅人に宿かすが野のゆづる葉の紅葉せむ世や君を忘れむ」。

一〇『和名抄』巻二十に「檞」「柏」ともに「和名加之波」とする。柞ともいう。柏餅を包むのに用いる。

一一『大和物語』第六十八段「柏木に葉守りの神のましけるを知らでぞ折りし祟りなさるな」（『後撰集』雑三、初句「楢の葉の」）。

一二 兵衛府に限らず衛府の官人を柏木と異名する根拠は、冠の纓を柏夾にする点にあったらしいと『禁秘抄』を引いて関根正直氏の『集註』は説く。『雅亮装束抄』巻二に春日の使の服装を記して「冠には柏夾をする事なり。巻纓にはあらで、燕尾を外様に折りて、竹などを削りて挟みて插したれば」とある。

一三 清涼殿の東庭に植えられていた。石清水や賀茂の臨時祭に、青摺樱櫚文の衣を着た陪従が、この木の下に進んで、御琴を奏する（『江家次第』巻六・巻十）。

＊〔**第三八段**〕**鳥**　前段の樱櫚の縁で異国的な鸚鵡、清涼殿東庭の紅梅の縁で鶯などの鳥を類想。

一四『文選』巻十三、鸚鵡賦「惟西域之霊鳥兮（中略）性弁慧而能言兮」。大化三年に新羅から孔雀一隻・鸚鵡一隻が初めて渡来した（『日本書紀』巻二十五）。

一五 夏季の歌題の代表。清少納言も郭公を第一として本段末尾に力説する。『古今六帖』とは、鶴・鶯・郭公・千鳥・鴫・鷺・水鶏・山鳥の八種が共通する。

鴫。

都鳥。

鶸。

ひたき。

一 山鳥。友を恋ひて、鏡を見すれば慰むらむ（見せると気がすむのだろう）。心稚う（いじらしくて）、いとあはれなり。谷隔てたるほどなど（〔雌雄二羽が〕谷を隔てて離れている時なんかは）、心苦し（かわいそうだ）。

鶴は、いとこちたきさまなれど（仰々しい恰好だが）、「二 鳴く声の雲居まできこゆる」、いとめでたし。

三 頭赤き雀。

四 鵤の雄鳥。

五 巧婦鳥。

六 鷺は、いと見目も見苦し。眼居なども（目つきなんかも）、うたてよろづになつかしからねど（気味悪くてともかく親しみにくい）、「七 ゆるぎの森にひとりは寝じと争ふ」らむ、をかし。

水鳥（水鳥では）、鴛鴦いとあはれなり。かたみに居かはりて（交互に留まり場所を入れ替って）、「八 羽の上の霜

一『俊頼髄脳』『奥義抄』『袖中抄』等に見える説話。「山鳥のをろのはつをに鏡かけとなふべみこそ汝によそりけめ」(『万葉集』巻十四)、「足引の山鳥こそは峰むかひに妻問ひすとへ(下略)」(同巻九)。

二「鶴鳴二于九皐一、声聞二于天一。」(『詩経』小雅二)。

三 ニュウナイスズメ、またはベニヒワの雄鳥か。未詳。紅雀はインド・マレイ原産の鳥で当らない。

四『和名抄』巻十八に「鵤」「斑鳩」ともに「和名伊加流加」とあり、「貌似レ鴿 而白喙 者也」「鵤大尾短者」とする。アトリ科のイカルは、雌雄同色で、特に雄鳥が美しいものでもないから、あるいは「いかるか・あとり」とあったものが「いかるかのおとり」と転化したものか。アトリは冬鳥で、『和名抄』同巻に「獦子鳥」「臈觜鳥」を「阿止里」と訓む。

五 狩谷棭斎は鷦鷯とするが、『和名抄』が「巧婦(和名太久美止里)」を「好割二葦皮一食二中虫一、故亦名二蘆虎一」と説くのによれば、オオヨシキリかと思われる。

六「いと見目も見苦し」というからには、美しい白鷺ではなく青鷺かと思われるが、『和名抄』に「色純白」とする鷺は、夜は活動せずサギ山に群がって寝るチュウサギ・コサギ等の白鷺であろう。

七「高島やゆるぎの森の鷺すらも独りは寝じと争ふものを」(『古今六帖』巻六)。琵琶湖畔に白鷺は多い。

八 鴛鴦は、冬季平野部の湖沼にくる。『古今六帖』巻三に「羽の上の霜うち払ふ人もなし鴛鴦の独り寝今朝ぞ悲しき」とあり、『和名抄』に「雌雄未二嘗相離一」

払ふ」らむほどなど。
千鳥、いとをかし。
鶯は、詩などにもめでたきものに作り、声よりはじめて、さまかたちも、さばかりあてにうつくしきほどよりは、九重の内に鳴かぬぞ、いとわろき。人の、「さなむある」といひしを、「さしもあらじ」と思ひしに、十年ばかりさぶらひてききしに、まことに、さらに音せざりき。さるは、竹近き紅梅も、いとよく通ひぬべきたよりなりかし。まかでてきけば、あやしき家の、見どころもなき梅の木などには、かしがましきまでぞ鳴く。夜鳴かぬも、睡汚なき心ちすれども、今はいかがせむ。夏・秋の末まで、老い声に鳴きて、「虫喰ひ」など、良うもあらぬ者は、名をつけ替へていふぞ、口惜しく、くすしき心ちする。それも、ただ雀などのやうに、常にある鳥ならば、さもおぼゆまじ。春鳴くゆゑこそはあらめ、「年立ちかへる」など、をかしき言に、歌にも詩にも作るなるは。なほ、春のうち鳴

人得二其一一則其一思而死」とある鴛鴦の夫婦愛を「あはれ」と見た。

九 普通チドリの仲間は夏の渡り鳥が多いが、「秋来れば佐保の河原の川霧に友惑はせる千鳥鳴くなり」「思ひかね妹がり行けば冬の夜の川風寒み千鳥鳴くなり」（『古今六帖』巻六）と、冬の歌題としてとり上げられるのは、イカルチドリかコチドリを指すものか。

一〇 「鶯未レ出 兮遺賢在レ谷」（『和漢朗詠集』巻上）、「鶯囀二皇州一 春色闌」（『唐詩選』巻五）などの詩句を指すか。

一一 正暦四年（九九三）初冬に出仕して、長保二年（一〇〇〇）十二月十六日皇后崩御までは足かけ八年。

一二 そうなのよ。鶯が宮中で鳴かないという奇妙な事実を強調する感動的肯定表示の挿入句。

一三 清涼殿東庭の呉竹の台の傍らに紅梅がある。「中殿燈残竹裏音」（『朗詠集』巻上、菅原文時。『江談抄』巻五に「宮鶯囀二暁光一」という題が見える）の句を念頭に置いて、当然鶯が鳴くものだと予想したか。

一四 諸注は、夏秋の老い声を残念がる気持を説明したものとして、ここで終止させているが、むしろ下文の「作るなるは」という強い語気を起すために、下へ係るものと解すべきであろう。

一五 「あら玉の年立ちかへる朝より待たるるものは鶯の声」（『古今六帖』巻一、『拾遺集』春）「先遣三和風報二消息一、続教三啼鳥説二来由一」（『和漢朗詠集』巻上、『白楽天詩集』）。

かましかば、いかにをかしからまし。人をも、人げなう、世のおぼえ侮らはしうなりそめにたるをば、誹りやはする。鳶・烏などのうへは、見入れきき入れなどする人、世になしかし。されば、「いみじかるべきものとなりたれば」と思ふに、心ゆかぬ心ちするなり。

[一]祭の還さ見るとて、[二]雲林院・知足院などの前に、車を立てたれば、郭公も忍ばぬにやあらむ、鳴くに、いとようまねび似せて、木高き木どものなかに、[三]諸声に鳴きたるこそ、さすがにをかしけれ。

郭公は、なほさらにいふべきかたなし。いつしかしたり顔にもきこえて、[四]卯の花・花橘などに宿りをして、はた隠れたるも、妬げなる心ばへなり。五月雨の、みじかき夜に寝覚めをして、「いかで人よりさきにきかむ」と待たれて、夜深くうち出でたる声の、らうらうじう愛敬づきたる、いみじう心あくがれ、せむかたなし。六月になりぬれば、音もせずなりぬる、すべていふもおろかなり。

[五]夜鳴くもの、なにもなにも、めでたし。[六]乳児どものみぞ、さしも

ものだったら　人についても一人前でなく　世間の評判も　悪くなりはじめた人をば　〔うるさく〕批判するものか　鳶や烏なんかのことは　目をつけたり聞き耳を立てたりする人は　からっきしないものだ　〔鶯は〕当然すばらしくなくてはならぬものとなってるから〔なのだ〕と思うにつけても　納得のゆかぬ気がするのだ

牛車をとめていたら　〔季節柄〕がまんしきれないのだろうか　〔鶯がその声を〕

今更改めていうべき言葉もない　〔すばらしいものだ〕　早くも　〔その声は〕得意気に聞える癖に　とまって　〔姿は〕ちらちら見え隠れしてるのもしゃくなほど気がきいている　夜中に眼をさまして　他の人より早く〔初音を〕聞こうと心待ちにした挙句　真夜中に鳴き出した声が　洗練されて　魅力のあることは　まるで魂も宙にさまよう思いで　とてもたまらない　声もたてなくなってしまうのも　何から何まで口にするだけ野暮である

〔郭公に限らず〕どれもみな　〔但し〕赤ちゃんの夜泣きだけはね　そ

一　四月中酉日の賀茂祭の翌日、斎王が上賀茂社の神館から紫野の斎院へ還る途中を見物する。附図八参照。

二　雲林院は船岡山の東北にあった。知足院は所在未詳であるが、上賀茂から斎院への径路から考えて、船岡山の南あたりかと推定されている（附図八）。

三　声を合わせて。この件は第二百五段（下巻一一六頁）に詳細に描写している。

四　「きこえて」の「て」は、逆接の助詞と解する。諸注は「きこえたるに」と改訂している。

五　夜鳴くものでは、郭公の他に、水鶏・雁・松虫・鈴虫・蟋蟀などが、歌題に取り上げられている。

六　主として歌題として取り上げられる様々の好もしい鳥を列挙してきて、さらに「夜鳴くもの」はすべて「めでたし」といいながら、最後に人間の生活に戻って、夜泣きする乳幼児の煩わしさで反転する締め括りは、第一段の手法と同じく、『枕草子』の文章の特徴である。

＊〔**第三九段**〕**高貴繊麗**　雁の卵や乳児に前段からの連想の糸筋がある。高貴繊細美の類想。

七　淡色には、淡紫と淡紅とがあるが、ここは淡紫と見るべきであろうか。紫は、この時代に最も高貴な色とされていたからである。淡色の衵の上に白襲の汗衫を着るというのは、童女の服装であるから、白絹の下

なき。

第三十九段

貴なるもの。

七 淡色に、白がさねの汗衫。

八 雁の卵。

九 削り氷に一〇甘葛入れて、あたらしき鋺に入れたる。

一一 水晶の数珠。

一二 藤の花。

一三 梅の花に、雪の降りかかりたる。

一四 いみじううつくしき稚児の、苺など食ひたる。

から淡紫色が透いて見える上品さに、童女の装束としての繊細さが加わって、「貴なる」高貴繊細美となる。

八 雁鴨科の鳥で、本邦内地の平野部で産卵繁殖するのは、カルガモに限る。カルガモの卵は長径五センチメートル、チャボの卵ぐらいで、殻は淡い草緑色を帯びているので、そのこわれやすさとともに、高貴繊細美を感じる。第百四十四段「愛しきもの」にも見える。

九 白くキラキラ輝く掻き氷、淡褐色の甘葛の蜜汁、光りを放つ銀鋺、透明度と輝度の高いそれらの視覚的な効果に高貴繊細美を感じた。冬季、結氷した湖水から切り出した天然氷を氷室に貯えておいて、翌夏銷夏の用に供した。氷室は主水司に属し、山城国葛野郡の徳岡、愛宕郡の小野・栗栖野・土坂・賢木原・石前、大和国山辺郡の都介、河内国讃良郡の讃良、近江国志賀郡の部花（龍華）、丹波国桑田郡の池辺に、各一カ所ずつ設けられていたことが『延喜式』に見える。

一〇『和名抄』巻十六に「本草云、千歳藟汁、味甘平無毒。続筋骨長肌肉。一名虆蕪。蘇敬注云、即今之蘡薁藤汁是也」「和名阿末豆良、本朝式云、甘葛煎」とある。

一一 その透明度と輝度とに高貴繊細美がある。

一二 紫の高貴色と花房の繊細美。

一三 雪と梅との純白。雪の透明さ、日光による輝き。

一四 二、三歳の幼児の白く柔らかく浄らかな肌と苺の真紅との鮮やかなコントラストが、高貴繊細美をかもし出す。この段も、人事によって締め括っている。

第四十段

虫は、一鈴虫。茅蜩（ひぐらし）。蝶（てふ）。二松虫。三蟋蟀（きりぎりす）。四促織（はたおり）。五われから。六ひを虫。螢（ほたる）。

＊〔第四〇段〕虫　第三十九段を挟（はさ）んで、第三十八段の鳥から、虫の類想と随想に移る。例外一項の他はすべて昆虫。

一 今でいう松虫。チンチロリンと鳴く。鈴虫を歌題に用いるのは小野宮歌壇に始まった一条朝の新傾向。

二 今でいう鈴虫。リーンリーンと鳴く。松風に通う音色というわけで、古くから歌題に取り上げられた。

三 今でいうコオロギ。『和名抄』巻十九「蟋蟀 一名蛬、和名木里木里須（きりぎりす）」。「秋風に綻（ほころ）びぬらし藤袴（ふぢばかま）つづりさせてふ蛬（きりぎりす）鳴く」（『古今集』誹諧（はいかい）、在原棟梁（ありわらのむねやな））。

四 今でいうキリギリス。チョンギースと鳴く。『和名抄』に「鳴声如レ急二織機一、故以名レ之」とある。

五『古今集』恋五に「海人（あま）の刈る藻（も）に住む虫のわれからと音（ね）をこそなかめ世をばうらみじ」とあるが、甲殻類に属する小さな節足動物で、鳴くとは思えない。

六 カゲロウ。『和名抄』「蜏（しう）、漢語抄云 比乎無之（ひをむし）。朝生暮死虫也」。

七 ミノガの雌の幼虫。雄の幼虫は羽化して蓑（みの）から出るが、雌は脚（あし）・翅（はね）を欠き終生蓑の中で生活する。親に似ないので「鬼の子」ともいわれ、雄の成虫に置き去りにされるのを見て親に見捨てられたと考えたものか。

八 ミノガの雌の幼虫は、形が親に似ないから鬼子であると一方ではしながら、他方では、鬼の子が親に似て鬼の心を持つから、その親が恐れて逃げたというのは、矛盾に満ちた設定ではあるが、そのような非論理的な俗説があったのであろう。

七蓑虫(みのむし)、いとあはれなり。（実に哀れを誘うものだ）鬼のうみたりければ、（鬼が生んだということだから）「八親に似て、これも恐ろしき心あらむ」とて、九親の、あやしき（みすぼらしい）衣(きぬ)ひき着せて、

「一〇いま（すぐ）、秋風吹かむをりぞ（秋風の吹き出すころにね）、来むとする（来るつもりだ）。待てよ」

といひおきて、逃げていにけるも知らず、風の音をきき知りて（風の音を聞きわけて）、八月(はちぐわち)ばかりになれば（秋も半ばになると）、

「ちちよ、ちちよ」（父よ）

と、はかなげに（心細げに）鳴く、いみじうあはれなり。

一一ぬかづき虫、またあはれなり（これがまた感心だ）。一二さる心ちに、道心おこして、つきありくらむよ（ちっぽけな虫の気持なりに信仰心を起してあちこち礼拝して回るのね）。思ひかけず暗きところなどに、ほとめきありきたる（ぽつりぽつり音を立てまわってるのがまあ）こそ、をかしけれ（面白いことだ）。

蠅こそ（蠅ときたら）、「一三憎きもの」のうちに入れつべく（憎らしいものに数えてしまいたいくらい）、愛敬なきものはあれ（これほど可愛げのないものはない）。人々しう（一人前に）、仇(かたき)などにすべきものの大きさにはあらねど（敵に廻すほどの大きさのものではないが）、秋など、ただ万(むや)づの物に居（みに何にでもとまるし）、一四顔などに濡れ足して居(ゐ)るなどよ。一五人の名につきたる（人の名前に蠅という字のついてるのは）、いとうとまし（ほんとに気味が悪い）。

九　羽化して飛び去るのは雄蛾(が)だし、子（実は雌虫）は「父よ父よ」と呼んでいるのだから、この「親」を母親と解する諸注は従いがたい。母親をチチという東北一部の方言を適用することも不当。ただし、蓑虫の雌が鳴くということは考えられない。

一〇　この副詞「いま」は「来むとする」にかかるのであって、「秋風吹かむ」にかかるのではない。「いま来むよ」というのは、『蜻蛉(かげろふ)日記』にも見られるとおり不実な男が女の家を出る時のきまり文句である。

一一　コメツキムシ。『和名抄』「叩頭虫(こうとうちゅう)、和名沼加豆木無之(ぬかづきむし)」「触(ルレバ)之(ニ)輒(スナハチ)叩頭(ス)」。

一二　「一寸の虫にも五分の信心」といったところ。

一三　第二十五段「にくきもの」の章を指すと見る。

一四　蠅の足は、変に濡れたようで冷たく感じる。殊に顔の皮膚は敏感である。誰しもが経験し、誰しもが不快感を抱きながら、ことさらにそれについて述べたものはいない。このような日常体験の機微を洩(も)らさず取り上げるところ、まさに清少納言の独擅場(どくせんじょう)である。

一五　名前が気味悪いのであって、蠅の字を名に持つ人に限って厭(いや)な奴が多いと、清少納言が考えていたとするのは当らない。『古事記』『日本書紀』の、安寧(あんねい)天皇及び孝霊天皇の条に、「蠅伊呂泥(はへのいろね)」「蠅伊呂杼(はへのいろと)」が見える他は、『続日本紀(しょくにほんぎ)』以下の国史や『尊卑分脈(そんぴぶんみゃく)』にも見えないから、蠅の字を名乗(なのり)に用いることは、よほど古代のことか、または当時ならば作者とは縁遠い庶民社会や僻地(へきち)のことであったと考えられる。

一夏虫、いとをかしう、らうたげなり（なかなか愛嬌があってかわいらしい）。〔灯台の〕灯近う取りよせて物語など見るに、草子（本）の上などに跳びありく、いとをかし。

蟻は、いと憎けれど、軽びいみじうて（身軽さは大したもので）、水の上などを、ただあゆみにあゆみ（どんどん歩き）ありく（まわっているのがね）こそ、をかしけれ。

第四十一段

二七月ばかりに、風いたう吹きて、雨など騒がしき日、おほかたいと涼しければ（大体からして随分涼しいので）、扇もうち忘れたるに（扇もつい忘れてる時に）、〔夏中愛用して〕汗の香すこしかかへたる（汗の匂いが少しこもってる）綿衣の薄きを、いとよくひき着て（口もとまでひきかぶって）、昼寝したるこそ（昼寝してる気分ときたら）、をかしけれ（結構なものだ）。

第四十二段

一 『八雲御抄』巻三、虫部に「抑夏虫は惣名也。火にいるをも云」とあるうちの後者であろう。『和名抄』も、他の夏季の昆虫とは別に「夏虫」の一項を立てているし、灯火に近い書物の上を跳ねまわるものとしては、小さな雄の羽蟻を指すと見るべきであろう。

＊〔第四十一段〕処暑　第三十八段から夏の季節感に属するものが続いたのを受けて、暑さの退いた初秋の随想。

二 七月は立秋の月。まだ夏の暑熱の名残があって、夏の寝冷えを防ぐ綿入れの打掛の衣や扇が身近にある一方、野分めいた風や台風も近い大雨に端境の季節感を味わう。このちぐはぐさが次段へとつながる。

＊〔第四十二段〕ちぐはぐ　取り合せが奇妙で、バランスのとれないものについての類想。

三 雪は美しいもの、内裏や貴族の大邸宅に降ってこそ、その真価を発揮する。みすぼらしい民家に降ったのでは、雪がかわいそうだという唯美主義。しかし第二百八十三段には「あやしき賤の屋も、雪にみな面隠しして」と、民家に降る雪の効果を認めてもいる。

四 月の美しい夜は、ロマンティックな気持になるもの。第二百八十三段にも、簾を高く上げた車に若い男女が詩を吟じながらゆく場面が描かれている。

五 『和名抄』巻十八にも、黒牛や斑牛よりも前に黄牛を挙げているから、上品とされたものであろう。その黄牛に下品な荷車を牽かせるちぐはぐさを指摘。

六 老女と懐妊というちぐはぐさを指摘。

似げなきもの。（似合わないもの）

三下種(げす)の家に、雪の降りたる。〔は似合わない〕また、月のさし入りたるも、口惜し。（もったいない）

四月の明かきに、（月光の明るい道で）屋形なき車のあひたる。（荷車が行きあったの〔は場違い〕）また、さる車に（そんな車に）五黄牛(あめうし)かけたる。

また、六老いたる女の、腹高くてありく。七若き夫(をとこ)持ちたるだに見苦しきに、「こと人のもとへいきたる」（他の女の所へ通っている）とて、腹立つよ。（腹を立てるなんて）

八老いたる男の、寝まどひたる。（寝ぼけてるの）また、さやうに髯(ひげ)がちなるものの、（年老いて髯の長い男が）九椎(しひ)つみたる。

一〇歯もなき女の、梅食ひて酸(す)がりたる。

一一下種(げす)の、紅(くれなゐ)の袴(はかま)着たる。この頃は、それのみぞあめる。（そんなのばっかりのようだ）

一二靫負(ゆげひ)の次官(すけ)の、夜行姿(やかうすがた)。狩衣(かりぎぬ)姿もいとあやしげなり。（全くお粗末だ）人に怖(お)ぢらるる一三袍(うへのきぬ)は、おどろおどろし。（仰々しい）一四立ちさまよふも、一五見つけであなづらはし。（見馴れない恰好でふき出したくなる）

七 老女が若い夫を持つ不釣合さ、そんな不自然な夫婦関係では、男に逃げられても当然であるのに、他の若い女と夫が浮気をしたといって悋気(りんき)をするとは、見当違いも甚だしいと呆(あき)れている。

八 元来目敏(めざと)い老人が寝ぼけるとは不釣合。

九 老人には歯がないのが普通、それが木の実を平気で前歯でポリポリ齧(かじ)る。むしろ異様な感じ。

一〇 これは歯もなく順当に老いこんでいる女。それが梅の実を食べて酸(す)っぱそうに口もとをつぼめているのは、不釣合ではない。だから、これは老女が妊娠して、酸い梅の実をほしがる異常さを指すと見る。

一一 下級女官を指すか。紅(くれない)の袴(はかま)は打袴(うちばかま)・緋袴(ひのはかま)ともいって、紅の平絹を打って光沢を出したものを用いる。下級女官の袴は別の色が本来の制服であったものか。

一二 六衛府の武官は常に靫(ゆぎ)を負い弓を持つから、『和名抄』に「由介比之豆加佐(ゆげひのつかさ)」と訓(よ)む。『延喜式』『侍中群要』によれば内裏の夜間巡察は近衛府が分担する。殊に前夜は上流貴族の君達たる左近衛少将（靫負の次将）が当ることがある。この場合は、巡察に名をかりての女房の局(つぼね)への忍び歩きを指す。そのいかめしい狩衣姿が貴公子の夜の忍び逢いには不釣合。

一三 五位相当官は赤色の袍(ほう)。赤色というのも目に立ち過ぎて、忍ぶ恋路には不釣合。

一四 巡察中と見せかけているので、思いきって女の局を訪れることもできず、行きつ戻りつしている。

一五 諸注「見つけて」と清(す)んで読むが意味をなさない。

「嫌疑の者やある」（怪しい者はいないか）

と、とがむ。入り居て（〔女房の局に〕）、そら炷きもの（不断の薫香）に染みたる几帳にうちかけたる袴など、いみじうたづきなし（〔無風流で〕全く手がつけられない）。

容貌よき君達（貴公子が）の、弾正の弼にておはする、いと見苦し。宮中将などの、さも口惜しかりしかな（ほんとに残念なことでしたよ）。

第四十三段

細殿に、人あまた居て（女房たち多勢が坐っていて）、やすからずものなどいふに（気のきいた話なんかする時）、きよげなる（小ざっぱりした）郎等・小舎人童など、よき（立派な）包み・袋などに衣どもつつみて、指貫の括りなどぞ見えたる（〔その包みから〕くくり緒なんかがのぞいてるのとか）、弓・矢・楯など持てありくに（持って通るのに〔向って〕）、

「誰がぞ」（誰のなの）

と問へば、つい居て（ひざまずいて）、

一 女房の局へ忍んできたことを隠すために、いかにも巡察中の公務らしいことをいってごまかす。

二 布の白袴のような洒落っ気のないものなので。第百八十九段にも、内裏の女房の局の几帳に、不粋な緑衫が脱ぎかけてあることを非難した文章がある（下巻九八頁）。

三 弾正台の次官（大弼・少弼）。巡察とか非違の糺弾のような、警察・検察の不粋な職務であるから、白面の貴公子には似つかわしくない。

四 為平親王二男源頼定が、「宮中将」と呼ばれたのは、長徳四年十月二十二日任右近衛中将から、寛弘二年六月十九日補蔵人頭で、それ以前は「弾正大弼」、それ以後は「頭中将」、さらに寛弘六年三月二十日以後は、「宰相中将」ということになる。弾正大弼であったのは、正暦三年八月から長徳四年十月まで。この段の執筆年次は、長徳四年十月以降、寛弘二年六月以前となる。美貌で風流男の頼定が、人に毛嫌いされる弾正大弼であったたちぐはぐな感じを残念がっている。

*〔**第四三段**〕**従者論**　美男の頼定から連関して、小綺麗な従者や小舎人童の心にくい振舞を随想する。

五 清少納言が常の内裏に起居した場合の細殿は、主として登花殿の西廂にある局であった。ここからは西側の通勤路がまる見えである。

六 女房たちがおしゃべりに夢中になっている局の前

「なにがし殿の」（誰それ様の〔です〕）
とて、（と答えて）いく者はよし。気色ばみ、（変に気どったり）やさしがりて、（恥ずかしがって）
「知らず」
ともいひ、（といったり）ものもいはでもいぬる者は、（口をききもしなかったりで行ってしまう者は）いみじう憎し。

第四十四段

殿司[七]こそ、なほをかしきものはあれ。（やはり何とも好ましいものだ）下女[八]の際は、さばかり（殿司の女孺ほど）羨ましきものはなし。よき人にも、（良家のお嬢さんにも）せさせまほしきわざなめり。（させたいようなお勤めです）若く、容貌よからむが、なりなどよくてあらむは、（服装なんかきちんとして勤めているのは）ましてよからむかし。（一層好もしいことでしょうよ）すこし老いて、ものの例知り、（諸事先例にくわしく）面[九]なきさまなるも、（気おくれせぬ様子なのも）いとつきづきしく、（ほんとにぴったりで）めやすし。（安心していられる）
殿司の、顔愛敬づきたらむ、（愛嬌のある顔つきをしたのを）[一〇]一人持たりて、（召し抱えていて）装束時に随ひ、（季節に合った衣裳を着せ）裳・

の往来を、小綺麗な従者や少年が通る。ついからかっても見たくなる。声をかけられた方は災難だが、要領よく返事をする者、変に意識して避けようとする者、それぞれの振舞の差違に、その者たちの主人のお仕込みぶりや人柄を察知して批評するのが、清少納言の従者論に一貫して見られる特徴である。

*〔第四四段〕**殿司の女孺**　郎等や小舎人童から転じて、若い女性の召使を論じる随想。

七 後宮十二司の一つ。火燭・薪炭のことを掌るが、ここでは、殿司に属する女孺を取り上げている。

八 後宮の下級女官の分際としては、の意。後宮の下級女官には、女孺の他に、采女・得選・刀自などがあったが、その中で、特に女孺に注目したのは、その出身や年齢の点からであろう。

九 「面なし」は「面立たし」の反対語で、不面目とか恥ずかしいの意から転じて、恥知らずとか図々しいの意となる。ここでは、少々のことに気怯れしない物馴れた態度を指しているから、むしろよい意味に用いられている。

一〇 女房（高級女官）が、自分の局に召使の女として抱えているものには、童女・雑仕・下仕・半物などがある。殿司の女孺を召使に持つことはあり得ないので、清少納言は、むしろそうした実現不可能なことを、一つの空想的な願望として表現している。

唐衣など今めかしくて（流行のものを着せて）、ありかせばや（あちこちさせたいと）とこそおぼゆれ（こう思われることだ）。

第四十五段

一郎等は、また、二随身こそあめれ（随身が一番だろう）。三いみじう美々しうてをかしき君達も（随分きらびやかな服装で魅力のある貴公子方でも）、随身なきは、いとしらじらし（全く興ざめだ）。

四弁などは（弁官なんかは）、いとをかしき官に思ひたれど（随分魅力のある官職だと思ってるが）、五下襲の裾短くて、随身のなきぞ、いとわろきや。

第四十六段

六職の御曹司の西面の立蔀のもとにて、七頭弁、ものをいと久しうい（立ったまんま随分長話をして）

＊〔第四五段〕**随身**　女性の召使から男性の従者へ随想は戻る。

一　第四十三段にも「きよげなる郎等」とあった。第四十四段に「顔愛敬づきたらむ」とあった召使の女に対している。

二　従者の中でも、朝廷から賜る近衛の随身をよしとする。

三　衛府官の中少将といった若い武官の、下襲の裾を長くひいた華やかな服装をした人でも、随身がいなければ、見栄えがしない。

四　太政官の事務官僚で、学識もあり事務練達の有能有力な存在であった。

五　裾をシリという。束帯姿の時、袍の下に着る下襲の後身頃の裾は、袍の欄の下から長く後ろへひくようになっている。身分の高いものほど長く、また時代が下るほど長く派手になっていった。弁官は四位五位相当官で、また、武官に比べて下襲の裾も短かった。

＊〔第四六段〕**行成との心交**　弁官の服装や随身を賜らぬことから連想して行成との心交を回想。

六　中宮職の役所。この段の史実は、行成が頭弁と呼ばれた長徳二年（九九六）四月二十四日から同四年十月二十三日の間で、中宮が職曹司におわした長徳三年六月二十二日以後のことに属する。職曹司の殿舎配置は附図九参照。

ひ立ちたまへれば（いらっしゃるので）、さし出でて（〔私が〕出しゃばって）、

（清少）「それは、たれぞ（そこにいるのは誰なの）」

といへば、

（行成）「八弁さぶらふなり（弁でございます）」

とのたまふ。

（清少）「何か、さも語らひたまふ（何をそんなに話しこんでいなさる）。九大弁見えば（大弁がお越しになったら）、うち捨てたてまつりてむものを（〔あなた様を〕ほっぽりぱなしにいたしますでしょうに）」

といへば、いみじう笑ひて、

（行成）「たれか（誰が）、一〇かかることさへいひ知らせけむ（言いふらしたのでしょう）。『それ（そのことです）。さなせそ（そうはするな）』と語らふなり（と談じこんでるのです）」

とのたまふ。

一一いみじう見えきこえて（特に目立ったり評判になるほど）、をかしき筋など立てたることはなう（風流ぶったふるまいはせず）、ただありなるやうなるを（ありのままにしているのを）、一二みな人、さのみ知りたるに、なほ（でも〔私は〕）、奥ふかき心ざまを見知りたれば、

七 藤原行成。長徳元年八月二十九日蔵人頭、同二年四月二十四日権左中弁、同年八月五日左中弁、同四年十月二十三日右大弁。下文に大弁に対してはばかることが見えるので、右大弁になる以前のことと思われる。長徳三年六月二十二日以後同四年十月二十三日以前として、当時は二十六、七歳。

八 「弁」を行成の話し相手たる女房の名と見る説もあるが、行成自身が、姉のような清少納言に咎められたことに対して、わざとへり下った言葉遣いをして、おどけて見せたというべきである。第百二十六段にも行成が清少納言に対して、わざと卑下して見せる話がある。従って話し相手の女性が誰であるかは不明。

九 当時の左大弁は源扶義四十七歳、右大弁は藤原忠輔五十四歳。年齢と直属上官との点からして扶義か。

一〇 相手の女性が、大弁と関係があるという情報。あるいは、行成が扶義女または忠輔女と話しこんでいたのを、父親の大弁がきたら素っ気なくするでしょうと清少納言がひやかしたとするなら、「かかること」は、行成と大弁女との関係をさすこととなる。

一一 以下の話は、職曹司の西面における出来事とはかぎらない。行成と作者との平素の親交ぶりを語ったものである。

一二 ほかの女房たちは、行成の表面だけを見て、その程度の人だとばかり心得て、低く評価しているが、まず、自分だけが、行成の真の理解者であると、清少納言は主張している。

（清少）「おしなべたらず」

など、御前にも啓し、また、さ知ろしめしたるを、常に、

（行成）「『一女は、おのれを説ぶもののために容づくりす。士は、おのれを知るもののために死ぬ』となむいひたる」

と、二いひあはせたまひつつ、よう知りたまへり。

「三遠江の浜柳」

といひかはしてあるに、若き人々は、ただいひに見ぐるしきことどもなどつくろはずいふに、

（女房）「この君こそ、うたて見えにくけれ。こと人のやうに、歌うたひ興じなどもせず、けすさまじ」

など、謗る。さらに、これかれにものいひなどもせず、

（行成）「まろは、四目は縦ざまにつき、眉は額ざまに生ひあがり、鼻は横ざまなりとも、ただ、五口つき愛敬づき、頤の下・六頸きよげに、声憎からざらむ人のみなむ、思はしかるべき。とはいひながら、な

一 『世俗諺文』にも引くが、『史記』刺客列伝に、「予譲遁山中曰、嗟乎。士為知己者死、女為説己者容。今智伯知我。我必為報讐而死（下略）」とある。女性である清少納言に対して、いきなり漢籍の原典を引くところに、行成もまた、彼女の教養のほどを理解する知己であることを知って、作者は喜んでいる。

二 予譲の故事即ち予譲と智伯との友情を、行成と清少納言との友情との共通点として引き合いに出すことを「いひあはせ」といった。話し合ったり、相談する意ではなく、話が合うように言いなすことである。

三 『万葉集』巻七に「霰降り遠つ淡海のあど川柳、刈れどもまたも生ふちふあど川柳」とあるのを引く。刈っても刈ってもあとから生えてくる川柳（『和名抄』巻二十「水楊、和名加波夜奈木」）のように、切っても切れない男女の仲をいう。『万葉集』の本文とは異なって「浜柳」という口承本文もあったものか。

四 目は垂直、眉は額の生え際までとび上がり、鼻が横にあぐらをかいているというのは、化け物のような顔でもといった仮定の誇張であって、清少納言がそのような容貌であったと考えてはならない。

五 口もとがかわゆく、頤の下や襟もとが色白で美し

く、声がきれいだというのは、清少納言の美点を指したものであろう。したがって、清少納言の顔の造作の中では、目・鼻・眉などは、十人並以下であったということにはなろう。

六 頤の下や襟もとが美しいというのは色白でふっくらした感じをいうのであろう。下文に、その反対のものとして「頤細う」とあるからである。

七 行成が、公用で中宮に参上するようになったのは長徳元年（九九五）八月二十九日に蔵人頭に補せられて以後のことであるから、その最初に、清少納言に啓上を依頼したということも、事実として認められる。

八 清少納言が、自分の局（つぼね）に下がっているのをさえ。

九 『九条殿御遺誡（ゆいかい）』に、「始レ自二衣冠一、及二于牛馬一、随レ有用レ之、勿レ求二美麗一」とある勤倹節約の勧め。

一〇 本心と本性とは同義語であるが、強いて区別すれば、本心は、現在の偽らぬ心境といった心であり、本性は、生れながらの心の本質ということになろう。

ほ、顔いと憎げならむ人は、心憂し」（あまり感じの悪いような女性は／閉口だ）

とのみのたまへば、まして、頤細う、愛敬おくれたる人などは、（といつもおっしゃるので／顎がとがってかわいげのない女房なんかは〔行成様を〕）

あいなく仇（かたき）にして、御前（ごぜん）にさへぞ、悪（あ）しざまに啓する。（無闇に目の仇にして）

「ものなど啓せさせむ」とても、七そのはじめいひそめてし人をたづね、八下（しも）なるをも呼びのぼせ、常に来ていひ、里なるは、文書きても、みづからもおはして、（中宮様に用事のお取次ぎを頼もうとする時も／最初に口をきいた私をさがして／召し出したり〔局に〕いつも来て話したり／宿下がりしていれば／手紙ででも／ご自分ででもいらっしゃって）

「おそくまゐらば、『さなむ申したる』と、申しにまゐらせよ」（（行成）参内が遅れるなら〔行成が〕こうこう申していますと〔中宮様に〕使者をさし上げておくれ）

とのたまふ。

「それ、人のさぶらふらむ」（（清少）そんなことは〔他にも〕女房がいますでしょう）

など、いひゆづれど、「さしもうけひかず」などぞおはする。（辞退するが／そうは問屋がおろさない／といったご態度だ）

「九『あるに従ひ、定めず、なにごともてなしたるをこそ、よきにすめれ」（（清少）何事もあり合せのもので用を足し〔好みに〕こだわらず処理することをそら上策というようですよ）

と、うしろ見きこゆれど、（ご意見申し上げるのだが）

「わがもとの心の一〇本性」（（行成）〔それが〕私の本心本性〔なんだから〕）

とのみのたまひて、

(行成)「一改まらざるものは心なり」（変えられないのが心というものだ）

とのたまへば、

(清少)「さて、『二憚りなし』とは、なにをいふにか」（じゃあ　躊躇することはないというのは　何のことを指すのかしら）

と、あやしがれば、笑ひつつ、（不思議がってみせると）

(行成)「『仲よし』なども、人にいはる。かく語らふとならば、なにか恥づる。見えなどもせよかし」（〔二人は〕仲がいいなんて噂もされていることだ　これほど親しくつきあうからには　〔遠慮しないで〕顔ぐらいは見せなさいよ）

とのたまふ。

(清少)「いみじく憎げなれば、『三さあらむ人をば、え思はじ』とのたまひしによりて、え見えたてまつらぬなり」（〔私は〕大変不器量ですから　そんな女は　好きになれない　お目にかかれずにいるのです）

といへば、

(行成)「げに憎くもぞなる。さらば、な見えそ」（〔そこまでいうなら〕本当に憎らしくもなるよ　じゃあ顔を見せなさんな）

とて、おのづから見つべきをりも、おのれ顔ふたぎなどして見たまはぬも、「四まごころに。そらごとしたまはざりけり」と五思ふに……。（自然と顔を合わせそうな時も　さっさと〔袖で〕顔を隠したりして　〔あれは〕本気だ　いい加減なことはおっしゃらないんだな）

一 『論語』巻九「子曰、唯上知与下愚不移」を踏まえた『白楽天詩集』巻六「詠拙」の「所稟有巧拙。不可改者性」や同巻十一「同韓侍郎遊鄭家池吟詩小飲」の「歯髪雖已衰、性霊未云改」などを引いたものか。白詩の「性」字は、心と生とを合わせた会意形声の文字で生れながらの本心を意味し、ココロと訓み得る。

二 行成が『論語』を踏まえて反論したので、清少納言も同じ『論語』の巻一から「子曰、君子不重則不威。学則不固。主忠信、無友不如己者。過則勿憚改」とか巻九から「子曰、主忠信、毋友不如己者。過則勿憚改」の句を引いて一矢を酬いた。「なに」とは「改むる」の語を指す。こうした打てば響くような応酬が、「己レニ如カザル者ヲ友トスル」ことのない忠信そのものだと満足していた。

三 行成が「なほ、顔いと憎げならむ人は、心憂し」といったことを持ち出して、わざとこだわってみせる。

四 「まごころにこそのたまひけれ」などの略。形容動詞「まごころに」は下文にかかる修飾語ではなく、「こそ……けれ」の詠嘆の係り結びが下の「けり」と重複することを避けた中止形の文章。

五 諸注は、「と思ふに」から「二月晦がたは」へ直接につながる文章と見ているが、行成との一種の絶交状態から、一条院内裏の小廂における和解まで、どれほどの時日が経過したかはわからぬながらに、明らかに時日は経過し、場面は一転しているので、「と思ふに」を言いさしの文と見て、段落を切るべきである。
六 長保二年（一〇〇〇）二月十二日から同年三月二十七日まで、中宮（この間に皇后となる）が、一条院内裏におわしたその三月の月末近く、実は二十六日朝。
七 長保二年の立夏は三月二十六日。四月一日の更衣はまだだが、既に初夏にはいって冬の直衣では暑い。
八 衣（又は衵）を省いて直衣の袍だけが目立つ姿。
九 諸注は、上文の「と思ふに」から続けて、「ぞ」の係りを受けた「宿直姿もある」を結びとし、次の「早朝」から段落を改めているが、全く意味が通らない。そのような宿直姿もちょいちょい見かける三月末のある日の早朝というわけで、連体形「ある」は「早朝」を修飾するものとして続けてよまねばならない。
一〇『紫式部日記』に見える中宮内侍橘良藝子の妹で橘忠範妻（岩野祐吉氏説）の「式部のおもと」と同一人とすれば、長保二年当時二十歳未満の若い女房。
一一 第二百七十四段に詳述されている。一条院の北二対の東廂からさらに張り出した一間だけの孫廂で、北の陣即ち東北門に直面している。附図三参照。
一二 天皇・皇后の御前に出た女房としての礼装を一応恰好づけるために、汗衫の上に直に唐衣を羽織った。
一三 夜具。ただし、今日のような厚い綿入れの布団ではなく、袿とか、せいぜい清涼がけ程度の薄いもの。
一四 一条院内裏では、東北門を内裏の朔平門に準じて北の陣（通用門）としていた。第六・第九段参照。

三月晦がたは、冬の直衣の着にくきにやあらむ、袍がちにてぞ殿上の宿直姿もある早朝、日さし出づるまで式部のおもとと小廂に寝たるに、奥の遣戸をあけさせたまひて、主上の御前・宮の御前出でさせたまへば、起きもあへずまどふを、いみじう笑はせたまふ。唐衣をただ汗衫のうへにうち着て、宿直物もなにも埋もれながらある上におはしまして、陣より出で入るものども御覧ず。殿上人の、つゆ知らで寄り来て、ものいふなどもあるを、

「気色な見せそ」

とて、笑はせたまふ。さて、起たせたまふ。

「二人ながら、いざ」

と仰せらるれど、

「いま、顔などつくろひたててこそ」

とて、まゐらず。

入らせたまひてのちも、なほ、めでたきことどもなど、いひあは

せてゐたる、一南の遣戸のそばの、二几帳の手のさし出でたるにさはり（突き出てるのにひっかかって）て、簾のすこしあきたるより、黒みたるものの見ゆれば、（黒っぽいものが見えるので）

（清少）三「則隆がゐたるなめり」（控えてるのでしょ）

とて、見も入れで（のぞいて見もせずに）、なほ、こと言どもをいふに（ほかの話なんかしていると）、いとよく笑みたる（ひどくにこにこした）顔のさし出でたるも（顔がぬっと出てきたが）、なほ、

（清少）「則隆なめり」（則隆なんでしょ）

とて（といいながら）、見やりたれば、あらぬ顔なり（別の顔だ）。

（清少たち）「あさまし」（あきれた）

と、笑ひさわぎて、几帳ひき直しかくるれば四、〔それは〕頭弁五にぞおはしける。

（清少）「見えたてまつらじとしつるものを」（お目にはかかるまいと気をつけていましたのに）

と、いと口惜し。もろともにゐたる人（式部のおもと）は、六こなたに向きたれば、〔行成には〕顔も見えず。

七立ち出でて、

（行成）八「いみじく（すばらしい）。名残なくも見つるかな（十二分に拝見しましたよ）」

一 小廂の南と簀子敷との境の遣戸であろう。

二 几帳の帷をかける腕木が「手」。その手の尖端がつき出て簾を少し持ち上げるようになっていた、そのすき間から、簀子敷にいる人の姿がわずかに見えた。

三 清少納言たちが軽視している「のりたか」を、既に長徳五年正月七日に従四位下権左中弁となっていた藤原説孝と見ることはできない。『権記』同日条に、「左兵衛尉則隆同免二昇殿一云々」とある六位蔵人の橘　則隆である。長保二年三月当時は蔵人式部丞でこの場に存在するにふさわしい。清少納言のかつての夫則光の弟だから、気を許していたのも当然。諸注は、「則隆がゐたるなめり」「則隆なめり」を作者の心語と見ているが、後に、則隆でなかったことに気づいて式部のおもとと大笑いするからには、会話語とせねばならぬ。

四 隠れたが。「かくるれば」の「ば」は逆接。

五 行成は、長保二年三月現在で、従四位上右大弁兼蔵人頭備後守の二十九歳。同じ頭弁でも前半の職曹司西面におけるとは、大分身分が違ってきている。

六 式部のおもとは行成の方を背にして清少納言と向い合っていたので、寝起き顔を見られずにすんだ。

七 簾のすき間から顔だけつき出してにこにこ笑って見せていた行成が、小廂の間に姿をあらわして。

八 「いみじく」は「見つる」にかかる連用修飾語ではなく、すっかり見届けたことが「いみじく（もあるかな）」という感動的な独立句である。以前に「なにか

とのたまへば、

（清少）「『則隆』と思ひはべりつれば、あなづりてぞかし（油断していたからですよ）。などかは（どうしてまた）、『見じ（見たくない）』とのたまふに、さつくづくとは（そんなに穴のあくほど〔ご覧になるのですか〕）」

といふに、

（行成）「『女は、寝起き顔なむいと難き』九といへば、ある人の（女房の）局にいきて、垣間見一〇して、『またも見やする（ほかのも見られるかも）』とて（と思って）、来たりつるなり。まだ主上のおはしましつるをりからあるをば（お上がいらっしゃった時からいたことを）、知らざりける（気づかなかったんですね）」

とて、一一それよりのちは、局の簾うちかづきなど（〔平気で〕私の部屋の簾をくぐってはいりこんだりなさるようでした）、したまふめりき。

第四十七段

馬は、

一二いと黒きが（真っ黒な毛並みで）、ただいささか白きところなどある（あるの〔がよい〕）。

恥づる。見えなどもせよかし」とあったのを承ける。

九 諸注は能因本に従って「いとかたき」を「いとよき」と改訂するが、女性の寝起き顔というものは化粧も落ちて皮膚に生気がなく、青白くむくんで、まことに醜い。従って、女性は寝起き顔を男性に見られることを、この上なく恥じたものである。ゆえに、男性の側からすれば、女性の寝起き顔を目撃することはまことに稀有で、「いとかたき」とはいえても「いとよき」というわけがない。能因本の改訂は明らかな誤失。『紫式部日記』にも「わが朝顔の思ひ知らるれば」と道長に寝起き顔を見られるのを恥じた所がある。

一〇 のぞき見、すき見。通常は「かいまみ」であるがバ行・マ行の音韻相通と認める。

一一 長保二年三月下旬以後といえば、十二月十六日の皇后崩御まで、わずかの期間だし、行成が頭弁として皇后御所の清少納言の局を訪問することも、同年三月二十七日までと、同年八月八日から二十七日までの一条院内裏滞在中の、きわめて稀少な機会であったろうが、それだけに清少納言は行成との隔意ない親交を懐かしく回想して、「したまふめりき」と結んでいる。

＊〔第四七段〕馬　前段とは無関係に新たに書き起した一連の類想段。まず乗用の家畜、馬から。

一二 真っ黒な毛色の馬は、『和名抄』巻十一に「驪馬（中略）純黒馬也」とか「青驪馬今之銕驄馬也」とあるのが相当するし、額に少し白毛を交えるものは「戴星馬和名宇比太非能無麻」とあるのがこれか。

一 紫の文つきたる葦毛。二 淡紅梅の毛にて、鬣・尾など、いと白き。げに「三 ゆふかみ」ともいひつべし。

黒きが、足四つ白きも、いとをかし。

第四十八段

牛は、

額は、五 いと小さく白みたるが、腹の下・足・尾の筋などは、やがて白き。

第四十九段

一 諸注は、「紫の文つきたる」と「葦毛」とを二種の馬毛と見ているが、「いと黒き」「淡紅梅の毛」「黒き」の三種それぞれに細部の限定を附記しているのに準じて、これも「葦毛」の中で、「紫の文つきたる」と限定を加えたものと見る。諸注は「紫の文つきたる」を「紫騮」とするが、『和名抄』には「紫騮黒栗毛也」とある。葦毛は「菼騅（中略）俗云葦毛是也」とあるのがこれで、葦毛の中でも、青白の雑毛が紫がかった濃いのをよしとしたのであろう。

二 『和名抄』に「桃花馬、葦花毛之紅色ナル者也」とか「騢（中略）赭白馬、鴾毛（中略）彤白雑毛馬也」とある、いずれかであろう。

三 白い尾や鬣を、修祓に用いる木綿と見立てた。「騡（中略）馬尾白也」とあるのが相当するか。鬣や尾だけが白いのは、『源順馬毛名歌合』に「ゆふかみ」とあるのを引いたか。

四 『和名抄』に「四骹皆白 曰レ驓。音僧俗云ニ阿之布知一。骹謂ニ膝以下一也。四蹢皆白 曰レ騚。音前。蹢蹄也。俗呼 為ニ踏雪馬一」とある。

＊〔第四八段〕牛 騎乗用の馬から、曳輓用の牛へ。

五 諸注に「いと小さく」を「額」を指すと見るのは誤り。「白み」にかかる連用修飾語である。額そのものが小さな牛はあまり逸物とは認められていない（『和漢三才図会』『国牛十図』）。額に白毛の星があり腹面・足・尾がずっと白くなっている以外の部分は黒であろう。ただし『和名抄』には「黄牛、弁色立成云、

猫は、
表のかぎり黒くて、腹いと白き。（背中全体は黒いが　腹は真っ白なの〔がよい〕）

第五十段

雑色・随身は、
すこし痩せて、細やかなるぞよき。
郎等は、なほ若きほどは、さるかたなるぞよき。いたく肥えたるは、「睡ねぶたからむ」と見ゆ。
（やはり若いうちは）（痩せてすっきりしている方がいい）（ねむたかろう）

第五十一段

阿米宇之」「烏牛、楊氏漢語抄云麻伊、黒牛也」「牸（中略）保之万太良、牛色駁如レ星也」の三種のみ。
六『国牛十図』に「骨細く皮薄く宍少なう筋あらはに毛短かくすべて其姿美しく」とあるように、牛の身体各部の名称の一つに「筋」がある。能因本が「すそ」とするのは恣意的改訂の誤りか。

＊〔第四九段〕猫　曳輓の牛から供廻りの従者へ移るはずが、腹白の黒牛からの連想で同色の猫へそれた。

七『重修本草綱目啓蒙』巻三十四「猫ノ毛色一ナラズ。秘伝花鏡ニ（中略）如二肚白背黒一者、名二烏雲一」。

＊〔第五〇段〕雑色・随身　騎乗の馬や曳輓の牛から供廻りの従者に移る。

八 無位で、袍の色に定めがないので「雑色」と呼ばれた。ここでは、大臣家に召し使われる車副の従者や郎等としての雑色をとり上げている。

九 第四十五段にも見えた。随身もまた供廻り、従者としての角度から、そのよしあしを論じている。

一〇 能因本系統の慶安刊本に「をのこ」とある他は、諸本悉く「男」または「をとこ」とあるが、「男」を「をとこ」と訓む場合には、男性一般もしくは夫を指すので、本段の主題からは外れる。やはり、身分の低い男性官人ないし下人を意味する「をのこ」と訓んで、供廻り・従者としての郎等を考えるべきであろう。

一一 牛車や乗馬の主人について走るためには、軽快敏捷な感じの痩身の若者がよい。

小舎人童（こどねりわらは）[一]、

小さくて（小柄で）、髪いとうるはしきが（髪をきちんと手入れしたのが）[二]、筋さはらかに（毛筋はさらっとして）、すこし色なるが（色っぽいのが）[三]、声をかしうて（きれいな声で）、かしこまりて（緊張して）ものなどいひたるぞ、らうらうじき（かわいい）[四]。

第五十二段

牛飼は、

大きにて（大柄で）[五]、髪あららかなるが（髪の毛も粗剛なのが）、顔赤みて、かどかどしげなる（気の強そうなの〔がよい〕）。

第五十三段

＊〔**第五一段**〕**小舎人童**　馬牛から猫へそれたように雑色・随身から牛飼童へ移る途中の関連事項。

一　宮中の蔵人所（くろうどどころ）や内蔵寮（うちのくらのつかさ）、国司や大臣家の小舎人所に属する軽輩の小舎人ではなく、貴人の召使う少年一般を指す。『河海抄（かかいしょう）』に「小舎人は童の惣名（そうめい）也」とあり、『花鳥余情』夕顔巻にも「中少将の召し具する童をば小舎人童と云（フ）也」とある。

二　元服前の少年であるから、その髪形は、襟元（えりもと）を元結で括（くく）った垂髪（すいはつ）であろう。

三　元服前の少年には、女性にもない清新なエロティシズムが漂う。声もまた声変りせぬ甲高さがある。

四　牛飼童の「かどかどし」に対する意味に解する。

＊〔**第五二段**〕**牛飼童**　牛車（ぎっしゃ）を牽（ひ）く牛を御する牛飼童で、供廻りに関する類想は一段落する。

五　小舎人童の、小柄・端正な髪・女性的な魅力・可愛らしさと対照的に、牛飼童には、大柄・粗剛な髪・日灼（や）けした野性的魅力・気の強さを、よしとする。

＊〔**第五三段**〕**名対面**　名謁（みょうえつ）の随想から、牛飼童の粗野にも通じる蔵人方弘（まさひろ）の粗忽話（そこつばなし）の回想に発展。

六　名対面（名謁・問籍（もんじゃく）・宿直申（とのいもうし））の行事次第を『侍（じ）中群要（ちゅうぐんよう）』『日中行事』によって要約しておこう。毎夜亥二刻（いのにこく）（午後九時半）、清涼殿の殿上の間で、宿侍（しゅくじ）の者の点呼をとる。蔵人頭（くろうどのとう）が孫廂（まごびさし）の南端に腰をかけると、当番の六位蔵人がその側にいて「誰（た）ぞ」と呼ぶ。上の戸の方にいる殿上人、壁の方にいる六位、それぞれに上位の者から順に、座から進み出てひ

六 殿上の名対面こそ、なほをかしけれ。（何とも興味ぶかいものだ）
御前に人さぶらふをりは（蔵人が伺候している時は）、やがて（その場にいるままで）問ふも（〔誰かと〕問うのも面白い）、をかし。
足音どもして、くづれ出づるを（〔名対面のすんだ人たちが〕）、上の御局（〔弘徽殿の〕）の東七面にて、耳をとなへて（耳をすまして）きくに、知る人の名のあるは（恋人の名がまじっていた女房は）、ふと例の胸つぶるらむかし（お定まりではっと胸がときめくだろうよ）。
また、八在りどもよくきかせぬ人など（住所もろくに知らせぬ〔不実な〕男〔の名〕なんかを）、このをりにききつけたるは（耳にした女房は〔一体〕）、いかが思ふらむ（どんな気がするだろう）。
「名のりよし」（好い名だこと）
「あし」（いやあね）
「ききにくし」（声が悪い）
など、さだむるもをかし（品定めするのも）。
「果てぬなり」（〔名対面が〕終ったらしい）ときくほどに、九滝口の（滝口の侍が）、弓鳴らし（弓弦を鳴らし）、沓の音し、そそめき出づると（ざわざわと出て来ると）、蔵人の（〔今度は〕）、いみじく高く踏みこぼめかして（〔孫廂の板を〕ひどく大きな音で踏み鳴らして）、丑寅の角（東北の）の高欄に、高ひざまづきといふゐずまひに（坐り方で）、御前のかたに向かひて、うしろざまに（〔滝口の侍には〕背を向けたまま）、

ざまずき、姓名を名乗る。その声を清少納言たちは弘徽殿の上御局の東面の、下げた格子の内側にぴったりくっついて耳をすまして聞くわけである。御前に番の蔵人が伺候している時は殿上の間へ戻ることなく、その場で点呼をとる。名謁がすむと、一同はどやどやと殿上の間から出てゆくが、当番の六位蔵人は、東簀子に出て、南第二の間から孫廂に上がり、長押の上の東端を歩いて北へ行き、昆明池の障子の東南隅にまで進む。孫廂の板敷九枚の端から三枚目の板を踏む音が高く聞えるわけである。さて、蔵人が咳払いをすると、東庭に並んでいる滝口の侍たちが二度鳴弦し、蔵人が「誰々か侍る」と問うのに答えて姓名を名乗る。ただし三名に満たない時には、蔵人が咳払いをしても滝口は鳴弦せず、人員不足の由を申して、名を問うことはないのである。附図一〇参照。

七 三巻本は「車おりにて」とある。上御局の東面といえば、孫廂の北一・二の間、即ち昆明池の障子と荒海の障子との間となって些か端近に過ぎるが、「車下り」というに適切な所がないので、能因本に従う。

八 諸注は、「ありとも」と清音で訓んで、生きているとも死んだとも消息をよこさぬと解釈するが、むしろ正確な現住所を教えてくれないので音信不通となっている不実な恋人として、「在り処」の意に解する。

九 殿上の名対面が終って、蔵人が昆明池の障子の東南の角へ来るまでに、滝口は東庭に並んでおり、蔵人が来てから鳴弦する定めであるが、叙述の順を誤る。

「たれたれか侍る」

と、問ふこそをかしけれ。〔滝口は〕高く細く名のり、また（ある時は）、「人々さぶらは（人数がそろいません）ねば（ので）、名対面つかうまつらぬ（点呼はとりません）」よし（ということを）奏する[一]も、

（蔵人）[二]「いかに（何故か）」

と、問へば、障ることども奏するに（事故の内容などを申し上げると）、さききて帰るを（その旨を聞いて）、[三]「方弘すかす（方弘を担いでやろう）」とて、君達の教[四]へたまひければ、いみじう腹立ち、叱りて勘へ（叱責するやら）[五]て、また滝口にさへわらはる。

[六]御厨子所の御膳棚に沓置きて、いひののしらるる（わいわい騒がれているのに）を、[七]〔本人までが〕いとをかしがりて（大層面白がって）、

「誰が沓にかあらむ」

「え知らず（知らないわ）」

と、殿司、人々（女房たちが）などのいひけるを、

「やや、方弘が穢きものぞ」

とて、いとど騒がる。

一 蔵人が天皇の命によって点呼をとっているのだから、滝口が蔵人に申すことが即ち「奏する」である。

二 三名の員数が欠けている事故の理由を訊く。

三 左馬権頭源時明男、伯父和泉守致明の養子となる。長徳元年十月三日文章生にして所雑色となり、翌二年正月十日六位蔵人となる。時に二十二歳。それから三年後、長保元年正月七日叙爵して殿上を下がっているから、これを常の内裏で清少納言が直接見聞したこととすれば、長徳二年正月十日以後、同年二月二十五日中宮梅壺から職曹司へ移御以前の、約一か月半の間の経験となる。諸注は「すかす」を能因本によって「きかす」と改訂し、方弘が事故の理由を問い訊かなかったと解しているが、従いがたい。

四 滝口の申し立てた事故の理由が嘘だとか何とか余計なことを教えて、いたずら好きの若い殿上人が、粗忽者の方弘をかついだのである。

五 責任・罪状を追及すること。

六 御厨子所は後涼殿の西廂にあり、内膳司に属し、天皇の朝餉・朝夕の御膳を調理する所。御厨子所の御膳棚は、その供御を置く棚であるが、一方、清涼殿の殿上の間と校書殿の下侍との間の土間にも御膳棚が据えてあって、内膳司の贄殿から運びこまれる日次の御贄としての魚鳥貝肉瓜等の腥ものを置くこととなっていた。その御膳棚には、校書殿の下侍に出勤した蔵人たちが、つい沓を置く習慣があったので、方弘も下侍の御膳棚と御厨子所の御膳棚とを錯覚して、天皇の供

第五十四段

若く（若くまずまずといった）、よろしき男の、下種女[八]の名、呼び馴れて[九]（心やすく呼んでいるのは）いひたるこそ、憎けれ（何とも感じが悪い）。知りながらも（［その名を］知ってはいても）、「なに」とかや[一〇]（×なにとかね）、片文字はおぼえていふは（名字の半分くらいは思い出せずに呼ぶのが）、をかし。

宮仕へ所の局[一一]によりて（［とはいえ］）、夜などぞあしかるべけれど（都合がわるいだろうが）、主殿寮（とか）、さらぬただ所（宮中以外の一般の邸なら）などは、侍[一二]などにあるものを具して来ても、呼ばせよかし（［その者に本人を］呼ばせればいい）。手づから、声もしるきに……（自身では［誰が呼ぶのか］声でもはっきりわかるから）。

半物[一三]・童女などは、されどよし。

第五十五段

御を置く神聖な御厨子所の御膳棚に、まちがって沓を置いてしまったのであろう。附図一一参照。

七 諸注は、能因本によって「いとほしがりて」と改訂し、殿司の女官たちが方弘の失敗に同情して、誰が犯人かわからぬように空とぼけていたのに、方弘が自分から名乗り出た滑稽さを叙述したものと解しているが、むしろ三巻本本文のままで、方弘が自分の過失とも気づかず、他人事のように面白がっているうちに、やっと自分のことと気づいた粗忽さを取り上げたものと見るのがよい。「ののしらるる」「をかしがる」ともにその主語は一貫して方弘であるからである。

＊〔**第五四段**〕**下仕えの女**　男性の雑色・随身・小舎人童・牛飼童に対して、女性の下仕えを類想。

八 雑仕・下仕・長女・樋洗・廁人など下層の女。

九 階級意識の強い当時は、身分違いのものが直接口をきくことははばかられていた。『紫式部日記』にも、御膳宿の刀自に直接命じたことを「恥も忘れて口づから」と記している。

一〇 第百五十四段にも「右近将曹みつなに」（下巻四六頁）と片文字は伏せて記している。

一一 下種女に用事のある時は、口をきくのにふさわしい階級の女房の局によって、間接に伝言を頼む。

一二 親王家や大臣家なら、侍所の勾当や職事に頼む。

一三 半物も童女も未成年の少女であるから、直接口をきいても、恋愛関係があるとは見られないのでよい。

一若き人・二稚児(ちご)どもなどは、肥えたるよし(ふとったのがよい)。三受領(ずりやう)など、おとなだちぬるも(人の上に立つようになった者も)、ふくらかなるぞよき。

第五十六段

稚児は、あやしき(粗末な)弓・笞(しもと)だちたるものなどささげて遊びたる(棒っ切れみたいなものをふり上げて)、いとうつくし(かわいい)。車などとどめて(〔通りがかりに〕牛車をとめて)、いだき入れて見まく(抱き取ってもみたいし)、欲しくこそあれ(貰ってもいきたくなることだ。)。

また、四さていくに、薫物の香いみじうかかへたるこそ(〔稚児の着物に〕薫物のかおりがむんむん匂ってるなんてのは)、いとをかしけれ。

＊**〔第五五段〕ふっくらと**　若い郎等(ろうどう)の瘦(や)せ型をよしとした第五十段に対応して肥えたものを類想。

一　若い男性は、従者たちに限らず、瘦せ型で敏活な感じのものをよしとしているから、この「人」は、女房を指すと見る。

二　「ちご」は、「乳児」でもよいが、次の段への連関よりして、二、三歳の幼児を指すと考える。

三　国司の守・権守等には、生活も安定した中年の男性として、相応の貫禄のついた恰幅(かっぷく)のよさを求める。

＊**〔第五六段〕稚児(ちご)**　同じ稚児でも、前段は姿態、本段はその生態と、主題が異なるので、章段を分つ。

四　抱き入れていくと。諸注は、「さていく」を、牛(ぎっ)車(しゃ)をとどめずそのまま走らせてゆくことと解しているが、その副詞「さ」が指示するはずの、車を走らせるという叙述が上文にはない。「いだき入れて」とあるのを指示していると見るべきであろう。また、「香かかふ」ということは、匂いがこもっている意味であるから、走り過ぎる車の中へ、路傍の人の薫衣香(くのえこう)が流れこんでくるのを表現する用語としては適切でない。かといって、「また」以下を、稚児と無関係な話に転じたとするのも、本段の主題から離れてしまう。やはり、車の中へ抱き入れた稚児の着衣にたきしめた薫香と見ねばなるまい。

第五十七段

よき家の、中門あけて、檳榔毛の車の白く清げなるに、蘇枋の下簾、にほひいときよらにて、榻にうちかけたるこそ、めでたけれ。五位・六位などの、下襲の裾はさみて、笏のいと白きに、扇うち置きなどいきちがひ、また、装束し、壺胡簶負ひたる随身の、出で入りしたる、いとつきづきし。廚女のきよげなるが、さし出でて、「なにがし殿の人やさぶらふ」などいふも、をかし。

第五十八段

＊〔**第五七段**〕**よき家**　前段の牛車からの連想で、立派な邸に駐めた牛車やその供廻り、さらに召使の女たちの生態を随想する。

五　第二十九段（七八頁注九）参照。

六　牛車を駐めておく時、牛を外した轅を置く台。

七　これは摂関大臣の邸などであろうから、家司の政所とか蔵人所・侍所に属する五位・六位の人たちを指す。

八　屋内にいる時は、下襲の裾は後ろに長く曳いて歩くが、屋外で行動する時は、二つに畳んで石帯にかけるとか、剣の柄にかけて石帯の紐にはさみ、地面に曳きずらないようにする。

九　『和名抄』巻十四に「笏、音忽、俗云レ尺。手板長一尺六寸、闊三寸、厚五分也」とある。威儀を整えるために右手に持つ。牙笏と木笏とがあるが、常用には木笏。「いと白き」は真新しいことを意味する。

一〇　主人の外出に供奉するために正装して。

一一　矢を入れて背に負う容器。七本の矢を挿す。平胡簶は十五本を入れる。摂関大臣家には御随身所があったから、これは、その随身などの風態であろう。

一二　摂関大臣家には、贄殿や膳所というものがあり、そこには専属の炊事婦がいたのであろう。

＊〔**第五八段**〕**滝**　山城から大和・紀伊と南下して、再び大和に戻る滝の回帰的類想。前段の随身から御幸への連想が導き出したか。

滝は、

音無[一]の滝。

布留[二]の滝は、法皇[三]の御覧じにおはしましけむこそ、めでたけれ。

那智[四]の滝は、「熊野にあり」ときくが、あはれなるなり（心をひかれるのだ）。

轟[五]の滝は、いかにかしがましく恐ろしからむ。

第五十九段

川は、

飛鳥川[六]。「淵瀬もさだめなく、いかならむ」と、あはれなり。

大堰川[七]。

音無川[八]。

一 山城。大原三千院の裏山。『拾遺集』恋二よみ人知らず「恋ひわびぬ音をだになかむ声立てていづこなるらむ音無の滝」。諸注に紀伊熊野とするのは採らない。

二 大和。石上神宮の奥山。『万葉集』巻七「古へもかく聞きつつや偲びけむこの布留川の清き瀬音を」。

三 『評釈』は、『古今集』秋上に「仁和の御門皇子におはしましける時、布留の滝御覧ぜむとておはしましける道に」とある光孝天皇の故事を、昌泰元年十月宇多上皇が吉野の宮滝をご覧になった時に、石上から素性法師を召し具された史実と混同したものとする。なお、円融法皇にも永延元年十月大和諸寺巡礼の事があり、花山法皇にも正暦年間熊野巡幸等の事があるので、それらのことも混乱した印象を作者に残したか。

四 『夫木抄』巻四花山院御製「石走る滝にまがひて那智山の高嶺を見れば花の白雲」。花山法皇巡幸の熊野三所権現信仰の心理的条件と大和の布留から真っ直ぐに南下する熊野那智への地理的連想が作用している。

五 「音無」対「轟」。泊瀬の観音から西方約三キロ。那智から京へ折返す地域回帰性は地名類想段の特徴。

＊〔**第五九段**〕川　滝から川へ。古歌・歌謡・伝説とその背景が連鎖移行する三幅対四組。

六 『古今集』雑下「世の中は何か常なる飛鳥川昨日の淵ぞ今日は瀬になる」。飛鳥川の流路激変は有名。

七 『後撰集』雑三業平「大堰川浮かべる舟の篝火に小暗の山も名のみなりけり」（『古今六帖』三、『業平集』）。大堰川行幸を始め身近な歌枕として有名。

七瀬川。

耳敏川。「またも、なに言をさくじりききけむ」（ほじくって聞いたのか）と、をかし。

玉星川。

細谷川、

五貫川、

沢田川などは、催馬楽などの、思はするなるべし。

名取川。「いかなる名を取りたるならむ」と、きかまほし。

吉野川。

天の川原。「機織女に宿借らむ」と、業平がよみたるもをかし。

第六十段

八 山城。『拾遺集』恋二元輔「音無の川とぞつひに流れ出づるいはで物思ふ人の涙は」。音無滝の水が途中で律呂二渓に分れ、再び合して高野川に入る。

九 七瀬祓を行う川の意。即ち賀茂川。『簾中抄』「川合・耳敏川・松崎・石影・東滝・西滝・大井川これは霊所とするなり。常には賀茂川の七瀬にてあり」。

一〇 霊所七瀬の一つ。『古今六帖』巻三貫之「百敷の大宮近き耳敏川流れて君を聞き渡るかな」。名称の興味。

一一 『夫木抄』巻二十四「陸奥の玉星川のたまさかに流れあふせやあるとこそ待て」。これも名称の興味。

一二 備中。催馬楽「真金吹く吉備の中山、帯にせる（中略）細谷川の音のさやけさや（下略）」。興味は歌謡へ。

一三 美濃。催馬楽「席田のや席田の、五貫川に住む鶴の（中略）千歳をかねてぞ遊びあへる」。歌謡的興味。

一四 山城。催馬楽「沢田川袖つくばかりや浅けれど、恭仁の宮人や高橋渡す（下略）」。歌謡的興味。

一五 『承徳本古謡集』陸奥風俗「名取川、幾瀬か渡るや、七瀬とも八瀬とも知らずうや（下略）」。七瀬の縁で耳敏・玉星に類する名称の面白さへ連想は戻る。

一六 吉野の宮において神女の舞を見られた天武帝の故事（『文選』高唐賦・神女賦に根ざす）による五節の舞の本源説話を踏まえる。伝説的興味。

一七 『伊勢物語』業平「狩り暮らし機織女に宿借らむ天の河原に我は来にけり」。七夕伝説に基づく。伝説に名を取る意で吉野川・天の川が連想されたが、結局大和から出て河内に帰る地域回帰性が示されている。

暁に帰らむ人は、「装束など、いみじううるはしう、烏帽子の緒、元結かためずともありなむ」とこそ、おぼゆれ。いみじうしどけなく、かたくなしく、直衣・狩衣などゆがめたりとも、たれか見知りて、嗤ひ譏りもせむ。

人はなほ、暁のありさまこそ、をかしうもあるべけれ。わりなくしぶしぶに、起き難げなるを、強ひてそのかし、

（女）「明け過ぎぬ」

「あな、見ぐるし」

などいはれて、うちなげく気色も、「げに、飽かず、もの憂くもあらむかし」と、見ゆ。指貫なども、ゐながら着もやらず、まづさし寄りて、夜いひつる言のなごり、女の耳にいひ入れて、なにわざすともなきやうなれど、帯など結ふやうなり。格子おし上げ、妻戸あるところはやがて、もろともに率ていきて、昼のほどのおぼつかなからむことなども、いひ出でにすべり出でなむは、見送られて、な

明け方帰るような場合の男性は　ひどくきちんとしたり　元結にしっかり結びつけなくてもよかろう　だらしなく　ぶざまに　〔そんな薄暗い時に〕誰が　男性は何といっても　ふるまい　愛情こまやかにしなくてはならぬものだ　むやみに起きしぶって　床を離れともなげなのを〔女の方から〕無理にせっついて　まあ　見っともない〔お寝坊さん〕　溜息をつく　いかにもまだ愛したりなくて〔帰るのが〕つらいのだろうと〔女には〕見える　坐ったままではこうともせず〔女に〕ともかく寄り添って　睦言の続きを　格別どうするという風でもないようだが　〔結構〕帯なんか結んでるらしい　格子をおし上げてとか　妻戸のある部屋ならそのままで　〔女を〕一緒に〔出口まで〕連れていって〔今夜逢うまで〕昼の間が待ち遠しいだろうなんてことも　かき口説きながらすーっと出てしまうなんてのは　ついいつまでも

*〔第六〇段〕後朝　前段業平の歌から、後朝の別れに際する男性の好悪二態の随想に移る。

一　前半は、女との別れをいかにもつらそうに、未練たっぷりにふるまって、情緒纏綿たる好もしい印象を女性に残してゆくタイプの男性を描写する。

二　当時の烏帽子着装の仕方は、源平争乱期以後の小結とか頂頭掛のように、外から紐をかけてしっかりと縛るのではない。『年中行事絵巻』にも見られるように、烏帽子の内面後部に垂れた二本の紐を、烏帽子の内側で操作し、元結で括ってある髻に結びつけた後、烏帽子を両手で支えて、頭の鉢にぴったりとはまるように据えつけるだけである。附図一二参照。

三　女の家から、自分の意志で帰るのではなく、女に、自分を帰らせるように仕向けるところが、大した恋愛技巧である。そのためには、まず第一に、自分で起き出さずに、女に自分を起させるわけである。

四　昨夜寝しなに脱いだ衣服も、着るために着る風ではなく、甘い睦言の続きを女の耳もとで囁きつつ気づかれぬうちに着てしまう。したがって「しどけなく、かたくなしく」「ゆがめ」て着るのも当然である。

五　部屋から出てゆく時には、女の肩を抱きかかえまた逢う今夜までの待遠しさなどを囁きかけるうちに自分は部屋から滑り出て、女をば残しておくという、実に微妙なあしらいで、女の方では、いつ男が自分から離れて行ったのか、まだ昨夜の夢の続きを見ているような思いで、いつまでも男の後ろ姿を見送ることと

ごりもをかしかりなむ、思ひ出どころありて……。〔見送ることになって好い印象を残すだろうし 思い出のよすがも多くてね〕

六いときはやかに起きて、広めき立ちて、指貫の腰、七ごそごそがばがばと結(ゆ)ひ、八直衣・袍(うへのきぬ)・狩衣も、袖かいまくりて、九よろとさし入れ、帯いとしたたかに結ひはてて、ついゐて、烏帽子の緒、きと強げに結ひ入れて、かい据うる音して、扇・畳紙(たたうがみ)など、昨夜(よべ)枕上(まくらがみ)に置きしかど、一〇おのづから引かれ散りにけるを求むるに、一一暗ければ、いかでかは見えむ。
〔ひどくさっぱりと起き出し〔夜具も何も〕ぱっぱとひき散らかし 腰紐 〔裏返しの〕 もがもがと手を通し 固く さっとひざまずいて きゅっと 結びこめた上で かっちり据える音がしたかと思うと 探すのだが どうして 見当るものか〕

〔(男) どこだ どこだ〕「いづら、いづら」

と、叩きわたし、一二見出でて、扇ふたふたとつかひ、一三懐紙(ふところがみ)さし入れて、〔そこら中ぱたぱたやって〕

〔(男) 失礼するよ〕「まかりなむ」

とばかりこそ、一四いふらめ。〔とほんのひとことと いうだけのようだ〕

第六十一段

もなるし、尽きぬ余韻にあとあとまで男の物柔らかな感触や甘い囁きが思い出されて、置き去りにされた悲しみや淋しさを味わうことがないのであろう。

六「いときはやかに」以下は、前半とは反対に、きわめて事務的にてきぱきと身支度して、さっさと帰ってゆく、女性心理に何の思いやりもない手前勝手な好ましからざる男性の例である。諸注は、「思ひ出どころありて」をも後半に取り入れて、「何か急に思い出して」とか「別に思い出す女性があって」などと解釈しているが、前半が余韻嫋々(じょうじょう)たる後朝の別れを描写しているのであるから、文章もまた、余韻豊かな中止形でその雰囲気(ふんいき)を出していると見るべきであろう。

七「こそ〳〵とかはゝゆひ」という三巻本本文は、「こそ〳〵かは〳〵とゆひ」の誤りと見て改訂した。

八 その時の男の服装が何であれ、の意。

九 昨夜脱ぎ捨てた時に裏返しになった袖を、まくり戻すのももどかしげに、手を無理に通そうとする。

一〇 枕もとに置いた扇や懐紙も、若い男女が同衾(どうきん)していたこととて、あちこちにひき散らされている。

一一 仕事第一の男だから、まだ夜深いうちに目を覚ましたであろうし、格子も下げたままで室内は真っ暗。

一二 身支度や探し物で、一汗かいてしまったので。

一三 汗を拭いた懐紙もそのまま懐中につっ込む。

一四 男性は、もともと女性の微妙な心情に無理解で、専ら自己本位な欲望満足のためにだけ女性を利用するものだと作者は言いたいのであろう。

橋は、
一 朝津の橋。
二 長柄の橋。
三 天彦の橋。
四 浜名の橋。
五 一つ橋。
六 転寝の橋。
七 佐野の舟橋。
八 堀江の橋。
九 鵲の橋。
一〇 山菅の橋。
一一 小津の浮橋。
一筋わたしたる棚橋[一二]。心せばけれど、名をきくにをかしきなり。

びくびくものだが

＊〔第六一段〕橋　第五十九段の川を受けての類想。

一　越前。『和名抄』巻七に「朝津」を「阿佐布豆」と訓む。催馬楽「あさむづの橋の、とどろとどろと降りし雨の、旧りにし我を（下略）」。

二　『古今集』雑上「世の中に旧りぬるものは津の国の長柄の橋と我となりけり」。催馬楽「朝津」の「旧りにし」を「旧りぬる」が受けたか。

三　所在未詳。和泉国泉南郡の安幕橋（『和泉志』四）、「天御子」として河内国丹北郡依羅郷天美村、「山彦」の転として相模国足柄上郡余戸郷山彦山など。

四　『古今六帖』巻三「恋しくば浜名の橋を出でて見よ下行く水に影や見ゆると」。山彦から水影に関連。

五　『古今六帖』巻三「津の国の難波の浦の一つ橋君をしもへばあからめもせず」。恋愛思慕の連想。

六　『大和志』十「在二喜佐谷村一。一名外象橋」。『実方集』連歌「転寝の橋とも今宵見ゆるかな」「夢路に渡す名にこそありけれ」。恋歌として連繫する。

七　近江。『後撰集』恋二、源等「東路の佐野の舟橋かけてのみ思ひわたるを知る人のなき」。思慕の歌。

八　『古今六帖』巻三、貫之「津の国のながらへゆかば忘られで猶も見まくのほりえなるらむ」。長柄と堀江。

九　『家持集』「鵲の渡せる橋に置く霜の白きを見れば夜はふけにけり」（『新古今集』第五句「夜ぞふけにける」）。織女伝説の天の川に架ける鵲の橋を、河内国交野郡の天の川にかかる舟橋と結びつけたか。『歌枕名寄』「これやこの空にはあらぬ天の川交野へゆけば

第六十二段

里は、
[一三]逢坂(あふさか)の里。
[一四]ながめの里。
[一五]睡覚(いざめ)の里。
[一六]人妻の里。
[一七]憑(たの)めの里。
[一八]夕陽(ゆふひ)の里。
[一九]妻取(つまどり)の里。「人に〔妻を〕取られたるにやあらむ。わが儲けたるにやあらむ」（自分が〔人妻を〕取ったのか）と、をかし。
[二〇]伏見の里。

渡る舟橋」。
一〇 日光の大谷川(だいやがわ)にかかる神橋か（『八雲御抄(やくもみしょう)』）。
一一『公任集(きんとうしゅう)』詞書「円融院の石山におはしますに、殿上人浮橋といふ所にいきて帰るとて」。近江国野洲(やす)郡に小津村、小津神社の名がある。
一二 所在不定。水上の橋ではなく、山の桟道。『古今六帖』巻三、貫之「白雲のたなびきわたる足曳(あしひき)の山の棚橋われも渡らむ」。主として恋の歌を背景として水上に渡す橋を列挙した末、山の桟道の危なっかしさに、恋路をわたるスリルをかけて結びとする。
＊〔第六二段〕里　前段末尾「棚橋」の名の面白さを受けて、興趣に富む名の里を列挙する地名類想。
一三 四天王寺の西門、古くは海に面したところに逢坂という地名がある。あるいは大坂の古名か。
一四 所在未詳。物思いに耽(ふけ)って眺然(ちょうぜん)たるさまをいう。
一五『古今六帖』巻一「東路(あづまぢ)のいざめの里は初秋の長き夜をひとりあかすわが名ぞ」（『夫木抄(ふぼくしょう)』「いまね」）。
一六 所在未詳。
一七『夫木抄』巻三十一「信濃(しなの)なるいなの郡(こほり)と思ふには誰かたのめの里といふらむ」。伊那(いな)郡編入以後の作。
一八 丹後国竹野郡木津郷夕日浦と関連があるか。『夫木抄』巻三十祐挙(すけたか)「砂(いさご)踏み見にこそ来つれ入るかたや夕日の浦の天の橋立」。
一九 所在未詳。前出「人妻の里」と関連する。
二〇『古今集』雑上・『古今六帖』巻二「いざここにわが世は経なむ菅原(すがはら)や伏見の里の荒れまくも惜し」。

朝顔の里。

第六十三段

草は、
菖蒲。

菰。

葵、いとをかし。神代よりして、さる插頭となりけむ、いみじうめでたし。もののさまも（そのものの形も）、いとをかし。

沢瀉は、名のをかしきなり。「心あがりしたらむ」（うぬぼれてるのかしら）と思ふに（と思うにつけても）。

三稜草。

蛇床子。

苔。

一 所在未詳。女の寝起きの顔と秋草とにかけた興趣。
＊〔第六三段〕草　前段末尾の「朝顔の里」からの連想で、主として花を鑑賞することのない雑草を類想する。
二 五月の節供に用いる白菖。『和名抄』巻二十「阿夜女久佐」。『古今六帖』に九首、菖蒲題の和歌がある。
三 『和名抄』「古毛」。『古今六帖』に八首。
四 四月賀茂祭に用いる双葉葵。『和名抄』巻十七に「阿布比」。『古今六帖』二首。
五 賀茂祭の葵の插頭は、賀茂の別雷神が御祖神多々須玉依媛命の夢に神託したことに由来しているという。
六 『和名抄』『古今六帖』に見えず。「面高」即ち昂然と顔をあげる意の形容動詞と通じる面白さ。
七 『和名抄』巻二十「美久里」。『古今六帖』二首。
八 『和名抄』巻二十「比流牟之呂」。和歌はない。第六十六段「歌の題」にも取り上げている。
九 『和名抄』巻二十「古介」。『古今六帖』四首。
一〇 第二段に「雪間の若菜摘み」とあったことが思い合せられる。特定の草ではない。『古今六帖』一首。
一一 木や岩につく蔦の一種。『和名抄』にはない。「子だに」「籠だに」などと掛け詞となる。『拾遺集』哀傷

一〇 雪間（ゆきま）の若草。

一一 木蓮（こだに）。

一二 酢漿（かたばみ）。綾（あや）の文（もん）にてあるも、異（こと）よりはをかし。（他の草よりは結構）

一三 あやふ草（ぐさ）は、岸の額（がけっぷち）に生（お）ふらむも、げに頼もしからず。（がけっぷちに生えるらしいのも　なるほど危なっかしい）

一四 いつまで草は、またはかなくあはれなり。「岸の額（がけっぷちの草）よりも、これ一五は崩れやすからむかし。まことの石灰などには、え生ひずやあらむ（う）」と思ふぞ、わろき。（〔とはいえ〕本物の漆喰壁なんかには　とても生えやしないだろう　と思うにつけても物足りない）

一六 事なし草は、「思ふことをなすにや」と思ふも、をかし。（願い事を叶えてくれるのか）

一七 垣衣（しのぶぐさ）、いとあはれなり。

一八 道芝、いとをかし。

一九 茅花（つばな）も、をかし。

二〇 蓬（よもぎ）、いみじうをかし。

二一 麦門冬（やますげ）。

二二 蘿（ひかげ）。

「いかにせむ忍ぶの草も摘みわびぬかたみと見てしこだになければ」。

一二 図案化して綾織物（あやおりもの）の地文（じもん）に用いる。『和名抄』巻二十「加太波美（かたばみ）」。『古今六帖』一首。

一三 『和訓栞（わくんのしおり）』に「根無草の類なるべし」とある。羅（ら）維（巌維（げんい）の誤りか）の「観レ身岸額離レ根草」（『三宝絵』序、『和漢朗詠集』下）などから思いついた名称か。『和名抄』『古今六帖』になし。

一四 黄色い星形の小花を咲かせるメノマンネングサ。『和名抄』『古今六帖』になし。

一五 『能因歌枕』「壁に生（お）ふるをば、いつまで草といふなり」、『続古今集』哀傷「壁に生ふる草の中なる蛬（きりぎりす）いつまで露の身を宿（な）すらむ」。

一六 未詳。事を為す意に用いる。『古今六帖』五首。『和名抄』には見えず。

一七 『和名抄』巻二十「之乃布久佐（しのぶぐさ）」。『古今六帖』四首。

一八 『和名抄』巻二十「之波（しば）」。『古今六帖』二首。

一九 『古今六帖』三首。『和名抄』になし。

二〇 『和名抄』巻二十「与毛木（よもぎ）」。『古今六帖』三首。

二一 『和名抄』巻二十「夜末須介（やますげ）」。『平中（へいちゅう）物語』「しるしあらむものならなくに足曳（あしひき）の山の山菅やまず悲しき」、『拾遺集』恋三「足曳の山の山菅やまずのみ見れば恋しき君にもあるかな」。

二二 十一月豊明節会（とよのあかりのせちえ）の五節の舞などに蘿鬘（ひかげかずら）を用いる。『和名抄』巻二十「比加介（ひかげ）」。『古今六帖』五首。

一 山藍。

二 浜木綿。

三 葛。

四 篠。

五 青つづら。

六 薺。

七 苗。

八 浅茅、いとをかし。

九 蓮は、万づの草よりも（他のいろいろな草よりも）、すぐれてめでたし（格別にすばらしい）。一〇 妙法蓮華のたとひにも（法華経が蓮華に譬えられるのも）、花は仏にたてまつり、実は数珠につらぬき念仏して、往生極楽（極楽に往生する因縁とするからですよ）の縁とすればよ。また、花なき頃、一一 〔真夏の〕緑なる池の水に、紅に咲きたるも、いとをかし。一二 「翠扇紅衣」と、詩につくりたるにこそ。

一三 唐葵。日の影に従ひて（太陽の光につれて）かたぶくこそ、草木といふべくもあらぬ〔人間みたいで〕心なれ。

一 十一月新嘗祭や豊明節会に奉仕する小忌の君達の祭服即ち青摺の布衫が、白布に山藍で草木鳥の文様を青く摺り出した小忌の衣。『拾遺集』雑秋、貫之「足曳の山藍に摺れる衣をば神に仕ふるしるしとぞ思ふ」。

二 『和名抄』になし。『古今六帖』五首。

三 『和名抄』巻二十「久須加豆良」。『古今六帖』八首。第六十六段「歌の題」にも見える。

四 『和名抄』巻二十「佐々」。『古今六帖』二首。

五 『和名抄』巻二十は「阿乎加豆良」と訓む。『古今六帖』三首。蘿以下、鬘・摺衣・葛布・竹竿・葛籠等、実用性のあるものを、ひき続き連想している。

六 ぺんぺん草。春の七草の一つ。

七 稲の早苗であろうか。

八 茅花の草丈の低いもの。『古今六帖』八首。

九 諸注「蓮葉」と校訂するが、『和名抄』にも、蓮の根・根茎・茎・葉・花・子房・種子等の各部分称に分けているので、ここは総称として「蓮は」とよむ。『和名抄』巻十七・二十「波知須」。『古今六帖』七首。

一〇 『法華光宅疏』巻一に「因果両法倶称為妙法。蓮華者外譬　一物必花実倶有」とあるように、花実同時に存する蓮華を、一乗の因果、権実の妙法に譬える。

一一 『延喜六年平貞文歌合』の歌題に「緑沼　紅蓮浮」とあるように、紅緑二色の対照効果を指す。

一二 底本に「翠翁紅えも」とあるのが、他の第二類本の「翠翁紅とも」より、『和漢朗詠集』上、許渾の「煙開翠扇清風暁、水泛紅衣白露秋」を根拠と見る

一四 さしも草。

一五 八重葎（やへむぐら）。

一六 鴨頭草（つきくさ）。〔染めた色が〕うつろひやすなるこそ（どうもあせやすいのが）、うたてあれ（情けないことだ）。

第六十四段

草の花は、

一七 瞿麦（なでしこ）。唐（から）のはさらなり（いうまでもない）。日本（やまと）のも、いとめでたし。

一八 女郎花（をみなへし）。

一九 桔梗（ききやう）。

二〇 牽牛子（あさがほ）。

二一 刈萱（かるかや）。

二二 菊。

矢作武氏説（『枕草子講座』第四巻）に一層適合する。

一三 立葵（たちあおい）。北アメリカ原産の菊科向日葵（ひまわり）ではない。蓮や唐葵はむしろ草の花の段にふさわしい。

一四 蓬（よもぎ）の異名。『和名抄』巻二十に「蓬（ほう）一名蓽（ひつ）、艾（よもぎ）也」とある。『実方集』「かくとだにえやはいぶきのさしも草さしも知らじな燃ゆる思ひを」。

一五『和名抄』巻二十「毛久良（もぐら）」。『古今六帖』三首。

一六『和名抄』巻十四染色具の部に「都岐久佐（つきくさ）」とある。『古今六帖』八首。

＊〔第六十四段〕草花　前段に続いて花を鑑賞する草の類想に移る。

一七 秋の七草の一つ。唐撫子（からなでしこ）はセキチク、大和撫子はカワラナデシコ。『和名抄』巻二十「奈天之古（なでしこ）一云止古奈豆（とこなつ）」。『古今六帖』十六首。

一八 秋の七草の一つ。『和名抄』巻二十「乎美那閉之（をみなへし）」。『古今六帖』三十一首。

一九 当時は秋の七草に数えていない。『和名抄』巻二十「阿里乃比布木（ありのひふき）」。『古今六帖』二首。

二〇『和名抄』巻二十に「牽牛子（けにごし）」を「阿佐加保（あさがほ）」、「旋花（せんくわ）」を「波夜比止久佐（はやひとぐさ）」と訓み分けている点からして、秋の七草の朝顔は、今日のヒルガオ（旋花）だという説は従いがたい。『古今六帖』四首。

二一『古今六帖』三首。『和名抄』になし。

二二『和名抄』巻二十に菊を「加波良与毛木（かはらよもぎ）」と訓む。黄・紫・白三種の小輪菊で、別種のカワラヨモギ（茵蔯（いんちん））ではない。『古今六帖』三十八首。

一壺菫。

二龍胆は、枝ざしなどもむつかしけれど（枝ぶりなんかも感じはよくないが）、異花どもの、みな霜枯れたるに（すっかり霜枯れた頃に）、いと花やかなる色あひにてさし出でたる（目につくように咲いてるのは）、いとをかし。

また、わざと取り立てて、人めかすべくもあらぬさまなれど（一人前に扱うほどのものでもないが）、三かまつかの花、らうたげなり（かわいらしい）。名ぞ（名前がね）、うたてあなる（どうにもいやらしい）。「四雁の来る花」とぞ、文字には書きたる。

五雁緋の花。色は濃からねど、藤の花といとよく似て、春秋と咲くが、をかしきなり。

六鹿鳴草。いと色深う、枝たをやかに（枝もたわわに）咲きたるが、朝露にぬれて、なよなよとひろごり伏したる、さ牡鹿の、分きて立ちならすらむも（特に好んで近づくらしいのも）、心ことなり（格別の趣がある）。

七八重款冬。

八夕顔は、花の形も朝顔に似て、いひつづけたるにいとをかしかりぬべき花の姿に（二つ並べていうととても趣が感じられそうな花の形だのに）、実のありさまこそ（〔ぶざまな〕実の恰好ときたら）、いと口惜しけれ。など（どうしてまた）、さは（そんな）

一『和名抄』巻十七に「菫菜」を「須美礼」と訓む。『古今六帖』に三首、中一首は「つぼすみれ」を詠む。

二 リュウタンとも。『和名抄』巻二十「衣夜美久佐」、「迩加奈」とも。『古今六帖』に四首。

三『和名抄』にカマツカなる植物名はない。今日いうカマツカはバラ科の灌木で、草花ではない。開花期も夏で、下文に記すような「雁来花」とはいえない。

四 カマツカは、雁来紅（ハゲイトウ、『和名抄』になし）を指すとか、鴨頭草（ツキクサ、『和名抄』巻十四）と同じだとか、諸説はあるが未詳。いずれも一年生の草本で、脆弱なその茎は鎌の柄になりそうもない。ツキクサは「らうたげ」というにふさわしいが、第六十三段に既出。ハゲイトウはやや「らうたげ」とはいいがたく、また「雁来紅」とは書くが「雁来花」とは書かない。なお後考に俟つべきであろう。

五「雁」の縁で前を受けて連想された。セキチク科のガンピ（剪夏羅）とセンオウ（剪秋羅）、ジンチョウゲ科のガンピ（雁皮。製紙原料とする）などがあるが、むしろ、春秋二期の開花、藤に似た淡紫色の総状花序の小花という点から、ジンチョウゲ科のフジモドキ（芫花。丁子桜とも。春季、長穂状に密生した淡紫色の小花を開くが、秋季にも返り咲きすることがあるかも知れない）を指したものと思われる。『古今六帖』二首。

六『和名抄』巻二十「波木」。『古今六帖』二十五首。

七 平安時代には一重より八重が好まれたらしい。

た生ひ出でけむ（に育ち過ぎたのだろう）。「九ぬかづき」などいふもののやうにだに（ほおずきなんていうものぐらいの大きさでせめて）、あれかし（あればいいのに）。されどなほ、「夕顔」といふ名ばかりは、をかし。

一〇 しもつけの花。

一一 葦の花。

一二「これに一三薄を入れぬ、いみじうあやし（ひどく変だ）」と、人いふめり。秋の野の、おしなべたるをかしさは（全般的な趣というものは）、薄こそあれ（薄にかぎる）。穂先の蘇枋にいと濃きが（蘇枋色で随分濃いのが）、朝霧に濡れてうちなびきたるは、さばかりのものやはある（これほどすばらしいものがあろうか）。〔しかし〕秋の果てぞ（秋の終りがね）、いと見どころなき（全く目もあてられない）。色々に乱れ咲きたりし花の、かたちもなく散りたるに、冬の末まで、〔薄だけが〕頭のいと白くおほどれたるも知らず（さんばらになってるのも気づかず）、むかし思ひ出で顔に（いかにも昔懐かしげな表情で）、一四風になびきてかひろぎ立てる（ゆらゆらと立ってるのは）、人にこそいみじう似たれ。一五よそふる心ありて（思い当る節があって）、それをしもこそ、「あはれ」と思ふべけれ（そのことがどうにもやりきれない気持がするのだろう）。

『和名抄』巻二十「夜末布木」。『古今六帖』二十一首。

八 アサガオは筒花類ヒルガオ科、ユウガオは胡蘆類のウリ科に属して、全く無縁である。その果実は干瓢といって長さ九〇センチにも及ぶ長大なものとなる。その変種のフクベは、やや平たい球形で径三〇センチ以上になり、炭入れ・火鉢・花器などに加工する。

九 『和名抄』巻二十「保保豆木」。「酸漿」と書く。その実が垂れていることや、萼を剝くと中から小坊主の頭のような実が現れるので「ぬかづき」というか。

一〇 繡線菊ともいい、バラ科の落葉小灌木であるキシモツケと、バラ科の多年生草本であるシモツケソウ（クサシモツケ）とがある。観賞用の京鹿子に近い。

一一 『和名抄』巻二十「阿之」。『古今六帖』六首。

一二 薄に似てより蕪雑な葦の花を挙げながら、七草の一つで、しかも歌題として有名な薄に言及しなかったことに対する釈明の必要を感じたのであろう。

一三 『和名抄』巻二十「波奈須須木」。一名、尾花。『古今六帖』十九首。

一四 『和名抄』巻十一に「[舟+少]」を「加比路久」と訓んで、「船不レ安」と釈くのに拠って、揺れ動く意と解した島田退蔵氏の説に従う。老耄の人と枯れ薄と、そのイメージを重ねて、擬人的な描写を試みている清少納言の胸奥には、父元輔の姿があったであろう。

一五 第二段における「中文持てありく」「老いて頭白き」老人と同様、白くほおけて散りさらばえた枯れ薄に、父元輔の老醜無残な姿がよみがえってくる。

第六十五段

集は、古万葉[一]。古今[二]。

第六十六段

歌の題は、都[三]。葛[四]。

＊〔第六五段〕**歌集**　主として歌題に思い合せられる草や草花を類想した縁で、重要な歌集を挙げる。

一『新撰万葉集』『続万葉集』に対しての呼称。父元輔が梨壺の五人として『万葉集』の古訓を試みた縁で重視する。『万葉集』も勅撰と思われていたか。

二 平安朝最初の勅撰歌集として尊重されていた。

＊〔第六六段〕**歌題**　直接には前段からの移行。ただしここには、桜・郭公・月・雪・恋といったような類型的代表的歌題はなく、すべて『古今六帖』に見える歌題であることが意味ありげである。

三『古今六帖』巻二「大君は神にしませば水鳥のすだく水沼を都になしつ」他十首。

四『古今六帖』巻六「秋風に吹き返さるる葛の葉のうらみてもなほ恨めしきかな」他七首。

五『古今六帖』巻六「筑摩江に生ふるみくりの水早みまだねもみぬに人の恋しき」他一首。

六『古今六帖』巻二「ませ越しに麦はむ駒のはつはつに及ばぬ恋も我はするかな」他七首。

七『古今六帖』巻一「かき曇り霰降りしけ白玉を敷ける庭とも人の見るがに」他四首。

＊〔第六七段〕**危惧不安**　第六十六段との間に、何らかの連想の糸筋があるとは思われない。

八 弘仁十三年（八二二）六月三日、最澄の申請によって十二年籠山修行の制度が定められた。『類聚国史』仏道六所載『日本後紀』逸文に「天台法花宗年分度者二人、於比叡山、毎年春三月先帝国忌日、依

五 三稜草。
六 駒。
七 霰。

第六十七段

おぼつかなきもの。〔心細く気がかりなもの〕

八 十二年の山籠りの法師の女親。

九 知らぬところに、闇なるにいきたるに、「あらはにもぞある」とて、灯もともさで、さすがに並み居たる。〔よその家へ／闇の夜にいったところが／〔従者たちは〕目立ってはいけない／〔待っている間〕／それでも行儀よく〕

一〇 いま出で来たる者の、心も知らぬに、やむごとなきもの持たせて、人のもとにやりたるに、遅く帰る。〔新しく田舎から奉公に来た小者で気心も知れない者に／大切なものを持たせて／お使いに出したところが〕

一一 ものもまだいはぬ乳児の、そりくつがへり、人にも抱かれず、泣〔そっくりかえって〕

法花経制、令得度受戒、十二箇年不聴出山、四種三昧令得修練、然即一乗戒定、永伝聖朝、山林精進、遠勧塵劫」とある。女親にとって一度も面会を許されぬ十二年の別離は辛く悲しく不安なもの。

九 主人が訪問している邸。従者たちにしてみればよく知らぬ所ではあり、それが忍ぶ恋路のお供でもあればなおのこと、供待ちの間も灯をともすことは憚られる。しかも、いつお帰りともわからぬ主人を待ってきちんとひざまずいている。じれったいやら心細いやら。諸注は作者が中宮のお供をして他出した時のこととしているが、中宮の行啓に「灯もともさで」ということはあり得ない。次の「いま出で来たる者」とともに、清少納言得意の従者論の一節と見るべきである。『平中物語』第二十八段にも「この女、つがひ戸のもとに、をるところに火をともして見るに、まだ知らぬがあやしきぞ集まりをりける」と、忍ぶ男の従者が暗がりに蝟集して、供待ちしている状態を叙している。

一〇 上文が、従者の側から見た主人の行動に関しての「おぼつかなさ」であったのと対照して、これは主人の側から見た従者の行動に関しての「おぼつかなさ」。

一一 冒頭の子の僧に対する女親の気持と、末尾の乳児に対する成人一般の気持とが対照している。本段が第五十八段と同じく、第一節から第四節へ、第二節から第三節へと、ABBAの対照的回文構成を有することに着目すれば、難解の第二節も理解できる。さて、乳児の泣くのは、原因不明で、まことに不安。

きたる。

第六十八段

たとしへなきもの。（比較を絶したもの）

夏と冬と。

夜（よる）と昼と。

雨降る日と照る日と。

人の、笑ふと腹立つと。

老いたると若きと。

白きと黒きと。

一想（おも）ふ人と憎む人と。

おなじ人ながらも、二心ざしあるをりと変りたるをりは（〔自分を〕愛してくれている時と心変りした時とでは）、まことに（全く）

＊〔第六八段〕**両極端**　「おぼつかなきもの」を、相対的に類想したのに続いて、両極端に位置して比較を絶したものを組み合せて類想する。

一　「想ふ人」とは、「おもふ」という行為の動作主ではなく、「おもふ」という動作の客体となる人即ち「恋人」である。「おもふ」という行為の動作主を指す場合には、「念（おも）ひ人（びと）」即ち「贔屓（ひいき）」となる。この「念ひ人」の例は、第百二十三（二九二頁四行）・二百四十七段（下巻一六一頁七行）に見える。「憎む人」の場合も、「にくむ」という動作の客体となる人物であるから、「(自分が)好きな人」と、「(自分が)嫌いな人」とを組み合せたのであって、「(自分を)愛してくれる人」と「(自分を)嫌っている人」とではない。

二　この「心ざし」は、自分に対する「愛情」である。ゆえに、直前の「想ふ人と憎む人」の組み合せとは、主客の立場を変えて、「(自分に)愛情を抱いてくれる場合」と「(自分に対する)愛情が失せた場合」との変化の大きさを取り上げている。

こと人とぞおぼゆる。（別人のようにね　思われることだ）

火と水と。

肥えたる人・瘦（や）せたる人。

髪長き人と短き人と。

夜烏（よがらす）どもの居て、夜半（よなか）ばかりに睡寝（いね）さわぐ。落ちまどひ、木伝（こづた）ひて、寝起きたる声に鳴きたるこそ、[三]昼の目にたがひてをかしけれ。

（とまっていて　真夜中頃に　塒を争うの　枝を踏み外したり　枝から枝を伝って寝ぼけ声で鳴いてるのときたら　昼見るのとはまるで違って愛嬌たっぷりだ）

第六十九段

忍びたるところにありては、夏こそをかしけれ。（人目を忍ぶ逢曳の場面としては）

いみじく短き夜の明けぬるに、つゆ寝ずなりぬ。やがて、[四]万（よろ）づのところ開けながらあれば、涼しく見えわたされたる。[五]なほ、いますこしいふべきことのあれば、かたみにいらへなどするほどに、ただ

（ひどく短い夜が明けてしまったのに　ちっとも寝ずじまいになった〔前夜から〕ずっと　どこもかしこも開けたままにしてあるので〔早朝の庭も〕涼しく見通しがきいている　もう少し話しておきたいことがあるので　互いに受け答えなんかしているうちに　坐っ）

三 烏という鳥は、なかなか知能が発達していて、人間にも負けぬ狡猾（こうかつ）さがある。その昼間の抜け目なさと夜中の間抜けさ加減との落差の大きさを、作者は面白がっている。

＊〔第六十九段〕後朝（きぬぎぬ）、夏と冬　前段に挙げた夏と冬との対比を、忍び逢う男女の後朝（きぬぎぬ）の情緒にあてはめて、その相違を随想する。

四 京の夏の夜は、殊に暑くて寝苦しいから。

五 それでも。夜は明けはなれたが、の意。

居たるうへより、一烏のたかく鳴きていくこそ、顕証なる心ちして、
をかしけれ。
また、冬の夜。
いみじう寒きに、埋もれ臥してきくに、鐘の音の、ただものの底
なるやうにきこゆる、いとをかし。鶏の声も、二はじめは羽のうちに
鳴くが、三口を籠めながら鳴けば、いみじうもの深く遠きが、明くる
ままに近くきこゆるも、をかし。

（ている部屋の真上から　飛び立つのは　見すかされていたような気がして　おかしくなる　一方　冬の夜〔も悪くはない〕　〔夜着を〕すっぽり被って寝たまま聴いていると　まるで涯もない底の方で鳴っているように聞えるのが　初めは翼の下に首をつっこんだまま鳴くのが　口ごもるように鳴くので　随分奥深く遠くに聞えるが　夜が明けるにつれて　味わいがある）

第七十段

懸想人にて来たるは、いふべきにもあらず、ただうち語らふも、
またさしもあらねど、おのづから来などもする人の、簾のうちに人
人あまたありてものなどいふに、居入りて、とみに帰りげもなきを、

（恋人として訪れた男性の場合は　いうまでもないことだが　ただの親しい間柄の人とか　またそれほど親しくはないが　ひょいと訪ねて来たりなんかする男性が　廂の間に女の人が多勢いて話なんかしているところへ　坐りこんで　急には帰りそうな気配のないのを）

一　前段の夜烏とは違って、これは明烏。油断のならない狡猾な烏のことだから、二人が寝ていた部屋の屋根の上にとまっていて、すっかり睦言を盗み聴きされたかのような錯覚に陥ることを面白がっている。

二　留り木にとまったままクク―・クク―と鳴く鶏はたしかに翼の下に首をつっこんでいるが、夜明け前午前四時頃に時を告げる一番鶏は、やはり首をのばし胸を張って鳴くので、やや事実と相違した叙述である。

三　諸注は「籠めながら」を羽の下に嘴をつっこんだままと訳しているが、それでは上文の「羽のうちに鳴く」と重複するので意味をなさない。大きく口を開けずに口ごもるように鳴く意に解すべきであろう。

＊〔第七〇段〕**供を選ばば**　第六十七段の従者論と第六十九段の後朝論とを習合して供待ちの従者の態度の好悪を評し、その主人の人格に論及する。

四　主人が他家を訪問した際、従者や牛飼童は、立蔀や袖垣のもとにひざまずいたまま待っている。第六十七段に「さすがに並み居たる」とあった。待つ身の従者としては、主人が長居していると、つい催促がましいことも聞えよがしにいいたくなる。作者は、そのような従者の言動に、平素の主人の人使いの善し悪し即ち人柄の良否が判断できると主張している。

五　『述異記』に「晋王質、石室山見二数童子囲一レ碁。与二質一物如二棗核一、人含レ之不レ飢。局未レ終、斧柯腐尽。既帰無二旧時人一」とある浦島伝説に似た話で、碁を仙境の童子が一局囲むのを見るうちに斧の柄が朽

四供なる郎等（をのこ）・童（わらは）など、とかくさし覗（のぞ）き、気色見るに、〔ちょいちょい様子を探るのだが〕「五斧（をの）の柄（え）も朽ちぬべきなめり」〔腐ってしまいそうな雲行きらしいと〕と、いとむつかしかめれば、〔まことにくさくさする様子で〕長やかにうちあくびて、〔長々と大あくびをして〕「みそかに」〔内緒で〕と思ひていふらめど、「あな、わびし。〔ああ いやだいやだ〕煩悩苦悩かな。〔難行苦行だぜ〕夜は六夜半（よなか）になりぬらむかし」〔なったろうよ〕といひたる、〔といってるのは〕いみじう心づきなし。〔全く感心できない〕七かのいふ者は、ともかくもおぼえず、〔いってる当人のことは 別に何とも感じない〕この居たる人こそ、〔が 坐りこんでいる男性がねえ〕「をかし」と、見えきこえつることも、〔〔かねて〕いい人だと 見もし聞きもしていた評判まで〕失（う）するやうにおぼゆれ。〔帳消しになるような気がする〕

また、さいと色に出でては、えいはず、〔それほどはっきり口に出しては 言えずに〕「あな」〔あーあ〕と、高やかにうちいひ呻（うめ）きたるも、「八下行（したゆ）く水の」と、いとほし。

立蔀（たてじとみ）・九透垣（すいがい）などのもとにて、「一〇雨降りぬべし」〔雨が降りだしそうだな〕など、きこえごつも、〔聞えよがしにいうのも〕いと憎し。

一一いとよき人の御供人などは、〔本当に立派な身分の方のお供の者なんかは〕さもなし。〔まあま〕君達などのほどは、〔君達程度の身分の方の供人は〕よろ

ちたほど、知らぬ間に長年月が経過したということを、従者たちが待ちくたびれる心中を推測して譬（たと）えに引いた。

六 正子（しょうね）の刻即ち午前零時を夜半という。

七 清少納言は、従者の無作法を咎（とが）めるよりも、躾（しつ）けの悪い主人を批判するのである。

八『古今六帖』巻五「心には下行く水のわきかへりいはで思ふぞいふにまされる」を引いて、心の中は腸（はらわた）が煮えかえるほどむしゃくしゃしていても、口に出していわないだけ、一層たまらないことだろうと従者に同情している。第百三十六段には、中宮がこの歌を引用されたのに、清少納言がなかなか思い出せずに困ったという話が見えている（三二六頁）。

九 竹などを透き間あらく組んだ庭中の隔ての垣。

一〇 それとなく主人の帰りを急がせるのに、従者たちが用いる常套（じょうとう）の文句であろう。

一一 摂関清華（せっかんせいが）といった大家ならば、召使の者も、素質のよいのが集まっているし、家中の風儀も整い、待遇もよくて、主人のために働くことに満足しているから、少々待たされたとしても、愚痴をこぼすようなことはない。家司（けいし）・受領（ずりょう）層の中・下流貴族の家では、召使の質も悪く、待遇も劣るので、その勤めぶりにも、きまってあらが見える、というのが清少納言の持論である。その中間の君達即ち、上流貴族の坊ちゃんで、殿上人という身分の家では、召使の行儀もまずまず及第といったところだと見ている。

し。それより下れる際は、みなさやうにぞある。
（分際の者の供人は　みんなそんな風なんだ）
あまたあらむなかにも、心ばへ見てぞ、率てありかまほしき。
（多勢召し抱えているだろう中でも　気心をよく見抜いてね　連れて歩きたいものだ）

第七十一段

ありがたきもの。（めったにないもの）
一舅にほめらるる婿。
また、姑におもはるる嫁の君。（愛されるお嫁さん）
毛のよく抜くる二銀の鑷子。
主そしらぬ三従者。
四つゆの癖なき。（全然癖のない人）
五容貌・心ありさますぐれ、世にふるほど、いささかの疵なき。
（長く世間づきあいをしている間に　何のぼろも出さない人）
六同じところに住む人の、かたみに恥ぢかはし、いささかのひまな
（同じ局に住んでいる女房で　互いに敬意をはらいあって　寸分のすきもないほど）

＊〔第七一段〕**稀少価値**　心がけのよい従者はなかなか見つからないという作者自身の体験から、滅多にない稀少価値と目されるものの類想に移る。

一 舅　対婿、姑　対嫁。同性相反撥する家庭事情は、今も昔も変らぬ人情というものである。

二 銀は鉄に比べて材質が柔らかいから。

三 労使の対立感情、これまた変らぬ人情であろう。

四 無くて七癖。「つゆの癖なき」を下文に続くものと見る説には従いがたい。「つゆの癖なき」と「いささかの疵なき」とが並立するものであり、癖と疵とは異質である。下文に続くならば、「つゆも癖なく」と連用中止形でなければならぬ。

五 容貌と情操との内外二面。「かたち」「心」「ありさま」と三条件に分つ説には従いがたい。『紫式部日記』の消息体評論にも、「このついでに、人の容貌を語りきこえさせば」「かういひいひて、心ばせぞ難うはべるかし」と容貌・情操の二面から評論を試みている。容貌・心情・姿態の三条件を取り上げるなら、「さま・かたち・こころ」の順に叙すべきであろう。

六 同じ家ではなく、邸内の同室に起居する同僚女房を指している。

七 上文の「思ふが」の「が」を、主語であることを示す格助詞として、「寸分のすきもないほど心を配っていると思う人が、遂に見当らない（それは実に）稀有のことだ」と解釈するのが通説であるが、この訳文を語法どおり率直に受け取ると、「遂に見当らない

く用意したりと思ふが、七つひに見えぬこそ、かたけれ。（心を配ってると思うのだが　最後まですきを見せないのは　稀有のことだ）

物語・集など書き写すに、八本に墨つけぬ。九よき造紙などは、いみじう心して書けど、かならずこそ、きたなげになるめれ。（物語や歌集なんかを　墨をつけないこと　ずいぶん用心して写すのだが　必ずといっていいくらい　汚ならしくしてしまうようだ）

男・女をばいはじ。女どちも、契りふかくて語らふ人の、末まで仲よき人、かたし。（男女の仲については言うまい　女同志であっても固い約束を交してつきあってる人で　最後まで　めったにない）

第七十二段

一〇内裏の局、一一細殿いみじうをかし。（大変情趣に富んでいる）一二上の蔀あげたれば、風いみじう吹き入りて、夏も、いみじう涼し。冬は、雪・霰などの、風にたぐひて降り入りたるも、いとをかし。（風にまぎれて）一三せばくて、童などののぼりぬるぞ、あしけれども、屏風のうちに隠し据ゑたれば、一四ことどころの局のやうに、声たかく笑わらひなど（他の御殿の）

ことはめったにない」即ち「ざらに見当る」となってしまうので、従いがたい。そこで、上文を受けて、「つひに（いささかのひまも）見えぬこそ、かたけれ」の意に解することとした。

八「本」は「元本」即ち借りてきて書写している「もとの本」である。

九 色紙や唐紙・継ぎ紙等の貴重な装飾料紙を使用した豪華本である。汚すまいと緊張すればするほど、失敗するわけである。

＊〔第七十二段〕細殿のよさ　前段に「同じところに住む人」とあったことから発展して、宮中での女房の局たる細殿について随想。諸注が「まいて、臨時の祭」以下を別段に立てて二分するは誤り。

一〇 宮中で女房が賜っている個室。

一一 作者の体験した細殿の局は、登花殿の西廂。

一二 登花殿（弘徽殿も）の西廂は、西面に簀子敷（縁側）がなく、犬走りを距てて、直接屋垣に対し、屋垣を隔てて、朔平門や玄輝門から清涼殿の御湯殿の馬道の戸口へ向う通勤路に面しているので、窓を開けるように上の蔀板を押し上げると、京都の冬の季節風である西風が、じかに吹き込んでくる。夏も北北西または南南西の風が涼しい。附図一三参照。

一三 九間一面の南北に狭長な細殿を間仕切りした局では、実家から子供などがきた場合には不便である。

一四 すぐ東側の母屋が中宮の御座所なので、さすがに子供とはいえ緊張して静かにしているからであろう。

もせで、いとよし。

一 昼なども、たゆまず心づかひせらる（油断なく気を配っていることになる）。夜はまいて（まして）、うち解くべき（のんびり落ち着いて）やうもなきが（いられそうもないのが）、いとをかしきなり。

二 沓の音、夜ひと夜きこゆるが（〔その一つが〕）とどまりて、（〔細殿の遣戸を〕）ただ指一つしてたたくが、「その人なり」（誰それらしい）と、ふときこゆるこそ（すぐに聞き分けられるのが）をかしけれ。（〔男が〕）いとひさしうたたくに、（〔中の女房は〕）「音もせねば、『寝入りたり』（〔男が自分のことを〕）とや思ふらむ」と、ねた三くて（残念なので）、すこしうち身じろぐ衣の気はひ（身動きする衣ずれの音で）、「さななり」（〔男は女が〕起きてるらしい）と思ふらむかし（と思うことだろう）。四 冬は、火桶にやをら立つる箸の音も（冬なら〔女が〕そっと立てる火箸の音も）、「しのびたり」（〔いかにも〕周囲に気をつかってるなと聞こえる）ときこゆるを、いとどたたきはらへば（のに〔男は〕どんどん乱暴に叩くので）、声にてもいふに（〔女も堪りかねて〕声を出して制するのだが）、蔭ながらすべり寄りて、きく時もあり（〔それを私は〕蔭でにじり寄って聞いてることもある）。

五 また、あまたの声して（多勢の声で）、詩誦し、歌など唱ふには（うたって来るのには）、たたかねど、まづ開けたれば（こちらから戸を開けるので）、「ここへ」としも思はざりける人も（私の局へとは別に思ってもいなかった人まで）、立ちどまりぬ（立ちどまってしまう）。ゐるべきやうもなくて（〔多勢すぎて〕坐る場所もないので）、立ち明かすも、なほをかし（立ったまま夜を明かすのも一層しゃれてる）。

六 御簾のいと青くをかしげなるに（しゃれたのに）、几帳の（〔添えて立てた〕）帷いとあざやかに（実に鮮麗で）、裾の（〔帷の〕裾の端が少）

一 表通りに面しているので、昼は人目を憚るし、夜はまして男性が通って来やすい場所だから。

二 夜行の衛府官、時申しの時守、女房の局を秘かに訪れる男性たち、それらの沓音が、馬道や犬走りの漆喰叩きの上に絶えずことことと聞える。その沓音の一つが誰かの局の戸口ではたととまる。夜の静寂の中で、外聞を憚りながら遣戸一つを隔てた男女の動静、それに全神経を集中して、種々臆測する作者である。

三 男を迎え入れるまでの時間、物音をたてずにいると寝込んでしまっているかと男に思われるのも残念。

四 男のために火鉢の用意をしているのに、男は待ちきれずに戸を叩きたてる。隣近所に気をつかってやきもきする女房。屏風の蔭で聴き耳を立てる清少納言。息詰まるような緊張の連続であるが、「声にてもいふ」を男の動作と見たり、「蔭ながら」を女が遣戸の懸金をかけたままで男の声を聞いているなどと解するのは、全く人情の機微を解せぬ野暮というものである。

五 上述の、一対一の忍び逢いに対して、これは多数の男性との開放的な出会いを述べている。

六 今度は、女らしい匂いの充満した局の前で、年若い君達や六位蔵人が、こちこちになる所を描写する。

七 若い貴公子は動きが活潑なので、綻び縫いの糸目が切れて、背中の縫い明けが大きくなり過ぎているので、それを女房に見せまいと、塀にぴったりと立つ。

八 六位蔵人は青色の袍の制服のままなので、女房の局でもうち解けた振舞ができず直立不動の姿勢。

つますこしうち重なりて見えたるに、直衣のうしろに、綻び[七]絶え過ぎたる君達、六位[八]の蔵人の青色など着て、うけばりて遣戸のもとなどにそば寄せてはえ立たで、塀のかたに、うしろ押して、袖うちあはせて立ちたるこそ、をかしけれ。

（し重なり合って〔戸口から垂れて〕見えている局の前で　背縫いに　心安だてに　〔局の〕遣戸のそばに寄りそって立つこともならず　〔表通りに近い〕屋垣の方へ　背中をおしつけたまま　両の袖を合わせてしゃちこばってるのなんかは）

[九]また、指貫いと濃う、直衣あざやかにて、色々の衣どもこぼし出でたる人の、簾を押入れて、なから入りたるやうなるも、外[一〇]より見るは、いとをかしからむを、清げなる硯ひき寄せて、文書き、もしは、鏡乞ひて、鬢[一一]なほしなどしたるは、すべてをかし。

（うんと濃いのをはき　派手なのを着て　〔袖口から〕下襲や単衣をちらつかせた人が　簾ごと押し込むように身体半分は局にはいってるなんてのも　外から見るとどんなにか風情があるだろうが　手紙を書いたり）

三尺の几帳を立てたるに、帽額の下ただすこしぞある、外に立てる人と内にゐたる人とものいふが、顔のもとに、いとよくあたりたる[一二]こそ、をかしけれ。丈の高く、短からむ人などや、いかがあらむ。なほ、世の常の人は、さのみあらむ。

（ほんの少しすき間があるが　話をしている　その顔のところに　何とまあぴったりなのは　背が高かったり低かったりする人なんかは　どんなものかしら　でも　並みの高さの人は　きっと目が合うことだろう）

[一三]まいて、臨時の祭の調楽[一四]などは、いみじうをかし。主殿寮の官人、長き松明を高くともして、頸はひき入れていけば、

（特に　実に面白い　〔寒いので〕襟の中へ顎を）

九　最後には、若い君達や六位蔵人と違って、すっかり世馴れた中年の伊達男の場合を描写する。

一〇　男は、廂の間の戸口で、上がり框に腰をかけている。隣の局からは柱や簾が邪魔になってよく見えない。外側から見たら、どんなに恰好のよいことだろうと想像するところに、作者の視基点が示されている。

一一　三巻本の「見なほし」は、「日ん」から「見」への字形相似による本文誤謬と推定する。

一二　上がり框に立てた三尺の几帳と、巻き上げた帽額簾とのすき間が、室内でひざまずいた女房と、犬走りに立つ男性と、二人の目がちょうど合うような高さ。

一三　諸注は「まいて」以下を別段とするが、臨時の祭の調楽の際に、内参に往反する殿上人と屋垣越しに言葉を交わす細殿の便宜さを挙げたものとして続ける。

一四　賀茂臨時祭の調楽。十一月下酉日の祭日前三十日に舞人陪従が定められると、祭日直前の未の日の試楽まで一日おきに、楽所において楽舞の調練をする。その隔日の調楽が終る度に、舞人陪従は内参して当日の練習結果を報告するが、既にあたりは暗くなっているので、玄輝門から登花殿の西面を経て清涼殿へゆく途中は、主殿寮の官人二人が松明を執って前行する定めとなっていた。まず玄輝門の前で調子を吹き東遊の「求子」を唱いながら右青瑣門までゆく。内参終って殿上の口から退出する時には風俗歌の「荒田」を唱いながらゆく。その帰途に弘徽殿や登花殿の西廂から女房たちが呼び留めて風俗歌等を所望することもあった。

〔松明の〕先を物につっかけてしまいそうだが〔求子を〕楽しく演奏し〔ゆくので〕気
さきはさしつけつばかりなるに、をかしう遊び、笛吹きたてて、心
をひかれていると〔舞人や陪従の〕君達は晴れの装束で〔局の前に〕〔女房に〕話しかけたりす
ことに思ひたるに、君達、日の装束して、立ちどまり、物いひなど
るので〔立ち留ったまま〕先払いの声を低声に短く　自分の〔仕える〕君達の
するに、供の随身どもの、前駆をしのびやかに短う、おのが君達の
ためだけにやってるのも　歌笛の音にまじって　いつもと違って趣深く聞える
料に逐ひたるも、遊びにまじりて、常に似ずをかしうきこゆ。
一 まだ戸を開けたまま　戻って来るのを待っていると
なほ開けながら、帰るを待つに、君達の声にて、
(君達)二
「荒田に生ふる、富草の花……」
〔往きの時より〕今度は　何たるまじめ人間な
と、唄ひたる、このたびは、いますこしをかしきに、いかなるまめ
のだろうか　三 すたすた足を運んでいってしまう人もあるので〔女房たちは〕笑うのだが
人にかあらむ、すくずくしうさし歩みていぬるもあれば、わらふを、
(清少)四 ちょっと待ちなさいよ　どうしてそうこの夜(世)を捨ててお急ぎなさるということよ
「しばしや。『など、さ、世を捨てて急ぎたまふ』とあり」
なんていうものだから　ひょっとして誰か
などいへば、心ちなどやあしからむ、倒れぬばかり、「もし、人な
が追いかけてつかまえでもするのかと見えるほど　無我夢中で退出してゆく人もあるようだ
どや追ひて捕らふる」と見ゆるまで、まどひ出づるもあめり。

第七十三段

一 清涼殿での内参は、召しによって神仙門内の小庭で舞人が片舞を仕うまつり、陪従が大比礼を二度繰り返して唄い、時によっては雑芸を演じるが、その間、細殿の女房たちは、遣戸を開けたままで、その帰路を待っているのである。かつて諸注が「あけながら」を、「夜が明けたが」と解していたのは故実に相違する。

二 「荒田に生ふる富草の花、手に摘入て宮へ参らなかつたえ」という風俗歌。これを唄いながら君達が戻ってきたのである。

三 弘徽殿や登花殿の細殿の戸口から女房が呼びとめても。

四 『古今集』雑下、躬恒の「世を捨てて山に入る人山にてもなほ憂き時はいづちゆくらむ」とか、『元輔集』の「世を捨てて山に入る人入らましや昔の月の曇らざりせば」などを『　』内に引いていることから、清少納言の言葉だと判断する。清少納言が登花殿にいて、臨時祭の調楽を経験したといえば、正暦五年十一月のことか。本歌の「世」をその場の「夜」にかけた。女房たちとの話し合いを避けて家路を急ぐ堅物という批評は、『紫式部日記』寛弘五年十一月十七日条にも見える。

＊〔**第七三段**〕**大前駆小前駆**　前段に、君達の随身がかけた、前駆を逐う声からの連関で、前駆を逐わせてゆく上達部や殿上人の通勤参内の様子を職曹司で観察していた時のことを回想する。

五 職(しき)の御曹司(みざうし)におはしますころ、木立(こだち)などのはるかに〔奥深くて〕、もの旧り〔古色蒼然たるものがあり〕、屋のさまも高う〔建物の作りも高くて〕、気どほけれど〔親しみにくい感じだが〕、すずろにをかしうおぼゆ〔何がなし味わいが感じられる〕。母屋(もや)は、六「鬼あり」とて、南へ隔て出だして〔〔そこは〕締切って南に建て増しをし〕、南の廂(ひさし)に御帳立てて〔御帳台を立てて〕、又廂に〔〔御座所とし〕〕女房はさぶらふ。

近衛の御門より左衛門の陣にまゐりたまふ〔陽明門から〔中宮職の前を通って〕建春門へと参内なさる〕上達部(かむだちめ)の前駆(さき)ども、殿上人のは短かければ、「七大前駆(おほさき)・小前駆(こさき)」とつけて〔名付けて〕、八ききさわぐ〔大騒ぎで聞く〕。あまたたびになれば、その声どもも、みなきき知りて、

（女房）「それぞ」〔何とかさんだ〕

（女房）「かれぞ」〔かんとかさんだ〕

などいふに〔なんていうと〕、また、〔別の女房が〕

「あらず」〔ちがうちがう〕

などいへば〔などというので〕、人して見せなどするに〔召使をやって見届けさせたりするが〕、いひ当てたるは、

（女房）「さればこそ」〔だからいったじゃない〕

五 中宮様が。長徳三年六月二十二日に中宮が職曹司に遷御されて以後、長保元年正月三日入内(じゅだい)以前のことで、職曹司の敷地内の模様を物珍しげに描写したり、参内する上達部・殿上人の随身の警蹕(けいひつ)に関する印象の新鮮さ、そして退下(たいげ)の途中で中宮職を訪れる上達部・殿上人が多かったことを懐かしく回想している点よりして、遷御後間もない長徳三年の六・七月頃のことと考えられる。

六 この「鬼」は、目に見えぬ霊魂や疾病の神ではなく、空想上の変化(へんげ)怪物の類いであろう。古い建物にはしばしば鬼が棲(す)むという迷信があった。そこで職曹司の母屋(もや)は締切って開けずの間とし、中宮は南廂に、清少納言たち女房は孫廂に伺候したのであろう。附図九参照。

七 随身たちの警蹕の声。「オーシー」と長く引く上達部のを「大前駆」、それに対して「シッシッ」と短く逐う殿上人のを「小前駆」と、清少納言たちは呼び分けていた。

八 中宮職(しき)の塀(へい)越しに、通勤路を往き来する殿上人・上達部の気配を聞いて、女房同志が取り沙汰(ざた)する賑(にぎ)やかさ。前段に、登花殿の細殿から、屋垣(やがき)越しに内参の君達の警蹕の声を聞いたのと同じ興味から書かれている。

などいふも、をかし。

〔私たちが〕　お耳になさって

一有明の、二いみじう霧りわたりたる庭に、三下りて歩くをきこしめし

中宮様も　御前に上がっている女房たちは皆〔端近に〕出

て、御前にも、起きさせたまへり。うへなる人々のかぎりは、出で

てきて坐ったり〔庭に〕おりたりして遊ぶうちに　だんだん空も白んでゆく

ゐ、下りなどして遊ぶに、やうやう明けもてゆく。

行ってみよう

「四左衛門の陣にまかりみむ」

〔私たちが〕出かけると

とて、いけば、

(他の女房たち)

「われも」「われも」

と後から後から話を聞いて行くと　〔向うから〕声高らかに

と、問ひ継ぎていくに、五殿上人あまた、声して、

何とか

「六なにがし一声秋」

〔職御曹司へ〕　〔私たちは孫廂に〕逃げ帰って〔殿上人たちと〕話なんかする

と、誦してまゐる音すれば、逃げ入り、ものなどいふ。

(殿上人)〔有明の〕月を鑑賞なすってたんですね

「月を見たまひけり」

感心して　〔殿上人〕もいる

など、めでて、七歌詠むもあり。

〔職御曹司に〕　姿を見せない時はない　参内なさる途中に

八夜も昼も、殿上人の絶ゆるをりなし。上達部まで、まゐりたまふ

ひどく急など用のない方は　〔こちらへ〕参上なさる

に、おぼろけに急ぐことなきは、かならずまゐりたまふ。

一 有明の月が見られるということは、月の下旬であることを示している。だからこの史実は、長徳三年六月の下旬、二十五日立秋に近い日と推定される。

二 長徳三年の夏至は五月十日、それ以後第三の庚の日が六月七日の初伏、十七日が中伏、六月二十五日立秋以後の最初の庚の日即ち二十七日が末伏であった。湿度も気温も高い三伏の候で、気温の急激に低下する夜明け前には霧が立ちこめるわけである。

三 京の寝苦しい夏の夜、夜明けを待ちかねて、庭に出て涼を納れる気持もわかる。

四 早朝の人通りもない陽明門から建春門へ通じる幅員約三〇メートルの大通り、涼みがてらの散歩には絶好の環境。おそらく清少納言の発議であろう。

五 前段には、夜、若い君達が、臨時祭の調楽のあとの内参に、往きには「求子」還りには「荒田」を唱ってゆく情景を描写していたが、本段では、早朝、内裏から退出する殿上人たちが、職曹司の中宮御所へ参上する途中に、漢詩を朗詠する情景に取材している。

六『和漢朗詠集』上巻、源英明「池冷水無三伏夏。松高風有一声秋」を吟じているところからして、この出来事は、六月二十五日の立秋に近い、有明の月のある六月下旬、二十二日中宮遷御以後、三伏酷暑の候のある早朝と断定される。殿上人たちは、早朝の涼しさに三伏の炎熱を忘れて、秋の近いことを思わせる意をこの詩に託したのであろう。

七 前段のあわただしく逃げるように帰って行った場

合と対比して、寛いで女房たちと物言い交わし、和歌まで詠んでゆく。内裏とは違った解放感を指摘する。

八 長徳二年十二月十六日に第一皇女修子が誕生され、三年四月五日には、伊周・隆家の召還が仰せ出だされるなど、関白道隆薨去以後、不運つづきであった中宮定子及びその周辺も、一陽来復の歓びに賑わっている。長保元年十一月一日彰子入内以後、上達部・殿上人たちが背を向けた寂々しさと対比して、公卿侍臣の頻繁な来訪を繰り返し回想強調している点に、その執筆時点を皇后崩御以後と見ることもできよう。

＊〔第七四段〕**幻滅感** 前段からの連想の糸筋は考えられない。むしろ第二十二段「すさまじきもの」に近い負の感覚の類想。

九 予期に反し落胆していること自体が困ったもの。

一〇 宮廷生活に大きな夢を抱いていた者に限って、その幻滅感も甚だしい。しかし、対人関係に悩んだり、雑務を嫌ってふて腐れているのは、傍目にも不愉快。

一一 養女ならば十分選択の自由はあったであろうに、選りに選って醜い娘を養女にしたとは、全く困ったもの。

一二 男の養子の場合は容貌がすべてではなかろう。

一三 招婿婚の当時であるから、婚姻が成立しても、引き続き婿が通ってこなければ意味をなさない。気の進まぬ男を無理に婿取りしたのだから、新夫婦が円満でないのも当然。それを今更「気にくわない」とは、これまた無意味な落胆であろう。この男性の婿に対応するものとして、上文の「とりこ」は女性の養女と見る。

第七十四段

九 あぢきなきもの。（困ったもの）

一〇 わざと思ひ立ちて（自分から希望して）、宮仕へに出で立ちたる人の（出てきた女房が）、もの憂がり（ふさぎ込んだり）、うるさげに思ひたる（億劫そうに思ってるの〔は困ったもの〕）。

一一 養女の、顔憎げなる（〔は困ったもの〕）。

一二 しぶしぶに思ひたる人を（なかなか気の進まなかった人を）、強ひて婿どりて（無理に婿に迎えておいて）、一三「思ふさまならず」（思うようにならない）と、歎く（〔のは困ったもの〕）。

第七十五段

心ちよげなるもの。
[一]卯杖の捧持。
[二]御神楽の人長。
[三]御霊会の風流幡とか持たる者。

第七十六段

[四]御仏名のまたの日、[五]地獄絵の御屏風とりわたして、宮に御覧ぜさせたてまつらせたまふ。ゆゆしう、いみじきこと、かぎりなし。
「これ、見よ、見よ」と、仰せらるれど、[六]さらに見はべらで、ゆゆしさに、[七]小部屋に隠れ臥しぬ。

＊〔**第七五段**〕**満足感**　前段と反対に、分不相応の晴れがましさに得意満面なものを類想する。

一　正月上卯日、宮中では大舎人寮・兵衛府などから、卯杖を天皇及び中宮・東宮等に献じた。その卯杖の奏啓に際して、例えば大舎人寮の場合、「大舎人寮申す。正月の上卯の日の御杖仕う奉りて進らむと申し給はくと申す」と寮頭が奏する間、卯杖を捧持している舎人の得意顔を取り上げた。底本「ほうし」に諸注は「法師」の字を宛て「卯杖ほがひ」の乞食法師と見るが、宮中の儀式に乞食法師は妥当しない。『西宮記』巻一に「春宮坊進レ杖（中略）進杖良捧二持樹簀子敷一」とあるので、仮名遣いを改めて「捧持」の字を宛てた。

二　十二月内侍所の御神楽、三月石清水臨時祭、十一月賀茂臨時祭などに、人長舞を勤める近衛舎人。

三　三巻本に「かくら」とあるが、能因本によって改める。御霊会は、四月上卯日の稲荷祭や六月十四日祇園祭、八月四日北野祭等に行われる。『年中行事絵巻』に前二者が見えるが、山鳥の尾を立てた藺笠を被り、乗馬した馬長の一行の先頭に立って、大御幣を捧持してゆく水干姿の仕丁がこれであろう。

＊〔**第七六段**〕**もののめでたさ**　初出仕後間もない正暦四年十二月ごろの回想。

四　正暦四年の仏名会は、十二月十九日から三日間、定例の日に行われた（『日本紀略』『本朝世紀』から、「またの日」は二十二日に当る。

五　仏名会に際して清涼殿に立て廻した地獄変相図の

「雨いたう降りて（雨が降り通しで）、つれづれなり（退屈だ）」とて（というわけで）、殿上人（殿上の侍臣を）、上の御局に召して、御遊びあり（管絃の御遊がある）。八道方の少納言琵琶、いとめでたし。九済政箏の琴、一〇行義笛、一一経房の中将笙の笛など、おもしろし。ひとわたり遊びて（演奏して）、琵琶弾きやみたるほどに（時に）、一二大納言殿、「一三琵琶、声やんで、物語りせむとすること遅し」と、誦したまへりしに、隠れ臥したりしも（隠れてつっぷしていた私も）起き出でて、「なほ（〔伊周〕一四やっぱり）、罪は恐ろしけれど（〔お屏風を拝見しない〕仏罰は恐ろしくても）、もののめでたさはやむまじ（音楽の素晴らしさはがまんなるまい）」とて（〔皆さんに〕）、わらはる。

第七十七段

一五頭の中将の（頭の中将が）、すずろなるそら言をききて（いい加減な作り話を耳にして）、いみじういひおとし（〔私のことを〕散々こきおろし）、『なにしに、人と思ひ（どうしてまともな人間だと思ったり）、褒めけむ（褒めたりしたんだろうなんて）』など、殿上にて（殿上の間で）、いみじう（ひどいことを）

屏風を宜陽殿の納殿へ返納する前に、孫廂で展げて、上御局においでの中宮にお見せになったのである。

六 諸注は第二類本によって「さらに見はべらじとて」と改訂しているが、新参間もない作者が「いいえ、絶対拝見いたしません」と拒絶するのは穏当でないし、拒絶した後で「ゆゆしさに」と拝見しない理由を述べる構文も不当。第一類本によるべきである。

七 弘徽殿の上御局に近い黒戸の御所の小半蔀の局。

八 当時は少納言の二十六歳。当代一の琵琶の名手。

九 「勘物」には正暦五年以後の蔵人とするが、当時既に昇殿していたか。横笛の名手。箏も達者。

一〇 『本朝世紀』正暦五年五月二十六日条に「蔵人兵庫助」とある。この時既に六位蔵人か。横笛の上手。

一一 経房が中将であったのは長徳二年七月二十一日以後、正暦四年当時は左近少将二十五歳。笙の第一人者。

一二 伊周。権大納言から内大臣になったのは正暦五年八月二十八日であるから、史実に相当する。二十歳。

一三 『白楽天詩集』巻十二、琵琶行「忽聞水上琵琶声。主人忘レ帰　客不レ発。尋レ声暗問弾者誰。琵琶声停欲語遅」。

一四 清少納言の言葉とする説もあるが、新参間もない頃の発言としては厚顔に過ぎ、推量表現も不当。

＊〔第七七段〕草庵少納言　前段白詩朗詠の連想から、長徳元年二月下旬、白詩に纏わる秀句を回想。

一五 斉信。頭中将と呼ばれたのは、正暦五年八月二十八日以後、長徳二年四月二十四日まで。当時二十九歳。

なむのたまふ」
ね〔斉信様が〕おっしゃってますよ

と、きくにも恥づかしけれど、
と〔人から〕聞くだけでも

「まことならばこそあらめ。おのづからききなほしたまひてむ」

(清少)事実なら仕方もないが　いつか本当のことがお耳にはいってご機嫌を直して下さるでしょ

と、笑ひてあるに、一黒戸の前などわたるにも、声などするをりは、
通る時にも　〔私の〕

袖をふたぎて、つゆ見おこせず、いみじう憎みたまへば、ともかう
袖で顔を覆って　ちらとも視線を向けず　〔私の方でも〕

もいはず、見も入れですぐすに、二月晦がた、いみじう雨降りて、
目にもとめないで過すうち

つれづれなるに、二御物忌にこもりて、
〔斉信様が〕

「『三さすがに寂々しくこそあれ。ものやいひやらまし』となむ、
淋しくて仕方がない　何かいってやろうか　とね〔斉信様が〕

のたまふ」
おっしゃってる

と、人々語れど、
女房たちが話すが

「世にあらじ」
(清少)まさかそんなことはないでしょ

など、いらへてあるに、日一日、下に居暮らして、まゐりたれば、
あしらっているうちに　自室に坐ったっきりでいて〔夜〕参上したら

四夜の御殿に入らせたまひにけり。五長押の下に、灯ちかく取りよせて、
〔女房たちは〕　燈台を

六扁をぞ継ぐ。

一　黒戸の御所の小半部の局に清少納言がいるような場合、その前を通っても。

二　宮中の物忌なので、殿上の侍臣たちも退出することができずに宿直している。長徳元年二月下旬の宮中の物忌が何日であったか、『小右記』『権記』にこの前後が欠けているので未詳。ただし、『園太暦』貞和六年三月十八日条に、長徳元年二月二十六日が主上の御衰日であったことが記されているが、関連があろうか。

三　清少納言と交渉を断っているとさすがに。

四　主語は中宮。中宮は登花殿から召されて即ち主上の御寝所へ入られ、登花殿の母屋には御不在であった。

五　登花殿の東廂。母屋から下長押で一段下がる。

六　漢字の扁のみを提示して、その旁を言い当てさせる遊戯(『明星抄』)だとか、漢字の旁を提示して扁を付けさせる遊戯(『嬉遊笑覧』)だとかいう説は従いがたい。それならば「扁つぎ」ではなく「扁つけ」であるし、そもそも特定の文字の扁から旁、または旁から扁を的確に推定することは全く不可能だからである。むしろ、木扁なら木扁と指定して、知る限りの木扁の漢字を、替る替る書き継いで、勝ち残りをきめる知的な遊戯としての「扁継ぎ」を考えるべきであろう。これならば、昭和の初めまで家庭遊戯として残っていた。

（女房）七「あなうれし。疾(と)くおはせよ」（早くいらっしゃいな）

など、〔私を〕見つけていへど、〔中宮様がご不在では〕すさまじき心ちして（興ざめな気持がして）、「何しにのぼりつらむ(う)」（何のために参上したんだろ）とおぼゆ。

炭櫃(すびつ)のもとに居たれば（角火鉢のそばに坐っていたら）、そこにまた、〔女房たちが〕あまた居て（多勢坐って）、ものなどいふに、

「八なにがしさぶらふ」（誰それさんいますか）

と、〔男の声で〕いと花やかに（随分派手に）〔私を〕いふ（呼ぶ）。

（清少）「あやし（変ねえ）。九いつの間(ま)に。何ごとのあるぞ」

と、〔若い女房に〕問はすれば、主殿寮(とのもりづかさ)なりけり（主殿の官人なのだった）。

（官人）「ただ（ちょっと）、ここもとに（あなたさまに）、人づてならで申すべきことなむ（じかに申し上げねばならぬことがございましてな）」

といへば、〔簾の外へ〕さし出でて（顔を出すと）、〔その者の〕いふ事（いうことには）、

（官人）「これ。頭の殿のたてまつらせたまふ（頭中将様がおさし上げになるのです）。御返りごと疾く（ご返事をお早く）」

といふ。「いみじく憎みたまふに、いかなる文ならむ」と思へど、ただ今、急ぎ見るべきにもあらねば（急いで見るほどのことでもないから）、

七 漢字を豊富に知っている清少納言が一座に加わると、一層興が増すから。

八 「なにがし」は、作者が自分の名を書くことをはばかって朧化(ろうか)したのであって、事実は「少納言やさぶらふ」といったのであろう。『紫式部日記』寛弘五年十一月一日条に、酔余の公任(きんとう)が「あなかしこ。このわたり、我が紫やさぶらふ」と喚(よ)び歩いたのと同じである。諸注は、「誰それでございます」と、使者の官人が名乗ったものと解しているが、それでは、下文に清少納言が「いつの間に云々(うんぬん)」と、いぶかしがっていることと即応しない。つまり、主殿寮(とのもづかさ)の官人が清少納言の名を呼んだのでなければ、「いつの間に、私がここにいることがわかったのか」と不審がるには及ばないからである。「さぶらふ」という丁寧語は、中宮の御座所であるから、清少納言の動作に関して用いたもので、清少納言に対して敬意を払って用いた丁寧語ではない。

九 「いつの間に」の下には、「私のいることが判ったのかしら」という意味の疑惑が省かれている。

「いね。いまきこえむ」（(清少)お行き　すぐご返事しますよ）

とて、ふところにひき入れて、なほなほ人のものいふききなどする（そのまま続けて女房たちが話すのを聞いたりするかしない）

すなはち、かへり来て、（かの間もなく〔官人は〕）

「『さらば、そのありつる御文を、たまはりて来』となむ、仰せらるる。疾く疾く」（(官人)それなら　さっきのあの　もらって来い　〔斉信様が〕　〔ご返事を〕）

[一]といふ。

「かいをの物語なりや」（(清少)〔まるで〕かいをの物語じゃないの）

とて、見れば、青き薄様に、いときよげに書きたまへり。[二]心ときめきしつるさまにもあらざりけり。（と冗談をいって　青い薄様の鳥の子紙に　水茎もうるわしく　心配していたような内容でもなかったのだ）

[三]「蘭省花時錦帳下」

と書きて、

「末は、いかにいかに」（下の句は）

とあるを、いかにかはすべからむ。「御前おはしまさば、御覧ぜさすべきを、これが末を、[四]知り顔に、[五]たどたどしき真字書きたらむも、（どうしたらよいものだろう　中宮様がいらっしゃれば　お目にかけたいのだが　この下の句を　下手くそな）

一　三巻本に「といふかいをの物かたりなりや」とある本文個所を、諸注は能因本を参照して、「といふが、あやしういせの物語なりや」と改訂しているが、助詞「が」の用法が不審であるし、『伊勢物語』に、長岡の母のもとから業平に「とみのこととて御文あり」とあるのを、「疾く疾く」とせかす主殿官人の態度にかけて引用したということも、今一つ納得しがたい。「かいをの物語」がいかなるものであるか、全く不明であるが、「といふ」と終止形で官人の動作を明示することに重点を置いて、底本の本文のまま後考を俟つ。

二　あまり触れられたくない絶交の一件。

三　『白楽天詩集』巻十七「廬山草堂夜雨独宿」の第三句。「花やかな中央の官庁の錦の帳の下で、卿らはさぞ楽しいであろう」との意。斉信が要求した第四句は「廬山雨夜草庵中」。『和漢朗詠集』下巻にも載せる。

四　あまりにも有名な句を知ったかぶりに書くのは、いかにも間の抜けた振舞だと清少納言は当惑する。

五　清少納言は能書であったし、筆跡の鑑定眼もすぐれていた。それだけに、自分の書を他人に見られてとやかく批評されることを好まなかった。従って「下手な漢字を書いて見せるのも」と、逡巡したのである。少なくとも書に関しては、「真字書き散らし」と紫式部が酷評するような浅薄な女性では決してなかった。

六　立ち消えた炭の尖端で字を書く。これなら筆跡の良否をとやかく批判されることはないと用心した。

七　『公任集』に「いかなるをりにか『草の庵を誰か

いとみぐるし」と、思ひまはすほどもなく、責めまどはせば、ただ、
その奥に、炭櫃に消え炭のあるして、

「草の庵を誰かたづねむ」

と書きつけて、とらせつれど、また、返りごともいはず。

みな寝て、つとめて、いと疾く局に下りたれば、源中将の声にて、

(宣方)「ここに、『草の庵』やある」

と、おどろおどろしくいへば、

(清少)「あやし。などてか、人気なきものはあらむ。『玉の台』ともとめたまはましかば、いらへてまし」

といふ。

(宣方)「あな、うれし。下とありけるよ。上にてたづねむとしつるを」

とて、

(宣方)「夜べありしやう、(斉信)頭中将の宿直所に、すこし人々しきかぎり、六位まであつまりて、万づの人のうへ、昔・今と語り出でて、

たづねむ』とのたまひければ、蔵人たかただ『九重の花の都をおきながら』」とある連歌の、公任が出題した下の句を借りた。料紙は斉信がよこした薄様、筆は使わずに消え炭を利用し、白詩をありのままには答えず、当代随一の歌人公任の句を借りる。そこには、詩歌に関する清少納言の才能や筆跡のよしあし、料紙の趣味などを批判する一点の余地もなく、公任の袖に隠れてするりと体をかわした機智だけが光っている。全く尻尾をつかまれることのない用心深さである。因みに、この秀句は清少納言の作で、公任が後に借用したものという説もあるが、実はこの「たかたゝ」は、花山・一条両朝にまたがる六位蔵人藤原挙直であるし、この連歌が位置する『公任集』の前後の和歌が、永観から永延頃の作品である年代的条件よりして、作者が公任の句を借用したという先後関係は動かせない。

八 宣方。正暦五年八月右中将となる。長徳元年当時は三十八歳か。斉信の取り巻き。作者に軽視される。

九 天帝のいる所を玉台といい、繊艶な詩句を玉台伉儷ともいうが、ここは草庵の単なる反対語であろう。

一〇 諸注は、「夜べありしやう」または、以下「昔・今と語り出でて、いひしついでに」までを、地の文と見ているが、すべて宣方の言葉とする方が、清少納言の機嫌をとろうとする宣方の饒舌にふさわしい。

一一 蔵人頭の宿直室は、校書殿の西にある蔵人所の町屋の北廂、立蔀を隔てて、後涼殿の南廂の御膳宿と南北に向いあったところにあった。

いひしついでに、『なほ、この者、無下に絶え果ててのちこそ、さすがに得あらね。もし、いひ出づることともやと待てど、いささか、何とも思ひたらず、つれなきも、いとねたきを。今夜、悪しとも善しとも、定めきりてやみなむかし』とて、みないひ合はせたりし言を、『ただ今は見るまじとて、入りぬ』と、主殿寮がいひしかば、また逐ひかへして、『ただ、手を捕らへて、東西せさせず、請ひ取りて持て来ずば、文を返し取れ』と、いましめて、さばかり降る雨のさかりにやりたるに、いと疾く還り来、『これ』とて、差し出でたるが、ありつる文なれば、『返してけるか』とて、うち見たるに合はせて、をめけば、『あやし』『いかなることぞ』と、みな寄りて見るに、『いみじき盗人[一]を。なほ、得こそ思ひ捨つまじけれ』とて、見さわぎて、『これが本、付けてやらむ』『源中将付けよ』など、夜更くるまで付けわづらひて、やみにしことは[二]。『行く先も、語り伝ふべきことなり』などなむ、み

〔頭中将が〕やっぱり清少納言という女とふっつり縁が切れてしまった後ときたら
何とも不便なことだよ　あるいは〔向うから〕口を切ることでもあるかと期待しているが　ちっとも
気にかけた様子もなし　平気な顔をしてるのも　随分しゃくだよ　黒とも
白とも　結論を出してしまいたいものだ　一同相談のうえで送った文句を
〔あなたが〕
〔頭中将は〕いきなり　腕をつかまえて　じたばたさせず
〔返事を〕強引に貰ってこないぐらいなら〔こちらの〕手紙を奪い返せと　厳しくいい渡して
あれほど　さなかに　これです
さっきの手紙なものだから　返してよこしたんだな
〔頭中将が〕一目見るや否や　叫び声を挙げたので
大泥棒めが　〔これだから〕やはり無視するわけにいかないんだ
〔皆は〕　この　上の句を
（宣方）　付けあぐんだ挙句
切りになったんですよ　未来までも　一同

一　清少納言が公任の歌句を借用したことを踏まえて「盗人」といったのである。単に、人を罵る言葉とかそれから倒錯した褒め言葉というだけのものではない。当代随一の歌人で理論家の公任の句を借用した清少納言を非難することは、間接には公任をも非難することになって、さしさわりが生じる。斉信たちとしては、不動金縛りにあったも同然、その引用の適切さと同時に、寸分すきのない清少納言の駆け引きの巧みさが、斉信に一瞬叫び声をあげさせ、「いみじき盗人を」と慨嘆させたのである。「を」は感動の終助詞。

二　「やみにしことは」の「は」は感動の終助詞。

三　さしずめ清少納言改め草庵少納言というところであろうが、彼女自身が「いとわろき名」といっただけあって、当時も一向通用せず、後世にも流布しなかった。これに対して、藤原為時の娘藤式部は、晴れがましい敦成親王御五十日の祝宴に、当の公任が、式部自作の「紫の物語」の主人公光源氏を気取り、式部を女主人公と目して、「我が紫やさぶらふ」と探し求めてきたが、自分は全然問題にせず、「この席には、源氏の君に似たような殿方もいらっしゃらないのに、まして紫の上がいるわけがないじゃないの」とばかり、相

な定めし」（評議一決でした）

など、いみじうかたはらいたきまで、いひきかせて、（ほんとにきまりが悪くなるほど〔くどくどと〕）

（宣方）「今は、御名をば、『草の庵』となむ、つけたる」（改めて　お名前をば）

とて、急ぎ起ちたまひぬれば、

（清少）「いとわろき名の、末の世まであらむこそ、口惜しかなれ」（末代まで伝わるなんて　情けないことだわ）

といふほどに、修理亮則光、

「いみじき慶び申しになむ、『上にや』とて、まゐりたりつる」（大変なお礼言上にね）

といへば、

（清少）「なんぞ。官召などもきこえぬを。何になりたまへるぞ」（何ですか　伺っていませんのに）

と問へば、

（則光）「いな。まことにいみじう嬉しきことの、夜べはべりしを、心もとなく思ひ明かしてなむ。かばかり面目あることなかりき」（いや　昨夜ありましたのを〔早く知らせたいと〕わくわくしながら夜を明かしてねえ　晴れがましいことはなかった）

とて、はじめありける事ども、中将の語りたまひつる、同じことをいひて、（さっき書いた事柄を　宣方様がお話しになったのと　同じ話をしたらえで）

手にもしなかった。そして、以後「紫式部」という上品な呼び名が自分には定着したのだとばかり、『枕草子』に見る清少納言の「草庵説話」に優越する藤式部の「紫説話」というものを顕示するかのように、『紫式部日記』に誇らしく書き残している。

四 かつての清少納言の夫 橘則光。長徳元年正月十一日に六位蔵人となっている。年三十一。修理亮を兼ねたのは長徳二年正月二十五日（『長徳二年大間書』）であるから、この事件当時には該当しない。後の執筆時点からの誤認と見なければならない。

五 好人物の則光は、清少納言のお蔭で自分までが面目を施したのであるから、「お礼を申し上げにきた」といっている。「慶び申し」という熟語を、「お祝い言上」とか「喜び事の報告」などと訳してはならない。その証拠に、清少納言は、官召か何か、則光自身に喜び事があったのかと反問している。

六 「中宮の御前にでも（いるか）」と思って（そちらへ）参上したんですよ。この「上」も、清涼殿にある「上御局」ではない。登花殿内部での上、即ち母屋にある中宮の御座所である。

七 必ずしも京官の除目と限ることはない。県召の除目は正月、司召の除目は秋であるから、国司・京官に限らず、直物とか臨時の除目の意味でいったのであろう。

「『ただ、この返り言にしたがひて、籠懸け、押し文し、すべて、さる者ありきとだに思はじ』と、頭中将のたまへば、あるかぎり響応して、やりたまひしに、ただに来たりしは、なかなかよかりき。持て来たりしたびは、『いかならむ』と、胸つぶれて、『まことにわるからむは、兄のためにもわるかるべし』と思ひしに、なのめにだにあらず、そこらの人の褒め感じて、『兄、こち来。これきけ』とのたまひしかば、下心ちはいと嬉しけれど、『さやうのかたに、さらに得さぶらふまじき身になむ』と申ししかば、『言加へよ、きき知れとにはあらず。ただ、人に語れとてきかするぞ』とのたまひしになむ、すこし口惜しき兄おぼえにはべりしかども、本付けこころみるに、『いふべきやうなし』『殊にまた、これが返しをやすべき』など、いひ合はせ、『わるしといはれては、なかなかねたかるべし』とて、夜半までおはせし。これは、身のため、人のためにも、いみじき慶びにはべらずや。官召に、

一 「こかけおしふみしすへて」の十一字を、諸注悉く文意不明とし、能因本は除去しているが、斉信が蔵人頭という職権を利用して、清少納言の返答次第によっては、彼女の存在を公家社会から抹殺してしまおうとまで凄味のある冗談をいったという条件のもとに、その抹殺の効果的手段は何かと考えるならば、当然それは「勅勘」であり、「こかけ」も「おしふみし」も、ともにその執行手続きであることが予想される。即ち「右衛門督 大炊御門 家四門懸レ靫」(『長秋記』長承二年七月二十六日)、「大納言伊通卿幷 参議教長卿宅検非違使行向、懸二靫木於門上一」(『本朝世紀』仁平元年八月二十六日)「勅勘の所に靫懸くる作法、今はたえて知れる人なし(中略)看督長の負ひたる靫を其家に懸けられぬれば人出で入らず。此事絶えて後、今の世には封をつくることになりにけり」(『徒然草』第二百三段)とある、竹籠を主体とした靫を懸けたり、貼り紙(「押し文」もしくは「押し封じ」)をするのが、勅勘の家であることを公示する作法であった。

二 記録体漢文ならば「満座響応」と書くところである。『史記』淮南王安伝に「陳勝・呉広、奮レ臂大呼、而天下響応」とあり、『管子』任法第四十五に「如二響之応一レ声」とあるように、即座に熱狂的に賛同するさまをいう。漢音のキヤウイヨウ、呉音のカウオウが混ってカウイヨウ(かうよう)となったか。諸注は「勘要」として知恵をしぼる意に解し、能因本は「あるかぎり……たまひしに」を除去する。

少々の官得てはべらむは、何ともおぼゆまじくなむ」（〔これに比べると〕嬉しくも何とも思いますまいよ）

といへば、「げに（〔私は〕全く）、あまたして（多勢総がかりで）、さることあらむとも知らで（そんな企みがあろうとも知らず）、ねたうもあるべかりけるかな」（〔うっかり返事をしたら〕恥をかくところだったんだわ）と、これらなむ、胸つぶれておぼえし。〔五〕

この、「妹」「兄」といふことは、主上までみな知ろしめし（すっかりご存じで）、殿上にも（殿上でも）、官〔六〕の名をばいはで、「兄」とぞ、つけられたる（あだ名で呼ばれてたんです）。

物語りなどして（〔同僚女房と〕）居たるほどに、

「まづ」（ちょっと）

と、召したれば（〔中宮様が〕）、まゐりたるに（〔御前へ〕）、「このこと〔七〕仰せられむ」（おっしゃろう）となりけり（というわけだった）。

「主上（〔中宮〕）笑はせたまひて（〔八〕大笑いなすって〔私に〕）、語りきこえさせたまひて（〔九〕話してお聞かせになりましたし）、男どもみな、

扇に書きつけてなむ、持たる」（持ってるのよ）

など、仰せらるるにこそ（おっしゃるにつけても）、「あさましう（〔一〇〕呆れたわ）。何のいはせけるにか」（〔それにしても〕何者が〔私にあの句を〕思いつかせたのかしら）とおぼえしか（と不思議だった）。

さて後ぞ、袖〔一一〕の几帳なども取り捨てて、思ひなほりたまふめりし（〔斉信様は〕機嫌をお直しになったようだった）。

三　世間で呼ばれる兄妹の通称をそのまま自称しているところにも則光の単純素朴な人柄が知られる。

四　前出宣方の話に「夜更くるまで付けわづらひて、やみにしことは」とあったことに相当するが、返歌に苦心する宣方たちと和歌に無関心で傍観していた則光らとの差が見られる。「夜半」は正子の刻。午前零時。

五　冗談にもせよ、返答次第では勅勘処分にしようとまで斉信たちが意気ごんでいたことを知って改めて。

六　長徳元年正月十一日蔵人に補せられて以後、四年に叙爵して遠江権守に任じるまで、則光は六位蔵人として殿上勤めをしていたから、長徳元年二月当時ならば蔵人、二年以後ならば修理亮、三年以後ならば左衛門尉と呼ばれるべきであった。

七　先夜の「草の庵」の一件である。

八　諸注は第二類本・能因本・前田本等に「わたらせたまひて」とあるのに従って改訂しているが、天皇が登花殿までお越しになって、お話をなさった結果、「男ども」（六位蔵人・所の衆・雑色）が扇に「草の庵」の句を書きつけたということは、空間的・論理的に順当でない。第一類本に従うべきである。

九　「きこえ」は作者の中宮に対する敬語。「させたまひ」は、中宮の天皇に対する敬語を、さらに作者が最上尊敬語にしたもの。

一〇　あまりの大騒ぎに清少納言自身が驚いている。

一一　「袖の几帳」は比喩。上文に「袖をふたぎて、つゆ見おこせず」とあったのを受けている。

第七十八段

[一]かへる年の（翌年の）二月廿余日、宮の（中宮様が）、職へ出でさせたまひし御供にまゐらで（お供について行かないで）、[二]梅壺にのこり居たりし、[三]またの日（その翌日）、頭中将（斉信）の御消息とて、

「昨日の夜（二十五日）、鞍馬に（鞍馬寺へ）詣でたりしに、今夜、[四]方の塞がりければ、方違へになむいく。まだ明けざらむに（〔明朝〕まだ夜が明けぬうちに）、帰りぬべし。かならずいふべきことあり。いたう叩かせで、待て（いつまでも戸を叩かせないように〔気をつけて〕待っていなさい）」

と、のたまへりしかど、

「局に、ひとりは（自分の部屋でひとりぽっちだなんて）、などてあるぞ（どうしてそんなことをするの）。ここに寝よ（こちらで寝なさい）」

と、[五]御匣殿の召したれば、[六]まゐりぬ。

久しう寝、起きて（すっかり寝坊して眼を覚まし）、下りたれば（〔自室へ〕下がってきたら）、

（召使）「夜べ、いみじう人の叩かせたまひし（どなたか随分戸を叩いていらっしゃいましたが）、からうじて（やっとのことで）起きてはべり（起きてまいりまし

*〔第七八段〕梅壺にて　前段にひき続き、長徳二年二月二十七日、梅壺での斉信との出会いを回想。

一　清少納言が斉信と親しくしているところから察して、前段の復交以後のことと思われる。そして、この段が、長徳二年二月二十五日中宮の職曹司への遷御の史実にかかわるものであることから、溯って前段が長徳元年の事件であると推定されるのである。さてこの「二月廿余日」とは、「勘物」所引『長徳二年信経記』に「廿三日甲午、明後日臨時奉幣八省行幸、中宮退二出職曹司一」とあることによって、長徳元年四月十日薨去の父道隆のために一年の喪に服しておられた中宮が、神事を避けて退出された二十五日であると判明する。

二　凝花舎。『権記』長徳元年十月十日条に「中宮御読経結願。参二梅壺一」とあるので、この頃の中宮の御座所は、登花殿ではなく凝花舎であったと知られる。

三　長徳二年二月二十六日。

四　大将軍・王相神・太白神・天一神・土公・金神・八卦といった凶神のある方角に向って行動することを慎むのを方忌という。この時はおそらく、二十三日甲午から六日間、天一神が南方に遊行するので、斉信は、鞍馬寺からほぼ正南に当る内裏へ帰ることを避けて、いったん西の京へ行き、角度を変えて内裏に帰参することとしたのであろう。

五　故関白道隆の第四女、中宮定子同腹の末妹か。御匣殿とは、貞観殿の別名であり、そこで御装束などを

裁縫する官女を掌る長官「御匣殿別当」の略称でもあるが、東宮にも御匣殿別当が置かれたので、「内御匣殿」ともいう。正暦四年三月二十七日の入内から、長徳元年正月十九日に東宮女御となられるまで、道隆二女原子（淑景舎女御）が内御匣殿であり、長徳四年十月十日から長保二年八月二十日に一条女御となるまでは、故関白道兼女尊子が御匣殿別当であって、それ以後に道隆四女が内御匣殿になったものと思われるから、本段に相当する長徳元年正月以後四年十月までは誰が御匣殿であったかは不明である。ここではおそらく、道隆四女のことを、後の官称で追い書きしたものと考えておく。この時推定十四歳。あるいは、中宮定子とは異腹で、故大納言道頼同腹の妹（頼子か）とか、対の御方（大弐国章女）腹の東宮尚侍綏子の妹たる東宮御匣殿などが考えられるが、中宮と異腹であっては、清少納言にこのような親しい呼びかけをするか否かが疑わしい。なお後考に俟つべきである。

六 この時、御匣殿の御座所は梅壺の母屋にあったものと思われる。元来、御匣殿が凝花舎を居所としていて、中宮が臨時に同居していられたものであろうか。

七 凝花舎の東面の孫廂。梅壺は東正面の構造であった。清少納言の局は、おそらく裏面の西廂であろう。

八 桜重ねは、表白裏赤花ということであるから、裏の紅の色つやが、美しく透いて見えるのである。

九 藤の折枝の図案は、装飾料紙の、銀泥で描いた下絵などに、きわめて普通に見られる。

しかば、『上にか。さらば、かくなむときこえよ』とはべりしかども、『よも、起きさせたまはじ』とて、臥しはべりにき」と語る。「心もなのことや」ときくほどに、主殿寮来て、「頭の殿のきこえさせたまふ。『ただ今、まかづるを、きこゆべきことなむある』」といへば、

「見るべきことありて、上へなむのぼりはべる。そこにて」といひて、遣りつ。局は、「ひきもや開けたまはむ」と、心ときめきしてわづらはしければ、梅壺の[七]東面、半蔀あげて、「ここに」といへば、めでたくてぞ歩み出でたまへる。桜の綾の直衣の、いみじうはなばなと、うらの[八]艶など、えもいはずきよらなるに、葡萄染の、いと濃き指貫、[九]藤の折枝おどろおどろ

[に織り出して〔出だし衣の〕紅の色や　打ち出した光沢など]
しく織りみだりて、紅の色・擣ち目など、かがやくばかりぞ見ゆる。
[〔下襲の〕白いのや淡紫色なんかが]
白き・淡色など、下にあまたかさなりたり。せばき縁に、片つかた
は下ながら、すこし簾のもと近う寄り居たまへるぞ、まことに、
「絵に描き、物語のめでたきことにいひたる、これにこそは」とぞ
見えたる。
[散りかけになってはいるが]
御前の梅は、西は白く、東は紅梅にて、すこし落ちがたになりた
[まだまだ美しいところへ]
れど、なほをかしきに、うらうらと日の気色のどかにて、人に見せ
まほし。
[〔私なんかでなく〕]
御簾のうちに、まいて若やかなる女房などの、「髪うるはしくこ
[いったふうな具合で　気のきいた受け答えなんかしてようも]
ぼれかかりて」などいひためるやうにて、もののいらへなどしたら
[のなら　随分齢をくった]
むは、いますこしをかしう、見どころありぬべきに、いとさだすぎ、
[古くさい女が　自毛ではない〔かもじだ〕からか　あちこち縮れた]
ふるぶるしき人の、髪なども我がにはあらねばにや、ところどころ
[りまばらになったりで　皆さんが喪に服している頃だから　目にもつかない]
わななき散りぼひて、おほかた色ことなるころなれば、あるかなき
[〔の表着に〕　沢山重ねてはいるが　全然]
かなる淡鈍、あはひも見えぬ際衣などばかりあまたあれど、つゆの

一　直衣の袍の袖口から見える袿の生地や色目。

二　片脚は縁側から下におろし、片脚は膝をまげて縁側に横坐りに腰をかけ、上体を廂の間の簾に寄せる。『源氏物語絵巻』にも三個所見出だされる、男性のお定まりの姿態。清少納言の「絵に描き云々」の評言もそうした観点から出たものであろう。

三　『石山寺縁起絵巻』によれば、凝花舎東面築垣の門をはいって右手、即ち東庭の北寄りに、東に紅梅、西に白梅と、二株の梅樹が近接して描かれている。さらに門より左手に紅梅一株があるが、これは清少納言の視界にははいらない。つまり、斉信は、東階を昇って簀子敷に、左脚を下に、右膝を折って、顔は南向きの姿勢で腰をかけ、清少納言は、階の間から南によった孫廂の簾の内にいて、斜めに斉信と対している。すると、その視線の延長線上に、東庭北隅の紅白二株の梅が、東と西に見えたのであろう。附図一四参照。

四　仲春の午前の日射しを受けた紅白の梅。それを背景に坐る素晴らしい風采の斉信の、しかも打ち解けた姿。一幅の女絵として、人にも見せたい気がする。女房の局を訪れている男性の風姿の鑑賞的価値について作者は、第七十二段（一五三頁）にも言及している。

五　清少納言は、自己の容貌の欠点については、きわめて率直に隠すところなく陳述している。

六　自分の毛髪ならば、洗ったり癖直しをして、手入れが行き届くが、かもじでは癖がついて縮れたり、自毛との境い目が、はっきり透いて見えたりする。

七 長徳元年四月十日に関白道隆が薨去して後、中宮は一年の喪に服している。それに合わせて、中宮の女房たちもみな、黒っぽい服装をしていたことを指す。

八 淡鼠色。鈍色が黒橡の淡色だから、さらに淡い色。

九 季節に合わせた時服の意か。喪中とて、それらしく重ねの色目も明らかではないが、さすがに心持ち季節に外れぬ袿を、淡鈍の表着の下にかさねていたのであろう。『栄花物語』御裳着巻にも「あやしききは衣」とある。

一〇 女房の正装としての裳を着けることさえ省略していた。

一一 裳・唐衣を省いて、表着の上に小袿を重ねる略式の正装。今日の感覚でいえば、裾模様の振袖や紋付きではなく、訪問着といったところであろうか。

一二 簾の外の斉信が素晴らしい風采なのに、簾の内の女性が、全然釣り合いのとれぬみすぼらしさで。

一三 下弦の月ではあるが、有明の月が出ているから。

一四 鞍馬から正南に当る内裏へ帰参するのは、天一神遊行の方角として塞がっているので、いったん西南方の右京の適宜の家に泊って、そこから東に向いて、内裏へ帰参したのである。

一五 清少納言は、年も過ぎ、容貌も劣り、みすぼらしい喪服姿の自分と、斉信の立派な風采とを比べて、その不釣り合いな対照効果を滑稽視するだけの、客観的な自己評価ができた女性である。

映えも見えぬに、おはしまさねば、[一〇]裳も着ず、[一一]袿姿にてゐたるこそ、[一二]ものぞこなひにて、口惜しけれ。

「職へなむまゐる。言づけやある。いつかまゐる」

など、のたまふ。

「さても、夜べ明かしも果てで、『さりとも、かねてさいひしかば、待つらむ』とて、[一三]月のいみじう明かきに、[一四]西の京といふところより、来るままに局を叩きしほど、からうじて寝おびれ起きたりし気色、いらへのはしたなき」

など語りて、笑ひたまふ。

「無下にこそ、思ひ鬱じにしか。など、さる者をば置きたる」

と、のたまふ。「げに、さぞありけむ」と、をかしうもいとほしうもあり。

しばしありて、出でたまひぬ。[一五]外より見む人はをかしく、「うちにいかなる人あらむ」と思ひぬべし。奥のかたより見出だされたらむうしろこそ、「外に、さる人や」と、おぼゆまじけれ。

暮れぬれば、まゐりぬ。御前に、人々いと多く、殿上人などさぶらひて、物語[一]の良き悪しき、憎きところなんどをぞ、定め、いひ譏る。涼[二]・仲忠などがこと、御前にも、劣り勝りたるほどなど、仰せられける。

（女房）「まづ、これはいかに。疾くことわれ。仲忠が童生ひ[三]のあやしさを、切に仰せらるるぞ」

などいへば、

（清少）[四]「何か、琴なども、天人の降るばかり弾き出で、いとわるき人なる。帝の御女やは得たる」

といへば、仲忠が方人ども、ところを得て、

「さればよ」

などいふに、

（中宮）「このことどもよりは、昼、斉信がまゐりたりつるを見ましかば、

一 当時評判の作り物語を、女房たちが批評し合う。紫式部も『源氏物語』を知人に見せて批評を乞い、それによって手直しをしたと日記に書いている。宮廷の女房たちは、相当な批評眼を備えていたし、そのような高級な享受層があればこそ、王朝の物語文学が、世界に比類のない傑作を量産し得たのであろう。

二 『宇津保物語』の二人の主人公。『公任集』にも「円融院の御時にや、宇津保の涼・仲忠をいづれまされると論じけるに」とあるように、このいずれ劣らぬ琴の名手は、常に優劣比較論の焦点になっていた。

三 幼時の仲忠は、母清原俊蔭女とともに零落して山中の老杉の空洞に住み、禽獣を友としていたという。

四 『宇津保物語』吹上の下、神泉苑の紅葉の賀宴に、朱雀院の御前で仲忠と涼とが琴の大曲を心をこめて交交演奏すると、天地震い風雲動き、月星騒ぎ雷鳴降雪して、ついには天人が降って舞うという奇瑞が起きたとある。通説には、天人は涼の演奏に感じて降ったとしているが、これらの奇瑞は両人競奏の結果であるから、そうではない。諸注は涼の力によると見る通説に従って、清少納言の主張を「何か（涼はまさらむ）。琴なども、天人の降るばかり弾き出で（たれど）、いとわるき人なり。帝の御女やは得たる」と括弧内の文章を補って、専ら涼に対する批判と解しているが、中宮の仲忠批判に対する弁解としては、「何か（仲忠が）いとわるき人なる。琴なども天人の降るばかり弾き出で、（帝の御女得たり。涼は）帝の御女やは得たる」の倒

『いかにめでまどはまし』（どんなに夢中になって褒めるだろう）とこそおぼえつれ」

と仰せらるるに、

（女房）「さて（そうよ）。まことに、常よりもあらまほしうこそ（ふだんよりずっと素晴らしくってね）」

などいふ。

（清少）「『まづ（何よりも）、そのことをこそは啓せむ（斉信様のことを申し上げよう）』と思ひて、まゐりつるに、物語のことにまぎれて」

とて、五ありつることどもきこえさすれば（申し上げると）、

（女房）「誰も見つれど（みんな見てたのだけれど）、いとかう（これほどまで）、六縫ひたる糸・針目までやは見透しつる（見抜きはしなかったわね）」

とて、笑ふ。

（女房）「『西の京といふところの、あはれなりつること（風情のあったことったら）。もろともに見る人の（一緒に眺める女性が）あらましかば（あったら）〔一層情趣が増したろう〕となむおぼえつる（とねえ感じましたよ）。垣などもみな旧りて、苔（苔が）生ひてなむ（生えてましてねえ）』など語りつれば、〔斉信様が〕七宰相の君の、『八瓦に松はありつや』といらへたるに（答えたのに）、〔斉信様は〕いみじうめでて（大層感心して）、『九西の方、都門を去れること、

置省略とせねば効果はない。「何か……人なる」の連体形の結びを「り」に誤ったものとし、「琴なども……弾き出で」を、仲忠の演奏力を証明する挿入句とし、「帝の御女やは得たる」だけを涼に対する反論と見る。

五 梅壺の東面での斉信との応対、斉信の服装・態度の素晴らしさ、それと滑稽なほど対蹠的な清少納言自身のみすぼらしい容姿など。

六 微に入り細にわたった清少納言の観察を譬える。

七 第二十段参照。長徳二年当時は二十七～三十歳。

八 『白楽天詩集』巻四、新楽府下の「驪宮高」に、「翠華不レ来兮歳月久。墻有レ衣兮瓦有レ松」とあるのを引く。斉信が、荒廃した右京の景趣を紹介して、築土垣にも苔が生えていたと、その侘びた風情を中宮始め女房たちに説明すると、宰相の君は、すかさず、白詩の「墻に衣あり」に対する「瓦に松あり」の句を用いて応答したのである。

九 斉信は宰相の君の機才に感じ、彼女が白詩を引いたことを確認する意味でそれに続く「吾君在レ位已五歳。何不三一幸二於其中一。西去二都門一幾多地。吾君不レ遊有二深意一。一人出兮不レ容易一」以下の詩句を吟じたのであろう。斉信が朗詠に秀れて女房たちの評判になっていたことは、第百五十四段に詳しい。新楽府の「驪宮高」は人民の財力の費えを惜しむ天子の徳を諷諭したもので、『権記』長保三年三月五日条にも「瓦松垣衣不レ異二華清之春色一」と引用しているほど人口に膾炙したものであった。

いくばくの地ぞ』と、口ずさみつること」

（〔女房たちが〕うるさいくらいに〔私に〕話して聞かせたのは　実に楽しいことだった）

など、かしがましきまでいひしこそ、をかしかりしか。

第七十九段

一里にまかでたるに、殿上人などの来るをも、やすからずぞ、人々はいひなすなる。いと有心にひき入りたるおぼえ、はたなければ、さいはむも憎かるまじ。また、昼も夜も、来る人を、なにしにかは、「なし」とも、かがやき返さむ。まことにむつまじうなどあらぬも、二さこそはめぐれ。

（退出している時　ただ事ではないとね　女房たち　はあらぬ噂をたてるようだ〔私が〕ひどく思慮深く隠し事をしている心当りは　さらにないものだから　そんなことをいわれたって腹も立つまい　訪ねて来る人を　どうしてそうまで　不在です　なんて　恥をかかせて戻せようか　それほど親しくない人だって　そんな風に訪問して廻るものです）

あまりうるさくもあれば、「三このたび、いづく」と、なべてには知らせず、四左中将経房の君・五済政の君などばかりぞ、知りたまへる。

（今回は　どこそこ〔にいる〕と　一般には）

＊〔第七十九段〕則光断交　第七十七・七十八段に見える斉信との交渉を受けて、則光と断絶した事情を回想する。

一　冒頭の五行は、宿下がりしている実家まで殿上人が訪ねてきたりすると、同僚の女房たちが、何やかやとあらぬ噂をたてて煩いことだと、この度の里居についての回想にはいる前の枕の文章として、一般論めかして書いてはいるが、実は、第百三十六段に「何ともなく、うたてありしかば、久しう里にゐたり」（三二二頁注六参照）、「さぶらふ人たちなどの、『左の大殿方の人、知る筋にてあり』とて」（三二四頁注二参照）とか、第二百五十九段に「心から思ひ乱るる事ありて、里にある頃」（下巻一七六頁注七参照）などとあるような事情があってのことであろう。

二　諸注「めくれ」を第二類本・能因本によって「くめれ」と改訂するが、第一類本のままでも解釈可能。

三　長徳二年晩夏以後、長期にわたって里居した時のことを指す。第百三十六・二百五十九段の場合に同じ。

四　第七十六段初出。ただし、経房は長徳二年七月二十一日右近衛権中将に任じ、同四年十月二十二日左近衛権中将に転じているから、長徳二年初秋の史実としては、第百三十六段の「右中将」が正しく、もし本段の「左中将」に本文誤謬がないとすれば、作者が誤って後の官称を用いたと見なければならない。

五　第七十六段初出の人物。

[六]左衛門の尉則光（じょうのりみつ）が来て、物語りなどする［世間話なんかするうち］に、

「昨日、［(則光)］[七]宰相（さいしゃう）の中将の[八]まゐりたまひて［参内なさって］、『[九]妹のあらむところ［少納言のいそうな場所を］、さりとも知らぬやうあらじ［なんていったって知らぬわけがあるまい］。いへ』と、いみじう［しっこく］問ひたまひしに、さらに知らぬ由を申し［全く存じませんと］しに、あやにくに強ひたまひしこと［意地わるく無理強いなすったことったら］」

などいひて、

「あることは［(則光)身に覚えのあることは］、あらがふは［抗弁するのは］、いとわびしくこそありけれ［随分苦しいものだねえ］。ほとほと［あやうく］[一〇]ゑみぬべかりしに、[一一]左の中将の、いとつれなく［全く無表情で］、知らず顔にてゐたまへりしを、[一二]かの君に見だに合はせば［あの方とちょっとでも目が合えば］、わらひぬべかりし［笑い出してしまいそうだったの］にわびて［には弱って］、[一三]台盤の上に[一四]布（め）のありしをとりて［ワカメがのってたのを取って］、ただ喰ひに喰ひまぎらはし［どんどん頬張ってごまかしたも］しかば［のだから］、［(他人は)］『[一五]中間（ちゅうげん）に、あやしの喰ひものや［変なものたべてるな］』と、見けむかし［見たことだろうよ］。されど、かしこうそれにてなむ［ありがたいことにそれでね］、『そこ［(あなたの居所を)］』とは申さずなりにし。わらひなましかば［笑いだしてしまおうものなら］、不用ぞかし［だめだったよ］。［(斉信様が)］『まことに知らぬなめり［本当に知らないらしいな］』とおぼしたりしも、をかしくこそ［滑稽千万］」

など語れば、

六　第七十七段に初出。ただし、「勘物（かんもつ）」によれば、則光が左衛門尉に補せられたのは、長徳三年正月二十八日のことで、長徳二年初秋の事実とは合わない。これも、後の官称を用いた記述と見るべきであろう。

七　斉信。第七十七段初出。斉信が参議に任じたのは長徳二年四月二十四日、以後長保三年八月二十五日中納言に任じるまで「宰相中将」と呼ばれた。「まゐりたまひて」の叙述に、頭中将であった時ほど常に殿上にはいない事情が知られる。

八　則光は六位蔵人として常に殿上にいる。

九　則光と清少納言とが「兄（せうと）」「妹（いもうと）」と呼ばれていたことは、第七十七段に見えた。

一〇　口を割りそうだったんだが。この「ゑむ」を「笑ふ」意に解してはならない。それは下文の「わらひぬべかりしに」と重複する。栗の毬（いが）が「ゑむ」というのと同じに解すべきである。

一一　経房（つねふさ）。経房も作者の居所を知っている一人だから。

一二　経房をさす。

一三　台盤は、食物を盛った器を載せる長方形の食卓。殿上の間には、長さ四尺の切台盤一脚と長さ八尺の長台盤二脚（幅はいずれも三尺余）、計三脚の台盤が、東西に続けて据えてあった。

一四　和布（わかめ）・荒布（あらめ）・昆布（ひろめ）等、食用になる海藻（かいそう）を総称して「め」というが、狭義には和布を指す。

一五　食事時でもない中途半端な時間をいう。

（清少）「さらに（絶対に）、なきこえたまひそ（お話しにならないで下さいね）」

などいひて、日ごろ久しうなりぬ（何日かだいぶたった）。

夜いたく更けて、門を、いたうおどろおどろしう叩けば（ひどく乱暴に叩くものだから）、「なに（何者が）の、から心もなう（こんな無遠慮に）、遠からぬ門を高く叩くらむ」ときて、〔召使に〕問はすれば、滝口なりけり（滝口の侍だった）。

（滝口）「左衛門の尉の」

とて、文を持て来たり。〔家族は〕みな寝たるに、灯とりよせて、見れば、

（則光）「明日、御読経の結願にて、（斉信）宰相の中将、御物忌にこもりたまへり。『妹のありどころ、申せ申せ』と、責めらるるに、術なし。さらに（もはや）、得隠しまうすまじ（とてもお隠し申せません）。『さなむ（こうこうです）』とやきかせたてまつるべき（とお教えいたしましょうか）。いかに。仰せに従はむ」

といひたる（といってよこした）、返りごとは書かで（その返事は書かずに）、布を一寸ばかり、紙につつみてやりつ。

さて後、〔則光が〕来て、

一 建物から遠くもない門ということで、清少納言の居宅が、比較的狭い屋敷であったことが知られる。

二 則光は、六位蔵人であったので、蔵人所に属する滝口の武士に使いを命じた。

三 内裏においては、春二月・秋八月の二度に、紫宸殿に百僧を請じて大般若経を転読する季御読経の他にも、臨時の御読経があった。期間も、四日間を定例としているが、三月、九月に行われることもあり、七日間に及ぶこともあった。長徳二年晩夏、清少納言退出以後の史実としては、長徳二年七月十三日に始まった臨時の御読経（『日本紀略』）がこれに相当しようか。しかも、七月二十日は内の御物忌であって（『小右記』）、十九日の夜から斉信らが参内宿直していたという事実にも叶う。但し、十三日の発願から二十日の結願までは八日間にも及ぶので、そこには、日次の先後や日数の多少などに、作者の記憶違いによる史実との齟齬を認めねばならないかも知れない。一往、『枕草子』の本文と『日本紀略』『小右記』等の記事とを綜合したところでは、長徳二年七月十九日夜ということになる。因みにこの年の立秋は七月十五日であった。

四 「無術」は、「せむすべなし」即ち手の施しようがない意。「筋なし」と読んで、「無理だ」の意に解するのは誤り。

五 先日、則光が来訪しての話に、殿上の間の台盤に載っていた和布を頬張って、斉信の追及をむにゃむにゃごまかしたとあったことを利用して、則光の口を封

じる意味を託したのであるが……。

六 前の消息にあった御読経結願の前夜（七月十九日夜）。ただし、この時は御物忌に籠ったのであるから、でたらめなところへ斉信を案内して歩いたのは、翌二十日以後と見なければならない。

七 硯の中に紙があるわけがない。「硯」とだけ書いてあっても、硯箱のことである。第五段にも、「『これまゐらせたまへ』とて、御硯などさし入る」（二九頁六～七行）と、硯箱の蓋に菓子を盛って供したことが記されている。当時の硯箱は大きくて、硯の他にも、水瓶・筆・墨・小刀・続飯の攪板・捺紙（附箋用の紙）などが入れてあった。おそらく、その附箋用の紙を一枚取って書きつけたのであるから、はなはだ則光を軽視した態度といえよう。

八 世間から身を隠している私（水に潜る海女）の住所をどこそこ（底）とすら、決していうなというわけで目くわせ（布くわせ）したんでしょうのに（それに気がつかないなんて、呆れたおばかさんね）。『後拾遺集』雑五「陸奥守則光蔵人にて侍りける時、いもせなどいひつけて語らひ侍りけるに、里へ出でたらむ程に人々尋ねむにありかな告げそといひて、里にまかり出でたりけるを、人々せめて、せうとなればしるらむとあるはいかがすべきといひおこせて侍りける返事に、めをつつみて遣はしたりければ、則光心も得でいかにせよとあるぞとまうで来て問ひ侍りければ、よめる」。第二・三句「あまのありかをそこなりと」。

〔則光〕「六一夜は、責めたてられて、すずろなるところどころ（あちこちいい加減なところへね）になむ、〔斉信様を〕率て歩きたてまつりし（お連れして歩いたことだ）。まめやかにさいなむに（むきになって責められるので）、いとからし（全くやりきれぬ）。さて（ところで）、など、ともかくも御返りはなくて（どうして〔私の手紙に〕一向に答えもしないで）、すずろなる（つまらぬ）布の端をばつつみて賜へりしぞ（下さったのかね）。あやしの包みものや（変な包み菓子だね）。人のもとに、さるものつつみて（そんなものを包んで）贈るやうやはある（贈るという法があるものか）。取りたがへたる（〔他へやるのと〕間違えたの）」

とぞいふ。「いささか心も得ざりける（全然わかっちゃいなかったんだなあ）」と見るが、憎ければ、ものもいはで、七硯（硯箱の中の）にある紙の端に、

八かづきする海女のすみかをそことだに
　ゆめいふなとやめを喰はせけむ

と書きて、さし出でたれば（〔御簾の外へ〕）、

〔則光〕「歌よませたまへるか。さらに見はべらじ（絶対拝見しますまい）」

とて、あふぎかへして（〔扇で〕）、逃げていぬ。

かう語らひ（このように親しくつき合ったり）、かたみの後見などするうちに（互いに後ろ楯になったりするうちに）、なにともなくて、すこし仲悪しうなりたるころ、文おこせたり（〔則光から〕）。

「便なきことなどはべりとも、なほ契りきこえしかたは忘れたまはで、一よそにては、二『さぞ』とは見たまへとなむ思ふ」

（(則光)不都合なことなんかがございましても　やはり　〔兄妹と〕固い約束をした気持は　うわべでは　扱っていただきたいとね思うよ）

といひたり。

常にいふことは、

（ふだんから口癖にいう文句は）

「おのれをおぼさむ人は、歌をなむ詠みて得さすまじき。三すべて、仇敵となむ思ふ。『いまは、限りありて、絶えむ』と思はむ時にを、さることはいへ」

（(則光)私を好いてくれる女性は　歌なんかを詠んでよこしてはならない　いよいよ　これが最後で　別れよう　と思うような時にだ　歌なんか詠めばいい）

などいひしかば、四この返りごとに、

（この〔手紙の〕返事として）

五崩れよる妹兄の山の中なれば
さらに吉野のかはとだに見じ

といひやりしも、まことに見ずやなりにけむ、返しもせずなりにき。

（本当に見ずじまいだったのだろうか）

さて、六かうぶり得て、遠江の介といひしかば、七憎くてこそやみにしか。

（その後　叙爵して　腹が立って我慢がならないから縁を切った）

一　諸注は「よそながらも」と訳するが、それは「よそにても」である。「他人の目から見たところでは」。

二　諸注は「あれは則光だな」と清少納言が見る意に解しているが、それは自明のことで無意味である。第三者から「さぞ」と見られるように振舞ってほしいというのであるから、依然として兄妹の契りが続いていると他人に見られるように振舞うことを依頼しているわけである。「見たまへ」の動詞「見る」は、視覚的に見るのではなく、「扱う」「待遇する」の意。

三　和歌を詠んでよこすような者は「すべて」の意。

四　「便なきこと云々」の手紙を指す。則光の武勇・朴訥さに、清少納言はある種の魅力を感じていたのであろうから、本心の愛情ないし友情は冷めていても、世間の目には以前と変らぬように見られたいし、そのように扱ってほしいなどと卑屈な手紙をよこしたのでは、何の未練もなくなったであろう。そこで、則光の平常の口癖を逆手にとって、絶交宣言の意で和歌を贈った。ただし、則光も『金葉集』に一首は撰ばれているから、全く和歌に無縁であったわけではない。

五　崩れ始めた二人の仲ですから、もう仲好しのあなたという扱いはしますまい。吉野川の両岸に相対する妹山と兄山とが互いに崩れて近づけば、吉野川は土砂に埋もれて川（彼は）と見ることはできないだろう。『古今集』恋五「流れては妹兄の山の中に落つる吉野の川のよしや世の中」を本歌としている。

六　則光は長徳四年従五位下に叙し、次いで遠江権守(かみ)に任じた。国司の介を「かみ」ということも、反対に権守を「すけ」と呼ぶこともあった。
七 清少納言は、第八十三段に力説するように、六位蔵人が殿上勤めの六年間を大切にせず、一日も早く叙爵して殿上を下がり、受領(ずりょう)に任ぜられることを望む当時の傾向を不満としていた。則光に対する愛想づかしも、この時点で頂点に達した。

*〔**第八〇段**〕**みじめさ**　回想的章段の間にはさまった短簡の類想段。小休止的な効果をねらったか。

八 話し声と表情と、聴覚・視覚両面から、みじめな感じのするものを取り上げた。前者は男性の老人によく見る姿態。後者は成年には達したがまだ若い女性が多く経験するところ。眉毛を抜いて眉墨を引く表情。第七十一段の「毛のよく抜くる銀(しろがね)の鑷子(けぬき)」（一五〇頁七行）と関連する。

*〔**第八一段**〕**中なる少女(おとめ)**　第七十三段の史実を受け、直接には第七十八段から連想しての回想段。

九 長徳三年六月下旬のある早朝、清少納言たちが職(しき)の曹司(ぞうし)から建春門の左衛門陣へ、有明の月に誘われて散歩を楽しんだことが、第七十三段に見えた。

一〇 長徳三年秋の宿下がりは、第七十九・百三十六・二百五十九段に共通する長徳二年秋の里居とは違って、それほど長期でもなく、すねた気持でもなかった。

第八十段

八ものの あはれ知らせ顔なるもの。

洟(はなた)垂り、間もなうかみつつ、ものいふ声。

眉(まゆ)抜く。

第八十一段

さて、九その左衛門の陣などにいきて後(のち)、一〇里に出でて、しばしあるほどに、

（中宮）「疾くまゐりね」（と早く帰参せよ）

など ある仰せ言の端に、（〔公式の〕お言葉の端に〔私的に〕）

（中宮）「左衛門の陣へいきしうしろ（〔お前の〕後ろ姿がね）なむ、常に思しめし出でらるる（一 いつも思い出されるのだよ）。いかでか（どうして）、さつれなく（あんなに平気で）、うち旧りてありしならむ（年寄じみた恰好をしていられたのかしら）。いみじうめでたからむとこそ思ひたりしか（〔自分では〕随分素晴らしく見えるだろうと思っていたのかね）」

など仰せられたる御返りに、畏まりの由申して（〔公の仰せには〕お詫び言を申し上げて）、私には、二

（清少）「いかでかは（どうして）、『めでたし』（〔私が〕素晴らしい）と思ひはべらざらむ（と思わぬことがございましょうか）。『御前にも（中宮様も）、三「中なる少女」とは、御覧じおはしましけむ（ご覧になっていらっしゃったのだろうとばかり）』となむ、思うたまへし（存じておりました）」

と、きこえさせたれば（言上を取次いでもらいますと）、たちかへり（折り返して）、

（中宮）「いみじく思へるなる（〔お前が〕夢中になってる）四 仲忠が面伏せなることは（仲忠の迷惑するようなことをば）、いかで啓したる（どうして申し上げたの）ぞ。ただ（ともかく）、今夜のうちに、万づのことを捨てて（何もかもうっちゃって）、まゐれ（帰参なさい）。さらずは（でなくては）、いみじう憎ませたまはむ（〔お前を〕すっかり嫌いになってしまいますよ）」

となむ、仰せ言あれば、

（清少）「よろしからむにてだに（並み一通りのお憎しみでも）忌々し（大変です）。まいて、『いみじう（すっかり）』とある文字には、命も身もさながら捨ててなむ（そっくりほうり出してね〔帰ります〕）」

一 書簡の主格は中宮であるが、上臈女房が代筆しているので、動作主の中宮自身に対して敬語を用いる。公の仰せ言も私のお言葉もともに中宮が主格であることは、地の文に「など仰せられたる」と公私双方を纏めていることで判明する。「疾くまゐりね」とある仰せ言の料紙の奥に女房が私信を書きつけたのではない。

二 したがって、「畏まりの由」を申したのは中宮の公的な帰参命令に対してであり、「私に」書いたのは中宮の私的なお言葉に対しての返事である。中宮も作者も公人・私人の二つの立場を使い分けているわけ。

三 『宇津保物語』吹上の下に、仲忠と涼とが琴を競奏して天人が天降った時に仲忠が詠んだ歌「朝ぼらけ仄かに見れば飽かぬかな中なる少女暫しとめなむ」を引いて、朝霧の中を左衛門陣の方へ歩いて行った自分の後ろ姿を、天人のように素晴らしいとご覧になったことでしょうと、中宮の皮肉なお言葉を切り返した。

四 諸注は、涼が天降らせた天人を讃美して仲忠が詠んだ歌だと、『宇津保物語』の本文に誤った解釈を下しているので、そのような歌を引くこと自体が、仲忠を涼よりも劣ったものと認めたこと、即ち「面伏せなること」を啓したことになると解釈しているが、『宇津保物語』の本文を正しく解釈するならば、仲忠・涼両人の技によって天人が天降ったのであるから、そのような見方は成り立たない。むしろ、中宮は、お前のような婆さん天女と一緒にされたのでは、仲忠の歌もぶちこわしで、仲忠もとんだありがた迷惑だと仰せら

とて、まゐりにき。
と申し上げて帰参してしまった

第八十二段

五 職(しき)の御曹司(みざうし)におはしますころ、西の廂に、六 不断(ふだん)の御読経(みどきやう)あるに、
〔中宮様が〕　西の廂の間で

仏など懸けたてまつり、僧どものゐたるこそ、さらなることなれ。
仏の画像などを　詰めていたのは　いうまでもないことだった

二日ばかりありて、縁のもとに、あやしきものの声にて、
〔不断経が始まって〕二日ほどたった頃　下賤な者の

「なほ(ぜひ)、かの七 御仏供(おんぶく)、おろしはべらなむ」
お下げわたしねがいたいものです

といへば、

「いかでか。まだきには」

（僧侶）どうして〔やれるものか〕まだ〔ご法事が〕すんでいないのだから

といふなるを、「なにのいふにかあらむ」とて、たち出でて見るに、
といってるらしいのを〔耳にして〕何者がいってるのかしらと思って〔端近に〕

なま老いたる女法師の、八 いみじう煤(すす)けたる衣(きぬ)を着て、猿様(さるざま)にていふ
ちょっと年寄くさい尼が　ひどく　猿みたいな

なりけり。
恰好でいってるのだった

れたのである。清少納言の仲忠びいきは、第七十八段、長徳二年二月二十七日の記事にも見えていた。

＊**〔第八二段〕雪山の賭(かけ)**　中宮との口争いという連関で回想された長徳四年末・長保元年初にかけての雪山の話。『枕草子絵巻』にも部分的に絵画化。

五　長徳三年六月二十二日中宮職曹司(しきのぞうし)行啓以後、長保元年正月三日一条院内裏還啓以前に、不断経(ふだんきょう)が修せられたのがいつであるかは未詳。あるいは長徳四年七月東三条女院のご病気や外祖父成忠(しげただ)薨去(こうきょ)、または十月母貴子(きし)三周忌などに際してのことか。

六　一昼夜を十二時に分け輪番不断(りんばんふだん)に読経する法要。

七　仏前の御供物。諸注は第二類本・能因本によって「御仏供のおろし」とするが、現に供えてあるものを名詞として「おろし（おさがり）」というわけにはいくまい。「おろし」は動詞、「はべり」は補助動詞。

八　諸注は能因本によって「いみじう煤けたる」の次に「狩袴(かりばかま)の竹の筒とかやのやうに細く短き帯より下五寸ばかりなる衣とかやいふべからむ同じやうに煤けたる」を補う。いかにも「すゝけたる」から「すゝけたる」への眼移りによる三巻本の本文脱落と考えられようが、むしろ能因本の恣意(しい)的補入であろう。柔道着のように短い上衣と袴とを着て、腰をかがめ膝(ひざ)を曲げた猿廻しの猿のような姿は、「猿様にて」とさえいえば判ることで、原作者が、敢えて能因本本文のような細部にわたってのくだくだしい叙述をしたとは考えられないからである。

(清少)「かれは、何ごといふぞ」(あの尼は)

といへば、声ひきつくろひて、(と〔他の者に〕いうと〔その尼が〕気どった声を出して)

(尼)「仏の御弟子にさぶらへば、御仏供のおろし賜べむと申すを、この御坊たちの惜しみたまふ」(お供えのおさがりを 戴きたいと願いますのに)

といふ。はなやぎ、みやびかなり。「かかる者は、うち鬱じたるこそあはれなれ。うたてもはなやぎたるかな」とて、(調子がよくって ぴらしゃらしている こんな乞食などは しょんぼりしてる方が同情をひくというものだ いやに調子のいい奴だな と思って)

(清少)「こと物は喰はで、ただ仏の御おろしをのみ喰ふか。いと尊きことね」(他の物は 随分見上げた志)

などいふ気色を見て、(〔こちらの〕気配を察して)

(尼)「などか、こともの食べざらむ。それがさぶらはねばこそ、とりまうせ」(どうして それがございませねばこそ〔おさがりを〕頂戴するのです)

といふ。菓子[一]・昆布[二]・餅などを、ものに入れてとらせたるに、無下に仲よくなりて、万づのこと語る。(うつわに ばかに なれなれしくなって いろんなことをしゃべる)

若き人々出で来て、(若い女房たちが)

一 果物即ち水菓子である。今日のお菓子ではない。『和名抄』巻十七に「古乃美俗云久太毛乃」とある。

二 諸本すべて「ひろきもちゐ」とあるので、諸注は『春曙抄』に「今ののしもちといふ物の類にや」とするのに従うが、「ひろき」は「ひろめ」の誤謬と見て、「もちゐ」とは分離すべきであろう。『延喜式』巻三十三大膳下に、最勝王経斎会や仁王経斎会等の僧別の供養料として、菓子や餅とともに「細昆布」「索昆布」「広昆布」等を挙げているところを見れば、昆布を仏供に用いたとしても差支えあるまい。「仏聖并　沙弥供養」と仏と僧とを一括した記述も見える。昆布そのものも『和名抄』巻十七に「和名比呂米」と見える。「め(米)」から「き(幾・木・支)」への字形相似による本文転化は可能性が大きい。

三 「をかし言」は滑稽で笑いたくなる言葉即ち興言であり、「そへ言」は諷刺のきいた冗談即ち利口である。こうした即席の興言利口で聴衆を喜ばせるこの女法師は猿楽法師と同じ賤業の芸人と見るべきであるから、さらに猥褻な歌を謡い、所作をする刺笑的な芸質であるばかりでなく、時には自ら春をひさぐようなこともあったのであろう。だからこそ若い女房たちも無遠慮な質問を投げかけ、演技をも要求したのである。

四 諸注悉く「常陸の介」と男性官名を宛てるが、下文にも見るように、この尼は男性の演技を常としているし、「肌のよさ」を賞めている点からも、相手を女性として「常陸の典侍と寝む」といったと見る。

「夫(をとこ)やある」
「子やある」
「いづくにか住む」
「歌は謡(うた)ふや」
「舞ひなどはするか」
など、口々問ふに、三をかし言(ごと)・そへ言(ごと)などをすれば、〔こちらも乗り気になって〕
と、問ひもはてぬに、（訊くか訊かぬかに〔早速〕）
（尼）「夜は誰とか寝む。四常陸(ひたち)のすけと寝む。寝たる肌よし」（夜はどなたと寝よかいの　常陸のすけと寝るとしょ　添い寝したその肌のよさ）
これが五末、いと多かり。また、〔その挙句に〕
（尼）「六男山の、峰のもみぢ葉、さぞなは立つや、さぞなは立つや」（男山の　峰のもみじがサ色に出て　恋の浮名がちょいと立つ　ちょいとサお前は立つかいな）
と、頭(かしら)をまろばし振る。（くるくる振り回す）
いみじう憎ければ、笑ひにくみて、（憎らしいったらありゃしないので　おかしいにも何にも腹が立って）
「いね」（行っておしまい）
「いね」

五 「末」は「本」の反対語、上の句に対する下の句である。「夜は誰とか寝む」以下、九九七七四句のことの歌謡がまだまだ多く何節も続いたことを省略したのである。『土佐日記』承平五年正月九日条に、二首の民謡を紹介して「これならず多かれども、書かず」と、他の民謡を省略したのとは、やや事情が異なる。

六 「常陸のすけと寝む」の歌謡は、長い長い詞章の歌曲であったが、その他に今一つ謡った「男山(をとこやま)」六七七七の四句歌謡は、歌詞は短いが、猥褻な身ぶり仕料(しぐさ)を伴う一層刺笑的な演題であった。「男山」は、石清(いわし)水八幡(みずはちまん)宮の鎮座する固有地名であると同時に、平地に崛起(くっき)した陽峰を意味する普通名詞であり、その点で男子の性器を暗示している。「もみぢ葉」はその色であり、「さぞなは立つや」は、もみじ葉の色に出た浮名が立つことを意味する雅語であることを表面に装いながら、「さぞ汝(な)は立つや」と同音異義に聞きなされることを期待して、紅葉の色に染まって陽物の勃起(ぼっき)することを指している。したがって「頭をまろばし振る」仕料は、無意味に拍子をとっているのではなく、ヒョックリヒョックリと坊主頭を振り立てて、「そんなにお前は立つかいな」の「そんなに」を実演しているのである。上流貴族の若い女性たちに、こうした露骨な刺笑的演技をして見せて、表(うわ)べの取りすました仮面をひっぺがし、裸の人間が持つ心の恥部を暴露しようという嗜虐(しぎゃく)的な興味が、無意識ではあっても、この最下層の賤芸人の心の底では燻(くす)ぶっていたかも知れない。

といふに、

（清少）「いとほし（かわいそうよ）。これに（この女に）、なにとらせむ（何をやろうかしら）」

といふをきかせたまひて、

（中宮）「いみじうかたはらいたきことはせさせつるぞ（なんて聞くにたえないことをばさせたものねえ）。得きかで、耳をふたぎてぞありつる（〔私は〕とても聞いてられなくて）。その絹[一]、一つ取らせて（一反くれてやって）、疾くやりてよ（早く帰らせておくれ）」

と仰せらるれば、

（清少）「これ、たまはするぞ（下さるのだよ）。〔お前の〕衣煤けためり。白くて着よ（これを着て綺麗になんなさい）」

とて、投げ取らせたれば、伏し拝みて（〔生意気にも作法どおり〕拝礼して）、肩にうち置きては舞ふものか（〔巻絹を〕肩にうちかけて舞踏するじゃない）。まことに憎くて（しんそこ憎らしくなって）、みな入りにし……（みんな奥へひっこんでしまったっけ）。

のち（その後）、ならひたるにやあらむ（くせになったものだろうか）、常に、見えしらがひありく（うろちょろ姿を見せる）。やがて（〔歌の文句〕そのまま）、「常陸のすけ[二]」と付けたり。衣も白めず（〔ところが〕着物も綺麗にせず）、おなじ煤けにてあれば、

（女房たち）「いづちやりてけむ（〔下さった物は〕どこへやってしまったのかしら）」

など、憎む。

一 「絹」を諸注に「衣」とするが、下文（次頁一一行）にも「例の絹」とあり、乞食などに賜る禄に、仕立て上がりの「衣」を用いるのは、あまりにも過分である。白の巻絹一反半疋（たん・ひき）というところが適当であろう。「一つ」という数詞も巻絹にふさわしい。「衣」ならば「一領（ひとくだり）」「一襲（ひとかさね）」というべきであろう。

二 この乞食尼が謡った「夜は誰とか寝む」の歌詞にある「常陸のすけ」をそのままあだ名につけた。

三 内裏女房。第六段に初出。天皇のお使いで、職曹司（しきのぞうし）の中宮御所へ参上したのである。

四 第八十五段に、実方（さねかた）の中将と、いささかいわくありげな女性として描写されている「年若き人」（二〇六頁一〇行以下）。中宮のおいいつけではあっても、乞食尼の謡った猥褻（わいせつ）な歌謡や仕料（しぐさ）を真似（まね）るというのは、すこぶる物怯（お）じしない外向性の女性であったといわねばならない。第八十五段の史実は正暦四年十一月であったから、本段の長徳四年までに、ほぼ五年を経過している。実方から和歌を詠みかけられて返歌もできずにもじもじしていた若い女房も、宮仕え五年を経験すれば、随分人ずれするものである。正暦四年に十七、八歳の女蔵人（にょくろうど）とすれば、長徳四年には、二十二、

三歳の命婦階級といったところ。

五 常陸のすけと同様に禄を賜って拝舞しても、彼には生意気な厭らしさを感じ、これにはまあよいと許容する、好悪の微妙な区別がよく現れている。

六 中宮の女房たちは、常陸のすけを嫌っているので、別の慎み深い乞食尼にお得意を奪われたと思って、常陸のすけが来なくなったのを、もっけの幸いとしているが、その常陸のすけに、大切な雪の山を踏みつけられた清少納言の赦しがたい気持が、これまでの紹介記事を、その伏線として、長々と叙述させたのである。

七『権記』長徳四年十二月十日条に「大雪」と見える。清少納言が「十余日」と記したのは、記憶が曖昧であったものか。因みに、本頁の「師走の」から、次頁一三行目の「みなまかでぬ」までの本文が『枕草子絵巻』の詞書に現存するが、この「十よ日」もしくは「十よひ」と表記される本文を絵詞には「十日よひ」と記しているので、「とをかよひ」とよむべきことがわかる。したがって「廿よ日」は「はつかよひ」とよむ。

八 第二段にもあったが、下級の女官を「ニヨウクワン」とよぶ。この場合は、殿司や掃司の女孺であろう。

右近[三]の内侍のまゐりたるに、

（中宮）「かかる者をなむ、語らひつけておきためる。（手なずけて出入りさせてるらしいの）賺して、（うまいことを言ってし）常に来ること（よっちゅう来るわ）」

とて、ありしやうなど、（最初の出来事なんかを）小兵衛[四]といふ人に、（女房に）真似ばせて、（口真似させて）きかせさせたまへば、

（右近）「かれ、（それを）いかで見はべらむ。（ぜひとも見せていただきましょう）かならず見せさせたまへ。御得意なり。（ごひいきなんでしょう）さらによも、（万が一にも）語らひ盗らじ（口説き落して横どりなんかしません）」

など、わらふ。

その後、また、（いま一人）尼なる乞食の、いとあてやかなる、（随分品のいいのが）出で来たるを、（あらわれたのを）また呼び出でて、（これも呼びよせて）ものなど問ふに、（身の上話なんか尋ねると）これは、（この尼は）いと恥づかしげに思ひて、（とても身の上を恥じていて）あはれなれば、例の絹一つたまはせたるを、（いつもの巻絹一反）伏し拝むはされど[五]よし。（〔型どおり〕拝舞するのは まあよい）さて、うち泣き喜びて去ぬるを、（帰ったのを）はや、（早速）この常陸のすけは、来あひて見てけり。（来合せて見てしまったのだった）その後、久しう見えねど、誰かは思ひ出でむ。[六]（誰が思い出すものですか）

[七]師走の十余日のほどに、雪いみじう降りたるを、女官[八]どもなどし

て〔いいつけて〕、縁にいと多く置くを、

（清少）「おなじくば〔おなじするなら〕、庭に、まことの山〔本物の山を〕をつくらせはべらむ〔つくらせましょう〕」

とて、侍[一]召して、仰せ言にていへば〔〔中宮様の〕ご命令としていいつけたので〕、集まりてつくる。主殿の官人の、御きよめ〔雪掻きに〕にまゐりたるなども、みな寄りて、いと高うつくりなす〔つくり上げる〕。宮司[二]などもまゐり集まりて、言加へ興ず〔面白がって口出しする〕。三、四人まゐりつる主殿寮のものども、〔しまいには〕廿人ばかりになりにけり。里なる侍〔宿下がりしている侍を〕、召しにつかはしなどす。

（女房たち）「今日、この山つくる人には、日三日[三]賜ぶべし。また、まゐらざらむものは、またおなじ数とどめむ〔同じ日数だけ非番を取り消そう〕」

などいへば、ききつけたるは〔〔そのことを〕耳にした者は〕、まどひまゐるもあり〔あわてて参上する者もある〔が〕〕。里遠きは〔実家の遠いものには〕、得告げやらず〔知らせてもやれない〕。

つくりはてつれば〔〔雪山を〕作り終ったので〕、宮司召して、絹二結[四]とらせて〔ご下賜になって〕、縁に投げ出だしたるを、一つ[五]取りに取りて〔各人一疋ずつ取っては〕、拝みつつ、腰[六]に插して、みなまかでぬ。袍など着たるは〔袍を着ていた者は〕、さて[七]、狩衣にてぞある。

一 中宮職の侍。

二 中宮職の官人。このころは、長徳元年六月十九日に道長が右大臣に昇任して以後、中宮大夫は闕けており、長徳四年七月二十五日に源扶義が薨じてからは、中宮権大夫もいなかったらしい。中宮亮には高階明順がいたが、中宮大進は、平生昌か橘惟通のいずれかであり、少進は、立后以来ひき続き平道行（惟仲男）であったかと思われる。

三 通説には、「休暇を三日賜るだろう」と解釈しているが、それならば古文に還訳すると、「暇三日賜ぶべし」となる。実は、上日（出勤日）を三日余分に加算して、勤務評定を有利にしてやろうというわけである。したがって「おなじ数とどめむ」というのは、下日（非番の日）を三日停止して、勤務を加重しようということになる（橋本不美男氏説）。

四 雪山を作る労をねぎらって、賜禄の巻絹を中宮職の官人に持参せしめられたのである。それを簀子敷に積み上げておいて、次々に、一人一本ずつ巻絹を取って行かせたが、「二結」という数量は、二十人近い主殿寮の官人を始め、中宮の侍も加えて、数十名にも及ぶ者が、巻絹一本ずつ戴いたというところから計算せねばならない。諸注が、「巻絹二巻」とか「二反」と解釈するのは、全く桁が違う。『乳母草子』に、「巻絹など人に出だされ候ふは、一疋も十疋も台に据ゑ候ふ。百疋の時は、五十疋づつ結ひて、台二つに据ゑて、二人して舁き出だすべし」とあるように、数十疋の多量の巻絹を一括り（くく）にして運ぶことが見えている。この場合も、一結（ゆい）に二十疋とか三十疋を考えるべきであろう。因（ちな）みに、巻絹とは二反一疋の赤絹または白絹を巻いたもので、「疋絹（ひきぎぬ）」ともいう。

五　積み上げられた巻絹を、次々に一本ずつ取ってゆくことで、絹二結を一摑（つか）みに取るという諸注の解釈は従いがたい。

六　賜禄の巻絹は、束帯（そくたい）の石帯（せきたい）とか、袴（はかま）や指貫（さしぬき）の腰に插（さ）して退下（たいげ）するのが作法であるから、「腰插（こしざし）」ともいう。

七　雪山をつくるに際して、正装の袍（ほう）を、働きやすい狩衣に着替えていたままで、禄をいただきに出た。

八　この場合は、長保元年正月十余日ということ。

九　「得さしもやあらざらむ」と、「さ」を補うべきであろうか。

一〇　「さもあらばあれ」がつまってできた日常会話語である。

（中宮）「これ、いつまでありなむ（いつまであるかしら）」

と、人々に（女房たちに）のたまはするに、

（女房）「十日（とをか）はありなむ」

（女房）「十余日（とをかよひ）はありなむ」

など、ただこの頃のほど（ほんの近まの日数）を、あるかぎり申すに（一座のものはみな申し上げるので）、

（中宮）「いかに」

と、〔私に〕問はせたまへば、

（清少）「睦月（むつき）の八十余日（とをかよひ）まではなべりなむ（ございましょう）」

と申すを、御前（おまへ）にも（中宮様も）、「得さはあらじ（とてもそうはあるまい）」と思（おぼ）しめしたり。女房はすべて、

「年のうち（年内）、晦（つごもり）までも（〔それも〕大晦日まではとてももつまい）、得あらじ」

とのみ申すに、〔私も〕「あまり遠くも申しつるかな。げに、得しもやあら九ざらむ（とてもそうはもたないかしら）。『朔（ついたち）』（元日）などぞ、いふべかりける（とでもいえばよかった）」と、下には思へど（内心では思うが）、「さ一〇ばれ（ままよ）。さまでなくとも（それほどでなくっても）、いひそめてむことは（いったん口に出したことは）」とて（〔ひき下がれない〕と思って）、固うあらがひ（強情）

つ（にいい争った）。

廿日のほどに、雨降れど、消ゆべきやうもなし（消えそうな様子もない）。すこし、たけぞ（高さがね）劣りもてゆく（低くなってゆく）。

（清少）「白山の観音、これ、消えさせたまふな」

など祈るも、もの狂ほし（気ちがいじみている）。

さて（話はもどるが）、その山つくりたる日、（主上の）御使に、式部丞忠孝まゐりたれば、茵さし出だして、ものなどいふに、

（式部丞）「今日、雪の山つくらせたまはぬ所なむなき。御前の壺にもつくらせたまへり。春宮にも、弘徽殿にも、つくられたり。京極殿にも、つくらせたまへりけり」

などいへば、

ここにのみめづらしと見る雪の山
　ところどころにふりにけるかな

と、かたはらなる人していはすれば（女房にいわせたら）、（式部丞は）たびたびかたぶきて（しきりと頭をかしげて）、

一　第一類本には「いつか」とあって、十二月中の五日即ち十五日か、雪山を作って五日目の頃ということになるが、第二類本の「はつか」とある本文によって改めた。いずれにしても、『権記』その他、現存史料の範囲内では、その頃の降雨の記録は見出だせない。

二　加賀・飛騨・越前三国に跨がる白山は、古来、富士・立山とともに日本の三名山として信仰を集めた。養老元年四月、越前の僧泰澄が山を開いた時、十一面観音を本地とする妙理大菩薩（伊弉諾尊）の霊応を得たという（『元亨釈書』）。『古今集』羇旅、躬恒の歌に「消え果つる時しなければ越路なる白山の名は雪にぞありける」とあるように、白山の雪は年中四時絶える時がないとされているので、清少納言も「白山の観音、これ、消えさせたまふな」と祈ったのである。

三　大江忠孝。『権記』長保二年九月十四日条に「及ンデ深更ニ西方有リ焼亡。式部丞忠孝宅」とある（浜口俊裕氏考証）。第六段初出の源忠隆は、寛弘六年式部丞。

四　この頃、天皇は常の内裏におわしたから、清涼殿と後涼殿との間の南北の壺庭であろう。清涼殿の東庭ではあるまい。

五　冷泉第二皇子居貞親王（三条天皇）。東宮の常の御座所は西雅院（西前坊）であろうが、長徳四年十二月二日夜、宣耀殿に盗賊がはいったので、東宮女御娍子と第一皇子敦明親王（正暦五年五月九日誕生、五歳）との安否を気づかって、東宮が宣耀殿に遷御されたとある（『権記』）から、引き続き宣耀殿ご滞在中

に、敦明親王を歓(よろこ)ばせるために雪山も作られたのであろう。
六 弘徽殿女御義子(こきでんのにょうごぎし)(内大臣藤原公季女(きんすえじょ))の御所。
七 土御門殿(つちみかどどの)に同じ。氏長者左大臣藤原道長の邸宅。
八 「めづらしと見る」にかかる「ここにのみ」を「ふり」にかかると解してはならない。まさか雪がここにだけ降るわけはない。「降り」と「旧(ふ)り(ありふれた)」とは掛け詞。「降(ふ)り」と「雪」とは縁語。
九 感心して見せる仕料(しぐさ)。
一〇 しゃれたものだ。「され」は、風流がる意の「さる」(今の「洒落(しゃれ)る」に当る)の連用形と見る。
一一 和歌に返しをしないという点で、第七十九段の則光との共通性を作者は感じている。なお、この時の勅使として擬せられる忠隆・泰通・則隆・中尹いずれも、勅撰集に名を残すほどの歌詠みではないから、「歌いみじう好む」という評言からすれば、この勅使の式部丞蔵人は、さらに別人かも知れない。
一二 別の、おとなしい尼が出てきて、自分の縄張りを奪ったと考えていたからである。

「返しは、つかうまつり汚さじ。あ、一〇されたり。御簾の前にて、人にを、語りはべらむ」

〔下手な〕返歌でお歌を汚すようなことはしますまい ああ 〔清涼殿の〕御簾の前で 皆さんにね ご披露いたしましょう

とて、起(た)ちにき。一一歌いみじう好むときくものを、あやし。御前(おまへ)にきこしめして、
〔席を〕 和歌に大層執心だと聞いていたのに 変だこと 中宮 様も〔このやりとりを〕耳になさって

「『いみじうよく』とぞ思ひつらむ」

(中宮)大変よく〔できた歌だ〕と思ったんだろうよ

とぞ、のたまはする。


晦(つごもり)がたに、すこし小さくなるやうなれど、なほ、いと高くてあるに、昼つかた、縁に人々出でゐなどしたるに、常陸のすけ出で来たり。

大晦日近くなって〔雪の山は〕 女房たちが出て坐っていると

「など、いと久しう見えざりつるに」

(清少)どうした風の吹き回しなの 随分長らく顔を見せなかったのに

と問へば、

「一二なにかは。心憂きことのはべりしかば」
どうして参れましょう 厭なことがございましたからね

といふ。


「なに事ぞ」

(清少)

と問ふに、

（尼）「なほ（まあ）、かく思ひはべりしなり（こんな風に考えていたのでございます）」

とて、長やかに詠み出づ（声も長々とひいて詠み上げる）。

「一うらやまし足もひかれずわたつ海の
　いかなる人に物たまふらむ」

といふを、二憎み笑ひて、人の、目も見入れねば（女房たちが見向きもしないので）、〔所在なさに〕雪の山にのぼりかかづらひありきて（うろつき廻った挙句）、いぬる（帰っていった）後（あと）に、右近の内侍に、「かくなむ（こうこうでしたよ）」といひやりたれば、

（内侍）「などか（どうして）、人そへては、たまはせざりし（人をつけてよこして下さりはしなかったんです）。かれが（あれが）、はしたなくて（しょうことなしに）、三雪の山までのぼりつたよひけむこそ（おろおろよじのぼったというのがまあ）、いとかなしけれ（ほんとにかわいそうです）」

とあるを（と返事をよこしたのを）、またわらふ。

さて、雪の山つれなくて（変りもなくて）、四年も返りぬ（年も改まった）。五朔（ついたち）の日の夜、雪のいと多く降りたるを、「うれしくも、また降り積みつるかな」と見るに、

（中宮）「これはあいなし（これはまずい）。はじめの際（きは）をおきて（〔雪山の〕初めの分の境目まで残して）、いまのは（新しいのは）掻（か）き捨てよ」

一 一体どこのどんな尼に禄を下さるのかと羨ましくって、こちらへ足も向かないのですよ。「羨（うらや）まし」と「浦疾（や）まし」と掛け詞。「浦」「わたつ海」は縁語。「わたつ海のいかなる人」は「いかなる尼（蜑（あま））」の意。「浦」は尼（蜑）の通うこの中宮の御所を指す。『小町集』（『古今集』恋三、『伊勢物語』第二十五段）の「みるめなきわが身を浦と知らねばやかれなで蜑の足たゆく来る」を踏まえた用語表現。したがって、「足もひかれず」は、小町の歌に「足たゆく来る」とあるのを受けて「足を向けられない」の意であると見る。諸注が、別の尼に「歩けないほど沢山の物を賜る」と解くのは、事実とも引き歌とも乖離（かいり）する。

二 小町の古歌などを踏まえた歌を詠むなど、身のほどに合わぬ小憎らしい振舞だと、女房たちは思う。

三 「つたよふ」は、「つたふ」と「さまよふ」との混成語か。『日本書紀』垂仁（すいにん）二年条に「留二連（つたよひつつ）島浦一」、『散木奇歌集（さんぼくきかしゅう）』に「まどひつたよふ身をいかにせむ」（一四一九）とある。雪の山をインドの雪山（せっせん）（ヒマラヤ）に擬し、常陸のすけの行為を、釈迦（しゃか）の雪山苦行にかけて、同情の意を表した。この右近内侍の大袈裟（おおげさ）な物いいを、中宮の女房たちは、「またわらふ」のである。

四 長保元年（九九九、正月十二日までは長徳五年）となった。十二日立春、十三日改元。

五 「勘物（かんもつ）」に「長保元年正月一日乙卯（きのとう）雪降ル」とある。

六 「局へ」から一九二頁一一行「いとめでたし」まで、絵詞の本文が現存する。

と仰せらる。

局へ、いと疾くおるれば、侍の長なる者、柚の葉のごとくなる宿直衣の袖のうへに、青き紙の、松につけたるを置きて、わななき出でたり。

〔六（翌朝）自室へ随分早く下がったら　七 さぶらひ　をさ　ゆ　八 とのゐ　ゐ ぎぬ　九　一〇　ふるえながら出てきた〕

（清少）「それは、いづこのぞ」

と問へば、

「一一 斎院より」〔斎院から（でございます）〕

といふに、ふと、めでたうおぼえて、取りてまゐりぬ。〔とたんにすばらしいなという気分がわいて　受け取って（お前に）参上した〕

まだ大殿ごもりたれば、まづ、御帳にあたりたる御格子を、碁盤などかき寄せて、ひとり念じ上ぐる。いと重し。片つ方なればきしめくに、おどろかせたまひて、〔おやすみになっているので　とにかく　みちやう　御帳台の間の　み かうし　（それを踏み台に）ひとりで頑張って上げる　片方ずつなものだから　（格子がよじれて）ぎしぎしいうのにお目をさまされて〕

（中宮）「など、さはすることぞ」〔どうしてそんなことをするの〕

とのたまはすれば、

（清少）「斎院より御文のさぶらはむには、いかでか、いそぎ上げはべら〔斎院からお手紙がございます時には　どうして　（格子を）急いで上げずにいられ〕

七 中宮職の侍の長らしい者が。宿直衣を着ていること、作者に訊かれて「斎院より」の贈り物であると答えていることとからして、これを斎院司の侍の長と解することはあり得ない。

八 宮中に宿直する時の服装を宿直装束・宿直衣・宿直姿などという。殿上人の宿直衣には直衣を用いるが、侍の長のような卑官のものは、布衣（狩衣）であろうか。侍の長が何位に相当するかは未詳であるが、「柚の葉の色」といえば、やはり、六位・八位の袍の令制による深緑又は深縹と考えられるが、第八十三段に「六位の宿直姿のをかしきも、紫のゆゑなり」（二〇三頁二行）とあるので、八位の深縹に限定されるのであろうか。ただし、八位の宿直衣が、位袍と同じ深縹であったという確証はない。

九 右手に松の枝を持ち、左の二の腕を水平に上げた袖の上に、のせかけるように捧げ持ったのであろう。

一〇 青い薄様の鳥の子紙で包んで、結び文や捻り文を松の枝に結いつけたような体裁にしたもの。

一一 賀茂の斎王もしくはその御所を、斎院という。賀茂大神には、歴代、未婚の皇女もしくは女王が、斎王として奉仕された。この時の斎院は村上天皇第十皇女選子内親王で、円融・花山・一条・三条・後一条の五代にわたり、天延三年（九七五）六月二十五日卜定以後、長元四年（一〇三一）九月二十二日退下まで、在位五十九年の長きに及び「大斎院」と通称せられた。長保元年当時三十六歳。

ざらむ」

と申すに、

「げに、いと疾かりけり」

とて、起きさせたまへり。御文開けさせたまへれば、五寸ばかりなる卯槌二つを、卯杖のさまに頭などをつつみて、山橘・蘿・麦門冬など、うつくしげに飾りて、御文はなし。

「ただなるやうあらむやは」

とて、御覧ずれば、卯杖の頭つつみたる小さき紙に、

　　山とよむ斧のひびきをたづぬれば
　　　祝ひの杖の音にぞありける

御返し書かせたまふほども、いとめでたし。斎院には、これよりきこえさせたまふも、御返しも、なほ心ことに、書き汚し多う、御用意見えたり。御使に、白き織物の、ひとへ蘇枋なるは、梅なめりかし。雪の降り重きたるに、かづきてまゐるも、をかしう見ゆ。そ

一 清少納言の行動が素早いというのではあるまい。斎院からのお手紙が随分朝早く届いたという中宮のご感想であろう。

二 六八頁注六参照。『江家次第』には「糸所進二卯槌一。（中略）蔵人取レ之、結二付昼御帳懸角柱一。副二立細木一為レ柱。槌末レ出二五尺許一。可レ用二桃木一。又四方可レ削。近代丸也。失也歟」とあるが、五尺というのは、桃の木を長方形に削った槌の本体と、それに結び下げた五色の組糸とを合わせた全長であろう。

三 卯杖の頭は紙で包むのがきまりである。因みに、長保元年正月一日は、干支乙卯、即ち初卯の日に当るので、大斎院から、卯槌（卯杖をかねて）の贈り物があったのである。

四 山橘は一〇三頁注一六、蘿・麦門冬は一三九頁注二一・二二。いずれも、正月の祝儀物であった。

五 松の枝に消息めかして結びつけてはあったが、書状ではなく、卯槌二つを包んであったのである。卯槌の頭を卯杖のように紙で包んだのは、卯杖の体裁を兼ねるためだけではなく、その紙に和歌を書くための特別の趣向であった。

六 山に鳴りわたる斧の響きをたずねて分け入ってみると、それは何と、おめでたい卯杖を切る音だったのです。卯槌に卯杖の体裁を兼ねさせた趣向は、この歌の歌意にも合わせたものであったが、卯杖そのものでは大き過ぎて適当でないから、実体は卯槌としたのであろう。

七 選子内親王からお手紙が届いた時には、緊張せねばならぬと清少納言はいい、中宮も特に気を遣って消息をしたためられるというのは、斎院ご自身および斎院の女房たちの和歌を始めとする教養度の高さを大きく評価していることを示す。『紫式部日記』における、「斎院より出で来たる歌の、すぐれてよしと見ゆるも殊に侍らず」「さぶらふ人をくらべて挑まむには、この見給ふるわたりの人に、必ずしも彼はまさらじを」という露骨な競争意識と比べて、清少納言の、物事を肯定的、楽観的に見る柔軟な性格を見るべきである。

八 卯槌を持参した使者。中宮の侍の長に伴われて御前の階下まできていたのであろう。

九 諸注は「白き織物の単衣」と「蘇枋なるは梅なりかし」と二つに句切るが、この程度の使者に二領もの女装束を賜るのは過分である。初春の季節に合わせて「梅」の衣一領を賜ったと見る。「梅」は「梅染め」ともいい、『雅亮装束抄』巻三に「表はみな白くて裏みな濃き蘇枋、青き単」とある。つまり使者の禄として出された女装束を一見すると、表面は白い織物であるが、その下に一重蘇枋色がのぞいて見えるのは「梅」なのであろうと推測した。諸注はまたこの「むめ」を「梅重」と注するが、「梅重」は表濃紅・裏紅梅で、表白・裏蘇枋の「梅」とは異なる。

一〇 あたり一面の銀世界、そこへ白い織物の女装束、ちらりと蘇枋を点じて、まことに清楚かつ妙艶。

一一 常時、庭園の清掃に従事する下賤の者。これは女。

のたびの御返しを、知らずなりにしこそ、口惜しう……。

　さて、その雪の山は、「まことの越のにやあらむ」と見えて、消えげもなし。黒うなりて、見るかひなきさまはしたれども、げに勝ちぬる心ちして、「いかで、十五日待ちつけさせむ」と念ずる。

（女房）「されど、七日をだに、得過ぐさじ」と、なほいへば、「いかで、これ見はてむ」と、みな人思ふほどに、にはかに、内裏へ、三日入らせたまふべし。「いみじう口惜し。この山のはてを知らでやみなむこと」と、まめやかに思ふ。こと人も、

「げに、ゆかしかりつるものを」

などいふを、御前にも仰せらるるに、「おなじくば、いひあてて御覧ぜさせばや」と思ひつるに、かひなければ、御物の具ども運び、いみじう騒がしきにあはせて、木守といふ者の、築土のほどに廂さしてゐたるを、縁のもと近く呼び寄せて、

（清少）「この雪の山、いみじうまもりて、童などに踏み散らさせず、こ

ぼたせで、よくまもりて、十五日までさぶらへ。その日まであらば、めでたき禄たまはせむとす。私にも、いみじき慶びいはむとす」

など語らひて、常に、台盤所の人・下種などに憎まるるを、菓子やなにやと、いと多く取らせたれば、うち笑みて、

「いとやすきこと。たしかにまもりはべらむ。童ぞ登りさぶらはむ」

といへば、

「それを制して、きかざらむ者をば申せ」

など、いひきかせて、入らせたまひぬれば、七日までさぶらひて、出でぬ。

そのほども、これがうしろめたければ、公人、樋洗・長女などして、たえずいましめにやる。七日の節供のおろしなどをさへやれば、

「拝みつること」

一 諸注は「常に台盤所の人・下衆などにくるるを」と第二類本によって、「いつもは台盤所の女官やその下部にくれてやる」果物などを木守に与えたと解したり、能因本によって「常に台盤所の人・下衆などに乞ひて憎まるるを」として「いつもは（木守が）台盤所の人や下衆などにせがんでは憎まれている」果物などを木守に与えたことと解しているが、第一類本の本文に「に」一字を補って、いつも庭中を這い廻っている木守のような下賤な者が、台盤所の女官や樋洗・長女など下種女からも穢らわしいと爪弾きされて、人間扱いを受けていないその境遇一般を指すものと解するのが正しい。清少納言は、そのような下賤な女をおだてて使おうとしたのであり、そのような身分違いの者に直接口をきくためには「いみじう騒がしきにあはせ」たどさくさ紛れの機敏な行動が必要であった。

二 この時、中宮定子が職曹司から入内されたのは、常の内裏であった。

三 「おほやけびと」は、内裏に仕える公人の意、したがって、樋洗や長女は、公人と三者並立するのでなく、公人の具体的説明であろう。それを率直に「樋洗・長女」と書かず、「公人」と断り書きをしたのは、おそらく、正月三日に入内して、七日に宿下がりするまでの間、中宮は登花殿よりも弘徽殿の上御局におわすことが多く、したがって清少納言も、中宮の下種女よりも、内裏の下種女に依頼して、職曹司へ雪山を見にゆかせたというような事情によるのであろう。

など、わらひあへり。（などと〔報告して〕皆で笑った）

里にても（実家にいても）、まづ（何はさておき）、明くるすなはち（夜が明けるとすぐ）、これを大事にて（雪山大事とばかりに）、見せにやる。

十日のほどに、

（下人）[六]「五日待つばかりは有り」（十五日までもつほどは残っている）

といへば、うれしくおぼゆ。また、昼も夜もやるに、[七]十四日、夜さり（昨夜から）雨いみじう降れば（雨がひどく降るので）、「これにぞ消えぬらむ」（この雨で消えてしまうだろう）と（と）、いみじう（気をもんで）、

（清少）「いま一日・二日も待ちつけで」（あと　待ちきれないで）

と、夜も起き居て、いひ歎けば、きく人も、

（家人）「もの狂ほし」（気ちがいじみてる）

と、わらふ。[八]人の出でていくに、やがて起き居て（〔私は〕寝ずに起きていて）、[九]下人起こさするに、さらに起きねば（全然起きないので）、いみじう憎み腹立ちて、起き出でたるやりて（起きて来たのを〔職曹司へ〕やって）、見すれば（見させると）、

（下人）[一〇]「円座のほどなむはべる（円座ぐらいはございます）。木守、[一一]『いとかしこうまもりて（一所懸命に監視して）、童も寄せはべらず（近づけはいたしません）。明日・明後日までもさぶらひぬべし。禄賜はら（ご褒美を戴き）

四「すまし」は「ひすまし」と同じ。湯殿や便器等の洗滌を勤めとする下仕えの女。

五 若菜の羹（七種粥）や漬物の瓜・茄子。『厨事類記』に「七日、若菜・瓜・茄 実加 進之」とある。

六 十五日を中の五日という。あと五日間ではない。

七 この「十四日」を、能因本は「十三日」と改訂している。「夜さり」を十四日の夜と解釈した時、その翌朝、下人を遣わして雪山の健在を確認し、さらに翌朝、折櫃を持たせて雪を取りにやったとすると、それは既に十六日朝となって、十五日の期日を過ぎると考えた結果であろう。三巻本を用いた諸注も、「十四日」を原作者の誤記かと疑っているが、実はそうではない。「夜さり」とは十四日から見ての昨夜、即ち十三日の夜のことであり、「雨いみじう降れば」の連用修飾語として解釈すべきだからである。ゆえに三巻本の「十四日」が正しく、「人の出でていく」にかかる。

八 十四日の朝早く人々が起き出てゆく物音のする頃である。「人の出でていくに、下人起こさするに」と続くのであって、「やがて起き居て」は挿入句である。

九 諸注は第二類本・能因本によって「けす」と改訂しているが、第一類本の本文「けに」のままでよい。

一〇 藁・菅・真菰などを渦巻状に編んだ円形の敷物。直径五〇センチ、厚さ三センチぐらいのもの。

一一 諸注は「明日・明後日」以下を木守の言葉とするが、「木守」が「と申す」の直接動作主となると見る。清少納言の命令を鸚鵡返しにいうところが面白い。

む』と申す」

といへば、いみじううれしくて、「いつしか明日にならば、歌詠みて、物に入れて、進らせむ」と思ふ。いと心もとなく、わびし。

暗きに起きて、折櫃[一]など具せさせて、

「これに、その白からむところ、入れて持て来。汚なげならむところ、掻き捨てて」

などいひ、やりたれば、いと疾く、持たせたる物をひき提げて、

「はやく失せはべりにけり」

といふに、いとあさましく、「をかしう詠み出でて、人にも語り伝へさせむ」と、呻き誦じつる[二]歌も、あさましうかひなくなりぬ。

「いかにして、さるならむ。昨日まで、さばかりあらむものの、夜のほどに、消えぬらむこと」

と、いひ屈ずれば、

「木守が申しつるは、『昨日、いと暗うなるまではべりき。禄賜

一 檜の薄板を折り曲げて作った曲げ物の箱。絵巻物（『鳥獣戯画』『一遍聖絵』等）によれば、方四、五〇センチはある蓋のない四角い箱で、直接に食物を入れもするし、食物や酒を盛った椀・壺などを入れて運びもする。三巻本の「おもひつ」は「面桶」かとも思われるが、適切ではないので、改訂に従う。

二 用語表現に工夫を凝らして、一語一句ごとに口ずさんでみては、その効果を吟味する苦心の詠歌態度。

三 嬉しい時にも歎かわしい時にも手は拍つ。この場合は、落胆・失望の気持で後者。

四 ところで。接続詞「さて」の前には、「早く参内せよ」というような公の仰せ言があって、ついで雪山論争についての私的なご下問に移ったわけであろう。

五 「あまりごとになむ」は「取り捨てて侍る」にかかる。今日（十五日）まで雪が残っていたのでは、あまりにも清少納言の予測が的中し過ぎるというので、誰かが残りの雪を取り捨てたのですと、むしろ断定的にお答えした。諸注は、「今日までは、あまりごとになむ」を清少納言の謙退の言葉とし、以下を第二類本に「取り捨てて侍るにやとなむおしはかり侍る」とあるのに従って、推測の範囲に留めているが、下文に、中宮が「いひ当てし」と仰せられたのを見ても、第一類本文の居直って断定した文章が妥当であろう。

六 「身は投げつ」という台詞は、雪山童子半偈投身の意と、箱の蓋と身のうち、身の方を投げ棄てたという意味とをかけた洒落である。下人に持ってゆかせた

はらむと思ひつるものを』とて、手を拍ちて騒ぎはべりつる」

など、いひ騒ぐに、内裏より仰せ言あり。

（中宮）「さて、雪は、今日までありや」

と、仰せ言あれば、いとねたう口惜しけれど、

（清少）「『年の内、朔までだにあらじと、人々の啓したまひしに、昨日の夕暮まではべりしは、いとかしこしとなむ思うたまふる。今日までは、あまりごとになむ、夜のほどに、人の憎みて、取り捨てて侍る』と、啓せさせたまへ」

など、きこえさせつ。

廿日、まゐりたるにも、まづ、このことを、御前にてもいふ。

（清少）「『身は投げつ』とて、蓋のかぎり持て来たりけむ法師のやうに、すなはち持て来しが、あさましかりしこと」

（清少）「物の蓋に小山つくりて、白き紙に歌いみじう書きて、進らせむとせしこと」

美を戴こうと思っていたのに　やいやい言っておりました
もめているところへ　〔中宮様の〕お手紙が届く
ひどくしゃくで残念だけれど
〔精々〕年内　元日までだってあるまいと　皆さんが申し上げられたのに
実に大したものだと存じております　今日までも
ったのでは　出来過ぎだというのでしてね　夜中のうちに　誰かが〔私を〕そねんで取り捨て
たのでございます　と申し上げて下さいませ
ご返事申し上げた
〔内裏へ〕　〔中宮様の〕　話題にする
蓋だけを持って来たという猿楽法師みたいに
〔下人が〕すぐ戻って来た時のがっかりしたことったら
硯箱か何かの蓋に小さな雪山を作って　和歌を見事に書いて　進上しよ
うとしていましたっけ

折櫃には元来蓋はなかったから、空の折櫃をさげて帰ってきた姿が猿楽法師の演技に似ていたのである。釈迦が雪山（ヒマラヤ）にあって修行した時の半偈投身の説話は、『涅槃経』巻十四に詳しい。即ち、帝釈天が羅刹に変化して、「諸行無常是生滅法」の半偈を説いた時、釈迦は余りの半偈「生滅滅已寂滅為楽」を聞くために、高樹から身を投じて、羅刹の飢えを満たそうとすると、忽ち羅刹は帝釈の形に復して、空中に釈迦の身体を接取したという。

七 箱の蓋だけを持って出て来て、「身は投げました」というような洒落で、釈尊の半偈投身を諷するような不謹慎なことを、まともな僧侶がするわけがない。これは明らかに猿楽法師の仁和加芝居である。懐中から塵紙を取り出して、「これにハナを咲かせてご覧に入れます」というや、塵紙の真中に穴をあけ、そこから鼻をつき出して、観客を笑わせた近世の寄席芸人と同じくすぐりの芸態であるが、この猿楽法師の演技をここで使うための伏線として、常陸のすけと名づけた乞食尼との経緯をも、長々と紹介したのであり、雪の山のむなしい結末も、雪山童子半偈投身の猿楽言によって、わずかに救われるというものである。

八 通説は「あさましかりしこと」「せしこと」の「こと」を「ことなど」と続く地の文とするが、むしろ、文末に付いて、感動の意をあらわす「こと」と見て、会話語とする方が、作者の無念な感情を切実に伝えるものといえよう。

など、啓すれば、（〔中宮様は〕）いみじくわらはせたまふ。御前なる人々も（女房たちも）わらふに、

（中宮）「かう心に入れて思ひたることを（これほど心にかけて思いつめていたことを）、たがへつれば（反古にしたのでは）、罪得らむ（罰が当るだろう）。まことは（実は）、一 四日の夜、侍どもをやりて、取り捨てしぞ（取り捨てたのよ）。〔お前が〕二 返りごとに、いひ当てしこそ（ぴったりいい当てたのが）、いとをかしかりしか（実に面白いことでした）。その女（庭番の女が）、出で来て、いみじう（懸命に）手をすりて（手を合わせて）、いひけれども（頼んだらしいが）、『仰せ言にて（〔中宮様の〕ご命令だ）。かの里より来たらむ人に（少納言の実家から来たような人間に）、かくきかすな（こうとは知らせるな）。さらば（そんなことをしたら）、屋うちこぼたむ（小屋をぶちこわすぞ）』など（〔侍が〕）いひて、三 左近の司の南の築土などに（塀ぎわに）、みな捨ててけり（捨ててしまったらしい）。『いと固くて、多くなむありつる』などぞ、（〔侍たちが〕いってたようだから）いふなりしかば、げに、廿日も待ちつけてまし（二十日までも間に合ったでしょう）。四 今年の初雪も降り添ひなまし。主上もきこしめして、『いと思ひやり深くあらがひたり（随分確かな見通しをつけていい争ったものだね）』など、殿上人どもなどにも、仰せられけれ。さても（それにしても）、五 その歌語れ。いまは、六 かくいひあらはしつれば（こう私にいわせてしまったのだから）、おなじこと（同じことよ）、〔お前が〕勝ちたるなり」

と、御前にも仰せられ（中宮様もおっしゃるし）、人々ものたまへど（上臈女房たちも褒められるが）、

一 中の四日、即ち十四日の夜。十三日の夜に雨が降って、十四日の朝に、清少納言が雪山の安否を見届けに下人を遣わした、そのあとのことである。

二 上文（前頁六行以下）に、「今日までは、あまりごとになむ、夜のほどに、人の憎みて、取り捨てて侍る」と、清少納言がやや断定的に、誰かの妨害を言い当てた返事。

三 左近衛府は、職曹司と小路を隔てた東隣にある。左近衛府の南面は、陽明門からの大通りである。

四 既に元日の夜に降った雪を指すのではない。反対に、一夏を越して長保元年冬の初雪を予想するのでもない。長保元年正月十二日立春以後の新春の初雪を予想するものと考えるべきであろう。

五 上文（一九六頁一〇行）に、「呻き誦じつる」とあった、残りの雪に添えて披露しようと考えていた和歌。

六 「いひあらはし」は、中宮が白状したのではなくて、清少納言が、「いひ当て」た返事によって、誘導訊問して、中宮をして白状せしめたという意味になる特殊な複合他動詞である。それでなければ、清少納言が勝ったことにならない。第六段にも、清少納言が犬に同情することによって、翁丸であることを犬に自白させたという意味で、「つひにこれをいひ露はしつること」（四一頁四行）という叙述があった。

（清少）七「なせうにか（何のために）。さばかり憂きことをききながら（それほど情けないことを耳にしたうえで）、啓しはべらむ（申し上げますものですか）」

など、まことに（心底から）、まめやかに（むきになって）鬱じ（ふさぎこみ）、心憂がれば（情けながるので）、

（主上）「まことに（全くだ）。年ごろは（年来は）、『思す人なめり』（〔中宮の〕ご寵愛の女房なんだろうと思っていたのに）と見しを、これにぞ（これじゃどうも）、『あやし』と見し（あやしいものだと思ったよ）」

など仰せらるるに（〔からかって〕）、いとど憂く辛く、うちも泣きぬべき心ちぞする（泣き出してしまいそうな気がすることだ）。

（清少）（なんと）「いで、あはれ（まあ）。いみじく憂き世ぞかし。八のちに（あとから）降り積みてはべりし雪を、『うれし』と思ひはべりしに、『それはあいなし（それはまずい）。掻き捨ててよ（かき捨てしまいなさい）』と、仰せ言はべりしよ（ご命令がございましたものね）」

と申せば、

（主上）「（〔お前に〕）『勝たせじ』と思しけるななり（勝たすまいとお思いだったんだろうよ）」

とて、九主上もわらはせたまふ。

第八十三段

七「なにせむにか」のつまった日常会話語。第九十八段（二四三頁一四行）にも「何せむに」の例がある。「なでふにか」ではない。

八 元日の夜、降り添えた雪のこと。

九 長保元年正月二十日には、常の内裏の弘徽殿の上御局に、天皇と中宮とがお揃いでいらっしゃって、登花殿には、旧臘十二月十七日に着袴の式を終えられた女一宮修子内親王がおいでになる。親娘三人水入らずといったご団欒。清少納言一人が恰好のサカナにされて、一喜一憂させられている。あとから考えると、それすらが楽しい思い出である。それもそのはず、それから間もなく、二月九日には、左大臣道長の長女彰子が十二歳で着裳し、従三位に叙せられ、十一月七日には女御となり、たちまち情勢は悪化して、中宮周辺には暗い日々が続くこととなったからである。

＊〔第八三段〕甚微甚妙　前段の、天皇・中宮おそろいで、笑いの絶えぬ新春の内裏のめでたさから連想して、「めでたきもの」を類想する中でも、六位蔵人のめでたさには随想の筆がはしる。

めでたきもの。（何ともいえぬすばらしいもの）

一唐錦(からにしき)。

二飾り太刀。

三造り仏(ぼとけ)の木画(もくゑ)。

色あひふかく、花房ながく咲きたる藤の花（藤の花が）、松にかかりたる。

六位の蔵人。いみじき君達なれど（とびきりの貴公子たちであっても）、得しも着たまはぬ綾織物を（決してお召しにはなれない麹塵の袍を）、〔職掌柄〕心まかせて着たる（平気で着ている）四青色姿などの（青色姿なんかが）、いとめでたきなり。

五所の雑色（蔵人所の雑色とか）、ただ人の子どもなどにて（地下人の子どもなんかでも）、六殿ばらの侍に（お歴々の侍所に勤めて）、四位・五位のつかさあるがしもにうちゐて（四位や五位相当の官職を持った別当の下に使われていて）、なにとも見えぬに（目にもとまらぬ存在であったのに）、蔵人になりぬれば（〔いったん〕蔵人になってしまうと）、得もいはずぞあさましきや（何とも言いようもなく驚いたことですよ）。

宣旨など持てまゐり（〔勅使となって〕宣旨を持参したり）、七大饗(だいきやう)のをりの甘栗の使などにまゐりたる（〔旧主人の邸へ〕参向したのを）、もてなしやむごとながりたまへるさまは（〔大臣が〕ありがたがってもてなされる様子ときたら）、「いづこなりし天くだり人ならむ」（どこから降って湧いた天人なのか）とこそ見ゆれ（と思われることだ）。

一 唐土舶来の錦。国産の倭錦(やまとにしき)に対する。

二 金・銀・宝玉・螺鈿(らでん)などで装飾した太刀。

三 「造り仏」は彩色仏の意。彩色画を「造り絵」、装飾料紙を「造紙(ぞうし)」というのに同じ。「木画(もくゑ)」は、彩色した小木片を貼って様々の図柄を表現するモザイク工芸。今日、木画を施した彩色仏の遺品を見出ださないが、唐錦以下一貫した繊麗美(せんれいび)を「めでたし」と見ている。因(ちな)みに、正倉院御物(しょうそういんぎょぶつ)や『東大寺献物帳(けんもつちょう)』に木画工芸の遺品や品名を多数見出だすが、明治以降の美術史家は誤ってモクグワと訓んでいる。木は呉唐音モク、画はこれを絵や描く意に用いる時は呉唐音ヱであって、グワは本邦における慣用音に過ぎない。したがって、唐の美術工芸とともに伝来した「木画」なる名詞の音読は『枕草子』に指示する「もくゑ」が正しい。

四 六位蔵人は官位は低くとも、天皇着御の麹塵(きくじん)（青色）の袍(ほう)を着装する。清少納言は、そのことに魅力を感じていたのである。第二段（二六頁三行）参照。

五 『禁秘抄(きんぴしょう)』に六位蔵人に補せられる者の資格を、「第一公卿(こうけい)侍臣子、是不レ及二左右一。第二非蔵人。第三執柄勾当(しっぺいノこうたう)。第四院蔵人并(ならび)ニ母儀蔵人。第五所雑色。第六成業儒。第七所々蔵人判官代(はうぐわんだい)」とする。本段で話題の焦点となっているのは、第三の執柄勾当である。

六 諸注は、「殿ばら」と「四位・五位のつかさある」人とを同一視しているが、「殿」と呼ばれるのは、摂関・大臣その他、上卿(しょうけい)の家でなければならぬ。その家司(けいし)の侍所にいて、四位五位の官職のある別当の下で使

御女（おほむすめ）、后にておはします、また、まだしくても、「姫君」八 などきこゆるに、御文の使とてまゐりたれば、御文取り入るるよりはじめ、茵（しとね）さし出づる袖口など、九 明暮（あけくれ）見しものともおぼえず。一〇 下襲（したがさね）の裾曳（しりひ）き散らして、一一 衛府なるは、いますこしをかしく見ゆ。御手づから盃（さかづき）などさしたまへば、わが心ちにもいかにおぼゆらむ。いみじくかしこまり、地（つち）にゐし家の子・君達をも、心ばかりこそ用意し、かしこまりたれ、おなじやうに連れだちてありくよ。

主上（うへ）の、近う使はせたまふを見るには、ねたくさへこそおぼゆれ。一二 馴れつかうまつる三年（みとせ）・四年（よとせ）ばかりを、なりあしく、ものの色よろしくてまじはらむは、一三 いふかひなきことなり。一四 かうぶりの期（ご）になりて、下（お）るべきほどの近うならむにだに、命よりも惜しかるべきことを、一五 臨時のところどころの御給（おんたまはり）申して下るるこそ、いふかひなくおぼゆれ。昔の蔵人は、今年の春・夏よりこそ泣きたちけれ。今の世には、走りくらべをなむする。

后となっていらっしゃる場合　ご入内以前でも　などと申し上げている方に　〔天皇の〕　〔その邸の女房は〕お手紙を〔簾中へ〕受け取ることから　〔縁側へ〕　武官である者は　いま一段とよく見える　〔大臣が〕　〔盃を受ける〕本人の心中もどんな思いがするだろう　〔以前は〕すっかり固くなって　土下座していた一門の方や若君たちにも　〔なるほど〕心もち遠慮はして　控え目にしてはいるが　肩を並べて歩くのですよ

身近にお召しつかいになるのを見ると　やっかみたくなる気さえする　隔てなくお仕えする　服装も粗末　服色も平凡で　〔殿上のお偉方と〕　やりきれないことだ　叙爵の　時期になって　さがらねばならぬ時が近づくだけでさえ　惜しかろうわけなのに　〔近頃は〕　方々の院宮の臨時の年給を　申請して退下するにいたっては　言語道断の思いがする　〔来春が巡爵という一年前の〕　泣き騒いだものだ　〔ところが〕　〔就職争いの〕駆けっこをするんですよ

われていた勾当（こうとう）が、六位蔵人になった場合を論じる。

七 毎年正月、左右の大臣家で、太政官の官吏を饗応（きょうおう）する年中行事。この時、天皇から蘇（そ）（煉乳。酥（そ）とも）と甘栗（かち栗）とを賜る。その勅使として六位蔵人が、もとは侍所の勾当として仕えていた大臣家へ参向する時の、上下の位置の顛倒（てんとう）ぶりに注目している。

八 女御（にょうご）・后（きさき）としての入内（じゅだい）が予定されている姫君。

九 大臣家の女房は、廂（ひさし）の間（ま）にいて、簀子敷（すのこじき）にいる勅使を接待する際、簾（すだれ）の下から出る袖口に気をつかう。

一〇 武官の服は、文官に比べて下襲（したがさね）の裾（きょ）が長いから。

一一 左右の衛門・兵衛の尉（じょう）で六位蔵人のもの。作者のかつての夫 橘則光（たちばなののりみつ）も蔵人左衛門尉であった。

一二 六位蔵人の任期は六年であるが、この頃は、精々三、四年で叙爵して殿上を下がるのが普通であった。

一三 公卿（くぎょう）・殿上人の立派な服装に交ると、青色の袍（ほう）を着ずに、六位相当の緑衫（ろうそう）では見劣りして肩身が狭い。

一四 六位蔵人には任期六年の巡爵といって従五位下進叙の特典がある。

一五 諸注は「臨時の除目（じもく）に諸国の受領（ずりょう）を申請して」と解するが、それなら「臨時の国々のあきを申して」と書くべきである。六位蔵人として殿上に勤める間に、方々の院・宮家の年給や臨時御給による国司の異動を逸早（いちはや）く察知し、心やすくなった有力者に依頼して就職を有利にすることに熱中し、天皇側近に奉仕する六位蔵人の名誉を自覚しない近代の風潮を慨嘆（がいたん）しているのである。以下の本文の混乱もその亢奮（こうふん）のためか。

一「博士の才ある」以下の文章は、「一の人」が重出したり、「すべて、なにもなにも、紫なるものは、めでたくこそあれ。花も、糸も、紙も」と、いったん結論を出して、しめくくっておきながら、さらに蛇足的な文章が続いて、甚だしくは、紫のめでたさの間に、雪の白さや重出の一の人が混入するなど、支離滅裂というに等しいものとなっている。おそらく、これは、転写の間の竄入や顚倒というよりは、作者が、同じ中下流貴族の青年男子に、最も望ましい官職として高く評価している六位蔵人を、近頃の男は、叙爵や受領補任の捷径としてしか認めず、かつての夫橘則光の如きも、蔵人勤務満三年にして叙爵して遠江権守に任じたのも、花山院の臨時御給か何かを申請した結果であったというような、甚だ意に満たない経験があって、そのような風潮に対する異常な憤慨が、すこぶる神経を亢らせた結果の、文脈の混乱であろうかと推測することもできる。

二 願文を作る点で、博士と法師とは共通している。

三 いかに華麗であっても、夜間は効果がないから。

四 摂関家の春日詣や賀茂詣を指す。

五「一の人の御ありき」の中では、春日大社が藤原氏の氏神であるという点で、特に春日詣を指摘する。永延元年三月二十八日摂政兼家の春日詣、長徳二年十一月一日左大臣道長の春日詣などが、作者の印象に強く残ったであろう。藤原氏の栄華の縁で、藤の花の紫礼讃に戻る。

一博士の才あるは、「めでたし」といふもおろかなり。顔憎げに、いと下臈なれど、やむごとなき人の御前に近づきまゐり、さべきことなど問はせたまひて、御書の師にてさぶらふは、「うらやましく、めでたし」とこそおぼゆれ。願文・表・ものの序など作り出だしてほめらるるも、いとめでたし。

（学識豊かなのは／〔学者たるものは〕顔が醜くて／随分官位は低くても／〔学問の縁で〕高貴なお方の／それ相応のことなどをご下問になって／経書のお師匠さまとして仕えているのは／神仏祈願の文章や上奏文　詩歌の序文などを）

法師の才ある、二はた、すべていふべくもあらず。

（僧侶の学殖豊かなのは　これも）

后の昼の三行啓。

四一の人の御ありき。

（摂政関白のお行列）

五春日詣。

葡萄染の織物。

すべて、なにもなにも、紫なるものは、めでたくこそあれ。花も、糸も、紙も。

庭に雪のあつく降り重きたる。

一の人。

紫の花の中には、かきつばたぞ、すこし憎き。六位の宿直姿のをかしきも、紫のゆゑなり。

第八十四段

なまめかしきもの。

ほそやかにきよげなる君達の、直衣姿。

をかしげなる童女の、表の袴などわざとはあらで、ほころびがちなる汗衫ばかり着て、卯槌・薬玉など長くつけて、高欄のもとなどに、扇さしかくしてゐたる。

薄様の冊子。

柳の萌え出でたるに、青き薄様に書きたる文つけたる。

三重がさねの扇。五重はあまり厚くなりて、もとなど憎げなり。

六 『和名抄』巻二十に「劇草一名馬藺」とする。通常「杜若」と書くのはシナではアオノクマタケランで、カキツバタには該当しない。ただし、なぜカキツバタが少し憎いのかよくわからないが、平安京附近では自生しないからであろうか。『伊勢物語』の業平の故事を思えば「あはれ」とでもいうべきであろう。

＊〔第八四段〕**優艶美**　紫の「めでたさ」から「なまめかしき」優艶美の類想に移行する。

七 上品な美しさを指す優美というよりは、いま少し色っぽさの加わった優艶美というところであろう。

八 君達の衣冠束帯といった固苦しい端正美よりも、寛いだ直衣姿に「なまめかしさ」を認めたのと同様に、童女の礼装たる汗衫姿にも、表の袴を省いた着流しに優艶美を認める。汗衫の仕立ては、腋あけの大きい綻び縫いであるから、一層くだけた感じがする。

九 卯槌は正月初卯の日の縁起もの、薬玉は五月五日菖蒲の節供の縁起もの。いずれも腰につけると、五色の飾り糸が長く垂れる。

一〇 檜扇の製作には薄板八枚を一単位として数える。三重とは薄板二十四枚、五重とは四十枚の物を指す。ただし四の凶数を避けて、それ以下の奇数のものが多い。したがって、五重の扇は三重よりも華美ではあるが、要が分厚くなりすぎる。従来、『紫明抄』『河海抄』『貞丈雑記』等の所説に従って、両端の薄板三枚とか五枚とかを薄様の紙で包んだものと考えていたことは改める（中村清兄『日本の扇』『扇と扇絵』）。

いと新しからず、いたうもの旧りぬ檜皮葺きの屋に、長き菖蒲を
うるはしう葺きわたしたる。
青やかなる簾のしたより、几帳の朽木形いとつややかにて、紐の
吹きなびかされたる、いとをかし。
白き組の、細き。
一帽額あざやかなる簾の外、高欄に、いとをかしげなる猫の、赤き
頸綱に白き札つきて、二鎖の緒、組の長きなどつけて、曳きありくも、
をかしうなまめきたり。
三皐月の節の菖蒲の蔵人。菖蒲の鬘、赤紐の色にはあらぬを、四領
巾・裙帯などして、薬玉、親王たち・上達部の立ち並みたまへるに、
たてまつれる、いみじうなまめかし。取りて、五腰にひきつけつつ、
舞踏し拝したまふも、いとめでたし。
六紫の紙を、包み文にて、房ながき藤につけたる。
七小忌の君達も、いとなまめかし。

ごく新しいというのでもなく　ひどく古びてもいない
きちんとそろえて
几帳の〔帷の〕朽木形文様がごく鮮やかに見えて　紐が
〔風に〕吹かれてなびいてるのは
組紐で　細いの
真新しい帽額のついた　縁側の手すりなどに　大変かわいらしい猫が
繋ぎの紐で　組紐の長いのなんかをつけて　ひきずって歩くのも
赤紐の鮮やかな色ではないが
薬玉を　立ち並んでいらっしゃるのに
さし上げるのは　実に優艶だ　〔親王たちが〕　〔薬玉を〕めいめい腰におびて
封書にして　花房の長い藤の枝に

一　簾の上方外側に張った覆いの絹布。
二　近世以前は、猫も屋内に繋留して飼うのが普通。その鎖の紐の解けたのをひきずって歩くさま。
三　五月五日端午の節会には、武徳殿に行幸があり、競馬・騎射ご覧のあと、女蔵人の手から王卿に薬玉を賜る定めであった。『内裏式』の注に「女蔵人当二皇太子倚子西面一而立。皇太子起至二初謝座処一北面跪受。女蔵人跪授。即還。次授二親王以下一。即随賜受取下レ自二東面南階一、出二東南庭一北上西面立。定、皇太子佩レ之拝舞着レ座。次親王以下倶佩拝舞上レ殿」とある。この薬玉を渡す役を勤めるのを「菖蒲の蔵人」といった。ただし第二百五段（下巻一一四頁一一行）に見えるように、五月端午節の武徳殿行幸は、十世紀後半には殆ど絶えてしまっていた。
四　菖蒲の鬘を簪につけ、領巾や裙帯を帯びた菖蒲蔵人の服飾を説明した文章の中に入れた挿入句。第八十五段に見える五節舞姫の青摺の唐衣の右肩につける赤紐の伏線として出すが（次頁一〇行）、菖蒲蔵人を見ることのない当時の読者の理解を助けるために、類似のものとして五節の赤紐を引用したとも考えられる。
五　第二百五段には「拝して腰につけなどしけむほど、いかなりけむ」とある。賜った薬玉を腰に佩びる。
六　第八十三段に「すべて、なにもなにも、紫なるものは、めでたくこそあれ」とあった花と紙。
七　第八十五段への連繋節となっている。白布に山藍で草木鳥の文様を青く摺り出した祭服、即ち小忌の衣

を着て、新嘗祭や豊明節会の神事に奉仕する男性。

＊〔第八五段〕**豊明節会の夜**　前段の「小忌の君達」から連想して、「小忌の女房」の新趣向を中宮が案出された正暦四年五節の回想に移る。

八 前田本の注記に「正暦四年十一月十二日中宮定子献二五節一給」とあるが、他に旁証となる記録を見出さない。通常の年に舞姫を献じるのは上卿受領各二人。

九 陪従ともいう。舞姫の随行者。通例は八人。少なくて六人（長保元年の実資）、多くて十人（寛弘五年の実成）。この場合の十二人は特に多い。傅八・童女二・下仕四・樋洗一・上雑仕二が標準的な従者の人数。

一〇 淑景舎女御の女房一人を加えたことを、常識に外れたことと評したのであろうが、何故にそのような禁忌があったのか理由が詳らかでないし、淑景舎自体が正暦四年当時は御匣殿別当で東宮女御ではなかった。

一一 皇太后藤原詮子。当時三十二歳。号、東三条院。

一二 関白道隆二女。中宮の同母妹。当時推定十三歳。

一三 丑寅卯辰と四日間にわたる五節の最終日、豊明節会の夜。五節四日間の人物配置は附図一五参照。

一四 山藍で摺り染めにした小忌の衣と同じ趣向を、舞姫・傅・下仕には唐衣で、童女には汗衫で表現した。

一五 前段に見えた「赤紐」と「小忌の君達」とが、本段への連想を導き出す伏線・連繋節となっている。

一六 小忌の君達の着る小忌の衣の青摺は、版木で捺染するのであるが、その版木の草木鳥文様を、この唐衣や汗衫には、描き染めにしたのである。

第八十五段

宮の、五節[八]出ださせたまふに、傅[九]十二人。異どころには、「女御・御息所の御方の人出だすをば、わるきことになむする」ときくを、[一〇]いかに思すにか、宮の御方を十人は出ださせたまひ、いま二人は、女院[一一]・淑景舎[一二]の人、やがてはらからどちなり。

辰[一三]の日の夜、青摺[一四]の唐衣・汗衫を、みな着せさせたまへり。女房にだに、かねてさも知らせず、外の人には、ましていみじうかくして、みな装束し立ちて、暗うなりにたるほどに、持て来て、着す。赤紐[一五]をかしう結び下げて、いみじう瑩したる白き衣、型木[一六]の絵は、画に描きたり。織物の唐衣どもの上に着たるは、まことにめづらしく、なかに（中でも）、童女(わらは)は、まいて[一]すこしなまめきたり。

下仕(しもづかへ)まで、出でゐたるに（〔青摺を着て〕簾際に居並んでいるので）、殿上人・上達部(かむだちめ)、おどろき興じて、

「小忌(をみ)の女房」

とつけて（と名づけて）、小忌の君達は、外に（〔簾の〕と）ゐて、ものなどいふ。

（中宮）[二]「五節の局(つぼね)を、日も暮れぬほどに（〔辰の日の〕）、みなこぼちすかして（全部とり払って明けっぴろげ）、ただあやしうてあらする（〔傅たちを〕みっともない恰好でいさせるのは）、いと異様(ことやう)なることなり（奇妙なことです）。その夜までは、なほ（やはり）、うるはしながらこそあらめ（きちんとしたままでおきたいものね）」

とのたまはせて、さもまどはさず（〔傅たちは〕いつものように追い立てられもせず）、几帳どものほころび結ひつつ（すき間もめいめい綴じ合せて）、こぼれ出でたり（出だし衣も美しく坐っていた）。

小兵衛(こひやうゑ)[三]といふが、赤紐の解けたるを、

（小兵衛）「これ、結ばばや（結んでほしいわ）」

といへば、実方(さねかた)[四]の中将、寄りてつくろふに（結び直すのだが）、[五]ただならず（少々様子がおかしい〔案の定〕）。

（実方）[六]「あしひきの山井の水は氷(こほ)れるを

いかなるひもの解くるなるらむ」

一　少女が地味な服装をするとかえって魅力が増す。

二　常寧殿(じょうねいでん)に設けられた舞姫の局(つぼね)を五節所という。最終日は舞姫たちが紫宸殿(ししいでん)の集会の座へ参上した直後、主殿寮(とのもづかさ)の官人が片付けてしまうのが常であった。

三　女蔵人(にょくろうど)であろう。第八十二段に見える時よりは五年も早いので、新参間もない初々(ういうい)しさが感じられる。

四　第三十二段に既出。本段当時は従四位上右中将。

五　実方と小兵衛との間に何か曰(いわ)くがあるというよりは、赤紐を結び直すだけではなく、何か起りそうな気配、つまり次の詠歌の予感がするということ。

六　山の湧(わ)き水が凍っている冬なのに（あなたは一向私に打ち解けようとしないのに）一体どういう氷（どうして紐）が解けるのでしょう。紐を解くとは操を許す意。「あしひきの」は枕詞。「山井(やまゐ)」と「山藍(やまゐ)」、「紐(ひも)」と「氷(ひ)も」と、それぞれ掛け詞。『後拾遺集(ごしゅういしゅう)』雑五、『清少納言集』所収。『実方集』には、宣方との連歌(れんが)として詠まれた類歌が見える。実方はそれを応用した。

七　遠くから声をかけるわけにもゆかないから。

八　諸注は、「歌詠みと知られた人のなみなみでない歌に対しては」と、「おぼろけならず」を実方の歌を修飾するものとして解釈しているが、そうではない。それならば、古文還訳すると、「歌詠むと知りたる人のおぼろけならざらむは」となって、係助詞「は」が不要となる。また、「歌詠みと知られた人の（歌）は、尋常のものではないだろうから」と解するのも、古文還訳すれば、「歌詠むと知りたる人のは、おぼろけな

〔歌を〕詠みかける
と、いひかく。

〔小兵衛は〕若い人で　こんな　人目の多いところだから　何ともかともい
年若き人の、さる顕証のほどなれば、いひにくきにや、返しもせ

そのまま見すごすばかりで
ず、そのかたはらなる人どもも、ただうちすぐしつつ、ともかくも

わないのを　中宮職の役人たちは〔今か今かと〕耳をすまして聞いていたが　時間のかかりそうなの
いはぬを、宮司などは、耳とどめてききけるに、久しうなりげなる

が気がかりで　〔五節の局に〕　別の方からはいって
かたはらいたさに、異かたより入りて、女房のもとに寄りて、

〔宮司〕どうして返歌もせずにおいでなんですか
「など、かうはおはするぞ」

耳うちしているようだ
などぞ、ささめくなる。

〔私は〕四人ほど間を置いて坐っていたから〔返歌を〕うまく考えついたとしても　七 声を
四人ばかりを隔ててゐたれば、「よう思ひ得たらむにても、いひ

かけにくい　まして　歌詠みと評判の高い人の〔歌〕には　八 余程よくできたのでなければ
にくし。まいて、歌よむと知りたる人のは、おぼろけならざらむは、

〔いい出せよう〕九 気おくれするのが何とも情けないことだ〔一人前の〕歌詠みはそんなもの
いかでか」と、つつましきこそは、わろけれ。詠む人は、さやはあ

ではあるまい　それほどよくなくても　一〇 間髪を入れず口に出すものだ
る。いとめでたからねど、ふとこそうちいへ。

〔宮司〕が　気の毒なので
一一 弾指をしありくが、いとほしければ、

（清少）一二 「うは氷あはにむすべるひもなれば
かざす日かげにゆるぶばかりを」

らざめれば」となって、原文から逸脱するから不当。

九 正暦四年初冬に出仕して、十・閏十・十一月とまだ三カ月に満たぬ新参の清少納言なればこそ、その遠慮がちな態度も、弱気を悔む気持もよく表れている。

一〇 巧遅よりも拙速。折すぐさぬ心映えが和歌の贈答には望ましいから。

一一 中宮職の役人が、「みっともないなあ」「じれったいなあ」といった気持で、弾指するのである。人差し指を拇指と中指とで強く挟んで、その挟まれた人差し指を勢いよく弾き出すことによって、拇指の第一節の腹が中指の側面を打って、ピシリと音を立てる。密教の行法の一つで、魔障・罪穢を攘う縁起直しの弾指である。中宮職の役人としては、中宮の女房が、歌人として有名な実方に歌を詠みかけられて、返歌さえできないでいる腑甲斐なさに世間の悪評を恐れて気を揉んでいるのである。諸注は現代的な指弾排斥の意にとって、役人が女房を責めていると解しているが、それは当らない。気を揉んで仏の加護を祈っているからこそ、清少納言もその役人を「いとほし」と同情するわけである。

一二 水面のうすら氷のように軽く結んでおいた紐だから、射す日光に氷がすぐと解けるように、蘿の蘰をかざした小忌の君達に会うと、この紐もすぐに解けるのですよ。「あは（淡）」と「あはび結び」、「氷も」と「紐」とそれぞれ掛け詞。『千載集』雑歌上、『清少納言集』所収。

と、一弁のおもとといふに、伝へさすれば、消え入りつつ、得もいひ
（いう人に〔実方まで〕伝えさせたところ　恥ずかしがるばかりでろくに詠み上げることもできないので）

やらねば、

「なにとか……なにとか」

（(実方)何ですって　何ですって）

と、耳をかたぶけて問ふに、すこし言どもりする人の、いみじうつ
（〔御簾越しに〕耳をおしつけて聞き返すのだが　吃り癖のある人で　大層気どって）

くろひ、「めでたしときかせむ」と思ひければ、得ききつけずなり
（(弁)すばらしいと思うように詠み上げよう　〔実方が〕とうとう聞き取れずじま）

ぬるこそ、なかなか恥かくるる心ちして、よかりしか。

（いになったのが　かえって〔私の〕恥が目立たぬ思いがして　結構なことでした）

二上る送りなどに、
「悩まし」
（気分がすぐれない）
といひて、いかぬ人をも、三のたまはせしかば、あるかぎり連れだち
（女房にも　厳しくお達しになったので）
て、四異にも似ず、あまりこそ煩さげなれ。
（他のとは大違いで　あまりにもにぎやかすぎるようだ）

五舞姫は、相尹の馬の頭の女、染殿の式部卿の宮の上の御おとうと
（北の方のお妹様の）
の、四の君の御腹、十二にて、いとをかしげなりき。
（四番目のお嬢様の）
はての夜も、六負ひかづき出でも騒がず、やがて、七仁寿殿より通り
（行事の終った夜も　おぶさって退出する騒ぎもなく　そのまま　仁寿殿を通り抜けて）
て、清涼殿の御前の東の簀子より、舞姫を先にて、上の御局にまゐ
（縁側から　先頭にして　〔弘徽殿の〕　参上し）

一　出自未詳。女蔵人階級の若い女房で、命婦相当の清少納言に用をいいつけられる程度の下臈であろう。そのうえ、吃る癖があったから、「消え入りつつ」という臆病な態度ともなる。因みに、この年の新嘗会に参加した小忌の君達としては、中納言道頼・少納言道方・参議惟仲・蔵人理義らが、『小右記』に見える。

二　舞姫が、常寧殿の五節所から紫宸殿の集会の座へ参上する。それを、傅や童女・下仕・理髪の人たちばかりでなく、中宮の他の女房たちも送ってゆく。

三　中宮は、行きたがらない人にも、舞姫を送ってゆくように、お命じになったのである。

四　正暦四年の新嘗会に、五節の舞姫を献じたのが、中宮の他に誰であったかは不明である。

五　中宮の出された舞姫。相尹は右大臣師輔の孫で、右馬頭遠量の男。正暦四年当時は左馬頭。染殿の式部卿とは村上皇子為平親王、その北の方は左大臣源高明女であって、相尹の妻即ち舞姫の母は、その妹の高明四女。相尹と高明女との間に生れた女子は二人知られているが、姉娘は後に少将掌侍と呼ばれた人、妹娘がこの時の舞姫で、後に中将典侍と呼ばれ、『紫式部日記』に見える、紫式部とは気の合わぬ「馬の中将」がこれである。

六　舞姫は、四日間連続する精神的緊張と、重い衣装で舞う肉体的負担のために、しばしば失神したり発病したりして、行事の蔵人に背負われて退出するような事故が例年少なくなかったが、今回は、そのような騒

りしほども（た時なんかも）、をかしかりき（面白かった）。

第八十六段

八細太刀に平緒つけて（平組みの緒をつけて）、きよげなる郎等の、持てわたるも、なまめかし。

第八十七段

内裏は、五節のころこそ、九すずろにただ（なんとなくもう）、なべて見ゆる人も（常時顔を合わせている人まで）、をかしうおぼゆれ（素敵な感じがする）。一〇殿司などの、いろいろの（色とりどりの）一一裂栲を物忌のやうにて（小切れを物忌みたいにして）、一二釵子につけたる

ぎもなく、無事に終了したと作者は報告している。

七 紫宸殿からいったん常寧殿の五節所へ帰ることなく、そのまま仁寿殿の中央の馬道を南へ通り抜け、承香殿の南簀子を西に折れ、仮長橋を渡って清涼殿の孫廂の北端に達し、弘徽殿の上御局においでの中宮のところまでご挨拶に上がったのであろう。附図一五参照。

＊〔**第八十六段**〕**続・優艶美**　第八十四段に続く「なまめかしきもの」の類想。第八十五段はむしろ第八十四段からの派生的回想であった。

八 束帯に佩用する反りのついた細身の儀刀。太刀の帯取りにつけた平緒を腰に結んで、余りを前に垂らす。若く美しい随身が主人の細太刀を持参しているところ。

＊〔**第八十七段**〕**五節・丑寅の夜**　第八十五段から発展した五節、丑・寅の夜の回想。附図一五参照。

九「すずろにただ」は「をかしうおぼゆれ」にかかる。

一〇 殿司の女孺。

一一「裂き栲」の音便。さらにつづまると「幣」となる。「物忌」は第三十段（八〇頁注一二）に初出。

一二 簪の一種。金や銀で作った細長い二本脚のヘアピン。三本一組で、左右から交叉して差して髻の根をとめる。釵子に裂栲を結び下げるのは、歩揺（ピラピラ）の趣向。釵子を蔽髪という頭飾品と混同したり、釵子の用途を蔽髪を留めるためなどとするのは誤り。

など、めづらしう見ゆ。

宣耀殿[一]の反橋に、元結[二]の村濃いとけざやかにて（鮮やかな姿で）、出でゐたるも（並んで坐ってるのも）、さまざまにつけて（めいめい多彩で）、をかしうのみぞある（しゃれたことばかりだ）。

上の雑仕[三]・人のもととなる童女も、「いみじき色ふし（大変晴れがましいことだ）」と思ひたる、ことわりなり。

山藍・蘿など柳筥[四]に入れて、冠[五]したる男など持てありくなど、いとをかしう見ゆ。

殿上人[六]の、直衣脱ぎ垂れて（肩ぬぎをして）、扇やなにやと拍子にして、

「つかさまさりと、しき波ぞ立つ」[七]

といふ歌をうたひて、局どもの前わたる（五節の局それぞれの前を練り歩くのには）、いみじう立ち馴れたらむ（すっかり宮仕えに馴れてるような［女房の］）心ちも、騒ぎぬべしかし（心中もときめくことだろう）。まいて、「さ」と一たびに（さっと一斉に）うち笑ひなどしたるほど、いとおそろし[八]。

行事の（進行係の）蔵人の掻練襲[九]、ものよりことにきよらに見ゆ（特に目立って美しく見える）。茵（［客用の］）など敷きたれど、なかなか得ものぼりゐず（とても落ち着いて坐りもできず）、女房のゐたるさま褒めそしり（［出だし衣で］坐っている女房の容姿を品定めしたり）、

一 宣耀殿の西南隅から常寧殿の東北隅へ渡る反橋。五節の第一日丑の日は、舞姫参内のあと、天皇が常寧殿へこられて西の塗籠の中で、「帳台の試」が行われるので、宣耀殿の反橋にも、殿司の女孺たちが盛装して居並ぶのであろうか。あるいは、貞観殿を経て常寧殿へ入る舞姫の参入を迎える意味でのことか。

二 いわゆる「一もと上げたる」髪上げ姿である。髻の根元を紫の村濃染の元結でくくっている。

三 清涼殿の台盤所で働く雑役婦。「台盤所の雑仕」(第二百五十九段、下巻一七七頁)の類いであろう。諸注がいうような舞姫の従者として参内した「上雑仕」ではあるまい。直接舞姫とはかかわりのない一般の女房が召し使う童女と並べられているからである。

四 柳の細い枝を糸で編んで作った筥。

五 五位に叙せられた男性。大夫という。

六 これは第二日寅の日、清涼殿での「御前の試」が始まる前に、「殿上の淵酔」といって、主上の御前で盃酒を賜った公卿殿上人たちが、それぞれの五節所を訪問して交歓する場面をとり上げている。もっとも、第三日卯の日の童女御覧の時にも宴飲はあるし、第四日辰の日豊明節会にも、王卿が五節所を訪問する定めであるが、特に無礼講で騒ぐのは、寅の日である。

七 『梁塵秘抄』に見える「南宮の御前に朝日さし、稚児の御前に夕日さし、松原如来の御前には、つかさまさりとしき波ぞ立つ」「御前よりうち上げうち下ろし越す波は、つかさまさりとしき波ぞ立つ」に類した

このころは、異ごとなかめり。（一〇 この頃は 五節所の噂で持ちきりだ）

帳台の夜、行事の蔵人の、いときびしうもてなして、（一一 随分厳重にとりしきって）

「かいつくろひ・二人の童よりほかには、すべて入るまじ」（一二 理髪〔の女官〕と どなたもはいらないで下さい）

と、戸をおさへて、面憎きまでいへば、殿上人なども、（憎たらしいぐらいに咎めるので）

「なほ、これ一人は」（まあ この女房一人は〔いいだろう〕）

などのたまふを、

「うらやみありて、いかでか」（不公平になりますから 絶対にだめです）

など、固くいふに、宮の女房の、二十人ばかり、蔵人をなにともせず、戸をおし開けて、さめき入れば、あきれて、（固苦しく言い張ってる所へ中宮方の女房が ものともせず なだれこんだので）

「いと、こは、術なき世かな」（こりゃ どうも 無茶な世の中だ）

とて、立てるもをかし。それにつけてぞ、傅どももみな入る気色、いとねたげなり。主上にもおはしまして、「をかし」と御覧じおはしますらむかし。（立ちすくんでるのも面白い それにつけこんでね 〔蔵人は〕随分悔しそうだ 主上も）

燈台に向かひて、寝たる顔どもも、らうたげなり。（〔舞姫が〕向い合って 一三 居眠りしてる顔なんかも かわいらしいものだ）

今様歌を謡ったのであろうか。ただし、通例は漢詩を朗詠するものである。

八 清少納言の物馴れない新参意識の表明。

九 紅の練絹で仕立てた下襲。

一〇『紫式部日記』にも、「このころの君達は、ただ五節所のをかしきことを語る」とある。

一一 帳台の試。第一日丑の日の行事。前頁注一参照。

一二 帳台の試が行われる常寧殿の西の塗籠の中へ舞姫に随ってはいれるのは、理髪一人・童女二人（火取を持つものと茵を持つものと）・陪従一人・下仕二人（几帳を持つ）に限られていて、蔵人頭または行事（進行係）の蔵人が、舞殿の東の戸の床子にいて、無用の者の進入を制止している。従者も、舞姫が帳台の所定の位置につき、几帳を背後に立ておわると、舞殿の外へ出る定めになっていた。

一三 舞姫といえども、十二、三歳の少女であるから、この日は、内裏参入から帳台の試まで、一日中が緊張の連続であったし、時は既に夜、帳台の座につくと、主上の臨御にもかかわらず、疲れがどっと出て、うつらうつらと居眠りが出るのも無理はない。舞の始まる前の一瞬、座前の燈台の火に照らされた睡そうな顔を他愛なしと見たのである。なお、能因本・前田本はこれを卯の日童女御覧の夜の童女の居眠りと見て、「燈台に向かひて」の前に「童舞ひの夜はいとをかし」と恣意的な補入を試み、諸注もこれに従うが、ここは丑の日帳台の試についての叙述であるから、不当。

第八十八段

(女房)　持っておいでになったので
「一『無名(むみやう)』といふ琵琶(びは)の御琴(おんこと)を、主上(うへ)の持てわたらせたまへるに、
手にとって見たり　爪弾きしたりしてる
見などして、掻き鳴らしなどす」
というが　〔実は〕　絃をいじくってる程度で
といへば、弾くにはあらで、緒などを手まさぐりにして、
(女房)この琵琶の名ですよ　何といいましたかしら
「これが名よ、いかにとか」
と申し上げると
ときこえさするに、
(中宮)ほんのごくつまらないもので　名さえないの
「ただいとはかなく、名も無し」
二 何といっても冴えていらっしゃるとまあ　思ったことですよ
とのたまはせたるは、「なほ、いとめでたし」とこそ、おぼえしか。
お越しになって　お話の
三 淑景舎(しげいさ)などわたりたまひて、御物語りのついでに、
(淑景舎)　私のところに　大変結構な　〔私に〕
「四 まろがもとに、いとをかしげなる笙(しやう)の笛こそあれ。五 故殿(ことの)の、得
下さったものです
させたまへりし」

＊〔第八八段〕 **管絃の名器**　承前連想の糸筋はない。新たな発想による管絃の名器にまつわる回想。

一 『拾芥抄』に「上東門院名物也。或説蟬丸琵琶。上東門院令レ住ニ済時（政か）亭一之時、為ニ回禄一焼失畢」とあり、『江談抄』に「无名ト云高名琵琶ヲ上東門院宝物ニテ令レ持給之間ニ、済政三位ノ三条亭令ニ御座一之間、焼亡了ト云々」とある。本段前半の史実は、正暦五年八月から長徳元年四月までのことかと思われるから、その後に上東門院の所有に帰したか。

二 無名という名をさりげなく洒落ていわれたので。

三 中宮の御妹原子。後半「いな替へじ」の笙に関する史実は、長徳元年九月十日、中宮が職曹司において、故父関白の忌日法要を営まれた時のことと思われる。東宮の淑景舎女御をはじめ、兄弟姉妹が集まって、亡き父君の思い出にひたったものであろう。ただし、下文（次頁一一行）に「これは、職の御曹司におはしまいしほどのことなめり」と推量叙述している点から察すると、清少納言が短期間宿下がりしたか何かで、直接見聞した話ではないらしい。

四 「まろ」は男女を問わず用いた自称の人称代名詞。

五 父道隆。長徳元年四月十日薨去。年四十三。

とのたまふを、僧都(そうづ)[六]の君、

「それは、隆円(りゅうゑん)に賜(たま)へ。おのがもとに、めでたき琴(きん)はべり。それに替へさせたまへ」

と申したまふを、[七]ききも入れたまはで、異(こと)ごとをのたまふに、「答(いら)へさせたてまつらむ」と、あまたたびきこえたまふに、なほ、ものたまはねば、宮の御前(まへ)の、

「『いな替へじ』[八]と、思したるものを」

とのたまはせたる御気色(みけしき)の、いみじうをかしきことぞ、かぎりなき。

この御笛の名、僧都の君も、得知りたまはざりければ、ただ恨め[九]しう思(おぼ)いためる。

これは、職の御曹司におはしまいしほどのことなめり、主上(うへ)の御前に、「いな替へじ」[一〇]といふ御笛のさぶらふ、名なり。

御前(ごぜん)にさぶらふ物は、御琴(おんこと)も御笛も、みなめづらしき名つきてぞある。

六 中宮と同腹の弟隆円。正暦五年十一月五日権少僧都に任じた。長徳元年は十六歳。淑景舎女御は推定十五歳。

七 淑景舎女御としては、大切な父の遺品であるから聞えぬふりをして、話題をそらせようとした。

八 天皇の御物(ぎょぶつ)の笙(しょう)の名器に「いな替へじ」という名のあるのをそのまま使っての、気のきいた洒落。

九 「いな替へじ」を笙の名と知らぬ隆円は、洒落の面白さがわからず、一番上の姉中宮までが冷淡なことをいうと、恨めしく思ったらしい。

一〇 『二中歴(にちゅうれき)』「名物歴」に、「不々替(イナカヘジ)」とあり、『江談抄』に、「不々替(いなかへじ)、是笙名也。唐人買レ之、千石(せんごく)ニ買トフモ、イナカヘジト云ケレバ、以レ之為レ名」とある。

玄上・牧馬・井手・渭橋・無名など。

また、和琴なども、

朽目・塩釜・二貫などぞきこゆる。

水龍・小水龍・宇陀の法師・釘打・葉二、何くれ（その他いろいろ）など。

多くききしかど、忘れにけり。

「宜陽殿の一の棚に」（置くべき重宝だ）

といふ言草（口癖は）は、頭の中将こそ、したまひしか（なさったことですよ）。

第八十九段

上の御局の御簾の前にて、殿上人、日一日、琴・笛、吹き遊び暮らして、大殿油まゐるほどに、まだ御格子はまゐらぬ（お下げしていない所へ）に、大殿油差し出でたれば、戸の開きたるがあらはなれば（まる見えなので）、琵琶の御琴を、縦ざ

一 『江談抄』『二中歴』『拾芥抄』『体源抄』『教訓抄』『糸竹口伝』『楽家録』等を綜合して、ここに紹介された楽器を検討すると、「いなかへじ」は笙、「玄上（一名玄象）」「牧馬」「井手」「渭橋（一名為堯）」「無名」は琵琶、「朽目」「宇陀の法師」は和琴、「水龍（大水龍）」「小水龍」「釘打」「葉二」は横笛で、『枕草子』の「琵琶」「和琴」「笛」「笙」という指摘とほぼ一致しているが、「宇陀の法師」が横笛の中に混入していたり、「塩釜」が『楽家録』に箏と和琴とに重出している以外は他の楽書にすべて箏とすること、「二貫」も『楽家録』以外には見えないなど、清少納言の記載にも、些か曖昧な点がないでもない。因みに、不々替・玄上・牧馬・渭橋・無名・宇陀の法師・大水龍・小水龍・葉二などは、右の楽書の他、『紫式部日記』『源氏物語』『今昔物語集』『百錬抄』『十訓抄』『古事談』『続古事談』『古今著聞集』『続教訓抄』等に挿話を残す名器であるが、本段に挙げられた楽器で、今日に現品を伝えるものは一点もない。

二 紫宸殿の東、その母屋は納殿であって、累代の御物を納めた。特に一の棚は第一級の重宝が置かれた。

三 斉信。斉信が頭中将であったのは、正暦五年八月二十八日から長徳二年四月二十四日まで。

＊〔**第八十九段**〕 **琵琶行の女**　前段、琵琶の名器に始まる挿話から琵琶と中宮とにかかわる回想へ。

四 清涼殿の孫廂。弘徽殿上御局の前。清少納言が漸く新参意識から抜け出した正暦五年秋のことか。

まに、持たせたまへり。

〔中宮は〕紅の御衣ども（お召し物なんかで）の、いふも世の常なる（いうだけ野暮な）袿、また張りたるども（糊張りをした打衣なんかを）などを、あまたたてまつりて（幾重にもお召しになって）、いと黒う艶やかなる（大層黒々と艶のある）琵琶に、御袖をうちかけて把へさせたまへるだにめでたきに（持っていらっしゃるだけでも素晴らしいのに）、七稜より、御額のほどの（あたりが）、いみじう白うめでたく、けざやかにて（くっきりと）、八はづれさせたまへるは（お見えになるのは）、譬ふべきかたぞなきや。

近くゐたまへる人にさし寄りて（上座に坐っていらっしゃる上臈女房に近づいて）、

（清少）「『九半ば遮したりけむ』は、得かくはあらざりけむかし（というのも　とてもこうではなかったでしょうよ）。あれは、一〇ただ人にこそはありけめ（身分の低い人だったんでしょうから）」

といふを、〔その人が〕道もなきに分けまゐりて申せば（すき間もないところを掻き分けて参上して申し上げると）、笑はせたまひて、

（中宮）「『一一別れ』は、〔少納言は〕知りたりや（知ってるのかしらね）」

となむ仰せらるるも、いとをかし。

五 燭台に火をおともしする頃。

六 上御局の東面の格子がまだ上げたままになっているところへ中宮のお傍近く燭台が差し出されたので、孫廂にいる殿上人たちから中宮のお姿が簾越しにくっきり見える。そこで中宮は、琵琶を膝の上に立てて転手（転軫とも）の蔭に、お顔を隠されたのである。

七 それでも、転手の角から額だけは外れて見える。

八 第一類本は「はづれさせたまへる……近くゐたまへる」と近接した二個の「たまへる」に眼移りして、その間の本文を脱落した。それでは白詩を引用したのが他の女房たちとなるので、第二類本によって補訂した。

九『白楽天詩集』（宋本・英華本）巻十二「琵琶行」から「猶把二琵琶一半遮レ面」の句を引いた。流布の明刊本は「把」に「抱」字を用いるが、京都国立博物館蔵明世宗嘉靖四十二年（一五六三）七月晦文嘉筆の「琵琶行図」賛には、「猶捉琵琶半遮面」と「捉」字を用いている。「捉」と書く本もある。

一〇「琵琶行」の序に「問二其人一、本長安倡女」とあるのを踏まえて、中宮の身分の尊さと卑しい歌妓のなれの果てとに、その人品に雲泥の差があると指摘した。

一一 諸注は「半遮面」の上文に「別時茫茫江浸レ月」の句を引いたとするが、それでは「知りたりや」が無意味。むしろ下文に「別有二幽愁暗恨生一。此時無レ声勝レ有レ声」を引いて、琵琶を弾かずに把持するわけが清少納言には「わかってるのか」と反問されたと見る。

第九十段

ねたきもの。

人のもとにこれよりやるも、人の返りごとも、書きてやりつる後、文字一つ二つ思ひなほしたる。

頓のもの縫ふに、「かしこう縫ひつ」と思ふに、針をひき抜きつれば、はやく尻を結ばざりけり。また、返さまに縫ひたるも、ねたし。

一 南の院におはしますころ、「頓の御ものなり。たれもたれも、時かはさず、あまたして、縫ひてまゐらせよ」とて、賜はせたるに、二 南面にあつまりて、御衣の片身づつ、「誰か

（傍注）癪なもの／こちらから人のところへ差し出すのも　人からの手紙に対する返事も　書いて持ってゆかせた／こう書けばよかったと気がついた時／急ぎの仕立物を縫う時　うまく縫い上げた／まんまと結び玉を作ってはなかったっけ　裏返しに／〔中宮様が〕いらっしゃるころ／急ぎのお仕立物です　この一刻のうちに　多勢手分けして／〔反物を〕下さったので　片身頃ずつを

＊〔第九〇段〕**癪にさわる**　時間差・空間差・性別差・階級差等による取り返しのつかない無念さ。

一 東三条院の南院。長徳元年四月六日、昨夜から病いが重くなった関白道隆は出家入道したが、その夕方中宮と淑景舎女御とは内裏を出て、ここに父の危篤を見舞われた。それから十二日登花殿に帰参されるまでが「南の院におはしますころ」であるが、十日薨去に際して、急いで喪服を縫うこととなった。これが「頓の御もの」である。「返さまに縫ひたる」ねたさから派生して、第八十八段関白忌日法要の際の笛に関する思い出話からの連想が、この回想談を導き出した。

二 南の廂。採光がよいので縫製の場に用いられた。

三 「勘物」に「一宮御乳母云々」とあるが、敦康親王のご誕生は長保元年十一月七日なので、これを信ずれば、執筆当時から溯っての追称となる。もし事件当時既に命婦の乳母と呼ばれていたものならば、むしろ「勘物」を否定して、中宮の御乳母と見るべきであろう。命婦の乳母の我儘ぶりと、裁縫の速さ、裏表を見誤る老眼弱視と諸条件を綜合して、年配の古参者と見るべく、中宮の叔母高階光子（第二百二十三段に見える「大輔の命婦」と同一人か）を当てるべきか。

四 着物の裄とは、背縫いの筋から袖口までの長さをいう。能因本に「夏の表着は薄物の片つ方の裄長着たる人こそ憎けれど」（三巻本になし）とあり、『散木棄歌集』に「君が代に御裳濯川をきてみれば諸裄長にぞ波も立ちける」とあることからして、片方だけの裄を

長く仕立てる片裄長、左右ともに裄を長くする諸裄長という仕立て方が認められる。あるいは、喪服は片裄長に仕立てるという定めでもあったのかも知れない。
五 着物の身頃を指す。左右の袖、左右の身と、四人で一着を分担して縫って、あとで、その四つを縫い合せるという流れ作業の中で、老練な命婦が、一番重要な裄長の方の片身頃だけを縫ったのであろう。
六 生地の裏表を見違えたのは、老眼の故であろう。
七 諸注は、「誰が自分の非を認めて縫いなおしたりするものですか」と、無文の御衣だから裏表に気づかなかったのも自分の責任ではないと、命婦の乳母が開き直ったものと解しているが、当らない。淡墨無地の平絹の喪服だから、片身が裏返しに縫ってあっても、気づく人はあるまいから、この火急の際に、わざわざ縫いなおす必要はなかろうと主張しているのである。
八 諸注が、「裏を見ないで縫った人」としているのは当らない。綾の織文があれば、裏を確かめなくても一見して片身を裏返しに縫った誤りが目につくから、縫いなおす必要はあろうが、というわけである。
九 裁縫の際の待ち針やへら目の目印ではない。仕立て上がった喪服について、無文であるから何を目印として裏表の見わけがつこうかという反論である。
一〇 中宮の女房か中関白家の女房、出自未詳。
一一 右兵衛督藤原忠君女、源俊賢室、顕基・隆国母。当時は二十九～三十二歳と推定。道隆の従妹に当る。
一二 他人の縫い違えを縫い直すのは気の進まぬこと。

（〔競争で〕近く向い合いもせず　〔夢中で〕縫う様子も）

疾く縫ふ」と、近くも向かはず縫ふさまも、いともの狂ほし。

（随分早く）

三命婦の乳母、いと疾く縫ひはてて、うち置きつる、四裄長の方の身五
（〔生地が〕裏返しなのに目が届かず　糸の縫い留めをするかせぬかに　あわ）

を縫ひつるが、六背きざまなるを見つけで、綴ぢめもしあへず、まど
（ててそこへ置いて席をたったが　背縫い合せの段になると　まんまと　間違っていた〔一同〕笑）

ひ置きて起ちぬるが、御背合はすれば、はやく違ひたりけり。わら
（うやらわめくやらで）

ひののしりて、

「はやく、これ縫ひなほせ」

といふを、

（〔乳母〕一体縫い間違えだと誰がわかるというので縫い直すのですか）

「七『たれ悪しう縫ひたりと知りて』かなほさむ。綾などならばこ
（裏を見ない人でもわかるというので　縫い直しもしましょう　無地のお召し物だから）

そ、八『裏を見ざらむ人もけに』と、なほさめ。無文の御衣なれば、

（〔私でなくても〕縫い直す人は　誰でもいるでしょう）

九なにを印にてか。なほす人、誰もあらむ。まだ縫ひたまはぬ人に
なほさせよ」

（いうことをきかないので）

とて、きかねば、

（〔一同〕そんなことを言ってはいられないわ）

「さ、いひてあらむや」

とて、一〇源少納言・一一中納言の君などいふ人たち、一二もの憂げに取り寄せ

て、縫ひたまひしを（〔乳母が〕）、[一]見やりてゐたりしこそ（じろじろ見ていたのときたら）、をかしかりしか（実に滑稽だった）。

おもしろき（きれいに咲いた）萩・薄などを、植ゑて[二]見るほどに（眺めている時に）、長櫃持たるもの、鋤などひきさげて、[三]ただ掘りに掘りていぬるこそ（片っ端から掘り取っていったのときたら）、わびしうねたけれ（情けないやらしゃくなやら）。よろしき人などのある時は（何とか一人前の男性でもいる時には）、さもせぬものを、いみじう制すれど（〔女ばかりだと〕やかましくとめても）、

「ただすこし」

など、うちいひていぬる（いいすてて行ってしまうのは）、いふかひなくねたし。

[四]受領などの家にも（ご大家の）、ものの下部などの来て（下人なんかが来て）、なめげにいひ（小ばかにした口をきき）、「さりとて（そんなことをいっても）、われをばいかがせむ（わしをどうもできまい）」など思ひたる、いとねたげなり。

見まほしき文などを（早く見たい手紙なんかを）、人の（男の人が）奪りて、庭に下りて、見立てる（立ったまま読んでいる）、いとわびしくねたく思ひて、いけど（〔追って〕）、[五]簾のもとにとまりて、見立てる心ちこそ（立ったまま見送る）、飛びも出でぬべき心ちすれ（とび出しもしてしまいたい気持がすることだ）。

一 その時の命婦の乳母の心境は、まさに「ねたきもの」であろう。

二 当時の庭園の植栽は、種子を蒔き、苗を育てるよりは、野山から開花の季節に掘り取ってきて、庭の要所要所に植えこんで、即座に季節の風趣を楽しむものであった。この花卉の採取を「前栽掘り」といい、庭前の植栽を「前栽」という。

三 野山から採取して来る前栽掘りばかりか、他人の庭園から取ってくることも普通に行われたことで、花盗人は罪にならぬという唯美的な免罪意識があった。

四 無力で老耄した受領渡世の元輔を父とした少女期の清少納言の家庭では、こうした被害にしばしばあうという苦い経験を味わったことであろう。

五 女性としては、簾の外へ出、庭に下りて追うというはしたない行動がとれないので。

第九十一段

かたはらいたきもの。（六）

まらうどなどに会ひてものいふに、奥の方に、うちとけ言などいふを、得は制せできく心ち。

想ふ人の、いたく酔ひて、（七）おなじごとしたる。

ききゐたりけるを知らで、人のうへいひたる。それは、なにばかりならねど、使ふ人などだに、いとかたはらいたし。

（八）旅だちたるところにて、下種どもの戯れゐたる。

（九）憎げなる乳児を、おのが心ちの愛しきままに、うつくしみ、かなしがり、これが声のままに、いひたる言など語りたる。

（一〇）才ある人の前にて、才なき人の、もの覚え声に、人の名などいひたる。

お客さまなんかと 〔家族の者が〕奥の部屋で 露骨な話なんか しているのを とめもできずに耳にしている気持
愛する男性が
〔本人が〕 人の噂話を なに様という ほどの人じゃないが〔自分の〕使用人のことだって 大層具合がわるい
ちょっとした旅先で
不器量な 〔親は〕自分なりに 大事にし かわいいがって その赤ちゃんの声をまねて〔赤ちゃんが〕いった片言なんかを人に話すの
学識豊かな人の前で 物知りぶった調子で 有名人の名なんかを口にしてるの

＊〔第九一段〕いらいらする　前段末尾の「簾のもとにとまりて、見立てる」歯がゆさから、第三者として、何ともなしがたいもどかしさの類想に移る。

六 傍目にもはらはら、いらいらして、どうにも我慢のならないじれったい気持を「かたはら甚し」という。

七 諸注は、酔っぱらいが「同じ言」を何度も何度も繰り返しいう意味に解しているが、それは、「おもふ人」即ち愛人でなくても、「かたはらいたい」もの。むしろ、上文の「うちとけ言」を受けた「同じ如」であって、愛する人であるだけに、露骨な話を無遠慮にいいかけてきても、厭とはいえず、一層返事に困るわけである。

八 旅の恥は掻き捨てというように、旅先では解放感があって、つい我儘にふるまいやすい。ところが、当時の階級意識からして、下賤の者がわがもの顔に振舞っているのは、清少納言には我慢のならぬものであったらしい。一本二六（下巻二七三頁）にも、同様の感想が述べられている。

九 あばたもえくぼの親馬鹿ぶりを清少納言は侮蔑しているが、これはいささか残酷で思いやりのない話であろう。

一〇 釈迦に説法の「かたはらいたさ」である。

「殊によし（格別うまい）」ともおぼえぬ（とも思えない）我が歌を（自作の歌を）人に（他人に）語りて、人の褒めなどしたる由いふも（しゃべっているのも）、かたはらいたし。

第九十二段

あさましきもの。

一 刺櫛すりてみがくほどに、ものにつきさへて折りたる心ち。

車の（牛車が）うち覆りたる。「さるおほのかなるものは（そんな大型なものは）、二 ところ狭くやあらむ」と思ひしに、ただ夢の心ちして、あさましう（あきれて拍子抜けがする）あへなし。

人のために（当人にとって）、恥づかしう悪しきことを、つつみもなく（無遠慮に）いひゐたる。

「かならず来なむ」と思ふ人を（男を）、夜一夜起き明かし待ちて、暁がたに、いささかうち忘れて寝入りにけるに（つい気がゆるんで寝込んだところ）、烏の、いと近く「かか」と鳴くに（鳴くので）、三 うち見開けたれば（目をあけてみたら）、昼になりにける、いみじうあさまし。

*〔第九二段〕**あきれ果てる**　取り返しのつかない失敗や、意外なことに出会って興のさめた気持の類想。前段末尾の「かたはらいたさ」に続く。

一 装飾用の櫛。金銀の截り金や覆輪、螺鈿細工などを施してあるので、時々その曇りを除き、艶出しをするために、布の上に砥粉を撒いて、磨くのであろう。そんな時に、布のたるみなどにつっかけて、櫛の歯を折ることがある。取り返しのつかない失敗で、恥ずかしいやらがっかりするやら、興醒めな気持がする。

二 あたりが狭く窮屈に感じられるほど大きくてどっしりとしており、とても顚覆するなど思いもよらぬものだからである。

三 諸注は「うち見上げたれば」と読んで、空を見上げることと解しているが、母屋もしくは廂の間に寝ている女性が、身体を横たえたまま空を見上げるなどということは、当時の檐出しの深い建築様式からして、全く不可能なばかりか、無意味なことである。直前の文章に、睡眠・瞑目・失神というような状態が述べられていて、それから直接に移った動作として述べられている時には、目を見開く意味に解釈せねばならぬ。烏の鳴く声に、はっとして眼を覚ますと、既に格子も上げ、半蔀も外して開け放たれた室内には、真昼の光線が、簾越しにも眩ゆく感じられて、意外に寝過したことに呆れるわけである。

四 その手紙の中には、差し障りのあることが書いてあったのであろう。

四 見すまじき人に、ほかへ持ていく文見せたる。（見せてはならない人に〔使者が〕）

無下に知らず見ぬことを、人のさし向かひて、あらがはすべくもあらずいひたる。（全然身におぼえのないことを／膝詰め談判で／弁解するひまもあたえずまくしたてるの）

物うちこぼしたる心ち、いとあさまし。（何かをひっくりかえした時の気持）

第九十三段

口惜しきもの。

五 五節・六 御仏名に雪ふらで、雨のかきくらし降りたる。

七 節会などに、八 さるべき御物忌のあたりたる。（〔宮中の〕固い御物忌の日がぶつかったの）

いとなみ、いつしかと待つ事の、障りあり、俄かにとまりぬる。（準備万端ととのって早く〔当日になれば〕と待つ行事が／差支えがあって／急に中止になったの）

遊びをもし、見すべき事ありて、呼びにやりたる人の来ぬ、いと口惜し。（演奏も予定してるし／見せたいものもあって／招きに）

＊〔第九三段〕予期に反した残念さ　前段の意外性に続いて、予期に反した残念さを類想する。同時に次段の回想への導入部となっている。

五 五節は十一月の第二の丑の日から辰の日まで四日間の行事。丑の日は舞姫参内と帳台の試、寅の日は御前の試、卯の日は新嘗祭と童女御覧、辰の日は豊明節会と五節の舞。第八十五・八十七段参照。

六 仏名会は十二月十九日から二十一日まで三日間。第一段に「冬は、つとめて。雪の降りたるは、いふべきにもあらず」と述べた作者としては、この仲冬・晩冬の行事には、雪こそふさわしい景物であった。殊に罪障消滅の仏名会には、雪の浄らかさが望ましかったのであろう。『拾遺集』冬、『古今六帖』巻一、『貫之集』巻一の「年の内に積もれる罪はかきくらし降る白雪と共に消えなむ」の歌は、下文の「雨のかきくらし」という用語表現に影響していると思われる。

七 正月人日・三月上巳・五月端午・七月七夕・九月重陽の五節供や、白馬・踏歌・相撲・豊明等、朝廷において群臣に酒饌を賜る節会が中止となって残念。

八 第三十・三十六・八十七各段に見えた「物忌」は物忌の札であった。元来、物忌とは、八卦・禄命等の陰陽道に基づく日忌で、各人の生年十二支と各月各日の十干との組み合せによって定まるので、他の方忌のように共通画一ではない。天皇のを特に「御物忌」と呼ぶ。また居所に自他ともに出入を禁じる「固き物忌」と外来者の出入だけは認めるただの物忌とがあった。

男も女も、法師も、宮仕へ所などより、同じやうなる人もろともに、寺へ詣で、物へもいくに、[一]好ましうこぼれ出で、[二]用意よく、いはばけしからず、「あまり見ぐるし」とも見つべくぞあるに、[三]さるべき人の、馬にても車にても、ゆき合ひ見ずなりぬる、いと口惜し。わびては、「すきずきしき下種などの、人などに語りつべからむをがな」と思ふも、いとけしからず。

第九十四段

[四]五月の御精進のほど、職におはしますころ、[五]塗籠の前の[六]二間なるところを、[七]殊にしつらひたれば、例ざまならぬも、をかし。

朔より、雨がちに曇りすぐす。

[八]「つれづれなるを。郭公の声、たづねにいかばや」

一　女車の簾の下から、裳の裾や衣の袖などを出してはなやかに見せること。

二　諸注は、「用意、よくいはば、けしからず」と句読して、「その趣向は、よくいっても（または、極言すれば）常軌を逸しており」と解釈しているが、当らない。「用意よく」と、趣向を凝らしていることをまず前提にして、次いで「いはばけしからず」と、いささか度を過していることへの反省に移るべきで、最初からその趣向が常軌を逸していると自ら否定してしまったのでは、下文に、他人の眼に触れずに終った口惜しさを主張する余地はなくなってしまうからである。

三　自分たちの趣向を理解してくれるだけの趣味性の豊かな、そして社交界にも通りのよい人物。この人に見られたい、その人を通じて話題にのせてほしいという自己顕示的な心理が、第九十四段の体験回想と連繋節をなしている。

*〔第九四段〕**詠歌御免**　前段末尾を受けて、風流車の回想から詠歌御免の逸話へと発展する。

四　一年のうち、正・五・九の三カ月を斎月という。『拾芥抄』下巻に「此月月、帝釈対二南閻浮提一、勘二記衆生善悪一也。将下断二五味一、持戒精進、称二仏菩薩名一、一切罪業消滅、災難無レ起、命終之後、往中生十方浄土上云々」とある。本段の史実は、中宮が五月に職曹司におわしたという点で、長徳四年五月の朔に始まり、五日左近衛府真手結の日の明順朝臣山荘訪問から、その二日ばかり後の思い出話に起因した中宮の詠

といふを、

（女房たち）「われも」

「われも」

と、出で立つ。

「賀茂の奥に、[九]何さき（何崎といったっけな）とかや、[一〇]たなばたの渡る橋にはあらで（橋ではなくって）、憎（感じ
き名ぞきこえし（の悪い名があるじゃない）。そのわたりになむ（その辺でね）、郭公鳴く」

と、人のいへば（誰かがいうと）、

「それは、[一一]茅蜩（ひぐらし）なり」

といふ人もあり。

（清少）「そこへ」

とて、五日の朝（あした）に、宮司（みやづかさ）に車の案内（あない）請ひて、[一二]北の陣より、

（清少）「五月雨（さみだれ）は、〔やむを得ないから〕咎めなきもの（叱られはしないわ）ぞ」

とて、〔牛車を階に〕さし寄せて（つけさせて）、四人ばかり乗りて、いく。〔他の女房は〕うらやましがりて、

「なほ（いっそ）、いま一つして（もう一台仕立てて）、おなじくば（同じことなら〔連れていって〕）」


歌御免と、七月四日庚申待（こうしんまち）の夜の内大臣伊周（これちか）との問答にまで及ぶ。

五 殿舎のうち、四周を壁とし、妻戸をつけて、主として納戸（なんど）として使用する部屋。

六 柱間二間（はしらまふたま）続きの部屋。清涼殿の夜御殿（よるのおとど）はやはり塗籠（ぬりごめ）で、その東面に当る廂（ひさし）の間（ま）が、二間（ふたま）と呼ばれていることが思い合せられる。職曹司は、南面に孫廂があったので、やはり母屋（もや）の一部が塗籠となり、その前の南廂に二間があったのであろうか。附図九参照。

七 五月の精進の「称二仏菩薩名一」法事のために、本尊の絵像などを懸け、仏供を調えてあったのであろう。

八 諸注は、「つれづれなるを」を地の文として清少納言の会話語から外し、「退屈なので」と訳するが、それならば古文還訳すると「つれづれなるに」「つれづれなれば」となる。「を」は間投助詞と見る。

九 「松ヶ崎」であろう。山城。下鴨（しもがも）神社の東北二キロにあり、瀬見（せみ）の小川の水源地帯。七瀬祓（ななせのはらえ）の名所として知られる。職曹司から松ヶ崎への径路は附図八参照。

一〇 正しくは「彦星の渡る橋」だが、すべて「たなばた」で代表させている。鵲（かささぎ）が橋をかける七夕伝説を引いて、マツガサキとはカササギに音が似て一層言いにくく「待つが先」と縁起も悪いことを指摘した。

一一 『拾遺集』巻七物名「今来むといひて別れし朝より思ひくらしの音をのみぞなく」を引く（小野富美子説）

一二 職曹司の北門は梨本院に直対する。中宮がおわす間はそこに陣屋を設けたか。朔平門（さくへいもん）とするのは誤り。

などいへど、

(中宮)「まな[一]（だめよ）」

と仰せらるれば、（私たちは）きき入れず、情なきさまにて（薄情なふりをして）いくに、馬場[二]といふ
ところにて、人多くて、さわぐ。

(清少)「なにするぞ」

と問へば、

(従者)「手結[三]にて、馬弓[四]射るなり。しばし御覧じておはしませ」

とて（というので）、車とどめたり。

(人々)「左近の中将[五]、みな着き[六]たまふ（お二人とも来ていらっしゃる）」

といへど、さる人も見えず（そんな人も見えないし）、六位など、立ちさまよへば（うろうろしているので）、

(清少)「ゆかしからぬことぞ（見たくもないことだわ）。はやく過ぎよ（さっさと行きなさい）」

といひて、いきもてゆく道も（どんどん走らせる道中も）、祭[七]のころ思ひ出でられて、をかし。

かくいふところは（いま話に出るところは）、明順[八]の朝臣の家なりける（家だったんですが）、

(清少)「そこも、いざ見む」

一 禁止の日常会話語。

二 これは左近の馬場。『類聚国史』巻七十三に「平城天皇大同二年五月辛卯。先レ是、帝城北野、開二新馬埒(埒か)一、以備二馬射一」とあり、『河海抄』葵巻に「左近馬場、一条西洞院」とある。西洞院大路を北へ延長した一条大路の外側、城外北辺にあったらしい。

三 「手結」は、正月の射礼や五月の騎射の前に行う射術の演習。五月三・四日に左右近衛府の荒手結、五・六日に真手結が行われる。本段にいうのは、五日の左近衛府の真手結である。古くは武徳殿の馬場で行われたが、村上天皇以後は、武徳殿行幸のことはなく、左右それぞれの馬場で行われていた。

四 「馬弓」の字を宛てたが、馬上で弓を射る式を「騎射」(馬射とも)という。「歩射」に対する語。「騎射」を『和名抄』巻四に「宇末由美」とよみ、『伊呂波字類抄』は「マユミ」とよんでいる。諸注が「真弓」の字を宛てるのは誤り。

五 この頃の左近中将には、斉信・正光の二人があるが、清少納言たちが興味を抱いたのは、参議従四位上左近権中将播磨守三十二歳の斉信か。長徳二年四月二十四日参議に任じて蔵人頭を退き、あまり顔を見ることもなくなった斉信を懐かしがってのことであろう。

六 「着く」とは、『小右記』長和元年五月六日条に「権中将雅通・少将経親着二馬場一行二手結一」、同二年五月四日条に「今日手結、只中将雅通一人可レ着二行之一」、同三年五月五日条に「中将雅通・少将公成・経

といひて、車寄せて、下りぬ。

田舎だち、事そぎて、九 馬の絵描きたる障子・網代屏風・三稜草の簾など、ことさらに昔の事を写したり。屋のさまもはかなだち、廊めきて端近に、あさはかなれどをかしきに、げにぞ「かしがまし」と思ふばかりに鳴きあひたる郭公の声を、「口惜しう。御前にきこしめさせず、さばかり慕ひつる人々を」と思ふ。

「ところにつけては、かかることをなむ見るべき」とて、稲といふものを取り出でて、若き下種どもの、きたなげならぬ、そのわたりの家の娘など、ひきもて来て、五六人して扱かせ、また、見も知らぬ一〇 くるべくもの、二人して挽かせて、一二 歌うたはせなどするを、めづらしくて笑ふ。「郭公の歌詠まむ」としつる、まぎれぬ。

一三 唐絵に描きたる懸盤して、もの食はせたるを、見入るる人もなければ、家の主、

任着行」とある「着行」の「着」である。

七 四月賀茂祭当日、一条大路を東進する斎王路頭の儀を見物したことを思い出す。第二百五段には、「昨日は」として、斎王の還御の日からの思い出を随想している（下巻一一五頁一一行以下）。

八 高階成忠の三男。中宮には伯父。長徳二年四月二十四日に、伊周・隆家の貶謫に際して、兄弟の信順・道順が連坐しても、明順には何の咎めはなかったし、常に道長と親交があるなど、中宮の側近にありながら渦中に陥ることのない超然たる立場を維持し、何か老荘的な風格をさえ感じさせる人物であったらしい。

九 馬の絵の障子は恐らく板障子。檜皮を網代に編んだ屏風、三稜草を編んだ簾、すべてシナ式隠逸趣味。

一〇 ただの挽臼ではない。シナ式の展轄（転轄）で、推し棒に嵌められた石の輪が石臼の溝をくるくる自転しながら旋回するのである。附図一六参照。

一一 去年の秋から貯蔵した稲の穂を扱き落し、展轄で籾を摺りながら謡うのは、清少納言たちには聞き慣れない労働歌である。第二百九段には田植え歌が紹介されているし、伝寂蓮筆の『田歌切』には、美濃・尾張・筑紫・陸奥諸国の田植え歌が残されているが、当時の稲扱き歌や籾摺り歌の伝承するものを知らない。

一三 明順のシナ趣味。おそらく椅子にかけて食事を摂る唐人の習俗よりして、日本の懸盤より脚が高く、一人用でない数人用長方形の食卓であろうことが、「着き並み」「取り下ろし」の語から察せられる。

(明順)「いと鄙びたり[一]。かかるところに来ぬる人は、ようせずば、主逃げぬばかりなど、責め出だしてこそまゐるべけれ。無下にかくては、その人ならず」

などいひて、とりはやし、

(明順)「この下蕨[二]は、手づから摘みつる」

などいへば、

(清少)「いかでか、さ、女官[三]などのやうに、着き並みてはあらむ」

など、笑へば、

(明順)「さらば、取り下ろして。例の、這ひ臥し[四]に慣らはせたまへる御前たちなれば」

とて、まかなひ[五]さわぐほどに、

(従者)「雨降りぬ」

といへば、急ぎて車に乗るに、

(女房)「さて、この歌[六]は、ここにてこそ詠まめ」

一　粗末な田舎料理だと謙遜しているのでもなければ、人目もない田舎だから遠慮をするなというのでもない。下文に、目先の変った山菜料理だから、都からきた者はおかわりを催促してまで食べて主人を困らせるのが普通だといっているのであるから、無闇に遠慮して食べないのは、気怯れした田舎者みたいだというのである。

二　他の草の蔭に生え出たばかりの小さい蕨をいう。

三　身分の低い官女。局住みでなく、大部屋で食卓に並んで一斉に食事をする定めとなっていたのであろう。

四　身分の高い女房たちは、その服装からしても、平素気楽にしている時は、腹這いにもひとしい姿勢でいることが多かったからであろう。

五　「まかなひ」は、陪膳・給仕の意。

六　前頁一一行に『郭公の歌詠まむ』としつる、まぎれぬ」とあった、今日の目的を思い出した。

などいへば、

(清少)七「さばれ（いいわよ）。みちにても（帰り道にでも〔詠めるわ〕）」

などいひて、みな乗りぬ。

卯《う》の花の、いみじう咲きたるを（いっぱい咲いてる枝を）折りて、車の八簾《すだれ》・側《かたはら》などに插しあまりて（插してまだあまるので）、九襲《おそ》ひ・棟《むね》などに長き枝を、葺きたるやうに（〔屋根に〕葺きでもするように）插したれば、ただ（まるで）、「卯の花の垣根を、牛にかけたる（牛にひかせてるのか）」とぞ見ゆる（とね見えた）。供なる郎等《をのこども》もいみじう笑ひつつ、

(従者)「ここまだし（ここがまだすいてる）」

「ここまだし」

と、插しあへり（みんなで插しっこしている）。

〔誰か然るべき〕「人もあはなむ（人に出会いたい）」と思ふに、さらに（全然）、あやしき法師・下種《げす》の（身分の低い坊さんや）、いふかひなきのみ（とるに足りないのばかりが）、たまさかに見ゆるに（姿を見せるので）、いと口惜《くちを》しくて、〔内裏〕近く来ぬれど（近くにやって来たが）、

(清少)一〇「いとかくてやまむは（このままこれっきりになるのが）、この車のありさまぞ（この車の風情であるものか）。人に語らせてこそ（誰かに噂をひろめさせずに）

七 「さもあらばあれ」がつづまった日常会話語。

八 車の前後の簾や車の側面の窓。

九 牛車《ぎつしや》の屋形（車蓋《しやがい》）や屋形の上に前後に通した棟木《むなぎ》。「おそふ」は、覆う意。

一〇 この車の華やかな様子というものは、このまま人目に触れずにいてよいものか、ぜひ人目を惹《ひ》いて、社交界の評判をとるべきものだという反語。この点に、前段（二二二頁二行以下）の「用意よく、いはばけしからず、『あまり見ぐるし』とも見つべくぞあるに、さるべき人の、馬《むま》にても車にても、ゆき合ひ見ずなりぬる、いと口惜《くちを》し」とあった一節が、直接にかかってきていることが知られる。したがって、本段を、第九十三段「口惜しきもの」の類想・随想からの派生的回想として書き続けられたものと見ることができよう。

やまめ」（はおかない）

とて、一一条殿のほどにとどめて、（そばに車をとめて）

（清少）二「侍従殿やおはします。郭公の声ききて、今なむ帰る」（侍従様はいらっしゃいますか）（いま帰るところです）

といはせたる使、（と言わせにやった使者が〔戻って来て〕）

（使者）「『ただ今まゐる。しばしあが君』となむ、のたまへる。侍三に、（すぐにまいります）（どうぞちょっとお待ちを）（〔侍従様が〕）

まひろげておはしつる、急ぎたちて、指貫たてまつりつ」（まっ裸でいらっしゃったのが）（あわてて起きて）（指貫をはいておいででした）

といふ。

（清少）「待つべきにもあらず」（待つ必要なんかないわ）

とて、走らせて、土御門四ざまへやるに、いつのまにか装束五きつらむ、（上東門の方へ走らせると）

帯は、道のままに結ひて、（道々に）（結んで）

（公信）「しばし……しばし」（ちょっと）（ちょっと）

と追ひ来る。供に、侍三四人ばかり、ものもはかで走るめり。（履くものも履かずに走って来るみたい）

（清少）と「疾くやれ」

と、いとど急がして、〔車が〕土御門にいき着きぬるにぞ、あへぎまどひて（到着したところへね）（はあはあ息を切らせて）

一 一条西洞院から京中にはいって、一条大路を西へくると、故一条太政大臣藤原為光の邸一条殿（『拾芥抄』に「一条南大宮東二町」とある）の北側の塀外を通ることとなる。附図八参照。

二 為光六男公信。時に従五位下讃岐介兼侍従の二十二歳。公信十歳の頃に為光家に出仕していた気安さから、その口の軽さを見込んで、卯の花車の評判を立てさせるために、清少納言は声をかけたのであろう。一条殿は、故為光が妻を通して一条摂政伊尹から伝領したものであり、公信の母は伊尹女であるから、為光薨後は、公信がここに住していたものと見える。なお、その敷地は『拾芥抄』に二町とするが、元来は一町であった（杉崎重遠氏「里内裏としての一条院—一条殿から一条院へ—」『国文学研究』昭和四十六年一月）。

三 侍所。大臣家であるから侍所が置かれていた。

四 大内裏東面北端の門。鬼門を避けるために築土塀を切り通しにしただけで、門柱も屋根もないので、土御門という。一条大路を一条殿の西角で南に折れ、大宮大路を二町ゆくと、土御門大路に面した上東門に達する。

五 着つけをすませたか。「装束」という漢語名詞の語尾を四段に活用させて、衣服を着装する意の動詞として用いた。

おはして（いらっしゃって）、この車のさまを（私たちの車の恰好を）、いみじう笑ひたまふ。

（公信）六「うつつの人の乗りたるとなむ（生きた人間が乗ってるとはねえ）、さらに見えぬ（全然見えない）。なほ（まあ）、七下りて見よ」

など、笑ひたまへば、供に走りつる人（ついて走って来た人も）、ともに興じ笑ふ。

（公信）八「歌はいかが（歌はどうでしたか）。それきかむ（それを伺いましょう）」

とのたまへば、

（清少）「いま（あとで）、御前（おまへ）に御覧ぜさせてのちこそ（中宮様のお目にかけてからね）」

などいふほどに、雨、まこと降りぬ（本当にふってきた）。

（公信）「『などか（どうして）、こと（他の）御門（みかど）御門（かど）のやうにもあらず、土御門しも（上東門に限って）、頭（かうべ）九もなくしそめけむ』と、今日こそ（今日という今日こそ）、一〇いと憎けれ」

などいひて、

（公信）「いかで帰らむとすらむ（どうやって帰ろうというんだ）。こなたざまは（ここまでは）、『ただ遅れじ』（ともかく遅れまい）と思ひつるに（と思ってたので）、人目も知らず走られつるを（はた目もかまわず走って来られたんだが）、一一奥（あう）いかむことこそ（これから先が）、いとすさまじけれ（実に不体裁だ）」

六 諸注は「うつつの人」を「正気の人間」と訳するが、それでは清少納言たちを気違い扱いにしたこととなる。やはり、生身（なまみ）の人間ではない化生（けしょう）のものとか、人形などが乗るにふさわしい、花ずくめの車だと、公信は言いたかったのであろうと考える。

七 乗っている当人たちにはわかるまいから、下りて見て、自分で判断してみなさいというわけ。

八 一条殿の門前で、郭公の声（ほととぎす）を聞いて帰るところだと声をかけたので、公信は、当然、郭公の歌を詠んだものだと期待している。

九 初めから頭なしに造ったのかと。諸注は、第二類本の「かううへもなく」の本文によっているが、第一類本文の「からへもなく」をそのまま、「頭もなく」と擬人的にいったものと解する。

一〇 傘も用意せずに飛び出してきた公信だから、雨宿りのできない上東門の作りに腹を立てている。

一一 諸注が「奥いく」を「自宅へ帰る」意に解しているのは従いがたい。上東門を通って大内裏の内部へゆくことをこそ「奥いく」というべきで、一条殿へ戻ることは、むしろ外へ出ることであり、それならば、ただ「帰らむことこそ」と言えばよかろう。清少納言が、郭公の歌は、中宮のお目にかけてから聞かせようといったのであるから、その目的のためには、公信は職曹司（しきのぞうし）までついて行かねばならず、人目の多い大内裏の中を、傘もなしにゆくことを躊躇（ちゅうちょ）するという矛盾が、そこに生じて、公信は進退に窮するわけである。

とのたまへば、

（清少）「いざ、たまへかし[一]。内裏（うち）[二]へ」

といふ。

（公信）「烏帽子（えぼうし）[三]にては、いかでか」

（女房）「取りに、やりたまへかし」

などいふに、まめやかに降れば、かざりなき[四]郎等（をのこども）、ただ曳（ひ）きに曳き[五]入れつ。一条殿より傘（も）[六]持て来たるをささせて、うち見返りつつ、こたみ[七]は、ゆるゆるともの憂げにて、卯（う）の花ばかりを執りておはするも、をかし。

さて、まゐりたれば、ありさまなど問はせたまふ。恨みつる人々[八]、怨じ、心憂がりながら、藤侍従の一条の大路走りつる語るにぞ、みな笑ひぬる。

（中宮）「さて、いづら、歌は」

と、問はせたまへば、「かうかう」と啓すれば、

さあ　いらっしゃいませよ
どうして〔参れましょう〕
〔冠を〕とりに〔使を〕おやりなさいましよ
本降りに降ってきたので　無遠慮な
〔公信は〕　ふり返りふり返り
今度は　億劫そうに　手に持っていらっしゃる
のも　滑稽だ
〔御前に〕参上したら〔松ヶ崎での〕様子などをお尋ねになる
恨み言をいったり情けながったりするものの　公信が一条の大通りを走った時の話をするとね
笑い出した
ところでどこにあるの　歌は
かようかようの次第と申し上げると

一　公信が困っているからこそ、清少納言は一層意地悪く「奥いく」ことを奨（すす）めるのである。
二　この「内裏」は、職曹司を含めた大内裏の意。あるいは、単なる「内」で、上東門よりも内部の意か。
三　中宮の御前に参上するのに烏帽子（えぼうし）姿では具合が悪いと、公信がしりごみする。侍臣の参内には、衣冠・束帯（そくたい）・冠直衣（かんむりのうし）いずれにせよ冠を必要としたので、中宮昇殿にも冠がなくてはと遠慮した。
四　諸注は第二類本によって「笠もなき」の意に解するが、清少納言たちと公信の押し問答にしびれを切らせた従者たちが、雨が本降りになったのをしおに、無遠慮に牛車（ぎっしゃ）を土御門から大内裏の域内に曳（ひ）きいれたのである。従者たちは元来、無骨無風流なもの。
五　どんどん車を曳き入れてしまった。「ただ（副詞）曳き（動詞）に（累加の助詞）曳き入れ（複合動詞）つ（完了の助動詞）」という組成。
六　後ろから従者にさしかけさせる大傘（長柄傘）。
七　車のあとを追ってきて走った先程とは違って。
八　一緒について行けなくて恨んでいた女房たち。
九　松ヶ崎まで郭公を聞きに行ったという噂（うわさ）を。
一〇　諸注は「いとわびしきを」の「を」を格助詞として「いひあはせ」の客語と見ているが、中宮に叱られたわびしさを話し合っても始まらない。やはり清少納言個人の感想として「を」は文末につく感動の間投助詞（終助詞）と見て、文を終止させることにする。
一一　公信が清少納言たちと別れて、土御門から一条殿

（中宮）「口惜しのことや（情けないことねえ）。殿上人などの九きかむに（耳にしたら）、いかでか（どうして）、露をかしき言（しゃれた歌の一つもなくてすませるの）なくてはあらむ。そのききつらむところにて（〔郭公の声を〕聞いたその場で）、きとこそは（即座に）、詠まましか（詠むべきだったわね）。あまり儀式定めつらむこそ（慎重ぶっていたらしいのが）、あやしけれ（けしからぬことよ）。ここにても詠め。いといふかひなし（ほんとにだらしがない）」

など、のたまはすれば、「げに」と思ふに（もっともだと思うにつけても）、一〇いとわびしきを（実につらいことですよ）……。

いひあはせなどするほどに（〔和歌をどうするか〕相談し合ったりするうちに）、藤侍従（公信が）、一一ありつる花につけて（先程の花に結んでよこした）、一二卯の花の薄様に書きたり（〔歌が〕書いてある）。一三この歌おぼえず（この〔公信の〕歌は思い出せない）。

（清少）「これが返し、まづせむ」

など、硯（すずり）取りに、局にやれば（自室へ召使をやると）、

（中宮）「ただ、これして（ともかくこれを使って）、疾（と）くいへ」

とて、御硯（おんすずり）、一四蓋（ふた）に、紙などしてたまはせたる（紙などをのせて下されたのを〔宰相の君の方へおしやって〕）、

（清少）一五「宰相の君、書きたまへ」

といふを、

（宰相）一六「なほ（やはり）、そこに（あなたが）」

へ帰る時に、一本抜き取って持ち帰った卯の花。

一二 これは料紙の色目。『枕草子』には、鳥の子の薄様（斐紙）の色目が五種類見える。青（第七十七・八十四・二百二十二段）、赤（第百二十六・百八十二段）、浅緑（第百七十六段）の三種は単一の染色であろうが、紅梅（第二百六十段）とこの卯の花とは、重ねの色目であろう。いずれにしても『天元四年四月二十六日故右衛門督斉敏君達謎合』に「青柳の薄様一重ね」「紫の薄様一重ね」とあるように、薄様の鳥の子は、二枚重ねて用いるのが常道であった。つまり一枚に書き、他の一枚は礼紙のように添えて、そこに重ねの色目の配色美を見出だすこともあったのである。卯の花襲ねは表白・裏青である。

一三 能因本・前田本は「この歌おぼえず」との本文を除去して、「郭公なく音たづねに君ゆくと聞かば（前田本「知らば」）心をそへもしてまし」の和歌本文を補っている。果してこれが公信の歌であるか否かはわからないが、ともかく後人の恣意的な補訂であろう。

一四 硯筥の蓋はお盆の役目をする。時に「蓋」を省略した「御硯」だけであっても、その時の用途によってお盆代用の硯蓋と解せられる（二九頁注一三参照）。

一五 松ヶ崎へ郭公を聞きに同行した中での上臈女房であるから、清少納言はまず宰相の君に譲った。宰相の君は、右馬頭重輔の女、第二十段初出の人物。

一六 宰相の君は、公信との経緯から、やはり清少納言に返歌する義務があるとして、押し返したのである。

などいふほどに、搔きくらし雨降りて、神いと恐ろしう鳴りたれば、ものも覚えず、ただ恐ろしきに、御格子まゐりわたしまどひしほどに、このことも忘れぬ。

いと久しう鳴りて、すこしやむほどには、暗うなりぬ。

（清少）「ただ今、なほ、この返りごとたてまつらむ」

とて、とり向かふに、人々・上達部など、神のこと申しにまゐりたまへれば、一西面に出でゐて、ものきこえなどするに、まぎれぬ。

二こと人はた、

「さして得たらむ人こそせめ」

とて、やみぬ。「なほ、このことに宿世なき日なめり」と屈じて、

（清少）「いまは、いかで、『さなむいきたりし』とだに、人に多くきかせじ」

など、笑ふ。

（中宮）三「今も、などか、そのいきたりしかぎりの人どもにて、いはざら

空も真っ暗なくらい　雷が　気も顚倒して　大騒ぎで御格子を全部お下げしているうちに　歌のことも　夜になった　いますぐ　何とかして　この返歌を差し上げましょう　〔返歌に〕とりかかると〔上の〕女房たちや上卿たちが　雷のお見舞に〔中宮の御前に〕参上なさったので　西の廂に出て〔応対の〕座について　お話相手を勤めるうちに　忘れてしまった　ほかの女房たちもまた　そうして〔名指しで〕歌を貰った人が返歌すべきだわ　手を引いた　〔私も〕やっぱり和歌には　縁のない日なんだろうと　落胆して　こうなってはめったに　郭公を聞きにいったということさえ　あまり人に聞かせないようにしましょうよ　なんていって笑う　たった今にも　どうして　お前たち行っただけの者同志で　言い出さないでいるも

一 職曹司では、西廂を客間として使用しているところから考えると、内裏に近い西門が正門として用いられていたものであろうか。第八十二段にも、西廂で不断の御読経の行われたことが記されている（一八一頁三行）。時に清少納言が局住みすることもあった（第二百五十七段、下巻一七一頁）。

二 松ヶ崎へ同行した他の三人（宰相の君を含めて）の女房である。牛車一台満席として、松ヶ崎へは同行四人で出かけた。

三 この中宮のお言葉は、諸注が解くように、歌が詠めるか詠めないかを問題にしているのではない。「今も」が清少納言の「いまは」に対し、「などか……いはざらむ」が「いかで……きかせじ」を受けている言葉の応酬であるから、清少納言が、郭公の和歌はおろか、松ヶ崎へ行ったことをさえ人には話すまいといったことに対して、中宮は、お前たちがどうして黙っていられるものか、まわりの者がいわなくても、行ったお前たち当人同志だけでも、すぐそのことをおしゃべりするに違いないと、ひやかされたのである。そしてこの中宮の予言どおりに、二日ほど後になると、清少納言たちは、案の定、その日の話をしはじめているのである。しかもそれが、食物の話だとあっては、中宮がお笑いになるのも、もっともというわけである。

む（のですか）。されど（だけど）、『させじ』と思ふにこそ（口にはすまいと思ってるのね）」

（清少）「されど、今は（今となっては）、すさまじうなりにてはべるなり（興ざめになってしまいましてございます）」

と、ものしげなる御気色なるも（ご不快そうなお顔つきでいらっしゃるのも）、いとをかし。

と申す。

（中宮）「すさまじかべきことか（興ざめだなんていえることですか）。四いな（とんでもない）」

とのたまはせしかど、さてやみにき（そのままになった）。

二日ばかりありて、その日のことなどいひ出づるに、宰相の君、

「五いかにぞ（どうでしたか）。『手づから折りたり（〔明順が〕自分で摘んだ）』といひし下蕨（したわらび）は」

とのたまふをきかせたまひて（〔中宮様は〕お耳になさって）、

（中宮）「思ひ出づることのさまよ（思い出すにも事欠いて〔食べ物の話だなんて〕）」

と、笑はせたまひて、紙の散りたるに（〔その辺に〕散らかってる紙に）、

六下蕨こそ恋しかりけれ

と書かせたまひて、

（中宮）「七本（もと）いへ」

四 第一類本本文の「いな」が、第二類本・能因本では「はな」、前田本では「は」となっているので、諸注は第一類本を改訂し、「すさまじかべきことかは」までを中宮の言葉とし、「などのたまはせしかど」を地の文としているが、このように語気の強い反語を、「など」と曖昧（あいまい）に受けるのは適切でない。地の文の始まりは、第一類本・前田本の「と」がよい。とすれば、前田本は、「すさまじかべきことかはな」と男言葉になることを嫌って「な」を除去したものと考えることができる。ゆえに、第二類本・能因本が「かはな」「など」両方ともが適切でないから否定されると、やはり、第一類本の「すさまじかべきことか。いな」という本文が最も純正なものとして容認されることとなる。

五 明順がご馳走してくれた柔らかい蕨（わらび）の味について、宰相の君が清少納言の感想を求めたとすると、当日、上臈（じようろう）女房の宰相の君は、明順に勧められても上品ぶって蕨を食べそこねたのであろう。

六 連歌（れんが）である。つづけ歌ともいう。後世の鎖連歌（くさりれんが）と違って、下の句を詠みかけて、上の句を付けさせるのが普通の単独連歌である。下句の歌意は、「何といったって下蕨の味がなつかしいことだ」となる。

七 上の句をつけなさい。上の句を「本（もと）」、下の句を「末（すえ）」という。

と仰せらるるも、いとをかし。

　一郭公たづねてききし声よりも

と書きて、まゐらせたれば、（差し上げたので）

（中宮）二「いみじううけばりたり。三からだに、いかで郭公のことをかけつらむ」（随分あつかましいわね　それにしても　どうして郭公のことに言いかけたの　〔やっぱり気になるのね〕）

とて、笑はせたまふも恥づかしながら、

（清少）四「なにか。この『歌詠みはべらじ』となむ思ひはべるを、もののをりなど、人の詠みはべらむにも、『詠め』など仰せられば、得さぶらふまじき心ちなむしはべる。いと、いかがは、文字の数知らず、春は冬の歌、秋は梅・花の歌などを詠むやうははべらむなれど、『歌詠む』といはれし末々は、すこし人よりまさりて、『そのをりの歌は、五これこそありけれ』『さはいへど、六それが子なれば』などいはればこそ、かひある心ちもしはべらめ。つゆ、とり分きたる方もなくて、さすがに歌がましう、七『われは』と思へ

（私が　歌を詠みますまい　とそう思っておりますのに　晴れの場などで　ほかの方が歌を詠みます時にも〔私に〕歌を詠めなどとお命じでしたら　とてもいたたまれない気持がいたしますもの　そんな　まさか　三十一文字の字数も知らぬとか　春には冬の歌を　秋には梅や桜の歌なんかを詠むわけはございませんのですが　〔一応〕歌を詠む　といわれた者の子孫は　すこしは人並み以上に〔詠めて〕　あの時の歌は　この者が抜群だったとか　何といっても　誰それの子供だから　などといわれてこそ　詠みがいのある気持もいたしましょう　全然　取り立てて才能もないのに　いっぱし和歌のつもりで　われこそは〔元輔の子だ〕と思って）

一　中宮にすっかり見すかされてしまっては、清少納言も大胆に居直って、「花より団子」式の歌にしてしまった。上の句の歌意は、「わざわざ訪ねていって聞いた郭公の声よりも」となる。

二　恥ずかしげもなく、食い意地の張った歌を詠んだものだとの意。

三　食い意地の張った歌を詠みながら、それでもわずかに、本来の目的であった郭公に言寄せることを忘れないでいるのを、さらにひやかされたのである。「かけ」は「思ひかけ」ではなく「いひかけ」「詠みかけ」の意に取る。つまり、中宮が提示された主題の下蕨から、かねて宿題の郭公へ「かけて」詠んだことを指摘して、郭公の歌を気にかけている清少納言の本心を見透かされたのである。

四　どういたしまして。下の近称の指示代名詞「こ」は、自卑的な一人称として用いられている。また、格助詞「の」は、「こ」が「思ひはべる」動作主の主語であることを示している。名詞「歌」を指示する連体修飾語としての「この」ではない。したがって「思ひはべるを」の「を」は、逆接の助詞ということになる。

五　近称の指示代名詞「これ」も、和歌を指すのではなくて、下文の「それ（先祖の有名歌人）」に対する「これ（現在存生の末裔）」を指す人称代名詞と見る。

六　一般語として、不特定の有名歌人を仮定したのであるから、不定称の人称代名詞と見る。

七　清少納言の父元輔は、いわゆる梨壺の五人に数え

られて、『後撰集』の編纂に参加し、『万葉集』の訓読に従事した、十世紀後半の第一級歌人。家集『元輔集』を残し、勅撰集に入るもの百五首の多きに上り、後世、三十六歌仙の一人に挙げられている。そのほか、『古今和歌六帖』も元輔の撰になるという説もあり、娘の清少納言が、父の名を辱めないように気を使ったという釈明も、あながち強弁ではなく、道理至極と是認されたことであろう。正暦元年六月、従五位上肥後守の八十三歳で卒しているから、本段の史実年時からは八年前のこととなり、「亡き人」というわけ。祖父深養父（通説には曽祖父。「解説」参照）もまた有名な歌人で、重代の歌道名誉の家に生れた清少納言が、その意味で衆人環視の的となり、それを大きな重荷と感じていたであろうことも、当然と考えられる。

八　長徳四年七月四日が庚申に当る。庚申の夜は、眠ると三尸という悪虫が体内に入って害をなすので、寝ずに夜を明かすという道教の信仰行事があった。平安時代の和歌や物語等の文学が、この庚申待の夜に、発表・享受の機会を得て、大いに発展したことは、文化史上注目すべき現象である。

九　伊周。長徳二年四月二十四日、内大臣から大宰権帥に貶せられ、同三年三月二十三日に召還の官符を受け、同年十二月帰京したから、正確には「前の内大臣殿」とか「帥殿」というべきであるが、当時も「帥内大臣」と通称せられていたから、差支えはない。

一〇　庚申待の夜を楽しくするために種々配慮した。

るさまに、最初に詠み出ではべらむ、七亡き人のためにもいとほしうはべる」

と、まめやかに啓すれば、笑はせたまひて、

「さらば、ただ心にまかす。われは、『詠め』ともいはじ」

とのたまはすれば、

「いと心やすくなりはべりぬ。いまは、歌のこと思ひかけじ」

などいひてあるころ、八「庚申せさせたまふ」とて、九内の大臣殿、一〇いみじう心設けせさせたまへり。

夜うち更くるほどに、題出だして、女房も歌詠ませたまふ。みな、気色ばみ、ゆるがし出だすも、宮の御前近くさぶらひて、もの啓しなど、ことごとをのみいふを、大臣御覧じて、

「など、歌は詠まで、無下に離れゐたる。題取れ」

とて、賜ふを、

「さる言うけたまはりて、歌詠みはべるまじうなりてはべれば、

一 「こと様なること……さはゆるさせたまふ」は、中宮に対する言葉。「いとあるまじきことなり」は独白。「よし……今夜は詠め」は、清少納言に対する言葉。事の意外に驚いて、次々と口走る伊周の感情が、よく表現されている。

二 「まことに」を「はべる」にかかる連用修飾語、「やは」を疑問として、「本当に、そんなことがございますか」と訳すことも、語法上は可能だが、それならば、過去の事実を追及するものとして「まことにさることや（は）はべりし」というべきであろう。やはり、「やは」は反語とみるべきである。

三 「つつむ事」とは、単に重代の歌人の子として、精神的な負担が多いということだけを指すのではあるまい。そのことは既に和歌の中に「その人ののち」と表明されているから、啓上の言葉と重複することとなる。彼女は、父元輔が、あまりにも多作即詠の歌人であり、かつ古歌に通暁するあまり、しばしば古歌に酷似して剽窃にも等しい作品を発表していたことを、ひそかに気付いて恥じていたものかと思われる。しかも、清少納言自身も、父の轍を踏んで、独創の歌を詠むよりも、古歌に密着した和歌が、安易に口をついて出てくることを懼れて、むしろ意識して詠歌を避ける傾向があったものと推測される。つまり、清少納言は、父元輔を尊敬すると同時に、その長所も短所もともに近似している自己の中に、父の影を見出して、自己を嫌悪することさえあったのであろう。これが、歌

思ひかけはべらず」（考えてみもいたしません）

と申す。

（伊周）「一こと様なること（奇態な話だ）。二まことに（まさか）。さることやははべる（そんなことはございますまい）。などか（どうして）、さはゆるさせたまふ（そんなことをお許しになるのです）。いとあるまじきことなり（とんでもないことだ）。よし（まあいい）、こと時は知らず（ほかの時はどうでもいいが）、今夜は詠め」

など、責めさせたまへど、け清うききも入れでさぶらふに（きれいさっぱり馬耳東風で〔御前に〕控えていると）、みな人詠み出だして、「よし」「あし」など定めらるるほどに（〔その歌を〕いいのわるいのと評定なさっている間に）、いささかなる御文を書きて、投げ賜はせたり（〔中宮様は〕ちょっとしたお手紙を〔私に〕投げておよこしになった）。見れば、

元輔がのちといはるる君しもや
今夜の歌にはづれてはをる

とあるを見るに、をかしきことぞたぐひなきや（見るにつけても面白いったらありゃあしない）。いみじう笑へば（〔私が〕ひどく笑うものだから）、

（伊周）「なに言ぞ。なに言ぞ」（何て書いてあるのだ）

と、大臣も問ひたまふ。

（清少）「その人ののちといはれぬ身なりせば

今夜の歌をまづぞ詠ままし
三 つつむ事さぶらはずば（はばかる筋がございませんなら）、千の歌なりと（千首の歌だって）、これよりなむ出でまうで（即座にねえ 出てまいることでしょう）
来まし」
と啓しつ（と申し上げた）。

第九十五段

四 職におはしますころ、八月十余日の、月明かき夜、五 右近の内侍に琵琶弾かせて、端近くおはします。これかれ（女房たちがみんな）、ものいひ、笑ひなどするに、〔私は〕廂の柱によりかかりて、ものもいはでさぶらへば（一言も口をきかずに控えていたら）、

（中宮）「など、かう音もせぬ（どうしてそんなに黙りこくってるの）。ものいへ。寂々しきに（淋しいじゃないの）」

と仰せらるれば、

（清少）「ただ、六 秋の月の心を見はべるなり（心境を拝見しているのでございます）」

道に博識多才でありながら、奇異なまでに寡作に終った彼女の歌歴の謎を解く鍵であるかと思われる。

＊〔第九五段〕月の心を見る　前段の詠歌無用の挿話を受けて、無言に月と心を通わす挿話を回想。

四 八月十余日の月の美しい頃に、中宮が職曹司にお わしたのは、長徳三年と四年。前段の詠歌御免の事実を直接に受けているとすれば、四年の八月十六日望。

五 内裏の女房。第八十二段にも見えたように、天皇の御使として、職曹司の中宮へ参上したのであろう。

六『後撰集』秋中に「月影は同じ光の秋の夜を分きて見ゆるは心なりけり」とあり、『白楽天詩集』巻十二「琵琶行」に「曲終収レ撥当レ心画。四絃一声如二裂帛一。東船西舫悄無レ言。唯見江心秋月白」とある。第八十九段には、長徳元年秋、「琵琶行」を引いての中宮との応答が見え、中宮の方が「此時無レ声勝レ有レ声」と琵琶を把ったまま無声でいることを白詩に諷せられたが、本段では清少納言が白詩を引いて無言に月を見る自己の立場を説明し、かつ後撰の歌によって、同じ秋の月ながら心からに美しさの増すものであると主張している。つまり長徳三年の五月には隆家が、十二月には伊周がそれぞれ配所から帰京したし、十二月十三日には女一宮修子に内親王の宣旨が下るなど、四年の仲秋名月は久しぶりに澄みきった中宮（長秋宮）のご心境にも通うものであることを拝察して、清少納言は敢えて歌には詠まず、以心伝心「秋の月の心を見る」と、唯一言に無量の衷情をこめたのであろう。

と申せば、

（中宮）「さもいひつべし」（そうもいえるだろう）

と仰せらる。

第九十六段

一御方々・君達・殿上人など、〔中宮の〕御前に人のいと多くさぶらへば、〔私は〕廂の柱によりかかりて、女房と物語りなどしてゐたるに、〔中宮様が〕ものを投げ賜はせたる（何かを投げて下さったのを）、開けて見たれば、

「思ふべしや、いなや。『人、第一ならず』は、いかに」（〔お前を〕可愛がろうか可愛がるまいか　人に一番〔愛されているの〕でないというのはどうなの）

と、書かせたまへり。

〔ふだんから〕御前にて、物語りなどするついでにも、（中宮様の御前で〔皆と〕何か話してる時にも）

（清少）「すべて、人に、一に思はれずば、何にかはせむ。ただいみじう、（ともかく　相手から　一番愛されないなら　どうしようもないわ〔でなくては〕いっそのこと）

＊〔第九六段〕**一乗の法**　前段中宮との以心伝心の挿話から溯って、まだ新参意識もぬけやらぬ中宮一辺倒のころの回想。

一 中宮のお身内の女性たち。清少納言が正暦四年冬出仕後一年近くも経って、漸く自分の意見も述べ始め、かつ中宮に対しては小さくなっているという条件と、長徳元年四月道隆薨去以前の、中宮の得意の頃という条件とからして、本段の史実を正暦五年後半から長徳元年春までのことと限定すると、長徳元年現在で、二の君は十五歳、三の君十四歳、四の君十三歳と推定される。したがって、君達は、隆家が十七歳、隆円が十六歳ということになる。

二 唯一無二の意。『法華経』方便品に「十方仏土中、唯有二一乗法一、無レ二亦無レ三」とあることから出た。「乗」とは乗り物の意で、仏の教えが人を涅槃の彼岸に運ぶことを指し、『法華経』こそは唯一無二の真理で、仏の教えの極意であるとして、これを一乗の法といった。つまり、清少納言が、愛されるなら一番でなくてはならぬ、二番や三番では死んだ方がましだといった絶対主義を、先輩女房たちがからかったのである。

三 中宮は、清少納言が平素から、大きなことをいっては先輩に笑われているので、口頭では返事もしにくかろうと、紙や筆を下されて、和歌か何かでの返答を求められたのであろう。この点からも、長徳四年五月の詠歌御免（第九十四段）より以前の事実と判る。

四 極楽浄土に往生することを蓮の台に乗るという。

なかなか憎まれ（無闇にひどく憎まれ）、悪しうせられてあらむ（手ひどい扱いをされた方がましよ）。二、三にては（二番手三番手なんかじゃ）、死ぬと（死んだ）もあらじ（っていやよ）。一にてを（第一番でね）、あらむ（ありたいわ）」

などいへば（なんていうものだから）、

（女房）二「一乗の法なり（法華一乗の法ってところね）」

など、人々も笑ふことの筋なめり（女房たちも笑うその話の線でのお言葉らしい）。

三 筆・紙など賜はせたれば、

（清少）四「九品蓮台のあひだには、下品といふとも（〔十分でございます〕）」

など書きて、進らせたれば、

（中宮）「無下に思ひ屈じにけり（ひどく卑屈になったものね）。いとわろし。いひとぢめつることは（きっぱり言い切ったことは）、さてこそあらめ（そのまま押し通すものよ）」

とのたまはす。

（清少）「それは、五人にしたがひてこそ（相手によりけりでございますわ）」

と申せば、

（中宮）六「そが、わろきぞかし（それがいけないのだよ）。『第一の人に（第一等の相手に）、また一に思はれむ（また第一番に愛されよう）』とこ（と心がける）


そして極楽浄土には、『観無量寿経』に説くように、上品上生・上品中生・上品下生・中品上生・中品中生・中品下生・下品上生・下品中生・下品下生と、九つの階級があるとされているので、九品浄土・九品蓮台などという。清少納言は、中宮のお傍に仕える自分の境遇を、現世の極楽と満足しているので、この宮においては、第一どころか最下等でも満足でございますと、中宮のご質問をかわしたのである。直接には、『和漢朗詠集』下にも見える慶滋保胤の「極楽寺建立願文」の「十方仏土之中、以西方為望、九品蓮台之間、雖下品応足」の下二句を引いている。極楽寺は永観二年東三条女院の御願によって、叡山常行堂の慈覚大師作阿弥陀如来を、神楽岡の東、白河の離宮に移し、正暦三年秋、勅願によって離宮を捨てて伽藍を建立したもの。したがって、保胤の建立願文は、正暦三年秋の作と推定される。因みに保胤は、長保四年十二月九日大江匡衡の「左相府為寂心上人修四十九日諷誦文」によって推算すると、長保四年十月二十一日卒となる。

五 中宮のお言葉の「人」及び清少納言のふだんの考えの中の「人」も、このご返事の中の「人」も、すべて不特定の「人」で、自分を遇してくれる相手のこと。

六「そ」は相手によって考えを変える信念の弱さ、主体性のなさを指す。こうした中宮の君臨的な態度と清少納言の卑屈な態度とから、出仕後久しからぬ正暦五年後半から長徳元年春にかけてのことと推測する。

そ思はめ」（ものですよ）

と仰せらるる、いとをかし。

第九十七段

一中納言まゐりたまひて、〔中宮様に〕扇を進上なさる時に御扇たてまつらせたまふに、

（隆家）「私ときたらすばらしい扇の骨が手にはいったんですよ隆家こそ、いみじき骨は得てはべれ。その骨に紙を張らせてそれを張らせて、進(まゐ)らせむとするに、いい加減なおぼろけの紙は、得張るまじければ、探しているんですもとめはべるなり」

と申したまふ。

（中宮）どんな風なの「いかやうにかある」

と、おたずねなさいますと問ひきこえさせたまへば、

（隆家）ともかく「すべて、すごいんですいみじうはべり。全然見たこともない『さらにまだ見ぬ、骨の見事さだ骨のさまなり』

＊〔第九七段〕**海月(くらげ)の骨**　若かりし頃の隆家と、姉中宮との睦(なつ)まじいやりとりに一枚加わった作者の諧謔(かいぎゃく)。

一 隆家。中宮定子同腹の弟。もし「中納言」が、事件当時の官称であるなら、長徳元年四月六日権中納言に任じてから、同年六月十九日の任中納言を経て、二年四月二十四日の出雲権守(いずものごんのかみ)左遷まで約一年の間の出来事となり、隆家十七、八歳（数え年）というわけであるが、その話題に全く屈託がなく、あまりにも無邪気な感情が露呈している点からして、長徳元年四月十日道隆薨去(こうきょ)以前のことで、隆家が権中納言に任じる以前、正暦五年夏頃の事件と考えられないこともない。

二 海月（水母(くらげ)）には骨がない。そこでめったにはない稀有(けう)の幸運にめぐまれることを俗に「海月の骨にあふ」という。『元真集(もとざねしゅう)』に「世にし経ば海月の骨は見もしてむ網代(あじろ)の氷魚(ひを)はよるかたもなし」とある一首が、長徳元年（九九五）以前の歌としては知られている。『今昔物語集』巻十二や『続本朝往生伝』『本朝法華験記』下に見える増賀(ぞうが)聖人の「瑞歯(みづは)さす八十路(やそぢ)あまりの老いの波海月の骨にあふぞ嬉しき」という臨終の歌は、増賀が長保五年（一〇〇三）六月九日に、八十七歳で入滅(にゅうめつ)した人であるから、この事件よりは後のことに属する。その他、後世の作としては、『夫木抄(ふぼくしょう)』巻二十七、源仲正の「わが恋は海月の骨をぞ待ちわたる海月の骨にあふよありやと」などが知られている。

三 隆家は、清少納言のいった秀句を、自分のいった

「となむ、人々申す。まことに、かばかりのは見えざりつ」〔ほんとに／これほどのは見たことがない〕

と、言高くのたまへば、〔大声で〕

「さては、扇のにはあらで、海月のななり」〔(清少) それじゃ　扇の骨じゃなくて　二 くらげくらげの骨なんですね〕

ときこゆれば、〔申し上げると〕

「これは、隆家が言にしてむ」〔(隆家) こいつは　三 私の　いったことにしてしまおう〕

とて、笑ひたまふ。

かやうの事こそは、かたはらいたき事のうちに入れつべけれど、〔四 こんな出来事はそれこそ　苦々しいわれぼめの話として片付けてしまいたいのだが〕

「一つな落しそ」といへば、いかがはせむ。〔一つだって抜かすなと　〔人が〕いうものだから　仕方もなかろう〕

第九十八段

雨のうちはへ降るころ、今日も降るに、御使にて、式部丞信経まゐりたり。例のごと、褥さし出でたるを、常よりも遠く、おしやり〔五 雨がひきつづき降る頃　〔内裏から〕勅使として　六 しきぶのぞうのぶつね　〔簾の下から〕作法どおり　褥を差し出したのを　ふだんより遠く〕

ことととして人々に宣伝しようというのである。その無邪気さは、むしろ権中納言に任じて以後の長徳元年十七歳の時というよりは、正暦五年八月二十日に従三位に叙する以前の十六歳が、よりふさわしく、その点よりして正暦五年夏の出来事と見るべきであろうか。

四 まことに他愛（たわい）のない自慢話であることに気がさすのであろう。このように、作者が読者に弁解を試みているということは、また、この作品が、完成以前から既に部分的には世間に流布（るふ）しており、読者からの種々の反響を受けとめながら書き継がれ、成長発展していったものであることを証明するに足るであろう。

＊〔第九八段〕**藤原信経**　前段をうけて、清少納言の秀句についての回想談二つ。紫式部に対して舌禍（ぜっか）を招くこととなる。

五 前半「洗足料紙」の洒落（しゃれ）の話は、信経（のぶつね）が六位蔵人の式部丞（しきぶのじょう）であった長徳三年正月から四年正月まで（「勘物（かんもつ）」）の間の、中宮が内裏を退出していられた時期で、かつ大雨の季節とすれば、長徳三年七月下旬（二十七日白露（はくろ））ということになろうか。

六「勘物」に「長徳元年正月蔵人廿七、右兵衛尉。二年正月兵部丞。三年正月式部丞。四年正月七日叙。廿五日河内権守（かわちのごんのかみ）」とある。紫式部の伯父為長の男（だん）。紫式部には従兄（いとこ）に当る。長徳三年は二十九歳。清少納言よりは三歳ほどの年下で、ちょうど恰好（かっこう）のからかい相手であった。

て居たれば、（坐ってるので）

（清少）「誰が料ぞ」（一体誰のためのですかね）

といへば、笑ひて、

（信経）「かかる雨に（こんな雨なのに）、のぼりはべらば（〔褥に〕上がりましては）、足形つきて（泥足の形がついて）、いと不便にきたな（汚れて随分）くなりはべりなむ（不都合でございましょう）」

といへば、

（清少）「など（何の）、洗足料紙にこそはならめ（足拭き紙ぐらいにはなるでしょ）」

といふを、

（信経）「これは、御前に（あなたの方で）、かしこう仰せらるるにあらず（うまくおっしゃったのではない）。信経が、足形のことを申さざらましかば（申しませんでしたら）、得のたまはざらまし（とてもおっしゃれなかったでしょう）」

と、かへすがへすいひしこそ、をかしかりしか。

（清少）「はやう（昔）、中后の宮に、『ゑぬたき』といひて、名高き下仕なむありける。美濃守にて失せける（死んだ）藤原時柄、蔵人なりけるをりに、下仕どものあるところに立ち寄りて、『これやこの（これがまああの）、高名のゑぬ（名高いゑぬたき）

一 折角差し出した褥から遠く離れて坐っているので、清少納言も面白くなかったのであろう。

二 『和名抄』に「茵」に注して「氈褥也」とある。足形がつくといったことを逆手に取って、足拭いにはなるだろうと、「洗足」と「氈褥（茵・褥）」とをかけた地口の洒落。第一類本「けんそくれう」、第二類本・能因本「けんそくれうし」。「せ（世）」から「け（幾・希）」への字形相似による本文転化と見る。なお、諸注は第二類本・能因本に従って「し」を省いているが、足拭きの料紙として第一類本を取る。

三 機智を尊んだ当時、誰が洒落を言ったか、誰が洒落のヒントを与えたかが、功名争いの種子となったらしい。この点で、前段、隆家が、自分の言ったことがヒントとなって生れた清少納言の洒落を、自分の言ったことにしたいと言ったのと共通しており、前段から本段への連想の連繋節となっている。

四 村上天皇の中宮藤原安子。右大臣師輔一女。冷泉・円融母后。一条天皇には祖母、中宮定子には大伯母に当る。『大鏡』第一に「中后と申す、この御事なり」とある。

五 『和名抄』巻十八に「狗、音句、和名恵沼、又与レ犬同」とある。「ゑぬ」が犬であることは判るが、「ゑぬたき」については、『評釈』が「犬吐は犬の反吐なり」とし、『集註』が「犬抱ならむか」とするなど、一定しない。『類聚名義抄』に「高」を「タキ」と訓んでいることを合わせ考えると、「犬高」であり、犬の

たき、など（どうして）、さしも（八 それほど）見えぬ（〔低く〕も見えないのだい）』といひけるいらへに（といった返事に）、『それは、時（九）からにさも見ゆるならむ（時と場合によって低く見えるのでしょう）』といひたりけるなむ、『仇（相手）に選り（選び出し）ても、さることは、いかでかあらむ（たとしてもこんな〔呼吸の合った〕ことはめったになかろう）』と、上達部・殿上人まで、興ある（面白い）ことにのたまひける（だと評判なさったんですって）。また（それも）、さりけるなめり（そうだったでしょうね）。今日まで、かくいひ伝ふるは（こうして語り伝えてるんですもの）」

ときこえたり（と話して聞かせた）。

（信経）「それまた（それだって）、時柄がいはせたるなめり（いわせたことでしょう）。すべて（何だって）、ただ題からなむ（まず出題次第でね）、詩も歌もかしこき（よくできるものです）」

といへば、

（清少）「げに（なるほど）、さもあることなり（そんなことらしいわ）。さば（じゃあ）、題出ださむ（〔私が〕出題しましょう）。歌詠みたまへ」

といふ。

（信経）「いとよきこと（ああ結構ですとも）」

一〇 といへば、

（清少）一一「一つは何せむに、同じくば（同じするなら）、あまたをつかうまつらむ（たくさん題をさし上げましょう）」

ように背丈が低いという意味のあだ名であろうか。

六 雑仕と同様に、雑役に使われる身分の低い官女。

七 京家藤原氏三仁の男。本名季綱を改めて時柄という。「勘物」に「康保五年正月廿八日美濃守。元兵庫頭。前東宮大進。天延二年六月廿七日摂津守従四位下」とあるから、「美濃守にて失せける」というのは清少納言の記憶違い。時柄が六位蔵人であったのは、『貞信公記』天慶八年正月二十八日・天暦二年二月二十五日条等に見える頃であるから、この逸話は、天徳二年十月二十七日安子立后以前、天慶九年五月二十七日女御となって以後のことである。

八 代名詞「さ」は、上文の「犬高」を受ける。即ちそれほど「低く見えぬ」とは「女性の坐高が高い」ことで、「ゐぬたき」というあだなが背丈の低いことを意味するとの考えを裏づけすることとなる。

九 「時から」と相手の名「時柄」とをかけた洒落。

一〇 能因本には「といへは」が脱落しているので、「一つはなせむに」以下の言葉も、信経の強がりの言葉となるが、それでは、次頁二行に「あな恐ろし。まかり逃ぐ」という弱腰とあまりにも極端に変心することとなるので従いがたい。

一一 一つじゃつまらないから。三巻本は「ひとつは」を脱落し、第二類本はさらに「なせむに」を「御せんに」と改訂している。能因本によって「ひとつは」を補う。「なせむ」は「なにせむ」がつまった日常会話語。第八十二段（一九九頁一行）「なせうにか」。

なんどいふほどに、御返り出で来ぬれば、（〔それをしおに〕）

（信経）「あな恐ろし。まかり逃ぐ」（ああこわやの　逃げて戻ります）

といひて、出でぬるを、（出ていったのを〔あとで〕）

（女房）「いみじう真名も仮名も悪しう書くを、人わらひなどする、隠してなむある」（下手糞に書くのを　人が笑いものにするのを　避けて　いるんですよ）

といふも、をかし。

作物所の別当するころ、誰がもとにやりたりけるにかあらむ、物の絵様やるとて、（誰のところへ送った手紙であろうか　何か　絵図面を届けるというので）

（信経）「これがやうにつかうまつるべし」（こんな風に作ってさし上げなさい）

と書きたる、真名の様、文字の、世に知らずあやしきを見つけて、（漢字の書風や字体が　何とも言えぬ下手糞なのを）

（清少）「これがままにつかうまつらば、異様にこそあるべけれ」（この指図どおりにお作りしたら　変てこなものになるでしょうよ）

とて、殿上にやりたれば、人々とりて見て、いみじう笑ひけるに、（と書きつけて　殿上の間へ届けたので　ひどく笑ったらしいのを）

大きに腹立ちてこそ、憎みしか。（〔私のことを〕　憎んだことです）

一 天皇のお手紙に対する中宮のご返事。清少納言が勅使の話し相手をしている間に認められ、上臈女房が御簾際まで持ってきて信経に手渡したのであろう。

二 清少納言が「あまたをつかうまつらむ」といったことを恐れて。

三 清少納言が出題するから歌を詠めといったのを、いったん承知しておきながら、ご返事の出たのを機会に多数出題は脅威だという理由で逃げ出したのは、実はひどい悪筆であることを隠そうという魂胆だと、他の女房が透っ波ぬいたのである。

四 内裏の西南隅にある。禁中の調度類を製作する役所。「勘物」に「長徳二年五月三日蔵人兵部丞信経作物所別当。以二文章生方弘一奏慶」とあるから、本段の後半、信経の悪筆をからかった話は、それ以後、長徳四年正月七日叙爵して蔵人を辞するまでのことか。信経の絵図面が清少納言の目に触れたのは、長徳二年十二月十六日ご誕生の修子内親王の三・五・七夜等の産養や五十日・百日の儀等の御前の調度を作るために、信経が度々明順の小二条宅の中宮御所へ絵図面を持参して指示を仰ぐ必要のあった時であろうか。

五 清涼殿の殿上の間に居合せた侍臣や蔵人たち。

六 何分にも前任の作物所別当が当代随一の能書であり清少納言と親交厚い行成であったから、信経の悪筆が目立ったのも無理はないが、あまりにもひどい清少納言の悪戯を憎んだのは信経ばかりではない。信経の従妹の紫式部が清少納言を目の仇にした理由の一つと

第九十九段

淑景舎、春宮にまゐりたまふほどのことなど、いかが、めでたからぬことなし。

正月十日にまゐりたまひて、御文などは繁う通へど、まだ御対面はなきを、二月十余日、宮の御方にわたりたまふべき御消息あれば、常よりも、御しつらひ、心ことにみがきつくろひ、女房など、みな用意したり。

夜半ばかりにわたらせたまひしかば、いくばくもあらで、明けぬ。

登花殿の、東の廂の二間に、御しつらひはしたり。宵にわたらせたまひて、またの日はおはしますべければ、女房は、御膳宿に向かひたる渡殿に、さぶらふべし。

殿・上、暁に、一つ御車にてまゐりたまひにけり。

もなったことであろう。但し『権記』長徳元年九月十七日条に「聞下昨被レ補二作物所別当一之由上」とあって、行成の別当兼任は、ほんの半年間のことであった。

＊〔第九九段〕**登花殿の円居**　長徳元年（九九五）二月十八日、中宮・淑景舎ご対面の日の華やいだ回想。

七 道隆二女。この時推定十五歳（第八十五段初出）。

八 冷泉皇子居貞親王。母は兼家女超子。一条天皇の従兄でかつ皇太子。当年二十歳。道隆二女（原子）は、かねて内御匣殿別当として宮中にあったが、長徳元年正月十九日、春宮女御となって淑景舎に住した。

九 『小右記』長徳元年正月十九日条に「関白二娘、号二内御匣殿一、今夜参二青宮一云々」とあるので、「十日」というのは清少納言の記憶違いであろう。

一〇 登花殿にいらっしゃる姉中宮と淑景舎と。

一一 『勘物』所引『信経記』に「二月十八日渡二御登華殿一。仰二掃部寮一敷二莚道一。午刻供二朝膳一、未刻渡御。頭中将斉信候二御剣一。於二殿南妻一侍臣盃酒事。申刻還御」とあるから、姉妹の御対面は十八日。

一二 十七日の夜半、即ち午後十二時頃。

一三 御対面の場は登花殿東廂の南から数えて第六・第七のふた間であった。附図一三参照。

一四 配膳室。位置未詳。お膳宿に向い合った渡殿とは、登花殿の西面中央から貞観殿への廊であろう。

一五 父道隆は四十三歳。母正三位貴子は従二位高階成忠女。推定四十二歳。円融天皇の御時の内侍であった。

早朝、いと疾く御格子まゐりわたして、宮は、御曹司の南に、四尺の屏風、西東に御座敷きて、北向きに立てて、御畳の上に御茵ばかり置きて、御火桶まゐれり。御屏風の南、御帳の前に、女房いと多くさぶらふ。

まだこなたにて、御髪などまゐるほど、

「淑景舎は、見たてまつりたりや」

と、問はせたまへば、

「まだ、いかでか。御車寄せの日、ただ御うしろばかりをなむ、はつかに」

ときこゆれば、

「その、柱と屏風とのもとに寄りて、わがうしろより、みそかに見よ。いとをかしげなる君ぞ」

とのたまはするに、嬉しく、ゆかしさまさりて、「いつしか」と思ふ。

一 二月十八日の早朝。

二 御対面の場として設けられた二間のお部屋の中の南側に、高さ四尺の屏風を北向きに立てて仕切りとし、その前に畳を東西を縦にして敷いて、中宮の御座とした。「四尺の屏風北向きに立てて」と「西東に御座敷きて、御畳の上に御茵ばかり置きて」と互いに続く文章を組み合せた。「曹司」を「障子」と読んではならない。附図一三参照。

三 中宮の背後の屏風の外（南）側。

四 母屋の中央に据えられた中宮の御帳台（寝所）の前であるから、東廂の中央の間となる。

五 対面の席にお出ましになる以前。

六 正暦五年二月二十日、積善寺供養の当日、東三条院から積善寺へ中宮が渡御なさる際、女房たちが西の対の唐廂から次々に寄せられた車に乗りこもうと、寝殿の渡殿から西の対の東簀子・南簀子と、列を作ってゆく時、南廂の御簾の内で、女房が車に乗りこむところを見ていられた中宮・淑景舎・三四の君・殿の上・その妹たちの後ろ姿を、東簀子から簾を通して斜めに見たことが、第二百六十段（下巻一九五頁）に記されている。これが「御車寄せの日、ただ御うしろばかりをなむ、はつかに」という経験である。清少納言が正暦四年冬に出仕してから長徳元年二月まで、淑景舎を見たのはこのわずかな機会だけであった。

七 母屋の柱と屏風との透き間から覗く。附図一三参照。

[八]紅梅(こうばい)の[九]固文(かたもん)・浮文(うきもん)の御衣(おんぞ)ども、[一〇]紅(くれなゐ)の打ちたる御衣三重(みへ)が上(うへ)に、ただ(じか)ひき重ねてたてまつりたる、

（中宮）「紅梅には、濃き衣こそ、をかしけれ。[一一]得(え)着ぬこそ、口惜しけれ。いま(もう)は、紅梅のは、着でもありぬべしかし。されど、萌黄(もえぎ)などの憎ければ……紅に合はぬか」

など、のたまはすれど、ただいとぞめでたく見えさせたまふ。[一二]たてまつる御衣の色毎に、[一三]やがて御容貌(かたち)の、にほひあはせたまふぞ、「なほ、ことよき人も、かうやはおはしますらむ」と、ゆかしき。さて、ゐざり入らせたまひぬれば、やがて御屏風に[一四]そひつきて、覗くを、

（女房）「悪しかめり」

（女房）「うしろめたきわざかな」

と、きこえごつ人々も、をかし。[一五]曹司の、いと広うあきたれば、いとよく見ゆ。上(うへ)は、白き御衣ど

八 織色の名。経(たて)紅・緯(よこ)白または紫(むらさき)。

九 文様(もんよう)を沈むように固く織り出した固文と、文様を浮くように柔らかく織り出した浮文と。この「御衣」は打衣(うちぎぬ)の上にひき重ねたとあるから、表着(うわぎ)であろう。したがって、固文・浮文は、一枚の織物の中に、両種併織されているものらしく、固文と浮文と二領(りょう)の表着を重ね着したのではあるまい。

一〇 表着の下、重ね袿(うちぎ)の上に着る打衣。「三重」は、袘(ふき)を三重がさねに仕立てたものであろう。従って、重ね袿（五つ衣）の描写は、ここには省かれていると見る。

一一 二月（仲春）という季節がら、紅梅の表着には紅の打衣というきまりであったのであろう。三、四月にもなれば、萌黄の表着に濃紫の打衣でよかったのであろうが、生憎(あいにく)、萌黄（青緑色）はお好きでなかった。

一二 諸注はすべて、「奉る御衣の色殊(こと)に」と読んで、「お召しになるお着物の色が格別で」と解しているが、それでは中宮の素晴らしさを褒(ほ)めたことにならない。何を着ても引き立つといってこそ賞讃の言葉となる。

一三 そのままぴたっと。

一四 「柱と屏風とのもとに寄りて、わがうしろより、みそかに見よ」とあった中宮の仰せに従って。

一五 諸注は、「曹司(ぞうし)」を「障子(そうじ)」と解しているが、中宮と、正客の淑景舎や陪席の道隆夫妻との間に、襖(ふすま)などのあるわけがない。二間(ふたま)というと、畳十二帖(じょう)敷きの広さはある。そこに四人であるから、部屋の中は、広々として空間を残している。

も、紅の張りたる二つばかり、一女房の裳なめり、ひきかけて、奥によりて、東向きにおはすれば、ただ、御衣などぞ見ゆる。淑景舎は、北にすこしよりて、南向きにおはす。紅梅いとあまた、濃く淡くて、上に、濃き綾の御衣、二すこし赤き小袿、蘇枋の織物、三萌黄の若やかなる固文の御衣たてまつりて、扇をつとさし隠したまへる、いみじう、げにめでたく、うつくしと見えたまふ。殿は、淡色の御直衣、萌黄の織物の指貫、紅の御衣ども、御紐さして、廂の柱にうしろを当てて、こなた向きにおはします。めでたき御ありさまを、うち笑みつつ、四例の、たはぶれ言せさせたまふ。

淑景舎の、いとうつくしげに、五絵に描いたるやうにてゐさせたまへるに、宮は、いとやすらかに、いますこしおとなびさせたまへる御気色の、六紅の御衣に光りあはせたまへる、「七なほ、たぐひはいかでか」と、見えさせたまふ。

八御手水まゐる。かの御方のは、宣耀殿・貞観殿を通りて、童女二

表着なんかに 紅で糊のきいた打衣を二枚だけ 女官としての裳でしょ ちょいと腰につけて 母屋によって 坐っていらっしゃるので ほんのお召し物なんかだけが見える 紅梅色の（重ね袿）を沢山 濃淡さまざまに重ねた上に 濃紫の綾の打衣 少し赤味がかった小袿は 蘇枋色の織物で 萌黄色の若々しい固文の表着を お召しになって 扇でぴったり顔を隠していらっしゃるのが 何とも 実に素晴らしく 愛らしい様子をしていらっしゃる （道隆） 淡紫色の 紅の下襲なんかで （直衣の襟の） 紐を通しながら 背中をもたせかけて こちら向きに （姫君たちの） 素晴らしいご様子を

淑景舎の君が 大変愛らしいご様子で （きちんと） 坐っていらっしゃるのに比べ 中宮様は ごくゆったりとして おとなっぽくていらっしゃるそのご表情が 打衣に照り映えていらっしゃるところは さすが 肩を並べられる方は 絶対にない と思うほどにお見受け申します

向う様のは

一 諸注の「女房の裳を借りたのだろう」という解は誤り。母の前掌侍貴子は、娘の中宮に対して臣下としての礼装をせねばならぬ。但し唐衣は省いた略礼装。

二 裳・唐衣の礼装につぐ礼装として、表着の上に小袿を着る。中宮と東宮女御との身分差が現れている。

三 淑景舎は、姉中宮が着たくても着られなかった濃紫の打衣。ただし中宮がお好きではない萌黄の表着の着用が条件となる。したがって上文の「紅梅いとあまた」は表着ではなく、打衣の下の重ね袿か。

四 道隆が猿楽言（洒落戯談）を得意の習癖としたことは、第百二十三・二百六十段にも見える。

五 絵に描いたようなという譬喩は、(イ)現実を超えた理想的な美しさ、(ロ)類型化した生気のなさ、と長短両面に用いられる。この場合は、淑景舎が中宮の完成された女性美に及ばぬという点で、やや後者に近い。

六 上文「紅に合はぬか」とあった中宮のご謙遜を否定し、「たてまつる御衣の色毎に」「にほひあはせたまふ」中宮の美しさを、再確認している。

七 上文「なほ、ことよき人も、かうやはおはしますらむ」と期待したことについての解答がこれである。

八 夜中から来訪の淑景舎も、早朝から両親の訪問を受けた中宮も、これから朝の手水を使われるわけ。

九 諸本悉く「からひさし」とあるが、登花殿東面中央が唐廂となっていたとしても、貞観殿からの反橋廊を、作者の位置からして「唐廂のこなた」とはいえない。『集註』の説に従って改訂する。貞観殿の北廂

人・下仕四人して、持てまゐるめり。片廂のこなたの廊にぞ、女房六人ばかりさぶらふ。「狭し」とて、片へは御送りして、みな帰り（半数は〔前夜〕お送りしてきたあと皆帰って）にけり（いったっけ）。桜の汗衫、萌黄・紅梅などいみじう（色とりどりで）、髪ざし長くひきて、取り次ぎ（次々手渡しで）進らする（お運びするのが）、いとなまめき、をかし（とても優美でしゃれている）。織物の唐衣どもこぼれ出でて（〔簾の下から〕押し出して）、相尹の馬の頭の女、少将、北野宰相の女、宰相の君などぞ、近うはある（近くに坐っている）。「をかし」と見るほどに（きれいな人たちだと見てるうちに）、こなたの（こちら様の）御手水は、番の（当番の）釆女の、青裾濃の裳・唐衣・裙帯・領巾などして、面いと白くて、盤など取り次ぎまゐるほど、これはた（〔あちらのと比べて〕これまた）、公けしう唐めきて（格式張った唐風で）、をかし（結構）。

御膳のをりになりて（〔中宮様には〕）、御理髪まゐりて（理髪の女官が奉仕し）、蔵人ども（女蔵人たちが）、御陪膳の髪上げて（髪上げ姿で）進らするほどは（お膳をお運びする時は）、隔てたりつる御屏風もおしあけつれば、垣間見の人（清少）、隠れ蓑とられたる心ちして、飽かずわびしければ（もっと見ていたいのに残念だから）、御簾と几帳との中にて、柱の外よりぞ、見たてまつる。衣（〔自分の〕）の裾・裳などは、御簾の外にみなおし出だされたれば（すっかりはみ出しているので）、殿（道隆）、端の方より御覧じ出だして（お見つけになって）、

から登花殿東廂北二の間にかけて片廂廊があるので、その片廂廊の「こなたの廊」とは、上文に「御膳宿に向かひたる」とあったのと同じ中央の反橋廊となる。

一〇 反橋廊のことだから座席は窮屈である。

一一 童女が桜重ねの汗衫、下仕が萌黄・紅梅の袿姿。

一二 第一類本以外の諸本は「かさみ」とあるが、童女だけではないから、髪丈の長いことを指すと解する。

一三 反橋廊に居並ぶ淑景舎の女房たちの描写に移る。

一四 五節の舞姫（第八十五段）であった相尹女（後の中将典侍）の姉に当る少将掌侍。

一五 従三位式部大輔菅原輔正女、菅宰相典侍芳子。輔正の任参議は長徳二年四月二十四日であるから、この女房名は後からのもの。当時は二十歳前後の掌侍か。

一六 三巻本は「しも」、能因本・前田本は「しもつかへ」とあるが、これは釆女が「取り次ぎまゐる」物件でなければならない。『侍中群要』巻三に「主水司供二御手水一（中略）六位取三置御澡豆破塩御箸等於二御盤一」とある洗面具を載せた「盤」と解する。「は（者）」と「し（志）」との字形相似による本文転化であろう。

一七 裳・唐衣・領巾・裙帯の他に、髻を結い上げ、蔽髪・釵子・刺櫛・簪をつけた唐風の第一礼装だから。

一八 『信経記』に「午刻供二朝膳一」とあった。

一九 『拾遺集』雑賀に「隠れ蓑隠れ笠をも得てしがな来たりと人に知られざるべく」とあり、『隠れ蓑の物語』という散佚物語も知られている。

二〇 母屋と東廂との境で、御簾と几帳との間に坐る。

(道隆)「あれは、誰ぞや。かの御簾の間より見ゆるは」

と、咎めさせたまふに、

(中宮)「少納言が、ものゆかしがりて、はべるならむ」

と申させたまへば、

(道隆)「あな、恥づかし。かれは、古き得意を。『[一]いと憎さげなる娘ども持たり』ともこそ、見はべれ」

などのたまふ御気色、いとしたり顔なり。
[二]あなたにも、御膳進る。
(道隆)[三]「うらやましう。方々の、みな進りぬめり。疾くきこしめして、翁・媼に、御おろしをだに賜へ」

など、日一日、ただ猿楽言をのみしたまふほどに、(伊周)大納言・(隆家)三位の中将、[四]松君率て、まゐりたまへり。殿、[五]いつしか抱き取りたまひて、膝に据ゑたてまつりたまへる、いとうつくし。狭き縁に、所狭き[六]御装束の、下襲ひき散らされたり。大納言殿は、ものものしうきよげ

一 道隆得意の猿楽言。すばらしい娘たちといいたいところを、わざと逆手に出た。或いは、父兼家の妾対の御方と通じていた秘め事を、当時対の御方に仕えていた少女期の清少納言が知っていたのではないかとの危惧からのテレ隠しか。
二 淑景舎の方を指す。
三 道隆の猿楽言第二弾。自分たち夫妻を、物乞いの爺・婆に仕立てて、皆を笑わせる。
四 伊周の長男道雅の幼名。母は前権大納言源重光女。この時は数え年四歳。道隆が眼の中に入れても痛くない初孫である。
五 待ちかねたように。
六 束帯の正装で、下襲の裾(きょ・しり)を長く曳いているから。
七 敷き物を差し上げて。
八 左近衛は日花門の内の宜陽殿の西土廂、右近衛は

月花門の内の校書殿の東廂が、衛府官の陣列を立てる場所で、これを陣座または仗座といったが、太政官庁が廃せられて以後、ここで公事を行うこととなった。これを陣儀・仗儀という。この頃は、左の陣座は、紫宸殿と宜陽殿との間、内衙門・宣仁門・崇明門の内の軒廊五間であった。伊周は前官を以って「大納言」と記されているものの、正暦五年八月二十八日以来の内大臣として、陣座の公事に出席する必要があったので、ゆっくりしてはいられなかった。

九 当時の蔵人式部丞としては、源惟時（『小右記』正暦四年七月五日）、藤原輔尹（『権記』正暦四年十月二十六日）、源則理（「勘物」正暦五年正月十三日）等があり、則理が該当するか。

一〇（中宮から主上への）ご返事は。諸注は、第二類本によって「御返けふは」と改訂しているが、下の「疾く」を「今日は」と限定することは許されない。天皇からのお手紙に対して、中宮のご返事が、いつもは遅いということになるから。「た（太・多）」から「け（介）」への本文転化として、第一類本を採る。

一一 道隆の男。母は伊勢守藤原奉高女（『尊卑分脈』には伊予守奉孝）。寛仁三年九月三日卒（『左経記』四日条。『小右記』十一日条には「去月晦比卒」と）。「勘物」に「正月十三日任二少将一」とある。当時は十七、八歳であったか。

一二 淑景舎の女房がいた反渡殿は簀子敷の幅が狭い。

に、中将殿は、いと労々じう、いづれもめでたきを見たてまつるに、殿をばさるものにて、上の御宿世こそ、いとめでたけれ。

「御円座」

など、きこえたまへど、

「陣に着きはべるなり」

とて、急ぎ起ちたまひぬ。

しばしありて、式部丞某、御使にまゐりたれば、御膳宿の北に寄りたる間に、茵さし出だして、据ゑたり。御返答は、疾く出ださせたまひつ。

まだ、茵も取り入れぬほどに、春宮の御使に、周頼の少将まゐりたり。渡殿は細き縁なれば、こなたの縁に、こと茵さし出だしたり。御文取り入れて、殿・上・宮など、御覧じわたす。

「御返り、はや」

とあれど、頓にもきこえたまはぬを、

（道隆）一「なにがしが見はべれば（誰かが見ておるものだから）、書きたまはぬなめり（お書きにならぬそうな）。さらぬをりは（そうでない時は）、これよりぞ（こちらの方からね）、間もなくきこえたまふなる（ひっきりなしにお手紙を出されるらしい）」

など、申したまへば、〔淑景舎が〕御面はすこし赤みて（お顔をすこし赤くして）、うちほほ笑みたまへる、いとめでたし。

（貴子）「まことに（冗談ではなく）、疾く（急いで）」

など、上もきこえたまへば（奥方も申されるので）、〔淑景舎は〕奥に向きて（向うをむいて）、書いたまふ。上、近う寄りたまひて、もろともに書かせたてまつりたまへば（お手伝いしてお書かせ申し上げられたので）、いとどつつましげなり（大層恥ずかしそうでいらっしゃる）。宮の御方より（中宮様のお心づけで）、二萌黄の織物の小袿・袴（萌黄重ねの織物の小袿や袴を）おし出でたれば、三位の中将（隆家様が）〔少将に〕かづけたまふ（授けられる）。三頸苦しげに思うて、持ちて起ちぬ。

松君の、をかしう（可愛い声で）、もののたまふを（何かおっしゃるのを）、誰も誰も、うつくしがりきこえたまふ（可愛い可愛いとほめそやされる）。

（道隆）「『宮の御子たち』とて（中宮様のお子たちだといって）、ひき出でたらむに（人前に出したって）、わるくはべらじかし（おかしくはございますまいよ）」

などのたまはするを、〔承るにつけて〕「げに（全く）、などか（どうして）、四さる御事の今まで（今までおめでたが〔ないのか〕）」とぞ（とね）、

一 娘の淑景舎の君をひやかす道隆の猿楽言第三弾。

二 使者に対する祝儀の品。廂の間の女房が、簾の下から簀子敷へ押し出す。

三 女装束一襲を禄として賜って、作法どおりに肩にかけて退出するには、まだ骨組みも華奢な少年には、嵩張り過ぎて頸が窮屈なものだから、手で持った。

四 正暦元年正月入内されてからまる五年になる。中宮定子は既に十九歳。ただし、一条天皇はまだ十六歳であった。外戚権による摂関政治の当時、皇子出産の成否が最大の関心事であったから、お仕えする清少納言までが気の揉めることである。まして道隆は、松君くらいの皇子がいたらと、猿楽言も忘れて、こればかりは真顔でいったことであろう。『紫式部日記』にも、「年ごろ心もとなく見たてまつり給ひける御事のうちあひて」と、道長が皇子出産を待ち焦がれていたことが記されている。ただし、中宮定子の皇子出産は、不幸にして道隆薨後のことであった。

五 午後一時から三時までが未の刻。前掲『信経記』にも「未刻渡御」とあった（二四五頁注一一）。

六 『信経記』によれば、午の刻の供膳より前に、既に筵道（二八頁注六）は敷かれていたらしい。

七 主上が、登花殿の母屋にはいられたのである。

八 母屋の御帳台に、お二人ともおはいりになった。一条天皇はこの時十六歳、昼日中、側近に人も多いのに、いかにも四辺かまわぬ天衣無縫なお振舞である。『紫式部日記』にも、「宮の御方に入らせ給ひて程もな

心もとなき。（気がかりなことだ）
　未（ひつじ）の刻（とき）ばかりに、[五]
　「筵道（えんだう）まゐる」[六]（(官人)筵道をお敷きします）
などいふほどもなく、〔主上は〕[七]うちそよめきて入らせたまへば（衣ずれの音もさやさやとおはいりになったので）、宮も、こなたへ（母屋の方へ）入らせたまひぬ。やがて（そのまま）、御帳（みちやう）[八]に入らせたまひぬれば、女房[九]も、南面（みなみおもて）（南廂へ）に、みなそよめき往ぬめり（みなさやさやと出ていくようだ）。廊（らう）[一〇]に、殿上人いと多かり。殿の（関白様が）、御前（おまへ）に宮司（みやづかさ）召して、
「菓子（くだもの）・肴（さかな）などめさせよ（ご馳走なさい）。人々酔（ゑ）はせ」[一一]（(道隆)）
など仰せらるる、まことに[一二]（本式に）みな酔（ゑ）ひて、女房とものいひかはすほど、かたみに（お互いに）「をかし[一三]（楽しい）」と思ひためり（と思ってるようだ）。
日の入るほど[一四]に、〔主上は〕起きさせたまひて、山の井の大納言[一五]召し入れて、御袿（みうちぎ）まゐらせたまひて（お召しになって）、還らせたまふ（お帰りになる）。桜の御直衣（なほし）に紅（くれなゐ）の御衣（おんぞ）の夕映えなども、〔美しいが〕畏（かしこ）ければ、とどめつ（恐れ多いことだから批評は控えた）。
山の井の大納言は、入り立たぬ[一六]（ご縁の遠い）御兄（せうと）にては、いとよくおはするぞ（〔中宮様と〕随分仲がよくていらっしゃ）

きに」と、土御門第行幸の際の中宮彰子（しょうし）とのあわただしい合歓（ごうかん）のことが記されている。
九　母屋にいた女房たちも遠慮して、帳台からは遠い南廂に移る。
一〇　おそらくこれは南面の簀子敷を指すのであろう。
一一　『信経記』にも「於二殿南妻一侍臣盃酒事一アリ」とあった。道隆が気をきかせて、主上と中宮との閨房（けいぼう）から人人の気をそらせるために酒饌（しゅせん）を供したのであろう。
一二　殿上人たちも、初めはお義理で酒を飲んでいるうちに、本格的に酔いが廻ってきた。
一三　高貴な人たちのいる東廂のご対面の座や、母屋中央の御帳台からは遠い南簀子の殿上人と南廂の女房たち、互いに遠慮のないつきあいで。
一四　長徳元年（九九五）二月十八日（陽暦三月二十四日）の京都における日没は、ほぼ午後六時十二分と推算されるが、『信経記』に「申刻還御（さるノこく）」とあるのは、正刻として午後四時、申四刻として、午後四時三十分から五時である。但し西に山を負う京都の日没は早い。
一五　中宮定子の異腹の兄道頼。母は従四位下山城守藤原守仁女（もりひとじょ）。時に正三位権大納言の二十五歳。この年の六月十一日薨去（こうきょ）。従三位藤原永頼女（ながよりじょ）と結婚して、京極西三条坊門北にある山井殿（やまのいどの）に住したので山井大納言と称された。幼名を大千代君といい、祖父兼家が養子として育てたので、兼家と不仲な父道隆に疎（うと）んぜられ、弟の小千代君伊周（これちか）と差別されていた。
一六　他に異腹の兄としては頼親（よりちか）が知られている。

かし。匂ひやかなるかたは、この大納言にもまさりたまへるものを、かく、世の人は切にいひおとしきこゆるこそ、いとほしけれ。殿・大納言、山の井も、三位の中将・内蔵頭など、さぶらひたまふ。

宮のぼらせたまふべき御使にて、馬の典侍まゐりたり。

（中宮）「今夜は、得なむ」

など、しぶらせたまふに、殿きかせたまひて、

（道隆）「いと悪しきこと。はや、のぼらせたまへ」

と申させたまふに、春宮の御使、しきりてあるほど、いと騒がし。御迎へに、女房、春宮の侍従などいふ人もまゐりて、

（侍従）「疾く」

と、そそのかしきこゆ。

（中宮）「まづ、さば、かの君わたしきこえたまひて」

とのたまはすれば、

一 長徳元年二月当時の内蔵頭が誰であったか、現在の調査では未詳である。ここは、中宮定子の兄弟が一座していることを描写しているのであるから、異腹ながら当時左近少将二十四歳の頼親が、寛弘二年六月十九日に内蔵頭に任じていることが注目される（『道長公記』『小右記』）。あるいは、道隆の母方の従兄弟になる陳政が、長徳二年から長保三年に及ぶ長い期間を内蔵頭に在任していることが諸記録によって知られるので、兄弟に準ずる身内の者として、ここに宛てることができるかも知れない（北村章氏説）。前者ならば本段の執筆年時は寛弘二年以後となって、作品の成立時期推定に重大な意味を持つといえよう。

二 伝未詳。中古三十六歌仙の一人で、初め斎院選子内親王に仕え、のち中宮定子に仕えて掌侍となり、中宮内侍とも呼ばれた左馬頭源時明女馬内侍とは別人であろう。天皇の使者としてきているのであるからには、内裏女房でなければならないからである。また典侍であるから、第六段に見えた馬命婦とも異なる。

三 折角、親娘四人水入らずの団欒をと、主上のお召しであっても、腰を折られたくない中宮の心境。

四 父親としては、昼中にも登花殿を訪れ、夜は夜で上御局へ召される天皇のご寵愛、一日も早く日嗣の御子の御懐妊を願うものとして、辞退するなど、とんでもないことだと、中宮をそそのかすわけである。

五 東宮は東宮で、淑景舎女御をしきりに召される。居貞親王も二十歳の若さ、新婚早々の女御を手放して

（淑景舎）そうおっしゃってもどうして〔私が先に参れましょう〕
「さりとも、いかでか」
とあるを、
（中宮）お見送りしますわよ
「見送りきこえむ」
なんておっしゃる〔姉妹譲り合いの〕光景も　幸せいっぱいで　結構
などのたまはするほども、いとめでたく、をかし。
（道隆）それなら　七 遠方のを先にするのがいいか
「さらば、遠きを先にすべきか」
というわけで　淑景舎がお帰りになる
とて、淑景舎わたりたまふ。
関白様達が　八 お戻りになったうえで〔中宮様は〕参上なさる　その途中も
殿など、還らせたまひてぞ、のぼらせたまふ。道のほども、殿の
〔私たちは〕笑いころげて　あやうく　落ちてしまいそうだ
御猿楽言に、いみじう笑ひて、ほとほと九打橋よりも、落ちぬべし。

第百段

一〇 殿上より、梅の、みな散りたる枝を、
「これは、いかが」

は置けない気持。中宮・女御それぞれに矢の催促で、登花殿の円居も、すっかり落ち着かないものとなった。

六 東宮の女房の名であるが、伝未詳。東宮には、淑景舎女御の他に、麗景殿女御（尚侍綏子）、宣耀殿女御（娍子）、御匣殿別当（頼子か）、御乳母橘三位清子、源典侍明子、盛少将、女蔵人左近（小大君）などの女性群が知られている。

七『世俗諺文』にも引く『文選』巻三十七「曹子建求レ通レ親表」の「蓋尭之為レ教、先レ親後レ疎、自レ近及レ遠」とか、『白楽天詩集』巻三、新楽府上「驃国楽」の序に「欲ニ王化之先レ邇後レ遠」などとあるのを、わざと顚倒して用いた、道隆の例の猿楽言第四弾と見るべきであろう。

八 淑景舎女御のお供から。

九 仮橋。登花殿から清涼殿へ参上する途中では、弘徽殿との間の切馬道に渡した板の橋をいうか。因みに本段は、『枕草子絵巻』の詞書に、冒頭は要約して、「二月十余日」（二四五頁五行）から「いとしたり顔なり」（二五〇頁七行）までの本文を現存する。ただし、途中にも脱文がある。

＊〔**第一〇〇段**〕**大庾嶺之梅**　清少納言のほどのよい機智が賞せられた挿話の回想。

一〇 殿上人や蔵人たちの詰めている清涼殿の殿上の間。

といひたるに（といってよこしたのに）、ただ（ただ一言）、

（清少）一「早く落ちにけり」（とっくに散ってしまったねえ）

と、いらへたれば、その詩を二誦して、殿上人、三黒戸にいと多く居たる（多勢坐ってるのを）、主上の御前にきこしめして（お上におかれてもお耳になさいまして）、

（主上）「よろしき（いい加減な）歌など詠みて出だしたらむよりは、かかること（こんな致し方）は、まさりたりかし（ましというものだよ）。よくいらへたる（うまく返答したものだ）」

と、仰せられき。

第百一段

四二月晦ごろに、風いたう吹きて、空いみじう黒きに（空はすっかり暗い状態で）、雪すこしうち散りたるほど、黒戸に主殿寮来て（主殿寮の官人が来て）、

（官人）五「かうてさぶらふ」（お邪魔いたします）

一 延長七年正月二十一日の内宴における「停レ盃看二柳色一」題の詩序から摘句されて、『朗詠集』上にも載った大江維時の「大庾嶺之梅早落、誰問二粉粧一。匡廬山之杏未レ開、豈趁二紅艶一」の傍点個所を引いた。

二 詩序であって、詩句ではないが、朗詠に値する佳詞であるから、そういったのであろう。

三 中宮が弘徽殿の上御局に上がっていられる時には、清少納言たちは、黒戸の御所の半蔀の小部屋に局住みするのが常であったから、殿上人たちも、そこへ詰めかけて、彼女の引いた維時の佳句を吟じたのである。中宮が常の内裏におわした間で、梅の散る季節に相当したのは、正暦五・長徳元・同二・長保元年の四度であるが、清少納言が漸く新参意識を脱して、しかもほどのよい機智を発揮し、賞讃されて得意になるといった条件を考えると、長徳元年正月下旬がこれに相当するであろうか。

＊〔第一〇一段〕少し春あり　前段に続いて早春、機智自讃談の回想。

四 仲春二月末になっても寒いという春の遅い年で、中宮が常の内裏におわして、公任（正暦三年八月二十八日任）と俊賢（長徳元年八月二十九日任）とが参議であったという条件を満たすのは、長徳二年（正月九日立春）と長保元年（正月十二日立春）との二度である。詠歌御免の長徳四年より前ということでは、やや長徳二年が妥当性に富むかも知れない。

五「かくしてさぶらふ」即ち「かように控えており

ます」という来着案内の挨拶語のつづまったもの。

六 藤原公任。故関白太政大臣藤原頼忠の一男。母は中務卿代明親王三女厳子女王。長徳二年現在で正四位下参議左兵衛督皇后宮大夫兼讃岐守の三十一歳。長保元年現在で従三位参議右衛門督皇太后宮大夫検非違使別当兼備前権守の三十四歳。歌壇の第一人者。

七 ちょっと春めいた気分がするじゃないか。『白楽天詩集』巻十四「酬㆓和元九東川路詩㆒十二首」のうち「南秦雪」の「三時雲冷多飛㆑雪。二月山寒少㆑有㆑春」の句の下三字を「少シク春有リ」と訓んで短歌の下句を作り、連歌を詠みかけた。『公任集』に「人に、『春のはじめなり、すこし春ある心ちこそすれ』とのたまひければ、『吹きそむる風もぬるまぬ山里は』と、何びとかが上句を付けた連歌が見える。

八 白詩の「雲冷多飛㆑雪」「二月山寒」という天候と実によく一致している。「あひたる」は「あひたるを」の格助詞「を」を省略したものと思われる。

九 （殿上の間には）誰と誰がいらっしゃるの。

一〇 「事無しぶ」とは、何でもなく通り一遍に振舞う意。詩歌の第一人者公任に対する返歌であるから特別の工夫がいるわけで、そのために中宮のご批評を伺って万全を期そうとしたのであるが、既に主上とともにおやすみになっていられるので、それも叶わない。

一一 巧遅か拙速ならばともかく、拙遅では取るところがないというわけで。

といへば、寄りたるに、

「これ、公任の宰相殿の」

とてあるを見れば、懐紙に、

七すこし春ある心ちこそすれ

とあるは、げに、今日の気色に、八いとようあひたる、「これが本は、いかでか付くべからむ」と、思ひわづらひぬ。

「九誰々か」

と問へば、

「それぞれ」

といふ。「みな、いと恥づかしき中に、宰相の御いらへを、いかでか一〇事無しびにいひ出でむ」と、心一つに苦しきを、御前に御覧ぜさせむとすれど、主上のおはしまして、御殿ごもりたり。主殿寮は、

「疾く、疾く」

といふ。一一げに、遅うさへあらむは、いと取りどころなければ、「さ

ばれ」〔ともなれと思って〕とて、

（清少）一 空寒み花に紛(ま)がへて散る雪に

と、わななくわななく〔ぶるぶるふるえる手で書いて〕書きて、取らせて〔手渡したものの〕、〔〔これを見て〕〕「いかに思ふらむ」と、わびし〔情けない〕。

「これがことをきかばや〔この顛末を知りたいものだ〕」と思ふに〔と思いはするものの〕、「譏(そし)られたらばきかじ〔悪くいわれてるなら聞くまい〕」とおぼゆるを〔という気がするが〕、

（中将）二「俊賢(としかた)の宰相など、『なほ(やはり)、三内侍に奏してなさむ〔お上に申し上げて掌侍に取り立てようとね〕』となむ、四定めたまひし」

五とばかりぞ、〔〔唯今の〕〕六左兵衛督(さひやうゑのかみ)の、〔〔当時〕〕中将におはせし、語りたまひし〔中将でいらっしゃった方が話して下さったことだ〕。

第百二段

はるかなるもの〔前途遼遠たるもの〕。

一 上空が寒いので梅の花びらのように散る雪を見ると。公任が用いた「少有春」の句の上に続く「雲冷多飛雪」を使って、典拠を心得ていることを匂わせた。

二 故大宰権帥(だざいのごんのそち)源高明(たかあきら)三男。母は故右大臣藤原師輔(もろすけ)三女。長徳二年現在で、従四位下参議右兵衛督(うひょうえのかみ)兼伊予(いよの)権守(ごんのかみ)の三十八歳。長保元年現在で、従四位下参議修理(しゅりの)大夫(だいぶ)兼伊予権守の四十一歳。四納言の一人となる才人。

三 清少納言は中宮の女房であるから、内裏の女房のようには必ずしも正式の官職に補せられていたわけではないが、ここで、連歌(れんが)の賞として掌侍を奏請しようという冗談が出るからには、命婦(みょうぶ)もしくは命婦相当の地位にあったものと推定される。

四「定む」とは議定(ぎじょう)するの意。

五 清少納言が詠み返した下の句については、とやかくの批評はせずに。

六 かつて近衛中将であって、後に左兵衛督に任じた経歴があり、かつ、中将現任が長徳二年もしくは長保元年の二月にかかわる人物としては、藤原実成(さねなり)（長徳四年十月二十二日から寛弘五年正月二十八日まで右近中将、寛弘六年三月四日左兵衛督）があるのみである。もし実成を是とするならば、本段の史実は長保元年二月と限定され、その晦(つごもり)は二十九日ということになるが、一方、本段の執筆年時が寛弘六年三月以後ということにもなるので、『枕草子』成立論に及ぼす影響は大きい。実成は、内大臣藤原公季(きんすえ)一男、長保元年現在で、従四位下右近権中将兼美作(みまさかの)権守(ごんのかみ)二十五歳であ

る。あるいは、長徳二年八月五日任右兵衛督の源憲定(のりさだ)を当てて、本段の史実を長徳二年二月のこととすることも考えられる。ただし、「左兵衛督」を「右兵衛督」の誤りとせねばならず、憲定に近衛中将の経歴があったか否かは未詳である。

＊〔第一〇二段〕**前途遼遠(りょうえん)**　前段を受けて、清少納言が理想とする典侍(てんじ)昇進の途の遥(はる)けさから出た類想か。

七 半臂(はんぴ)の左腰につける忘れ緒は長さ一丈二尺に及ぶが、幅二寸五分に折って糊(のり)で貼り合せ、指尖(ゆびさき)でひねるように強く押しつけて製するのは、気の長い作業。

＊〔第一〇三段〕**蔵人方弘(くろうどまさひろ)**　半臂の緒をひねる裁縫仕事から、家事の行き届いた家庭に育ちながら、粗忽(そこつ)者で評判の源方弘の数々の失敗談を回想。

八 第五十三段初出。本段の逸話は、方弘が六位蔵人として殿上にあった長徳二年正月から同五年正月の間に、作者が直接または間接に見聞したところである。

九 諸注は、「いとひゝしき」という第二類本の本文を用いて、服装の立派な従者の意に解しているが、主家から立派な装束を与えられているなら、勤務に不満も少ないわけであるから、世人が中傷する理由も乏しいわけである。第一類本の「いとひさしき」によってこんな粗忽な主人に長年仕えている者の気が知れないという疑問こそがふさわしい。

一〇 方弘個人は別として、方弘の家庭は、染織・裁縫など、家事万端に行き届いたところであったらしい。

七半臂(はんぴ)の緒(を)、ひねる。

陸奥国(みちのくに)へいく人、逢坂越ゆるほど。
〔都を出て〕逢坂の関を越えたばかりの頃

うまれたる乳児(ちご)の、おとなになるほど。
生れたばかりの

第百三段

八方弘(まさひろ)は、いみじう人にわらはるる者かな。親など、いかにきくらむ(だろう)。
随分世間のわらいものにされる人ですねえ　親御なんかは　どんな思いで聞く

供にありく者の、いと久しきを呼びよせて、
〔方弘の〕お供をする従者で　九 随分長く仕えている者を〔人は〕呼び寄せて

「何しに、かかる者には使はるるぞ」
何のために　こんな人に使われてるのだい

「いかがおぼゆる」
一体どんな気がするかね

など、わらふ。

一〇物いとよくするあたりにて、下襲(したがさね)の色・袍(うへのきぬ)なども、人よりもよく
〔方弘の家は〕何でもきちんとする家で　とりわけよく

て着たるをば、（仕立てて着ているのをば）

「これを、こと人に着せばや」（一 他の人に着せたいもんだ）

などいふに……。（なんていうにつけても〔親御はどんな気がするだろう〕）

げにまた、言葉づかひなどぞ、あやしき。（なるほど考えてみると〔方弘の〕言葉遣いなんかはね　風変りだ）

里に、宿直物取りにやるに、（実家へ）

（方弘）「男二人まかれ」（二 行け）

といふを、

（所衆）「一人して取りにまかりなむ」（私一人で）

といふ。

（方弘）「あやしの男や。一人して、二人がものをば、いかでか持たるべきぞ。三 一升瓶に二升は入るや」（変な奴だな　一人でもって　二人分の物を　持てるものか）

といふを、なでふことと知る人はなけれど、いみじうわらふ。（どういうわけで言ったのか判る人はいないのだが〔皆は〕）

人の使の来て、（よそから使者が来て）

「御返ごと疾く」

一 方弘に着せておくのは勿体ないという皮肉。

二 蔵人所の男、即ち所衆。

三 『沙石集』巻八に「一升瓶ハイヅクニテモ一升入ゾ」とある。一升瓶には一升しか容れる能力はないという諺であるが、方弘は、一人分の夜具を二人で運べと言っただけで、元来二人分の夜具ではないから、この諺を用いるのは些か見当違いなわけである。方弘は、所衆二人に外出を許して、余暇と余禄を与えようとしたのであろう。しかし所衆はその真意を察せず一人で十分ですと頑張っている。じれったくなった方弘が、見当違いな諺を引いて笑われる。清少納言はその方弘の真意を「なでふことと知る人はなけれど」と評した。

四 魏の曹植は兄の文帝に疎まれて、七歩の詩を即吟し漸く死罪を免れることがあった。その本文は『世俗諺文』所載の『世説』では「煮レ豆燃ニ豆萁一、豆子釜中泣、本自ニ同根一生、相煎何火急」とあり、『蒙求』所収の『世説』には「煮レ豆持作レ羹、漉レ豉以為レ汁。其在ニ釜底一燃、豆在ニ釜中一泣、本是同根生、相煎何太急」とあり、『世説新語』は『蒙求』に近いが、方弘はこの三歳の童子といえども周知の七歩の詩を引いて、「何火急」「何太急」を「など、からまどふ」と言いながら、肝腎の「竈に豆萁やくべたる（または釜に豆や煮たる）」というべきところを取り違え釜の中で煮るべき豆を釜底で燃やしてしまった。方弘の相手構わぬちぐはぐな漢語癖が失笑を買った。

といふを、

（方弘）「あな、憎の郎等や（なんて）。四 何を（そうあわてる）かうまどふ。竈に豆やくべたる（豆でもくべたのか）……。

五 この殿上の墨・筆（殿上の間の）は、何の盗み隠したるぞ（どいつが盗み隠したんだ）。飯・酒ならばこそ、人も欲しがらめ（欲しがりもしようが）」

といふを、またわらふ。

「六 女院悩ませたまふ」とて（ご病気でいらっしゃるというので）、御使にまゐりて（〔お見舞の〕勅使として伺って）、還りたるに（帰参したのに）、

「院の殿上には、誰々かありつる（誰と誰がいたの）」

と、人（女房が）の問へば、

（方弘）「それ、かれ」

など、四、五人ばかりいふに（四五人ほど〔名前を〕あげるので）、

（女房）「また誰か（ほかには誰が〔いたの〕）」

と問へば、

（方弘）七「さては（それから）、寝る人どもぞありつる（寝ている人なんかもいたよ）」

といふも、わらふ〔それを〕も亦、あやしきことにこそはあらめ（怪しからんことではないか）。

五 返事を書くのに使おうとした殿上の間備えつけの筆墨が、あわてているので見つからず、雑色や所衆に八つ当りする。しかも筆墨を酒飯に譬えるところにも食いしん坊の性格が現れて、一層滑稽となる。

六 東三条女院詮子（第八十五段初出）。方弘が六位蔵人在勤中に、女院の御悩があったのは、長徳二年三月（女院は土御門第か。中宮は職曹司と二条北宮）、同年閏七月（女院は内裏、中宮は明順小二条宅、清少納言は里居）、同三年三月（女院は土御門第か。中宮は小二条宅）、同四年七月（女院は土御門第か。中宮は職曹司）の四度であるから、そのいずれにもせよ、内裏に帰参した方弘と、清少納言とが直接に対話したことではなく、打聞に属することと思われる。

七 諸注は「さていぬる人」とある本文によって、「往ぬる人」即ち女院の殿上から帰って行ってしまった人と解するが、それでは次行に清少納言が、「わらふも亦、あやしきことにこそはあらめ」と批判するに妥当しない。つまり、女院の殿上に居合せた人の名を誰彼と挙げたうえに、なお根掘り葉掘り問い詰められる煩わしさに、短気な方弘が「寝る人」即ち病臥している人（女院）もいたと言ったので、その失礼な言い方を「いふもあやし」と評し、さらに、それをわらいものにする女房たちのはしたなさを「わらふも亦、あやし」と咎めたものと考えられる。「さていぬる人」という本文であっても、「睡ぬる人」と解すれば同じ結果となる。

人まに寄り来て、「わが君こそ。ものきこえむ。『まづ』と、人ののたまひつることぞ」

といへば、

「何ごとぞ」

とて、几帳のもとにさし寄りたれば、「一むくろごめに寄りたまへ」といひたるを、

「『五体ごめ』となむいひつる」

とて、またわらはる。

二除目の中の夜、三さし油するに、燈台の四打敷を踏みて立てるに、五新しき油単に、六襪はいとよく捉らへられにけり。さし歩みて帰れば、やがて燈台は倒れぬ。襪に打敷つきてゆくに、まことに大地震動したりしか。

七頭着きたまはぬかぎりは、殿上の台盤には、人も着かず。それに、

一 「むくろごめ」と「五体ごめ」との言葉違えのおかしさは、なかなか難解である。「むくろ」とは『平家物語』巻四「鵼」に「頭は猿、軀は狸、尾は蛇、手足は虎」とあるように、五体の中の胴体を指す語である。方弘は、誰かが「まづ、むくろごめに寄りたまへ」といった言葉遣いの誤りを、面白い話だと思って、清少納言に聞かせようとしたのである。なるほど、頭も手足も除いて「胴体まるごとこちらへ寄れ」とはいささか気味の悪い話である。しかも、それを平素粗忽な言い違いばかりしてわらわれている方弘が言うのだから、一層滑稽なのだが、そこが例の方弘のこと、「むくろごめ」と言おうとして、まんまと言い違えて「五体ごめ」と正しい言葉を口に出してしまったのであるから、折角の話も、自分で穂を摘んでしまい、猿の尻笑いさえもまともにできず、自分が笑いものになってしまったという失敗談である。

二 正月十一日に始まる県召の除目は、三夜にわたって行われる。したがって中の夜は、十二日の夜ということになる。

三 その議定の座に点された燈台に、燈油をつぎ足す差し油の役は、六位蔵人が勤めた。

四 敷物。

五 油単は、絹布に、荏胡麻の油をひいたもので、器物の敷物や調度の覆いに用いる。新しいので油の粘りが強かったのであろう。

六 足袋のような仕立てで、指の股がない。『和名抄』

巻十二に「之太久頭（したくつ）」とあることから見れば、今の靴下の意に同じと考えることができる。

七 蔵人たちの詰める清涼殿南廂の殿上の間には、四尺の切台盤（きりだいばん）一脚、八尺の長台盤（ながだいばん）二脚を東西に続けて置いてある。その両側に畳を敷いて対座するのである。

八 おそらく殿上の間の東端、上の戸のそばの小さな衝立（ついたて）、即ち小蔀（こじとみ）のことを小障子といったのであろう。

＊〔第一〇四段〕見苦しいもの　方弘の倒錯した言葉遣いの滑稽さから不均整醜悪なものの類想へ。

九 祓（はら）えは、元来神官及び陰陽師（おんみょうじ）のする業である。それを仏家の法師が、坊主頭に紙で作った額烏帽子をつけ、形ばかりを陰陽師に似せて、祓えの神事を執行することを不調和なことと見たのであろう。『紫式部集』にも「やよひの一日、河原に出でたるに、かたはらなる車に、法師の紙を冠（かうぶり）にて博士だちをるをにくみて　はらへどの神のかざりのみてぐらにうたてもまがふ耳はさみかな」とある。

一〇 醜い女と貧相な男との取り合せが不釣合だというのではない。また単なる睡眠のための昼寝が不当だというのでもない。若くて美しく、かつ身分の高い男女ならば、互いに愛着の念も強かろうし、周囲に対する気兼ねもいらず、容貌（ようぼう）そのものが快美であるから、昼日中に同衾（どうきん）することも見許せるが、このように、見るだに不愉快な醜い男女が、開放的で人目にもつきやすい夏の日中に愛し合っていることの、身のほど知らぬ厚顔さに、嘔（は）き気を催すほどの見苦しさを感じた。

〔方弘は〕豆一盛りをやをら（そっと）取りて、小障子（こさうじ）[八]のうしろにて食ひければ、ひきあらはして（〔皆が衝立を〕のけて正体をあばいて）、わらふこと限りなし。

第百四段

見苦しきもの。

衣（きぬ）の背縫ひ、肩に寄せて着たる（着物の背筋の縫い目を〔どちらかの〕肩へひきつるように着たの）。

また、のけくびしたる（逆にだらしなく首筋を出し過ぎたの）。

例ならぬ人の前に（珍客の前へ）、子負ひて出で来たる者（赤ちゃんをおんぶしたまま出てきた者）。

[九]法師陰陽師（おんやうじ）の、紙冠（かみかぶり）して祓（はら）へしたる。

[一〇]色黒う憎げなる女の（不細工な女で）、仮髪（かづら）したると（かもじを入れたのと）、鬢がちにかじけ（ひげもじゃでしなびて）、痩せ痩せなる男（痩せっぽちの男とが）、夏、昼寝したるこそ（昼間から添い寝してるのときたら）、いと見苦しけれ。なにの見るかひにて（何の取り柄があるというので）、さて臥いたるならむ（昼日中に同衾してるのだろう）。夜（よる）などは、容貌（かたち）も見えず、また、みなお（誰でもみな）

しなべて、さることとなりにたれば（そうすることにきまっているから）、「われは憎げなり（私は不細工だ）」とて（というので）、起き（寝ず）ゐるべきにもあらずかし（にいるわけにもゆかないだろうよ）。さて、[一]早朝（つとめて）は、[二]疾く起きぬる（早く起きてしまうのが）、いと目やすしかし（ごく無難というものだ）。夏、昼寝して起きたるは、[三]よき人こそ、いますこしをかしかなれ（高貴な方ならまずまず風情もあろうというものだ）。[四]えせ容貌（かたち）は、つやめき、寝腫れて（〔涎で〕てらてら光りむくんで）、ようせずば、頬ゆがみもしぬべし（下手をすると頬面がいびつになってもしまいそうだ）。かたみにうち見かはしたらむほどの（〔そんな男女が〕互いに〔顔を〕見合せたような時の）、生けるかひなさや（生きがいのなさったら）。

[五]瘦（や）せ、色黒き人の、生絹（すずし）の単衣（ひとへ）着たる、いと見苦しかし。

第百五段

いひにくきもの（口に出しにくいもの）。

人の消息（せうそこ）のなかに（人の手紙の中に）、よき人の仰せ言などの多かるを（高貴な方の〔自分宛の〕お言葉が沢山あるのを）、[六]はじめより奥まで（おしまいまでは）、いひにくし。

一 夜添い寝して。

二 寝起きの顔は一層醜くなるから、人目にふれないように早起きしたがよいというのである。

三 第九十九段に、一条天皇が登花殿（とうかでん）へおいでになって、道隆以下の公卿殿上人や女房たちが多勢いるのもかまわず、中宮とともに御帳台にはいられたことも（二五三頁）、こうした意味で肯定されているのであろう。

四 顔のまずい者は。

五 生絹（すずし）とは、練（ね）ったり縒（よ）ったりしていない生糸（きいと）で織った薄い絹布をいう。つまり生絹の単衣（ひとえ）は薄くて透いて見えるので、ふっくらとして肌の白い女性が着てこそ美しさも映えるが、瘦（や）せて色の黒い女では、薄汚く貧弱に見えるからである。

＊〔第一〇五段〕口に出せないもの　前段「見苦しきもの」との連関で「いひにくきもの」を類想。

六 貴人の仰せ言（おおせごと）が沢山ある手紙を読み上げると、いかにも、自慢たらしくも思われるし、その言葉遣いそのままを読んで聞かせたのでは、何か尊大ぶっているように思われて、気がさすのである。

七 「おとなになる」という成句は、少女が肉体的に成熟することを指す。したがって、その成熟したばかりの娘が意外な出来事に驚く「思はずなること」とは、初潮の経験に他ならない。肉体的には成熟しても、精神的にはまだ無邪気な十一、二歳の少女だか

恥づかしき人の、物などおこせたる返りごと。（立派なお方が／贈りものをしてくれたのに対するお礼の口上）

七 おとなになりたる子の、思はずなることを訊くに、前にてはいひにくし。（成人したばかりの娘が／思いもかけない出来事について質問するのだが／人前では口に出しにくい）

第百六段

関は、

八 逢坂（あふさか）、九 須磨（すま）の関。

一〇 鈴鹿（すずか）の関、一一 岫田（くきた）の関。

一二 白河の関、一三 衣（ころも）の関。

ら、人前もはばからずに、その困った出来事について、母親などに質問するので、質問された側が説明に窮することとなる。あるいは、娘の初潮を樋洗（ひすまし）の女などから耳にした母親が、娘に何といって教えたらよいか、面と向って切り出しかねて困っている場合を考えてもよい。

＊〔第一〇六段〕関所　前段とは関係なく、新たに地名類聚（るいじゅう）の章段から書き起した一つの章段群の始めか。

八 山城と近江（おうみ）との境。恋する男女が逢う意味にかけて多用される歌枕。畿内の東端にあって、東国へゆく関門として、次の須磨と相対する。

九 摂津と播磨（はりま）との境。「懲りずま」などの掛け詞に用いられる歌枕。畿内の西端にあって、西国へゆく関門として、前の逢坂と相対する。

一〇 畿内を東へ出て、近江と伊勢との境。東海道の要衝。鈴の縁語として用いられる歌枕。次の岫田（くきた）に続く。

一一 伊勢から大和（やまと）への道の要衝。歌枕として、また、催馬楽（さいばら）にも、別称の「川口の関」がより多用される。

一二 歌枕として有名。東山道から奥州への入口として、蝦夷（えぞ）防備の最前線たる次の衣の関と対（つい）をなす。

一三 衣川の関ともいう。衣の縁語として多用される歌枕。前の白河とともに、奥州の入口と、当時の最果てとが対をなしている。

直越えの関は、憚りの関に、たとしへなくこそおぼゆれ（全く正反対だという感じがする）。
横走りの関、
清見が関、
見る目の関。
よしよしの関こそ、「いかに思ひかへしたるならむ（どうして思いとどまったのだろう）」と〔そのわけが〕、いと知らまほしけれ（とても知りたくなる）。
それを（そういうのを）、勿来の関といふにやあらむ。逢坂などを、さて思ひかへ（そんな風に思いとど）したらむは（まるなんてのは）、わびしかりなむかし（つらいことだろうよ）。

第百七段

森は、
浮田の森、

一 『古事記』雄略記に「自日下直越」とあり、『万葉集』巻六にも「直越のこの道にして押し照るや難波の海と名づけけらしも」とある。「憚りの関」と、対蹠的な名称の面白さから取り上げたものか。
二 陸奥にある。『実方集』「やすらはで思ひたちにし東路にありけるものを憚りの関」。直越と対照。
三 駿河。「直越」と「憚り」とを折衷しての「横走り」。また、次の清見が関と同じ駿河の山と海と二つの関が一対となる。『兼盛集』「横走り清見が関の通ひ路にいつといふことは長くとどめつ」。
四 相模の国から足柄を越えると横走駅があり、東海道を西にきて、駿河湾に臨む清見が関となる。
五 「清見」と「見る目」との言葉の縁。『肥後集』に「名を頼み今夜ばかりは心見む人を見る目の関にとまりて」。あるいは摂津「敏馬（ミヌメ）の浦」に存したか。それなら清見が関とは同じく海に臨んだ関所。
六 所在未詳。「見ぬ目（恋人と逢わぬ）」から「よしよし（まあいいさ）」とつながるか。
七 「な来そ（来るな）」と逢瀬を拒まれて「よしよし」と思い返したのだと、前の地名に関連させ、さらに冒頭の「逢坂」へ戻す。「勿来の関」は、東海道から浜ぞいに奥州へ出る関門。有名な歌枕である。
＊〔第一〇七段〕森　関守の縁で、関から森の地名類想へ。この命題は第百九十三段に更に詳しい。
八 山城。淀の津にあり、桂川を挟んで大荒木の森と対する。『万葉集』巻十一に「かくしてやなほや守ら

殖槻(うゑつき)の森、[9]
磐瀬(いはせ)の森、[10]
立ち聞きの森。[11]

第百八段

原は、
朝(あした)の原、[12]
粟津(あはづ)の原、[13]
篠原(しのはら)、[14]
萩原(はぎはら)、[15]
園原(そのはら)。[16]

む大荒木の浮田の森のしめにあらなくに」とある他、有名な歌枕。『大和志』にも「浮田杜」を挙げている。

九 諸本に「うへき」「うつき」「うへのき」等の対立異文が見られるが、その共通祖型は「うゑつき」であると推定する。『神楽歌』殖槻に「殖槻や田中の森や森やてふかさの浅茅が原に」とある。山城から大和へと、地名類聚段の常套軌跡を描く。

一〇 浮田から殖槻、さらに磐瀬と南下する延長線上にある。『後撰集』恋六、元方の「龍田川立ちなば君が名を惜しみ磐瀬の森の言はじとぞ思ふ」(『古今六帖』巻二「龍田山」)を始め歌枕として有名。

一一 所在未詳。「言はせ」から「立ち聞き」に続く。おそらく、山城・大和・紀伊の範囲に限定されよう。

＊〔**第一〇八段**〕**原**　原の類想は既に第十三段に見えた。ただしこの段は三巻本第一類本の固有本文で、他系統の諸本は、重複として除去する。

一二 第十三段に前出。大和。

一三 第十三段にはなかった。近江へ移る。『兼盛集』「怨めしき里の名なれや君に我れあはづの原の逢はで帰れば」のように、「逢はず」にかけた歌枕となる。

一四 第十三段にはなかった。続いて近江。ただし、歌語としては普通名詞として用いられることが多い。

一五 第十三段にはなかった。『八雲御抄』は「紀伊」とするが、近江から信濃への線上に求めれば、美濃の国の萩原が妥当しよう。歌語としては普通名詞。

一六 第十三段に前出。信濃。

第百九段

卯月の晦がたに、一泊瀬に詣でて、「二淀の渡り」といふものをせしかば、船に車を舁き据ゑていくに、菖蒲・菰などの、末短く見えしを取らせたれば、いと長かりけり。菰積みたる船のありくこそ、いみじうをかしかりしか。「『三高瀬の淀に』とは、これを詠みけるなめり」と見えて……。

三日、帰りしに、雨のすこし降りしほど、「菖蒲刈る」とて、笠のいと小さき着つつ、四脛いと高き男・童などのあるも、五屏風の絵に似て、いとをかし。

*〔第一〇九段〕淀の渡り　第百七段「森」の類想軌跡に誘われて、泊瀬詣の体験を回想する。

一 泊瀬詣のことは、第十一・三十五段・一本二六にも見える。長谷寺は、大和国城上郡長谷郷にあり、もとは華厳宗東大寺に属したが、正暦元年以降は興福寺の下にあって法相宗に属した。本尊の十一面観世音は、石山・清水と並んで霊験を以って聞え、参詣者が絶えなかった。

二 第百七段冒頭の「浮田の森」に近い。東から数えて、木津川・宇治川・桂川三つの合流点が淀の水郷である。中でも宇治川は大きく彎曲蛇行して、巨椋の入江（後に遊水池として巨椋池となる。ただし、現在は干拓されて、ない）となり、京と大和とを往還する者は、一口・大渡・封戸等の渡しを経由して、この水郷を通行した。

三 『古今六帖』巻六「菰枕高瀬の淀に刈る菰のかるとも我は知らで頼まむ」。高瀬は、三川合流する山崎の地点を指す。有名な高瀬舟は、山崎を本拠として、桂川・大堰川を上下した。淀川の中流、河内国茨田郡高瀬郷を指すという説はとらぬ。

四 にゅっと臑を出した少年。五月五日端午の節供のために、菖蒲を刈り取っている。

五 『貫之集』巻四、天慶二年閏七月右衛門督源清蔭屏風歌に「五月てふ五月にあへる菖蒲草むべも根長く生ひそめにけり」、同じく天慶五年亭子院屏風歌に「五月雨にあひくることは菖蒲草根長き命あればなりけり」などとあるように、菖蒲を題とした月次屏風の五月の歌絵に、袴を高くくくり上げて菖蒲を掘る構図があったのであろう。清涼殿の荒海の障子の手長足長の絵も、何となく連想されたかも知れない。

＊〔第一一〇段〕**格別な趣**　時によって特別な感じのするものを類想。特に承前連想の糸筋はない。

六 正月の晴れがましさから。特に、叙位や除目のお礼参りに行き交う車の音はそうである。第二段にも、「人のよろこびして、走らする車の音、ことにきこえて、をかし」(二一頁一四行)とあった。鶏の声も新年は格別。

七 何か楽器の音。特に笛など。夜明け前は、あたりが完全に静寂なので、咳ばらいにしろ、楽の音にしろ、よく響きわたる。殊に横笛などは、暁に女の家から出て来た男の心情が察せられて、一層趣が深いのであろう。

＊〔第一一一段〕**描き劣り**　前段の格別さを承けて、絵画として表現して、格の下がるものを類想。

八 撫子の花や菖蒲の葉、桜の花などは、群生しているものだから、全体として通観した時には美的効果が感じられるが、それを絵として、一つ一つ描き分けた時には、意外に効果が盛り上がらないのであろう。

第百十段

常よりことにきこゆるもの。（ふだんとは格別に）
六 正月の車の音、
また、鶏の声。
暁の咳き、
七 物の音はさらなり。（いうまでもない）

第百十一段

絵に、描き劣りするもの。（絵に描いて効果が薄れるもの）
八 瞿麦、菖蒲、桜。

第百十二段

物語に一「めでたし（立派だ）」といひたる（と述べてある）、男（をとこ）・女（をんな）の容貌（かたち）。

第百十二段

二描（か）きまさりするもの。

三松の木、秋の野。山里、山道。

第百十三段

一 文章で表現されたものは、享受する読者の想像力に補われて、その効果は無限に増幅される可能性がある。物語の主人公や女主人公は、理想的に美化されたものが多いが、それを限りある絵師の筆によって、具象的な絵画に表現すると、多くの場合は、イメージが低減して、読者の期待や予想を裏切ることとなる。

＊〔第一一二段〕**描き優り（まさり）**　前段と反対の場合の類想。

二 「絵に」という修飾句が省略されている。

三 松の木の葉や枝・幹の肌は、実物をよく観察すると、決して美しいものではない。秋の野の草木の紅葉も、一つ一つには美醜が混雑している。山里の風景も、克明に見れば、むさくるしいものもある。山道も同様である。しかし、絵画がこれらを題材として取り上げた時には、適当に省略し、朧化（ろうか）して、全体として美しい景観に仕立てることができる。

＊〔第一一三段〕**冬と夏**　対蹠的（たいせき）な特色を極端に発揮するのを良しとする。随想的な冬と夏との季節感。

四 四季の中で、温和な春と秋とを喜び、底冷えのする京の冬の寒さ、炒（い）りつけられるような京の夏の暑さを嫌うのが、日本人の常識であり、『古今集』以来、勅撰集の和歌部立（ぶだて）にも、その好悪感（こうお）は、数量的に端的に現れているが、清少納言の好みは、きわめてユニークである。第一段にも、「冬は、つとめて……いと寒きに」とあった。

＊〔第一一四段〕**あわれの情趣**　「あはれなるもの」の類想に、宣孝の逸話を回想的に織りこむ。

五 親孝行な子供。特に、親の喪に神妙に服しているような場合には、感動のみならず哀感を誘う。

六 吉野金峰山の金剛蔵王権現に参詣するために、三七日・五十日・百日・千日などの期間を、精進潔斎している姿。殊にそれが、身分の高い家の、何不自由ない貴公子の場合、粗衣粗食の禁欲生活を自らに課していることに同情をそそられる。

七 （毎晩）障子をしめ切って坐ったまま。

八 御嶽精進の間は、原則として、自宅から別所に移り、精進潔斎して弥勒菩薩を礼拝するが、毎日の夜明け前には庭に出て、金峰山の方に向って、五体投地の礼拝を百回繰り返す定めとなっている。

九 参詣の心の準備でさえこんなに厳しいのだから、いよいよ参詣の途中ともなれば、どんなに辛いことだろうかと、本人は一切の欲望を断ち、戦々兢々としているわけである。

一〇 修験道の山伏がかぶる布製の小さな頭巾（兜巾）とか、子供のつける額烏帽子などのような、簡素な烏帽子を着用するからであろう。

一一 山伏姿の篠懸とか、法師姿の白衣のような、浄衣姿を指す。

四 冬は、いみじう寒き（うんと寒いのが〔いい〕）。夏は、世に知らず暑き（たまらなく暑いのが〔いい〕）。

第百十四段

あはれなるもの（しみじみと感動させられるもの）。

五 孝ある人の子。

よき男の若きが（身分高い男性で若いのが）、六 御嶽精進したる。七 閉て隔てゐて、うち行ひたる（勤行したうえでの）八 暁の額、いみじうあはれなり（ほんとに気の毒なほどだ）。むつまじき人などの（特別な間柄の女性なんかが）、目覚ましてきくらむ（寝もやらず聴き耳を立てているだろうと推察する）、思ひやる。「詣づるほどのありさま、九 いかならむ」など、つつしみ怖ぢたるに、たひらかに（無事に）詣で着きたるこそ、いとめでたけれ。一〇 烏帽子のさまなどぞ、すこし人わろき（少々みっともない）。なほ（どんなに）、いみじき人ときこゆれど（偉い方だといっても）、一一 こよなくやつれてこそ詣づと知りたれ（徹底的に質素な服装でお詣りするものだと誰でも心得ている〔ところが〕）。

衛門佐宣孝といひたる人は、（〔その頃〕呼んでいた人は）

「あぢきなきことなり。ただ浄き衣を着て詣でむに、なでふことかあらむ。かならずよも、『あやしうて詣でよ』と、御嶽さらにのたまはじ」（〔宣孝〕面白くないことだ　世間並に　参詣したって　大したご利益は　あるまい　まさか必ず　粗末な身なりで参詣せよ　権現さまも決しておっしゃるまい）

とて、三月晦に、紫のいと濃き指貫・白き襖・山吹のいみじうおどろおどろしきなど着て、隆光が主殿助なるには、青色の襖・紅の衣・摺りもどろかしたる水干といふ袴を着せて、うちつづき詣でたりけるを、還る人も、いま詣づるも、めづらしうあやしきことに、（山吹色のひどく派手な衣なんかを着て　〔いま〕主殿助でいる隆光には　手のこんだ摺り模様の　〔供揃えも〕長々と参詣したらしいのを　〔吉野から京へ〕還る人も　これから参詣する人も　珍妙奇態なことだとして）

「すべて昔よりこの山に、かかる姿の人見えざりつ」（一体全体昔からこのお山で　こんな身なりの人は見かけたことがない）

と、あさましがりしを、四月朔に帰りて、六月十日のほどに、筑前守の辞せしに、なりたりしこそ、（あきれかえったのだが　下山して　辞職した後釜に任ぜられたものだから堪らない）

「げに、いひけるにたがはずも」（なるほど　言ってたこととどんぴしゃりとはねえ）

と、きこえしか。（評判になったことだ）

これは、あはれなることにはあらねど、御嶽のついでなり。（〔本段の命題の〕　金峰山詣での話のついでだ）

一　権中納言藤原為輔三男。母は参議藤原守義女。長保三年四月二十五日正五位下右衛門権佐兼山城守を以って卒した。行年五十二歳と推定する。清少納言が報告する筑前守補任の正暦元年には四十一歳となる。後、長徳四年冬紫式部と結婚し、一女賢子（大弐三位）を儲けたが、宣孝没後に、彼の宣伝臭紛々たる逸話を紹介した清少納言は、未亡人紫式部から仇敵視されるに至った。本段はまさにその筆禍の因となった文章である（『紫式部日記全注釈』参照）。因みに「宣孝といひたる人」と、過去の人物として扱っているところに、本段の執筆年時が、長保三年四月卒去後に属することが示唆されている。

二　普通の浄衣姿で参詣することを指している。

三　狩襖。狩衣のこと。登山するのだから位襖ではない。白というところに浄衣めかした意図が見える。

四　直衣や狩衣の下に着た衣の色目。山吹は春季の用で、表朽葉裏黄の重ねか、経紅緯黄の織色を指す。

五　宣孝の一男。母は下総守藤原顕猷女。『権記』長保三年六月二十日条に「以二主殿助藤原隆光一為二蔵人一」とあり、「勘物」に「年廿九」とあるので、正暦元年当時は十八歳となる。隆光が主殿権助に任じたのは、長保二年正月二十二日（『権記』）であるから、これは執筆当時からの追称と知られる。

六　在来の諸注は、「しせし」を「死せし」と解していたが、『小右記』正暦元年八月三十日条に「筑前守知章辞退。仍任二宣孝一」とあるので、「辞せし」

男も女も、若くきよげなるが、いと黒き衣着たるこそ、あはれなれ。

九月晦・十月朔のほどに、ただ、あるかなきかにききつけたる、蟋蟀の声。

鶏の、卵抱きて伏したる。

秋深き庭の、浅茅に露の、いろいろの珠のやうにて置きたる。

夕暮・暁に、河竹の風に吹かれたる、目覚ましてききたる。

また、夜なども、すべて。

山里の雪。

想ひかはしたる若き人の仲の、塞くかたありて、心にもまかせぬ。

第百十五段

と読むべきことが明らかとなった。(「枕草子解釈の諸問題(25)」参照)。前任者藤原知章が辞職した理由は、『小右記』が「知章朝臣今春任。而着任之後、子息及郎等従類三十余人病死。仍所辞退也云々」と注するとおりで、知章自身は、それから二十三年後、長和二年冬まで生存していたことが、『小右記』同三年正月十二日条の「近江守知章朝臣去年冬卒去」とあることによって確認される。因みに、宣孝の筑前守補任は八月三十日であるから、前行の「六月十日のほど」というのは、知章の辞表が京に届いた時に当るのであろうか。なお、宣孝は寛和二年花山天皇退位に伴って蔵人を退いて、ただの左衛門尉となっていたから、官途に焦慮するところがあり、このような非常識に華美な服装での御嶽詣でを敢行して、権現さまならぬ要路の関心を惹こうとしたのであろう。したがって、二行目の「なでふことかあらむ」も通説のように、(清潔な衣服でさえあれば)「罰も当るまい」という消極的な意味に解したのでは、全く無意味になってしまう。

七 今の「こおろぎ」。晩秋の弱った声のあわれさ。

八 原文の「子」は卵であって雛ではない。母鶏が絶食状態でじっと抱卵しているさまがあわれである。

九 光の屈折によって七色に変化する感動的な美。

一〇『和名抄』巻二十に「篁竹、加波多計」とある。植物分類学的には「めだけ」を指す。

*〔第一一五段〕清水寺参籠　御嶽精進の勤行礼拝から連関して、清水寺参籠の種々相を随想する。

正月に寺に籠りたるは（参籠してる時は）、いみじう寒く、雪がちに凍りたるこそ、をかしけれ（とりわけよい）。雨うち降りぬる気色なるは（雨が降り出しそうな空模様の時は）、いとわるし（全然いけない）。

清水などに詣でて、局するほど、呉橋のもとに車ひき寄せて（牛車を）立て（駐めて）たるに（いると）、覆肩衣ばかりうちしたる若き法師ばらの、足駄といふものをはきて、いささかつつみもなく、降り昇るとて（これっぽちも気づかいせずに〔反橋を〕上下しながら）、何ともなき経の（別にわけもない経文の）はしうち読み（一部をよんだり）、倶舎の頌など誦しつつありくこそ、ところにつけて（場所がらに）は、をかしけれ（いいものだ）。わが昇るは（〔その反橋を〕私たちが昇るとなると）、いとあやふくおぼえて（随分危っかしい気がして）、かたはらに寄りて（端っこの方へ寄って）、高欄おさへなどしていくものを（手すりにつかまったりして渡るのに）、ただ板敷などのやうに思ひたるも（〔法師たちは〕まるで板の間か何かのように平気でいるのも）、をかし（面白い）。

〔案内の法師が出てきて〕「御局してはべり（お部屋を用意いたしました）。はや（お早く〔どうぞ〕）」といへば、〔従者が〕沓ども持て来ておろす（〔参詣人を車から〕）。衣うへざまに（裏返しに）引き反しなどしたるもあり、裳・唐衣など、ことごとしく装束きたる（でこでこと着飾っている人もあって）もあり、〔各自〕深沓・半靴などはきて、廊のほど沓すり入るは（沓をひきずりながら廊下にさしかかるのは）、内裏わたりめきて（宮中にでもいるような気がして）、またをかし（それも面白い）。

一 厳しい寒気が一層信仰心を慥かなものにする。第百十三段とも連繋する。

二 気温がゆるむし、暗鬱な気分になるから。

三 延暦十七年坂上田村麻呂の開創。大同元年、紫宸殿の舎屋を賜って本堂とし、音羽山清水寺と改称。興福寺に属する真言・法相兼学の寺院。本尊は長谷寺と同じく十一面観音。洛東近郊の霊所として参詣が絶えない。能因本に「はつせ」と改めるが、頻繁随時の参詣を描写する本段の叙述に長谷寺は合致しない。

四 礼堂の外陣に、参籠のための個室を設けさせる。

五 本堂の西面玄関へ廊で続く車寄せの前に御手洗の水が流れている。その小流の上に架けた反橋。諸注はこれを「榑階」とし、長谷寺の階廊にこと寄せて、能因本に従う誤りを犯している。附図一七参照。

六 法相宗では僧侶が襴衣をつける前に、袍裳または直綴の上に横被（覆肩衣）をつける。覆肩衣は文字どおり左の肩を覆うだけのもので、天竺における偏袒右肩の形を示す。第一類本は「おほひ」の「ほ」を脱し、第二類本は「お」を脱している。

七 恐らく、下駄の歯の高い高屐（高足駄）であろう。

八 『阿毘達磨倶舎論本頌』即ち『倶舎論』の主題である四句一偈の本頌六百頌を任意に口ずさむこと。

九 一般称としての沓であろう。

一〇 反橋を渡るのであるから、女装束の長い裾を折り返してまくり上げるわけである。

一一 黒の撓革で作った長靴。半靴は上部が布製。いずれも男性用で、普通の女性用は舃(くつ)(絹製短沓)。
一二 車寄せから本堂玄関までの廊は紫宸殿の長橋(ちょうきょう)を移したのであるから、内裏(うち)めいた感じがするのも当然。
一三 この女主人はどういう身分の人かという意味。
一四 ご主人大事につき添って、追い越してゆく他人をさえ制止するのであるからどんな身分の人かと思う。
一五 車寄せから廊下を通ってゆく間の描写は、多勢供人を連れた、然(しか)るべき良家の女主人を中心に叙述していたが、いよいよ本堂にはいって、自分の局(つぼね)へゆくところは、清少納言自身の体験を中心に描写している。
一六 礼堂(外陣)と正堂(内陣)とを区切っている格子の結界(けっかい)を犬防(いぬふせぎ)という。内陣には本尊十一面観音を始め多くの仏像があるから、神秘的な感じがする。
一七 仏前に備えつけの不断の燈明。
一八 仏前に据えた台座。導師の阿闍梨(あじゃり)が坐る。「かひろぎ」は、第六十四段(一四三頁注一四)に既出。揺れ動く不安定なさまをいう。ただし、火影にゆらめいて見えるとする説は採らぬ。礼盤の上で修法(ずほう)祈願する導師が、しばしば上体を前に傾け(坐礼)、時にはぬかずき伏して(伏礼)仏を礼拝する姿を、「かひろぎ誓ふ」と叙述したものと見る。「か広ぐ」の意にとって、導師が礼盤に登る前の五体投地礼を指すと解した(「枕草子解釈の諸問題(29)」)のは改める。
一九 多数の願主の祈願を、多数の阿闍梨がめいめいにひき受けて、各個同時に修法祈願しているから、騒音堂内に充満するということになる。

内外(ないげ)ゆるされたる若き男ども、家の子など、あまた立ち続きて、

(奥向きの出入りを許された若い男たちや　一族の子弟たち　つき従って)

「そこもとは陥(お)ちたるところはべり」

(その辺は　低くなったところがございます)

「上がりたり」

(一段高くなっている)

など、教へゆく。[一三]何ものにかあらむ、いと近くさし歩み、[一四]先立(さいだ)つ者などを、

(注意しながらゆく　[女主人に]ぴったりつきそって　追い越してゆく者なんかに)

「しばし。人おはしますに、かくはせぬわざなり」

(ちょっとお待ち　高貴な方がいらっしゃる時は　そうはせぬものですよ)

などいふを、「げに」と、すこし心あるもあり、また、ききも入れず、「まづ、われ仏の御前(おまへ)に」と思ひて、いくもあり。

(などと咎めるのを　なるほどと思って　多少遠慮する者もあるし　気にもとめないで　ともかく　自分が)
[一五]局(つぼね)に入るほども、居並みたる前を通り入らば、いとうたてあるを、[一六]犬防(いぬふせぎ)のうち見入れたる心ちぞ、いみじう尊く、「などて、月来(つきごろ)詣でで過ぐしつらむ」と、まづ心(こころ)もおこる。
([参詣人が]ずらっと坐ってる前を通ってゆくのは　ひどくいやなものだが　のぞいた気分ときたら　本当にありがたくて　どうして　何カ月もお詣りせずにいたのかしらと　信仰心もわいてくる)
御あかしの、[一七]常燈にはあらで、内にまた、人のたてまつれるが、恐ろしきまで燃えたるに、仏の、きらきらと見えたまへるは、いみじう尊きに、手毎に文どもを捧げて、[一八]礼盤(らいばん)にかひろぎ誓ふも、[一九]さば
(お燈明が[それも]　内陣に別に　誰かが奉納したのが　恐ろしいくらい燃えさかってる焔で　ご本尊がきらきら輝いていらっしゃるのは　[阿闍梨たちが]てんでに願文を捧げ持って)

かりゆすり満ちたれば、取り放ちてきき分くべきにもあらぬに、せ
〔どれが自分のだと〕区別して聴き取れそうにもないのに

一めてしぼり出でたる声々、さすがにまた、紛れずなむ。
一段と張り上げた声の一つ一つは　紛れもなく耳につくものでねえ

「千燈の御志は、二何・彼の御為……」
(阿闍梨)千燈奉納のご趣旨は

などは、はつかにきこゆ。
なんてところは　やっときこえる

三帯うちして、拝みたてまつるに、
掛帯をした姿で　謹んで〔本尊を〕礼拝していると

「ここに、四塗香さぶらふ」
(法師)もしもし　塗香でございます

とて、五樒の枝を折りて持て来たるは、香などのいと尊きも、をかし。

犬防のかたより、六法師寄り来て、

「いとよく申しはべりぬ。幾日ばかり籠らせたまふべきにか」
うんとよくお祈りいたしました　何日ほどおこもりになるご予定ですか

「しかじかの人籠りたまへり」
これこれの方がおこもりでいらっしゃいます

など、いひきかせて、去ぬるすなはち、火桶・菓子など持て続けて、七
立ち去ったかと思うとすぐ

八半挿に手水入れて、九手もなき盥などあり。

「御供の人は、かの坊に」
(法師)　あちらの宿坊で　〔どうぞごゆっくり〕

などいひて、呼びもていけば、かはりがはりぞゆく。一〇誦経の鉦の音
〔あちこち〕声をかけながらゆくので　替る替るにね〔宿坊へ〕ゆく

一 仏に願意が届くようにというよりもむしろ依頼した願主に聞えよがしに、願文の中の、祈願の趣旨と供養料との部分で、一段と声を張り上げるのが導師たちの職業意識というものであろう。下文の「千燈の御志は、何・彼の御為」というのがそれで、千燈を供養する志の篤さを仏に吹聴し、祈願の趣旨と願主の名を大声で唱えて、依頼人の歓心を買うわけである。

二 諸注は第二類本・能因本・前田本によって「なにがし」と改訂し、願主の名を指すものと見るが、「何」を祈願の趣旨「彼」を願主の名と解すべきである。

三 以下は、清少納言自身の行為と寺僧の接待ぶりの描写に移る。帯は、女子が社寺に参詣する時に、胸から掛けて背で結ぶ掛帯。赤い絹布を細く畳んで作る。

四 外陣にはいった参籠者たちにも、一応は結縁灌頂を施し、身心を清浄にして仏に接する資格を与える。それには、承仕の僧侶が塗香器を持参して塗香の粉を一つまみずつ与えて手にすり込ませたり、灑水器を持参して、一搩手の楊枝で作った散杖を香水に浸して、その雫をふりかけたりして浄めるのである。塗香とは白檀等の香抹、香水は塗香を水に溶かしたもの。

五 作者は、塗香器と灑水器とを混同している。僧侶には、「塗香さぶらふ」と、塗香器を持参した時の挨拶をさせながら、「樒の枝を折りて持て来たる」と、行為としては灑水器に挿した時花の樒の枝を持たせているからである。

六 清少納言が祈願を依頼した阿闍梨が、修法をすま

など、「わがななり」ときくも、頼もしうおぼゆ。

[一一]かたはらに、よろしき男の、いとしのびやかに額など、起ち居のほども、「心あらむ」ときこえたるが、いたう思ひ入りたる気色にて、睡も寝ず行なふこそ、いとあはれなれ。うちやすむほどは、経を、高うはきこえぬほどに読みたるも、尊げなり。[一二]うち出でまほしきに、まいて洟などを、けざやかにききにくくはあらで、しのびやかにかみたるは、「何事を念ふ人ならむ。かれをなさばや」とこそおぼゆれ。

[一三]日来籠りたるに、昼は、すこしのどやかにぞ、[一四]はやくはありし。師の坊に、郎等・女・童などみないきて、つれづれなるも、かたはらに[一五]貝をにはかに吹き出でたるこそ、いみじうおどろかるれ。きよげなる[一六]立文持たせたる男などの、[一七]誦経の物うち置きて、[一八]堂童子など呼ぶ声、[一九]山彦に響きあひて、きらきらしうきこゆ。[二〇]鉦の声響きまさりて、「いづこのならむ」と思ふほどに、やむごとなきとこ

せて、内陣から出てきて、清少納言の局へ挨拶にきた。

七 小僧たちが参籠者の必要な品々を届けにくる。

八 湯水をつぐ器。水さし。酌ぎ口の筒が半ば器の中に插しこまれているので半插という。

九 手洗いの器。左右に把手のついた耳盥ではない。

一〇 阿闍梨が六時の勤行に経文を読誦する時、要所要所で、磬や鉦を打ち鳴らす音。

一一 以下は自分の局の周辺にいる参籠者を描写する。

一二 諸注は、第二類本・能因本・前田本に「うちいでさせまほし」とあるのに従って、「もっと大きな声で読ませてやりたい」と解するが、第一類本による。

一三 以下は、参籠の日数が重なる間における経験。

一四 昔はのどかであったと考えるのは昔も今も共通。

一五 『春曙抄』に「昔は十二時に貝を吹し也」とあり、『千載集』雑下、赤染衛門の「今日もまた午の貝こそ吹きつなれ未の歩み近づきぬなり」とある。外陣の南、舞台の辺で、突如吹き上げた時報の法螺貝に、局の中で睡気を催していた清少納言も驚く。

一六 願文を包んだ立文。六三頁注一〇。

一七 読経料の布施物をちょっとそこに置いて。

一八 承仕と同じく、堂内の雑用を勤める下部の寺侍。

一九 清水寺の本堂南面の舞台は、音羽の滝のある谷間に臨んで、東に音羽山、南に六条山・阿弥陀峰と、山山に相対しているから、山彦が方々から返ってくる。

二〇 この立文を持参した男性の祈願のための誦経が始まったことが知られる。

ろの名うちいひて、
「御産たひらかに」
など、一験々しげに申したるなど、すずろに、「いかならむ」など、
おぼつかなく念ぜらるかし。

二これは、ただなるをりのことなめり。正月などは、ただいと騒がしき。三もの望みする人など、ひまなく詣づるを見るほどに、行なひもしやらず。

四日うち暮るるほど詣づるは、籠るなめり。小法師ばらの、持ち歩くべうもあらぬ五鬼屏風の高きを、いとよく進退して、畳などをうち置くと見れば、六ただつぼねにつぼねたてて、犬防に簾さらさらとうちかくる、いみじうしつきたり、やすげなり。

七そよそよとあまた下り来て、おとなだちたる人の、いやしからぬ声の、しのびやかなる気はひして、帰る人々やあらむ、
「そのことあやふし」

名をいって
ご出産が平安でありますように
祈願してるのなどは　ついつい〔結果は〕どうだろう　などと
気がかりで〔こちらまで〕祈りたくなるものですよ
ふだんの〔すいてる〕時のことでしょう
官位昇進を願う人たちが　押すな押すなでお詣りするのを見ているので〔肝心の〕お勤
めもろくすっぽできない
お籠りするのだろう　小坊主たちが　とても持
ち運べそうにもない　丈の高いのを　ほんとにうまあく動かして　置いた
かと思うと　どんどん片っぱしから仕切っていって
すっかり手馴れているし　気楽そうなものだ
〔衣ずれの音も〕　〔局から〕出て来て　年配の老女めいた人が　品のよい声で
あたりに遠慮した口ぶりで〔そのうち何人か〕邸へ帰る女房たちがいるのだろうか〔それに〕
これこれのことが心配だ

一 効験の「験」字を重ねて、いかにも験ありげなさまを現す形容詞。美々し、仰々しなどと同じ組成。
二 他人の祈願にまで気を遣う余裕のあること。
三 叙位・除目などの公事があるので。
四 以下、日暮れ時に、これから参籠する人、下山する人などの動きを描写する。
五 外陣の床に直接立てるのであるから、骨組のしっかりした飾り気のない大屏風であろう。「鬼」字は、そうした大柄で頑丈なものに附せられる接頭語。
六 「ただ」は「ひたすら」の意の副詞。「つぼね」は動詞「つぼぬ」の連用形。「に」は累加の助詞。「つぼねたて」は複合動詞「つぼねたつ」の連用形。「つぼね」を名詞として、「さっさと局に仕立て」とか、「ただつぼねに」という形容動詞を想定して、「どんどんつぼねるやりかたで局を立て」などと訳してはならない。「降りに降る」「しぞ（退）きにしぞく」等と同様、同じ動詞を累加の助詞「に」で結んで連続使用することによって、その動作が劇しく継続することを表現する。屏風を立て廻して個室を作ることが動詞「つぼぬ」であり、そうしてできた小さな空間が名詞「つぼね」となる。次々とくる参籠者のために、外陣の板敷に畳を置いてはその周りを屏風で囲った個室をどんどん作ってゆく能率のよい小坊主たちの動作を活写している。
七 いったん外陣の局にまで案内されてきて、また衣

ずれの音を立てて、廊や車寄せのあたりまで出てきた女性たちの中には、女主人を送ってきただけで参籠はせずに、すぐと邸へ帰るものがあり、その女房たちに、留守中の用心を指図する老女がいるわけである。

八 以下は、参籠者の一行にまじっている少年や幼児を描写する。

九 清水寺の本尊は十一面観音であるから、観音経即ち法華経巻第八観世音菩薩普門品第二十五であろう。

一〇「読みたるにぞ」が「ふとうち驚かれて」にかかる間に、「いとわざと……読むななり」という感想を挿入し、「いとわざと……読むななりと」が「あはれにきこゆ」にかかる。

一一 おそらく、参籠者のいる局のある外陣より外、舞台などの露もおりる夜空の下で、蓆や円座もなく、自分の着ていた蓑を敷きものとして坐っている、山伏のような廻国修行の僧を思いやって、「あはれ」と感じたのであろう。第百十四段「あはれなるもの」の条に、御嶽精進の「暁の額」に同情するのと同じ心境（二七一頁七行以下）。

一二 以下は、昼間の参籠者を描写する。

一三 鈍色（濃い鼠色・灰黒色）に青みの加わった色といい、綿入れの指貫といい、老人であることを示している。

「火のこと制せよ」（火もとには注意しなさい）など、いふもあなり（いいつけるのもいるようだ）。

八七つ八つばかりなる男児の、声愛敬づき（可愛く）、おごりたる声にて（我儘いっぱいの口ぶりで）、侍の郎等ども呼びつき（呼びつけ）、ものなどいひたる（何かいいつけてるのは）、いとをかし。

また、三つばかりなる稚児の、寝おびれて（寝ぼけて）、うち（急に）咳きたるも（咳きこんでるのも）、いとうつくし（ほんに可愛い）。乳母の名（名や）・「母」など（お母さんなんて）、うちいひ出でたるも（〔寝言を〕いってるのも）、「誰ならむ」（〔お母さんは〕）と知らまほし（知りたくなる）。

夜一夜、ののしり行なひ明かすに（勤行の喧騒で夜を明かすので）、寝も入らざりつるを（おちおち眠りもしなかったが）、後夜（後）など果てて（夜のお勤めが終って）、すこしうちやすみたる（うとうとしてる）寝耳に、九その寺の仏の（ご本尊の）御経を、いとあらあらしう尊く（大声に勿体ぶって）、一〇うち出で読みたるにぞ（いきなり唱えはじめた声にね）、「いとわざと尊くしもあらず（それほどとり立ててありがたい坊さんでもない）、修行者だちたる法師の（山伏めいた坊さんで）、一一蓑うち敷きたるなどが（蓑を敷いて坐ったのなどが）、読むななり（読経してるらしい）」と、ふとうち驚かれて（ふと目をさまして）、あはれにきこゆ（憐れな気がする）。

一二また、夜などは籠らで、人々しき人の（ひとかどの身分の人が）、一三青鈍の指貫の綿入りたる、白き衣どもあまた着て（沢山着こんで）、「子どもなめり」（〔その人の〕子たちらしい）と見ゆる（と見受けられる）若き男のを（しゃ）

かしげなる、装束きたる童などして、侍などやらの者どもあまたかしこまり、居念じたるも、をかし。かりそめに、屏風ばかりを立てて、額などすこしつくめり。顔知らずば、「誰ならむ」と、ゆかし。知りたるは、「さなめり」と見るも、をかし。

若き者どもは、とかく局どものあたりに立ちさまよひて、仏の御方に目も見入れたてまつらず、別当など呼び出でて、うちささめき、物語りして出でぬる、えせ者とは見えず。

二月晦・三月朔、花盛りに籠りたるも、をかし。きよげなる若き男どもの、主と見ゆる二、三人、桜の襖・柳などいとをかしうて、括り上げたる指貫の裾も、あてやかにぞ見なさる。つきづきしき郎等に、装束をかしうしたる餌袋抱かせて、小舎人童ども、紅梅・萌黄の狩衣、いろいろの衣、おし摺りもどろかしたる袴など着せたり。花など折らせて……。

れたのや　着飾った　少年などを連れて　〔さらに〕侍といった手合いの者を多勢侍らせて　坐って祈念してるのも面白い　ほんの略式に　ちょっと拝礼なんかしてるらしい　顔を知らなけりゃ　一体誰だろう　と好奇心がわく　顔を見知ってるのは　あの人だな　と見てとるのも　面白い

若い男たちは　〔女性のこもっている〕　御本尊の方を　見向きも申し上げないで　小声で耳打ちしたり　世間話をして行ってしまうのは　並の身分の人とは思えない

すっきりした若い男たちで　〔それぞれ〕一家の主と見えるのが二三人　柳の狩衣など　実にしゃれた着こなしで　いかにも上品に見える　〔その主人に〕似合いの　従者に　飾り立てた　うんと手のこんだ摺り文様の　贅沢な恰好なんかさせて

一 「囲繞し」と解する説もあるが、それでは「侍などやらの者どもあまた」が主語となって、元来「人々しき人」を主語としてきた文章が分裂してしまう。やはり池田亀鑑説に従って「居念じ」と読み、一団の参詣者の中の主人が最後まで主語として働いているものと見なければなるまい。『栄花物語』峰の月に「御修法・御読経かたがたの御祈りの僧、心を合せて声も惜しまず居念じ奉る程の、揺りあひかしがまし」も同じ。

二 夜間ではないが、高貴な人だから屏風を立てる。

三 「額づく」とは、合掌したあと両手を膝前に伸ばして揃え、額を手の甲にあてる伏礼をいう。「すこし」という修飾語に、動作主の身分の高さを思わせる。

四 『延喜式』巻二十一、玄蕃寮に「凡諸寺以二別当一為二長官一」とある。劇場へ行ってもろくに舞台を見もせず、支配人を呼び出して雑談をして帰る式の通人ぶり、当時の寺詣りにはそれと共通する社交性があった。

五 以下、正月の参籠という本段の主題から一層拡大して、清水寺参詣の社交的な効用を取り上げる。

六 指貫は、床上にいる時は足を包みこめて括り緒を結ぶが、外出には、足首のところで括る下括と、もっとたくし上げて膝下で括る上括とがある。この場合は山歩きでもあるので、より活動的な上括であろう。

七 本来は、鷹狩の際に鷹の餌を入れて持ち運ぶ袋であったが、弁当を入れて携行するのにも用いた。

八 狩衣とその下襲の衣は二七二頁注三～四参照。

九 仲春桜花の季節だから文字どおり花の枝を手折っ

侍めきて細やかなる者など具して、一〇金鼓打つこそ、をかしけれ。「さぞかし」と見ゆる人もあれど、一一いかでかは知らむ。うち過ぎて往ぬるも寂々しければ、「気色せさせましものを」などいふも、をかし。

一二かやうにて、寺にも籠り、すべて例ならぬところに、ただ使ふ人のかぎりしてあるこそ、かひなうおぼゆれ。なほ、同じほどにて、一つ心にをかしき言も憎き言も、さまざまにいひあはせつべき人、かならず一人、二人、あまたも誘はまほし。その、ある人の中にも、口惜しからぬもあれど、目馴れたるなるべし。男なども、さ思ふにこそあらめ。わざとたづね、呼びありくは。

第百十六段

て持たせていると解するのは取らない。やはり「きらびやかに装う」意の成句とする池田亀鑑説に従うべきであろう。池田説が引証する『栄花物語』衣の珠の「その日の女房のなりども、花を折りたり」とある本文は、具体的な花の枝とは全く無関係だからである。さらに『小右記』長元四年九月二十五日条の「扈従上下狩衣装束色々折ㇾ花、唐綾羅或五六重、其襖繍ニ二倍文ヲ織物、下衣等不ㇾ知ニ何襲一、随身装束不ㇾ憚ニ憲法一」とあるのは、従者の服装が風流過差であることを述べた本段の文章と全く同趣旨である。また、「花など折らせて」を次行の「侍めきて細やかなる者」にかかる修飾語と見てはならない。従者・童たちの華美な服装を詠嘆して絶句したものと見るべきである。

一〇『和名抄』巻十三に「金鼓、和名比良加禰」とあるが、今でいう鰐口のことである。東京国立博物館蔵の鰐口に「長保三年辛酉」の銘があるので、『枕草子』執筆当時の遺品と知られる。当時は百箇寺詣・千日詣などが流行し、これを「金鼓打つ」とも言った。つまり礼堂の軒先にかけた金鼓を太い結び紐で打ち鳴らして歩く手軽な信仰で、『小右記』寛和元年三月六日条に「為ㇾ打ニ金鼓一向ニ東山辺一便 見ㇾ花」とあるように花見時の行楽をかねた寺詣りが喜ばれた。

一一 こちらは局の中に籠っているから気がつかない。

一二 以下は、次段との連繋節となる。寺詣りや物見の折の同行者についての作者の見解である。

＊〔第一一六段〕全く気にくわない　前段の物詣で同行者からの連想で、気にくわぬものを類想。

一　四月中酉日(なかのとりのひ)の賀茂祭と中午日(なかのうまのひ)の斎院御禊(ごけい)。

二　諸注は「ゆかしがる」と濁って読んで、「行きたがる」と解するが、本段との連繋節(れんけいせつ)となる前段末章に、参籠や物見には、自家の召使だけでなく、「同じほど」の「一つ心に」「いひあはせつべき人」を同行すべきだと主張していたことから考えて、これは、身分違いの従者という、前段末章にいう「その、ある人の中にも、口惜(くちを)しからぬ」に相当するものであるから、特に人柄や教養の点で「ゆかしさ」の認められたものでなくてはならぬわけである。行きたがる者なら誰でもよいというのでは、清少納言の主張と矛盾する。

三　車の簾(すだれ)を透して見る影。「ただよひて」とは、孤影悄然(こえいしょうぜん)たる感じをあらわし得て妙。

四　諸注は、この「にくし」を現代語の「憎らしい」と同義の負(ふ)の感覚語と解しているが、こちらが憎んでいる人が、自分のことを悪くいっても、それは相対(あいたい)ずくのことで、「心づきなし」というには当らない。「心憎し」という意味にとって、こちらが少々好意的に見ているのに、向うでは無責任に誹謗(ひぼう)したり逆怨(さかうら)みを抱いていることを知った時の、予期に反しての「心づきなさ」と解さねばなるまい。

いみじう心づきなきもの。

一祭(まつり)・禊(みそぎ)など、すべて男(をとこ)の物見るに、ただひとり乗りて、見るこそあれ。いかなる心にかあらむ。やむごとなからずとも、若き郎等(をのこ)などの、二ゆかしかるをも、ひき乗せよかし。三透影(すきかげ)に、ただ一人ただよひて、心一つにまぼり居たらむよ。「いかばかり心狭(せば)く、けにくきならむ」とぞ、おぼゆる。

物へいき、寺へも詣(まう)づる日の雨。

使ふ人などの、

「われをばおぼさず。なにがしこそ、ただ今の時の人」

などいふを、ほのききたる。

「人よりは少し四にくし」と思ふ人の、おしはかり言(ごと)うちし、すずろなるもの怨みし、わがかしこなる。

全く気にくわないもの
ともかく　見物にゆくのに　〔牛車に〕　見るなんてとんでもない　どんな料簡なんだろう　身分の高い人でなくったって　若い従者　気のきいたのでも　一緒に乗せりゃあいい　しょんぼりして　黙りこくって見つめていようなんて　何て料簡のせまい　憎ったらしい男だろう
物見にいったり　〔は全く気にくわない〕
召し使ってる者なんかが
〔ご主人は〕私をちっともかまって下さらない　誰それさんがきっと一番のお気に入りなんだ
小耳に挟んだの
他の人よりは少々　ましだと好意を抱いてる人が　当て推量の噂を　したり　根も葉もない逆怨みをしたりして　自分だけいい子になってるの

第百十七段

わびしげに見ゆるもの。六、七月の、午、未の刻ばかりに、汚なげなる車に、えせ牛かけて、ゆるがしいく者。

雨降らぬ日、張筵したる車。

いと寒きをり、暑きほどなどに、下種女のなり悪しきが、子負ひたる。

老いたる乞食。

小さき板屋の黒う汚なげなるが、雨に濡れたる。

また、雨いたう降りたるに、小さき馬に乗りて、御前駆したる人。冬は、されどよし。夏は、袍・下襲も一つにあひたり。

＊〔第一一七段〕みじめそのもの　前段予期に反した不快感から、徹底的な不快感の類想へ進む。

五 第百十五段の金鼓打ちが二月晦・三月朔であり、第百十六段の祭・禊が四月であった。それを受けて、六、七月の極熱の盛夏、しかも、午前十一時から午後三時にかけての暑い日盛り、そこへ汚ない車と痩せた牛という、悪条件の重なった徹底的な「心づきなさ」が「わびし」の感覚に到達する。

六 牛車の屋根を雨よけとして筵で覆う。生憎天気になって、全くむさくるしく見える。

七 暑いにつけ、寒いにつけ、貧しげな恰好をしたものは、一層その貧しさが目立つ。清少納言は、それをただ醜悪としか見ていない。当時の階級意識からしてそこには「いかにもつらいだろう」というような同情はない。『枕草子』の類想段における唯美的・印象的・感覚的な描写が然らしめるところで、必ずしも作者の人格の問題ではあるまい。

八 貧窮と老耄と、ここにも悪条件が重なっている。

九 貴人の外出や祭礼の行列に、馬に乗って先導してゆくことを前駆という。前駆の袍や下襲が汗でべったりとへばりつくような盛夏の行事には六月十四日の祇園御霊会、十五日の祇園臨時祭、晦日の大祓、七月七日の節供、十五日の盂蘭盆会、二十六日の相撲節会などがある。この暑苦しいみじめさが、次段との連繫節となる。

第百十八段

暑げなるもの。（暑苦しそうなもの）

一 随身の長の狩衣。

二 衲の袈裟。

三 出居の少将。

いみじう肥えたる人の、髪多かる。

四 六、七月の修法の、日中の時おこなふ阿闍梨。（導師）

第百十九段

＊〔第一一八段〕暑苦しい　前駆から随身への連想で、同じく不快感の類想。

一 随身は、近衛府の将監・将曹・府生・番長・近衛等の舎人から選抜して、貴人の護衛としてつけるので時には前駆をも勤める。随身の長というのが舎人の中のどの階級に相当するか明確でないが、『延喜式』巻四十五には、舎人の服制は深緑の襖（狩衣）とあり、その上に、将監・将曹は錦の裲襠、府生・近衛は挂甲を着装するとあるから、暑苦しく見えるわけである。

二 綴袈裟とも。本来は糞掃衣の意で、ぼろ裂れを継ぎ合せた形に製する。七条の継ぎ裂れを縫い合せ裏をつけるので、文字どおり大袈裟で暑苦しい感じ。

三 「でゐ」ともよむ。儀式の際に、所定の別席に着いて威儀を整える。正月殿上の賭弓や七月相撲節会に出居少将が左右の員に備わるが、殊に初秋七月仁寿殿東庭における相撲での出居少将の縫腋の袍（『西宮記』『江家次第』）が、暑苦しく見えるのであろう。

四 季夏・初秋の暑い盛り。六時の勤行のうち、日中は正午十二時の暑い時刻。修法の際の袍・裳・衲袈裟・横被・修多羅・表袴を着用した姿は、暑苦しい。

＊〔第一一九段〕気がおける　修法の阿闍梨から夜居の僧への連想で、やはり負の感覚の類想と随想。

五 向うの人に、こちらのことが見透かされているようで、油断がならず、気のおけること。

六 男性の心中は、女性の側からは謎である。にもか

五 恥づかしきもの。

六 男の心のうち。

七 睡ざとき夜居の僧。

八 窃か盗人の、さるべき隈にゐて見るらむを、誰かは知らむ。暗きまぎれに、九 忍びて物ひき取る人もあらむかし。そはしも、一〇 同じ心に「をかし」とや思ふらむ。

夜居の僧は、いと恥づかしきものなり。一一 若き人のあつまりゐて、人のうへをいひ笑ひ、そしり憎みもするを、つくづくとききあつむる、いと恥づかし。

「あなうたて」

「かしがまし」

など、御前近き人などの、気色ばみいふをもきき入れず、いひいひの果ては、みなうちとけて寝るも、いと恥づかし。

一二 男は、「うたて思ふさまならず。もどかしう、心づきなきことな

暗がり　知らぬが仏　どこかの物蔭に　ひそんで見てるだろうに　をいいことに　そっと何かをちょろまかす人もあるだろうよ　そういうのをね　全く気のおける存在だ　若い女房が固まって坐っていて　人の噂話をして笑ったり　悪口をいって憎らしがったりするのを　一部始終耳袋に入れてしまうのは　まあいやあね　騒々しいわよ　中宮様のお側の〔上臈〕女房たちが　本気で咎めるのも聞き流して　散々しゃべりちらした挙句　すっかりだらしなく　〔夜居の僧の思惑が〕　男性というものは　気に入らないいやな女だ　じれったくて　いらいらすることなんかが

かわらず、女性の気持は男性から見すかされているように思うからであろう。

七 夜通し怠らず、加持祈禱をするために、貴人の身辺に詰めている僧侶。居眠りしやすいのは安心だが、すぐに目を覚ましやすい夜居の僧には、何かと見られているような気がして恥ずかしい。

八 こそ泥。以下は随想文に移る。男心―夜居の僧―窃か盗人―夜居の僧―男心と、こそ泥を中心に、類想と随想との前後二段が題材を折り返して構成される。

九 こそ泥に見られているのも知らず、官物をそっと懐へねじ込んでいる小役人や女官。いかにもありそうな漫画的風景。

一〇 (こそ泥は) 同類だとして面白いと思いもするだろうよ (全く恥ずかしいことだ)。

一一 若い女蔵人階級の女房は、老齢の夜居の僧などをほとんど異性として意識していないので、ついその前でも無遠慮ではしたない振舞に及び、思慮のある年配の上臈女房が恥ずかしい思いをするわけである。第百二十七段には、夜居の僧すらが、女房たちのあまりのおしゃべりに腹を据えかねた話を出している。

一二 以下は、若い女房たちの遠慮の無さに対して、男性というものが、喜怒哀楽の感情を率直に現さない、思慮深いというよりは、むしろ腹の知れぬ信用し難い存在であることを論じている。これは、『紫式部日記』の消息体評論における女性批評に匹敵する、微妙で鋭い男性評論でもある。

どあり」と見れど、さし向かひたる人を、賺（すか）し頼むるこそ、いと恥づかしけれ。まして、情あり、好ましう、人に知られたるなどは、「おろかなり」と思はすべうも、もてなさずかし。心のうちにのみならず、またみな、これがことはかれにいひ、かれがことはこれにいひきかすべかめるも、わがことをば知らで、「かう語るは、なほ、こよなきなめり」と、思ひやすらむ。いでされば、すこしも思ふ人にあへば、「心はかなきなめり」と見えて、いと恥づかしうもあらぬぞかし。いみじうあはれに、心苦しう、見捨てがたきことなどを、いささか何とも思はぬも、「いかなる心ぞ」とこそ、あさましけれ。さすがに、人のうへをもどき、ものをいとよくいふさまよ。殊に頼もしき人なき宮仕人などを語らひて、ただならずなりぬるありさまを、きよく知らでなども、あるは。

ある　と思っても　面と向った女の人を持ち上げて　信じこませるところが　実に気のおけるところだ　情が濃やかで　感じがよく　世間でも評判の男性ときたら　月並のお世辞だ　と夢にも思わせるような　扱いはしないものだ　心中ひそかに考えているだけでなく　実はすっかり　こちらの女のことはあちらの女に話し話して聞かせるものらしいが　〔当の女は〕自分の立場に気がつかずに　こうまで　〔他の女を悪く〕いうのはやっぱり私が一番なのだろうと思いもするだろう　一 だから　〔私は〕少しは愛情を感じる男性に　二 廻り合っても　気まぐれな男だろう　と目にうつって　それほど気をつかうこともないのですよ　〔また男性が〕ほんとにいじらしくって　気の毒な　見過しにできない　〔女性の〕ことでも一向に気をとめずにいるのも　三 一体どういう神経かと　実に　あきれてしまう　四 その癖　他の男性の仕打ちを非難し　口達者にまくしたてることったら　格別身より頼りのない宮仕えの女房なんかを誘惑して　身重になってしまっている実状を綺麗さっぱり知らぬ顔なんて男も　五 いるんですよ

一 清少納言自身は、そのような浮気で口先だけのうまい男心の裏というものをよく知っているので、大抵の男性を信用する気にはなれないというのであろう。

二 「あへば」の接続詞「ば」は、「ど」と同じく、逆接の意に用いられている。諸注は、これを順接にとるので、前後の文意が合わなくなる。

三 口先ではうまく言い繕いながら、最後まで女のために尽すことをしないで、弊履の如く女を捨ててしまうことに対する痛烈な批判。

四 自分のことは棚に上げて、他の男性の薄情さを、ぬけぬけと批判する神経の太さに対する慨嘆。

五 「あるは」の「は」は、感動の終助詞。感動的肯定表示の挿入句「さるは」の「は」と同じ。

第百二十段

六 無徳（むとく）なるもの。（さまにならないもの）

七 潮干（しほひ）の潟（かた）にをる大船（おほぶね）。

大きなる木の、風に吹き倒（たふ）されて、根をささげて（根を持ち上げるようにして）、横たはれ臥せる。（横倒れになっているの）

八 えせ者の、従者（ずさ）勘（かうが）へたる。

人の妻（め）などの、すずろなる（つまらぬやきもちを）もの怨（ゑん）じなどして（焼いたりして）、隠れたらむを（雲隠れしたらしいが）、〔夫が〕「必ず、尋ね騒がむものぞ」（きっと大騒ぎで探すに違いない）と思ひたるに、さしもあらず（そんな気配もなく）、ねたげ（しゃくにさわるほど平然としてるので）にもてなしたるに、さては（そうも）、九得（え）旅だちゐたらねば、心と出で来たる（自分からのこのこ出て来たの）。

第百二十一段

＊〔第一二〇段〕さまにならぬ　前段妊娠した上で捨てられた女のみじめさから無徳なるものを類想。

六 取り柄のない無様（ぶざま）なもの。恰好（かっこう）がつかないもの。

七 干上がった浅瀬で、傾いたまま擱坐（かくざ）している船。二進（にっち）も三進（さっち）もゆかぬ姿は、その船が大きければ大きいだけ無様である。

八 身分も低く大したことのない男が、いかにも主人の威光をふりまわして、一人前に従者を叱りつけているのは、みっともないことだと作者は考える。身分の高貴な人ならば恰好がつくと思うのも当時の階級観。

九 「旅だつ」という複合動詞は、旅行に出立（しゅったつ）する意ではない。旅行めいたという意味の「旅だつ」である。「紫だちたる雲」（第一段）、「田舎だち」（第九十四段）の例と同じ。自宅以外のところに寝泊りすることをすべて「旅」といったので、「紙などの、なめげならぬも、とり忘れたる旅にて」（第二百二十四段）も、出先といった程度の意味に用いられている。『紫式部日記』にも「まろがとどめし旅なれば」と宿下がりのことを「旅」といっている。夫への面当てに家出した女が、他人の家に宿泊していることを「旅だちてゐる」といった。つまり、反応のない夫に対抗して、いつまでも他人の家に寄寓（きぐう）しているわけにもゆかず、のこのこと立ち戻る無様さを清少納言は取り上げた。

＊〔第一二一段〕南都の修法（ずほう）　第百十五段の清水寺（きよみずでら）における奈良方の修法から、遠隔連想したか。

修法(ずほふ)は、一奈良方(ならがた)。仏の二護身(ごしん)どもなど読みたてまつりたる、なまめかしう(優雅で)、尊し。

第百二十二段

はしたなきもの(ばつのわるいもの)。

三他人(ことひと)を呼ぶに、「わがぞ」とさし出でたる(自分のことだと思ってのこのこ出てきたの)。物など取らするをりは(何かくれてやる時には)、いとど(一層のこと)。

おのづから(つい話のはずみで)、人のうへなど(他人の噂なんか)うちいひ(しゃべったり)譏(そし)りたるに(悪口をいってると)、幼き子どものきき取りて、その人のあるに(当人がいる時に)、いひ出でたる(口に出したの)。

あはれなることなど(気の毒な話なんかを)、人のいひ出で(誰かが話し始めて)、うち泣きなどするに(涙を流したりする時に)、「げ(なる)

一 延暦寺の僧を「山方(やまがた)」といい、興福寺の僧を「奈良方」という。密教の修法は、真言宗(しんごんしゅう)東寺の東密と天台宗延暦寺の台密と、東台二密の阿闍梨(あじゃり)が行うところで、顕教に属する法相宗(ほっそうしゅう)興福寺の僧の修法ということは適切ではないが、真言・法相兼学の清水寺などでの修法を、奈良方のものと見たのであろうか。

二 三巻本の「御しん」という本文を、萱根順之氏の意見に従って「護身」と解する。読経・修法に際して阿闍梨が身(しん)・口(く)・意(い)の三法を浄(きよ)め、三部の印契(いんかい)を結び、陀羅尼(だらに)を誦し、心身を護ることを護身法というが、浄三業印明(じょうさんごういんみょう)・仏部三摩耶(さんまや)・蓮華部三摩耶・金剛部三摩耶・被甲(ひこう)護身五種の真言を唱えながらそれぞれ五種の印を結んだ双手を、額・喉(のど)・肩・心等身体各部に動かし、一つの印を結び終るたびに上下左右に散じ開くさまは、あやしくゆらぐ燈明の影に神秘微妙(じんぴびみょう)の舞踊とも見られたのであろう。それを「なまめかしう尊し」といったのであり、加えて奈良方の法服の華やかさに「なまめかし」という感想が生じ得たのであろう。

*〔第一二二段〕**ばつの悪さ** 「はしたなきもの」の類想から、はしたなくも感涙をとどめかねた八幡(やはた)の行幸の回想に発展する。

三 清少納言が人を呼んだ時に顔を出した見当違いな者のばつの悪さである。清少納言自身の事ではない。

四 以下は、「めでたきことを見聞」きして、とめどもなく涙を流した体験を回想する。この回想談を「はしたなきもの」の段から除去すべきだと主張する説の

に、いとあはれなり」など（などと思って聞いてるくせに）、ききながら、涙のつと（急には）出で来ぬ、いとはしたなし。〔わざと〕泣き顔つくり、気色ことになせど（表情を暗くしたりするのだがどうにもならない）、いとかひなし。〔そのくせ〕めでたきこと（素晴らしいことを）を見きくには、まづ、ただ出で来にぞ出で来る（忽ち〔涙が〕あとからあとから出てくるものだ）。

四 八幡の行幸の還らせたまふに、五 女院の六 御桟敷のあなたに、〔主上が〕御輿とどめて、御消息申させたまふ（〔母院に〕ご挨拶を申し上げられるのが）、世に知らずいみじきに（何ともいえず素晴らしいので）、まことに（〔涙が〕文字どおり）、七 滾るばかり（溢れるほどで）、化粧じたる顔（お化粧した〔私の顔は〕）みな洗はれて（すっかり洗い落されて）、いかに見苦しからむ。

宣旨の御使にて、八 斉信の宰相中将の、御桟敷へまゐりたまひしこそ、いとをかしう見えしか。ただ、九 随身四人、いみじう装束きたる一〇 馬副の、細く白く仕立てたるばかりして（ほっそりして白く化粧させたのだけを連れて）、一一 二条の大路の、広く清げなるに、めでたき馬をうち早めて、急ぎまゐりて、〔馬を〕すこし遠くより下りて、そばの（〔女院のお車の〕側面の）御簾の前にさぶらひたまひしなど（控えていらっしゃったお姿なんかは）、いとをかし。〔主上の〕御返うけたまはりて、また帰りまゐりて、御輿のもとにて奏したまふほどなど、いふもおろかなり（素晴らしいなんて言っても追いつくものではない）。

一二 さて、主上の渡らせたまふを見たてまつらせたまふらむ〔女院の〕御心ち、

あるのは遺憾である。本段に取り上げた一条天皇の石清水八幡行幸の還御は、長徳元年十月二十二日。

五 一条天皇御生母東三条女院詮子。時に三十四歳。「勘物」所引『小右記』に「石清水行幸還御。於二朱雀院東方一女院御見物」、同『信経記』に「朱雀院辺暫留二乗輿一。諸卿同留レ馬。依三東三条院被レ立二御車一也。仍以三蔵人頭左近中将斉信朝臣一令二啓照一。申二御返事一」とある。

六 『信経記』に女院は御車を立てて還幸を見物されたとあるので、「桟敷」は、作者の記憶違いであろう。

七 「こほるはかり」を「化粧じ」にかかる連用修飾語と見て「厚くてこぼれるほど」とか「こちこちに凍るほど」と解するのは誤り。「滾るばかり濡れかかり」（二九二頁一〇行）と同じ。

八 第七十七段初出。当時は従四位上蔵人頭左近中将兼播磨権守の二十九歳。「宰相中将」と呼ばれたのは、長徳二年四月二十四日以後。

九 『桃花蘂葉』随身人数事に「自二羽林一至二中納言一中将、衛府長一人、小随身四人、或二人」とある。

一〇 巻纓の冠に緌、褐衣に奴袴と袙をつけ、布帯を締め、太刀を佩き、藁脛巾をつけた馬副舎人をさした。公卿でない斉信に馬副を不当とすれば龓の舎人か。

一一 朱雀院東方でのご見物であるから、「二条大路」ということはあり得ない。「すさか（朱雀）」から「にてう（二条）」への字形相似による本文転化か。

一二 母女院に対する天皇の御会釈があったうえで。

一思ひやりまゐらするは、飛び立ちぬべくこそ、おぼえしか。それには、長泣きをして、笑はるるぞかし。よろしき人だに、なほ、子のよきはいとめでたきものを。かくだに思ひまゐらするも、二畏(かしこ)しや。

（とび上がってしまいそうなほど感動したことでした　そんな時には　いつまでも泣きやまないで人に笑われるんですよ　並の身分の人だって　やっぱり　子供が出世したのは随分幸せなものでしょうに　こんな風にご推察申し上げるだけでも）

第百二十三段

三関白殿、黒戸(くろど)より出でさせたまふとて、四女房の、ひまなくさぶらふを、

「あな、いみじのおもとたちや。翁を、いかに笑ひたまふらむ」

とて、分け出でさせたまへば、戸口近き人々、いろいろの袖口して、五御簾(みす)ひき上げたるに、六権大納言の、御沓(くつ)とりて、はかせたてまつりたまふ。いとものものしく、きよげに、よそほしげに、下襲(したがさね)の裾(しり)長

（(道隆)やあ　すごい別嬪さんぞろいだね　この老いぼれをどんなにか笑いものになさるだろう　かき分けてお出ましになるので　戸口近くにいる女房たちが　色合い華やかな袖口を見せて　権大納言が　〔関白様に〕　ほんとにきらびやかで　美しくて　感じのいい着こなしで）

一　一個の女性として、その子が至尊の位にあり、その天皇から公衆の面前で会釈を受ける晴れがましさ、女院の満足感を拝察して、感激の涙を流す清少納言。因(ちな)みに『枕草子絵巻』の詞書(ことばがき)本文には、本段の「めでたきことを」から「長泣きをして、笑はるるぞかし」までを現存する。

二　「かくだに思ひまゐらする」即ち普通の身分の者と比較推量することを、畏(おそ)れ多いといったのである。

＊〔第一二三段〕**関白の権威**　天皇の御会釈を受けられる女院のめでたさから連想して、豪気な道長をさえひざまずかせた故関白道隆(みちたか)のめでたさを回想。

三　関白道隆。清涼殿の御前から下がって、黒戸の御所の戸口から退出したこの史実が、いつのことかということになると、全く不明である。清少納言が出仕した正暦四年冬以後、権大納言伊周(これちか)が内大臣に任じた同五年八月二十八日以前、そして中宮定子が積善寺(さくぜんじ)供養のために内裏を退出していられた正暦五年二月初旬から二十日までを除く、ある日というの他はない。

四　関白をお見送りするために、中宮の女房たちが黒戸の御所の小部屋にびっしり詰めて坐っていたのを。

五　黒戸の御所の西面、南から第四の間が戸口になっていて、その妻戸の内側にかけられた御簾をかかげて道隆をお出しするのである。

く曳き、所狭くてさぶらひたまふ、「あなめでた。大納言ばかりに、沓とらせたてまつりたまふよ」と見ゆ。

七山の井の大納言、八その御次々の、さならぬ人々、九黒きものをひき散らしたるやうに、藤壺の塀のもとより登花殿の前まで、居並みたるに、ほそやかになまめかしうて、御佩刀などひきつくろはせたまひ、やすらはせたまふに、一〇宮の大夫殿は、戸の前に立たせたまへれば、「一一居させたまふまじきなめり」と思ふほどに、すこし歩み出でさせたまへば、ふと居させたまへりしこそ、「なほ、いかばかりの昔の御行なひのほどにか」と、見たてまつりしこそ、いみじかりしか。

一二中納言の君の、「忌日」とて、一三くすしがり、行なひたまひしを、「賜へ、その数珠しばし。行なひして、めでたき身にならむ」と、借るとて、集まりて笑へど、一四なほ、いとこそめでたけれ。御前に、きこしめして、

六 伊周。正暦五年として、二十一歳、道隆四十二歳。

七 道頼。当時は権中納言の二十四歳。

八 道頼以下の兄弟で中宮と同腹でない者では、頼親二十三歳、周頼十六歳（推定）等が考えられる。

九 当時、四位以上が着用した黒橡の袍の色を指す。

一〇 藤原道長。道隆の弟。当時従二位権大納言中宮大夫の二十九歳。『枕草子』の執筆が、道長が氏長者として時の一の人であった頃に相当するので、「殿」という敬称を用いたのであろうか。

一一 道長が豪胆な人物で、兄の道隆・道兼にもはばかることのない人物であったことは、『大鏡』に見える。

一二 以下は、長徳元年四月十日道隆薨去の後、中納言の君（第九十段参照）が、従兄に当る道隆の忌日法要を営んだ際の回想に移る。それは、第二百五十五段との関連において、長徳元年十月十日、中宮が職曹司におわした期間の出来事と推定される。

一三 中納言の君の夫俊賢が、早くも道長方に阿附していることを皮肉ったかの如き筆致である。因みに、当時俊賢は、従四位下参議右兵衛督で三十七歳。権中納言に任じたのは寛弘元年正月二十四日であるから、仮に忠君女が中納言という女房名を得たのが、それ以後のこととすると、本段の執筆時点も、それ以後のこととなる。

一四 近頃の中宮様のおつらい気持も知らないで、若い女房たちがふざけているとは思うものの。

「仏になりたらむこそは、これよりはまさらめ」（〔あの世で〕成仏するほうがずっと〔この世の〕関白よりはましだろうよ）とて、うちゑませたまへるを、（〔私は〕）また、めでたくなりてぞ（うっとりしてしまってね）、見たてまつる。一大夫殿の居させたまへるを（道長様がおひざまずきになったことを）、（〔中宮様に〕）かへすがへすきこゆれば（申し上げたら）、「例の（いつもの）、二念ひ人（関白様びいきね）」と、三笑はせたまひし（お笑い遊ばしたっけが）……。

四まいて、この後の御ありさまを（〔道長様の〕現在のお盛んさを）（〔中宮様が〕）見たてまつらせたまはましかば（拝見なさいましたとしたら）、（〔私の言ったことを〕）「ことわり」（もっともだと）と、おぼしめされなまし（お思いなされたことでしょう）。

第百二十四段

九月ばかり、夜一夜降り明かしつる雨の、今朝はやみて、朝日いとけざやかに射し出でたるに、前栽の露は（庭の植え込みの露は）、滾るばかり濡れかかりたるも、いとをかし。五透垣の六羅文・軒の上などは、掻いたる（掻き払った）蜘蛛の

一　上文、関白が黒戸の戸口からお出ましの時に。

二　諸注は、「念ひ人」（贔屓・ファン・応援者の意）と「想ふ人」（恋人・アイドル・意中の人の意）とを混同して、清少納言が道長のことを繰り返し話題にするのは、道長が清少納言の「好きな人」だからだと、中宮が作者をひやかされたものと解釈しているが、これは、甚だしい誤解であり、ひいては、清少納言の伝記考証や人物評論を歪めることとなる。道長が道隆に対して蹲踞した事実を繰り返し話すのは、生前の道隆の威光を賞讃することにはなっても、決して、道長を推賞したことにはならないから、「念ひ人」の解釈を「想ふ人」と倒錯することはあり得ないであろう。

三　中宮定子が、清少納言を「いつもの関白様びいきね」とお笑いになったのも過去のことになって、と追憶の気持を揺曳した連体どめで、以下、定子崩御後の執筆時点からの回想に移る。

四　長保二年十二月十六日皇后定子崩御以後には、同三年十月九日東三条女院四十賀の土御門第行幸、同五年五月十五日左大臣道長三十講歌合、寛弘二年二月十日新造東三条第移住等、道長の並びなき権勢を示す事件が数多く見られた。それらの事実を踏まえて、その権力者道長もかつては関白道隆の前にうやうやしく蹲踞したのであるから、私が繰り返しその事実を思い出話に取り上げたのも当然だと、もし皇后様が生きていらっしゃって最近の道長の権勢ぶりをご覧になったら、必ずお思いになるに違いないと、重ねて回顧したの

巣の毀れ残りたるに雨のかかりたるが、白き玉をつらぬきたるやう[七]なるこそ、いみじうあはれに、をかしけれ。

すこし日闌けぬれば、萩（〔昨夜の雨に濡れた〕）などのいと重げなるに、露の落つるに（露が落ちるたびに）枝うち動きて、人も手触れぬに、ふと（いきなり）上ざまへあがりたるも（上へはねあがったりするのも）、「いみ[八]じうをかし」といひたる（〔私が〕いってる）言どもの（こんな話が）、「ひとの心には（他の人の心には）、露をかしからじ（全然面白くもないだろう）」と思ふこそ、またをかしけれ。

第百二十五段

〔正月〕七日の日の若菜を、六日、人の持て来騒ぎ、とり散らしなどする[九]に、見も知らぬ草を（見たこともない草を）、子どもの取り持て来たるを、

〔清少〕「何とか（何ていうの）、これをば（この草を）いふ」

と問へば（とたずねても）、頓にもいはず（急には答えないで）、

である。決して、(一)関白生前、(二)関白薨後・中宮御生前、(三)中宮崩御後と、次々に追記加筆したのではなく、執筆時点から三段階に回想したものと思われる。

＊〔第一二四段〕**露の朝**　道隆の権勢をいつまでも懐かしく回想する作者の気持と一向に噛み合わぬ若い女房たちの心なさとの比較を、朝露の微妙な作用を有心に見るか見ないかの随想へ持ち越す。

五　板や竹などで間を透かして作った垣。

六　戸や透垣の上部に、細い竹や木を菱形に組んで作りつけた装飾。織物の羅の織文のように透けた不整の網目になっているから羅文という。装飾料紙の漉き染の技法にも羅文がある。羅文・欄文・欄間等、同系列の術語であろう。

七　『古今集』秋上、文屋朝康の「秋の野に置く白露は玉なれや貫きかくる蜘蛛の糸筋」と同じ観照。

八　露がこぼれて、軽くなった萩の枝がすっと上にあがる。自然の無心な動きに微妙な趣を見出だす有心と、そんなことに一向に興味を抱くまいと思われる他人の神経の粗雑さ。それは前段、道長の躊躇する姿に故関白道隆の限りなき栄光を認めた自分と、そんなことを一向意に介しない若い女房たちとの差異に通ずるものであり、それがまた次段との連繫節となっている。

＊〔第一二五段〕**耳無草**　前段に続いて、言ってもわからないものに何かをいう空しさを随想する。

九　七日の七種粥の準備に野草を摘むのであるが、子供たちは無用の雑草をさえいろいろ摘んでくる。

「いさ」（さあ知らないわ）

など、これかれ見あはせて（顔を見あわせていたが）、

「一『耳無草（みみなぐさ）』となむいふ」

といふ者のあれば、

「むべなりけり（（清少）なるほどねえ（道理で））。二 きかぬ顔なるは（話の通じない顔をしてるわ）」

と、笑ふに、また、いとをかしげ（可愛い）なる菊の、生（お）ひ出でたるを（新芽の伸びたのを）持（も）て来たれば、

三 つめどなほ耳無草こそあはれなれ
　　あまたしあればきくもありけり

と、いはまほしけれど（いいたかったが）、また、これもきき入るべうもあらず（耳にしたってわかりそうにはない）。

第百二十六段

一 ナデシコ科の越年草。巻耳（けんじ）。ハコベと間違えて摘んできたのであろう。

二 名を聞いたこともない草という意味と、他の子供が草の名も知らずにぽかんとしている顔をかけた。

三 表の歌意は「沢山野草を摘んできても、やはり耳無草は可哀相だ。沢山の野草の中には菊もまじっていたのだ」。裏は「多勢集まってもやはり何も知らない子は可哀相なものだ。それでも多勢いるから中には聞き覚えている子もあるのだな」。「集（つ）む」「摘（つ）む」「抓（つ）む」と掛け詞。「耳無」と「聞く」と反対語。「聞く」と「菊」と掛け詞。話してもわからないという点で、前段自然美の微妙な観照を解せぬ俗人への批判と連関。

＊〔**第一二六段**〕**餅餤（へいだん）進上**　行成との親交を示す回想談。「二月、官の司（つかさ）に」以下三行は本段の序章。

四 作者は、二月十一日の列見と八月十一日の定考と二月・八月の上丁（かみのひのとのひ）日の釈奠（せきてん）と、三種四度の行事を混同している。二月の行事としては列見と釈奠、太政官庁で行うのは列見と定考、孔子の絵像を掛けるのは釈奠、聡明を土器に載せて供するのは釈奠当日、餅餤を土器に載せて献ずるのは列見と定考との後朝、時花に梅を用いるのは列見で、各種の要素が混淆（こんこう）している。史実としては、長保元年二月十一日の列見の翌日の出来事と解される。中宮はこの時、常の内裏におわして、列見も定例日に行われた。六位以下の官人を選叙する前にその容儀器量を列見する儀式が「列見」、その選叙を施行する儀式が「定考」。「上皇」との音通を

二月、官の司に、定考といふことすなる、なにごとにかあらむ、孔子など掛けたてまつりて、することなるべし。聡明とて、主上にも宮にも、あやしきもののかたなど、土器に盛りて進らす。頭弁の御もとより、主殿寮、絵などやうなるものを、白き色紙につつみて、梅の花のいみじう咲きたるにつけて、持て来たり。「絵にやあらむ」と、いそぎ取り入れて見れば、餅餤といふものを、二つ並べてつつみたるなりけり。添へたる立文には、解文のやうにて、

進上。

餅餤一包、

仍例 進上 如件。

別当少納言殿。

とて、月日書きて、「美麻那成行」とて、奥に、

このをのこは、みづからまゐらむとするを、ひるはかたちわろしとて、まゐらぬなめり。

避けて、「定考」を「からぢやう」と訓ませる。

五 釈奠は大学寮で先聖先師九哲の像を掛けて行われ、供物の聡明を翌日、主上に献ずる。

六 長さ四寸、直径一寸ほどの竹筒状の唐菓子(『厨事類記』)。餅餤の形が男性の陽器に似ているので「あやしきもの」といったのであろう。餅餤と聡明と混同。

七 『侍中群要』巻六「列見定考後朝、官厨献二餅饘一、(入二折櫃一居二土高坏一)」。「饘」は「餤」の宛字。

八 行成。第六段初出。行成が頭弁であったのは、長徳二年四月二十四日から長保三年八月二十三日まで。長保元年当時は二十八歳。

九 『箋註和名抄』に「薄キ餅ヲ以ツテ肉ヲ巻キ、切ツテ之ヲ薦ム」とある竹筒状の餅餤を包んだ形が、小さな絵巻物を紙に包んだように見えたのであろう。

一〇 梅の枝につけられた餅餤から、草木の枝につける釈奠の献物を連想し、列見・定考後朝の餅餤献上と、釈奠当日の聡明(釈奠の胙、ひもろぎ)献上を混同。

一一 内外諸司から太政官及び所管の官庁への公文書。

一二 別当とは本務の官職の他に、別の役職に当る意。清少納言を太政官の文殿の別当とでも見立てたか。

一三 当時、太政官右弁官局における右大弁行成の下僚に美麻那延政の名が見える。美麻那宿禰の祖は『垂仁紀』に「額有レ角人」とあって、役小角伝説の一言主神に通じる。その名を借りて、行成を成行と倒置した。

一四 役行者が使役の一言主神は、その醜貌を恥じて昼は姿を見せず夜間働いて金剛・葛城の間に架橋した。

と、いみじうをかしげに書いたまへり。

御前にまゐりて、御覧ぜさすれば、

(中宮)「めでたくも書きたるかな。をかしくしたり」

など、褒めさせたまひて、解文は取らせたまひつ。

(清少)「返りごといかがすべからむ。この、餅餤持て来るには、物などや取らすらむ。知りたらむ人もがな」

といふを、きこしめして、

(中宮)「惟仲[一]が声のしつるを。呼びて問へ」

とのたまはすれば、端に出でて、

(清少)[二]「左大弁にものきこえむ」

と、侍して呼ばせたれば、いとよくうるはしくて、来たり。

(清少)「あらず。私事なり。もしこの、弁・少納言などのもとに、かかる物持て来る下部[三]などは、することやある」

といへば、

一 第五段初出。当時は従三位中納言中宮大夫の五十六歳。中宮大夫であったのは、長保元年正月三十日から七月八日までの、きわめて短期間であったが、本段の史実が長保元年二月十二日であることと符合して、間近にいたことが認められる。

二 惟仲が左大弁であったのは、正暦五年九月八日から長徳二年七月二十日まで。前左大弁であるから、太政官の行事である列見の儀式や贈答の作法にはくわしいわけであるが、「中納言」とも「大夫」とも記さず、前官の左大弁という、より低い旧称を以ってしたのは、惟仲・生昌兄弟に対する清少納言の蔑視憎悪の感情の現れであろうか。惟仲が短期間で中宮大夫を辞退したのも、間もなく、この年の十一月一日に女彰子を入内せしめる左大臣道長にはばかり、情勢の変化に対応してのことであろう。

三 下部などに対しては、の意。ここの「下部」は、餅餤を持参した使者ではなく、餅餤を進上した行成を下級官吏と仮定して指している。

(惟仲)「さることもはべらず(そんなこともございません)。ただ、とめて(受けとって)なむ食(く)ひはべる。何しに問はせたまふぞ。もし、四上官のうちにて得させたまへるか(太政官の誰かからお貰いになったのですか)」

と問へば(とたずねるので)、

(清少)「いかがは(とんでもない)」

といらへて、返りごとを(〔行成様への〕ご返事を)、いみじう赤き薄様(うすやう)に、

みづから持てまうで来(こ)ぬ下部は、いと五冷淡なりとなむ(気のきかない者だとね)、見ゆめる(思われますよ)。

とて(と書いて)、めでたき六紅梅につけて、たてまつりたるすなはち(さし上げたらすぐと)、おはして(〔ご自分で〕いらっしゃって)、

(行成)「下部さぶらふ(下役がまいっております)。下部さぶらふ」

とのたまへば、出でたるに(〔端近に〕出たところが)、

(行成)「さやうのもの(ああいう贈り物には)、『そら詠みしておこせたまへる(いい加減に歌でも詠んでおよこしになったか)』と思ひつるに、美々(びび)しくもいひたりつるかな(見事にいってのけたものですね)。女の(女の人で)、すこし『我は』と思ひたるは(ちょっとばかり自信のある人は)、歌詠(うたよみ)がましくぞある(歌人ぶるものですよ)。さらぬこそ、語らひよけれ(そうでないのがずっとつきあいやすいですね)。まろなどに(私なんかに)、さることいはむ人(歌を詠みかけるような人は)、かへりて無心ならむかし(かえって見当違いというものでしょうよ)」

四 「上官」は「政官」の借字。弁・少納言・外記(げき)・史(し)・史生等の太政官の官人を指す。

五 餅餤と冷淡とをかけた語呂(ごろ)合せの洒落(しゃれ)。言外に「さて、あなたはどうなんですか」と問いかけている。

六 行成が白い色紙に包んだ餅餤を白梅の枝につけてよこしたのに対して、清少納言は、赤い薄様の鳥の子に書いた手紙を紅梅の枝につけて返すという、紅白対照した趣向を見せている。

などのたまふ。

（清少）「則光なりやする」（〔それじゃ〕則光になってしまうじゃないの）

と、笑ひてやみにしことを、（笑い話にして打ち切りにしたいきさつを）

「主上の御前に人々いと多かりけるに、語り申したまひければ、（お歴々が多勢詰めていた所で〔行成様が〕）

『よくいひたり』となむ、のたまはせし」（〔冷淡とは〕うまく言ったとね〔お上は〕おっしゃいましたよ）

と、また、人の語りしこそ、見苦しきわればめどもぞかし。（あとで誰かが話してくれたなんてのは お粗末な自慢話ですわね）

第百二十七段

「などて、官得はじめたる六位の笏に、職の御曹司の辰巳の隅の（どうして新しく官職についた六位の……東南）

築土の板はせしぞ。さらば、西・東のをもせよかし」（板を使ったのかしら）

などいふ言をいひ出でて、あぢきなき事どもを、（言い始めて わけのわからぬいろんな事柄を）

「衣などに、すずろなる名どもを付けけむ、いとあやし。衣のな（着物の中 いい加減な名前をつけたらしいのは 全く怪しからないわ）

一 第七十九段に、私と縁を切りたい時にだけ歌を詠んでよこせといった則光の言葉を踏まえている（一七八頁六行）。清少納言が則光と絶縁したのは長徳四年であるから、行成はその経緯を知っているわけ。三巻本には「のりみつなりやすなど」とあるので、「なりやす」なる人物の考証に窮し、「勘物」も「なりまさ」の誤りかと疑っているが、「る（留）」と「な（奈）」との字形相似による本文転化と推定する。

＊〔第一二七段〕**衣称談義**　前段の列見・定考から連想、六位の笏から衣服の名称談義を回想する。

二『延喜式』巻四十一に「五位以上通ニ用牙笏白木笏一（中略）六位以下官人用レ木」とあり、『服飾管見』に「五位已上はふくら、六位已下は櫟・桜」とあって、フクラシバの白い材質、イチイ・サクラの淡褐紅色の材質が区別される。

三 櫟は一位に通じて、位階昇進の縁起を祝う。辰巳にも立身に通じる開運の願いがこめられていよう。長徳三年六月二十二日から長保元年正月三日まで、中宮が職曹司におわした間の、長徳三年八月十一日の定考と翌日の小定考、四年八月十一日の定考と翌日の小定考に際して、職曹司の築土の榑板を求めてきた人々を目撃して、中宮の女房たちの話が始まったものか。

四「あぢきなき事どもを」が次頁一一行の「など」にかかる。

五 以下の会話は「あぢきなき事ども」の内容。多勢の若い女房が口々に言い募るのであるから、発言者は

かに、細長は、さもいひつべし。なぞ、汗衫は。尻長といへかし」

「男の童の着たるやうに……」

「なぞ、唐衣は。短衣といへかし」

「されど、それは、唐土の人の着るものなれば……」

「表衣・表袴は、さもいふべし」

「下襲よし」

「大口また。長さよりは口広ければ、さもありなむ」

「袴、いとあぢきなし」

「指貫はなぞ。足の衣とこそいふべけれ。もしは、さやうのものをば、袋といへかし」

など、万づの言をいひののしるを、

（清少）「いで、あなかしがまし。いまはいはじ。寝たまひね」

といふいらへに、夜居の僧の、

「いとわろからむ。夜一夜こそ、なほのたまはめ」

きわめて多く「あなかしがまし」と咎めたくもなる。
六 女装束の細長は、『雅亮装束抄』に「例の衣の衽のなき也」とあるように、今日の羽織の原型ともいうべく、唐衣と裳とを一つに併せた略礼服で、常の衣の衽を省き、前身頃を剝って前身幅を狭くし、全体として細長い感じに仕立てたものだから名実一致する。
七 童女装束の汗衫は、衵の上に重ね、女房装束の唐衣に匹敵するもので、汗取りの衣の意に一致しない。
八 『類聚雑要抄』巻二に、汗衫の尻の長さを「一丈五尺御覧ノ日ノ料、一丈三尺御覧ノ日ノ料」とするのは、前の身丈が「一丈一尺三寸御覧ノ日ノ料」「九尺参リノ日ノ料」とあるのに比べて、確かに尻長である。
九 「男の童の着たるやうに」を、前の語に続けて読んだり、次の語にかかるものとして読むのは誤り。「尻長といへかし」の発言に対して、「されど、それは」と反論する異議申し立て。因みに『殿暦』長治元年十一月二十一日条に「威徳相共、装束萌(黄脱)浮文指貫・赤色尻長」とあり、『台記』久安六年正月十四日条に「今麿着二尻長・指貫一」同二十一日条に「尋常参内時、尻長・指貫・垂髪」とあるように、殿上童の服装に尻長というもののあったことが知られる。
一〇 大口の袴。筒の広い切袴で、底辺が広く見える。
一一 指貫は、床上では足を着こめて裾口の括り緒を締めるので、足の衣・袋といいたくもなるのであろう。
一二 第百十九段「恥づかしきもの」の条にあった夜居の僧の具体例である。

と、「憎し」（腹に据えかねていたらしい）と思ひたりし声さが（声色で）にていひたりしこそ、をかしかりしにそへて、おどろかれにしか。

第百二十八段

故殿の御為に、〔中宮様は〕月毎の十日、経・仏など供養せさせたまひしを、（ご供養をなさいましたが）九月十日〔のご供養は〕、職の御曹司にてせさせたまふ。上達部・殿上人いと多かり。（随分多勢来ている）清範、講師にて、説く言は（お説教の文句が）たいと悲しければ、（またとても哀切なので）殊にもののあはれ深かるまじき若き人々、（特に信心深くもなさそうな若い女房たち〔までが〕）みな泣くめり。

果てて、酒飲み、詩誦しなどするに、頭中将斉信の君の、

「月秋と期して身いづくか」

といふ言をうち出だしたまへり。詩はたいみじうめでたし。（〔その〕詩がまた実に素晴らしい）いかで、（どうして）さは思ひ出でたまひけむ。（そんなに〔ぴったりの詩を〕思い出されたのでしょう）

一 諸注は、三巻本に「こはさか」とある本文を「こわさま」「こわたか」などと改訂するが、「声」と「性」との複合名詞「声性」の存在を認めて、本文をみだりに改めることは避ける。

＊〔第一二八段〕**斉信との友情**　第百二十三段の故関白への追憶と中納言の君の忌日法要から連想して長徳元年九月十日供養の日を回想し斉信との友情のあり方を説明する。

二 長徳元年四月十日道隆薨去以後、一年の間は、毎月十日に忌日法要を中宮は営まれた。本段の前半は、長徳元年九月十日、その法要に際しての逸話。

三 第三十二段初出。長徳元年当時は三十四歳。

四 法要が終って、法楽の宴席となってから。

五 第七十七段初出。当時は従四位上蔵人頭左中将兼備中権守の二十九歳。第七十七段の草の庵の挿話に見える仲違いも直ってからのこと。斉信が漢詩朗詠の上手であったことは、第百五十四段にくわしい。

六 『本朝文粋』巻十四に「為謙徳公修報恩善願文」菅三品」として「彼金谷酔花之地、花毎春匂而主不帰。南楼翫月之人、月与秋期而身何去」の句があり、本文に小異があって『和漢朗詠集』巻下に入る。「期して」の「て」は逆接。

七 諸注は「出だしたまへりし」と「し」を上文につけて連体形助動詞と見るが、声調の良さに対して、詞句がまた良いというわけであるから、第一類本に「詩」と表記することが正しい。その当否は、下文に「今日

の料にいひたりける言（こと）」と、詞句の適切さを指摘された中宮のお言葉によって、明らかに判定されよう。

八 上臈（じょうろう）女房の坐っている間を掻（か）き分けて進んで、その感動を中宮に申し上げようとする。中宮もまた同じ気持で、南廂の端まで出ていらっしゃる。以心伝心、中宮と清少納言の意志は、既にぴったりと通い合っている。

九 菅原文時（すがわらのふんとき）が藤原伊尹（これただ）の修善法要の願文として作った句が、この日の道隆の法事のために誂（あつら）え向きの内容なので、斉信の吟詠が声調のみならず詞句の選択にも素晴らしいもののあることを褒（ほ）め讃（たた）えている。

一〇 斉信は、かねて清少納言がひいきにしている人だからと、中宮は、彼女の人一倍の感激を肯定される。

一一 蔵人頭として所用があって中宮の御所に参上した時には、清少納言を名指しして呼び出し、中宮へ啓上する用件の伝達を依頼する。『小右記』長和二年五月二十五日条に「越後守為時女（ノむすめ）、以二此女一前々令レ啓（けいセ）二雑事一而已（のみ）」とあって、紫式部が実資（さねすけ）のために皇太后彰（しょう）子（し）の御所での窓口の役を引き受けていたことが知られるように、公卿殿上人たちは、めいめい特定の女房を奏啓伝宣の窓口にしているのが一般の常識であった。

一二 現在は蔵人頭として、一日中殿上に詰めていることが多いから、互いに顔を合わせる機会も多いが、やがて参議に昇進して蔵人頭をやめると、めったに会うこともなくなるから、何か思い出の種を残しておきたいというのである。

〔中宮様の〕おはしますところに分けまゐるほどに、八立ち出でさせたまひて、〔中宮様は奥の方から〕出ていらっしゃいまして

（中宮）「めでたしな〔素晴らしいわね〕。いみじう今日の料にいひたりける言（こと）にこそあれ〔九ほんとに今日の〔法事の〕ために作っておいた文句みたいねえ〕」

とのたまはすれば、

（清少）「それ啓しにとて〔そのことを申し上げようと思って〕、もの見さしてまゐりはべりつるなり〔拝見するのもそこそこに参りましたのです〕。なほ〔どうにも〕、いとめでたくこそおぼえはべりつれ〔素晴らしくてたまらない気がいたしましたもの〕」

と啓すれば、

（中宮）一〇「まいて〔お前は〕、さおぼゆらむかし〔なおのことそう感じるだろうね〕」

と仰せらる。

〔斉信様は〕一一わざと〔私を〕呼びも出で〔わざわざ呼び出しもし〕、会ふところごとにては〔〔偶然に〕会えば会ったで〕、

（斉信）「などか、まろをまことに近く語らひたまはぬ〔親しくつき合って下さらないのか〕。さすが〔それでも〕『憎しと思ひたるにはあらず』と知りたるを〔わかっているのだが〕、いとあやしくなむおぼゆる〔どうも腑に落ちない気分ですよ〕。かばかり年来（としごろ）になりぬる得意の〔お馴染みが〕、うとくてやむはなし〔他人行儀で終る法はない〕。一二殿上などに明暮（あけくれ）なきをりもあらば〔始終詰めていないようになったら〕、何ごとをか思ひ出でにせむ」

とのたまへば、

（清少）一「さらなり。かたかるべきことにもあらぬを、さもあらむ後には、得ほめたてまつらざらむが口惜しきなり。主上の御前などにても、役とあづかりて褒めきこゆるに……。いかでか。ただおぼせかし。四かたはらいたく、心の鬼出で来て、いひにくくなりはべりなむ」

といへば、

（斉信）五「などて。さる人をしも、よそ目よりほかに、褒むるたぐひあれ」

とのたまへば、

（清少）「それが憎からずおぼえばこそあらめ。男も女も、けぢかき人思ひ、方ひき、褒め、人のいささかあしきことなどいへば、腹立ちなどするが、わびしうおぼゆるなり」

といへば、

（斉信）「頼もしげなのことや」

とのたまふも、いとをかし。

勿論です〔もっと親しくなるのは〕むつかしいことでもありませんが　そうなってからは
担当の役目のようにしてお褒め申しておりますのに　三だめですわ　好意だけお持ち下さいな
他人の思惑も気になりますし〔自身〕良心が咎めて
何のそんなことが　特別の仲になった人を　世間の評判以上に　褒める女の人だってあるよ
それが気にさわらないくらいでしたらねえ　〔私は〕男にしろ女にしろ　身近な人を大事にしたり　ひいきしたり　褒めたり　他人がちょっとでも悪く言ったら　かんかんになったりするのが　みじめな気がするのです
頼りがいのないことだねえ

一 互いにもっと親密になりたい気持は、いうまでもなく私も同じですと、清少納言はまず斉信に同意を表したうえで、そうはできないという理由を持ち出す。

二 肉体関係を生じて以後は、第三者として公平な立場から、斉信を賞揚援護することができなくなると主張するところが、公私を区別する作者の潔癖な性格。

三「いかでか、得褒めむ」とか「いかでか、更に近う語らはむ」などの省略。より深い関係になって、斉信を褒めることのできないような立場になることを強く拒否した反語。

四 精神的な愛情だけで清潔な関係でいなくては、の意の「さらずば」という言葉が省略されている。

五「などて、さることかあらむ」の省略。なお『枕草子絵巻』の詞書本文には本段の全文が現存している。

*〔第一二九段〕**鶏のそら音は**　前段の斉信との友情から連想して行成とのより親身な友情を回想。

六 藤原行成二十八歳。第四十六段初出。行成を頭弁と呼び、経房を単に中将と呼び得た期間で、中宮が職曹司におわしたのは、長徳三年六月二十二日から長保元年正月三日までと、長保元年六月十四日から八月九日までとの二回。そのうち、『権記』長保元年七月十八日条に「候レ内。今夕依レ召参ニ中宮一。亦帰参」とあるのが、本段における行成の行動と一致しているが、『小右記』同十九日条に「冒レ雨参内」とあることが、「明日、御物忌なるに」とある条件を満たさない。

七 寅の初刻（午前三時）からは翌日の平旦（朝）と

第百二十九段

頭弁[六]の、職にまゐりたまひて、物語りなどしたまひしに、夜いたう更けぬ。

「明日、御物忌なるに籠るべければ、丑[七]になりなば、あしかりなむ」

とて、まゐりたまひぬ。

早朝、蔵人所[八]の紙屋紙[九]ひき重ねて、

「今日は、残り多かる心ちなむする。夜を徹して、昔物語もきこえ明かさむとせしを、鶏[一〇]の声にもよほされてなむ」

と、いみじう言多く書きたまへる[一一]、いとめでたし。御返りに、

「[一二]いと夜深くはべりける鶏の声は、孟嘗君[一三]のにや」

ときこえたれば、たちかへり、

いうことになる。故に、職曹司にいる間に丑の刻（午前一時から三時）になると、前夜のうちに参内できなくなるので困ると言訳をして辞去した。本段の史実が長保元年七月十八日夜のことであるならば、翌十九日は宮中の御物忌ではなかったらしいから、行成は職曹司辞去の口実として、作りごとをしたことになる。

八 校書殿（清涼殿の南）の南廂にあった。

九 紙屋院（図書寮の別所。紙屋川即ち西堀川上流で朝廷御用の紙を漉いた）で製した紙をいう。この場合は蔵人所備え付けの料紙。二枚重ねたのは薄様鳥の子の色紙二種であろう。『延喜式』巻十三に「蔵人所紙一千八百張（年料）」とある。

一〇 丑の刻を鶏鳴というのにかけた口実であろう。

一一 行成の筆跡の見事さを褒めている。

一二 行成が職曹司を辞去したのは子の刻（夜半）であったから、鶏鳴にはやや早く、行成だけが聞いたらしい鶏の声と、伝聞の助動詞「ける」を用いた皮肉。

一三 戦国時代の斉の王族。姓名は田文。秦に使いして昭王に仕えたが、昭王は文の異心を怖れて拘禁した。ところが文の食客に盗みの巧みな者がいて、昭王の寵姫の好きな狐白裘を秦宮の蔵から盗み出して寵姫に贈り、その口添えで文は釈放されると、直ちに国外脱出を企てた。その時、また文の食客の中に鶏鳴を巧みに摸する者がいたので、鶏鳴を合図に開門することとなっている函谷関を謀って夜半に開かせ、脱出に成功したという逸話（『史記』孟嘗君列伝）を指す。

（行成）一「『孟嘗君の鶏は、二函谷関をひらきて、三千の客、わづかに（かろうじて）去れり』とあれども、これは、逢坂の関なり」（〔私とあなたとの〕逢う坂の関です）

とあれば、（と〔ご返事が〕あったので）

（清少）三「夜をこめて鶏のそら音にはかるとも
世に逢坂の関はゆるさじ
四心かしこき（気のきいた）関守はべり」

ときこゆ。また、たちかへり、

（行成）五「逢坂は人越えやすき関なれば
鶏鳴かぬにもあけて待つとか」

とありし文どもを（と書いてあった手紙なんかを）、はじめのは（最初の手紙は）、六僧都の君、いみじう額をさへつきて（三拝九拝して）、取りたまひてき。七後々のは、御前に（中宮様に〔差し上げた〕）……。

さて、「逢坂」の歌は、八へされて（閉口して）、返しも得せずなりにき（返歌も詠めずじまいだった）。いとわろし（全く困ったもの）。

（行成）「さて（ところで）、その文は（あなたの手紙は）、殿上人、みな見てしは（みな見てしまったよ）」

一『史記』には、「孟嘗君在レ薛招二致諸侯賓客一。及二亡人有レ罪者皆帰一二孟嘗君一。孟嘗君舎レ業厚遇レ之。以レ故傾二天下之士一。食客数千人。無二貴賤一一与レ文等」「夜半至二函谷関一（中略）関法鶏鳴而出レ客。孟嘗君恐二追至一。客之居二下坐一者有二能為二鶏鳴一。而鶏尽鳴。遂発レ伝出」「孟嘗君時相レ斉。封二万戸於薛一。其食客三千人。邑入不レ足二以奉一レ客」などと記されているが、秦を逃れる時に三千の食客が全員随行していたとは思われない。

二 秦の都城咸陽（長安・西安）の東方約二〇〇キロ、三門峡の下流十数キロの、黄河南岸にある。

三 夜通し鶏のうそ鳴きでだまそうたって絶対一線を越えることにはなりますまいよ。百人一首には第二句「そら音は」と改めて入る清少納言の代表作。『後拾遺集』雑二、『後六々撰』等に入るが、家集にはない。

四 函谷関の関守のような間抜けではなく。

五 山城・近江の国境にあって、平城京北方防衛の要害であった。平安朝に入って間もなく廃し（『日本紀略』延暦十四年八月己卯条「廃二近江国相坂剗一」）、時に復活することもあったが（『文徳実録』天安元年四月庚寅条「始置二近江国相坂大石龍花等三処之関剗一、分二配国司健児等一鎮二守之一。唯相坂是古昔之旧関也。時属二聖運一不レ閉二門鍵一出入無レ禁、年代久矣」）、概して通行自由であったこととその名称よりして、男女の相逢うことにかけた歌枕として常に用いられた。

六 隆円。第八十八段初出。長保元年二十歳。当時第

一の能書であった行成も、筆跡に鑑識眼のある清少納言に対しては特に気を入れて手紙をよこすのが常であったから、中宮定子を始め清少納言を通して行成の筆跡を入手することに夢中であったことが、「いみじう額(ぬか)をさへつきて」とある隆円(りゅうえん)の行為に現れている。第百二十六段にも、中宮が解文を摸(も)した行成の洒落(しゃれ)た手紙を清少納言から召し上げられたことが見えた。

七 「孟嘗君の鶏云々(うんぬん)」とあった行成の第二の手紙。「後々」とあることから、最後の第三の手紙とか、第二・第三の二通と解釈する説が多いが、「鶏鳴かぬにもあけて待つ」などと無節操な女と誤解されやすい歌を人に見せるはずがなく、「はじめの」「後々の」を受けて「さて逢坂の」と第三の手紙を指示し、「御文は、いみじう隠して、人につゆ見せはべらず」とあることから、「逢坂は」の歌のある行成第三の消息は、秘匿して他人に見せることはなかったとすべきである。

八 「鶏鳴かぬにもあけて待つ」とは、あまりにも堂々と自分を侮辱した歌で、全く返答に窮したから。

九 和歌でも服装でも、有心(うしん)な点を他人に見てもらい評判されてこそ甲斐(かい)があるという清少納言の考え方は第九十三・九十四段にも述べられていた。

一〇 行成と清少納言との間に醜聞に属する関係があるかのように見える行成第三の手紙を指す。

一一 もし第三の手紙を秘匿しなければ、醜聞が広まることによって行成自身「心憂(う)く」、そのような軽はずみなことをする清少納言のことを「つらく」思うわけ。

とのたまへば、

(清少)「『まことにおぼしけり』と(ほんとに愛していて下さるのだなと)、これにこそ知られぬれ(その一言でわかりましたわ)。めでたき(よくできた歌)言(こと)など、人のいひ伝へぬは(九 口から口へ広まらないのは)、かひなきわざぞかし(つまらぬものですよ)。また(反対に)、見ぐるしき(みっともない)言(こと)散るが(歌がひろまるのが)、わびしければ(辛いものですから)、御文(一〇 ふみ)は、いみじう隠して、人につゆ見せはべらず(人に絶対見せません)。御心ざしのほどをくらぶるに(〔あなたと私と〕友情の程度を比べますと)、ひとしくこそは(〔見せる見せないは違っても〕同じですわね)」

といへば、

(行成)「かく、ものを思ひ知りていふが(そこまで物事を分別して)、なほ(さすが)、人には似ずおぼゆる(凡人とは違うと感心させられる)。『思ひくまなく(よく考えもしないで)、あしうしたり(まずいことをやったなんて)』など、例の女のやうにやいはむとこそ、思ひつれ(〔あなたも〕並みの女のようにいうかも知れないと心配してたんですよ)」

などいひて、笑ひたまふ。

(清少)「こは、などて(まさかとんでもない)。慶(よろこ)びをこそきこえめ(お礼を申し上げたいくらいですわ)」

など、いふ。

(行成)「まろが文を隠したまひける(私の手紙を)、また(これも)、なほあはれに(一層恐れ入った)、嬉しきことなりかし(嬉しいことですよ)。いかに心憂(一一 う)く、つらからまし(〔もし人目に触れたら〕)。いまよりも(これからも)、さを頼み(その分別を頼

きこえむ」（りにいたしましょう）

など、のたまひて後（のち）に、経房（つねふさ）[一]の中将おはして、

（経房）「頭弁（とうのべん）はいみじう褒（ほ）めたまふとは、知りたりや（知ってるかい）。一日（ひとひ）[二]の文（ふみ）にありし言（こと）など語りたまふ。想ふ人[三]の（恋人が）、人に褒めらるるは（他人からほめられるのは）、いみじう嬉しき」

など、まめまめしうのたまふも（生真面目な顔でおっしゃるのも）、をかし。

（清少）「嬉しきこと二つにて（二つ重なりましてよ）。かの褒めたまふなるに（あちら様がおほめ下さるそうなうえに）、また、想ふ人の（〔あなたの〕恋）うちにはべりけるをなむ」（人に加えられていましたってことがね）

といへば、

（経房）「それめづらしう（そんなことをめったにない）、今のことのやうにもよろこびたまふかな」（新しい経験のようにおよろこびなさるものですなぁ）

など、のたまふ。

第百三十段

一 源経房。三十一歳（第七十六段初出）。

二 「夜をこめて」の清少納言の歌を行成が吹聴したのであろう。

三 熟語としての「想ふ人」は、第六十八・九十一段（一四六頁注一、二一九頁五行）に既出のように、主格者の愛情の対象となる客体の人物、即ち恋人・愛人・好きな人の意。第百二十三段（二九二頁注二）に見えた「念（おも）ひ人」は、その客体となる人物に対して、好意や愛情を抱いている主格者であって、贔屓（ひいき）とか応援者の意であるから、「想ふ人」と「念ひ人」とは、混同することのないように、確実に弁別すべきである。

＊〔第一三〇段〕**此（こ）の君にこそ**　前段に続いて、行成のとりなしで殿上の評判を得た手柄話の回想。

五月(ごぐわち)[四]ばかり、月もなう[五]、いと暗きに、〔男たちが〕
〔どなたか〕女房は詰めておいでですか
「女房やさぶらひたまふ」
口々にいうので
と、声々していへば、
(中宮)特に案内を乞うのは　誰がお目当てなのかしらねえ
「出でて見よ。例ならずいふは、誰(たれ)[六]ぞとよ」
と仰せらるれば、
(清少)随分大袈裟に　大声をお出しになるのは
「こは誰(た)ぞ。いとおどろおどろしう、きはやかなるは」
〔向うは〕　さらさら音たてて差し込んだのは
といふ。ものはいはで、御簾(みす)をもたげて、そよろとさし入るる、呉(くれ)[七]竹(たけ)なりけり。
呉竹なのだった
(清少)なるほど　この君でしたか
「おい。此(こ)の君にこそ」
といひたるをききて、
(男たち)このことをまず
「いざいざ、これまづ、殿上にいきて語らむ」
そこにいた人たちは
とて、式部卿の宮の源中将(げんちゆうじやう)[八]・六位どもなど、ありけるは、去(い)ぬ。頭(とう)の[九]弁(べん)は、とまりたまへり。
お残りになった

四 行成が頭弁(とうのべん)であって、中宮が職曹司(しきのぞうし)におわした期間に五月を経験したのは、長徳四年五月だけである。ただし、長保元年も、六月十四日の内裏火災以前に、既に中宮が職曹司に移御していられたとしたら、その年の五月も考慮に入れねばならない。下文に、頼定を式部卿の宮の源中将と呼ぶのが、近衛中将在任当時の称であるならば、長徳四年十月二十三日に頼定が中将となって以後とせねばならないから、長保元年五月ということになる。

五 いわゆる五月闇(さつきやみ)で、四月の晦(つごもり)か五月朔(ついたち)・晦の闇夜であろう。

六 「誰(たれ)ぞ」の「ぞ」は疑問の助詞。案内を乞うている男の声は複数であるから、それが「誰か」というのではなく、「誰を目当てに案内を乞うのか」という疑問と見る。中宮としては、おそらく目当ては清少納言とお察しがついていて、彼女を応対にお出しになった。

七 ハチク。清涼殿東庭の竹の植栽は、呉竹(くれたけ)(カラタケ)と河竹(かわたけ)(メダケ)と漢和の取合せになる。

八 源頼定。第四十二段初出。長徳四年ならば二十二歳、長保元年ならば二十三歳。式部卿の宮は、父の為平(ためひら)親王。

九 藤原行成。長徳四年ならば二十七歳。前段より一年早い話となる。

「あやしくても去ぬるものどもかな。（連中は全く妙な具合になって帰っていったものだな）『御前の竹を折りて、歌詠まむ』とて、しつるを、『おなじくば（どうせ歌を詠むなら）、職にまゐりて（職の御曹司へ伺って）、〔中宮の〕女房など呼び出できこえて（お呼び出しして〔詠もう〕）』と、〔竹を〕持て来つるに、呉竹の名をいと疾くいはれて、去ぬるこそ、いとほしけれ。〔あなたは〕誰が教へをききて、人の、なべて（普通は）知るべうもあらぬ言（知りそうもない文句）をばいふぞ（いうのかな）」

など、のたまへば、

（清少）「竹の名とも知らぬものを（竹の名だなんて知りやしませんのに）。『なめし』（失礼だ）とや、〔皆さん〕おぼしつらむ（お思いになったのでしょうか）」

といへば、

（行成）「まことに（なるほど）。そは（あなたは）、知らじを（知るまいなあ）」

など、のたまふ。

まめごとなどもいひ合はせて（事務的な用件なんかも打ち合せて）、ゐたまへるに、

「種ゑて此の君と称す」

と誦して、〔前の殿上人たちが〕また集まり来たれば、

（行成）「殿上にていひ期しつる（口約束した）本意もなくては（目的も果さずに）、『など（どうして）、帰りたまひぬ（お帰りになったのか）

一 清涼殿東庭に、南に河竹の台、北に呉竹の台と、竹の植え込みが二つある。

二 動詞「し」は、竹を折るという行為を受けている。

三 清少納言がいった「此の君」というのが竹の雅名であったから、御簾の下から呉竹を差し入れて、詠歌を所望しようとした出鼻を挫かれて早々に退散した。

四 「そ」を「そこ」と同じ対称の人称代名詞と見る。清少納言が王子猷の故事（注六参照）を知らないと言ったのも、なまじ知ったかぶりをしたくないためのおとぼけだし、それを真に受けた顔で調子を合わせるのも、行成のユーモアである。

五 蔵人頭という職掌がら、天皇と中宮との間の連絡事務があって、行成は常に中宮御所に伺候し、専ら清少納言を窓口として用を達していたのであろう。呉竹を題に和歌を贈答しようと企てた頼定たちとは、偶然に同行しただけで、別行動をとったのも、そのためである。

六 『晋書』巻八十、王徽之伝に「徽之字子猷（中略）嘗寄居空宅中、便令種竹。或問其故。徽之但嘯詠指竹曰、何可一日無此君邪」とあり、『白楽天詩後集』巻六「池上竹下作」に「水能性淡為吾友、竹解心虚即我師」とあるのを用いて、『本朝文粋』巻十一所収、藤篤茂の「冬夜守庚申同賦修竹冬青応教」は「晋騎兵参軍王子猷、種而称此君。唐太子賓客白楽天、愛而為我友」の句を成した。頼定たちは、この篤茂の句を吟誦したのであるが、

『和漢朗詠集』巻下にも一、二文字を改めて入れられている。『世説新語』任誕第二十三にも『晋書』とほぼ同文が載せられている。

七 清少納言が、いきなり「おい。此の君にこそ」といったことを指す。「こと」は、興言利口、秀句名言といった意味の名詞である。

八 篤茂（藤原篤茂）の詩句。

九 職曹司の殿舎から左衛門陣（建春門）までは、直線距離にして約一五〇メートルは離れている。随分と調子に乗って、大声で合唱していったのであろう。

一〇 天皇からのお手紙を中宮の御所に持参した内裏の女房。『権記』長保元年七月二十一日・寛弘六年九月十二日・同七年三月十日の各条に見える。また同記長保五年九月三日・寛弘元年九月二十三日各条に見える少納言命婦と同一人か否かに問題はあるが、いずれにしても出自は未詳（『紫式部日記全注釈』上巻第十一節参照）。

一一 清少納言が自室に下がっていたのを呼び出して。

一二 清少納言の秀句が殿上で評判になっているということを指して「知らず」といったのであろう。職曹司での出来事を「存じません」というはずはないから。

一三 竹のことを「此の君」といったのが、何を意味したか知らなかったし、それを殿上人が大騒ぎしたわけもわからずにいましたと、能ある鷹は爪を隠して素知らぬ顔でご返事したのであろう。

るぞ』と、あやしうこそありつれ」

とのたまへば、

「さる言[七]には、何のいらへをかせむ。なかなかならむ。殿上にていひののしりつるは。主上もきこしめして、興ぜさせおはしましつ」

と語る。頭弁もろともに、おなじ言[八]をかへすがへす誦したまひて、いとをかしければ、人々、みなとりどりに、ものなどいひ明かして、帰るとても、なほおなじ言を諸声に誦して、左衛門[九]の陣入るまできこゆ。

早朝、いと疾く、少納言[一〇]の命婦といふが、御文まゐらせたるに、このことを啓したりければ、下[一一]なるを召して、

「さることやありし」

と、問はせたまへば、

「知らず[一二]。何[一三]とも知らではべりしを、行成の朝臣の、とりなしたる

るにやはべらむ」（ったのでございましょうか）

と申せば、

「とりなすとも」（(中宮)とりつくろうといったって〔材料がなくてはねえ〕）

とて、うち笑ませたまへり。

誰がことをも、

「殿上人褒めけり」

など、きこしめす（お耳になさることを）を、さいはるる人をも（そのように評判される女房のことも）、よろこばせたまふも、を（結構）かし（なことだ）。

第百三十一段

円融院の御終ての年、みな人、御服脱ぎなどして、あはれなることを、公けよりはじめて（朝廷を始め〔世人は皆〕）、院の御事など思ひ出づるに、雨のいたう

一 女房なら誰のことでも、殿上人に褒められたという噂を聞くのを楽しみにし、本人に対しても喜んで下さる中宮の、臣下に対する愛情の豊かさを讃美することで、前段から連続した行成に関連ある自讃談を締め括った。なお『枕草子絵巻』の詞書本文には、本段冒頭から「入るまできこゆ」までを現存している。

*〔第一三一段〕**藤三位繁子** 前段中宮に対する讃嘆から移行して中宮から承った打聞話を紹介。

二 一条天皇の御父円融法皇は、正暦二年二月十二日三十三歳を以って崩御された。

三 円融法皇崩御の後、一年の大喪が終った年、即ち正暦三年。『紀略』正暦三年二月二十四日条に「於二朱雀門一大祓。依二諒闇了一」とある。降雨が激しく椎の葉替えが歌題となっていることからして、正暦三年五月の事件と思われる。清少納言出仕以前のことに属するので、中宮からの打聞と推測されるし、そのために藤三位に対する敬語使用も不統一となっている。

四 諒闇の一年間着用していた鈍色の喪服を脱いで。

五 諸注は下に「院の人も」とある本文を用いたので「公け」をも「天皇」と解しているが、天皇ならば、「はじめたてまつりて」と敬語を用いねばなるまい。

六 能因本・前田本は「院の人も花の衣になどいひけむ世の御事など思ひ出づるに」と恣意的に傍点本文を補い、諸注はこれに従うが、世人悉くが遍昭の「皆人は花の衣になりぬなり苔の袂よ乾きだにせよ」を介して、当の故院をさておき、仁明天皇諒闇明けの故事

降る日、藤三位[七]の局に、蓑虫のやうなる童[八]の大きなる、白き木に立文をつけて、

「これ、たてまつらせむ」

といひければ、

「いづこよりぞ。今日・明日は物忌なれば、蔀もまゐらぬぞ」

とて、下[九]は閉てたる蔀より取り入れて、「さなむ」とは、きかせたまへれど、

「物忌なれば、見ず」

とて、かみ[一〇]につい插しておきたるを、早朝、手洗ひて、

「いで、その昨日の巻数[一一]」

とて、請ひ出でて、伏し拝みて開けたれば、胡桃色[一二]といふ色紙の厚肥えたるを、「あやし[一三]」と思ひて、開けもていけば、法師のいみじげなる手にて、

[一四]これをだにかたみと思ふに都には

を想起したという奇妙な偶然の一致を認めるわけにはゆかない。「あはれなること」即ち「院の御事」を「公けよりはじめて」「思ひ出づるに」と、故院の思い出に浸っていた当時の世情を叙したと見るべきである。

七 藤原師輔女繁子。円融女御藤原詮子の上臈女房として出仕し、従三位の典侍として隠然たる勢力を有したが、露骨な処世態度から心ある者の顰蹙を買っていた。

八 宮中の使い走りをする内豎であろう。

九 上半分の格子は上げてあるが、下半分の蔀は締め切りにして、室内へ出入りをせぬようにしてある。

一〇 召使の女房が立文を、上長押とか何所か、ともかく高いところへ、ちょっと插んでおいた。

一一 僧侶が依頼を受けて経巻や陀羅尼を読誦した時、その巻名や度数を記録して願主に送る文書。繁子の父師輔は天徳四年五月四日に薨じているので、三十三回忌というわけではないが、その忌日法要に、仁和寺あたりへ誦経を依頼していたための誤解であろう。

一二 『蜻蛉日記』にも「胡桃色の紙」が見える。

一三 白紙に書くべき巻数を色紙にと、奇異を感じた。

一四 椎柴の袖は鈍色の喪服を指す。鈍色は、櫟の樹皮のタンニン質を鉄媒染したもの。椎も櫟も夏季新緑の葉と交替に古い葉を落す。寺を山里とし、山里より春夏の早い都に寄せて人心の移ろいやすさを諷した歌。『後拾遺集』哀傷に一条院御製とするが、『仲文集』には春宮の頃の歌となっている点が問題を残す。

葉替へやしつる椎柴の袖

と書いたり〔と書いてある〕。「いとあさましう〔（三位は）まああきれた〕。ねたかりけるわざかな〔（まんまと一本取られて）しゃくなことだなあ〕。誰がしたるにかあらむ。一仁和寺の僧正のにや」と思へど、「世にかかることのたまはじ〔まさかこんなことはおっしゃるまい〕。二藤大納言ぞ、かの院の別当におはせしかば〔円融法皇の御所の別当で〕、そのしたまへる事〔その方が〕なめり。これを〔このことを〕、主上の御前・宮などに、疾くきこしめさせばや」と思ふに、いと心もとなくおぼゆれど〔大変気はせくが〕、「なほ〔やはり〕、いとおそろしういひたる物忌〔大層やかましくいいならわしている物忌〕、し果てむ〔をすませてしまおう〕」とて、〔その日は〕念じ暮らして〔がまんし通して〕、また早朝〔さらに〕、藤大納言の御もとに、この返しをして〔この歌の返歌を詠んで〕、〔使者に〕さし置かせたれば〔置いて来させたところ〕、すなはち〔折り返し〕、〔大納言が〕また返ししておこせたまへり〔また返歌を詠んでおよこしになった〕。

〔前のと後のと〕それを、二つながら持ていそぎまゐりて、

〔三位〕「かかる事なむはべりし」

と、主上もおはします〔中宮の〕御前にて、三語り申したまふ。宮ぞ〔中宮様は〕、四いとつれなく〔ちらっと〕御覧じて、

〔中宮〕「藤大納言の手のさまにはあらざめり〔筆跡の具合とは違うようね〕。法師のにこそあめれ〔坊さんの筆跡に違いないわ〕。昔〔まる〕

一 大僧正寛朝。七十七歳。式部卿敦実親王二男、母時平女。祖父宇多法皇から仁和寺において伝法灌頂を受け仁和寺別当をも経歴しているので、「仁和寺の僧正」と呼ばれたのであろう。永祚元年九月十一日、円融法皇に灌頂を授け奉った因縁があるので、このような皮肉な歌をと、藤三位には思い当るところがあった。

二 藤原朝光。正二位按察使大納言四十二歳。『小右記』天元五年六月五日条に「以二左大将一為二後院堀河院等別当一」とあり、『紀略』同五年十二月二十五日条に「天皇自二職曹司一遷二幸堀川院一、件院為二後院一」とあって、朝光が別当した堀河院は、寛和元年九月円融院に遷られるまでの後院であった。

三 三一一頁六行目の「きかせたまへれど」からこの「語り申したまふ」までの間の本文には、藤三位に対して、動作主敬語を使っていない。もともと、清少納言が中宮から打聞として承った話であるから、中宮から藤三位に対する卑位称と、清少納言から藤三位に対する尊位称とが、錯雑した結果の敬語法の乱れであろうか。

四 中宮は、何か事の真相をご存じだから、ちらっとご覧になっただけで。

の鬼のしわざとこそおぼゆれ」

など、いとまめやかにのたまはすれば、

「さば、こは誰がしわざにか。すきずきしき心ある上達部・僧綱[五]などは、誰かはある。それにや。かれにや」

など、おぼめき、ゆかしがり申したまふに、主上の、

「このわたりに見えし色紙にこそ、いとよく似たれ」

と、うちほほ笑ませたまひて、いま一つ、御厨子のもとなりけるを取りて、さ[六]し たまはせたれば、

「いで、あな心憂。これ、仰せられよ。[七]あな頭痛や。いかで、疾くききはべらむ」

と、ただ責めに責め申し、怨みきこえて、[八]笑ひたまふに、やうやう仰せられ出でて、

「使にいきける鬼童[九]は、台盤所の刀自[一〇]といふ者のもとなりけるを、小兵衛[一一]が語らひ出だして、したるにやありけむ」

五 僧官と同じ。僧正・僧都・律師など、上達部や殿上人に匹敵する上級職の僧侶をいう。

六 「さし」は、指し示す意の動詞と見る。一条天皇も、ちょっぴり藤三位が可哀相になったので、とぼけた調子で種明かしをなさるのである。差出人は天皇であった。

七 あまりひどいからかわれ方だから、逆上して頭が痛くなるというのである。

八 根が悪気のない天皇のいたずらとわかっているので、むきになって責めたり怨んだりしている藤三位自身がおかしくなって、笑い出してしまう。

九 「鬼」の語は、大きいもの、力強いものを形容する接頭語として用いられる。前出の「大きなる」とあった内竪のこと。第百十五段にも「鬼屏風」の語があった（二七八頁九行）。

一〇 御厨子所・御膳宿・内侍所などの雑役に従う下級女官。台盤所にもいたのであろう。

一一 第八十二・八十五段にも見えた中宮女房。出自未詳。中宮の女房までが一役買っているのであるから、天皇に対しても中宮に対しても大叔母様にあたる藤三位をからかうこのいたずらは、当時十三歳の少年天皇と十六歳の中宮との合作であったし、平素、権勢をふるっている典侍だけに、いたずらの仕甲斐もあったというものであろう。

など、仰せらるれば、宮も笑はせたまふを、〔三位は〕[一]ひきゆるがしたてまつりて、

(三位)「など、かくは謀らせおはしまししぞ。なほ、疑ひもなく、手をうち洗ひて、伏し拝みたてまつりしことよ」

（どうして　それにしても〔巻数だとばかり〕信じきって　手を浄めて）

と、笑ひ、ねたがり、ゐたまへるさまも、いと誇りかに愛敬づきて、をかし。

（笑ったり　腹を立てたりしていらっしゃる様子も　いかにも得意そうな愛嬌さえあって）

さて、上の台盤所にても、[二]笑ひののしりて、[三]局に下りて、この童たづね出でて、文取り入れし人に見すれば、

（そのうえに　大笑いしたあと　探し出して来て　手紙を受け取った女房に見せると）

(女房)「それにこそはべめれ」

（その子に相違ございませんようで）

といふ。

(三位)「誰が文を、誰か取らせし」

（誰の手紙を　誰が手渡したのか）

といへど、ともかくもいはで、痴れ痴れしう笑みて、走りにけり。

（何ともかとも口をきかずに　ばかみたいににやにやして　逃げてしまった）

(朝光)大納言、後にききて、笑ひ興じたまひけり。

（〔この話を〕）

一 中宮の身体をゆさぶるような無遠慮な振舞も、繁子が、天皇・中宮双方に対して、大叔母という続柄にあるところから出た行動であった。一条天皇の父円融天皇に対しても、中宮の父道隆に対しても叔母であったうえに、長徳元年五月、甥にしてかつ夫の関白道兼と死別して以後、中納言惟仲と再婚し、その差し金によって、長徳四年二月に道兼の遺児尊子を御匣殿別当として入内させ、さらに長保二年八月女御に進めて、中宮の対抗勢力となっているのであるから、清少納言が、中宮から承ったこの無邪気な悪戯話も、『枕草子』に紹介される時には、多分に藤三位を嗤うべき存在として戯画化していることが認められよう。

二 台盤所の刀自の下で召使っていた内豎を確かめるために、藤三位がわざわざ台盤所へ出向いて、そこで事の次第を話すものだから、台盤所の女房たちと、また一笑いすることになった。上文に、中宮の御前で、主上も同席していられたことが記されていたが、それは、弘徽殿の上御局であろうか。正暦三年五月当時、中宮は常の内裏におわしたのである。

三 藤三位繁子の個室がどこにあったかは詳らかでない。

第百三十二段

四つれづれなるもの。五所去りたる物忌。六馬下りぬ双六。除目に官得ぬ人の家。〔そんな時〕雨うち降りたるは、まいて、いみじうつれづれなり。

第百三十三段

つれづれなぐさむもの。七碁・双六。

＊〔第一三二段〕**徒然無聊** 徒然なるままの中宮の御物語の打聞から、徒然なるものの類想に移る。

四 何かにあこがれていながら満たされることのない空虚な気持ないしは退屈で所在ない心境。

五 自宅から離れた場所での物忌。自宅ならば、外出禁止・面会謝絶の物忌にこもっていても、何かと用事もあり、自由に動けるが、他人の家では、全く手持無沙汰だし窮屈である。

六 黒白各十五個の馬（駒・象・石とも）を盤上に相対して積み、筒に入れた二個の骰（采・塞）を振り出して、その骰の目の数によって、白の馬は右から左へ、黒の馬は左から右へ廻して、全員早く帰りついた方を勝とする遊び。『譜双』に「用骰子、擲彩数下馬」とあるように、まず一定の骰の目が出なければ、積み上げた馬は、順路に下りない。また、敵の馬が一ついる区画へ馬を入れると、敵の馬を上げる（路線から外す）ことができる。これも一定の骰の目が出なければ、上げられたものは、これも一定の骰の目が出なければ、上げられた馬を路線に下ろすことができない。したがって、これらの場合、必要な目が出ない間に、敵の馬はどんどん進むが、自分の馬は一向に路線に下りないのであるから、気ばかりあせって全く所在ないわけである。

＊〔第一三三段〕**退屈凌ぎ** 前段とは反対に、無聊の慰まるものを類想する。

七 碁とは、囲碁のみならず、乱碁・弾碁を含めてのことであろう。

物語。

三つ四つの稚児の、ものをかしういふ。〔かわいらしくおしゃべりするの〕また、いと小さき稚児の、〔ごく小さな幼児が独り言を〕物語りし、「誰が家」などいふわざしたる。〔あそびをしてるの〕

菓子。

男などの、うちさるがひ、ものよくいふが来たるを、〔冗談がうまくて気のきいたおしゃべりをするのが訪ねて来たのは〕物忌なれど入れつかし。〔物忌であっても招じ入れたいものだ〕

第百三十四段

取りどころなきもの。

容貌憎さげに、心悪しき人。

御衣糊糅の、ふりたる。〔腐ったの〕

これ、「いみじう万づの人の憎むなるもの」とて、いまとどむべ〔今更やめるわけには〕

一 庚申待の夜の退屈な時間などは、殊に物語の発表・享受の場として有効であった。

二 「物語りし」が空想の世界に遊ぶ幼児の独り言であるのに対して、複数の幼児がまま事遊びに社会的訓練を経験するのが「トントンご免下さい。こちらはどなたのお宅ですか」式の「誰が家」遊戯であろう。

三 「うち」は接頭語、「さるがひ」は名詞「猿楽」の語尾を活用して動詞化した語の連用中止形。

＊〔第一三四段〕**取る所なし**　何の取り柄もないものを類想。併せて本作品の執筆意図を釈明する。

四 容貌と心性と、どちらかが良ければ、片方が悪くてもまだ救いがあるが、両方悪くては話にならない。

五 「みぞひめ」は、姫粥（強飯でない水炊の米飯）を水に浸して洗濯糊に用いるもの。諸本ことごとく「ぬりたる」とあるが、「ふ(婦)」と「ぬ(奴)」との字形相似による本文転化と推定して改訂する。洗濯糊の古くなり腐敗したのは、悪臭甚だしく不用である。

六 以下は、洗濯糊の腐ったのなどと、読者にあまりにも不快感を催させることを書いた事に対する釈明。

七 諸注は、葬送や盂蘭盆の送り火を焚くのに用いた火箸の意に解しているが、『長秋記』大治四年七月十五日条に「取二前火一付レ薪」とあるように、葬儀に際して遺体を荼毘に附する時、薪に点火する松明を前火ということから類推して、後火も火葬のあとのお骨拾いの竹の箸を指すものかと思われる。『長秋記』同十六日条に、「可レ拾二御骨一人々双居。（中略）各座前置二折敷（敷ㇾ紙）箸等二」とある。これこそ他に利用の仕方はないものだが、その箸を「取りどころなきもの」として前二者と列挙したものではなく、「『後火の火箸（でも何かの役には立つ）』という諺がないわけではないが」と、『枕草子』の効用を弁護したものと考える。「また……ならねど」の一節は反証提示の挿入句。

*〔第一三五段〕臨時の祭　前段の不快な印象を打ち消すように臨時祭の素晴らしさを随想・回想。

八 石清水臨時祭（三月中午日）と賀茂臨時祭（十一月下酉日）とが有名。

九 祭の前二日、清涼殿東庭で行われる予行演習。

一〇 以下、春の石清水臨時祭の当日の儀を主題とし、事にふれて冬の賀茂臨時祭の場合を比較言及する。

一一 掃部寮の官人。宮中の鋪設及び畳・簾などの事を掌り、儀式に際して宮殿を掃除し式場の設備に当る。

一二 臨時祭の勅使。近衛の中少将が通例。石清水臨時祭当日の庭座における勅使の座は、清涼殿に対して南上西面でそれに続いて舞人・陪従の座が設けられ、清涼殿に直角に西上北面に設けるのは垣下の公卿の座である（『雲図抄』）から、作者自身「ひがおぼえにもあらむ」と危惧するとおり誤っている。附図一八参照。

一三 衝重の膳を公卿・殿上人・勅使・舞人・陪従の座に据えるのは内蔵寮の官人であり、所の衆は、陪従の座の勧盃に瓶子を持つ役である（『江家次第』）。

一四 舞人につき従う楽人。他の儀式では、陪従の座は楽屋や舞人の座の後ろにあって御前に出ないから。

きにあらず（ゆかない）。また（反面）、「後火の火箸」[七]といふ言（諺も）、などてか、世になき（どうしてどうして世間でいわぬことではないが）ことならねど、この草子を、「人の見るべきもの」（人の目にふれようなんて）と、思はざりし（思いもしなかったから）かば、「あやしきこと（下品なことでも）も、憎きこと（不快なことでも）も、ただ思ふことを書かむ（思いついたことを書こう）」と思ひしなり。

第百三十五段

なほめでたきこと（やはり素晴らしいといえば）、臨時の祭[八]ばかりのことにかあらむ（臨時の祭にとどめを刺すでしょうね）。試楽[九]も、いとをかし。

[一〇]春は、空の気色のどかに、うらうらとあるに（うららかな時に）、清涼殿の御前に、[一一]掃部寮の、畳を鋪きて、[一二]使は北向きに、舞人は御前の方に向きて（〔着座して〕）、これらは、ひがおぼえにもあらむ（記憶違いがあるかも知れないが）、[一三]所の衆ども（蔵人所の衆達が）、衝重取りて、前（それぞれの）どもに据ゑわたしたる（座の前に並べわたしてるの〔が結構〕）。[一四]陪従も、その庭ばかりは（庭の座の儀の場合だけは）、御前にて出で入（主上のお前で進退するこ

るぞかし。（とになってるのですよ）

公卿・殿上人、〔一〕かはりがはり盃執りて（〔勅使や舞人陪従に対し〕〔勧盃し〕）、終てには、〔二〕屋久貝といふものして飲みて、起つすなはち（〔勅使が〕座を起つとすぐ）、〔三〕取り喰みといふ者、男などのせむだにいとうたてあるを（するのだって全くぶざまなのに）、御前には（〔この〕お前の庭では）、女ぞ出でて取りける（女までが出て来て取ったものだ）。思ひがけず、「人あらむ」とも知らぬ（人がいようとは思いもかけぬ）〔四〕火炬屋より、にはかに出でて、「多く取らむ」と騒ぐ者は（〔われこそは〕沢山手に入れようとあわてる者は）、なかなかうちこぼしあつかふほどに（かえって取り落したりしてまごついている間に）、軽らかに、ふと取りて去ぬる者には劣りて（気楽にさっと持って行ってしまう者にはしてやられたりでね）。かしこき納殿には火炬屋をして、取り入るるこそ、いとをかしけれ（気のきいた お蔵には火炬屋を利用して〔どんどん〕取りこむのが 実に面白い）。

「掃部寮の者ども畳取るやおそし」と（畳を撤するのが待ち切れぬとばかり）、主殿の官人、手毎に箒執りて、砂子ならす。

〔五〕承香殿の前のほどに、〔六〕笛吹き立て、拍子打ちて遊ぶを（演奏するのを〔聞いて〕）、「疾く出でこなむ」と待つに（早く出て来ればいいな と待ってると）、〔七〕「有度浜」謡ひて、竹の笆のもとに歩み出でて、御琴弾ちたるほど（弾いてる時は）、ただ「いかにせむ」とぞ、おぼゆるや（どうしようか と思うほど 感動することだ）。

〔八〕一の舞の、いとうるはしう（実に端正に）袖を合はせて、二人ばかり出で来て、

一　勅使・舞人の勧盃は、蔵人頭と公卿四人で五献、陪従は五位蔵人と侍臣四人で五献（『江家次第』）。

二　勧盃五献の後、螺盃を勅使・舞人に、銅盞を陪従に勧める。『和名抄』巻十九に「錦貝」を「夜久乃斑貝」とする。このヤクシマダカラの腹面を平に切り取って盃としたか。

三　螺盃銅盞の儀がすむと、勅使以下は插頭花を賜って退出し、次の舞の儀に移るために、内蔵寮が饌物等を撤し、掃部寮が座を撤し、主殿寮が掃除するが、その時、残肴を手当り次第に取って食い、いわば片付け役として活躍する下人が「取り喰み」である。

四　炬火の照明を準備する掛け小屋。試楽の夜は東庭の中央に置かれたが、祭日には片隅に移されている。

五　東庭を挟んで清涼殿の東北方に対する殿舎。

六　承香殿の前で狛調子を奏した後、楽人たちは呉竹台の東側に進み出て、琴持一・和琴奏者・琴持二・笏拍子（独唱者）・付歌二人（斉唱者）・高麗笛奏者・篳篥奏者の順に、西面南上の一列に並ぶ。

七　駿河歌第一段、「有度浜に、駿河なる有度浜に」。

八　東遊の一歌・二歌には舞がなく、第三の駿河歌の途中で舞人が登場する。一の舞は、四人舞ないし十人舞とある中の第一組の舞人二人で、以下、上臈者から順に二人ずつ一組になって、次々に登場する。

九　下臈の舞人が続いて登場するのを待つ間、上臈の舞人は、駿河歌の拍子に合わせて足踏みをしている。

一〇　駿河歌第二段の途中から舞が始まるが「練の緒の

衣の袖を垂れてや」とある歌詞に合わせた手振りか。
一一 駿河歌第三段の歌詞に「あやもなき小松が梢に」とある。三巻本「こまやま」とある本文は「つ(門・川)」から「山」への字形相似による転化であろう。
一二 舞人が登場して全員出揃った直後や、舞い終って退場する直前に、大きく輪を描いて廻ることを大輪という(『楽家録』巻三十七、『教訓抄』巻七、『掌中要録』下)。『長秋記』大治五年三月十六日条に「駿河舞間、少納言忠成不レ廻二大輪一退出」とある。この場合は呉竹台の蔭へ退場するに際しての入綾であるから、名残が惜しまれた。諸注は「廻ふ」を「舞ふ」と読んで「大輪」を舞の手ぶりと誤る。
一三 駿河舞が終ると調子が一変して「片降ろし」の曲となり、その間に舞人は呉竹台の蔭に退き、袍の右肩を袒いで、再び登場して求子歌の舞に移る。駿河歌と同じ呂調の求子歌に戻すことを「掻き返し」といった。
一四 袍を袒いだ肩に掻練襲の打衣や下襲の色が鮮烈。
一五 求子の舞が終ると、片降ろしの大比礼歌を独唱斉唱繰り返す間に舞人は退場する。大比礼歌には舞がないので、「このたび」即ち求子の舞が終るのを惜しむ。
一六 石清水臨時祭には、翌日の勅使の還立の儀にも、元来は求子の舞が行われたが、『江家次第』に「東遊事近代不レ行」とあるように、清少納言の頃にも通常はなかったらしい。それに比べて賀茂臨時祭には、還立の儀に神楽歌の韓神・前張・朝倉・其駒等に人長舞があって、すこぶる興趣に富んでいた。

西に寄りて向かひて立ちぬ。次々出づるに、足踏み[九]を拍子に合はせて、半臂[一〇]の緒つくろひ、冠・衣の領など、手もやまず(手も休めず)つくろひて(つくろったうえ)、

「あやもなき小松」[一一]

など謡ひて、舞ひたるは(謡いながら舞っているのは)、すべて、まことにいみじうめでたし。

大輪[一二]など廻ふは、日一日見るとも飽くまじきを、果てぬる(舞い終ったのは)、いと口惜しけれど、「また、あべし」(〔駿河舞のあと〕また〔舞が〕あるだろうと思うので)と思へば、頼もしきを(楽しみだが)、御琴[一三]掻きかへして、このたびは、やがて(すぐさま)竹のうしろ(竹の台の)より舞ひ出でたるさまどもは、いみじうこそあれ(実にすばらしいものだ)。掻練[一四]の艶、下襲などの乱れ合ひて(からみあって)、こなたかなたにわたりなどしたる(〔左右の舞人が〕あちらこちらと入れ違ったりするのは)、いで(いやもう)、さらに(改めて)、いへば世の常なり(いうのも野暮なことだ)。

このたび[一五]は、またもあるまじければにや(今度の〔求子の〕舞にはあとにもう舞はあるわけがないからだろうか)、いみじうこそ、果てなむことは口惜しけれ(それこそほんとに終ってしまうのが残念だ)。上達部なども、みな続きて出でたまひぬれば(〔勅使や舞人が退くと〕)、寂々しく口惜しきに(淋しくもあり残念なのだが〔それにひき替えて〕)……。

賀茂[一六]の臨時の祭は、還立の御神楽などにこそ、慰めらるれ。庭燎の煙の細くのぼりたるに(〔そのうえ〕)、神楽の笛のおもしろく(〔合わせて〕すてきに)、わななき吹きす(ふるえるような音色で吹

まされてのぼるに（き澄まされて高々と響くので）、歌の声も、いとあはれに（実に身に沁みて）、いみじうおもしろし。一寒く冴え凍りて、擣ちたる衣もつめたう（冷たくはなし）、扇持ちたる手も、「冷ゆ」（冷え）ともおぼえず（るとも感じない）。二才の男召して、声引きたる（声長々と呼ぶ）人長の心ちよげさこそ（得意そうな様子ときたら）、いみじけれ（大変なものだ）。

三里なる時は（宮仕えせぬ頃は）、四ただ渡るを見るが飽かねば（行列を見るだけでは満足しないので）、御社までいきて、見るをりもあり。〔私たちは〕大いなる木どものもとに、車を立てたれば（牛車を駐めているので）、松明の煙のたなびきて、火の影に（松明の光で）、〔舞人の〕半臂の緒・衣の艶も、〔映えて〕昼よりはこよなうまさりてぞ見ゆる（ずっとひき立って見えるのよ）。五橋の板を踏み鳴らして、声合はせて舞ふほども、いとをかしきに、水の流るる音・笛の声など合ひたるは、まことに（いかにも）神も「めでたし」と、おぼすらむかし。

六藤中将といひける人の（いったそうな人が）、年毎に舞人にて、めでたきものに思ひ染みけるに（心底すばらしいことだと思っていたところが）、〔その亡霊が〕亡くなりて、上の社の橋の下にあなるをきけば（いるらしいという噂なので）、「ゆゆしう（まあ気味が悪い）。ものを（物事を）、さしも思ひ入れじ（そうまでは執着すまい）」と思へど（とは思うが）、なほ（それでも）、このめでたきことをこそ（この〔臨時祭の舞の〕すばらしさだけはね）、さらに得思ひ捨つまじけれ（めったに思いきれるものではないわね）。

一 賀茂臨時祭の還立の儀は、仲冬十一月下酉日の夜に入ってからだから、寒気すこぶる厳しい。その寒さをすら忘れてしまうほど素晴らしいという。

二 四等官将曹程度の卑官の人長が、高貴な卿相をも即興の才の男として召出す時の晴れがましさを指す。

三 石清水臨時祭との比較で、賀茂臨時祭の還立の儀から、作者が出仕以前の、賀茂臨時祭の社頭の儀を見に行った体験を回想する。

四 勅使が舞人や陪従を引率して社頭に向う行列。

五 上社即ち賀茂別雷社で東遊の歌舞を奉納するが、御手洗川と御物忌川の合流点の手前、いわゆる楢の小川の上に構えられた橋殿の上で舞うのであろう。

六 藤原実方。第三十二段初出。実方に蔵人頭の閲歴はないから、三巻本の「頭中将」は、「藤」と「頭」との草体の相似による転化本文であろう。能因本の「良少将」（宗貞）も、前田本の「在五中将」（業平）も共に、賀茂臨時祭が創始された寛平元年十一月二十一日以前の人物であるから認められない。「いひける人」と実方を過去の人物にしたのは、長徳四年十二月実方卒去以後の執筆であり、亡霊譚を憚って伝聞形式にしたからか。『実方集』詞書に「臨時の祭の舞人にて侍りしに」とあり、『古事談』巻一にも、臨時の祭に遅参して挿頭花を賜わらず、呉竹台の枝を手折った逸話がある。『徒然草』第六十七段に、「実方は、御手洗に影の映りける所と侍れば、橋本やなほ水の近ければと覚え侍る」とあり、謡曲「賀茂物語」にも、「これこそさ

七「八幡（やはた）の臨時の祭の日、名残（なごり）こそいとつれづれなれ」
（あとが随分味気ないわね）

「など、還りてまた、舞ふわざをせざりけむ。さらば、をかしからまし」
（なぜ　帰参してからまた　舞うことをしないのでしょう　舞えば）

八「禄を得て、うしろよりまかづるこそ、口惜しけれ」
（お祝儀を戴いて　〔呉竹台の〕後ろから退出してゆくのが）

などいふを、主上の御前（おまへ）にきこしめして、
（〔私たちが〕いうのを　お上が　お耳になさいまして）

「舞はせむ」
（〔主上〕〔じゃあ〕舞わせよう）

と仰せらる。
（〔私たちは〕）

「まことにやさぶらふらむ」
（本当でございましょうか）

「さらば、いかにめでたからむ」
（そうなら　どんなにすばらしいでしょう）

など申す。嬉しがりて、宮の御前（おまへ）にも、
（嬉しくなって　中宮様へも）

「なほ、『それ舞はせさせたまへ』と、申させたまへ」
（ぜひ　還立の東遊を舞わせるようになさいませと　お願いなさって下さい）

など、集まりて、啓しまどひしかば、そのたび、還りて舞ひしは、
（やいやい申し上げたので　その年は　帰参してからも舞ったのは）

いみじう嬉しかりしものかな。「さしもやあらざらむ」と、うちたゆみたる舞人、
（まさかそんなことはないだろう　油断して　いた舞人は）

しも実方の宮居給ひし粧（よそほ）ひの臨時の舞の妙（たへ）なる姿を水にうつし御手洗のその縁（えにし）ある世を渡る橋本の宮居と中すとかや」と、『枕草子』と同じ実方伝説を見出だす。

七　以下再び石清水臨時祭の話題に戻って、清少納言の中宮出仕中の体験について回想するが、本段の構成は、春・石清水臨時祭の随想、冬・賀茂臨時祭の随想、冬・賀茂臨時祭の出仕以前の回想、春・石清水臨時祭出仕以後の回想と、春冬の題材を折り返しながらも、春の石清水臨時祭を首尾一貫した本段の主題としている。さて、当時は還立の東遊を省略するのが通例となっていた石清水臨時祭に、特に中宮方の女房の希望によって舞わしめられたということは、記録には残されていないが、関白道隆在世中の、中宮方の勢威盛んな頃で、かつ、中宮の弟右近権中将隆家が勅使に立った正暦五年三月十八日及び十九日の臨時祭におけることとすれば、いかにもありそうなことと思われる。

八　『江家次第』に「使（つかひ）以下参入、候二於滝口一、御出御直衣、并（ならびに）公卿殿上人庭中衝重（ついがさね）如二昨日一。頭召仰間、使以下着座如二昨日一。盃酌三献又如二昨日一。陪従発二物声（もののね）一、次給レ禄。使料公卿取レ之、舞人以下料殿上人取レ之。次使退。次又召レ之、同レ上、使陪従立二呉竹台下一、舞人進出、舞二求子（もとめご）一又如二昨日一。舞畢 使以下退」とあるように、古式には還立の東遊が舞われたが、『道長公記』長和二年三月三十日条に「於二弓場一給レ禄。是一条院御時例也」とあり、当時は弓場殿における賜禄のみで、御前に出て求子（もとめご）を舞うことはなかった。

「御前に召す」（とお達しがあったので）ときこえたるに、物に当るばかり騒ぐも（鉢合せしかねないほどあわてるのも）、いといともの狂ほし（全くもって気違いじみている）。下にある人々（自室にいる女房たちが）の、まどひのぼるさまこそ（あたふたと参上する様子ったらありゃあしない）。人の従者・殿上人など見るも知らず、裳を頭にうちかづきて（ひっかぶって）のぼるを、わらふ（〔見る者たちが〕）もをかし。

第百三十六段

殿などのおはしまさで後、世の中に事出で来（事件が持ち上がり）、騒がしうなりて、宮もまゐらせたまはず（参内なさらずに）、小二条殿といふところにおはしますに、何ともなく（何だかもやもやと）、うたてありしかば（不愉快なことがあったので）、久しう里にゐたり（長らく宿下がりしていた）。御前渡りのおぼつかなきにこそ（中宮様の御用をする自信がなかったので）、なほ（とても）得堪へてあるまじかりけれ（踏ん張っていられそうになかったんですわ）。

右中将おはして（〔私の家へ〕お越しになって）、物語りしたまふ。

（経房）「今日、宮にまゐりたりつれば、いみじうものこそあはれなりつ（ほんとに何ともいえぬ風情でしたよ）

一 当日の御前の舞の儀の場合と同じく、清涼殿の東庭へ出るように、蔵人頭から仰せが伝えられたので。

二 歩きながら裳を着装するため、両手に腰紐を持って頭越しにくるりとうしろへ廻そうとして引っかかり頭から裳をひっかぶったような無様な恰好になる。

＊〔第一三六段〕下行く水の　道長の忌諱に触れたであろう実方の伝説に言及した前段からの連想で、道長方に内通すると噂された不快さを回想。

三 長徳元年四月十日関白道隆薨去、六月十一日権大納言道頼薨去などのことがあって後、伊周・隆家の従者が花山法皇を射奉るという不祥事件が起り、同二年四月二十四日、伊周・隆家・信順・道順・明理・頼親・周頼・方理・相尹・頼定ら、中宮周辺の人々が、左遷追放されるという大きな変動が起った。

四 長徳二年三月四日、中宮は職曹司から二条北宮へ遷御、六月九日二条北宮焼亡により高階明順の小二条宅へ移御。翌三年六月二十二日職曹司遷御まで、謹慎状態が続いた。その間、長徳二年五月一日には、中宮御所の二条北宮に潜伏していた伊周・隆家を、殿舎の戸を破摧して乱入追捕する騒ぎ、中宮も落飾された。

五 冷泉北町尻西にある明順宅。附図四参照。

六 伊周・隆家追捕のことから、中宮方では互いに疑心暗鬼を生じて、清少納言にも道長方に内通しているという猜疑の噂が立ったのであろう。恐らく六・七・閏七・八月と、足かけ四カ月も里居していたらしい。

七 下巻二一九頁一三行に同じ用例がある。

れ。女房の装束、裳・唐衣をりにあひ、一〇たゆまでさぶらふかな。御簾のそばのあきたりつるより見入れつれば、八、九人ばかり、一一朽葉の唐衣・淡色の裳に、一二紫苑・一三萩などをかしうて、ゐ並みたりつるかな。御前の草の、いと繁きを、『一四などか。掻き払はせてこそ』といひつれば、『一五ことさら露置かせて御覧ずとて』と、一六宰相の君の声にていらへつるが、をかしうもおぼえつるかな。『御里居、いと心憂し。かかるところに住ませたまはむほどは、いみじきことありとも、かならずさぶらふべきものにおぼしめされたるに、かひなく』と、あまたいひつる、『語りきかせたてまつれ』となめりかし。まゐりて見たまへ。あはれなりつるところのさまかな。一七台の前に植ゑられたりける牡丹などの、をかしきこと」など、のたまふ。

（清少）一八「いさ。人の、『憎し』と思ひたりしが、また、憎くおぼえはべりしかば」

裳や唐衣は季節にぴったりで　気を緩めずにお仕えしてますねえ　（女房たち）　しゃれた服装で　並んで坐ってた　ものですよ　前栽の秋草が　どうして（こうなんです）刈り取らせたらいいでしょうと言ったら　わざわざ　（中宮様が）ご覧になるというのでねと　しゃれた気分がしたものですよ　（少納言の）お宿下がりは　全く気がかりだわ　（中宮様が）こんな侘び住居をなさるような時には　どんなに差支えがあっても　（彼女なら）きっとお側にいるに違いないと　（中宮様は）思っていらっしゃるのに　張り合いのない　口々にいってたのは　（あなたに）話してお聞かせしろ　といらっもりなんでしょうよ　（まあ）参上してご覧なさい　（ほんとに）情趣に富んだお庭の眺めでしたよ　風情のあることといったら　さあね　皆さんが（私を）憎らしいと思ってたのが　反対に　憎らしく感じましたものですからねえ

八「たへて」を「た（絶）えて」の誤りとは見ない。

九 源経房二十八歳。第七十六段初出。長徳二年七月二十一日に右中将に任じたので、その慶び申しに中宮へ伺候したとすれば、本段の初秋の季節感に合う。

一〇 連続する不祥事件で中宮へ伺候する者も少なく、世間から見放された状態であるにもかかわらずの意。

一一 朽葉重ねは、表朽葉（経紅・緯黄）に裏黄。秋季の着用。淡色は淡紫であろう。

一二 紫苑重ね。表淡色に裏青。秋季の着用。

一三 萩重ね。表紫に裏淡紫。秋季の着用。

一四 などか（斯くてある）。掻き払はせてこそ（あれ）。

一五 長徳二年の八月節白露は、閏七月十六日。

一六 藤原重輔女。第二十段初出。

一七 経房は、小二条殿の秋色や朋輩女房の意外な心用い、女房たちの清少納言に対する批判と期待などを語って帰参を促していたが、最終的な決め手として、中宮の淋しいご心境を、枯れ枯れな牡丹の葉と、『白楽天詩集』巻九「秋題牡丹叢」の「晩叢白露夕、衰葉涼風朝。紅艶久已歇、碧芳今亦銷。幽人坐相対、心事共蕭条」の詩境に託して、頑なに閉じた心を開こうと試みた。「たい」は、牡丹が中国人の最も愛した花であり、第九十四段にも見えたシナ趣味の明順宅であるから、露台と牡丹との配合で、「台」と解する。

一八「いさ知らず」の略。中宮の女房たちが、本当に自分の帰参を望んでいるか、どうだか判りはしないと、拗ねて見せた、経房に対する一種の甘えである。

と、いらへきこゆ（ご返事する）。

（経房）「一おいらかにも（のんきなことを）」

とて、笑ひたまふ。

げに（事実）、「いかならむ（〔私のことを〕どうお思いなのか）」と、思ひまゐらする御気色（とご推察申し上げる中宮様のご機嫌〔を損じたの〕）にはあらで（ではなくて）、さぶらふ人たち（まわりに仕える女房たち）などの、

二「左の大殿方の人、知る筋にてあり（〔少納言は〕左大臣道長様側の人とつうつうの間柄なんだ）」

とて、さしつどひ（〔女房たちが〕集まって）ものなどいふも、下よりまゐる見ては（〔私が〕自室から参上するのを見かけると）、ふといひやみ（急に話をやめたり）、放ち出でたる気色なるが（〔私を〕のけ者にしてる様子なのが）、見ならはず憎ければ（これまでになくしゃくなので）、

（中宮）「まゐれ」

など、たびたびある仰せ言をも過ぐして（聞き流して）、げに（ほんに）久しくなりにけるを、

また（それはそれでまた）、宮の辺には、ただあなた方にいひなして（完全に敵側の者のように仕立て上げて）、そら言なども出で来べし（とんでもない作り話までが流れてるらしい）。

例ならず（いつもと違って）、仰せ言などもなくて、日来になれば（日数がたったので）、心細くてうちながむる（ぼんやりしている時に）ほどに、三長女、文を持て来たり。

一 経房は清少納言より年少ではあるが、彼女の甘えを見抜くところ、なかなかの苦労人である。というよりは、経房が道長とは母方の従兄弟であると同時に、高松上明子を通じて義兄弟であり、『栄花物語』本の雫に「年来大殿の御子のやうに思ひきこえ給へりければ」とあるように、猶子のような関係で、従五位上・正四位下の叙位も道長加階の譲りに依って得たほど、近い関係にあったから、清少納言が道長方に内通したという噂によって窮地に陥っていることにも、大所高所より同情の念を抱いていたのであろう。

二 清少納言の異母兄戒秀が道長に接近しているとか、同母兄の致信が道長の家司藤原保昌の郎等であるとか、道長の家司藤原惟風の母が清原中山の娘であるといった程度のことが、このような噂の原因となり得たとは思えないが、伊周・隆家らが中宮御所に潜伏していることが、何者かの密告によって露顕し、追捕されるようなことがあって以来、斜陽落日の中宮周辺では、痛くもない腹の探り合いに、日一日と分裂離散の傾向を強めていったのであろうし、『清少納言集』の「大殿の宿直所より」（書陵部本）、「大殿の上のおし所から」（類従本）とある贈答歌も、あるいは、清少納言を中宮方から切り離そうとする道長方の謀略であったかも知れない。ともかく、外戚政策による利害錯綜する摂関政治下では、家司・受領層の貴族は、首鼠両端を持して、対立勢力の双方の間に、保身栄達を計ることは、処世の常道であったし、またそれだけに、い

（長女）「御前より（中宮様から）、宰相の君して（宰相の君を通して）、しのびて賜はせたりつる（そっと賜ったお手紙です）」

といひて、四ここにてさへひき忍ぶるも（用心しているのも）、あまりなり（度がすぎる）。「人づての仰せ書きにはあらぬなめり（女房に代筆させてのご伝達ではないのだろう）」と、胸つぶれて（どきどきして）、疾く開けたれば、紙にはものも（何も）書かせたまはず、五款冬の花びら、ただ一重を包ませたまへり。それに、

六いはで思ふぞ

と書かせたまへる（とお書きになったのを〔拝見すると〕）、いみじう日来の絶え間歎かれつる（〔お便りの〕途絶えが悲しかったことも）、みな慰めて嬉しきに、長女もうち目守りて、

（長女）「御前には（中宮様には）、いかが（どんなにか）、もののをりごとにおぼし出できこえさせたまふなるものを（何かにつけて〔あなた様を〕思い出してお口になさるそうでございますのに）。誰も、『あやしき御長居』とこそはべるめれ（皆さんも長過ぎるお宿下がりだと疑っているそうでございますよ）。などかは、まゐらせたまはぬ」

といひて（と言ったあと）、

（長女）「ここなるところに（こうこういう所へ）、あからさまにまかりて（ちょっと出かけましてから）、まゐらむ（お伺いしましょう）」

といひて、去ぬる後（出ていった後）、御返りごと書きてまゐらせむとするに（さし上げようとするのだが）、この

ったん紛争の起きた場合には、双方から忠誠を疑われることともなったわけである。紫式部も、道長方に身を置きながら批判勢力の実資に心を通わし、中関白系の高階氏とも姻戚関係を有するといった複雑な立場にあった。

三 下女の長という意味か。中宮職の下女。

四 中宮のご意向を受けて、他の女房に気づかれぬよう、低声で長女に文使いを命じた宰相の君の態度をそのままに、清少納言の家にきてまで、声をひそめている律義者の滑稽さ。清少納言にとっては、それほど自分の立場が窮屈なのかと、それすらが胸を痛める。

五 閏七月ないし八月という仲秋の季節から、返り咲きの山吹と思われる。清少納言に一日も早く返り咲け、即ち帰参せよとの意がこめられていたかも知れない。『古今集』誹諧歌、素性（『古今六帖』巻五）の「山吹の花色衣主やたれ問へど答へず口なしにして」を踏まえて、花びらに書かれた引歌を暗示する。『拾遺集』春の「我宿の八重山吹は一重だに散り残りなむ春のかたみに」を踏まえて清少納言の忠誠を期待されたとする説は、清少納言だけが踏みとどまるのと反対に、清少納言だけが弾き出されている実情と、春ではなく現在が秋である季節の相違とからして認めがたい。

六 「口には出さずそなたを恋しく思っているのがどんなに辛いかおわかりかえ」の意。『古今六帖』巻五「心には下行く水のわきかへり言はで思ふぞ言ふにまされる」の第四句。

歌の本(もと)、さらに忘れたり(さっぱり忘れていた)。[一]

(清少)「いとあやし(ほんとに変ねえ)。おなじ古言(ふるごと)といひながら、知らぬ人やはある(〔こんな有名な歌を〕知らぬ人があるかしら)。ただ(もう)、ここもとにおぼえながら(のどのところまで思い出してるくせに)、いひ出でられぬは、いかにぞや(どうしたのかしら)」

などいふをききて、前にゐたるが(側に坐ってる女の子が)、

「『下行(したゆ)く水』とこそ申せ(申すのですよ)」

といひたる(といったのには)、など、かく忘れつるならむ。これに(こんな子供に)教へらるるも、をかし。

御返りまゐらせて(ご返事をさし上げてから)、すこしほど経てまゐりたる(ちょっと間をおいて参上した時は)、「いかが」と(どんなご様子かしらと)、例よりはつつましくて(いつもよりは気がひけて)、御几帳(きちやう)に、はた隠れてさぶらふを(半分隠れるように控えているのを)、

(中宮)「あれは(あの女は)、新参(いままゐり)か」

など、笑はせたまひて、

(中宮)「憎き歌なれど(嫌いな歌なんだが)、『このをりは(この際は)、いひつべかりけり(ぴったりの歌だなあ)』となむ思ふを(とねえ思うのよ)。おほかた見つけでは(全然〔お前の顔を〕見かけないでいると)、しばしも得こそ慰むまじけれ(ちょっとの間だって気が休まりそうにないのよ)」

など、のたまはせて、変りたる御気色もなし(〔以前と〕変ったご様子もない)。

一　上の句。この歌は、第七十段にも「『下行(したゆ)く水の』と、いとほし」（二四九頁注八）と引用するように、清少納言が常々よく記憶し、また好んで引用するところであった。それをここで思い出せないのは、いわゆる胴忘れというもの。

二 「何ぞ」即ち「何か」と問いかける会話語から「なぞ（謎）」という名詞が生じた。その謎かけの問答をすることを「謎々語」といい、歌合に準じて、左右に方分けをして、謎解きの競技をするのを「謎々合」という。「天元四年四月二十六日故右衛門督斉敏君達謎合」や「某年同家後度謎合」等、『枕草子』より一世代早い頃に、証本を現存する謎合が見られることは、その頃の謎合の流行を物語るものであろうし、ここで中宮定子が打聞の昔話として、謎合を持ち出されたことも、時代相に合致したことと認められる。

三 カタウドとは、カタヒト・カタノヒトで、左方・右方に組分けされた味方の人の意。競技者というよりは勝負の結果を享受する競争者である。応援者を念人というのに対する。

四 相撲も歌合も、すべて合わせものの競技には、一番を占手といって、重視する。殊に左の一番は重んじられる。

五 方人が、謎掛けの文句と、その謎解きの文句とを考え出し、左右それぞれに味方の中で相談して、適当な出題を選定する。

六 左は女方、右は男方と、男女対抗の形式をとる方分けをしたのではあるまい。

七 検分役の意であるが、この場合は、おそらく応援の念人であろう。念人にも、勝負の判定に関して、異議を申し立てる権利は認められているからである。

童女に教へられしことなどを啓すれば、いみじう笑はせたまひて、「さることぞある（〔中宮〕そんなことはあるものよ）。あまりあなづる（ばかにしてる）古言などは、さもありぬべし」など、仰せらるるついでに（〔昔話をなさって〕）、

（中宮）二「なぞなぞ合しける方人にはあらで（三 方人ではないのだが）、さやうのことに領々じかりける人が（達者な人が）、『左の一は、おのれいはむ（四 左方の一番手は私が出題しましょう）。さ思ひたまへ（そのつもりでいて下さいなんて）』など、頼むる（請け合うので）に、『さりとも（まさか）、わろき（まずい）言はいひ出でじかし（文句は言い出すまいよ）』と、頼もしく嬉しうて、みな人々作り出だし、選り定むるに（五）、『その言葉を（一番の謎の文句は〔私に〕）、ただ委せて残したまへ（あけておきなさい）。さ申しては（こう申すからには）、よも口惜しくはあらじ（決して変なことはしませんよ）』といふ。『げに』とおしはかるに（もっともだと推量しているうちに）、日いと近くなりぬ（その日が間近になった）。『なほ（やっぱり）、この言のたまへ（その文句をおっしゃいな）。非常に、おなじ言もこそあれ（万が一同じ文句になることもあるから）』といふを、『さば（じゃあ）、いさ知らず。な頼まれそ（知りませんよ〔私を〕当てになさるな）』など、むづかりければ（臍をまげるものだから）、おぼつかなながら（気がかりではあるが）、その日になりて、みな方の人（六 方人一同）、男・女居分かれて（男も女も左右分かれて座について）、見証（七）の人など、いと多く居並みて、合はするに、左の一（〔例の〕左方一番の人が）、いみじく用意して（すこぶる心中期するところありげに）、もてなしたるさま（もったいぶった態度は）、『いかなる言をいひ出でむ（一体どんな謎を言い出すのだろう）』と見えた（と思われたの）

一　「なぞ、なぞ」と畳みかけるように、相手に問いかけて、続いて、謎掛けの題を読み上げるのが作法である。いわば掛け声であるが、そうした形式が固定していたので、「謎々合（なぞなぞあわせ）」「謎々語（なぞなぞものがたり）」と、連語で用いるのが通例となった。

二　上弦・下弦の月を弓張月ということから「弓張月」を心（解答）とした謎で、これは子供でもわかるやさしい題である。因（ちな）みに、天元四年の小野宮（おののみや）家の謎合（なぞあわせ）にも、「なぞなぞ。大空につはものの来る」という謎々語を出して、「弓張月」を謎解きとしていた。

三　左方の出題がやさしいので、完全に勝と思って。

四　全く情けない。以下諸注は、左一番の出題を「まことに不出来で、ばかばかしい」と感じた、右一番の人の心語と解しているが、「天に張弓」という謎が幼稚であることは、既に「いと興ありて」と思った右方の反応に示されているから、ここは、次の「やや、さらに得知らず」という、わざと解けないふりをするための前提としての自嘲（じちょう）のざれ言と見るべきであろう。

五　おどけた身振りをするのであるから、「知らぬ言（こと）よ」という言葉も、道化芝居の台詞（せりふ）のように、節をつけて、はずんだ調子で言ったのであろう。

六　歌合（うたあわせ）や物合などの競技で、一番ごとの勝の数を記録するために、竹の串を刺して置く。この点棒を籌（かず）（算（かず）・員（かず））といい、それを刺す役を籌刺（かずさし）という。使役の助動詞「させ」は、その籌刺に対して用いられている。

七　自分が、「いはで思ふぞ」の古歌の上の句を忘れ

れば、こなたの人・あなたの人、みな心もとなくうち目守りて、『なぞ、なぞ』[一]といふほど、心にくし。『天に張弓（はりゆみ）』[二]といひたり。右方（みぎかた）の人は、『いと興ありて』[三]と思ふに、こなたの人は、ものもおぼえず、みな憎く、愛敬なくて、『あなたに寄りて、ことさらに負けさせむとしけるを』など、片時（かたとき）のほどに思ふに、右の人、『いと口惜（くちを）しく、烏滸（をこ）なり』[四]と、うち笑ひて、『やや、さらに得知らず』とて、口をひき垂れて、『知らぬ言よ』とて、猿楽（さるがう）[五]しかくるに、籌刺（かずさ）[六]させつ。『いとあやしきこと。これ知らぬ人は、誰かあらむ。さらに籌刺さるまじ』と論ずれど、『知らずといひてむには、などてか負くるにならざらむ』とて、次々のも、この人なむ、みな論じ勝たせける。いみじく人の知りたる言なれども、おぼえぬ時は、しかこそはあれ。『何しにかは、知らずとはいひし』と、後（のち）に、怨みられけること』など、語り出でさせたまへば、御前なるかぎり、

「さ思ひつべし。口惜しういらへけむ」

（そう思ったことでしょう〔なんて〕まずい答えをしたんでしょう）

「こなたの人の心ち、うちききはじめけむ、いかが憎かりけむ」

（味方の人の心中では　最初ちょっと聞いた時には）

なんど、笑ふ。七これは、忘れたることかは。ただ、みな知りたる言とかや。

（このお話は　忘れたことなものですか　ともかく　誰でも知ってる文句なのにという〔中宮様の〕お気持なんでしょうね）


たのは、本当に胴忘れしたことであり、この謎々合の右方一番の人は、知っている「弓張月」という答えをわざと「忘れた」といったのだから、自分の場合と同じような例として、中宮がお話しになったのは妥当ではない。しかし、誰でもが知っている古歌と、誰でもが知っている謎々語という点には共通性があるので、このようなお話をなさったのだろうかと、中宮の真意を正確には測りかねつつも、一面、そのような似て非なる昔話を例に引いてまで、「あまりあなづる古言などは、さもありぬべし」と、自分を弁護して下さり、自分に猜疑の目を向ける女房たちの間の、居づらい立場を、すこしでも和らげて下さろうとする中宮の思いやりを、清少納言は感謝しているのであろう。この中宮の目下の者に対する思いやりという点に、前段、石清水臨時祭に、天皇におねだりして、還立の東遊を舞わせて、女房たちの我儘な願いを叶えて下さったご愛情というものと連繋するものがあるといえよう。因みに「勘物」は『権記』長徳二年七月十一日条を引いて「依二六月二条宮火事一被レ奉二雑物於中宮一。絹百疋、調布五百段、銭二百疋、白米五十石、黒米百石。去正暦二年四月八日依二三条宮火一被レ奉二大宮一之例也。大夫史国平勘申依二近例一被レ奉」とある時の公用が、経房の中宮参上の目的であったと見ているらしいが、その時はまだ立秋以前の夏六月であり、本文に描かれた白露七月節の季趣よりして、それ以後のこと、即ち、前述したように、経房任中将の慶び申しと考えたい。

解説

清少納言枕草子——人と作品

萩谷朴

作者について

一　清少納言の家系

『枕草子』の作者清少納言の家系は、『源氏物語』の著者紫式部のそれに比較すると、はなはだ劣ったものといわねばならない。北家藤原氏の一族である紫式部がその日記の中で、

　清少納言こそ、したり顔にいみじう侍りける人（得意顔もはなはだしい人だったといいますよ）。さばかりさかしだち（あれほど利巧ぶって）、真名（漢字を）書き散らして侍るほども、よく見れば、まだいと足らぬこと多かり

と、頭ごなしにきめつけたのも、単に女性同志の競争意識からだけではなく、門地の相違を意識しての優越感が然らしめたものといえよう。

　したがって、清少納言の家系は、紫式部の場合のように、明確に跡づけることはむつかしい。今日われわれが容易に寓目し得る清原氏関係の系譜十四種を統合して見ると、清少納言の父、元輔以前の径路は次の四類九種の類型に分たれる。

A 本朝皇胤紹運録・尊卑分脈高階氏系図・群書類従高階氏系図・続群書類従高階氏系図

天武天皇―舎人親王┬御原王―小倉王―夏　野―滝　雄
　　　　　　　　　└守部王―猪名王―弟村王―岑　成

B 群書類従清原氏系図

天武天皇―舎人親王┬御原王―小倉王―夏　野
　　　　　　　　　└貞代王―有　雄―通　雄―海　雄―房　則┬業　恒―広　澄
　　　　　　　　　　　　　　　　　　　　　　　　　　　　└深養父―顕　忠―元　輔

B′ 続群書類従豊後清原氏系図

天武天皇―舎人親王┬御原王―小倉王―夏　野
　　　　　　　　　└貞代王―有　雄―通　雄―海　雄―房　則┬業　恒
　　　　　　　　　　　　　　　　　　　　　　　　　　　　└深養父―春　光―元　輔

（夏野から海雄へ点線）

B″ 続群書類従清原氏系図 (一)(二)(五)

天武天皇―舎人親王―御原王―小倉王―夏　野―海　雄―房　則┬業　恒―広　澄
　　　　　　　　　　　　　　　　　　　　　　　　　　　　└深養父―春　光―元　輔

B‴ 扶桑拾葉集作者系図

天武天皇―舎人親王┬御原王―小倉王―夏野
　　　　　　　　　│　　　　　　　　　┆
　　　　　　　　　└貞代王―有雄―通雄―海雄―房則―深養父―顕忠―元輔

C 続群書類従清原氏系図(四)

天武天皇┬御原王―小倉王―夏野
　　　　└舎人親王―貞代王―有雄―通雄―海雄―房則┬業恒―広澄
　　　　　　　　　　　　　　　　　　　　　　　　│(小野氏)吉柯┄┘
　　　　　　　　　　　　　　　　　　　　　　　　└深養父―顕忠―元輔

C′ 尊卑分脈清原氏系図

天武天皇┬御原王―小倉王―夏野
　　　　│　　　　　　　　　┆
　　　　└舎人親王―貞代王―有雄―通雄┬海雄―房則―業恒―広澄
　　　　　　　　　　　　　　　　　　│(小野氏)吉柯┄┘
　　　　　　　　　　　　　　　　　　└深養父―元輔

C″ 続群書類従清原氏系図(三)

吉柯―広澄

D 続群書類従清原氏系図㈥

夏野―海雄┬房則―業恒―広澄
　　　　　└深養父―春光―元輔

以上のように区々として統一はなく、その家系が正確に記録されていなかったことを物語っている。

まず、夏野に関して「天武天皇五子舎人親王曽孫。御原王孫。正五位下小倉王五男。母右馬頭小野綱平女。小野朝臣家主」とある『公卿補任』の尻付（脚注した略歴）によって、御原王を直接天武天皇につなぐCC′の欠点が指摘される。

次に、有雄に関して、『文徳実録』天安元年十二月二十五日条に、「散位従四位上清原真人有雄卒。有雄者、天渟中原瀛真人天皇五代之孫也。父大監物従五位下貞代王。有雄頗有風操、尤習政理。天長五年式部卿葛原親王推挙為正親佑。七年叙従五位下、即転為正。承和六年叙従五位上。七年遷為越前守。九年為玄蕃頭。頃而遷為中務大輔。十一年為摂津守。政有声誉、黎庶悦服。国内安静、倉廩盈溢。嘉祥二年縁治国之功、授従四位下。三年為肥後守。上奏改王号、賜清原真人姓。仁寿四年叙従四位上。卒時百姓老少哀慕罔極」と見えるので、有雄は、老練篤実の能吏として、ほぼ六十歳の生命を保ったものとすれば、延暦十七年（七九八）頃の出生かと推定される。ところが、有雄の父貞代王が従五位下に叙した弘仁元年（八一〇）十一月二十二日（『日本後紀』）を三十五歳と仮定すると、貞代王の生年は宝亀六年（七七五）となって、舎人親王薨去の天平七年（七三五）よりなお四十年を隔たった時点となるので、系図に見るような舎人親王と貞代王との直接の父子関係は認められない。

そこで、岸上慎二博士が既に推論されたように、有雄が天武天皇五代の孫に当るという『文徳実録』の報告に従って、舎人親王と貞代王との間に二世代の佚名人物の存在を認めねばならぬこととなる。しかも、有雄の佚名の祖父と曾祖父とは、舎人親王の没年と貞代王の推定生年との四十年の懸隔の間に二世代を経過していることと、両者とも一切歴史に記録されることのない無名の、無位無官にも近い微々たる存在であったこととよりして、二代引き続いての短命な人物であったことが推測される。

因みにこれは、『三代実録』貞観三年（八六一）二月二十九日条に、「参議従四位上行大宰大弐清原真人岑成卒。岑成者左京人、贈一品舎人親王之後也。曾祖二世従四位上守部王、祖従五位下猪名王、父無位弟村王。岑成是弟村之子也。（中略）時年六十三」とある岑成が、ほぼ有雄と同世代同年配の人物であって、かつ、天武天皇五代の孫であることと匹敵する。しかも岑成の場合にも、祖父が従五位下、父が無位に終って、共に比較的短命であったと考えられるという相似条件が備わっているのである。おそらく有雄の佚名曾祖父は、岑成の曾祖父守部王よりも年少であったことは勿論、大炊王が舎人親王の第七子であるということも動かせないから、親王のより晩年の儲けの、第八子と見るべきであろうか。

さて、次に問題となる点は、系図B′B″が、有雄の孫海雄を夏野の養子または実子とし、系図B‴C′が、海雄の子房則を夏野の養子としている部分である。

『続日本後紀』承和四年（八三七）十月七日条に「右大臣従二位清原真人夏野薨。（中略）夏野、正三位御原王孫、正五位下小倉王之第五子也。薨時年五十六」とあるのによれば、夏野の没年承和四年には、有雄はまだ推定年齢四十の壮年である。その有雄の孫海雄もしくは曽孫房則が、夏野の養子になるなどということは、全く考えられない。因みに夏野の実子は、第二子滝雄が、延暦十八年（七九九）生れの貞観五年（八六三）正月十一日没（『三代実録』）、第四子秋雄が、弘仁三年（八一二）生れの貞観十六年（八七四）没（『三代実録』）と、ほぼ有雄と同世代なのである。

一方、『中古歌仙三十六人伝』に「先祖不レ見」とあることが多少の不安を残すものの、『古今和歌集目録』が深養父に注して「備後守道雄曽孫。筑前介海雄孫。豊前介房則男」とすることを信ずれば、道雄―海雄―房則―深養父四世代の継承関係は認めなければならないが、有雄と道雄との父子関係が歴史に記録されていないことに疑問が残る（前掲諸系図はことごとく「通雄」と書くが、『文徳実録』『三代実録』によって、「道雄」の字を用いる）。

つまり、天安元年（八五七）正月七日に正六位上清原真人道雄が従五位下に叙し、かつ同年八月二十五日に大学頭となった年（『文徳実録』）を、四十三歳と仮定すると、その生年は、弘仁六年（八一五）となり、有雄の推定年齢十八歳に相当して、父子の関係も辛うじて認められるものの、反面、道雄を貞代王最晩年の儲けとして、有雄との間に、年齢に大きな懸隔のある兄弟の関係を想定することも可能となるのである。

後者、すなわち有雄・道雄を兄弟とする想定に従えば、夏野の養子となった者は、海雄や房則であるとするよりも、道雄であることの方に、より妥当性が認められるのであって、幼くして父貞代王と死別した道雄を、兄の有雄が未だ社会的地位を確立せぬうちは、清原氏一族の中の最大の有力者たる夏野が引き取って養ったということも、推論としては成立し得るであろう。

以上の世代考証と系譜推定の結果とを整理すると、次頁の如くになる。

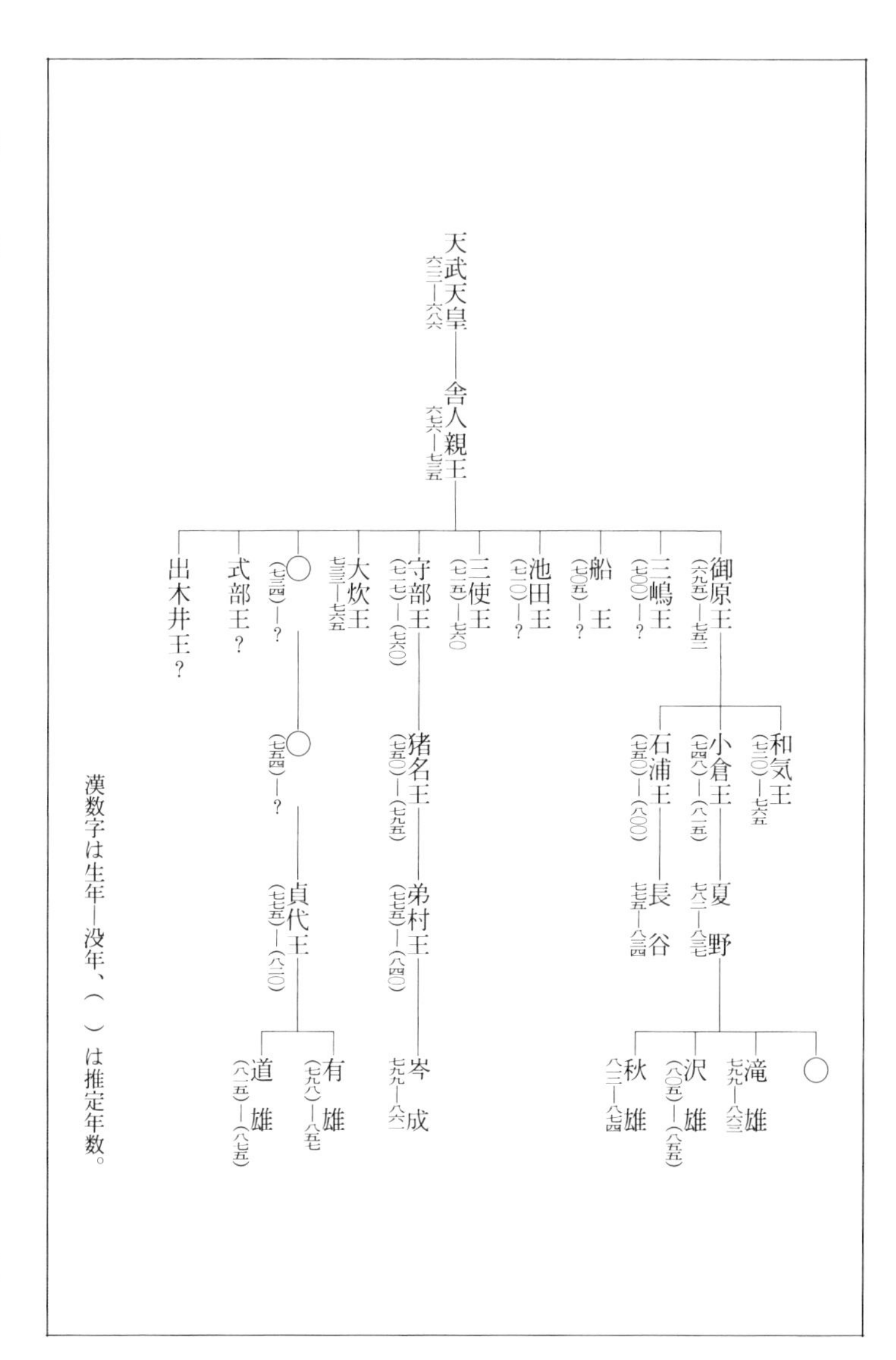
天武天皇
六三一―六八六
舎人親王
六七六―七三五
御原王
（六九五）―七五二
三嶋王
（七〇〇）―？
船王
（七〇五）―？
池田王
（七一〇）―？
三使王
（七一五）―七六〇
守部王
（七一七）―（七六〇）
大炊王
七三三―七六五
○
（七二四）―？
式部王
？
出木井王
？
和気王
（七二〇）―七六五
小倉王
（七四八）―（八一五）
石浦王
（七五〇）―（八〇〇）
猪名王
（七五〇）―（七九五）
○
（七五四）―？
夏野
七八二―八三七
長谷
七七五―八三四
弟村王
（七七五）―（八四〇）
貞代王
（七七五）―（八二〇）
○
滝雄
七九九―八六三
沢雄
（八〇五）―（八五五）
秋雄
八二三―八六四
岑成
七九九―八六二
有雄
（七九八）―八五七
道雄
（八一五）―（八七五）
漢数字は生年―没年、（　）は推定年数。

さて清少納言の祖系の中で特筆すべきは、天武天皇第六皇子（第三皇子とも）舎人親王である。親王は、養老四年（七二〇）五月二十一日、『日本書紀』三十巻ならびに系図一巻を完成奏上、同年八月四日知太政官事の極官に昇り、天平七年（七三五）十一月十四日、六十歳を以って薨じたが、その晩年天平五年（七三三）に儲けた第七子大炊王が、天平宝字二年（七五八）八月一日受禅即位し、同八年十月九日に孝謙上皇と大臣禅師道鏡とによって廃せられた淳仁天皇である。舎人親王は、淳仁即位の翌年六月十六日に詔して、崇道尽敬皇帝の尊号を贈られている。因みに『大日本史』は、『本朝皇胤紹運録』に列挙する十人の舎人親王の男子のうち、守部王・御原王・船王・池田王・三島王・三使王・大炊王の順に七男のみを認めているが、各人の叙任の先後よりすれば、御原王・三嶋王・船王・池田王・三使王（または守部王）・守部王（または三使王）・大炊王の順になるものと思われる。舎人親王の末子大炊王（淳仁廃帝）の血統を引くものがあるいは貞代王であったと仮定すれば、淳仁廃帝の子孫であるがゆえにこれを憚って、大炊王の子で、貞代王の父に相当する一世代を、省いたということも考えられないことではないし、大炊王の次に第八子とその子とを認めるならば、記録不明の式部王・出木井王の二人が舎人親王と貞代王との間の二世代に相当するかも知れない。

また、右大臣夏野は、舎人親王の血を稟けて、すこぶる出色の人物であった。淳和天皇の詔を蒙って、参議南淵弘貞・同藤原常嗣・文章博士菅原清公等とともに、『令義解』を編纂し、天長十年（八三三）十二月十五日に、これを奏上した業績はきわめて高く評価されるし、双岡大臣と号せられる風流人であったことも注目すべきであろう。

以上のように、舎人親王から夏野に至るまで、奈良朝から平安朝初期にかけて、清少納言の遠い祖先たちは、きわめて輝かしい存在であったが、文徳・清和両朝（九世紀中頃）以後、北家藤原氏の摂関政治が定着するに及んで、清原氏は忽ち政官界の中枢から遠ざかるに至ったのである。

それは、平安遷都以来、南・北・式・京、四家の藤原氏を始めとして、橘氏・紀氏・源氏等、自家の娘の腹に皇嗣の誕生を夢見て、次々と後宮に妃嬪としてこれを納れ、外戚権を競望する世相の中で、清原氏はきわめて執念に乏しく、纔かに淳和天皇の皇女明子内親王（斉衡元年九月五日薨）の生母清原春子（夏野女）と、文徳天皇の皇子源時有（天安二年三月十五日出家）の生母清原氏（父未詳）とを数えるのみであったことの他に、深養父の祖父海雄や父房則が比較的に早世の人物で、政官界に十分な地歩を固め得なかったことも、その理由の一つと考えられよう。

『中古歌仙三十六人伝』が、延喜八年（九〇八）正月十二日に内匠大允（『古今和歌集目録』には「内匠允」）に補せられたと伝えていることから推定される深養父の生年元慶五年（八八一）と、深養父の曽祖父道雄の推定没年貞観十七年（八七五）との間には、六年の隔たりしかなく、道雄の推定生年弘仁六年（八一五）との間でさえ、六十六年の歳月しか置いていないのであるから、その間に海雄・房則の二世代が介在したという事実は、この二人が、いずれも比較的短命であったと考えざるを得ない結果となる。即ち、海雄は父道雄の二十歳代の、房則は父海雄の二十歳代の、そして深養父も父房則の二十歳代の、それぞれ早い頃の儲けで、海雄は筑前介、房則は豊前介をそれぞれ最終官として、いずれも卑位壮年の間に早世したと考えねばなるまい。したがって深養父は、父祖の援護を蒙ること少なく、官途に栄達を求める機会を失うこととなったものと思われる。『深養父集』その他の文献に知られる和歌作品に見る深養父の隠逸的な傾向や、琴詩酒を友とする閑雅な生活態度というものは、そのような超俗不遇な境涯から来たものかも知れない。

さて、平安中期に入って深養父以後の、清少納言により近い世代に関して問題となるのは、深養父と元輔との継承関係である。

前掲諸系譜のうち、BB‴Cは、その間に顕忠を置き、B′B″Dは、春光を位置せしめている。『三十六人歌仙伝』も、元輔に注して「深養父孫。従五位下行下総守春光一男」としているので、岸上博士も、「顕忠」は、藤原元輔の父、右大臣顕忠を混同したものと考えてこれを斥け、「春光」を採用されたし、一般にもそれが定説となってはいるが、その春光すらが、存否のきわめて疑わしいものであるといわざるを得ない。

なぜなら、『古今和歌集目録』『中古歌仙三十六人伝』を綜合して、「延喜八年正月十二日任二内匠大允一。延長元年六月二十二日任二内蔵大允一。同八年十一月二十一日叙二従五位下一」と知られる深養父の官歴について見た場合、深養父と同様に早く祖父や父と死別して、官途に本来不遇であったと考えられる紀貫之の従五位下叙爵推定年齢五十歳に準じて、その叙爵を五十歳と仮定しても、深養父の推定生年は元慶五年(八八一)となるのに、正暦元年(九九〇)に八十三歳で卒した元輔の生年は延喜八年(九〇八)であって、深養父と元輔との年齢差は僅かに二十七年に過ぎないからである。これでは、元輔を深養父の孫であるとして、その間に春光一世代を介在させるわけにはゆくまい。

つまり、深養父と元輔との間は、祖父と孫とではなく、直接の父子関係であったといわざるを得まい。その点のみについていえば、前掲諸系譜のうち、C′のみが、偶然かも知れないが、妥当な結論に達しているようである。

以上略述したように、清少納言直系の祖先についていうならば、舎人親王と貞代王との間の二世代の佚名人物、有雄・道雄の父子関係、夏野との養子関係、深養父と元輔との関係など、すこぶる訂正を要することが多く、はなはだ曖昧な系譜しか伝承されていない。ということは、それだけ清少納言の家系が、当時の歴史社会の中にあって、それほど重要視される存在ではなかったという事実を、逆説的に証明することとなるのである（「清少納言の家系」『大東文化大学紀要』昭和五二年三月参照）。

二　清少納言の父元輔

前項で推定した結果を整理して、貞代王の上に二世代の佚名人物を補い、有雄・道雄を同世代とし、春光を除いて二世代を減じると、

天武天皇―舎人親王―（弟）○―○―貞代王―有雄
　　　　　　　　　　　　　　　　　　　　―道雄―海雄―房則―深養父―元輔
　　　　　　　　　―（兄）御原王―小倉王―夏野……道雄

となる。これら清少納言直系の祖先の人々の血が、彼女にどのような先天的影響や後天的感化を与えたであろうか。結論からいえば、当時の清原氏一族が、あまりにも権力の座から遠ざかり、中下流貴族としての一種の諦観に陥っていたからであろうか、紀貫之に見るほどの旺盛な氏族意識や、紫式部が示したほどの家族意識の執念というものを、彼女の言行から見出だすことはできない。天武天皇や舎人親王を口にしたところで、三百年もの遠い過去のことである。夏野といえども百数十年の昔、しかも、直接血の繫がりはない。仮に大炊王淳仁廃帝を八代の祖に有していたとしても、それは模糊として彼女の意識にはなかったであろう。

近く、彼女の意識にのぼり得る祖父深養父（通説には曽祖父）も、早く彼女の出生以前にこの世を去った人物であり、隠逸閑雅なその性格は、官僚政治の俗寰にあって、何ら特出した業績を残さなかったし、家門の誉れとなすべきものはなかったであろう。

もっとも、舎人親王や夏野に見る文筆の才能や優雅な趣味性、大学頭をも勤めた道雄の漢学志向、能吏有雄の恪勤さや人情味、雅楽頭を経験している滝雄や、琴の弾奏を好んだ深養父の音楽的天稟、武芸抜群の秋雄、そういった祖先の人々の資質や業績が、何がしかのものを清少納言に遺伝し感化を与えていたではあろうけれども、おそらく清少納言自身は、取り立ててそれを意識し、それらの人々を指標として精進するといった戒律的な態度を示すことはなかったであろう。その点でも、清少納言は、紀貫之や紫式部の持つ固苦しい倫理性とは、すこぶる異質な人間形成の道を辿ったものと思われる。

つまり、先天的にも後天的にも、彼女に最も大きな影響を与え、善きにつけ悪しきにつけ、生涯、彼女の意識から離れることのなかったのは、他ならぬ父元輔その人であったと思われる。きわめて一般的な観点からしても、元輔の最も晩年に生れ、末娘として育った清少納言が、子女の教育は母親よりも専ら父親がこれに当るといった当時の家庭事情からして、父元輔のすべてをその身に吸収し、眼のあたり、受領渡世の生きざまを、そして歌人元輔としての長所も弱点も、ありのままに見つめながら育った清少納言が、好むと好まざるとにかかわらず、男女の相違こそあれ、人間元輔の透き写しとなることも無理からぬところであったと思われる。

そこで、まず、父元輔の履歴について略述しておこう（「清少納言の父元輔の閲歴」『国学院雑誌』昭和五一年一二月参照）。

延喜八年（九〇八）**一歳**

(1)この年、元輔は生れた。父の深養父が推定年齢二十八歳にして、内匠大允となった年である。

天慶二年（九三九）**三十二歳**

(2)この頃、藤原理能室となった一女が出生したと推定する。理能は長徳元年（九九五）八月二十五日卒（『尊卑分脈』）で、承平元年（九三一）の生れと推定（岡一男博士『道綱母』有精堂選書）されているからである。これらの推定は、理能室元輔女の生んだ為善の子、つまり孫の権少僧都蓮昭が、永承三年（一〇四八）二月十四日六十一歳で卒して（『僧綱補任』）、永延二年（九八八）の出生となる点からも支持される。

天慶四年（九四一）**三十四歳**

(3)この頃、一男戒秀出生と仮定する。浜口俊裕氏が推論する戒秀の出生年次、承平六年（九三六）と天慶九年（有精堂『枕草子講座』第一巻「清少納言の近親」）の中間値を取ったわけである。したがって、長和四年（一〇一五）六月十二日の近日（『小右記』）に、戒秀が卒去した時は、推定七十五歳となる。

天慶六年（九四三）**三十六歳**

(4)蔵人左近権少将藤原敦敏（大納言実頼一男、二十四歳）の一女（章明親王室、源尊光母）の誕生七夜に賀の歌を詠む（『後拾遺集』『元輔集』）。敦敏は、天慶六年正月十四日に、従五位下右兵衛佐にして朱雀朝の蔵人に補せられ、さらに天慶九年四月六日左近少将にして村上朝の蔵人に補せられている（『職事補任』）。右兵衛佐から左近少将に移った時点は未詳であるが、『政事要略』巻三十所載の天慶六年五月二十七日の外記日記と思しき記録に「蔵人左近衛権少将藤原朝臣敦敏」とあるのが初見である。

そして通説は、この時誕生した敦敏の子を、天慶七年生れの佐理と見ている。しかし、『元輔集』の詞書では、成人して世に出た男子の出生には、たとえば「さねすけのあそむゝまれてはべしに」「なかきよがむまれてはべる七日のよ」などと、実名を記すのが普通であるにもかかわらず、この場合は実名が記されていないし、しかもその歌詞に「姫小松」の語が見えることを考え合せて、女子と見るべきであろう。章明親王室・佐理・藤原為光室誠信母と、敦敏三人の子女の出生順位を推定し、一女・二女のいずれかと考えるが、元輔が蔵人所の下部として敦敏の知遇を得、かつ、敦敏が蔵人少将であった時期の、最上限に仮に位置せしめて一女と解した。因みに、天暦元年（九四七）十一月十七日に卒した敦敏の行年を、『尊卑分脈』は三十六歳とし、『勅撰作者部類』『河海抄』は三十歳とするが、『貞信公記抄』延喜二十年（九二〇）二月五日条に「少将子生ル」とある実頼の子を敦敏とすれば、行年は二十八歳となる。なお、この賀の歌は、その詠作年時を天慶七年から天暦元年まで引き下げても、元輔の和歌作品の中で、詠作年時の証明される最古のものであるから、歌人元輔の存在は、世に知られることが意外に晩かったものというべきであろう。

天慶九年（九四六）**三十九歳**

(5)この頃、二男為成出生と推定する。『小右記』万寿二年（一〇二五）九月十二日条に「雅楽頭為成卒去ス。是家司ナリ。日来煩ニ痢病ヲ。年齢臨ム八旬ニ云々」とある「八旬」を、文字どおり八十歳と見ての計算であるが、七十八、九歳として、あと一、二年出生を遅らせることも考えられる。通説に、為成・戒秀の順とするのを改めるわけであるが、理能室・戒秀・為成の三人は、同母であろうか。

天暦五年（九五一）**四十四歳**

(6)この年の正月に河内権少掾に任じた（『三十六人歌仙伝』）。これが記録に残された元輔の官歴として初出のものであるが、これより以前に、元輔が蔵人所の下部であったことが知られている（三五二頁⑳参照）。ただしそれは、従来の論者がいうように、雑色や所衆ではあるまい。雑色は選抜されて六位蔵人たり得る位階にあるし、所衆も、六位の侍の中から選抜されて補するものであるのに、河内権少掾は、従七位上相当の卑官に過ぎないからである。ゆえに蔵人所においても、出納とか小舎人といった、所衆より以下の卑官であったものと思われる。いずれにしても、河内権少掾という元輔の官歴初出のものが、従七位上相当の卑官であり、しかも年齢既に四十四歳に達していたということは、父の深養父の時代に比べても、清原氏が一層逼塞して、官途に不遇であったことを示しているし、それだけに、歌人としても、これ以前には、特に目立った存在ではなく、小一条太政大臣藤原忠平や、小野宮左大臣藤原実頼、九条右大臣藤原師輔など、当時権勢の人々から、直接に詠作を求められることもなかったものと考えられる。

(7)ところが、ともかく卑官といえども、一応名のある河内権少掾に任じたこの年、元輔には、歌人としての面にも、突如として曙光が射し始めた。それは、この年の十月、村上天皇の勅によって、撰和歌所が梨壺昭陽舎に設置され、右大臣師輔の一男蔵人左近少将伊尹（二十九歳）が別当となり、近江掾紀時文・讃岐掾大中臣能宣・学生源順・御書所預坂上望城とともに、元輔が『後撰集』の編纂と、『万葉集』の訓解との事業に参加することとなったことである（『順集』）。時文は貫之男で推定四十二、三歳、能宣は頼基の男で三十一歳、望城は是則の男で推定四十余歳、順も四十一歳、四十四歳の元輔をも含めて有名歌人の二代目が多く、別当伊尹も、少年期に貫之から『土佐日記』を贈られたと推定される（角川書店『土佐日記全注釈』参照）、政治家としてよりも歌人としての才能豊かに育った人であり、きわめて和やかな雰囲気の中で、最年長の元輔が果した役割は、大きかったものと考えてよかろう。つまり、歌人元輔は、この撰歌・訓解の作業の中でさらに成長したものと思われる。『後撰集』が、いつ頃までに完成したかは不明である。天暦九年（九五五）・天徳二年（九五八）・康保三年（九六六）と諸説があるが、『古今集』の例に徴しても、相当な長年月を要したものと考えられるし、それと並行して行われた『万葉集』の古訓もまた、長期の継続事業であったろう。梨壺の五人の中でも、能宣・順・元輔とこの三人は、これらの作業を通じて、歌人としての一層の成長を遂げたものと考えられる。『古今和歌六帖』の如き前人未踏の類題和歌集も、その編者について、貫之・貫之女・兼明親王・具平親王・順等、諸説が試みられているが、この元輔をも有力な候補に加えるべきであろう。元輔の実作者としての博学多識ぶりは、順のそれには及ばないが、『枕草子』の類想段に挙げられた物件名と、『古今和歌六帖』のそれとの著しい近似が、その可能性を濃厚にするからである。『古今和歌六帖』の成立時期について、天延元年（九七三）以後永延元年（九八七）以前の十五年間に集中している近来の研究も、『後撰集』成立以後、その経験の上に立つ分類学的な作業として、元輔を編者に擬することを妨げはしない。その父親の編集作業への没頭が、少女期の清少納言に、大きな感化を与えたと見ることも可能である。

天暦七年（九五三）**四十六歳**

⑻この年の十月二十八日、村上天皇は内裏に菊合を催された。菊の洲浜（この場合は、左右から提出する菊を飾りつけた洲浜形の台盤）に添えた和歌は、左が壬生忠見、右が中務の作であるが、『元輔集』は、この菊合の歌と思しい「たとふべき」の一首を伝えている。左右それぞれに、数名の歌人に詠作を依頼した中の、撰に洩れた歌であろうか。

天暦八年（九五四）**四十七歳**

(9)元輔の男で、寛仁元年(一〇一七)三月八日に源頼親に殺害された前大宰少弐清原致信(『扶桑略記』『道長公記』)は、正暦四年(九九三)八月二十八日付の大宰府解文に「正六位上行少監清原真人」と見える官位(『江見左織氏所蔵文書』)からして、正暦四年当時四十歳であったと仮定するならば、この頃の出生となる。

天暦九年(九五五)**四十八歳**

(10)この年の閏九月、村上天皇は内裏に紅葉合を催された。二番四首の和歌の作者は不明であるが、『元輔集』には、一番左歌と酷似した「思ひやる」の一首を伝えている。この歌は『夫木和歌抄』にも採られているが、元輔が詠進した一番左歌の異文であるのか、和歌を召されもしなかった元輔の私的な擬作であるのか、判断は下しかねる。

天暦十年(九五六)**四十九歳**

(11)この年の五月二十九日、おそらく村上天皇の後見によって、宣耀殿御息所芳子の方で瞿麦合が催された。三番六首の和歌は、左がすべて中務、右がすべて平兼盛の作ということであるが、『元輔集』には、一番右兼盛の歌と同じ「百敷に」の一首といま一首とを載せている。『藤原元真集』にも、三番右歌と類似する「山賤の」の一首といま一首とを伝えているので、中務・兼盛の他にも和歌を召された人々の撰外歌が、偶然に類似したものかとも考えられるが、元輔の場合は、一番右歌と完全に同じなので問題を残す。元輔と、宣耀殿女御の父藤原師尹とは、すこぶる親近な間柄にあるので、元輔がこの歌合に和歌を召されたとしても不思議ではないが、ともかく、歌合歌に関して、元輔は、あまり重く用いられていなかったことも事実である。

某　年

⑿その成立年時は不明であるが、麗景殿女御・中将更衣歌合は、前記宣耀殿御息所芳子瞿麦合と同様に、天徳四年内裏歌合を控えて、村上天皇が後宮のそこここで頻繁に催された歌合の一つであると考えられる。『拾遺集』及び『拾遺抄』に、この歌合の歌として、元輔の「春霞」一首を伝えている。ところが『元輔集』にはこの歌合歌そのものはなく、かえって、河原院に花を見た時の叙景歌として、第一・二・五句の近似した作品を残している。

天徳元年（九五七）**五十歳**

⒀当時、従四位下右近権中将であった藤原斉敏が、四男実資を儲けた時に、元輔は賀の歌を詠んでいる（『元輔集』）。元輔は、実頼や師輔といった、小野宮・九条両権門の当主から直接眷顧を蒙るほどの目立った存在ではなく、むしろ斉敏ら、その次の世代の君達に目をかけられるといった軽い存在であったというべきである。

⒁『豊後清原氏系図』（続群書類従本）に「□高」と見える元輔の男子が、『除目大成抄』に「長徳二秋　但馬介正六位上清原真人宗高」と見える人物と同一であるとする岩清水尚氏の推定（「『御仏名のまたの日』考」『国語と国文学』昭和二七年七月）に従うならば、長徳二年（九九六）当時を四十歳と仮定して、宗高はこの年の出生となる。「致信」「宗高」の名乗りの近似よりして、二人は同腹の兄弟かと考えられるし、『古事談』第二「臣節」に、老後の清少納言が、清監致信と同居していたという記事のあることよりして、これら三人を同腹と見ることも考えられないことではない。ただし、その母が、『檜垣嫗集』にいう周防命婦であるか否かは、未だ確認するには至らない。

天徳二年（九五八）**五十一歳**

⒂この年の八月、中納言右大将春宮大夫藤原師尹が白河第に大納言源高明らと催した歌会に、元輔は

和歌を詠んでいる（『元輔集』）。だんだんと歌人元輔の存在が、社会的に認められてきたというべきであろう。

天徳三年（九五九）**五十二歳**

⒃この年の二月三日、大納言源高明の石清水参詣に随行して、和歌を詠んでいる（『元輔集』）。

⒄この年の八月十六日、内裏詩合に、学生清原元真左方の行事を勤む。

天徳四年（九六〇）**五十三歳**

⒅この年の三月三十日に村上天皇が催された内裏歌合は、あまりにも有名である。しかし、元輔はこの晴儀にも和歌を詠進する栄誉に浴してはいない。二十巻本『類聚歌合』巻第一所収の本には、五番右歌「よとともに」の作者を「元輔」とするが、十巻本『歌合』巻第二所収の本には、作者名「元実」とあって『元真集』（『兼盛集』にもあり）にも見えるのに、『元輔集』にその歌はなく、撰外歌と思しい歌をさえ残していないから、元輔は、この内裏歌合とは全く無関係であったと思われる。梨壺の五人の中でも、能宣・望城・順の三人は、この歌合に和歌を入撰しており、撰和歌所別当伊尹はもとより、前掲資料⒂⒃によって、元輔眷顧の上達部と知られる師尹・高明も左右の方人として参加していたにもかかわらず、元輔に和歌を召すことがなかったのは、まだまだ実作歌人としての元輔に対する評価が低かった事実を示すものではなかろうか。その理由を、『後撰集』の編纂、『万葉集』の訓解、『古今和歌六帖』の企画等に没頭して、実作者としての活動が、それほど活潑ではなかったことに帰すべきであろうか。

⒆この年の六月十四日に、中納言藤原師尹第において懐旧の和歌を詠んでいる（『元輔集』『後拾遺集』）。五月四日に薨じた師尹の同母兄右大臣師輔追懐のためか。この頃、元輔は師尹の眷顧を最も大

きく蒙っていた。

応和元年（九六一）**五十四歳**

⒇この年の正月、中納言民部卿藤原在衡の七十賀に和歌を詠んでいる（『元輔集』）。『元輔集』には、在衡の女、村上天皇の更衣正妃が経営した八十賀というが、在衡は天禄元年（九七〇）七十九歳で薨じ、正妃はそれより早く康保四年（九六七）に薨じているから、八十賀はあり得ない。なお、在衡の妻は、元輔との系譜関係は不明であるが、ともかく清原氏の高峯女ということであり、そうした姻戚関係からであろう、元輔は在衡及び正妃の腹の致平親王と、きわめて親しい関係を保っていた。

(21)この年の三月、少監物に任じた（『三十六人歌仙伝』）。少監物は、中務省の下僚で、正七位下相当官。河内権少掾の従七位上よりは一階昇進しているわけである。『三十六人歌仙伝』に、「蔵人下」と割注のある意味が明らかでないが、天暦九年（九五五）に河内権少掾を去ったとして、少監物に補する以前の天徳年間が、蔵人所の下部であったことを意味するのであろう。それも、論者のいうように六位相当の雑色や所衆であり得るわけはなく、少監物が、大蔵省や内蔵寮などの出納に立ち会い、倉庫の鍵の開閉に当る役であることから考えて、蔵人所においてもやはり、出納の勤務に当っていたものかと推測する。

(22)この年の七月十一日に四歳の女子を喪い、八月六日に五歳の女子をも喪った源順と、元輔は弔慰の和歌を贈答している（『元輔集』『順集』。ただし『詞花集』には「兼盛子」とする）。

応和二年（九六二）**五十五歳**

(23)この年の正月、中監物となる（『三十六人歌仙伝』）。従六位下相当官。官位の昇進にやや速度が増してきたのは、主として民部卿大納言藤原在衡の引き立てを蒙ってのことであろう。

(24)この年の五月四日庚申に催された内裏歌合の負態（歌合・物合等の勝負事に、負けた方が勝った方に対して饗応すること）が、八月二十日、左の男方によって行われたが、その輸物（勝負に負けた方から出す物品）の松虫の籠や女郎花につけた和歌二首を詠進している（『元輔集』）。ただし十巻本『歌合』所収の歌合本文には、鈴虫の籠の歌一首を中務の作とするだけで、他の歌には一切作者名を記していない。左方殿上人から直接元輔に誂えられたものか、中務を通じての下請的な代詠であるか、分明でない。

康保元年（九六四）**五十七歳**

(25)この年の八月、致仕の参議宮内卿藤原元名が、八十賀を営んで間もなく出家した際に、元輔は慰問の歌を贈っている（『元輔集』）。

康保二年（九六五）**五十八歳**

(26)この年の二月二十六日に左大臣藤原実頼の家で催された歌会に参加して、兼盛・能宣等とともに詠歌している（『清慎公集』）。ようやく、実作歌人としても、高く評価され始めたのであろう。ただし作品は伝わっていない。

康保三年（九六六）**五十九歳**＝**清女一歳**

(27)この年の正月、大蔵少丞に任じた（『三十六人歌仙伝』）。従六位上相当官。

(28)清少納言は、この年頃に出生したかと推定される。もし、前記の致信（三四九頁(9)）や宗高（三五〇頁(14)）と同腹の妹とするならば、いま少しその出生年次を繰り上げる方が、年齢差の点で妥当であるかも知れないが、康保二年生れの最初の夫、橘則光よりも一歳の年下と仮定することによって、出生年次をここに置くわけである。

康保四年（九六七）**六十歳**＝**清女二歳**

㉙この年十月、民部少丞に任じた。従六位上相当官。民部卿在衡の申請によることは明らかである（『三十六人歌仙伝』）。

㉚同年十二月、民部大丞に任じた（『三十六人歌仙伝』）。正六位上相当官。昇進きわめて速やかであるのは、全く民部卿在衡のお蔭である。

㉛元輔が民部丞であった康保四年ないし安和二年の間に、弟の学生元真が卒した際、源順が弔慰の歌を贈っている（『順集』）。元真はおそらく元輔よりも十歳は年下であり、本来ならば、清少納言にも影響を与える存在となったであろうが、何分三、四歳の物心もつかぬ清少納言幼時のこととて、殆ど無関係であったと思われる。

安和元年（九六八）**六十一歳＝清女三歳**

㉜康保四年五月二十五日崩御の村上天皇の服忌が明けたこの年の七夕に、述懐の詠歌がある（『詞花集』『後葉集』）。

㉝同年十一月二十四日に、冷泉天皇即位後の大嘗会が行われ、元輔も、能宣・兼盛等とともに、その風俗歌を詠進する栄誉を担っている（『元輔集』『拾遺集』）。歌人としての元輔の名声は、村上朝よりも、冷泉朝に入って、初めて確立したものといえよう。

安和二年（九六九）**六十二歳＝清女四歳**

㉞この年の二月五日、小一条右大臣師尹の白河院で子の日の歌を詠んでいる（『元輔集』）。『元輔集』の詞書には、「一条の大臣」とあるので、従来は伊尹と思われていたが、当時、伊尹は権大納言であったし、白河殿は師尹の邸宅であるから、「小一条の大臣」の誤りと考える。

㉟同じ二月五日に、小野宮太政大臣実頼が催した子の日の遊宴に、実頼の孫で十三歳の実資に代って

和歌を詠進している（『元輔集』『拾遺集』）。歌仙家集本『元輔集』は「安和三年」とするが、『拾遺集』に「右大将実資下臈に侍りける時」とあるのに従って、安和二年二月二十二日、実資が元服とともに従五位下に叙する直前のことと判断する。因みに元輔は、当日は小一条右大臣の白河第に参上していたはずであるから、実資のためには、予め和歌を詠作して、進上しておいたのであろう。

(36)小一条左大臣師尹は、この年の十月十四日に薨じているが、その五十賀宴が、三月二十六日左大臣に転ずる以前の、右大臣であった時に行われたとするならば、この年の春のうちのこととなる（『元輔集』）。『拾遺集』に「九条の右大臣の五十賀」とあり、前田本『元輔集』には「天徳二年右大臣もゝ（五十の誤りか）の賀」、『新勅撰集』にも「天徳二年右大臣の五十賀」とあるので、一般には師輔のことと思われているが、師輔の五十歳は天徳元年（九五七）であり、この一連の屏風歌に関しては、『拾遺集』に「清慎公五十の賀」（清慎公は実頼）とか「天徳四年右大臣の五十賀」とするなど、はなはだしい混乱が生じているので、師尹薨去直前の、元輔の接近度よりして、安和二年の師尹五十賀に統合すべきものと考える。ただし、寿賀の宴は、当該年には一度だけでなく、度々行われるので、このような訛伝が発生したのであろう。

(37)この年の閏五月十四日庚申、何びとかに代って和歌を詠む（『元輔集』）。閏五月のある年で、その月のうちに庚申の日のあるのは、元輔の生涯では安和二年があるのみである。

(38)この年の九月二十一日、待望の従五位下に叙した。民部省の労によるものであるから（『三十六人歌仙伝』）、この年の三月二十六日まで民部卿であった右大臣在衡の引き立てによるものと思われる。六十二歳にしての叙爵ということは、貫之の推定五十歳、順の五十六歳に比べてもはなはだ遅く、門地の低さもさることながら、小野宮家や九条家など、最高権力者の直接の庇護を殆ど蒙ってはいなかった実情を物語るものであろう。

(39)同年の十月に河内権守に任じた(『三十六人歌仙伝』)。従五位上相当官であるから、むしろ、好運に転じてきたというべきであろう。

(40)同年の十二月九日に、中納言藤原頼忠は、父太政大臣実頼のために七十の賀宴を催したが、元輔もその屏風歌を詠進した(『元輔集』)。専門歌人としての元輔の名声がついに確定したというべきであろう。推定四歳、やや物心のつき始めた清少納言にとって、この頃の父元輔は、輝かしく偉大な存在であると感じられたことであろう。

なおこの一連の屏風歌に関しても、前田本『元輔集』に「延喜二年十二月九□太政大臣の七十賀」とか、『拾遺集』に「清慎公五十賀」とするなどの訛伝が多い。全般的に元輔の寿賀の歌には、その年時記載や人物官称に訛伝がはなはだしく、したがって、元輔が早くから、忠平・実頼・師輔ら摂関藤家の当主たちに接近し、眷顧を蒙っていたかのように伝記を叙述する諸家の誤りを招いている。

天禄元年(九七〇)**六十三歳＝清女五歳**

(41)安和二年十月十四日に小一条左大臣師尹は薨じた。その翌年、天禄元年の春、元輔は追悼の歌を詠んでいる(『元輔集』)。これも、書陵部本『元輔集』に「三条の太政大臣」、歌仙家集本『元輔集』に「小一条の太政大臣」などと誤っているが、群書類従本の「小一条のおとど」に従うべきであろう。安和二年に師尹が、天禄元年に粟田左大臣在衡が、それぞれ薨じて以後、元輔は新たな庇護者を求めて、急速に小野宮家に接近することとなるのである。

(42)この年の五月十八日、小野宮摂政太政大臣実頼が七十一歳で薨じた。元輔はその服忌の間の秋に、実頼の孫、右近少将高遠(斉敏一男)と、追悼の和歌を贈答している(『高遠集』『続詞花集』)。

(43)この年頃、権大納言兼左近大将藤原頼忠の女、遵子（三条中宮）の裳着に祝賀の歌を詠進している（『元輔集』）。

天禄二年（九七一）**六十四歳＝清女六歳**

(44)この年の正月、一条摂政太政大臣伊尹の四男、右近少将義孝が比叡山に登るのに随行して、和歌を詠んでいる（『元輔集』）。義孝は十八歳。『元輔集』の諸本は、これを「よしちか」とし、その年時も、「天徳四年正月一日」「天徳二年正月十四日」とするものがあり、『玉葉集』には「題しらず」とするが、群書類従本『元輔集』に従う。因みに、伊尹五男義懐は、当年十五歳の無位無官であったし、天徳年間では、義孝・義懐ともにあまりにも幼少である。

天禄三年（九七二）**六十五歳＝清女七歳**

(45)この年二月三日、摂政伊尹は、紫野斎院において孫の斎王尊子内親王（七歳。母伊尹女懐子）のために、子の日の遊びを催している。円融朝に入って、頓に一条摂政家に接近していた元輔も、和歌を詠進している（『元輔集』）。『元輔集』の諸本には「天徳二年」「天徳三年」などと年記するものもあるが、群書類従本『元輔集』に従って、天禄三年二月三日甲子をとる。

天延元年（九七三）**六十六歳＝清女八歳**

(46)この年の五月二十一日に、円融天皇は、姉一品宮資子内親王の梅壺において、乱碁歌合の遊宴を催された。そして六月十六日には天皇が勝態を、七月七日には一品宮が負態を営まれた。その輸物の扇には、それぞれ、和歌を繡文にしたり織文にしたり、蒔絵や墨書するなど、風流の美を尽したのであるが、『元輔集』『拾遺集』『三十人撰』『撰集抄』は、その中の「天の川扇の風に」の一首を元輔の作としている。歌合証本にはその歌の作者を中務としているが、『中務集』『拾遺抄』『拾遺集』『三十人撰』『撰集抄』は、別の「天の川河瀬涼しき」の歌を中務の作としているので、この「天の川扇の風に」の歌の作者としては、元輔を認めるべきであろう。元輔の歌合参加が、自他ともに公式に確認された最初の史実である。

(47)この年の九月、元輔は内裏の御屏風の和歌を詠進している（『元輔集』『夫木抄』）。『新勅撰集』は、その中の「唐崎の」の一首を「天禄元年大嘗会悠紀方の御屏風の歌」とするが、この一連の和歌は名所の叙景歌であって、賀の歌ではないから、誤りとせねばならない。

天延二年（九七四）**六十七歳＝清女九歳**

(48)正月三十日の除目に、周防守に任じた（『三十六人歌仙伝』）。従五位下相当官。前任の河内権守の任期が天延元年には切れているはずであるから、一年間は散位でいたわけであるが、比較的順調に任官していると言えよう。元輔は赴任の途中、周防国佐波郡牟礼郷江泊において、藤原仲文と和歌を贈答している（『仲文集』）。おそらく推定九歳、少女期の清少納言は、この年の春、父に伴われて周防に下り、その間、瀬戸内の航海を経験したものと思われる（『枕草子』第二八六段）。

(49)同年八月十六日の小除目に、元輔は鋳銭長官を兼ねた。周防の国府に鋳銭司の鋳造所があったからであるが、鋳銭司そのものが常置の役所ではなく、銭貨鋳造の業務がある場合にだけ臨時に設置されたものであるし、平安朝に発行された九種類の貨幣のうち、最後の乾元大宝が天徳二年（九五八）の発行であることからして、鋳銭長官としての元輔の業務は、乾元大宝の増改鋳以外には考えられない。

なお、元輔の妻に周防命婦の名を持つ女性があったが、それは『檜垣嫗集』によれば、元輔が肥後守となった寛和二年（九八六）正月以後のことであるから、むしろ、夫元輔が周防守を経歴したがゆえの命名であるとも考えられる。さすれば、元輔が周防に下向している間とか、あるいは同行した周防から帰京して後に、宮仕えして得た女房名であるということになる。果してそれが清少納言の生母であるか否かは、何ともいえない。

天延三年（九七五）**六十八歳＝清女十歳**

(50)この年の三月十日、一条中納言為光が、自家に歌合を催した。元輔は、二番右歌に「帰る雁」一首を撰ばれているが、『元輔集』によれば、これは(40)の項に掲げた、小一条左大臣師尹追悼の歌であって、この歌合は、新詠旧作取りまぜての撰歌合であったと思われるから、周防在国の元輔が、この歌合のためにわざわざ帰京出席したと考える必要はない。

貞元二年（九七七）**七十歳＝清女十二歳**

(51)この年八月十六日に、三条左大臣頼忠は、自家に前栽歌合を催した。これは、歌合とはいえ、ほぼ歌会と同じ形式で、寝殿と東対との間から流れる遣水の左右に、東には能宣・時文・元輔・為頼・英材・保胤、西には順・兼盛・重之・輔昭・正通・光舒と、計十二人の歌人を侍らせ、水上秋月・岸辺秋花・草中秋虫三題三首の和歌を、各人当座に詠進せしめ、即時披講したのであるから、仮に元輔が周防在国中であったとしても、彼はわざわざそのために召されて帰京出席したということとなる。元輔が、明白に歌合の和歌作者として詠進を所望され、歌合の場に列席したのは、現在知られる限りにおいて、これが最初の機会であったから、さぞかし喜んで参加したことであろう。しかも、当代一流の歌人をよりすぐった中でも、元輔は、その中軸に席を与えられているのである。ただし、梨壺の五人の中から参加した四人の同僚の中では、最も末座に位置しているので、元輔に対する評価の限界が知られよう。

　元輔が、その歌人としての実力に比して、歌合や歌会に召されたり、屏風歌を詠進するような社会的活動がきわめて少ないのは、そのやや奇矯に属する性格の然らしむるところであったかも知れないが、一方にまた『古今和歌六帖』の編纂などに関心が集中していたからというような特殊なマイナス条件の介在を考慮することが可能であるかも知れない。

(52)元輔が周防守であった頃、恵慶・元輔・能宣等は、内蔵助紀時文から、貫之自筆家集一巻を借覧して、めいめいその感想を詠歌している（『恵慶集』）。

天元元年（九七八）**七十一歳＝清女十三歳**

(53)『檜垣嫗集』によれば、元輔はかつて筑前守として下向していたことが知られる。『元輔集』にも大宰大弐藤原国章との頻繁かつ日常的な贈答歌が数多く残されている。貞元二年（九七七）正月七日に国章が従三位に叙した際にも「大宰大弐如レ元」（『公卿補任』）とあるので、国章が大宰府に在任した期間は、おそらく貞元元年正月二十日に四品宮致平親王が大宰帥を遙任（在京のまま国司に任じて下官に国務を管掌させる）して以後、天元四年正月二十九日に菅原輔正が交替して大宰大弐に任じる以前の、足かけ六年の間であるから、元輔は、周防守の任期を終えて後、つまり、天元元年以後に筑前守として赴任していて、大宰府の国章と常時交渉を持っていたことと考えられる。筑前守は従五位下相当官であるが、『三十六人歌仙伝』所載の官歴に見えないことが不審である。

天元二年（九七九）**七十二歳＝清女十四歳**

(54)この年の七月七日、円融皇后故藤原媓子（故関白兼通女）の五七日忌に、小馬命婦尼と慰問の和歌を贈答している（『小馬命婦集』）。

(55)この年の八月、平兼盛が駿河守に任じたが、その赴任に際して元輔は惜別の和歌を詠んでいる（『元輔集』）。

(56)この年の十月五日、右大臣藤原兼家が亥子餅を献上した際、飾り物の銀の亥子に描きつけた和歌を元輔が詠進している（『円融院御集』）。

天元三年（九八〇）**七十三歳＝清女十五歳**

(57)この年の三月十九日、従五位上に叙せられた（『三十六人歌仙伝』）。従五位下から十一年ぶりの進叙であるが、貫之が従五位下から二十六年かかって、推定七十六歳で従五位上に達したのに比べれば、むしろ順調というべきであろう。しかし、それも、国司の労によってではなく、薬師寺の廊を造築した功によるというのであるから、元輔は、官吏としても、その功績を認められること多くはなかったものと思われる。

(58)円融皇后故藤原媓子の服忌が明けた時の詠歌がある（『元輔集』）。おそらく天元三年五月二十八日、法性寺において、故皇后の周忌法会が修せられた（『日本紀略』）頃のことであろうか。

(59)同年七月二十五日、源致遠が出羽守として赴任するに際して関白藤原頼忠が催した餞けの宴に、惜別の詠歌がある（『日本紀略』『元輔集』）。

天元四年（九八一）**七十四歳＝清女十六歳**

(60)この年の五月十一日、兵部卿宮致平親王の出家について詠歌がある（『元輔集』）。致平親王は、元輔には恩顧の故左大臣在衡の孫に当る。この頃、元輔の末女清少納言は、推定十六歳にして、十七歳の橘則光と結婚したのであろうか。

永観元年（九八三）**七十六歳＝清女十八歳**

(61)七夕庚申の詠歌がある（『元輔集』）。七月七日庚申というのは、元輔の生涯でも、延喜十六年と永観元年とがあるのみである。

(62)この年の八月一日に、一条大納言為光の家の障子絵歌を詠作している(『元輔集』)。
(63)同年八月、東大寺の僧奝然が渡宋するに際して惜別の歌を詠んでいる(『元輔集』)。
(64)同年九月、右大臣兼家の家の屛風歌を詠進している(『元輔集』)。

永観二年(九八四)**七十七歳=清女十九歳**

(65)太政大臣藤原頼忠家の屛風歌を詠進している(『元輔集』)。
(66)備中守藤原棟利の卒去について詠歌がある(『元輔集』)。棟利は、清少納言の第二の夫棟世の兄(『尊卑分脈』に弟とするは誤り。『枕草子講座』第一巻「清少納言をめぐる男性」参照)である。

寛和元年(九八五)**七十八歳=清女二十歳**

(67)この年の六月二十三日に卒した、前の大宰大弐で現在は皇太后宮権大夫であった藤原国章の四十九日法要に詠歌がある(『元輔集』)。国章は、元輔と交誼のあった故宮内卿元名(三五三頁(24))の四男である。『日本紀略』に六十七歳または七十五歳と注するが、同母兄で二男の文範が当年七十七歳であるから、いずれとも決しがたい。因みに『小右記』に「此暁皇太后宮権大夫国章薨云々。使₃大炊允致信ヲシテ弔₂喪家₁」とあるので、清少納言の兄致信が、そのころ大炊允にして、頭中将藤原実資の家司であったことが知られる。

寛和二年(九八六)**七十九歳=清女二十一歳**

(68)正月二十六日の除目に、肥後守に任じた。従五位上相当官で、元輔の生涯では最上の官職である(『三十六人歌仙伝』『檜垣嫗集』)。任地に下向してから、在京の能宣と和歌を贈答している(『能宣集』)。

正暦元年(九九〇)**八十三歳=清女二十五歳**

(69)この年、六月某日、元輔は卒去した(『三十六人歌仙伝』)。任国肥後において、帰京を目前にしてのことと考えられている。さすれば、清少納言は、父の死に目に会わなかったこととなる。

以上で、年時を立証し得る範囲内での元輔の閲歴は終るが、そのほか年時不明の史実として、殊に詠歌の面での交際関係からいうならば、平内侍(へいのないし)・小左近命婦・藤原高遠・同元輔・中務・源順・紀時文・藤原公任(きんとう)・同仲文・同実資(さねすけ)・同景斉(かげまさ)・同相如(すけゆき)・源兼澄・藤原道兼・源満仲・安法(あんぽう)法師・藤原実頼・恵慶(えぎよう)法師等との贈答の事実が、『元輔集』のみならず『安法法師集』『清慎公集』『仲文集』『兼澄集』『恵慶集』『円融院御集』『能宣集』『高遠集』等によって知られる。

三　清少納言その人

康保三年(九六六)丙寅(ひのえとら)の歳に、清原元輔(きよはらのもとすけ)(五十九歳)の末女として生れたと推定される清少納言は、その実名を「諾子(なぎこ)」と伝える説(『枕草紙抄』)もあるが、何の根拠もない。また、その生母に関しては、『檜垣嫗集(ひがきのおうなしゆう)』に、元輔妻周防命婦(すおうのみようぶ)なる女性が見えることと、『続群書類従』所収「清原氏系図」(五)(六)に、元輔の父春光(はるみつ)の弟に周防守重文(しげふん)の名を記していることとを結びつけて、重文女即(じよ)ち、元輔の従妹(いとこ)に当るとする角田文衛博士の説もあるが、前述したように、これらの系譜はまことに信憑(しんぴよう)しがたく、殊に深養父(ふかやぶ)と元輔との間に春光の世代を容(い)れること自体に疑問があったのであるから、そのままには従いがたい。ただし、周防命婦が誰の娘であろうとも、これを清少納言の生母とするか否かは、自(おの)ずから別個の問題ではあるが、これにも、当否いずれの確証を得るところはない。

ともかく、老境に儲けた末女とて、元輔が清女を鍾愛したであろうことは、想像にかたくない。清女九歳の頃、父に伴われて周防の任国に下り、初めて経験する瀬戸内の船旅に驚異の目を輝かしたことは確実であるが（第二八六段）、元輔が筑前守に任じたであろう十三歳の頃は、大宰大弐国章の娘で右大臣兼家の妾対の御方に仕えていたかと思われる（第九九段）。因みに『実方集』に「対の御方の少納言」と見える。

おそらく『後撰集』の編纂は、康保三年清女出生の頃には、既にその事業を畢えていたであろうが、もし元輔が、ひき続き『古今和歌六帖』の撰述にかかっていたとしたら、和歌の道における、清女に対する父親の感化はなみなみならぬものがあったであろうし、それが直ちに、清女の古歌に関する博識と、『枕草子』類想段の発想とを容易ならしめる素地となったであろうことも想像にかたくない。

冷泉朝に入ってから、老境の元輔が大嘗会の屏風歌を詠進する栄誉を担い、実頼・頼忠・師尹・伊尹等、政権担当の実力者から、直接に詠歌を召されることも頻繁となり、在衡の引き立てによって、官途にも明るい希望が萌してきた頃に、清女が少女期を経過したということは、父親に対する素直な尊敬とともに、人生に対する疑いを知らぬ、明るく純真な彼女の性情を育んだものといえよう。和歌に対する清女の才能は、そうした順境にあって、すくすくと伸びたものであろう。

しかし、はなはだ不思議なことは、清女の漢詩文に関する異常に該博な教養が、いかなる契機、いかなる環境によって育てられたものであるかということである。

なるほど、遠祖舎人親王や清原夏野・道雄等の血統を稟けていることは認められる。しかしその天賦の才能を開発した直接の理由が何であったかということになると、はなはだ解明に苦しむものがある。紫式部のように、文章生上がりで詩人としても名のある父為時を持ち、弟惟規の家庭教育に同席して、自らも、斯道に深く傾倒していったというような、好適な環境条件が、清女に備わっていたわけではない。

父の元輔に、漢詩文の教養がなかったはずはないのであるが、その詩作の残されたもののあることを聞かないし、和歌作品にも、特に漢詩文的教養の反映したものを見出さないから、斯の道には平凡な学識をしか持ち合せてはいなかったものと考えてよかろう。

叔父元真は大学寮の学生ではあったが、清女が物心もつかぬ幼少のうちに卒している。異母兄姉の戒秀・為成・理能室等は、推定二十〜二十七歳というはなはだしい年齢差があるうえに、異母同胞として住居も異なり、意外に疎遠なものであったろうから、特別な影響を考えるわけにもいかない。また、同母兄と見る可能性のある致信や宗高にも、漢学執心の傾向を認めることはできないし、母系親族の漢詩文的教養の度合が全く不明である限り、むしろ清少納言にとっての漢学的環境条件としては、間接にではあろうが、梨壺五人の一人として、父元輔や叔父元真と親交のあった源順及び、その門人の源為憲・橘正通を始め、安法法師・恵慶法師等が、元輔の愛娘の怜悧さを賞でて、何かと刺戟を与えるようなことがあったのではあるまいかと、想像することができるだけである。

そのような周囲の刺戟が、この聡明な少女の目を漢詩文の世界に開かせ、架蔵伝襲の漢籍を貪り読むといった少女期を経験させ、その熱意にほだされて、父元輔もその指導に心を傾けるといった、自発的な学習意欲が、彼女の身についた博識となって結実したものであろうと想像する。

天元四年、十六歳の頃に清少納言は、橘氏の氏長者敏政の一男則光十七歳と結婚したと推定される。対の御方が兼家の男道隆と通じる身持の悪さということから、元輔が清少納言の結婚を急いだということも考えられよう。橘氏は名家であり、その氏長者の嫡男といった貴公子が初婚の妻を娶る時は、年長の女性を選ぶのが通例であるが、清女と則光とが、後々まで「妹」「兄」と呼ばれていたこと（第七七段）からして、最少限に、清女は則光より年下であったと考えておく。

以前から父元輔は、敦敏・頼忠・斉敏等、清慎公実頼の子息たちに詠歌を召される機会が多く、兄の致信も実資の家司になるなどの縁もあって、主として小野宮文化圏に属していたし、則光の周辺もまた、橘行平の妻右近や子息行頼が永延二年七月両度の蔵人頭実資歌合に、方人即歌人として参加するなど、小野宮家の家司的存在であった親近関係から、この婚姻は成立したものと思われる。

そして、その翌年、早くも一男則長が生れた。則長は三巻本『枕草子』勘物に、「橘則長。治安元年正月補二蔵人一。元非蔵人進士、四十。従四位下陸奥守則光一男。母皇后宮少納言。八月廿九日図書権助。二年三月廿九日修理亮。三年二月式部丞。万寿元年正月叙。長元六年正月越中守。七年於二任所一卒五十三。寛仁元年十一月非蔵人、進士、讃岐掾。則長天元五四歟年生」とある。これによって、その生年から、則光・清女結婚の年時を推定しているわけである。

しかし、則光と清女との結婚生活も、さほど永続きはしなかったらしい。則光は間もなく、橘行平・右近夫妻の間に生れていた一族の娘と結婚し、光朝法師（『尊卑分脈』『小右記』）を儲けている。則光の子息には、他にも季道（『尊卑分脈』）・好任（『左経記』）などがあるが、これらが清女の生んだ子であったとは思われない。

則光との結婚生活が不調になってからの清女は、おそらく、いずれかの貴顕の邸宅に、家女房として出仕したものと思われる。第二・三二・八三・九四の諸段から徴証して、中宮出仕以前の、家女房としての出仕先を整理すると、左の如くになる（少女期の大宰大弐国章娘対の御方をⒶとして）。

Ⓑ永観二年（十八歳）〜寛和二年前半（二十一歳）関白太政大臣頼忠家。（藤本一恵説）

ⓒ寛和二年後半～正暦元年（二十五歳）右大臣為光家。

頼忠には、円融皇后遵子と入内以前の花山女御諟子と姫君二人があったという点で、Ⓑが第八三段の内容と一致し、為光には、義懐の室となった姫君があったという点で、第二・三二段に該当し、かつ、小白河八講における義懐の言を為光が批判した言葉を清少納言が聞いている点で、第三二段、更に、少年期の公信と馴染みが深いという点で第九四段と、ⓒがそれぞれを満足するからである。

ともかく、則光と絶えてから後の清少納言には、和歌の贈答（『清少納言集』）のみならず、二十歳前後の若さにも似ず、寺院参詣や説法聴聞に凝った時期があったらしい（第三〇～三二段）。これも、父元輔が老人ゆえの抹香臭さばかりか、薬師寺の廊を造築するなど仏縁浅からぬものがあったからであろうが、清女にとっては、これが一つの社交場でもあり、日々徒然の紛らわしでもあったわけである。その結果が永祚元年（九八九）頃の右馬頭実方との短く儚ない結びつきともなったのであろう（『拾遺集』『実方集』『清少納言集』）。もっとも、則光との結婚以前、実方が右兵衛権佐であった天元元年（九七八）ないし永観二年（九八四）の間の、より早い頃に、春思う十四、五歳の元輔女が、十八、九歳の青年貴公子実方に、淡い恋心を既に抱いていたということも考えられる。

一方に実方のような貴公子にあこがれを抱き続けながら、老境の父が受領渡世に申し文を持ち歩く生活の悲哀も、具さに身に沁みていたであろう（第三・二二段）正暦元年、父を喪うと間もなく、生活力の旺盛な、そして父娘ほども年齢の違う受領の藤原棟世と再婚したのである。棟世は、南家藤原氏真作流伊賀守保方の男であるが、祖父武蔵守経邦の女、盛子が右大臣師輔室として、伊尹を儲けているので、父元輔ともゆかりのあった人物である（『尊卑分脈』）。

元来、依頼心の強い末娘として、いかにもありそうなことであるが、清女に限らず、初婚は上流貴族の君達と試み、再婚は、中年過ぎた経済力の確かな受領に落ち着くというのが、当時の中下流貴族の娘が経験する、結婚歴の一つの定った軌跡であったように思われる。『蜻蛉日記』の作者、藤原倫寧女、右大将道綱母は、藤原兼家との初婚に苦い思いを嘗めて、再婚をあきらめ、藤原為時女、紫式部は、初婚型の機会を逸して、直ちに藤原宣孝と再婚型の結婚に落ち着いたのであり、紫式部の娘、大弐三位藤原賢子は、典型的に、貴公子藤原公信（通説には兼隆）と初婚、実力者高階成章との再婚を、鮮やかにやってのけた。

棟世との再婚は、中宮定子のもとへ出仕する直前のことであったと思われるが、通説では、中宮出仕以後、棟世が摂津守であった長徳末・長保初の頃と推定している。しかも『尊卑分脈』の記載に従って、棟世を保方の一男と考えているが、三男に当る棟利が永観二年（九八四）、推定六十歳を以って卒去（『尊卑分脈』）しているので、棟世をその兄とすると、長徳四年（九九八）には少なくとも七十五歳ないし八十歳ともなって、到底清女との結婚は考えられない。「清少納言をめぐる男性」（『枕草子講座』第一巻）に考証したように、むしろ棟世を棟利よりも弟とし、かつ、正暦二年（九九一）推定五十五歳にして、二十六歳の清少納言と結婚、同三年小馬命婦誕生と考えるのが穏当であろう。

ともかく、実方のような才色兼備の貴公子や、華やかな宮廷生活への憧憬（第二段）を抑えきれずにいる清少納言にとって、老夫棟世はいささか鼻につく存在であったかも知れない。一女小馬命婦を儲けて間もなく、中関白家から誘いのかかったのを勿怪の幸いとして、六十歳近い老夫のもとを離れて、中宮定子に出仕することとしたのであろう。

宮仕えをしていれば、その頃は右近中将の実方と交渉を復活することも可能である。清少納言の胸中には、密かにそのような打算が働いていたのかも知れない。だからこそ、正暦五年二月、積善寺供養の中宮行啓に供奉した清少納言が、別居中の老夫棟世（第二六〇段、下巻二〇一頁には「むねたか」）の目に触れることを、中宮は危惧なさったのであろう。

ともかく、清少納言の初宮仕えは、正暦四年閏十月、場所は内裏の登花殿、推定二十八歳の冬であった（第一七六段）。その身分は、命婦もしくは命婦相当の地位であったと思われる。

元輔の末娘が、和漢の才学に長じ、書芸に秀でて、殊に筆跡の鑑識に優れているという評判は、清女が、いずれかの貴顕の邸に仕えていた当時から有名であり、法華八講や経供養などの場で、しばしば人目にも触れ、寸鉄人を刺すが如き秀句・警句を吐くに及んで、その存在は、誰知らぬものとなっていたに違いない。当意即妙の興言利口を得意とする関白藤原道隆の気に入りそうなタイプである。道隆は、父兼家が元輔と特に親交の厚かった大弐国章の娘を妾としている、対の御方と通じていた過去があるので、清女を召し出すのにも便宜があった。

出仕後間もない厳冬の登花殿で、中宮から絵画を見せてテストを課せられ、大納言藤原伊周が筆跡の鑑識を強要したのも、新参の才媛に対する当然の験試であった（第一七六段）。

正暦五年二月の積善寺供養における中関白家の勢威（第二六〇段）、同月、清涼殿の上御局での主上・中宮お揃いのめでたさ（第二〇段）、長徳元年二月、登花殿における中宮・淑景舎女御姉妹ご対面の団欒。そして、中宮の格別のご寵愛、関白道隆の冗談に紛らしての心遣い（第一〇〇段）。出仕後一カ年半の間は、全く夢見心地で、宮廷社会のキラキラした光の中に清女は身を置いていた。自分より十歳あまりも年下の、まだ二十歳前の中宮にすっかりリードされて、小羊のように従順に、宮廷生活に溶けこんでいる自分に、清少納言は完全に満足していたようである。

ところで、この清少納言という女房名の由来について角田博士は、永観二年（九八四）十月から永延二年（九八八）二月まで少納言現任の藤原信義と、寛和元年（九八五）前後に結婚していた事実に基づくものと推論されたが、もし、則光との離婚以後にそのような経歴を認めたとしても、さらに信義より以後に、実方とも交渉があり、さらに出仕直前には棟世と結婚して、別居はしてもまだ離婚するには至っていない元輔女が、どうして遠い過去の一時期の、しかも最も縁の薄かった夫の官職名を以って呼ばれねばならないのか、その疑問が解消しない限り、軽々には承服しがたい。少納言という女房名の由来は、なお、後考に俟つべきであろう。

さて、出仕以前には、遠く別世界の人のように思っていた主上や中宮を始め、畏れをさえ抱いていた関白や大納言といったお偉方が、すぐわが目の前にいて、しかも、いつも自分を引き立てて話しかけ、冗談まじりに対等につき合ってくれる。みじめな受領渡世の娘としての生い立ちや、若くて単純な則光や年老いて無粋な棟世との結婚生活が全く忘却の彼方に押しやられてしまって、実方との密やかな交情さえ可能な局住みである（第八五段・『実方集』）。「九品蓮台のあひだには下品といへどもまさに足りぬべし」という慶滋保胤の句が、実感として、しみじみ味わえる満足な毎日（第九六段、上巻二三九頁）、出仕後、満一年を越えた正暦五年の冬には、「香炉峯の雪」に御簾を撥げた機転が、早くも中宮の女房の中にあって、清少納言の声価を不動のものとしてしまった（第二八〇段）。

しかし、好事魔多しとは、正にこのことである。黒戸の御所を立ち出でた時の、関白道隆の威光（第一二三段）と、登花殿の団欒（第一〇〇段）と、事あるごとに道隆の口を衝いて出る猿楽言に抱腹絶倒している歓楽の頂点にも、病魔は刻々と道隆の肉体を蝕み、中関白家の栄華と中宮定子の幸福とは、崩壊を寸前にしていたのである。清少納言自身も、「草の庵を誰か訪ねむ」という藤原公任の句を用いて、頭中将斉信をして「いみじき盗人」と絶句せしめて得意の絶頂（第七七段）にあった、長徳元年二月から間もない四月の十日、道隆が四十三歳を一期にこの世を去ると、舞台は一転して、暗黒の世界となった。

生前の道隆があれほどわが子伊周にと懇望した関白の座は、伊周を素通りしておのが弟道兼へ、内覧氏長者の権柄も、道兼の急死によってさらに末弟道長へ、それぞれ東三条女院詮子の指し金どおりに移ってゆく。

女院詮子が長兄道隆と仲違いして、末弟道長と緊密に結ばれるようになった理由は、おそらく、一条天皇の中宮定子（道隆一女）に対するご寵愛があまりにも濃やかであったことに起因するものかと想像される。つまりは、嫁に対する姑の感情的対立が、さらに叔母と姪との近親憎悪によって増幅されたものと言えよう。

年若く神経質で我儘な中宮の兄、伊周には、そのような盤根錯節を沈着に処理することは不可能であった。いわれなき逆境からくる焦燥のあまり、叔父道長と衝突はする（『小右記』長徳元年七月二十四日）、花山法皇との間にも、愚かしい誤解から事を構えて、自ら墓穴を掘る（『小右記』長徳二年正月十六日）で、ますます政権から遠ざかってゆく。中宮の母方の祖父、高二位成忠の道長呪詛もマイナスでしかない（『百錬抄』長徳元年八月十日）。これらの諸事件については、ここで一々説明を加える遑はないので、下巻附録の年表を参照されたい。

一条天皇のご寵愛と兄伊周の失態、きわめて冷淡な姑であり叔母である女院や、容赦ない圧迫の手を加える叔父道長との間に挾まって、中宮定子の苦慮は、並大抵のことではない。

ついに長徳二年四月二十四日、伊周・隆家兄弟は左遷され、その周辺の高階信順・道順等の外叔父たち、藤原頼親・周頼等の異母兄弟も失脚して（『小右記』『栄花物語』）、中関白家は潰滅的な打撃を蒙ることとなる。同年五月一日、配所に赴くことを拒んで中宮の二条北宮に潜伏している伊周・隆家を逮捕に向った時にも、逃げ隠れする伊周を探索して、検非違使の官人や中宮職の者が、中宮の夜御殿の大戸の腋の壁板を破摧して乱入した（『小右記』）というほど、道長の追及は厳しく容赦もなかったから、中宮が、言語に絶した大きな精神的打撃を蒙られたであろうことは申すまでもあるまい。

そして同年七月、道長が左大臣となって全権を掌握すると、いかに気丈な中宮が、ひとり事無しびに振舞い、一条天皇の愛情一筋を信じて毅然としていられようとも、中宮周辺の女房たちは、将来の不安から、互いに疑心暗鬼を生じて結束は乱れがちである。各人、自家の利益を思量して、道長方に気脈を通じる者も多くなろうし、また、敢えて他人を非難することによって、自己の潔白を証明しようとするような混乱が生じてくる。

中関白家が栄耀を誇り、中宮が安泰であられた時、新参ながら特別の恩顧を蒙って、周囲の者の秘かな羨嫉を招いていた清少納言などは、このような不安定な情勢下にあっては、真っ先に中傷讒謗の対象となりやすい。

長徳二年の秋には、そのような不穏な空気に耐えかねて、清少納言は心ならずも中宮のお側から退き、約四カ月もの長い期間を里居することとなった（第七九・一三六・二五九段）。しかしその時、清少納言の居所を本人から知らされていたのが、前夫則光は別として、源経房・済政等、道長方の人間であったところに、語るに落ちた清少納言の道長方への心寄せが露顕している（第七九・一三六段）といえよう。

しかし、摂関政治体制下の中下流貴族の処世保身の常道として、決してこれは責めることのできない自衛手段であろう。積極的な裏切り行為でない限り、傾いた主家の命運を予測し、将来の決定的な時機には、時の人の傘下に転身して、自家の安全を計ろうとすることは、必ずしも不忠とは言えない自己保存の本能的な動きである。

そうした去就に迷う矛盾から生じた精神的空白を塡めようとする無意識の欲求も作用して、おそらくこの長い里居の期間に、原初『枕草子』の執筆は、大いに捗ったことであろう。

例えば、それより数年後のことに属するが、長保三年四月、夫宣孝と死別した藤原為時の娘は、その精神的虚脱を塡めるとともに、再婚の誘いその他諸々の俗事の煩わしさから逃れるためという消極的な目的(『紫式部日記』)の他に、さらに積極的には、その才筆を世間に認めさせて、時の一の人道長に召されて中宮彰子に出仕し、世事に疎い父為時や弟惟規の官界における立場を援護し、ひいては夫宣孝の遺児賢子の将来をも保証しようという、功利的な効果をも打算して、ひたすら『源氏物語』の制作に没頭したことが思い合せられる。

紫式部が、その制作途上の物語を、知人の女性に試読させたり、時には、当時の文壇の評論家として、藤原公任にもまさる権威であった中務宮具平親王の批評を仰いだ(『紫式部日記』)などということも、物語制作に対して有益な忠告を求めるという純粋な文芸的意欲からだけではなく、むしろ、その作品と作者との存在を、広く世間に知らしめんがための宣伝術であったと言えないこともない。そして、まんまとその目的は達せられたのである(角川書店『紫式部日記全注釈』参照)。

清少納言の場合も、源経房が伊勢守であった頃に彼女の実家を訪れたというのが、ちょうどこの長徳二年秋の長期の里居に相当するし、廂の間から簀子敷へ差し出した畳の上に、たまたま執筆中の原初『枕草子』が載っており、それが経房の手によって世間に弘められたという(跋文)ことも、はなはだ作為的な臭いがする。来客に敷物を供するのに、それもわざわざ簾の下から差し出して、下長押から一段下ろしてという時に、その敷物の上に、うっかり書きかけの原稿が載ったままになっていたなどということが、果して無作為の過失として起り得ることであろうか。

中関白家の凋落と、中宮定子の万一の場合とを慮って、予め経房を通じて、道長方にもその才筆を知っておいてもらおうという、将来に保険をかけた生活防衛の手段として、むしろ作為されたものというべきであろう。

しかしまだ、それは時期尚早であったし、道長方では、清少納言を敢えて引き抜いてまで召し抱えることはしなかったのである。道長にとっては、中宮方に、清少納言のように気脈の通じた女房を温存しておいた方が得策でもあったわけである。その後長徳二年十月に、中宮大進平生昌が、小二条殿の中宮御所に伊周が潜伏している事実を密告した時にも、同じく密告者である平孝義や倫範にはその賞として直ちに加階したが（『小右記』長徳二年十一月十日）、中宮ご信任の生昌に対しては、長保四年（一〇〇二）十一月九日に備中介に任命（『権記』）して以後、大宰権帥として在府する生昌の兄惟仲と、京の道長との連絡係をかねて、しばしば鎮西へ往反させる（『道長公記』寛弘元年正月十五日、同月二十七日、同年八月二十一日、同二年四月二十日条）ようになるまで、公然と恩賞を与えたり、特に目をかけることはしなかったのである。道長のこの遠謀深慮は、到底清少納言の察知し得るところではなかったであろう。

さて、長徳二年の秋も終りとなると、配流の身の伊周・隆家兄弟の上を心痛するあまり、母の高内侍貴子の病いは篤くなる。狼狽した伊周は、仮の配所の播磨から密かに上京して妹中宮の御所に潜伏する。忽ち生昌等の密告によって事は露顕し、捕えられて大宰府まで護送される。貴子は悲しみのうちについに薨去する。この凄まじいばかりの狂瀾の中を、じっと耐え抜いていられる身重の中宮を拝しては、もともと感激性の清少納言のことであるから、改めて中宮に対する尊敬の念を深め、去就に迷っていた自己を愧じて、一層忠誠心を固める結果となったのである。密告者の存在が、反動的に彼女の心を中宮大切に引き戻したであろうし、一条天皇の終始渝らぬ中宮へのご愛情も、清少納言の心の拠りどころとなったことであろう。頭弁藤原行成の公正穏健な処置もまた、清少納言の精神的動揺を沈静するのに有効であったに違いない。

長保元年七月八日、平惟仲は道長に阿諛して中宮大夫を辞退し、八月九日、左大臣道長は敦康親王ご分娩のために生昌三条第へ移られる中宮の行啓を妨げるかのように、公卿殿上人を率いて宇治の別業に遊ぶという悪辣な手段に出たが、行成の奔走によって、僅かに実資・時光二人の上卿が供奉して行啓の体裁を整えたという(『権記』『小右記』)。この厳しい現実も、かえって以前の迷いを吹き切って、清少納言の中宮に対する忠誠心を鞏固にしたことであろう。

長保元年十一月一日、道長の長女彰子が僅か十二歳の若さで入内し、同月七日、中宮が敦康親王をご出産になった当日女御となるという、当てつけがましい道長の処置には、清少納言も、心中憤りを抑えかねたことであろうし、翌二年二月十八日、一条院内裏での敦康親王御百日の儀から間もない二十五日に、彰子が立后して中宮となり、定子を皇后と称して二后並び立つ異例の事態が生じた時には、目の前も真っ暗になる思いがしたに違いない。蔵人二人に打擲されて、犬島に流される翁丸の身の上を、憚りながら伊周や皇后のお身の上に思いよそえて、秘かに涙したに違いない(第六段)。

その年の五月、媄子内親王ご出産のために、ふたたび生昌三条第にご滞在中の皇后定子方では、修子内親王・敦康親王の周辺は、おりからの菖蒲の節供にも、ごく内輪の人たちのお祝いに過ぎないのに引き較べ、内裏の中宮彰子方では、上下を挙げて蝶よ花よともて囃す。その様子を洩れ聞かれる皇后の、さぞかしお辛いご心中を拝察するにつけても、もはや最後の一人となるまで、この方のお側を離れるまいと決心するのが清少納言であった（第二二二段）。

そして、その年の十二月十六日、あまりにも打ち続く身心の激動に耐えかねた皇后は、第二皇女媄子ご分娩の直後、二十四歳の短い生涯を畢えられたのである。関白道隆の薨去後、続発する不祥事件に、天皇と起居をともにされる期間は、短くと絶えがちであったが、それだけに、天皇はその稀な機会を皇后に対するご愛情の証しとして、睦み尽されたのであろう。そのために敦康・媄子と、身体の休む暇もなくご懐妊・ご分娩のことが連続したのが、むしろ、皇后の命を縮める因となったことと思われる。

こうして、心から敬愛してやまなかった皇后を喪って以後の清少納言が、推定三十五歳から後の余生をいかに過したかは、すこぶる謎に包まれて、詳かではない。

あるいは、身の内が半ば欠け落ちたかのような虚脱状態に陥って、暫くは、夫棟世の任地摂津の国へ下向して休養をとったかも知れない。

一女、小馬命婦は、既に十歳にもなっていて、ある程度の話相手にはなれたであろうし、推定六十四歳、耳順半ばの老夫棟世は、自分の意に背いて宮仕えに出た若い妻に、今さら怨み言をいう心境でもなかったであろうから、清少納言の虚脱感を癒すには、難波の春はきわめて温和であったと思われる。『清少納言集』に、

○津の国にある頃、内裏の御使に忠隆を

世の中を厭ふ難波の春とてや（下句本文欠）

のがるれど同じ難波の潟なればいづれも何か住吉の里
（詞書本文欠）

とあるのが、その頃の心境を伝えているものであろうか。

勿論、その間とても、皇后の遺児、修子内親王五歳・敦康親王二歳・媄子内親王当歳、三人のお身の上が気にかからなかったわけではない。主上のお使いとして、蔵人右衛門少尉源忠隆がわざわざ清少納言の許へ下向したのもそのためであろう。

当座は、皇后定子のご遺志によって、御妹、四の君御匣殿が、敦康親王の御母代として付いていられたが、一条天皇の皇后に対する追慕の情が、そのまま御匣殿に移されて、間もなくご懐妊、進退に窮した御匣殿は出家落飾される（『栄花物語』）。敦康親王たちは、中宮彰子が引き取って面倒を見られるということになった。こうなっては、清少納言も、そのまま中宮彰子に仕えるというわけにもいかず、自然と宮仕えを退くことになったのであろう（皇后崩御後の、修子・敦康・媄子三児の動静については、年表参照）。

長保四年六月三日、御匣殿は推定二十歳でこの世を去り、八月三日、淑景舎女御も推定二十二歳で頓滅、あとは性格異常な三の君だけが皇后の御妹として残ったとあっては、皇后の遺児たちは、完全に中宮彰子の庇護の下に置かれざるを得なかったであろう。

現前の政敵は、徹底的に打ちのめすが、敗北を自認して無抵抗となった旧敵には、かえって温かい庇護の手を差し伸べて怨みを残さぬ配慮をするのが、稀代の敏腕政治家道長の常套手段であったから、皇位継承権を争う意志を放棄しさえすれば、まずまず敦康親王たちの安全は保障されるわけであるが、皇后の叔母であり御乳母でもあった高階光子及びその一派の人々の皇位継承権への執念は、むしろ道長の警戒心を強め、皇后の遺児たちに不利な条件をもたらす以外の何ものでもなかった（寛弘六年の中宮彰子・敦成親王呪詛事件については、年表参照）。

　清少納言の憂慮も、おそらくそこにあったであろう。政権の帰趨にはむしろ無関心に近く、きわめて環境に対する順応性に富み、快美な人生を楽しむことを喜ぶ清少納言としては、危険を冒してまで、敦康親王に皇位継承の道を拓くよりも、道長の宥和政策に順応して、平安な生涯を保証されることの方が、ご本人たちの幸福であり、それが亡き皇后に対する報恩でもあると考えたに違いない。皇后もまた、関白の栄華よりも極楽往生を佳しとされる平和主義者であったからである（第一二三段）。

　長徳二年秋の不平不満な心境にあっては、道長方への転身の手段として打算したこともある『枕草子』であったが、今は、亡き皇后の洪徳を讃えることによって、暗に諷刺して道長に過去の過酷な所業を悔悟させ、進んでは、皇后の遺児たちに仁慈寛大な態度を取らしめることを最大の目的として、主として回想段に力を入れて、この作品を書き続けたことであろう。したがって、原初狭本『枕草子』は、おそらく類想段を主とし、随想段がこれに附随する形の、博識事典的な、あるいは類纂形態のものであったかも知れないが、皇后崩御の後に拡大し完成した広本『枕草子』は、宛転滑脱な連想の糸筋によって繰り展げられる雑纂形態のものであり、かつ、類想段・随想段が彩り綾なす中を、皇后讃仰・君臣和楽の回想段が太い主軸となって一貫する、様相一変したものとなったに違いない。そして、その完成時期は未詳であるが、作品に登場する人物の閲歴に徴するならば、源成信出家長保三年二月四日（第九・二五六・二七四段）、藤原宣孝卒去長保三年四月二十五日（第一一四段）、道命阿闍梨長保三年十一月一日（第二八七段）、藤原頼親内蔵頭寛弘二年六月十九日（第九九段）、佐伯公行伊予守寛弘三年二月二十日（第二八七段）、修子一品宮寛弘四年正月二十日（一本二四）、藤原実成左兵衛督寛弘六年三月四日（第一〇一段）、公行出家寛弘七年三月十一日（第二八七段）等の徴証から、最終段階を寛弘六年（一〇〇九）以後、寛弘七年伊周薨去の頃にまで下げることも可能なようである。

ゆえに、紫式部が亡夫宣孝や従兄信経に関する、興味本位で名誉毀損的な『枕草子』の記事を知って、清少納言に深い怨みを抱いたのは、長保末・寛弘初、未完稿の時期であり、むしろ、これを記事にした清少納言の方に、『源氏物語』の作者として新進の閨秀作家の擡頭に脅威を感じて、出る杭を打とうとする、やや中傷的な意図があってのことであったかとさえ考えられるところである。しかし、広本『枕草子』全般の執筆目的は、自己の保身栄達や、他人との競争排擠といった視野狭少なものではなく、皇后の遺児たちの将来の平安と、亡き皇后の菩提冥福を祈る、きわめて純粋な善意を以って貫かれており、そのゆえにこそ、左大臣道長その他、上流貴顕の目に、広く触れることを期待して書き上げられたものと思われる。

寛弘四年末、中宮彰子が二十歳にして初めてのご懐妊に前後して、道長は、紫式部・和泉式部・伊勢大輔等、数多くの才媛を中宮の女房として召し抱えたが、それまでの間に、清少納言が中宮彰子の女房として出仕していたとは考えられない。

また、藤原行成の日記『権記』の長保五年九月三日㈠・寛弘元年九月二十三日㈡・同六年九月十二日㈢・同七年三月十日㈣各条に、行成が参内して面会したことの記されている「少納言命婦」を清少納言と同一人物であると推定して、清少納言が敦康親王家の女房として、敦康親王が内裏にご滞在中は、そこで行成と面会することがあったのだと論ぜられる角田博士の説には従いがたい。なるほど、㈠㈡二項は、「参ル二一宮ノ御方ニ一」「於テ二一宮ノ御方ニ一」とあるので、少納言命婦は敦康親王づきの内裏女房のように取られるが、(ハ)(ニ)二項は敦康親王とは全く関係がない。(ニ)項の如きは、「参レ内。依二(御カ)□寝一、示三案内於二少納言命婦一、退出」と、少納言命婦が、正しく天皇に近侍する内裏女房であることを示しているし、さらに『権記』長保元年七月二十一日条に、交易の絹の支配を受けた内裏女房の中に、既に「少納言」の名のあることが知られるばかりか、『枕草子』第百三十段（上巻三〇九頁）にも、内裏女房としての「少納言命婦」が記録されているのであるから、皇后のご生前・崩御後を一貫して、内裏女房少納言命婦と皇后宮女房清少納言とは、明らかに別人であったとせねばならない。そのうえ、皇后ご生前、頭弁行成は、公務上屢次后の宮を訪れており、その際は、専ら清少納言を御簾際の女房として伝宣の案内役を頼みながら（第四六・一二九・一三〇段）、『権記』には、該当する事実を一件たりとも日記してはいない。それなのに、皇后の崩御後に限って、このように頻繁に記録するということは、これを同一人と見る時には全く不自然というのほかはなかろう。

以上考えてきたように、長保四年六月御匣殿薨去の後は、おそらく清少納言は、内裏にも、若宮たちにも、まして中宮彰子方には、ふたたび宮仕えすることはなかったと思われる。が、広本『枕草子』を読むことによって、旧主に対する追慕の念強く、きわめて単純にして人を信じやすい作者の性格を知った時、紫式部以外の多くの女流歌人たちは、この同性に対して、改めて好意の目を向けることとなったであろう。中関白家華やかなりし頃に、中宮定子のお気に入りで、男を男とも思わず、我儘いっぱいに振舞い、才気をひけらかしていると噂にだけ聞いていた清少納言の人柄に比べて、『枕草子』によって、人生や自然に対する清純な愛情に満ちたその温かい人間性を知り、しかも、歳寒うして凋むに後れる松柏にも似た忠節の誠を今だに亡き皇后に捧げ尽しているその姿勢を看て取った時、それは、一種の驚きにも似た感情を、読者一人一人の胸中に喚び起したに違いない。娘の小馬命婦が上東門院に何らの抵抗もなく出仕を許され、また赤染衛門(あかぞめえもん)や和泉式部(いずみしきぶ)等、鷹司殿倫子(たかつかさどのりんし)や上東門院彰子(しょうし)方の女房たちと晩年の清少納言との間に、派閥を越えた友情が培(つちか)われていったのも、そのためである。

即ち、赤染衛門はその家集に、

○元輔が昔住みける家のかたはらに、清少納言住みしころ、雪のいみじくふりて、隔ての垣もなく倒れて見わたされし

あともなく雪ふる里の荒れたるをいづれ昔の垣根とかみる

と記すように、いたわりの心をこめた歌を清少納言に送っている。このような「隔ての垣もなく倒れ」た侘(わ)び住居のゆえに、清少納言晩年零落説(『古事談』『無名草子』能因本『枕草子』長跋『松島日記』等)も生じたのであろうが、常々彼女自身、『枕草子』第百七十一段「女ひとり住むところは」の章に、「いたくあばれて、築土(ついひぢ)なども全(また)からず」とするように、女の一人暮しは、「淋(さび)しげなるこそ、あはれなれ」と考えていたのである。皇后定子方を代表して、上達部(かんだちめ)・殿上人たちにも侮られず、主君に花を添えようと奮闘している時の花々しさと、彼女自身の身の処し方の慎ましさとは、かくも異なるものなのである。

和泉式部もまた、その家集に、

○同じ日、清少納言に

駒(こま)すらにすさめぬ程に老いぬれば何のあやめも知られやはする

返し

すさめぬに妬さも妬し菖蒲草ひき返しても駒かへりなむ

○五月五日、菖蒲の根を清少納言にやるとて

これぞこの人のひきける菖蒲草むべこそねやのつまとなりけれ

返し

ねやごとのつまにひかるる程よりは細く短かき菖蒲草かな

また返し

さはしもぞ君はみるらむ菖蒲草ねみけむ人にひきくらべつつ

おなじ人のもとよりのりおこせたれば

まれにても君が口より伝へずばときけるのりにいつかあふべき

とあるように、折りにふれては、清少納言と和歌ないし物品の贈答を繰り返す、きわめて親しい間柄であったことが知られるのである。

これに比べて、むしろ紫式部は、あれほど多勢いた上東門院の女房たちの中で、しかも、その宮仕えは長く続いたにもかかわらず、僅かに『伊勢大輔集』に、

○藤式部、清水にまゐりあひて、御前の御料に御燈明奉るを聞きて、樒の葉に書きておこせたりし

心ざし君にかかぐる燈し火の同じ光にあふが嬉しさ

返し

世々に経る契りもうれし君がためともす光にかげをならべて

同じ人、松の雪につけて

奥山の松葉にかかる雪よりも我身よにふるほどぞはかなき

返し

消えやすき露の命にくらぶればうらやまれぬる松の雪かな

と見えるのが、唯一の交友記録なのである。紫式部自身はその日記に、自分はすっかりばかになりきって宮仕えの日々を送っているので、中宮を始め宮の女房たちも、自分のことを、予想に反して、気のおけない人だと評した、と記しているが、やはりそれは表べのお世辞であって、実情は飽くまで敬遠され、孤立していたのであろう。

そう言えば、清少納言ほどの大作家でありながら、はなはだしい寡作の歌人も珍しい。彼女の和歌作品は、『枕草子』の中の、古歌を一句言い換えたに過ぎないものまで数え挙げても、『清少納言集』異本二系統を併せて三十三首、『枕草子』による追加十八首、『公任集』による追加二首、『和泉式部集』による追加二首、累計五十五首にしか過ぎないのである。

しかも、彼女は、中宮定子に申し上げて、わざわざ詠歌免除のお許しをまでいただいている（第九四段）。これはいかなる理由からであろうか。清少納言に歌が詠めないはずはない。実方・公任・赤染衛門・和泉式部等、当代一流の歌人と屢次贈答しているし、紫式部でさえ撰ばれなかった『後十五番歌合』にも、馬内侍・和泉式部・斎院宰相・赤染衛門・伊勢大輔等と肩を並べて入撰している。「自分と絶交しようと思った時にだけ和歌を詠んでよこせ」といった則光を軽蔑し（第七九段）、「歌詠みがましい女は嫌いだ。私なんかに歌を詠みかける女は心ないものだ」といった行成にさえ、「それじゃまるで則光になっちゃうじゃありませんか」と冗談をいうほど（第一二六段）、社交の心映えとしての詠歌の価値を充分に認めていた清少納言が、何故、自身寡作であり、詠歌御免を願い出たのであろうか。通説には、中宮に申し上げた「つゆ、とり分きたる方もなくて、さすがに歌がましう、『われは』と思へるさまに、最初に詠み出ではべらむ、亡き人のためにもいとほしうはべる」という辞退の弁や、中宮のお歌に詠み返した「その人ののちといはれぬ身なりせば今夜の歌をまづぞ詠ままし」という歌（第九四段）の意味を額面どおりに受け取って、梨壺の五人として『後撰集』選者の栄誉に輝く父元輔の名を汚すまいとしたからであると理解されている。

しかし、ただそれだけではあるまい。むしろ、この歌のあとに「つつむ事さぶらはずば」と中宮に申し上げた言葉の、「つつむ事」の意味が重要なのである。父元輔の名を汚すまいと「遠慮すること」を指すとするならば、それは、和歌の内容と重複する冗言に過ぎない。清少納言が、人にも言えず心秘かに恐れていたのは、父元輔が、しばしば古歌に類した剽窃にも等しい作品を残していることと、自分自身が、あまりにも古歌に通暁しているがために、おりにふれて詠歌しようとすると、古歌の用語表現が口を衝いて出てきて、あたかも、剽窃のような結果になりやすいことに感じる自己嫌悪ではなかったかと想像されるのである。父を敬愛するがゆえに、その欠点にも目がつく、その欠点までもが自分には生き写しである。結局父の幻影から逃れきれない自分自身に嫌悪を感じる、このようなコンプレックスが、彼女をして自ら詠歌から遠ざからしめたのではないかと思われる。即ち、清少納言は、一般の世評とは異なって、表面はともかく心の深層では、きわめてよく己れを知り、強く自己を抑制するタイプの人間であったと思われる。

そういえば、元来、中下流受領層の貴族として、事大的な感覚を持ち、年寄りっ子の甘えから、表面鼻っ柱は強くとも、内実依頼心の濃厚な清少納言は、自分と同等もしくはそれ以下の身分の者には比較的強く出ることはできても、絶対の権力者にはきわめて従順であった。『枕草子』の中で、惟仲・生昌兄弟や、宣孝・信経らに対しては、忌憚ない批判や特殊な蔑視を加えても、皇后定子にあれほど過酷な仕打ちをした道長に対しては、それが現在の政権掌握者である限り、決して過去の所業に言及しようとせず、それに繋がる斉信・経房・済政らに対しても、きわめて寛容、というよりは、むしろ迎合的でさえあった。

そうした彼女の弱さは、長徳二年秋、猜疑の渦巻く中宮周辺にあって、道長方に心を寄せているとあらぬ噂を立てられた時、毅然として、それに立ち向い、中宮のお側を離れず、その忠誠を身を以って示すことなく、退いて長期の里居に籠った、逃げの姿勢にも現れている。元輔の後といわれることをむしろ避けて、詠歌を拒む逃げの姿勢も同じである。

『枕草子』成立の複雑な過程を理解するためには、きわめて重要な作者の心境の推移であるので、かいつまんで繰り返すが、前述したように（三七二～三七五頁・三七八～三七九頁）、長徳二年秋の長期の里居の際には、むしろ道長方に心を寄せていると非難された噂に示唆され、よくよく中宮方を離れて道長方に即こうかという心の迷いも生じていたに違いない。道隆の薨去、伊周・隆家の失脚、日に日に悪化する中関白家の形勢を見ては、清少納言のような受領層の人間は、勢い日和見的な態度を取らざるを得ない。前夫則光はともかくとして、経房・済政ら道長方の人にのみその居所を知らせたというのも、そうした心の傾斜の現れであり、その頃書き綴っていた原初狭本『枕草子』の草稿を、それとなく経房を通じて、道長方の目に触れさせようとしたのも、彼女の才筆を評価して、道長方からの招きのあることを期待しての保身策であったかも知れない。しかし彰子も未だ九歳、入内にはまだ間があって、道長は、清少納言を彰子づきの女房として必要とはしなかったのであろう。清少納言の自薦運動は不発に終ったし、「いはで思ふぞ」と山吹の花びらに書いて賜った中宮のご愛情にほだされて、その側近に復帰してからは、清少納言の動揺も収まったのであろう。さらに、生昌の密告によって伊周が捕えられ、中宮の御母貴子が薨じ、則光とは絶交、惟仲の中宮大夫辞退、中宮の行啓に対する道長の妨害、敦康親王のご誕生、彰子の入内、続いて立后、御乳母大輔命婦の別離、そうした中宮の身に容赦なく降りかかる逆境、しかも渝らぬ天皇の定子に対するご愛情、そうしたものを体験するうちに、絶対にこのお方からは離れられない、裏切ってはならぬという悲壮なヒロイズムにさえ自らを浸して、ついに長保二年十二月、媄子ご出産直後の定子崩御に直面する巡り合せとなったものであろう。

それから以後に、回想的章段を主として拡大していった広本『枕草子』は、専ら、皇后定子の寛仁で英知とユーモアに溢れたお人柄を讃仰する方向にひたすら筆は進んで、自らの才筆を誇るというよりは、亡き母后のご仁徳を賞揚することによって、その遺児たちを庇護の下に置いた左大臣道長や中宮彰子の和解と寛容を願う気持がいっぱいであったのであろう。『枕草子』が、皇后周辺の華やかな思い出のみを描いて、その悲劇的な逆境を叙することきわめて少ないのは、決して清少納言が悲劇に不感症なのではなく、そしてまた、彼女の性格の弱さからくる、悲劇を如実に記録し得ない逃げの姿勢の故でもなく、むしろ反対に開き直って、積極的に皇后の明るく楽しく讃えまほしい面のみを報告しようと努めたからであると思われる。

ただ、その際、清少納言が犯した唯一の過ちは、長保末から寛弘初年にかけて、夫藤原宣孝と死別して後の寡居生活を、『源氏物語』の創作一筋に打ち込み、中務宮具平親王あたりから、その才筆を吹聴され、道長方から大いにその能力を買われて、亡夫の兄右大弁説孝等を通して、頻りに中宮彰子の側近としての宮仕えを勧奨されていた藤原為時の娘（後の紫式部）の存在を意識するあまり、その夫宣孝や、従兄の信経のことを、悪しざまに記載したことである。

その結果、紫式部が清少納言に対して抱いた怨念はすさまじく、寛弘七年夏に書き上げた『紫式部日記』の中には、既に、宮仕えを退いて、ひっそりと侘び住居をしている清少納言のことを、「清少納言こそ、したり顔にいみじう侍りける人。さばかりさかしだち、真名書き散らして侍るほども、よく見れば、まだいと足らぬこと多かり。かく、人に異ならむと思ひこのめる人は、かならず見劣りし、行末うたてのみ侍るは」と、死屍に鞭打つが如き、すさまじい筆誅を加えるに至ったのである。筆禍とは正にこのことであろう。

斉信の「蘭省花時錦帳下」という問いかけに対しても、公任の「草の庵を誰かたづねむ」という句の蔭に隠れ、消し炭で書いてまで筆跡を批評の目にさらすことを恐れた清少納言に対して、この批評ははなはだしい濡れ衣であるが、紫式部を烈婦貞女の鑑と持ち上げる近世以降の道学者流の見方からは、清少納言をその対極にある、破廉恥な悍婦であるかのように評価せしめる結果となったし、『無名草子』『古事談』等に既に、清少納言零落説話が、恰も因果応報の典型であるかの如くに虚構されているのを見れば、女性の怨みはまことに恐ろしいというの他はあるまい。

さて、清少納言が果して、いつまで生存していたかは、立証すべき術もない。寛弘七年（一〇一〇）当時の紫式部の叙述が「いみじう侍りける人」と、過去の存在としての筆致を見せているのによれば、少なくともその頃は、宮廷女房として社会の表面に活動することはなかったものと思われる。晩年は、先考元輔の桂の山荘の隣接地に帰り住み、更に世間との交渉を避けて老夫棟世の月輪山荘に移ったということが『公任集』『赤染衛門集』の詞書を綜合して知られる。その月輪山荘は、愛宕郡鳥戸郷（紀伊郡岡田郷とも）、皇后定子の鳥辺野陵に近く、現在の京都市東山区泉涌寺あたりというのが近来の定説であったが、洛東の月輪は、小一条太政大臣忠平以来、九条家の菩提寺法性寺の境内であるから、そこに他氏他家の者が居を構えるなどということはあり得ないし、清少納言が、桂よりも更に人里離れた月輪に退隠したというのに、賀茂川を挟んで洛中に近い洛東の月輪では、その矛盾を否定し難い。むしろ、皇后陵に近く起居するというよりは、遠く都を隔てて西北の山上から東南の御陵を遥拝するという気持で、愛宕山腹、鎌倉山月輪寺近傍の月輪山荘、即ち洛西葛野郡山田郷の月輪（月尾ともいう）を挙げるべきであろう。それが、『元輔集』『能宣集』『兼澄集』『輔親集』『公任集』『赤染衛門集』等の詞書を綜合して結論される、（元輔）―桂―（棟世）―月輪と辿る清少納言隠栖の足跡である。

作品について

一　成立の過程

『枕草子』という名が、その跋文（下巻二七六頁）に「まくらにこそは、はべらめ」とあるところから与えられたものであることは、明らかである。

　しかし、内大臣藤原伊周が、一条天皇と中宮定子とに多量の装飾料紙を献上した時、主上の方では『史記』をお写させになったが、さてこちらではこの紙に、何を書けばよかろうかと、中宮のご下問にあずかって、即座に答えた清少納言の言葉がこれであり、以来、その料紙を書きつくそうと、心に浮ぶままに、世間で評判の和歌の秀句や、木・草・鳥・虫の物名を書き続けた、里居の徒然の間の筆業がこの作品であり、それがたまたま訪れて来た伊勢守源経房の目に留って、世間に流布することとなったのであるという、跋文の趣旨は、それ自体はなはだしい矛盾を含んでいる（「枕草子跋文小攷」『日本文学研究』昭和五二年一月参照）。

　その第一は、もし、伊周が献上した装飾料紙を中宮から拝領したという、作品執筆のそもそもの動機が、それに書くべきものは「まくら」であると具申したところにあり、したがって「さば、得てよ」と、使用目的の公認されたものであったならば、その料紙を用いての清少納言の作品というものは、何を措いても中宮のご覧に供すべきであったにもかかわらず、一方に「よく隠し置きたり」といい、それが不慮の機会に初めて世間に知られることとなったということの矛盾である。

私的な作品が偶然の機会に流布したという事情が真実であるならば、献上料紙の下賜ということは虚構であり、献上料紙の下賜という事情が真実であるならば、経房の手による漏洩ということは虚構であるということになって、この矛盾は二者択一を迫られるであろう。

仮に、第一の矛盾を、偶然の事の成り行きであると看過しても、第二に、伊周が内大臣であったのは、正暦五年（九九四）八月二十八日から長徳二年（九九六）四月二十四日までであるが、この装飾料紙の献上は、おそらくその間でも、長徳元年四月十日関白道隆薨去以前の、中関白家華やかなりし頃の事件と考えられるのに、それを下賜された清少納言が、経房伊勢権守在任の長徳元年正月十三日から同三年正月二十八日までの間で、長期の里居を経験した長徳二年の秋まで、どうして中宮ご期待の著述を怠っていたのであろうかという疑問が生じる。

このように、伊周献上の料紙を下賜されての公然たる執筆の事情と、里居の徒然に書き綴った密々の作品が偶然の機会に経房の手を経て初めて世間にその存在を知られたという流布の事情とが、互いに矛盾して両立しがたいものであるとするならば、むしろ後者を真実と認めて、前者は虚構と見なさざるを得ないであろう。

なぜなら、清少納言はかねがね、

世の中の腹立たしう、むつかしう、片時あるべき心ちもせで、「ただ、いづちもいづちもいきも

しなばや」と思ふに、ただの紙のいと白う清げなるに良き筆、白き色紙、陸奥紙など得つれば、
　こよなう慰みて(第二五九段)

と公言していたにもかかわらず、伊周が献上した装飾料紙を中宮から賜ったというような誇らしく特筆すべき事件を、作中に一言として回想叙述することなく、跋文に至って突如発表していることに対する疑問があるからである。

さらに、料紙の献上が長徳元年四月以前であったとすれば、清少納言にとっては出仕以後一ヵ年半を過ぎない比較的新参の時期である。生来外向的で環境に対する順応性に富み、かつ、分に過ぎた中宮のご愛顧を蒙って、先輩同僚の女房には勿論、公卿殿上人に対しても休む暇なく神経を使っている清少納言が、その華やかな宮廷生活に満足しきって、一日一日を明け暮れしているような期間に、何がしかの纏まった作品を著述することを進んでお引き受けするほどの、時間的・精神的余裕を持ち得たか否かの疑問も生じる。宮廷生活の多忙と心労とを理由に、長徳二年秋まで執筆が遅延したというのでは、主命に対して弁解の余地はあるまい。

また、もしこれが史実であるとすれば、天皇が、当時第一の能書家藤原行成あたりにお書かせになったかと考えられる『史記』に対して、即座に口をついて出た言葉として「まくら」の意味を解釈するならば、それは古来慣熟した歌言葉としての「敷栲の枕」という語呂合せに他ならないが、それも、布を数多く重ねて括った枕という原義においての「敷き」と「枕」とだけでは無意味であり、当然より密接な関連を持つ物名としての「鞍褥」と「馬鞍」とを連想させるものである。しかし、その結果は、『史記』の上に出る『枕草子』という、はなはだ畏れ多い印象を与えることとなり、新参者の清少納言が、果して憚りもなく、そのような言葉を口にし得たか否かが疑問となる。その点からしても、

この跋文の中の料紙下賜説話は、皇后崩御以後、広本『枕草子』完成の時点で、何の憚りもなくなった心境での虚構であるかと思われる。

したがって、伊周献上の装飾料紙を中宮から下賜されて、これに清少納言が『枕草子』を執筆し始めたという挿話を、史実として認めて、この作品の成立を論じることはすこぶる危険となる。

むしろ、長徳二年の秋、中宮方の誰彼から左大臣道長方に内通しているとの疑惑の目を向けられることに耐えきれなくなって、長期の里居を続けた時、そのような苛立たしさや虚しさを逃れて、精神の安定を求めるために、心に浮ぶままのことを書き留めて、気を紛らわせたと考える方が、より真実性に富む。またそのような私的な著述であればこそ、ひた隠しにしておいたものが、はしなくも経房の手によって、世間に紹介されたのであるとする、清少納言の陳述にふさわしいと思われる。たまま、第二百五十九段には、清少納言が、結構な料紙を手に入れると、余程のふさぎの虫も退散すると言ったことを心に留めて置かれた中宮が、この長徳二年秋の里居の間に、「めでたき紙二十」を賜り、清少納言は「この紙を冊子に造りなど」して云々ということが報告されている。伊周献上の料紙よりも、この中宮下賜の料紙の方が、いかにも原初段階の狭本『枕草子』を書き綴るのにはふさわしいのではあるまいか。あるいは、帰参の際の中宮に対するおみやげの品として、清少納言はこの狭本『枕草子』を予定していたかも知れない。

ただしそれが、清少納言の意に反する経房の強引な処置によって思いがけずも流布の機会が作られたのであるか、それとも前章「作者について」の第三節（三七三〜四頁）に既に述べたように、清少納言自身が意図的にそのような段取りをつけて経房を紹介者として利用したものであるかの判断は、大いに問題になるところであるが、校注者としては後の場合に真相がひそんでいるものと考えている。

ともあれ、当初、経房の手によって流布し始めたという、未完原初の『枕草子』は、おそらく類纂(るいさん)形態に近い狭本で、その内容は、類想・随想を主として、回想は稀なものであったかと思われる。そこには、先学諸家が指摘されたように、唐の李商隠(りしょういん)の『義山雑纂』や本朝の『十列(とおつら)』などの影響も考えられようし、もし、父元輔の編纂にかかるものであればなおのこと、『古今和歌六帖』の如き類題和歌集や、父の友人源順(みなもとのしたがう)の『和名類聚抄(わみょうるいじゅしょう)』なども、典拠として大いに参照されたであろう。このような類纂的著述は、順の門人源為憲(ためのり)の『口遊(くちずさみ)』(天禄元年十二月二十七日成立)『世俗諺文(せぞくげんぶん)』(寛弘四年八月十七日成立)の如く、当時一般の好尚でもあったが、清少納言は跋文に、

大方、これは、世の中にをかしき言(こと)、人のめでたしなど思ふべき名を選(え)り出でて、歌などをも、木・草・鳥・虫をも、いひ出だしたらばこそ、「思ふほどよりはわろし。心見えなり」と、譏(そし)られめ

と、自ら反省しているように、平凡な博識辞典として、物名を羅列し秀句を博引するだけでは、満足しなかったはずである。

即ち、

この草子を、「人の見るべきもの」と、思はざりしかば、「あやしきことも、憎きことも、ただ思ふことを書かむ」と思ひしなり(第一三四段)

とか、

ただ、心一つにおのづから思ふ言(こと)を、戯(たはぶ)れに書きつけたれば(跋文)

と弁解しているように、原初段階の狭本『枕草子』においてすら、既に、類想と随想との間を、連想の赴くまま自由に往来して筆を走らせ、『義山雑纂』や『十列』『世俗諺文』のような、羅列式博識辞

典の域を遙かに凌駕していたものと思われる。

それだからこそ、経房も忽ちこれに惹きつけられ、早速に紹介宣伝の労を執ることとなったのであろうし、

「恥づかしき」なんどもぞ、見る人はしたまふなれば、いとあやしうぞあるや（跋文）

というような反響があり、

「一つな落しそ」（第九七段）

と、連続執筆を声援するファンも現れたわけであろう。

こうして、長保二年十二月皇后崩御以前の清少納言は、その宮仕えの余暇を見つけては、愛読者の要望に応えて、次々とこの作品を書き継いでいったものであろう。


この詞、停むべし。すこし齢などのよろしきほどは、かやうの罪得がたのことは、書き出でけめ。今は、罪いとおそろし（第三〇段）

このごろ、そのをりさし出でけむ人、命ながくて見ましかば、いかばかり譏り、誹謗せまし（第三〇段）

「これに薄を入れぬ、いみじうあやし」と、人いふめり（第六四段）

かやうの事こそは、かたはらいたき事のうちに入れつべけれど、「一つな落しそ」といへば、いかがはせむ（第九七段）

これは、あはれなることにはあらねど、御嶽のついでなり（第一一四段）

見苦しきわれぼめどもぞかし（第一二六段）

これ、「いみじう万づの人の憎むなるもの」とて、いまとどむべきにあらず。また、「後火の火

箸」といふ言、などてか、世になきことならねど、この草子を、「人の見るべきもの」と、思はざりしかば、「あやしきことも、憎きことも、ただ思ふことを書かむ」と思ひしなり
(第一三四段)

これらは、ひがおぼえにもあらむ(第一三五段)

「また」も多かるものを……(第二五八段)

ここもとは、打聞になりぬるなめり(第二八八段)

などと、明らかに読者を意識しての自己弁護的な語りかけや、自粛自戒の意を表する傍白の如きが、随所に見られるのである。

つまり、『枕草子』は、熱心な愛読者の期待に応えて、主知的な類想から主情的な随想へ、さらに興味本位の回想的章段へと、逐次内容を拡充していったものと思われる。そして、最終的には、皇后定子の哀愁に満ちた晩年と、傷ましい崩御を眼のあたりにし、そのご生涯を追慕するとともに、修子・敦康・媄子三人の皇后の遺児たちの将来を思いやって、皇后のご遺徳を讃仰する敬愛の精神に貫かれた回想段を前面に押し出してくることとなったのであろう。

即ち、

まことに、露おもふことなく、めでたくぞおぼゆる(第二〇段)

夜も昼も、殿上人の絶ゆるをりなし。上達部まで、まゐりたまふに、おぼろけに急ぐことなきは、かならずまゐりたまふ(第七三段)

誰がことをも、「殿上人褒めけり」など、きこしめすを、さいはるる人をも、よろこばせたまふも、をかし(第一三〇段)

などは、皇后の寛仁なお人柄と、その栄えを讃えたものであり、

さる君を見おきたてまつりてこそ、得ゆくまじけれ（第二二三段）

「芹摘みし」などおぼゆることこそなけれ（第二二七段）

などとあるのは、逆境の皇后にご同情申し上げた言葉であり、

まいて、この後の御ありさまを見たてまつらせたまはましかば、「ことわり」と、おぼしめされなまし（第二二三段）

されど、そのをり、「めでたし」と見たてまつりし御事どもも、今の世の御事どもに見たてまつり比ぶるに、すべて、一つに申すべきにもあらねば、もの憂くて、多かりし事どもも、みなとどめつ（第二六〇段）

とあるのは、明らかに皇后崩御以後の、道長の天下にあって、過去を振り返っての悲しい告白であろう。さらに、

かかることなどぞ、みづからいふは、吹き語りなどにもあり、また、君の御為にも軽々しう、「かばかりの人を、さ思しけむ」など、おのづからも物知り、世の中もどきなどする人は、あいなうぞ、畏き御事にかかりて、かたじけなけれど、あることはまた、いかがは。まことに、身のほどに過ぎたることどもも、ありぬべし（第二六〇段）

と反省するに至っては、皇后賞揚こそが、この作品の、少なくとも回想段における最も重大な主題であると認めざるを得ないであろう。

　登場人物の官称が、皇后崩御以後の、はなはだしくは、寛弘二年（第九九段、頼親内蔵頭）から寛弘六年（第一〇一段、実成左兵衛督）にまで及んでいるということは、これは当然、回想段に限られる現

象ではあっても、広本『枕草子』がその完成期には、皇后追慕を最重点においた回想段を主として執筆されたものであることを示している。そしてこのことは、完結作品としての広本『枕草子』は、寛弘年間（一〇〇四〜一二）に入って成立したものであるという推定を妨げるものではない。寛弘年間の成立ということについては、既に前章第三節（三七八〜三七九頁）に詳述したところである。

ともあれ、『枕草子』は、長徳二年（九九六）秋に筆を執り始めた狭本『枕草子』の頃から、寛弘年間、広本『枕草子』成立の時期に至るまで、類纂形態から雑纂形態への移行を加速しつつ、なおかつ、その間において逐次巷間(こうかん)に流布しつつあったものであるし、また、その広本にしたところが、時の権力者道長の目に触れることを願った本と、修子内親王等、皇后の遺児に読まれることを期待した本と、その本文内容にも自ずと差異があって、おそらくその伝本は、多元的な原本から出発したものと考えられる。したがって、原作者原手記の唯一の祖本を目指しての本文批判や原本再建の作業は、不可能なことかと思われる。

二　主題と構想

『枕草子』の本文様式を、⑴類聚的章段、⑵随筆的章段、⑶日記的章段の三つに分類することは、従来の研究者に共通した態度であった。堺本や前田本の如き類纂形態の伝本は、正(まさ)にそのような分類学的興味から、後人が再編輯(へんしゅう)して成立したものと思われる。

しかし校注者は、このような様式分類には、異論なきを得ない。

まず、具体的な固有名詞を挙げて、実際体験を叙述した本文に冠する「日記的章段」という名称が適当ではない。日記であろうと、日記文学であろうと、その日の事書きとして記録されるものは、たといその執筆時点が事実生起の時点より、どれほど後であろうとも、すべて現在時称を基本として、当時的観点に立って叙述するものである。ところが、『枕草子』はそうではなく、すべてが回想的な心情で叙述されている。しかも、同一章段の中で、異なる年時に生起した複数の事件を、時点の先後を反対にして叙述したもの（第九八段）や、継続生起した一つの事件を、叙述の途中で、時間を溯って、回想的に叙述したもの（第二六〇段）さえある。そしてまた、自己の体験とは全くかかわりのない遠い昔の打聞や、巷間流布の説話をさえ扱っている。これは、日記とも日記文学ともいうべきではない。したがって、「日記的章段」というような紛らわしい名称よりは、端的に「回想段」といえばよい。

「随筆的章段」という名称も曖昧である。『枕草子』全体が、既に随筆的な作品であるのに、殊更に「随筆的」というのはおかしい。物名類聚でもなく、体験回想でもない、抽象観念的な随想の章段という意味でなら、これも端的に「随想段」といえばよい。

「類聚的章段」もまた然り。純然たる物名類聚の章段はむしろ数少なく、多くは随想を、時には回想をさえ交えているのであるから、これも「類想段」と幅のある呼び方をすべきであろう。

しかし、(1)類想段、(2)随想段、(3)回想段と明瞭に三分類すべきでもない。これら三つの様式は、個個の章段内において、併用もしくは混用されていることが多く、したがって、類想的叙述を主とするがゆえに、随想的叙述を主とするがゆえに、回想的叙述を主とするがゆえにという、周到な配慮を加えるならば、(1)類想的章段、(2)随想的章段、(3)回想的章段と、それぞれ「的」の字を用いて、互いに境界の不分明さを匂わせておく必要がある。

『枕草子』の各章段を、単純に三分類することの危険性は、既に「枕草子論」(『言語と文芸』昭和四五年五月)に説いたところであるが、例えば、所謂「は型」類聚段と見なされてきたものの中にも、

> 市は、辰の市、里の市、海柘榴市。大和にあまたあるなかに、泊瀬に詣づる人のかならずそこに泊るは、「観音の縁のあるにや」と、心ことなり。をふさの市、飾磨の市、飛鳥の市(第一一段)

と傍点を付したように、一部もしくは大部分にわたって随想的叙述の加えられているものが過半数を占めている。あるいはまた、「池は」(第三五段)「社は」(第二二六段)の如く、打聞の説話が一部もしくは大部分を占めるものがあり、

> 猫は、表のかぎり黒くて、腹いと白き(第四九段)

のように、単一の事例を挙げるにとどまって、到底、類想とはいいがたいものもあるし、

> 檳榔毛は、のどかにやりたる。急ぎたるは、わるく見ゆ。網代は、走らせたる(第二九段)

のように、類想というよりは、随想そのものと見られるものが少なくない。

この傾向は所謂「もの型」「ものは型」類聚段とされるものに一層顕著であって、随想的叙述を含むものが過半数を占めるのみならず、回想的叙述をさえ併存するもの(第九〇・一一四・一二二・一八九段)も見られるのである。

要するに、三巻本『枕草子』において、通例類聚段として分類されているものは、全文三百二十五章(一本二十七章を含み、跋文は除く)のうち、約百七十章に上るが、そのうち、純然たる物件類聚の内容にとどまるものは、二分の一以下の約八十章にしか過ぎず、随想と混淆したものが過半数を占め、随想のみならず回想をも包含するものが七章に及ぶ実勢である。

こうした様式の混淆は、随想的章段もしくは回想的章段の側から見ても同様である。随想的章段に

回想的叙述を含むもの四章（第三〇・五三・一三五段・一本二七）、類想的叙述を附加するもの五章（第二・一二三・一二二・二〇五・二三二段）、回想的章段に随想的叙述を附加するもの四章（第八八・一二六・二七四・二八三段）といった状態である。

このように、類想的章段・随想的章段・回想的章段と、必ずしも分類することのできないほど、各様式が複合して、個々の章段についての主題・構想の判定が困難な場合が多い。そのために、従来、『枕草子』本文の章段の切り方は、諸家それぞれの判断によって異なり、はなはだ不安定であった。そこで校注者は、この点に関して、「三巻本枕草子章段設定私攷」（『東洋研究』昭和四八年一月）に、諸説を批判して私見を述べたし、本書においても、その結果に従って章段を立てたわけである。

次に本書独自の章段の立て方について、顕著な例を挙げて、その趣旨を説明しておこう。

例えば、「ころは」（第二段）の章は、正月以下一年中各月の好もしい季趣を指摘しての随想であるが、まず冒頭に、正月から十二月に至るまで各月を「一年ながらをかし」と序説した後、正月、三月、四月の順に、各月の年中行事を中心に、それぞれの「をかしき」「ころ」を叙したものである。そうした第二段全体の主題と構想とを理解せず、「正月」以下の本論を第三段として序説と切り離し、しかも、本論において、「正月一日」と続けて読んで、この「正月」が、「一日」のみならず「七日」「八日」「十五日」「除目のころ」までを包括しての、本論第一節の命題であり、以下の第二節「三月」、第三節「四月」と相対するものであることを、見失っていたのが、従来の解釈であった。

また、「内裏の局」（第七二段）の章も同様である。これは、作者の経験した内裏での、女房の局としての登花殿の西廂の「をかしさ」を論じた随想的章段で、一般日常における面白さを論じた前半と、特に賀茂の臨時祭の調楽に際しての面白さを詳述した後半とに分たれる。ところが本段の主題・構想を理解し得なかった諸注は、「まいて、臨時の祭」以下を分割して別段を立てる誤りを犯している。

「二月、官の司」（第一二六段）の章は、公事に関する作者の無知もあって、はなはだ混乱した叙述とはなっているが、二月定考の際の餅餤進上についての簡単な随想的紹介記事を序説とし、続いてその餅餤にまつわる藤原行成との逸話を回想するというのが、この段の主題・構想である。にもかかわらず、諸注は悉く、「頭の弁」以下を切り離して、無味乾燥で結末のない随想段と純然たる回想段との、二つに分けてしまっている。

「故殿の御服の頃」（第一五四段）と「弘徽殿とは」（第一五五段）とは、藤原斉信の吟詠の巧みさを主題とした前者と、源宣方の情事を主題とした後者と、二つの回想的章段に截然と分れている。にもかかわらず、第一五四段が七夕の日の斉信参上に至るまでの、太政官朝所での体験を描写した序章と、斉信の吟詠についての本論との二段構想になっていることに気づかず、さらに、斉信に常につき随って清少納言の前に現れ、何とか清少納言の気をひこうとして、ヘマばかりやらかしている宣方の存在に惑わされて、純然と宣方を主役として登場させた第一五五段との間に一線を画すべきことに気づかぬ諸注は、すべてを「故殿の御服のころ」一段にまとめるもの、「故殿の御服のころ」「宰相の中将」の二段に分けるもの、「故殿の御服のころ」「宰相中将」「宰相になり」「弘徽殿とは」と四分割するもの等、はなはだ混乱していて、本書の章段区分と一致するものは、日本古典文学大系本（岩波書店）のみという状態である。

その他、主題・構想に対する無理解から、章段の区分を誤った例は枚挙に遑がないが、このように、章段の区分に混乱をきたすのも、『枕草子』の本文は、各章段ごとに類聚・随筆・日記の三様式に単純に分類されるものであるとの先入観念に拘泥しているからであって、各章段内においても、類想・

随想・回想と、清少納言の連想作用は、自由自在に変転し、決して固定した観念に拘束されるものではないということを悟るならば、各章段の主題・構想に対する理解は容易となり、章段の区分も正確となるわけである。

要するに、清少納言の叙述の原動力は、各章段の主題・構想を自由自在に進展せしめる心理的な連想作用そのものなのである。次から次へと繰り出される連想の糸筋によって、各個の章段内部においても、類想・随想・回想の区別なく、豊富な素材が、天馬空をゆくが如き自在な表現によって、縦横に綾なされているのであるし、各章段間においても、目に見えぬ連想の糸筋が、互いに巧妙な連環を形成しているのである。

個々の章段内における主題・構想の連想的発展、各章段を結びつけている連想の約束については、本文頭注欄に、*印を付して、一々簡略ながら説明しておいたから、ここでは一切の例証を省くが、一言を以って要約すると、『枕草子』は「連想の文学」であるというべきであろう。

その連想の脈絡は、『枕草子』現存諸系統の中でも、三巻本（安貞二年奥書本）系統の本文において、最も歴然と読みとられるのであるが、『枕草子』が「連想の文学」であることを明確に認識していない者にとっては、各章段の主題・構想に対する理解の不足から、三巻本の本文に対して、はなはだしい誤解と見当違いな非難を加えることとなる。

例えば、「めでたきもの」（第八三段）の類想的章段の中で、六位蔵人の青色姿のめでたさを随想したついでに、その青色姿を惜しげもなく脱ぎ捨てて、叙爵・任官を急ぐ近来の六位蔵人の不心得を憤慨してやまぬ清少納言持論の展開を、類想される他の項目に比べて、あまりにも不釣合な長文であるがゆえに、その部分を他の章段からの竄入であろうと論じたりする。「あはれなるもの」（第一一四段）

の類想的章段の中で、御嶽詣する人のやつれ姿のあわれさを随想したついでに、その常識に反して、格別華美な服装での御嶽詣を敢行して世間の評判となり、まんまと筑前守の闕に補せられた藤原宣孝の逸話を回想した作者が、「これは、あはれなることにはあらねど、御嶽のついでなり」と、思わぬ脱線を弁解した言葉を取り上げて、他の章段から、宣孝の逸話を竄入せしめた後人の注記であると断じたりする。「はしたなきもの」（第一二二段）の随想段の中で、悲しい話を聞いた時には素直に同情の涙が湧いてこず、かえって、めでたいことを見聞きすると、感激のあまりにとめどもなく流れる涙の「はしたなさ」に言及したついでに、石清水参詣の還幸を朱雀大路に出迎えて、わざわざ鹵簿を停められた天皇の御会釈をお受けになる母女院の嬉しいご心中を察して、堪えきれずに長泣きをして人に笑われた経験を回想した部分を、別の章段からの竄入であると考えたりする。「心にくきもの」（第一八九段）の類想的章段に、夜間の室内における何かを隔てた物音や、間接光によって仄見える服色、薫物の香などの心にくさを随想して、さらに室外における五月長雨の頃に経験した頭中将斉信の薫衣香のめでたさを回想し、続いて屋外に目を移して、心利いた従者や牛飼童、よく飼いこんだ牛、乗り馴らして手入れもよい車など、洗練された供廻りを連れている男主の心にくさの随想に及ぶ、きわめて宛転滑脱な連想の発展をすら、いくつかの章段の錯簡・竄入と論じるもののあるに至っては、「連想」という、最も重要な『枕草子』の本質を無視して、この作品の解釈や鑑賞が全く不可能であることを示すものに他ならない。

逆説すれば、この作品全体を構築している大主題が、この無形の連想作用そのものであるからこそ、この作品には、他のつくり物語や日記文学などに見出だされるような、通常の概念による、統一的な筋書としての主題は見当らないのだといえよう。作者の創作心理として働く抽象的な連想作用そのものを、この作品の大主題として規定することは、一見奇矯な発言のように受け取られるかも知れないが、この「連想」を除いて、この作品全般を一貫する意識なり目的なりを見出だすことはできないのであるから、やむを得ない。

そして、個々の各章段を通観して看取し得るものが、作者のあらゆる知性・感性・徳性等の価値観によって裏づけられた、中宮讃仰の趣旨とか、六位蔵人論、女房宮仕え論、供廻り論、男女交際論その他、諸々の季節観・芸術論等、より形象的な中主題であり、そしてまた、個々の章段それぞれに取り扱われる具体的な命題が、末端の小主題ということになる。かつて、「枕草子論」（前掲）において、「類聚的章段」「随想的章段」「日記的章段」という様式上の三つの類型を中主題とし、今ここにいう中主題すなわち、通章的・形象的な批評意識を小主題と規定し、個々の章段における命題に主題性を認めなかったことは、様式の三つの呼称をも併せて、ここに撤回させていただく。

今改めてここに規定した、この大・中・小三つの主題のそれぞれの角度から、われわれはこの作品を分析批評すべきであり、類想・随想・回想の如き様式上の分類は、きわめて皮相な観察に過ぎず、結果論的な意義をしか持たぬものと考えられるのである。

要するに、個々の文章の一語一句を連繫し、個々の章段を構成し、各章段を連環せしめて、この作品の血液となって充満し、神経となって張りめぐらされているものが、作者清少納言の自由な連想作用なのであるから、やはり最終的な完結本としての広本『枕草子』は、本来、雑纂形態をとって書かれたものであり、その連想の糸筋を、最も明瞭に読み取ることのできる三巻本系統の第一類本が、より純粋な本文を保有しているものであるという結論に到達せざるを得ないのである。

この自由奔放な連想性、そこにこそ、前章第三節（三八五頁）に述べた消極的な逃げの姿勢とは別に、累代歌人の家柄に生れ、豊富な知識と鋭敏な感受性、即妙の表現力を持ち合せながら、三十一文字の定型に拘束される和歌に寡作にして、次元の異なる随筆の世界に脱出して存分に翼をのばした、清少納言の作家としての新鮮かつ旺盛な開拓精神を見出だすのである。

三　構文の類型

ここでいう構文とは、類想・随想・回想といった様式上の分類を指すのではない。個々の章段の文章構造とか、数個の章段を照応配置する文章技法の類型を指すものである。

例えば、序章第一段において、四季それぞれに一日のうちの各時点を指定し、その時点における天象気候を背景として、紫だちたる雲や、月光・螢光、烏・雁の姿、風の音・虫の声、炭火を熾して忙しく立ち働く人の気配などを、「をかし」という正の感覚に基づく美意識で把えながら、最終的には、「昼になりて、ぬるくゆるびもていけば、火桶の火も、白き灰がちになりて、わろし」と、負の感覚による評語で締め括る。長歌に対する反歌、あるいは、甘いお汁粉のあとの辛い紫蘇の実の佃煮での口直しとでもいった「反転屈折」の叙法。これは、第二・四・二九・三二・三八・四三・一四〇・一四一・一七九・二二〇・二五一・二五三・二六〇等の各段にも見出だされる、『枕草子』の構文の特徴的で常套的な類型である。

同じく第一段において、秋の夕日が山の端に近づいた頃、その赤光を背景にした烏の、近接・急激・断続的な動きから、残照の西空に見る雁の、遠隔・緩慢・連続的な動きへと、夕映えの衰えに従って視点を誘導移行させる。ところが、夕日が西山の彼方に沈みきってしまうと、自ずと視覚は聴覚に切り替えられて、移動的でやや遠い風の音から、静止的で身近な虫の声へと、感覚は求心的に収束してくる。さらに冬となると、これまで春・夏・秋と、遠く作用する視覚と聴覚とによって、鑑賞の対象を戸外自然の景物に求めていたものが、さらに収束して、早朝の寒気に対する皮膚感覚に切り替えられ、屋内人事の景物へと帰着する。この「求心回帰」の叙法も、『枕草子』の構文の一つの類型であって、『紫式部日記』も、その序章にこの手法を模倣し、さらに内省的な深化を見せているが、『枕草子』にあっては、畿内から遠国を周回して、再び畿内に戻る地名類聚の類想的章段（第一〇段「山は」・第一一段「市は」・第一〇六段「関は」・第一六二段「野は」等）に多用される常套技法である。

「求心回帰」の叙法に類して、やや異なるものに、「折り返し」の叙法がある。それは、男心→夜居の僧→窃か盗人→夜居の僧→男心と、対象を往反する第百十九段、春・石清水臨時祭の随想→冬・賀茂臨時祭の随想→冬・賀茂臨時祭の出仕以前の回想→春・石清水臨時祭の出仕以後の回想と、春・冬の題材を折り返す第百三十五段、「咳」を回転軸にして、人映えする悪戯っ子の類想と随想とを前後に折り返す第百四十五段などに見出だされるが、紫式部もまた、その日記に、この「折り返し」叙法を多用している。これはいわば、後に指摘する「対句構成」の叙法の中の、「回文型」の応用形式であるともいえよう。

　さて、前述の第一段が、実に緻密な前後対照の構文より成っていたように、清少納言の漢詩文に関する非凡な教養というものは、その文章を、男性のそれにも劣らぬ、対句を駆使しての、井然として論理的なものに仕上げているのである。この「対句構成」の叙法は、特に類想的章段において顕著に見出だされるが、「陀羅尼は、暁。経は、夕暮」（第一九九段）「近うて遠きもの」「遠くて近きもの」

（第一五九・一六〇段）といった単純な二句対はいうまでもなく、三句対や回文対、隔句対、またそれらの複合形式と、清少納言の「対句構成」は、すこぶる洗練された技法を示している。

「市は」（第一一段）「峰は」（第一二段）「原は」（第一三段）「海は」（第一五段）「陵は」（第一六段）「渡は」（第一七段）と、息もつがせずに連発する「三句対型」の対句構成は、目を瞠るばかりであるが、さらに「家は」（第一九段）においては、五組の三幅対が、それぞれに共通なもの二件と、前後に関連するもの一件とを組み合せて、連環的に発展してゆく複雑な技法を用いている。こうした必ずしも完全相称ではない「連環型」の対句構成も、『枕草子』の構文の一つの類型であって、地名類聚の類想的章段においては、その地名を取り上げる根拠となった、古歌や古謡、伝説、名称の興味等にからめて、文章の表面よりも、その奥底に連環性を内蔵していることさえある。

ところが、「滝は」（第五八段）の類想的章段においては、第一の音無の滝が第四の轟の滝と、無音・有音の対照をなしているのに対して、第二の布留の滝と第三の那智の滝とが、太上天皇の御幸という点で共通しているので、A・B・B・Aと転回する「回文型」の対句構成を用いたものといえるし（第六七段「おぼつかなきもの」も同型）、「なまめかしきもの」（第八四段）の類想的章段が、「細太刀に」（第八六段）の随想的章段と、「なまめかしきもの」の類想によって連繫しているのに対して、第八四段の「小忌の君達」のなまめかしさから派生的に出てきた「宮の、五節」（第八五段）の回想的章段は、その辰の日の回想を受けて、「内裏は、五節のころ」（第八七段）の丑・寅の夜の随想的章段に移る連関がある、いわば、四個の章段を用いて、A・B・A′・B′と交互に組み合せた「隔句型」の対句構成をなしたものといえよう。

このような、『枕草子』の個々の章段内における、あるいは、近接する数個の章段間における、「対句構成」の構文の類型については、今後も一層の研究を進め、文章表現の効果について、より正当な評価がなさるべきであろう。

四 現存伝本四系統と三巻本の卓越

筆写本・木活字本・木版本等『枕草子』の数多い伝本を整理し、これを大別して、

(甲)雑纂本　(イ)伝能因所持本
　　　　　　(ロ)三巻本（安貞二年奥書本）
(乙)類纂本　(イ)堺本
　　　　　　(ロ)前田本

と、劃然と分類したのは、池田亀鑑博士の偉大な功績であった（「清少納言枕草子の異本に関する研究」『国語と国文学』昭和三年一月）。

以来、書写年代の最も古い前田本を善しとするもの、同じ類纂本の中では、前田本よりも古体を存する堺本を善しとするもの、『春曙抄』以来の流布本の中核的な地位を占める能因本を善しとするもの、『春曙抄』当時から「古本」と呼ばれて、本文解釈上、数々の利点を認められてきた三巻本を善しとするもの、諸家の説は区々に分れて、今だに帰一するところを知らぬ状態である。

しかし、池田博士が、当初は三巻本の優秀性を力説しながら、晩年には、三巻本における各章段内の主題・構成の把握の困難さから、『枕草子』の原本形態は類纂本であり、それが錯簡・乱丁を生じ

て、後人が恣にこれを整理し再編輯したがために、雑纂形態の伝本が発生し、そこに、三巻本に見られるが如き、各章段相互間の遊離本文の竄入などが発生したのであると論ぜられるに至ったのは(至文堂『全講枕草子』要説・補説)、はなはだ遺憾でもあり、今日では、賛同する者も少なくなった。

　このことは、「枕草子三巻本是か非か―池田説の吟味の上に立って―」(『東洋研究』昭和五〇年四月)に詳述したところであるが、類纂形態の証本の綴じ糸が切れて、各葉が散乱したものを綴じ合せたとしても、前後錯雑した各章段の本文の中から、微妙な共通点を見出だして、巧みにその位置を配分し、そこに連想の糸筋を構成して、三巻本の如き雑纂本を組み立てるといった、いわば原作者以上に鋭敏な神経を所有した再編輯者が存在したとは思われないし、仮に存在し得たとしても、それら類纂本の個々の章段が、少なくとも、一文節・一章段ごとに、ルーズリーフの料紙一枚宛にでも書き分けられていない限りは、三巻本のような破綻の少ない補綴が成功するとは、到底考えられないからである。

　さて、現存四系統の伝本の性格と、その本文的価値について、簡略に紹介し、三巻本本文の優秀性ないし純粋性について結論を申し述べておこう。

　まず前田本は、現存伝本の中で、完本としては最も古く、鎌倉中期を下らぬ古写本であるが、その本文は、能因本・堺本二系統を習合して類纂形態に纏め、さらに三巻本をも参照して多少の修整を加えた、はなはだしい混態本であって、決して、原本から直系の本文系譜に立つものではなく、最も純粋性の乏しいものといわざるを得ない。

　次に堺本は、元亀元年(一五七〇)十一月付の宮内卿清原枝賢の奥書に、

　和泉の堺に世をそむきたるわざして、いとまあるを幸として、好事の佳士道巴といふ翁の、心の月をすまし、身のさとり明なるが、持なれたる本を、しばしかりもちゐて書写しむる所なり

とあるところから命名されたものであるが、現存する堺本の諸本が、(A)高野(たかの)本、(B)宸翰(しんかん)本、(C)鈴鹿(すずか)本と三系統に分類されている中で、左に掲げる素寂(そじやく)の『紫明抄(しめいしよう)』や『異本紫明抄』等、河内学派（河内守(かわちのかみ)源光行(みつゆき)・親行(ちかゆき)父子とその系統をひく源氏物語研究者）の手になる『源氏物語』の註釈書に引用された『枕草子』の逸文が、堺本の、殊に宸翰本系統の本文に最も近い形を有していることは、大いに注目すべきである。（(シ)＝紫明抄、(イ)＝異本紫明抄）

(1)第十一段「市は」(シ)

つばいち、やまとにおほかる所のなかに、はつせにまいる(ママ)人のかならずとまりけ(ママ)なが、観音の御(み)しるしあらはるゝところにやとおもふが心ことなる也。

(2)第二十一段「生ひ先なく」(シ)

たみしかはら。

(3)第二十二段「すさまじきもの」(シ)

すさまじき物、しはすの月を(ママ)。おうなのけしやう。

すさまじきもの、しはすの月よ。おうなのけしやう（再出）。

(4)第八十四段「なまめかしきもの」(イ)

なまめかしき物、わらはのわざとこと〴〵しきうへのはかまなどはきて、うづちくす玉などつけて、あふぎさしかくして、かうらんそりはしなどありきたるなまめかし。

(5)同「同」(シ)

なまめかしきもの、みえ(ママ)がさねのあふぎいつへになりぬれば、あまりあつくてもとなどにくげなり。

⑹第百四段「見苦しきもの」(シ)

やせ色くろき人の、すゑ(ママ)のひとへきたるは、いとびんなし。おなじごとすきたれど、のしひとへは、かたはともみえずかし。ほうのとおり(ママ)たればにやあらむ。

⑺第百二十段「無徳なるもの」(シ)

無徳なるもの、しほひのかたにをるおほふね、ひじりのあしもと、かみたし(ママ)かき人のものとりを(ママ)としてかしらけづりたるうしろで、おきなのもとゞりはなちたる、すまひのまけているうしろで。

⑻第百六十段「遠くて近きもの」(シ)

とを(ママ)くてちかき物、くらまのつゞらおり(ママ)。

⑼第百九十八段「物語は」(イ)

物がたりは、すみよし・うつぼのるい。くにうつりはにくし。とほを君。月待(つきまつ)をんな。こまのゝ物語のあはれなるは、なにゝよりそはものとを(ママ)く思(おもひ)なされ、きしかたゆくさきのことまでも月に思あましつるものを。

右に掲げたうち、⑴⑷⑸⑺⑻⑼は、現存の堺本、殊に宸翰本系統の本文に最も近い形を有している。とはいっても、すべてが一致しているわけではない。⑹の本文個所は、現存堺本には欠けていて、能因本・前田本に近い形を有しているし、⑶の本文個所は、現存堺本のみならず、三巻本・能因本・前田本のすべてに見えぬところであり、⑵は、堺本には欠けた章段の本文で、むしろ三巻本・能因本に近いものである。

このように見てくると、『紫明抄』や『異本紫明抄』が参照した『枕草子』の本文は、三巻本・能因本・前田本等、他の三系統の本文よりは、明らかに堺本の、殊に宸翰本系統に接近してはいるが、しかもなおはなはだしく差異のあることは否定できない。そこで、現存堺本の本文系譜の上限をさらに溯(さかのぼ)ったところに、「古堺本」とでも称すべき伝本系譜の存在することを認めるにしても、その「古堺本」が、「現堺本」と同様に、類纂形態のものであったか否かは、全く判断し得るところではない。要するに、現存堺本は、この古堺本の本文系譜の末流に立つものであることは認められるものの、古堺本が類纂本であったなら、それをそのまま、古堺本が雑纂本であったなら、分類学的興味もしくは、原初段階における狭本『枕草子』が類纂形態であったという伝承にでも基づいて、それを復原しようとの意欲からこれを再編輯し、いずれにもせよ、物名・件名を恣意(しい)的に増補したり、難解な本文個所を任意に添削して、大きく改訂した不純な伝本であるというの他はない。近時、堺本に対する評価の低減は、こうした後人の手の加わった不純さに由来しているものではあるが、十三世紀末に、素寂が所持した『枕草子』の一本が、堺本の上流に立つ本文系譜の存在を証拠立てているということは、堺本本文の再検討を要求する重大な示唆(しさ)であるといわねばならない。

さて、伝能因所持本というものの性格はきわめて曖昧(あいまい)である。その本奥書に、

> 枕草子は人ごとに持たれども、誠によき本は世にありがたき物也。これもさまではなけれど、能因が本ときけば、むげにはあらじとおもひて、書(かき)うつしてさぶらふぞ。草子がらも手がらもわろけれど、これはいたく人などにかさで(ママ)をかれさぶらふべし。なべておほかる中に、なのめなれど猶この本もいと心よくもおぼえさぶらはず。さきの一条院の一品(いっぽん)の宮の本とて見しこそめでたかりしかと、本にみえたり

とあるところから、伝能因所持本という名称は出たのであろうが、さらにこれに続けて、皇后定子のご衰運の頃には、清少納言は常に側近に奉仕することなく、お側を離れている間に皇后が崩御された

ので、それを後悔して、その後は宮仕えにも出なかったとか、一切子供を儲けなかったので、身よりよりもなくて、老後は乳母子を頼って阿波に下向し、陋屋に侘び住居したとか、全く史実に根拠のない俗説を附記している点からして、この本奥書の信憑性も大いに削減されざるを得ない。第一、本奥書の文体が、能因所持本を直接転写したり、「さきの一条院の一品の宮」のご本を拝見したりしたような平安時代のものではなく、稚拙な擬古文であるうえに、本奥書にいう母本が、能因所持のものであったか否かという点にも疑問が残る。

　もっとも、皇后定子の遺児の中では、一品宮修子内親王は最もご長命で、長久元年（正月五日庚申か）と、某年（長久二年か）夏と、二度の歌合を催された（『和歌合抄目録』、『平安朝歌合大成』第三・十巻参照）ほど、和歌文学にご執心の方であったし、皇后亡き後に、そのご人徳の寛仁さを清少納言が『枕草子』に託して伝えておきたかった当のお相手としても、当然予想し得るところであるから、その修子内親王のお手許に『枕草子』の善本が保存されていたという伝説は、いかにも真実性に富んでいる。しかも清少納言の子橘則長は、橘元愷の女すなわち能因の姉妹と結婚している（『尊卑分脈』）のであるから、その能因が『枕草子』の一本を所持していたということも認められるのであるが、この本奥書にいうように、伝能因所持本系統の宗本（原型本）が、能因法師の書写本もしくは手沢本を直接に書写したものであるか否かは、いささか疑わしいといわねばならない。

　なぜなら、原作者と近い姻戚関係にあり、かつ自身、当時一流の歌人であり、したがって、書芸の面でも決して人後に落ちるとは考えられない能因が所持し、もしくは書写した『枕草子』が、「草子がらも手がらもわろけれど」といわれるような粗末な写本であったということが、はなはだ納得しがたいからである。

結局、この本奥書から知り得る確かな証言は、伝能因所持本系統の本文が「猶この本もいと心よくもおぼえさぶらはず」といった、はなはだ不満足な欠陥の多い本文であるという告白だけであって、「草子がらも手がらもわろけれど」といったのは、「能因が本」といった素姓正しい伝本のわりには内実の伴わぬことに対して、予めした弁解がましく聞えるのである。

むしろ、その本文内容を検討した結果では、三巻本成立の時点よりも、また、古堺本成立の時点よりも遙かに下った時代に、三巻本系統の粗悪な一本を用い、古堺本の本文をも参酌して、これにははなはだしい増補や除去の手を加えた、恣意的改訂本であるといわざるを得ない。

その点に関しては、既に「枕草子跋文小攷」(前掲)に立証したように、現存する伝能因所持本系統の写本がすべて、三巻本の跋文にきわめて近い短跋と、はなはだしい増補のある長跋と、二種の跋文を保有しており、短跋が既に三巻本跋文本文に対する解釈の不徹底から、恣意的な改訂を加えたものであるうえに、長跋の増補部分に至っては、平安朝の文章とは程遠い拙劣な擬古文を用いて、前後の論旨にすら矛盾を生じている、とるに足らぬ蛇足である。そのことから考えて、この長跋をすべて共通保有する現行能因本は、作品本体の本文に関しても、同じ程度の低劣な後人のさかしらと、見当違いもはなはだしい改作がなされているものであろうことが、容易に類推されるのである。

したがって、現行能因本に見られる本奥書は、能因書写もしくは能因所持の本というものが、かつて存在したとしても、それとは全く無関係に、修子内親王家の本など見たこともない後世の改訂者が、恣に権威づけのために虚構捏造したものであると考えられる。また、改訂者自身の書き続けた跋文も、『無名草子』が、「菜干し(直衣)」の猿楽言を収録した清少納言零落説話に、

関白殿失せ給ひ、内の大臣流され給ひなどせし程の衰へをば、かけてもいひ出でぬ程のいみじき

心ばせなりけむ人の、はか〴〵しきよすがなどもなかりけるにや、乳母の子なりけるものに具して、遙かなる田舎に罷りて住みけるに、青菜といふもの乾しに、とに出づとて「昔の直衣姿こそ忘られね」と独りごちけるを見侍りければ

とある部分をすっかり吸収して、さらに「遙かなる田舎」を「阿波国」と具体化したり、主家の衰えを些かも筆にのぼせぬ節操を讃えた部分は捨てて、皇后の晩年には宮仕えを退き、子供も儲けなかったと、全く史実から遠ざかったりしている点に、この改訂本の宗本（原型本）成立は、おそらく鎌倉中期以後にまで下げられることが予想されるのである。

もし、伝能因所持本系統に虚構された本奥書にいうが如き、能因書写もしくは手沢の本、あるいは一品宮修子内親王家本というものが実在したならば、むしろ、それこそ三巻本系統の上流に位置する、原作者原手記の原本もしくはそれにきわめて近い子本・孫本であったというべきであろう。

最後に三巻本は、正しくは安貞二年奥書本と呼ぶべきであって、池田博士も当初はその呼称を用い、楠道隆博士も現在強く主張されるところであるが、ここには便宜、この系統の現存写本の多くが三冊であるところからつけられた、三巻本という簡略な通称を用いることとする。

三巻本の、

本云
往事（「年」「時」「昔」などの誤りか）所持之荒本紛失年久。更借出一両之本、令書写之。依無証本不散不審。但管見之所及、勘合旧記等、注付時代年月等。是亦謬案歟。
安貞二年三月　耄及愚翁在判

とある本奥書（原文は白文）の筆者「耄及愚翁」が、安貞二年（一二二八）三月当時、六十七歳にして正二位前参議であった藤原定家であろうという池田博士の推定は、既に定説として認められている。古記録類を渉猟して、人物の閲歴や事件の年月等を注記する、所謂「勘物」は定家の得意とするところで、御物本『更級日記』・前田本『土佐日記』その他、定家が書写し、もしくは所持した数々の私家集に必ずといってよいほど、この種の注記を残しているので、三巻本の宗本（原型本）が、定家所持本であったということは、殆ど疑う余地はない。

しかも、この本奥書は、伝能因所持本の本奥書のような虚仮脅しの権威づけや、その跋文に見る興味本位の零落説話など、毛すらいも臭みのない簡にして要を得た学究的な書誌にとどまっているところに、格段の信憑性が見出だされる。

しかし、定家という人の性格が、文芸評論の面ではきわめて自信過剰な傾向を示しているので、定家が書写した古典作品には、例えば『土佐日記』の如く、本文に恣意的な改訂の加わることが多く、三巻本『枕草子』にもその点の懸念が抱かれたのであるが、その奥書を信じる限り、定家自身が灑筆したのではなく、何びとかに命じて書写せしめたというのであるから、定家の嘱命を蒙った人物は、おそらく、謹慎忠実に書写を遂げたことと思われる。ゆえに、定家本にありがちな恣意的改訂という点では難を免れるし、なおかつ定家自身、かつて所持していた『枕草子』の一本を「荒本」と認めているのであるから、それに対して、改めて他家の所蔵本を借り出して書写した「一両之本」とは、その荒本に比すれば、遙かに善本であると認めていたに違いない。しかも、他に証本とすべき異本がないので「不審を散ぜず」とあるからには、疑問のある本文個所も、敢えて改訂せず、母本のままの原形を保存したということであろうと思われる。ゆえに「一本、きよしと見ゆるもののつぎに」として補った二十七章の追加本文も、定家が他本をもって補ったのではなく、母本に既にその形で附記されていたものであろうと思われる。

そして、定家がかつて所持して紛失した「荒本」とは、それこそ、類想的章段・随想的章段を主として、殆ど回想的章段を保有することのない原初『枕草子』系統の別本で、正に広本『枕草子』に対する狭本というべく、あるいは、想定し得る「古堺本」そのものではなかったかとさえ思われる。

三巻本系統に属する現存諸本は、第一段から第七十四段までを欠く第一類本と、完本の第二類本と、第一類本の欠を第二類本を以って補った両類本との三つに分類されるが、より純粋な本文を保有する第一類本が全量の約三分の一を欠くことは、まことに惜しいことである。第二類本は、伝能因所持本系統の本文を以って校訂した形跡があり、第一類本に比して能因本に近い要素を多く含み、あまり信用すべきでないが、就中、内閣文庫本は最も深刻に能因本の影響を蒙っている。今日、三巻本を底本に用いて校注を試みる学者も、近世以来、馴染みの深い北村季吟による『枕草子』の注釈書『春曙抄』に牽制されて、第二類本、殊に内閣文庫本を重んじ過ぎる傾向があり、はなはだしくは、三巻本第一類本本文を用いて解釈しながら、『春曙抄』保有の誤謬本文による旧注の口訳をそのまま持ち込むものすら屢次見受けられるのは遺憾である。

なお他に、三巻本第一類本系統の伝本から抄出された、抜書本なる古写本の一系統があり、今日全く伝わっていない第一類本の欠脱部分の形を推定するのに幾分かの根拠となり得るものと考えられているが、それはなかなか困難な作業であろう。

ところで、きわめて少量の本文ではあるが、『枕草子』本文の最古の写しと思われるものに、浅野家蔵定家筆『臨時祭試楽調楽』という定家編著の有職故実叢書の一冊に、『枕草子』第七十二段後半の本文を引用したところがある。

枕草紙

臨時祭の調楽などはいみじうおかし。(ママ)主殿官人のながき松をたかくともして、くびはひきいれていけば、さきはさしつけつ許なるに、おかしう(ママ)あそび、ふえふきたてたるに、きむだちの日のさうぞくにて、たちどまり、ものいひなどするに、ともの随身どもの、さきをしのびやかにみじかうをのが(ママ)君だちのれうにをいたる(ママ)も、あそびにまじりて、つねにゝずおかしう(ママ)きこゆ。猶、あけながらかへるをまつに、きみたちのこゑにて、あら田におふるとみくさの花とうたひたる、このたびはいますこしおかしき(ママ)に、いかなるまめ人にか、すく〴〵しうさしあゆみていでぬるもあればわらふを、しばしや、などさ世をすてゝいそぎ給とありなどいへど、心ちなどやあしからむ、まどひいづるもあめり。

これは、明らかに三巻本第一類の本文に最も近似している。御子左学派（藤原俊成・定家父子とその系統に立つ歌学集団）の定家が三巻本を用い、河内学派の素寂が古堺本を用いたということも、その学統の相違よりして面白い現象である。

また、同じく浅野家蔵の白描『枕草子絵巻』は、鎌倉時代後期の作品であるが、それに用いられた本文が、むしろ三巻本第一類に近いことも注目すべきである。これは、前田家本に次ぐ古写本ということになるが、もともと絵巻を制作する際には、絵画化に適した部分のみを抄出するうえに、絵巻物としても完本ではなく、現存するところ、第八十二・八十八・九十九・百二十二・百二十八・百三十の各段に相当する七章、十二紙二百三十七行の本文しかないのが惜しまれる（佐野みどり氏「『枕草子絵巻』の復原的考察――二巻構成試論」『美術史』昭和五一年参照）。

ともあれ、定家が書写せしめ、「勘物」を注記したという実績によって、三巻本第一類本が鎌倉初期から末期にかけて、『枕草子』の最も準拠すべき証本として通行していた事実は否めないし、また三巻本第一類本は、それに値する純粋な本文を保有していたのである。がしかし定家すらが「不審を散ぜず」というほど、古体で難解な本文個所を含有しているがゆえに、伝能因所持本のような、より平易に読み得るように、難解な本文個所を除去し、簡潔な本文に説明的な文章を加えた、通俗的な改訂本が成立して、一般の歓迎を受けるようになったのであろう。近世に至って、現行能因本を底本とした慶長版十行古活字本・慶長元和期刊十二行古活字本・寛永版十三行古活字本・慶安二年刊木版本等が次々と刊行されて、三巻本に替って能因本が流布本の地位を占めると、加藤盤斎（ばんさい）の『枕草子抄』、北村季吟（きぎん）の『春曙抄（しゅんしょしょう）』以下、金子元臣（もとおみ）の『枕草子評釈』に至るまで、能因本を底本として、これに古本としての三巻本を部分的に参酌する形で、この作品を読むことが普通となった。その結果、三巻本善本説が主流を占めるに至った今日でさえ、なお、能因本に対する郷愁にも似た根強い支持が残存していて、一般の学習者や読者を惑わせることが多いのははなはだ遺憾（いかん）である。

三巻本本文の卓越した優秀さと、それに対する他系統本の不純さとを、一々比較検討する余裕はないが、二三の典型的な類例を挙げて、具体的に立証しておこう。

㈠主として類想的章段における物件名の恣意（しい）的増補による連想の混乱

こうした物名類聚（ぶつみょうるいじゅ）というものは、後人にも、自分ならばこれもぜひ挙げるのだがという興味をそそって、恣意的な増補への誘惑を断ちがたいものである。例えば、第十段「山は」の章について、別表一のように四系統の本文を比較して、そこに列挙された山の数をかぞえると、増補拡大、本文堕落の径路が明らかに指摘される。

別表一は、三巻本に見える山名と番号を太字として、他の三系統の本との対応関係を示したものであるが、異同重複を明らかにするために、すべて可及的に漢字表記とし、多少の本文誤謬(ごびゅう)は標準の形に修整して混雑を避けた。

　この対照表を一見しただけでもわかるように、三巻本には十八件しかなかった山の名が、堺本では二十七件、能因本では三十七件（重出一件）、前田本では四十件（重出二件）と、逐次増大していっていることが明らかに指摘されるし、前田本が、堺本と能因本との殆どすべてを併合吸収しながら、その排列順序においては、三巻本によって規制し直していることが知られよう。また、三巻本にはなかった山の名で、堺本にあ

別表一

三巻本	堺本（宸）	能因本	前田本
1 小暗山	**1 小暗山 1**	**1 小暗山 1**	**1 小暗山 1**
2 鹿背山	2 **御笠山 3**	2 **御笠山 3**	**2 鹿背山 2**
3 御笠山	3 **木暗山 4**	3 **木暗山 4**	**3 御笠山 3**
4 木暗山	4 **入立山 5**	4 **不忘山 6**	**4 木暗山 4**
5 入立山	5 **不忘山 6**	5 **入立山 5**	**5 入立山 5**
6 不忘山	6 **方去山 8**	6 **鹿背山 2**	**6 不忘山 6**
7 末松山	7 **五幡山 9**	7 比叡山	**7 末松山 7**
8 方去山	8 **帰山 10**	8 笠取山	8 比叡山
9 五幡山	9 **後瀬山 11**	**9 五幡山 9**	9 **方去山 8**
10 帰山	10 檀山	10 **後瀬山 11**	10 檀山
11 後瀬山	11 笠取山	11 笠取山（重出）	11 **五幡山 9**
12 朝倉山	12 比良山	12 比良山	12 **帰山 10**
13 大比礼山	13 床山	13 床山	13 **後瀬山 11**
14 三輪山	14 伊吹山	14 伊吹山	14 笠取山
15 手向山	15 **朝倉山 12**	15 **朝倉山 12**	15 比良山
16 待兼山	16 **大比礼山 13**	16 岩田山	16 床山
17 玉坂山	17 小比礼山	17 小比礼山	17 伊吹山
18 耳成山	18 **三輪山 14**	18 **手向山 15**	18 **朝倉山 12**

って能因本には見られないものが檀山一件に過ぎないところからすれば、能因本は、三巻本に堺本を習合して成立した、より後世の改訂本であろうと前に推定したことが裏書きされよう。

　このように、三巻本にはなかった山の名を、後人が思いつくままに補入したり、改訂したり、複数の別本を綜合した結果は、本文頭注の欄および、前節「構文の類型」に解説したような、三巻本の排列によってのみ鑑賞し得る地域の求心回帰性や、背景となる古歌・古謡・伝説等の文藻による連環性、その名称を連ねて「入り立ちて忘れず、末を頼めて方去りし人、いつはた帰る、後の逢瀬」(第一〇段頭注欄参照)と語呂を合わせた言葉の面白味などが、すっか

	19 **待兼山 16**	19 **三輪山 14**	19 小比礼山
	20 **玉坂山 17**	20 音羽山	20 姥捨山
	21 **耳成山 18**	21 **待兼山 16**	21 小塩山
	22 嵐山	22 **玉坂山 17**	22 位山
	23 葛城山	23 **耳成山 18**	23 更級山
	24 位山	24 **末松山 7**	24 **手向山 15**
	25 更級山	25 葛城山	25 **三輪山 14**
	26 小塩山	26 美濃小山	26 音羽山
	27 吉備中山	27 杵山	27 **待兼山 16**
		28 位山	28 **玉坂山 17**
		29 吉備中山	29 **耳成山 18**
		30 嵐山	30 浅間山
		31 更級山	31 方ため山
		32 姥捨山	32 **待兼山 16** 重出
		33 小塩山	33 嵐山
		34 浅間山	34 葛城山
		35 方ため山	35 妹背山
		36 **帰山 10**	36 美濃小山
		37 妹背山	37 岩田山
			38 杵山
			39 吉備中山
			40 嵐山 重出

り消滅して、作者の連想作用を跡づけるすべもなくなるわけである。

㈡各章段の排列の変動による連想の断絶

その一例を挙げると、別表二の如き場合がある。

別表二

三巻本	能因本	堺本	前田本
222 三条の宮	216 四条宮	×ナシ	×ナシ
223 御めのと	99 御めのと	×ナシ	×ナシ
224 きよ水に	281 清水に	×ナシ	324 きよ水に
225 むまやは	223 むまやは	20 むまや	32 むまやは
226 やしろは	225 社は	×ナシ	42 やしろは

三巻本における第二百二十二段から第二百二十五段までの四章は、いわば『枕草子』の悲哀の文学としての一面を代表するものである（「悲哀の文学―枕草子の一面―」『国語国文』昭和四〇年一〇月参照）。長保二年五月五日、媄子内親王ご分娩のために平生昌三条宅におわした皇后定子は、一条院内裏での中宮彰子周辺の華やかな菖蒲節供の賑わいをよそに、修子内親王・敦康親王を囲んで御匣殿や中宮女房たちとひっそりと節供の祝いをなさったが、そのご心中を察した清少納言の心尽しに涙もこぼれんばかりの心情を吐露した歌を詠んでお与えになった（第二二二段）。続いて、御乳母大輔命婦が、寂寥の皇后を残して日向へ下向する時、涙ながらに明け暮れする都の自分を忘れないでほしい、と哀願せんばかりの歌を扇に認めてお与えになると、このようなご主君を残して、遠国へ行けたものではあるまいと清少納言は痛歎する（第二二三段）。そして清少納言自身、暫く皇后のお側を離れて清水寺に参籠していた時には、音羽の山から響いてくる入相の鐘を聞くたびに、どんなにか恋しく思うことか、早く帰参しておくれ、との歌を賜る。こうなっては、お気の毒とも何とも表現のしようもない清少納言である

（第二二四段）。そしてついに「駅(うまや)」の類想にかこつけて、野磨駅(やまのうまや)にまつわる感動的な転生譚(てんしょうたん)と、大宰(だざい)府(ふ)護送の途次、その野磨駅で母の訃報(ふほう)を聞いたであろう皇后の兄伊周(これちか)の悲話を暗示して、「なほ取り集めて、あはれなり」と絶句する（第二二五段）。そうした悲哀感の極頂点にのぼりつめて、それらの感情を拭(ぬぐ)い去るかのように淡々とした調子で、世間周知の蟻通(ありとお)し伝説を長々と紹介する「社(やしろ)」の類想的章段に移る（第二二六段）。作者清少納言のこのように自然な創作心理の展開と終局、それこそ、三巻本の章段排列によってのみ汲(く)み取り得る微妙な文章心理である。他の三系統においては、そうした連想の糸筋が無残にも断絶して、全く心ないものとなり終っていることは、説明の要もないであろう。

㈢難解な本文の除去

　定家が既に「不審を散ぜず」といったほど、三巻本の本文には、時折難解な個所が見られる。それは、きわめて些細(ささい)な誤字や脱字、顚倒(てんとう)など無意識の本文転化によるものが多いが、三巻本以外の三系統においては、それら難解な本文を躊躇(ちゅうちょ)なく除去してしまって、読解を容易ならしめようとしている。

　例えば、第七十七段「頭の中将の、すずろなるそら言をききて」の章に、「こかけおしふみしすへて」「あるかきりからやうしてやり給ひしに」という難解な本文があると、能因本は躊躇なくこれを除去し、第二百七十四段「成信の中将は」の章では、「つのかめなとにたてゝくふものまつかいかけなと」を「鶴亀などに立てて食ふものまづかい欠き」からの単純な転化本文であることに気づかず、これを難解なりとして能因本は除去し、前田本は「する人のめにたてゝくふものましかりかいわけなと」と改訂している。また、第二百五段「見物(みもの)は」の章に、「ゐいのすいゐうつりよきもなとうちけむ」という、僅(わず)か二字二個所の顚倒から難解と化した本文があると、三巻本以外の他系統の伝本は、清少納言の当時には、既に行われなくなっていた五月節会(せちえ)の武徳殿行幸に関する随想部分を、この本文個所をも含めて大きく削除してしまっているのである。

これらはみな、刑法や年中行事、その他の有職故実を含めての、要するに歴史に関する無知からきた後人の僭越(せんえつ)な改訂処置であるといわねばならない。

㈣各章段内における主題・構想の連想的展開に対する無理解からくる部分的摘出

一章段内の主題と構想とを、原作者の意図に即して理解する能力が欠けているために、その理解しがたい部分を、恰(あたか)も他の章段からの遊離竄入(ざんにゅう)であるかの如くに誤解して、これを当該章段から摘出して、別個の章段を立てるということは、類纂本の、特に堺本に多く見られる欠点である。堺本は本来、類想的章段と随想的章段とのみの狭本であって、回想的章段を殆ど保有しないものであるが、僅かに認められる堺本第二百八十二段（段数は古典文庫本による）「みたけにまうづる道に」の章は、実は三巻本第百十四段「あはれなるもの」の章から摘出された宣孝(のぶたか)の逸話であって、「あはれなるもの」の段の構想が、類想から随想へ、さらに打聞(うちぎき)の回想へと進展した、同一章段内での連想の進展に基づいているものであることを理解しなかった結果であり、前田本も堺本の処理に従っているのである。ただし、前田本は、能因本の本文をも導入しているので、堺本がこれを唯一の回想的章段とするのとは違って、第二百九十九段から第三百三十段（段数は『前田家本枕冊子新注』による）まで、三十二章に及ぶ回想的章段を保有している。

㈤説明的本文の附加や合理的改訂

能因本に最も多いのは、三巻本の簡潔な表現では、読者の理解が困難であると考えた場合の、説明的本文の附加、敬語法や音便の標準化、省略本文の充塡(じゅうてん)等、前記難解本文の除去と表裏をなす、通意のための改訂処置である。

例えば第四段「思はむ子を」の章に、三巻本が、

まいて、験者などはいとくるしげなめり。困じてうち眠れば

と、簡潔に叙したところを、験者の苦労や居睡りの理由を具体的に説明すべく、

ましてい験者などのかたはいと苦しげなり。御嶽・熊野、かからぬ山なく歩く程に、恐ろしき目も見、験ありて聞こえ出で来ぬれば、ここかしこに呼ばれ時めくにつけて、安げもなし。いたく患ふ人にかかりて、物の怪調ずるもいと苦しければ、困じてうち眠れば

と、傍点部分を補入し、第八十二段「雪山」の章に、

なま老いたる女法師の、いみじう煤けたる衣を着て、猿様にていふなりけり

とある「猿様」を具体的に説明すべく、

老いたる女の法師のいみじく煤けたる狩袴の竹の筒とかやのやうに細く短かき、帯より下五寸ばかりなる、衣とかやいふべからむ同じやうに煤けたるを着て、猿の様にていふなりけり

と、傍点部分を附加している。このような説明的附加や、合理的改訂の例は、枚挙に遑もないほどである。以上概観したように、三巻本以外の各系統の本には、恣意的な改訂・改編の手が加わって、きわめて不純な堕落した本文となっているので、やはり『枕草子』は、三巻本本文によってのみ最も直接に、原作者清少納言の心の琴線に触れ得るものというべく、殊更に第一類本の第一段以下第七十四段までの散佚部分の出現が渇望されるわけである。

なお、『枕草子』に関する従来の研究業績を一々紹介批判することは、あまりにも煩瑣に過ぎるので一切を省略せねばならないが、池田博士が、この作品の諸伝本を、能因本・三巻本の雑纂、堺本・

前田本の類纂と、二類四系統に分類整理し、ついで田中重太郎博士が、池田博士の指導の下に『校本枕冊子』（古典文庫）を完成したことは、共にこの作品の本文研究に尽きせぬ寄与をなす大業として、その功績を心から讃えたい。

また、そのテキストが、三巻本たると、能因本たるとを問わず、北村季吟の『春曙抄』と金子元臣の『枕草子評釈』とは、『枕草子』の本文解釈史上に永く記念さるべき業績であるし、三巻本を用いての注釈としては、松浦貞俊・石田穣二両氏の『枕草子』（角川文庫）が、これまでの中では出色のものとして、推賞に値しよう。

終りに臨んで、この『枕草子』の注解及び解説は、校注者にとって、まだまだ研究途上における中間報告ともいうべき未熟なものであるが、今後に一層の研鑽を重ねることを誓って、大方読者諸賢のご宥恕を乞う次第である。

*

昭和五十二年四月に上梓して以来、『枕草子解環』（昭56〜58同朋舎刊）『清少納言全歌集・解釈と評論』（昭61笠間書院刊）を仕上げる間に、追加訂正すべき事項が数多く生じた。それ以後も私自身考案を重ね、更に、藤本一恵・森一郎・福田俊昭諸氏のご論に導かれる所もあり、大東文化大学・国学院大学における受業生、浜口俊裕・小野富美子・大洋和俊の諸君から「負うた子に教えられ」ることもあって、初版のままにしては、到底申し訳のない状態となった。二版・三版の際にも多少訂正させて戴いてはいるが、今回の重版に際し、大幅な改訂をする機会を得させて戴いた。初版と比べて恐らく七百個所に余る改訂を施している。前非を深くお詫び致すとともに、茲に、枕草子解釈のほぼ最終的な報告を申し上げる次第である。

平成四年二月

新潮日本古典集成〈新装版〉

枕草子（まくらのそうし） 上

平成二十九年九月三十日 発行
令和 六 年九月十五日 二 刷

校注者 萩谷（はぎたに） 朴（ぼく）

発行者 佐藤隆信

発行所 株式会社 新潮社
〒一六二-八七一一 東京都新宿区矢来町七一
電話 〇三-三二六六-五四一一（編集部）
〇三-三二六六-五一一一（読者係）
http://www.shinchosha.co.jp

印刷所 大日本印刷株式会社

製本所 加藤製本株式会社

装画 佐多芳郎／装幀 新潮社装幀室

組版 株式会社DNPメディア・アート

ISBN978-4-10-620814-0 C0395

源氏物語（全八巻）　石田穣二・清水好子 校注

一巻・桐壺～末摘花　二巻・紅葉賀～明石　三巻・澪標～玉鬘　四巻・初音～藤裏葉　五巻・若菜 上～鈴虫　六巻・夕霧～椎本　七巻・総角～東屋　八巻・浮舟～夢浮橋

伊勢物語　渡辺実 校注

引きさかれた恋の絶唱、流浪の空の望郷の思い——奔放な愛に生きた在原業平をめぐる珠玉の歌物語。磨きぬかれた表現に託された「みやび」の美意識を読み解く注釈。

竹取物語　野口元大 校注

親から子に、祖母から孫にと語り継がれてきたかぐや姫の物語。不思議なこの伝奇的世界は、美しく楽しいロマンとして、人々を捉えて放さない心のふるさとです。

とはずがたり　福田秀一 校注

初めて後深草院の愛を受けた十四歳の春から、様々な愛欲の世界をへて仏道修行に至るまで。波瀾に富んだ半生と、女という性の宿命を赤裸裸に綴った衝撃的な回想録。

無名草子　桑原博史 校注

『源氏物語』ほか、様々の物語や、小野小町・和泉式部などを論評しつつ、女の生き方を探る。批評文学の萌芽として特筆される、女流歌人による中世初期の異色評論。

狭衣物語（上・下）　鈴木一雄 校注

運命は恋が織りなすのか？　妹同然の女性への思慕に苦しむ美貌の貴公子と五人の女性をめぐる愛のロマネスク——波瀾にとんだ展開が楽しい王朝文学の傑作。

萬葉集（全五巻）　青木・井手・伊藤 清水・橋本 校注

名歌の神髄を平明に解き明す。一巻・巻第一〜巻第四　二巻・巻第五〜巻第九　三巻・巻第十〜巻第十二　四巻・巻第十三〜巻第十六　五巻・巻第十七〜巻第二十

古今和歌集　奥村恆哉 校注

いまもし、恋の真只中にいるなら、「恋歌」を、愛する人に死なれたあとなら、「哀傷」を読んでほしい。華やかに読みつがれた古今集は、むしろ、慰めの歌集だと思う。

新古今和歌集（上・下）　久保田淳 校注

美しく響きあう言葉のなかに人生への深い観照が流露する、藤原定家・式子内親王・後鳥羽院などによる和歌の精華二千首。作者略伝をはじめ充実した付録。

山家集　後藤重郎 校注

月と花を友としてひとり山河をさすらう人生詩人、西行——深い内省にささえられたその歌は祈りにも似た魂の表白。千五百首に平明な訳注を付した待望の書。

金槐和歌集　樋口芳麻呂 校注

血煙の中に産声をあげ、政権争覇の余震が続く鎌倉で、修羅の中をひたむきに疾走した青年将軍、源実朝。『金槐和歌集』は、不吉なまでに澄みきった詩魂の書。

土佐日記 貫之集　木村正中 校注

女人に仮託して綴り、仮名日記の先駆をなした土佐日記。屏風歌を中心に、華麗で雅びな王朝世界を詠出して、大和歌の真髄を示す貫之集。豊穣な文学の世界への誘い！

今昔物語集本朝世俗部（全四巻）　阪倉篤義　本田義憲　川端善明　校注

古今著聞集（上・下）　西尾光一　小林保治　校注

宇治拾遺物語　大島建彦　校注

日本霊異記　小泉道　校注

古事記　西宮一民　校注

平家物語（全三巻）　水原一　校注

爛熟の公家文化の陰に、新興のつわものたちの息吹き。平安から中世へ、時代のはざまを生きる都鄙・聖俗の人間像を彫りあげた、わが国最大の説話集の核心。

貴族や武家、庶民の諸相を神祇・管絃・好色等に分類し、典雅な文章の中に人間のなまの姿を写して、人生の見事な鳥瞰図をなした鎌倉説話集。七二六話。

誰もが一度は耳にした「瘤取り爺」や「藁しべ長者」、庶民の健康な笑いと風刺精神が横溢する「芋粥」「鼻長き僧」など、一九七編のヒューマンドキュメント。

仏教伝来によって地獄を知らされた時、さまざまな説話、奇譚が生れた。雷を捕える男、空飛ぶ仙女、冥界巡りと地獄の業苦――それは古代日本人の幽冥境。

千二百年前の上代人が、ここにいる。神々の哄笑は天にとどろき、ひとの息吹は狭霧となって野に立つ……。宣長以来の力作といわれる「八百万の神たちの系譜」を併録。

祇園精舎の鐘のこゑ……生命を賭ける男たちの戦い、運命に浮き沈む女人たち、人の世の栄枯盛衰を語り伝える源平争覇の一部始終。八坂系百二十句本全三巻。

新潮日本古典集成

- 古事記　西宮一民
- 萬葉集　一〜五　青木生子　井手至　伊藤博　清水克彦　橋本四郎
- 日本霊異記　小泉道
- 竹取物語　野口元大
- 伊勢物語　渡辺実
- 古今和歌集　奥村恆哉
- 土佐日記　貫之集　木村正中
- 蜻蛉日記　犬養廉
- 落窪物語　稲賀敬二
- 枕草子　上・下　萩谷朴
- 和泉式部日記　和泉式部集　野村精一
- 紫式部日記　紫式部集　山本利達
- 源氏物語　一〜八　石田穣二　清水好子
- 和漢朗詠集　大曽根章介　堀内秀晃
- 更級日記　秋山虔
- 狭衣物語　上・下　鈴木一雄
- 堤中納言物語　塚原鉄雄
- 大鏡　石川徹
- 今昔物語集　本朝世俗部　一〜四　阪倉篤義　本田義憲　川端善明
- 梁塵秘抄　榎克朗
- 山家集　後藤重郎
- 無名草子　桑原博史
- 宇治拾遺物語　大島建彦
- 新古今和歌集　上・下　久保田淳
- 方丈記　発心集　三木紀人
- 平家物語　上・中・下　水原一
- 金槐和歌集　樋口芳麻呂
- 建礼門院右京大夫集　糸賀きみ江
- 古今著聞集　上・下　西尾光一　小林保治
- 歎異抄　三帖和讃　伊藤博之
- とはずがたり　福田秀一
- 徒然草　木藤才蔵
- 太平記　一〜五　山下宏明
- 謡曲集　上・中・下　伊藤正義
- 世阿弥芸術論集　田中裕
- 連歌集　島津忠夫
- 竹馬狂吟集　新撰犬筑波集　木村三四吾　井口壽
- 閑吟集　宗安小歌集　北川忠彦
- 御伽草子集　松本隆信
- 説経集　室木弥太郎
- 好色一代男　松田修
- 好色一代女　村田穆
- 日本永代蔵　村田穆
- 世間胸算用　金井寅之助　松原秀江
- 芭蕉句集　今栄蔵
- 芭蕉文集　富山奏
- 近松門左衛門集　信多純一
- 浄瑠璃集　土田衞
- 雨月物語　癇癖談　浅野三平
- 春雨物語　書初機嫌海　美山靖
- 與謝蕪村集　清水孝之
- 本居宣長集　日野龍夫
- 誹風柳多留　宮田正信
- 浮世床　四十八癖　本田康雄
- 東海道四谷怪談　郡司正勝
- 三人吉三廓初買　今尾哲也